黑暗中，西听见了自己的心跳声，
似乎比平时快了些。

他似乎害怕紧张了。

人是一种两生的生物，
只要还嗎活着，无论切尖
舔血多少次，单沈面对死亡时
永远无法做到完全平静。

夜来风雨声、

KUWEI
酷威文化
图书 影视

夜来风雨声

著

诡

梦境 3 深处

舍

江苏凤凰文艺出版社
JIANGSU PHOENIX LITERATURE AND
ART PUBLISHING

图书在版编目（CIP）数据

诡舍 . 3，梦境深处 / 夜来风雨声著 . -- 南京：江
苏凤凰文艺出版社，2025. 9. -- ISBN 978-7-5594-9593-8

Ⅰ. I247.5

中国国家版本馆 CIP 数据核字第 2025SS8457 号

诡舍 3 . 梦境深处

夜来风雨声　著

责任编辑　项雷达

特约编辑　杨晓丹

装帧设计　@Recns

责任印制　杨　丹

出版发行　江苏凤凰文艺出版社

　　　　　南京市中央路 165 号，邮编：210009

网　　址　http://www.jswenyi.com

印　　刷　天津旭丰源印刷有限公司

开　　本　680 毫米 × 970 毫米 1/16

印　　张　24.5

字　　数　453 千字

版　　次　2025 年 9 月第 1 版

印　　次　2025 年 9 月第 1 次印刷

书　　号　ISBN 978-7-5594-9593-8

定　　价　49.80 元

江苏凤凰文艺版图书凡印刷、装订错误，可向出版社调换，联系电话 025-83280257

CONTENTS

目录

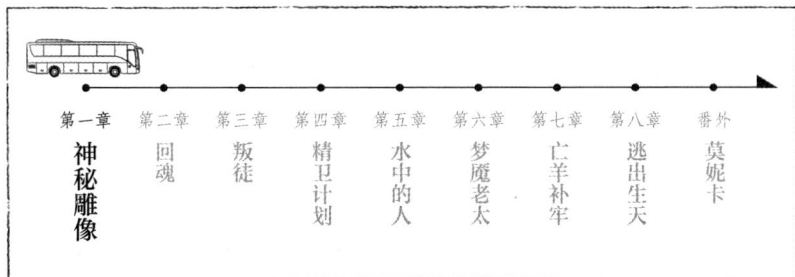

厕所的见面，让宁秋水知道了左韦华也已经猜到他们在教职工宿舍楼干的事情。

他没有立刻拆穿宁秋水几人，甚至还主动帮他们掩盖下来，并不是因为大发慈悲或是良心发现。

"跟你说话不费劲。"左韦华脸上的笑意止不住，伸出手，摩挲了一下自己的嘴角。

"我已经向上面申请调查孟巍贪污的事，很快就会有着落。不过孟巍倒了，需要在班主任里重新选出一个人当教导主任……"

宁秋水不动声色道："这还有悬念吗？是你一手扳倒他的，功勋肯定是记在你一个人身上，除了你，谁还有能力去接替教导主任的位置？"

左韦华摇了摇手指："不不不，功勋我肯定要一个人揽下来，但这样做，孟巍在临死之前一定会想办法反咬我一口。

"他手上有我的把柄，虽然不严重，但肯定会有影响，这样有可能会出现变数。

"我们费尽心思地做了这么多事，最后要是给他人做了嫁衣，那可就……"

宁秋水目光闪烁："所以，你想要我再帮你弄点其他的功勋？"

左韦华笑容灿烂："对你来说，这应该很容易吧。毕竟我养了那么久的黄婷婷，被你提前用掉了。

"你不是有两个朋友吗？昨天你们在教职工宿舍楼干了什么，你应该很清楚。把她们推出去给我用，到时候我会配合你，把你保下来，让她们背锅。等我做了教导主任，你自然也跟着水涨船高。回头我要是把你弄进书院学生会，那你就永远不用担心市考的问题了。

"怎么样？这个交易的'报酬'，对你而言已经够丰厚了吧？"

宁秋水不知道血云书院学生会到底是一个什么样的组织，不过听左韦华的语气，似乎很"不得了"。

"你准备什么时候动手？"宁秋水问道。

"就今天！"左韦华的眼神里溢满了热切和疯狂，像是沸腾的油锅，一刻也藏不了。

"上面对于贪污书院公款向来是零容忍，立刻就会成立调查小组！我不想出任何岔子，你务必在今天下午放学之前帮我搞到其他学生的'档案'，不一定需要完整的证据，只要逻辑能够自洽，到时候我们可以互相打掩护，越多越好！"

宁秋水看着左韦华的眼睛，那里面只剩下了疯狂——被欲望洗劫一空的疯狂。

"好的，左老师，今天下午放学之前我会给你答复的。"

完事后，二人先后回到了教室。

中午吃饭的时候，白潇潇三人找到宁秋水，从宁秋水口中了解到了事情的大概。

"这咋办呀？"刘春瞪着眼，"他怎么这么快就动手了？"

白潇潇伸了一个懒腰："恐怕他已经一刻都等不了了，从他培养黄婷婷这件事就可以看出，他觊觎教导主任的位置已经很长时间了。秋水这一次带他的捷径，摧毁了他的所有耐心，也摧毁了他的理智。现在这家伙是巴不得立刻坐到教导主任的位置上，他才安心。"

"对。"宁秋水点头，"而且不难想到，事情结束之后他一定会第一时间想办法除掉我，以绝后患。"

杨眉似乎是意识到了他们目前的困境，着急地跺了跺脚："哎呀，那怎么办啊？

"本来放学的时间就很紧迫，去处理保安室的事情已经够麻烦了，现在左韦华这边还添乱，三分钟时间一过，我们的'家长'一旦赶到校门外，我们很可能就没办法回到诡舍的大巴上了！

"最麻烦的是，本来黄婷婷还能帮我们的，但现在董勇去了小黑屋劝说黄婷婷，黄婷婷多半要收手，届时连个搅局的人都没有了！

"秋水哥，昨天晚上你真不该放董勇去小黑屋的！"

杨眉很急，但宁秋水却不急："董勇说得没错，有些事黄婷婷想得太简单，力量太单薄，她做不成的，所以……我才让董勇去帮她。"

此言一出，白潇潇眉飞色舞道："秋水，你这是暗度陈仓啊！"

杨眉还在发愣，没有听懂："什……什么暗度陈仓？"

宁秋水反问道："一个本身就抱着求死之心、打算和书院同归于尽的人，既然做了决定，那是十头牛都拉不回来的。

"董勇是个不错的老师，我承认我利用了他，但他也不蠢。当他见到黄婷婷，发现自己根本劝不动对方的时候，应该就能反应过来我让他去小黑屋究竟是为什么。

"他不会看着黄婷婷就这么毫无意义地送死，所以董勇大概率会帮黄婷婷完善她的计划，尽可能地给书院制造更多的麻烦……"

说到这里，宁秋水的脸上掠过了一抹笑容："不，不是大概率，是一定。因为，他已经没有其他的选择了。"

宁秋水话音落下，刘春拊掌，由衷叹道："秋水哥，你这一招真是玩得妙啊！"

宁秋水耸了耸肩："黄婷婷本来就是一颗备用的后手棋，她的计划其实有很多漏洞，虽然让她拿到了特批表，拥有了让小黑屋里所有怨气一拥而出的能力，但是真的要落实到处置书院的其他学生这件事上，她有太多细节没有敲定，实际效果会很差。而这一点，董勇会帮她解决。

"现在，既然左韦华已经急不可待地想要升职，那就把黄婷婷这颗棋还给他吧。只是不知道养了这么久的棋子，他还拿不拿得住？"

熬到下午放学的时候，宁秋水单独和左韦华见面，告诉他务必要再拖一拖时间，因为马上就会有一条大鱼出现。

这个时候，左韦华已经没有办法再分辨宁秋水是否在骗他，因为他的内心已经急不可待了。他要成为血云书院的教导主任，他要继续往上爬！

学校高层派来的调查小组已经站在了教室外面，左韦华和宁秋水相视一眼，最终他只能选择相信宁秋水。

左韦华和调查小组离开之前，他附在宁秋水耳边说出了最后一句话："我们是一条船上的人，一荣俱荣，一损俱损，如果让我发现你骗了我，今天你别想离开书院，我会直接来找你，还会当着你'家长'的面告诉他们，你这不是正常放学，而是想要逃学！"

"你应该知道，他们到底是相信我，还是相信你。"左韦华说完，脸上露出了诡异又狰狞的笑容。

他知道宁秋水今天下午要离开书院，但他不知道，这一次离开将会是永远。

近距离和左韦华最后相视一眼，宁秋水露出了一个笑容："放心，左老师，有一条大鱼很快就会出现。而且……是一条你想不到的大鱼。"

他话音刚落，教室外面，调查小组为首的那个面色惨白的人催促道："快走！"

左韦华脸上露出讨好的笑容，乖乖地跟在调查小组的后面，去往财贞楼。

目送他们离开后，宁秋水几人也开始行动起来："老郑，跟着我们。"

现在距离放学时间还有十分钟，宁秋水招呼上郑少锋，朝着书院门口走去。

由于郑少锋是在没有触犯书院任何规则的情况下死亡，所以他的情况比较特殊，只要他自己不胡来，书院里的绝大部分人是根本看不到他的，当然……也包括那些保安。

宁秋水的计划非常简单，他们负责吸引保安的注意力，黄婷婷他们会按照约定的时间开始暴乱，保安的注意力会被进一步吸引，而郑少锋便可以趁着这个机会调动保安室的时钟，如此一来，宁秋水他们就可以出去了。

"我们这么做，是不是会牵连书院内许多无辜的人，我们算不算助纣为虐啊？"

杨眉一边朝着书院的大门走去，一边回头看了身后的书院一眼，她总觉得有些于心不忍。她不是什么善茬儿，真要是为了让自己活下去拖几个NPC（非游戏玩家）下水，她丝毫不带犹豫的。不过暴乱将起，局势恐怕就不是消失几个NPC那么简单了。

"我们只是搅局者，不是布局者。没有我们，他们还是会走向设定好的结局，区别只不过是被书院处置或是被小黑屋里的怨气解决罢了。在血云书院里，有人开了第一枪，很快就会有更多的枪声响起，这是一场残酷又血性的反抗。"

刘春低着头，突然，一只白皙纤细的手将一沓钱递到了他的面前。

他有些错愕地抬头，发现白潇潇脸上挂着微笑："我身上只有这些，够你用一段时间了。

"跑吧，别回家了，你的家又不是温暖的港湾，索性为自己活一次。"

刘春迟疑片刻，接过白潇潇递来的那沓钱。

"谢谢潇潇姐。"他道了声谢，目光望着远处那几十名保安的身后，看着书院外面，他有一种莫名的惶恐。

那是近在咫尺的"自由"，充满着神秘和迷雾的"自由"。

其实跨出那一步很容易，但是为了跨出那一步，他们做了很多事。

"你们，干什么的？"

他们一来到保安室这边，立刻遭到了保安队长的呵斥。

"放学时间到了，我们要离开。"宁秋水语气平静。

"你说，你们要离开书院？"保安队长的眼神冰冷。

宁秋水道："不行吗？书院没有规定说放学时间学生不能够离开这里吧？"

"可以。"保安嘴角缓缓地扬起，"不过你们需要先到保安室做一下登记，然后我们会给你们的家长打电话，让你们的家长带你们回去。"

宁秋水耸了耸肩："无所谓。"

来到保安室里，他们快速地走完了流程。

"再过三分钟，你们就可以离开了，如果你们的家长还没到，最好在学校外面等一下。"保安队长挂断了电话，语气不怀好意，看向宁秋水他们的眼神里带着一种落井下石的狞笑。显然，他已经预想到宁秋水他们的下场了。

宁秋水来到保安队长的面前，伸出手轻轻帮他理了理衣服上的褶皱："担心一下你自己吧，队长。"

保安队长看着宁秋水气定神闲的模样，心里莫名冒起一股火，刚想要继续嘲讽一下宁秋水，桌上的电话却忽然急促地响了起来。

保安队长压下怒火，接通电话，里面传来了一道急切的声音："骆炆昊，你是吃干饭的吗？学校里出现大批不明身份的人员袭击学生，你在什么地方？"

保安队长隐约觉得这个声音有些陌生，不像是书院的领导，但对方口中事情的严重性他是知道的。怀揣着将信将疑的态度，他狠狠地瞪了宁秋水一眼，吩咐保安室值班的几个人看好他们，然后自己带着其他大部分保安离开了这里。

目送保安队长离开后，那几名值班的保安并没有注意到他们身后的挂钟指针开始以一种奇怪的速度在转动。明明才过了不到一分钟，指针上的时间却已经走过了三分钟。

宁秋水突然指向剩下的保安身后："三分钟的时间已经到了，我们可以离开了。"

那几名保安回头一看，挂钟上的时间的确已经到了。

他们的眉头微微一皱，隐约觉得哪里不对劲。这些保安和保安队长并不一样，他们本来就只是书院的傀儡，没那么精明。再加上他们根本想不到会有郑少锋这样的存在出现，所以只能为宁秋水等人打开了书院的大门。

书院大门外，迷雾已经笼罩了大部分的区域，逐渐向着书院靠拢，而那辆熟悉的大巴车也在书院的不远处停靠。宁秋水几人没有犹豫，直接朝着大巴车上跑去。

他们上车后不久，书院里也传来了尖锐的警报声！

呜——在警报声过后，书院沉寂了很长时间的播音声忽然响了起来，一个熟悉的声音传播在书院的每一个角落。

"放学了，同学们！"

言简意赅，却像一个小火苗引爆了一个巨大的火药桶般，这道声音过后，书院里的躁动立刻升级，甚至坐在书院外面的大巴车上的几人都能够听见！

此时此刻，坐在车里已经松懈下来的杨眉莫名地感慨了一句："没想到我们这么轻松就出来了……还以为会很麻烦呢！秋水哥，潇潇姐，这回真是多谢你们了！要是没你们……"

她话音未落，看见宁秋水和白潇潇的目光都集中在了一个人的身上——刘春。

杨眉的脸上瞬间流露出震撼和惊恐的神色，他怎么上车了？

看见车上的刘春，三人的脑子里都出现了一瞬间的空白，刘春为什么能上车？

很快，宁秋水便做出了反应。他迅速地冲到刘春面前，摸索着刘春身上的衣服，刘春被宁秋水这粗鲁的动作吓住了，大声喊着"秋水哥放我一马"。

不过宁秋水压根儿没搭理他，确认他身上没东西之后，宁秋水忽地转头对白潇潇和杨眉大声道："快，潇潇，杨眉，你们找找车上有没有拼图碎片！"

宁秋水在心里默数，他们的时间不多了，因为还有不到一分半，他们的"家长"很可能就会出现了！如果他的猜测属实，那事情就变得有点麻烦了！

被宁秋水这么一提醒，她们立刻反应了过来，开始在车上寻找拼图碎片。没过多久，白潇潇便在大巴车的驾驶位找到了宁秋水想要的东西！

"秋水，找到了！"白潇潇的语气带着惊喜。

但很快，她的脸色就变了，因为随着拼图碎片被找到，大巴车的车身发生了变化。

原本熟悉的景象开始腐烂，脚下、车窗、车壁，到处都有黑水不断流出，一些地方甚至出现诡异的弧形物体，形状酷似眼睛一般，定睛细看，好似在骨碌骨碌地转着，带着可怕的、无法言语的情绪，死死地盯着车上的四人。

"我天！"刘春怪叫一声，从座位上弹射了起来。

车内，诡异的声音不断传出，像是水在肚子里冒泡的声音，绵密又沉闷。

宁秋水几人没有丝毫犹豫，第一时间朝车下冲去！他的想法成真了，这辆大巴车……不是接他们回诡舍的那一辆！

这辆车应该是书院的校车，只不过他不知道拼图碎片为什么会出现在车上，导致车子变成了载他们回诡舍的大巴车模样！

其实，刚才宁秋水第一时间想到的并不是拼图碎片，而是刘春本人有问题。但刘春的情绪表达太自然了，他去搜身的时候，能明显感觉到对方是真的蒙了。

剩下的时间已经不多，于是宁秋水才灵光一闪，立刻锁定了拼图碎片。

"大家快找车！春儿，你熟悉这边的路，别跟着我们，赶快跑路，你妈还有三十秒抵达战场！"

宁秋水对着有些六神无主的刘春大叫了一声，后者才猛地反应了过来，慌乱地点了点头，认准了某个方向，头也不回地逃亡！而宁秋水一边在心里默数着最后的三十秒，一边用目光扫视着四周。但四周只有迷雾，丝毫不见大巴车的踪影！

不对……任务明明已经完成了，为什么大巴车还不出现？究竟是哪里出了问题？

生死存亡的时刻即将到来，甚至连白潇潇都开始变得紧张，冷汗从额头和后背缓缓渗出。

如果说他们的"家长"和大巴车同时到来，那他们还可以凭借手中的诡器搏一搏。可现在问题是，他们的"家长"马上就要到了，但大巴车却迟迟不见踪影。放学时间只有五分钟，难道要等到放学后，大巴车才会来？

一旁的白潇潇和杨眉似乎也和宁秋水想的一样，脸色有些说不出的难看。

"不会吧……咱们难道要等到校门关闭？可……可是他们……"杨眉语气慌乱，抬手一指，目光里的恐惧宛如水一般溢出。

在她手指的方向，有三女一男四道黑影出现在迷雾里。

他们并肩而行，身形高矮胖瘦不一，正一步一步朝着宁秋水三人而来，随着他们渐渐接近，三人也看清了他们的模样。其中两个女人像是贵妇，唯一的男人戴着民工才会戴的安全帽，而另一个女人则看上去十分朴素。他们的皮肤惨白，脸上挂着诡异的笑容，身体周遭弥漫的冰冷气息甚至会让地面结霜，可怕的压迫感隔着十几米的距离就已经宛如浪潮般涌了过来！

仅仅是一个照面，宁秋水三人就有种遍体生寒的感觉，他们知道，面前这四只诡物的实力绝对超乎他们想象得强大！又或者说，诡门规则对他们的影响很小！

而诡器或许对他们有一定影响，但绝对没有办法帮他们支撑好几分钟！

宁秋水三人想也没想，直接转头就朝着学校内部逃去！然而关键时刻，门口的保安却关闭了大门，他们的脸上还挂着诡异的冷笑，他们直勾勾地盯着宁秋水他们。

"糟了！"宁秋水面色难看，他拿出自己的那盒香烟，犹豫着要不要用掉。

身后的四名家长已经来到了门口，里面的躁动愈演愈烈，不过他们似乎没有察觉，只是站在了书院门口，其中那名穿着十分朴素的女人脸上挂着和善的微笑，对着里面的保安问："保安大哥，我怎么没看见我们家刘春啊？是不是你们搞错了呀，我们家刘春一直都很喜欢念书的！他之前成绩也不错，语文特别好，以后有希望成为一位文学家……"

刘春的妈妈一直碎碎念着，然而保安只是冷冷地盯着她："你的孩子跟他们在一起，但是刚才自己跑掉了。"说完，保安伸手指向了宁秋水三人。

刘春的妈妈突然转头，脸上的表情转为了一种难以言喻的扭曲。

"就是你们带坏了我家春儿吗？你们知道我辛辛苦苦把春儿养大，有多不容易吗？！你们毁了我家春儿，也毁了我！"

刘春的妈妈极度愤怒，怒意也攀升到了极点，不过规则显然对她做出了束缚，让她没有办法直接对宁秋水三人优先出手。她得先找到自己逃走的孩子，把这个失败品处理掉！

"告诉我，刘春逃哪儿去了？！"

刘春妈妈的面容扭曲至极，一步一步地逼近宁秋水，似乎要对他动手。感受着死亡的逼近，宁秋水没有丝毫犹豫，抬手，指向一个方向："他朝着那个方向逃走了。"

刘春的妈妈转头看向保安，脸上的笑容又变得和蔼可亲："他说的是真的吗？"

那名保安冷冷地盯着宁秋水，片刻后僵硬地点点头，他不能说谎。

刘春的妈妈回头，狠狠地瞪了一眼宁秋水三人，朝着他手指的方向追了过去，速度快得惊人，不过两三下呼吸，她就消失在了迷雾中，但她离开后，三人的心情却没有丝毫放松。

因为诡门给他们安排的"家长"此刻就在校门口，刘春的妈妈走了，现在轮到其他家长清算的时刻了，与刘春的妈妈相比，他们显得更加僵硬，更加不正常。

"我们辛辛苦苦花钱供你们读书，你们非但不知道感恩，还做出逃学这种事情，伤了书院老师的心，也辜负了书院，既然你们这么不喜欢在书院读书，那……"

三人毫无感情地说着同样的话，倏然之间出现在了宁秋水三人的面前！宁秋水立刻感觉到天黑了，四周什么都看不见，一片死寂和冰冷。

他死死攥着手里的香烟，只能听见自己的呼吸声和心跳声。

宁秋水的五感瞬间提升到了极致。

"潇潇，杨眉……"他唤了一声，可没有得到回应，心沉了下去。

坏了，看样子，他们三人是被神秘的力量彻底分开了。

"要一个人面对'家长'吗？"宁秋水缓缓闭上眼睛，小心地按照记忆中的位置，朝右侧方走去，如果他的身体还在原来的地方，那么只需要五步他就可以触摸到书院的大门。

一、二、三、四、五……

五步之后，宁秋水深吸一口气，小心地伸出手，向前摸去。他的确摸到了东西，冰冷、僵硬……但绝不是书院的门，那是一张脸！

久违的剧痛从手臂处传来，紧接着，宁秋水就和自己的左臂失去了联系！

几乎是瞬间，宁秋水的右手条件反射般掏出了香烟！而那根烟接触到周围的黑暗后立刻燃烧了起来。与此同时，宁秋水将香烟塞进了自己嘴里，用右手摸向自己残存的左臂，调动全身的肌肉力量压迫止血。

呼——黑暗中，他听见了自己的呼吸声，心跳比平时快了些，他难得紧张了。

人是一种向生的生物，只要还想活着，无论在刀尖舔血多少次，再一次面对死亡时，永远无法做到完全平静。

黑暗中，宁秋水努力放缓自己的呼吸，他知道，自己已经把能做的都做了。

在诡物面前，人类过于脆弱，像郑少锋这种战斗力弱的，他们都无法抵御，更何况是"家长"这种级别的存在？

宁秋水静静地等待着，大约过去了不到十秒钟，他感觉到嘴唇周围传来一阵灼热感——烟已经要燃到他的嘴唇旁边了。

宁秋水的嘴角扯出一抹苦笑，三小只给他的这件诡器竟然一次只能撑十几秒，看来此时面临的这只诡物的能量已经超出了他的想象。

就在他犹豫要不要再一次点燃香烟的时候，一道熟悉的声音忽然出现，也让宁秋水的视觉恢复了正常。

"他们不是逃学，是正常放学。"

恢复视觉后，宁秋水发现自己还站在书院门口，地面上散落着大片的血渍还有他的断臂。一旁的白潇潇和杨眉也好不到哪里去，白潇潇腹部有一道伤口，她正用手死死捂着，而杨眉已经倒在了血泊中，生死不明，浑身都是伤。

他们每个人的身边都站着自己的"家长"。而书院内，保安已经倒在地上，董勇和黄婷婷出现在这里，手里还提了个塑料袋。

"你是谁？"被打断的三名"家长"面色十分不悦，冷冷地对董勇问道。

董勇嘴里叼着根烟，和文静的气质完全不符："我是董勇，这三个学生的班主任。"

听到这个名字，白潇潇面前的诡物发出了尖锐的笑声，一只手松开了白潇潇白皙的脖颈，语气冰冷："可我怎么记得，我家孩子的班主任叫左韦华呢？"

董勇平静开口："他啊，他是前班主任，现在这个班级归我管。"

另一名诡物不死心，也站了起来："我们并没有接到书院的通知。"

董勇缓缓转过头，看着对方："不需要书院的通知，我说的。"

说着，他将手里的塑料袋扔到地上，一个沾满红色液体的圆滚滚的东西从里面滚了出来。

"这三名学生是我批准离开书院的，有什么问题可以直接向书院举报我，不要为难他们。"

这三名家长听到董勇的话后，竟然真的站在了原地，停止了对宁秋水三人的攻击。

他们死死地盯着董勇，可碍于诡门内规则的干扰，他们既没法对董勇出手，也没办法继续再对宁秋水三人出手。

嘀嘀——熟悉的鸣笛声从迷雾中传来，几人循声看去，一辆破旧的大巴车开到了书院的门口，车前两盏宛如眼睛的黄色车灯正在闪烁。

宁秋水来到白潇潇的身边，查看了一下她的伤势，确认暂时要不了命后，他又走到了昏迷的杨眉旁。杨眉此时还有心跳，但已经非常微弱了。

宁秋水一只手托着她的身体，将其一下扛到了肩上，白潇潇则勉强站起来，在他的身后帮他扶着杨眉的腿，他们摇摇晃晃地来到了大巴车的车门处，将杨眉拖了上去。

上了车，就不担心杨眉了，因为他们身上的伤在以肉眼可见的速度愈合再生。

坐在车门处的宁秋水朝着书院内部看去，董勇和黄婷婷对着他挥了挥手，转头又匆匆走入了乌烟瘴气的书院，三小只就跟在他们的身后，洋洋临走的时候还专门回头对宁秋水做了一个鬼脸。

看着他们的身影，宁秋水恍然间意识到应该是因为自己点了烟，导致三小只有所察觉，于是带董勇他们来到校门口帮忙。

宁秋水失笑，他记得三小只之前说过不会再管他的事，这一刻，他竟有一种莫名的感慨。

宁秋水将目光转向身旁的白潇潇，她肚子上的伤口已经恢复不少，白潇潇简单擦了擦手上的血，拿出一样东西，放到了宁秋水的面前："秋水，看。"

是拼图碎片！

宁秋水仔细看了看，发现这张拼图碎片跟以往的有所不同。

上一次他们拿到拼图碎片，是在"古宅惊魂"的诡门世界里，那时的拼图碎片是一个混沌的发光碎片。而现在白潇潇手里的这张拼图碎片，却是一只狰狞的眼睛！一只潜藏着黑色迷雾的眼睛。

宁秋水小心地伸出手，从白潇潇的手里接过了这只"眼睛"，仔细掂量着。

冰凉，触感有一种不正常的冷和硬。那种感觉完全不像是一只眼睛，而是……宁秋水似乎察觉到了什么，缓缓在拼图的背面摸索着，最后摸出了一枚铜钱。

坐在旁边的白潇潇眸里闪过一丝惊讶，她刚才拿着拼图碎片的时候怎么没感觉到它背后有一枚铜钱？

看到铜钱的那一刻，宁秋水脑海里第一时间想到了望阴山上那个跟在"刘承峰"身旁的戴着铜钱面具的男人。

宁秋水绝对没有记错，这枚铜钱和那个酷似自己的男人戴的面具上的铜钱一模一样！

难道……这个拼图碎片是对方放的？

宁秋水的心里出现了一个荒谬的想法，但很快，他的后背就渗出了冷汗。

对方怎么可能会提前得知他会进入这扇诡门？要知道，这扇诡门可不是他的！难道对方一直在监视他？宁秋水的脑海里浮现出诸多念头，可最后都被他一一排除。

目前为止，最有可能的情况是对方得知他进入了这扇诡门，于是提前过来给他换了一个拼图碎片，而这枚铜钱大概是对方故意留下的，用来表明他来过。

他将这个可能告诉了白潇潇，但后者冷不丁地说出了一句让宁秋水有点后背发凉的话："秋水，你说得没错……仔细想想，按理说拼图碎片可以出现在书院的各个角落，或者是和你接触的一些重要的人身上，譬如孟巍、左韦华、黄婷婷等。事实上，拼图碎片一直都藏得比较深，不是那么容易被找到的，但这一次却是例外，它藏在了我们一定会去找的地方！这种感觉就像是有人故意把它送到了咱们的手里！"

白潇潇没有说错，当众人离开书院，大家必然会去大巴车上寻求庇护，而当他们发现书院外面的大巴车是假的后，一定会想到这和拼图碎片有关。

两者之间其实没有太多联系，但关键是留给他们的可能性实在太少了，除了受到拼图碎片的影响，很难在短时间内找到一个更加合理的解释，他是专门来送拼图碎片吗？

这个拼图碎片和之前的不大一样，具体落实到效果上，又有哪些差别呢？

宁秋水目光幽幽，就在他思考的时候，车上忽然又窜出来了一个狼狈的身影——这个人正是杨一博文。他面色惶恐，除了脸色惨白，身上还有不少血渍，只是不知道是他自己的还是其他什么东西的。

上车后，杨一博文一屁股坐在了地上，哈哈大笑："我活下来了……我活下来了！"

他整个人的精神状态看上去都有些不大正常，眼白里充斥着明显的血丝，状若疯魔："我就知道，只要我藏得够深，我就一定能够活下来！躲藏，才是王道！哈哈……"

车上，杨眉也醒了过来，惊呼一声："哪里有狗？别过来，我最怕狗了！"

宁秋水和白潇潇二人大眼瞪小眼，片刻后都沉默了。

望着车窗外已经乌烟瘴气、到处都是嘶吼的书院，四人沉默不语。

对于他们而言，这是一个最为特殊的诡门世界。

里面的诡物不再像之前那样无法和人正常交流，也变得没有那么可怕了，可回忆起从书院里得知的一切，几人却都感觉到后背发凉。

血云书院不仅仅是书院出了问题，它透露出来的更深层的问题发生在一个名为"轩都市"的地方。而像血云书院这样可怕的地方，正在如同雨后春笋一样发展着，在这样残酷的环境下，真正顺利长大的孩子，还是正常的孩子吗？

四人沉默地注视着书院内部，都心照不宣地没有说话，静静享受着劫后余生的宁静。

很快，大巴车启动，这也意味着其他人已经确定被淘汰出局了。

身后的书院和里面杂乱的争吵声随着大巴车逐渐远去而被浓雾彻底吞没，最后彻底变成了虚无……

书院内，闹剧还在继续，小黑屋内的"怨气"倾巢而出。

看着面前凝聚成实体，仿若人形一般的黑色气体，一些学生的脸上露出了绝望的神情。

最终，书院的教学楼前，只剩下了黄婷婷和董勇。

"老师，谢谢你。"黄婷婷看着逐渐逼近的诡异人影，脸上终于露出了久违的笑容，接着，她拿出了一柄剪刀，朝着诡异人影冲去，却被对方击碎成一团红雾，飘洒一地。

接着，那三名诡异人影来到了董勇的面前，后者没有丝毫畏惧。

"书院里不允许抽烟，你是这里的老师，你应该很清楚。"诡异人影的嘴巴咧得越来越大，笑容也越来越怪。

董勇闻言嗤笑了一声。

"真佩服你啊，居然还笑得出来。"

董勇抬手朝着它们身后的教学楼上面一指，脸上露出了灿烂的笑容。

砰——他的身体和黄婷婷一样变成了红雾，什么也没剩下。

书院外，某座小巷子里，传来了惊恐的叫声。

"妈……妈，我错了！我错了！求求你，放过我这一次吧，我会回书院跟老师们道歉，然后好好读书……唔……"

发出声音的源头竟是刘春，他像一个小鸡崽一样被自己的母亲单手掐着脖子提了起来。

"回去？春儿，回不去了。你是不是不记得妈妈跟你说过什么？你知道妈妈为了把你送进书院里读书，究竟付出了怎样的代价吗？"

刘春面色涨红，感受着自己母亲身上的怒意，他心一横，咬着牙说道："周五下午放学是书院的规定！而且我只是想出来买个文具就回去。"

"你撒谎！你在撒谎！书院里有专门的文具店吧？！"

"妈……你听我说，书院的文具店实在是太贵了，我想要帮家里省点钱，这样可以让你轻松一些！"

压迫感临近，刘春反而变得冷静了下来，不停想着还有什么话术可以让她放过自己，然而他显然低估了她思想上的根深蒂固！

"你在撒谎……"

看着她疯狂的脸，刘春剧烈地挣扎了起来！

然而双方的力气差距实在太大，无论他如何挣扎，都无济于事！

终于，女人那锋利的手还是挥了下来，刘春闭上双目，等待着解脱，然而过去了好一会儿，他也没感觉自己身体传来疼痛，刘春缓缓睁开眼，发现她偏过了头，眼睛死死地盯着小巷子的尽头，身体颤抖得厉害，似乎那里有着什么可怕的东西……

他努力地转过头，顺着女人的目光，刘春发现巷子的尽头的确站着一个人。

对方左手揣在兜里，右手指间把玩着一枚铜钱，静静地凝视着他们，脸上还戴着一张铜钱面纱。

叮——那枚铜钱在他的右手掌心被抛起，旋转飞舞，像是谁的命运。

紧接着，刘春听到了母亲的惨叫声："不……不！！"

刘春低头，目光震撼，带着不可思议——他的母亲，那个可怕至极的女人，身体居然开始以肉眼可见的速度腐朽，生出了许多锈渍！

女人双手捂着自己的脸，惨烈地哀号着，可只是短短片刻，就变成了一地碎裂的铜锈。

刘春落地，大口呼吸着新鲜空气。等他再一次抬头的时候，那个戴着铜钱面纱的男人已经消失了，宛如一阵风一样，刘春隐约觉得这个男人很熟悉，可他又想不起来。

休息了一会儿，他觉得好受了些，这才急忙带着白潇潇给他的钱，朝着小巷的另一头逃去……

宁秋水几人到达诡舍已经是深夜，他和白潇潇下车的时候，当真是吓了田勋一大跳。

　　二人身上血迹斑斑，衣衫不整，到处都是破洞。

　　"秋水哥，潇潇姐，你们没事吧？"田勋急忙上前，仔细确认二人情况良好，这才呼出了一口气。

　　"能回来，当然没事。"白潇潇亲昵地摸了摸他的头。

　　诡舍的大巴车具有一定的自愈和止血能力，但像宁秋水这种少了一整根手臂的，还得回到诡舍才能彻底恢复。

　　别墅内部有些冷清，今日只有田勋一个人守在这里。

　　"田勋，其他人呢？"宁秋水问道。

　　田勋扬了扬脑袋，如数家珍："军哥在外面的世界，大胡子回来了一趟，不过被余江约着去钓鱼了，君鹭远也跟着他们。云裳一直没有回来，在现实世界里。"

　　三人坐在了火盆旁，感受着上面传来的温暖，白潇潇发出了一声极浅的、舒服的哼声。

　　田勋拿起了自己那根被烤煳的玉米，一边掰，一边问道："秋水哥，潇潇姐，你俩在诡门遇见什么了，怎么这么狼狈……"

　　他的目光偶尔扫过宁秋水那只断掉的左臂，似乎回忆起了可怕的过往。

　　对于田勋，宁秋水二人倒也没有隐瞒，像是讲故事一样，将在诡门背后经历的一切详细讲述了出来。

　　田勋听完后，面色发生了轻微变化："能不能让我看看那块拼图碎片？"

　　宁秋水也没有藏着，直接将拼图碎片拿了出来，递给了田勋。

　　后者接过之后，拿在手里认真观摩着，说道："这块拼图碎片的确和普通的拼图碎片不太一样……真要说起来，邝叔当初跟我聊起过一点。"

　　再一次提到了"邝"这个极具神秘色彩的人，二人全都打起了精神。

　　因为这个叫"邝"的人，身上实在有太多的秘密了。

　　"邝叔跟你聊过这个？"

　　"嗯，聊过，因为在很早的时候，邝叔也拿到过类似的拼图碎片。"

　　其实也没有相隔太久远，所以田勋的记忆还是比较深刻："这种拼图碎片和普通的拼图碎片不同，似乎被特别的力量侵蚀过，具体有什么功效邝叔没有说，应该也是与拼图碎片的不同有关吧。不过外形既然是酷似眼睛的模样，应该……和'看'有关系？"

　　田勋有些跃跃欲试，将拼图碎片还给了宁秋水，示意他将拼图碎片放入楼梯口的拼图里——良言消失在望阴山之后，这里的拼图碎片只剩下了四个。

三人来了拼图的下方，宁秋水对着田勋问道："之前邝叔那个拼图碎片是什么模样的？"

田勋道："是匕首，貌似就是潇潇姐手里的那柄。"

二人闻言一怔，宁秋水瞟了白潇潇一眼，后者脸上的惊讶证明了她也不知道这件事。

"那柄匕首……不是栀子送我的吗？"白潇潇喃喃自语，拿出那柄身上最为特殊的诡器。

这把匕首上面刻着"栀子"两个字，是邝叔当初赠给栀子的信物。

可后来邝叔神秘消失于诡门背后，栀子也追随而去，于是这柄匕首就被栀子留给了她。

"这到底是怎么回事……"

在她疑惑之际，宁秋水伸出手，将那张酷似眼睛的拼图碎片拼在了拼图上。

然后，出乎预料的事情出现了——随着宁秋水手里的那张拼图碎片渐渐融入之后，拼图忽然变得扭曲起来，表面竟然长出了一根又一根的黑色纹路，宛如某种巨型生物的血管一样不停蠕动，狰狞又可怖！那颗残缺的头像也仿佛变"活"了一般，嘴巴微微张开，像是在述说着什么。

这样的变化足足持续了近五分钟才总算停止。

最终，拼图上的残缺头像不再动了，只不过它额头上的洞里，长出了一颗漆黑的眼珠。

那眼珠里蕴藏着难以想象的诡异和怨念，即便身在诡舍，三人也不敢盯着那眼睛一直看！

与此同时，拼图上的头像嘴角扬起，似乎在笑。

楼道上的三人都沉默着，谁也没有开口说话。

"这……应该是好事吧？"白潇潇讪讪道。

"应该吧。"宁秋水干咳了一声，语气也难得出现了忐忑，毕竟刚才的变化实在是过于诡异，直到现在，他们的后背还泛着些许凉意。

"不过我似乎没有感觉到什么变化啊……"宁秋水检查了一下自己的身上，并没有多出一件诡器什么的，也没有觉得自己突然获得了什么超能力，一切都和平常一样。

"嗯……确实很怪。"一旁的田勋表情古怪，"其实我以前也拿到过一个特殊的拼图碎片，并且从中获得了一件特别的诡器'沙漏'。不过无论是我还是邝叔，拼上特殊拼图碎片的时候，好像都没有这么大动静，按理说你应该会获得一件特别强大的诡器才对……"

就在三人一脸迷惑的时候，忽然听到别墅外面传来了许多惊恐的叫声。他们立刻朝着别墅外面跑去，推开门后，眼前的景象让三人彻底愣在了原地。

不知何时，雾竟然散了！茫茫大雾开始变得稀薄，原本被浓雾遮掩的街道上有许多诡物显形，扭曲怪异，宛如无人修剪的园林，肆意生长着！

看着街道上那些奇形怪状的诡物，宁秋水三人的眼皮狂跳。

难怪之前他刚来诡舍的时候，跳车的胖子莫名其妙就被淘汰出局，连惨叫都没有发出来，原来这街道上、树上，以及周围一些破旧的房屋里……竟然全都是恐怖的诡物！

而它们似乎对宁秋水所在的诡舍十分忌惮，对着宁秋水三人狠狠咆哮了几声之后，便朝着迷雾深处逃去，没有继续逗留在原地。很快，方圆大约一公里区域的迷雾都被驱散了，暴露出一个充斥着危险气息的黑色城市。

这里的建筑很怪，无论是用什么材质制作而成的，无论是完整还是残破，全都是清一色的黑，而且暴露出来的这部分区域看上去皆是断壁残垣，像是曾经遭受过可怕的破坏。

"我……"田勋原本红扑扑的小脸变得苍白，头顶的浓雾散开，没有一丝云。本该出现圆月的天空，竟然有一片河一样的暗流，滚滚流淌，河水纯黑，三人总觉得那条淹没了天空的大河里有什么东西，不过观察许久，也始终没有看见。

眼前的一切都是极度震撼的，他们仿佛来到了一个全新的世界，这也是他们第一次对迷雾世界有了浅薄的认知。

过去，虽然他们也乘坐着大巴车在迷雾世界里穿梭过，但是对于迷雾背后的样子一无所知。

"原来……迷雾世界并不是只有雾气……"白潇潇喃喃自语，美目里尽是震撼。

三人站在诡舍门口，不敢离开别墅太远，只谨慎地观察四周。

宁秋水忽然觉得身上有什么东西十分冰冷，他摸了摸裤兜，发现是之前在那张酷似眼睛的拼图碎片背后摸到的那枚铜钱。

铜钱散发着不正常的凉意，宁秋水将它平摊在掌心处，却又没有发现什么。

"怎么了秋水？"白潇潇凑上来看了看。

宁秋水将铜钱抛给白潇潇，后者一接住，掌心立刻感觉到了寒冷。

白潇潇用纤细的手指拨弄着这枚铜钱，忽然发出了疑惑的声音："你们过来看。"

宁秋水和田勋在白潇潇的指引下，来到了她的背后，白潇潇将铜钱拿远，三人隔着铜钱眼儿朝远处看去，立刻发现了奇异的现象——隔着铜钱眼，三人看见一些地方是血红色的，而一些则是绿色的。

铜钱眼背后的血红让人很不舒服，只是单纯看上一眼，就有种让人退避三舍的冲动，而绿色则好很多，有一种莫名的安定感。

"你们也有那种感觉，对不对？"白潇潇道。

二人点头，白潇潇偏移铜钱眼，看向其他的方向："或许这枚铜钱是在告诉我们哪些地方危险，哪些地方安全，而不同的区域，红色的深浅也不一样。"

"看来我们之前的推测没有错，无论是那个拼图碎片，还是这枚铜钱，都是对方故意留下的……他似乎想要帮助咱们探索一下周围的区域。"白潇潇说完之后，看向了二人。

田勋当然明白白潇潇的意思，嘿嘿一笑："我正闲得无聊呢，咱们今晚正好组个小分队，先去绿色的地方看看！"

宁秋水在诡舍里待了一会儿，断掉的左臂已经长了回来，身体也恢复得七七八八。

"我没问题，不是很困。"

田勋提醒道："不过最好不要走太远，毕竟咱们也不知道这眼睛驱散雾气的能力究竟是永久的还是暂时的。"

三人意见一致，索性也不睡觉了，在诡舍里留下了一张纸条，告诉回来的人不要到处乱跑，可能会遭遇不必要的危险，然后就一同按照铜钱眼上的指示，先朝南方行进。

没过多久，拿着铜钱眼的宁秋水忽然发出了一声疑惑："为什么会有紫色的地方？"

三人靠拢，他将铜钱对准了一座残破的偏殿，那里没有绿色，也没有红色，反而显示出紫色。如果说根据他们的直觉，红色代表危险，绿色代表安全，那紫色又代表什么呢？

犹豫了一下，三人都拿出了身上的诡器，朝着那座偏殿而去。

整座偏殿残破不堪，地面上到处都是塑料人偶，它们静静地躺在那个地方，抬头望天，可裂纹遍布的脸上似乎带着若有若无的笑容，让人看得很不舒服。

这座偏殿很大，内部已经没有了灯火，宁秋水随手捡起地面上的一根蜡烛点燃，用铜钱眼照了照，确认蜡烛没有什么问题之后，三人才朝着更深处走去。

越往里光线越暗，三人甚至有一种古怪的感觉——就是偏殿的深处，那个靠近铜钱眼里的紫色区域能够吸收蜡烛散发的光明。

地面上杂草丛生，泥土里埋着的人偶越来越多，也越来越诡异，一些人偶头上的裂纹处甚至能够看见黑色毛发和血渍……

而人偶脸上的笑容也越来越明显，越来越不正常。

田勋的额头渗出了汗水，他忽然拉住了宁秋水道："秋水哥，要不咱们还是回去吧，这地方太邪门儿了……"

田勋说着，手中掏出了一块和田玉，玉上出现了很多血丝，红得狰狞。

"这是什么？"宁秋水问道。

田勋缓缓说出了一句让二人头皮发麻的话："探测类的诡器，范围是周身五十米，每出现一只诡物，玉里就会浮现出一道血丝……"

二人低头盯着田勋手里的和田玉，陷入了沉默。以和田玉上血丝的交错程度，他们周围五十米的范围内，至少有二三十只诡物！

冷汗渐渐从后背渗出，宁秋水目光扫过四周，周围全都是断壁残垣，不太可能藏住几十只诡物，毕竟大部分诡物还是有实体的，所以，那些诡物藏在了哪里？

宁秋水眉头微微一挑，缓缓低头，看向了他们脚下。

泥土很松软，很有弹性，那种感觉似乎更像是……脑海里飘过了一个可怕的念头，即便是宁秋水也能感觉到身体有一种微微的酥麻感。

呼——一股不知道从何处吹来的刺骨冷风，企图吹熄宁秋水手里的蜡烛，火苗晃动，摇摇欲坠。

宁秋水立刻用手掌护住火苗，等火苗稳定后掏出铜钱，朝着四周看去。

大片的红色，宛如沸腾的开水一样从地面不断向外冒出！与此同时，各种杂乱的低语声也开始出现在了三人的耳畔——

"好饿啊……嘻嘻……"

"好久没有吃到这么新鲜的羊肉了……"

"我就吃一口……一口……"

诸多诡物当着三人的面从地下爬了出来，它们的身体很奇怪，外表由塑料模特构成，里面是蠕动的黑色头发和腐肉。

三人当然不会等诡物们彻底从地下爬出来再跑，发现不对劲的那一刻，他们便转身朝着来时的地方逃去了！

这里是迷雾世界，不是诡门世界，诡物有没有受到限制可不好说。

身后诡异的嬉笑声越来越明显，深藏于地下的那些恐怖诡物也完全暴露了自己的身体。

"不行，逃不出去……"宁秋水目光一凝，他看见偏殿远处、那些之前倒在地面上的塑料模特居然也活了过来，脸上带着怪异的表情，目光幽冷，摇摇晃晃地朝着宁秋水三人围拢过来！约莫有好几百只！

这些诡物的战斗力看上去并不强，不过胜在数量多，一旦将他们困住，那他们就完蛋了！而且透过铜钱眼，宁秋水能看见殿堂的外围有越来越多的红色出现，这意味着外面有更多的诡物正不断生成。

见到这一幕，宁秋水立刻明白了，其实危险的根源并不是这些诡物，而是他们脚下的这片泥地！

"不能往外面逃，逃不出去的……越来越多的诡物正从我们脚下的泥地里钻出来！"

带头逃向外面的宁秋水立刻停下了脚步，继而猛地转身，看向了殿堂的更深处，那里是铜钱眼里呈现出紫色的区域。

"咱们可能还是大大低估了迷雾世界的危险性了……"宁秋水沉重道。

白潇潇和田勋也都面色沉重，拿出了自己的诡器，谨慎地看着周围。因为即便是在诡门里，也不可能直接一下子出现数百只诡物这么可怕的事。

"去紫色区域。"宁秋水立刻做出决定，并付诸行动。

一旁的二人也紧随其后，没有丝毫犹豫。

一来，他们信任宁秋水的判断；二来，眼下的境况，但凡稍微有点脑子的人都能够看出，想要强冲出去几乎不大可能。

殿堂的外围还在源源不断地生成诡物，他们脚下的泥地里也不知道到底埋了些什么东西，那种诡异的触感告诉宁秋水，这里的泥，不是泥土的泥。

宁秋水很难想象，他们脚下的土地以前到底葬送过多少性命！

这片迷雾世界……以前到底发生过什么？战乱吗？但战乱真的能够将一座城市变成现在这副模样吗？

诸多的疑惑浮现于心，但都被宁秋水压了下去，他们朝着殿堂的更深处跑去，路上田勋忽然发出了一声惊呼，宁秋水回头一看，发现一只苍白的塑料断手从泥地里钻了出来，猛地握住了田勋的脚踝！

白潇潇就在田勋身旁，她的反应很快，手中的匕首翻转，直接割开了断手的手指，里面蠕动的黑发好似受到了伤害，发出了许多人声混合的惨叫，缩了回去。

"快跑！"来不及惊喜于诡器的显著效果，白潇潇一把抓住田勋的手，半拽着将他提了起来。

"谢了，潇潇姐！"田勋脸上的惊慌很快便消失了，他回头看向身后那些诡异的塑料人偶，说道，"咱们的诡器在迷雾世界似乎很好用。"

"我的和田玉本来剩下的次数已经不多了，不过在迷雾世界使用的时候，它的耐久度好像消失得很慢。"

听到田勋这话，宁白二人心里悬着的石头稍微下降了些。

诡器在迷雾世界的确有用，这意味着他们至少有了一些自保的能力，面对诡物不至于完全陷入被动状态。

"咻！"

宁秋水三人身后，一个完全爬出了泥土的人偶以一种扭曲的姿势朝着他们爬来，速度极快，仿佛蜘蛛一样！

"我就是狙神！"田勋从身上掏出了一个小弹弓，对着身后爬动的那只诡物弹了一滴鲜血出去！

这滴血穿透了那只诡物，后者惨叫一声，行动稍微受到了限制，不过很快就恢复了过来，双目散发出狰狞的精光，动作更加迅捷扭曲！

一开始，田勋使用这弹弓还能伤害到对方，然而这只诡物很快便学会了闪躲，田勋的命中率大大降低。

"坏了，新手保护期过了！"田勋咂舌，急忙收起弹弓，跟在宁秋水二人屁股后面狂奔。

可怕的是，随着他们朝着殿堂的更深处跑去，越来越多完整的人偶从泥中爬了出来，不要命地朝着宁秋水三人追去！短短半分钟内，它们便将距离拉近到不足十米！

"快，进大堂！"跑在最前面的宁秋水大声喊道，他手里这根蜡烛的火苗在狂奔的过程中居然没有熄灭，为他们提供了一点难得的微光，能让他们看见路。

"嗷！"一个分不清性别的声音从身后响起，带着十足的兴奋。

腥风吹来，三人急忙闪开，地面上立刻出现了一道恐怖的抓痕，深度足足有半米！

看着这道抓痕，三人的额头上全都是冷汗，倘若这一下他们没躲开……

一般情况下，比较厉害的诡器会自动帮助诡客抵挡来自诡物的致死攻击，但那是在诡门之后，这里是迷雾世界，谁也不知道诡门背后的规则是否能全部在迷雾世界生效。

看着已经来到面前的两只塑料人偶，宁秋水想也没想，直接掏出了那包烟！

这两只人偶带给他的压迫感实在太强大了，宁秋水不想出现任何意外，一出手就是身上最强的诡器！

香烟自燃，三小只的笑声隐约从遥远的地方传来，宁秋水身后出现了三道黑色的虚影，扑向这两只塑料人偶，扭打在了一起，诡物斗法，场面极度凶残！

三人不敢停留，趁着这个间隙进入了中央大堂内部，也就是铜钱眼里的紫色区域。

这个区域和外面残破的模样完全不同，一切都很规整，甚至还有些说不出的精致。

而在大堂的中央，出现了一尊石刻的雕像，这雕像宁秋水非常熟悉，竟是……

黑衣夫人！

看见黑衣夫人雕像的那一刻，宁秋水才察觉到周围有一种说不出的熟悉感。

他仔细观察后发现，这不就是当初黑衣夫人那个诡门世界里的偏殿吗？只不过台上的卡尔蒙特的雕像变成了黑衣夫人的模样。

为什么……会这样？

见到黑衣夫人的雕像之后，宁秋水的脑子出现了一瞬间的短路。

迷雾世界和诡门世界难道有什么特别的联系吗？

此刻，门外传来的打斗声越来越明显，也越来越激烈，宁秋水知道外面的情况很不乐观，等到更多的完整人偶赶到，三小只肯定顶不住，他嘴上叼着的香烟的燃烧速度就能够说明一切。

"现在怎么办？"白潇潇略有一些焦躁。

不出意外的话，他们现在已经被外面的诡物彻底包围了，用不了多久，外面的诡物就会进入这个地方，将他们吃干抹净！

"我看看。"宁秋水拿出铜钱，隔着铜钱眼认真打量着面前的雕塑，发现雕塑左手的紫色最为浓郁。他挪开铜钱，认真观察了一下黑衣夫人雕像，对方手掌向上，脸上挂着和睦的微笑，似乎在看什么……

盯着黑衣夫人的表情，宁秋水的脑海里立刻闪过一道光，他拿出了那本几乎已经没有耐久度的相册。

其实这相册他就用过一次，但血云书院里的宿管实在有些强大，导致相册的耐久度被过分消耗。此时，这本相册已经被鲜血彻底糊满，宁秋水将相册放在黑衣夫人雕像的手掌上，不想相册上的鲜血竟然活络了过来，仿佛蚯蚓一样钻入了雕像的内部！而后石像的表面居然出现了无数的裂纹。

咔——这些裂纹逐渐变大，一点点裂开，里面出现了无数黑色发丝，顺着缝隙，朝着外面钻了出来，只不过这一次这些发丝挣扎得很用力，似乎在逃避什么。

片刻之后，已经顺着缝隙离开的发丝像被什么东西揪住，开始往回收。

最终，这些黑色发丝全部缩回了黑衣夫人雕像的内部，随着雕像表面的石头彻底脱落，一个穿着黑色连衣裙，身材高瘦得有些古怪，皮肤惨白的中年女人出现在了众人面前。

她脸上带着怪异的笑容，身上也散发着独属于诡物的气息。

"呼——"黑衣夫人呼出一口气，整个大堂里的蜡烛忽然燃起了火焰，原本黑暗幽邃的空间，立刻明亮了起来！而后黑衣夫人合上了手上的相册，转过高挑的身体，朝着大堂的大门一步一步走去。

三人面面相觑，神情都有些迷惑和紧张。面前的这个黑衣夫人虽然没有对他们出手，但身上散发着的那股浓郁的冰冷，却让他们几乎喘不过气！

他们小心地跟在黑衣夫人的身后，来到了大堂门口，外面激烈的打斗声立刻消失了，他们看见外面的两只塑料人偶见到黑衣夫人的瞬间，像是老鼠看见猫，转身头也不回地狂奔！

而远处那些已经围拢过来的残破人偶则直接散落一地，身上控制它们的黑色发丝直接潜入了地下深处，不过事情显然没有这么简单，黑衣夫人双臂一张，那些泥地下的黑色发丝立刻被神秘的力量撕扯了出来！

"呃……嚇……"

无数黑色的发丝被牵引出来，在空中编织成一张巨大的罗网，最后融入黑衣夫人的双眸和嘴里，无数叫声响彻在发丝编织的罗网中。

这样的过程一直持续了十分钟，其间随着黑衣夫人不断吸收着这些黑色发丝，它身上的气息也跟着发生了变化，双眸变得越来越有神光，给人的压迫感也越来越浓重。直到黑衣夫人终于将这些黑色发丝全部吸收完后，她才缓缓转过了身，面带诡异笑容地看着三人。

那张脸上隐隐浮现着黑色血丝，变幻不定，宁秋水拿出铜钱，透过铜钱眼观察着黑衣夫人，发现它身上散发着的是绿光。

他莫名心头一松，虽然还不能完全确定，但绿光的确能让人心安，而且此刻除了黑衣夫人，原本红色弥漫的偏殿也全部变成了绿色区域。

嗒嗒嗒——黑衣夫人朝着三人走来，由于白潇潇和田勋只从宁秋水的嘴里听说过黑衣夫人，没有真的见过，难免紧张无比，手中的诡器已经准备就绪，随时要跟面前的黑衣夫人殊死一搏，好在宁秋水的一句话让他们安心下来。

"自己人。"宁秋水淡淡道。

田勋吞了吞口水："你认真的，秋水哥？"

宁秋水答："嗯，她身上绿得像草原。"

田勋和白潇潇听完，脸色都变得有些古怪起来，这实在是一个让人很难不想歪的描述。

来到了三人面前，黑衣夫人面带怪异笑容，不动了。

短暂的沉默之后，宁秋水试探性地开口："你是……夫人？"

面前的女人竟然点了点头。

"天哪，她听得懂我们的话！"田勋惊讶不已。

宁秋水想了想，又问道："这里为什么会变成这样子？迷雾是怎么回事？"

见黑衣夫人并不回话，宁秋水捏了捏眉心，有一种对牛弹琴的错觉。

"这里是什么地方？"他问出了最后一个问题，但黑衣夫人还是没有回答，只是盯着他一直笑，哪怕知道对方不会伤害自己，看久了那种诡异的笑容也会让人觉得浑身发冷，鸡皮疙瘩掉一地。

"算了，秋水……咱们赶快回去吧，看样子她没法回答我们的问题。"白潇潇拉了拉宁秋水的衣袖，后者思索片刻后点了点头。

的确该回去了，迷雾世界实在是过于危险，待久了还指不定会出现什么乱子，赶快回到诡舍休息才是当下最重要的事。

"这里是……秽土。"

就在三人走出了几步后，黑衣夫人忽然用一种极度沙哑的声音说出了五个字。

秽土？三人从黑衣夫人那里获得了一个新鲜的名词。

宁秋水回头又问了黑衣夫人一些问题，但黑衣夫人没有再回答他们的任何问题。也许是连黑衣夫人自己都不知道，也许是黑衣夫人无法说出来。

可惜的是，他们诡舍里最为见多识广的良言失踪了，否则也许能从良言那里知道些什么。

回到诡舍里，仍旧没有人回来，估计余江三人是准备钓到第二天了，宁秋水三人回到了自己的房间里休息。翌日苏醒后，他们发现外面散开的雾气又围拢了上来，别墅外，再一次变成了浓雾弥漫的模样。

白潇潇穿着厚厚的兔绒睡衣，盘坐在沙发上，正用笔记本电脑搜索着什么。

宁秋水打了声招呼，去厨房拿了两份面包和牛奶，坐在她身旁："起这么早，查到了什么？"

白潇潇因为冰冷而略显苍白的小脸上透露着一抹古怪："嗯……秽土……秽土转生。"

宁秋水的目光落在了白潇潇的电脑画面上。

二人看了一小会儿，宁秋水指着画面的右下角："有没有可能，这只是一部动画片。"

白潇潇摸了摸光洁的下巴："嗯，也有一定的参考价值，不是吗？比如，你们在诡门世界里看见的黑衣夫人，的确出现在了迷雾世界的秽土之中。"

宁秋水道："不无道理……但我有两点没想通。第一，我手里还有和王芳有关的诡器，为什么复活的是黑衣夫人而不是王芳？第二，既然黑衣夫人雕像所在的那座殿堂就是来自诡门世界，秽土中怎么会有和诡门世界里一模一样的地域？"

面对宁秋水的这两点疑惑，白潇潇陷入了沉默，关闭了电脑上正在播放的动画片。

"当时殿堂的景象你们昨夜也看见了，四处都是残垣断壁，诸多细节都昭示着这间殿堂早在很久远的从前就已经出现。如果说诡门世界是秽土的'过去'，又有一点说不通，那就是诡门世界殿堂里供奉的是卡尔蒙特，可秽土的殿堂里供奉的是黑衣夫人。种种迹象表明，黑衣夫人绝对不简单。"

宁秋水企图从一些事情上去寻找蛛丝马迹。

白潇潇沉思了一会儿道："秋水，你再用铜钱眼看看外面。"

宁秋水闻言来到了别墅的窗边，掏出了那枚特殊的铜钱，对着别墅外面看去。

入目处，全是一片血红，只有在南边的那座黑衣夫人所在的殿堂方向隐约透出一抹不大明显的绿。

"夫人所在的殿堂应该是对我们开放为永久的安全区域了。"宁秋水说道。

"浓雾中全是危险，过不去。"他的身后传来脚步声，白潇潇站在楼道上，一边吃着面包一边说道，"拼图头像额上的那只黑色眼睛闭上了。"

"看来它不是永远睁开的，得等到下一次它睁眼，我们才能去其他区域探索了。"

宁秋水盯着手里的这枚铜钱，很好奇那个戴着铜钱面纱的人到底想要告诉自己什么。从昨夜的经历来看，他显然知道秽土的存在。

"这片被不祥的迷雾遮盖的世界……到底埋葬着什么秘密？"宁秋水喃喃，而后他忽然回头，看向了盯着拼图出神的白潇潇说道，"对了潇潇，有个事你帮我盯着点。"

白潇潇回头，眨了眨眼："让我帮忙啊，请我吃饭。"

宁秋水笑道："可以。"

"说吧，要我帮你盯着什么？"

"迷迭香里，住着一个罗生门的高层人员。"

宁秋水话音落下，二人对视片刻，白潇潇脸上露出了一个意味深长的微笑："你不会怀疑是我吧？"

宁秋水耸耸肩："谁知道呢？毕竟你知道这个消息的时候可一点也不惊讶。"

白潇潇缓缓来到宁秋水面前，碰了碰他的肩膀，语气带着挑衅："那如果我说，我就是罗生门的高层人员，你要怎样？"

宁秋水倒也没有回避这个问题，语重心长地劝说道："那我希望你可以弃暗投明。"

白潇潇扑哧一笑："什么叫弃暗投明？谁是暗，谁又是明？"

宁秋水："你是个成年人了，要有自己的判断。"

"哼！"白潇潇喝了一口牛奶，"行吧……我帮你留意下。"

宁秋水补充道:"必要的时候,可以直接给我打电话或是发消息,我能帮些忙。"

白潇潇说:"知道啦……我又不是小孩子,你这样的人,在外面肯定也不是简单货色。"

二人识趣地没有再提这个话题,宁秋水也已经得到了自己的答案。

白潇潇大概率就是那个要他命的人,即便不是,那个人应该也是白潇潇的私人朋友,只不过,白潇潇应该不知道他是"棺材"。

宁秋水思索了片刻,还是没有坦白自己的身份。

他不是很怕,市面上的同行能跟他过招的不多,特别厉害的几个还跟他情况相似,同样背地里在为高层服务,彼此知根知底,共享同一个数据库。而且以白潇潇的财力,真要铁了心除掉自己,不至于请些二流货色,这也间接证明了白潇潇本身对于除掉棺材这件事没有什么兴趣,更像是一种敷衍某人的态度。

不久之前,白潇潇曾花费二百万请过棺材出手,而且还是经某些朋友介绍,所以白潇潇对于棺材应该是有所耳闻的,那些人除掉棺材的可能性有多大,她心里应该有点数。宁秋水知道自己的身份藏着太多的秘密,绝对不能轻易曝光,所以他并没有告诉身边的其他人。不过对于白潇潇的身份,宁秋水很好奇。

这个女人怎么会和罗生门扯上关系,而且还混到了高层。而且以白潇潇的财力,有了罗生门的帮助,怎么以前还会跟栀子那么卖力地刷门?她完全可以请罗生门的人帮忙带她过门,岂不是更加轻松安全?

她有很多奇怪的地方,逻辑上根本解释不通。

思索到这里,宁秋水的脑海里闪过了一个古怪的念头——

白潇潇在罗生门里的身份……会不会并不属于她?

"是栀子吗……"宁秋水眼底闪烁,在他看来,这个女人的神秘程度丝毫不亚于邝叔。白潇潇总说栀子是追随邝叔而去,但宁秋水却认为,她的消失绝对没那么简单。

"难道原本在罗生门高层的应该是栀子,只不过栀子离开前把这个身份给了潇潇?"

这个念头出现的瞬间,宁秋水的手心渐渐渗出了汗水。

如果他的猜想成真,那就很可怕了。

早就已经离开诡舍的邝和栀子,还在以某种方式控制着宁秋水所在的诡舍,这种身在局中的感觉,让宁秋水浑身起鸡皮疙瘩。

栀子完全有可能……搞不好邝也有参与。

良言消失之前还跟他们透露过,邝是个很厉害的人,如果他在,那他们面对罗生门并不会陷入太多被动。这样看来的话，邝的确有可能帮助过他们诡舍的某些人打入过罗生门内部。

"真是可怕的人……"宁秋水并没有跟邝见过面，不过即便这样，他也开始感觉到为什么这个诡舍里的老人对于邝会有一种近乎信念感的依赖。

因为这个人真的太可怕了，换言之，他太有安全感。

虽然宁秋水没有参与过邝的布局，但是他也能隐约瞥见当初邝留下的手笔的冰山一角。这家伙说是一个活脱脱的传奇也不为过，至少宁秋水认为，他自己没法比邝做得更好，甚至不如良言。

白潇潇早上收拾了一下自己，跟二人道别后，就先回去了。宁秋水想看看下一次迷雾消失是什么时间，所以留在了诡舍，陪田勋看了会儿电视。

中午的时候刘承峰三人终于回来，脸上除了挂着黑眼圈之外，还带着一抹难以言喻的兴奋。宁秋水偏头朝着他们身后看了看，好家伙，三个人三个鱼篓，全都钓满了。

"怎么，怕钓不着鱼专门带上了鹭远，卡新手保护期的漏洞？下次是不是就要带田勋了？"

刘承峰跟着了魔一样，进来碎碎念道："小哥，我不是忽悠你，新手保护期是真的存在的！同一条小水沟，三个点位，余江就出了两条，其他的鱼全是我和鹭远钓的！你是不知道那场面，鱼跟喝了迷魂汤一样，一个劲儿地往我鱼钩上咬！"

一旁的君鹭远也是瞪大眼睛，像回忆起了什么，冰冷苍白的小脸上露出了一丝红润。

"真的，秋水哥！昨晚有一条母鱼，肚子鼓鼓的，像是缠上了大胡子，本来大胡子钓上来之后看它肚子里有不少鱼卵就放它走了，结果它一个龙门跃，又从水下飞到了大胡子脚边！要不是大胡子给了它两巴掌，它估计就赖着不走了！"

"啊？"宁秋水一脸疑惑，他听着君鹭远的话，呼吸为之一滞。

一旁的刘承峰"嘿嘿"一笑，不好意思地挠了挠头："小哥你放心，就这一条，对其他鱼我绝对没做过这么出格的事！"

一旁的余江听着这话，脸上的肉在轻轻抽搐，没有对比，就没有伤害。

中午烤鱼宴开启，随着鱼表面的油刺啦作响，香气立刻溢满了整座别墅。

"对了小哥，门口柜子上贴着的纸条是什么情况啊？"刘承峰一边烤鱼，一边问道。

宁秋水简单将昨夜发生的部分事情说了出来，但是隐瞒了关于铜钱的事，只说误打误撞去到了那里。对余江他还不了解，所以不能把所有的事情全部都抖出来。

田勋这小子倒是懂事得很，全程吃鱼，一个字没说。

完事之后，宁秋水趁着刘承峰收拾的空当单独找到了他，并且拿出了那枚铜钱："大胡子，帮我看看这枚铜钱……什么情况？"

经过上次在望阴山的遭遇，他们几个都知道刘承峰不是什么神棍，是真的有本事在身上。

刘承峰接过宁秋水递来的铜钱，认真看了看，脸色渐渐发生了微妙的变化，严肃了许多："小哥，这玩意儿……你从哪里拿到的？"

宁秋水也没有隐瞒："八成是诡门里的'我'给我的。"

刘承峰点头："那就不奇怪了……我道行浅薄，只能看出一点。这枚铜钱上沾了'特别的东西'，能够窥破世事。其实我们观里也有，说是祖师爷赐福过的，但那些铜钱沾的'东西'太少，不如你这枚的十之一二。"

宁秋水眼光轻动："这么厉害？"

刘承峰失笑："确实厉害，而且不是一般的厉害。

"一般这种特殊的铜钱，需要有本事的人才能使用，拿来查看一些肉眼看不见的吉凶。但你这枚铜钱属于终极版本，别说是人了，就算是条狗，通过上面的铜钱眼也能看见吉凶。

"不过，这种铜钱我们的世界里绝对是没有第二枚的，如果用师父的话来说，得需要上神赐福，才能够有这样的效果。不过如果是诡门背后的那些诡物？……倒也不奇怪了。"

诡门背后的诡物，和他们世界中的民间志异传说完全不同，也完全不是一个级别的存在。如果没有诡门的规则给予束缚，那些诡物的能力会更加难以预料！

宁秋水消化了一下刘承峰的话，问道："'上神'是什么？"

刘承峰说："就是一个称谓，指一些已经脱离了香火供奉的神，有属于自己的'果'，无须再借他人'愿力'来蕴养自身。仙侠小说你总看过吧？在设定上大差不差，不过道观佛庙里的神仙佛陀，大部分都是需要香火供奉的。"

宁秋水若有所思，就在此刻，他的手机忽然振动了起来。

宁秋水一看，是一个陌生的电话号码。他眉头微微一皱，接通后，里面出现了一个熟悉的声音："喂，秋水哥，是我，杨眉。"

"嗯……有事吗？"

"我可以见你一面吗？有一些重要的事需要当面跟你讲。"

"什么时候？"沉默了片刻，宁秋水回道。

"今晚。"

杨眉突然给宁秋水打了一个电话，想要晚上约宁秋水吃饭，听她的语气，似乎有非常重要的事情想要跟他商议，这让宁秋水产生了一些好奇。

离开之前，刘承峰嘱咐了宁秋水一句："小哥，有件事我得提醒你，你拿到的这枚铜钱，在诡门世界是没有用的，可别把这东西当成诡器。"

正欲离开的宁秋水有些讶异地回头："我从诡门世界得到的铜钱，在诡门世界里不能使用？"

"嗯。"刘承峰点头，"有机会的话，你试试就知道了。"

告别了大胡子，宁秋水乘坐大巴回到了现实世界。

家里没有出现新的信件，鼹鼠那边也没新消息，一切都显得很平静，让宁秋水甚至有点不太适应。他休息了一阵，一直等到约定的时间，宁秋水才去往滨江大酒楼——杨眉约他在这里吃饭。勘察了下周围，确认没有问题后，宁秋水才来到了和杨眉约定的包间内。

杨眉已经早早在这里等待，面前的桌子上有几碟不算多的精致菜品，见到宁秋水后，杨眉脸上严肃的神色才稍微缓和了一些："你终于来了，秋水哥。"

宁秋水脱下外套，拿在手上："怎么，找我有什么事？"

杨眉略有些紧张地看了看房间的四周，然后对着宁秋水招了招手："秋水哥，你过来。"

宁秋水看着她那副卖关子的模样，配合地走到了杨眉的身旁："说吧。"

杨眉压低声音，用几乎只有二人才能听见的声音说道："秋水哥，你还记不记得，我之前说过是丰鱼介绍你们给我的？"

宁秋水点头，在上一个诡门世界开始之前，杨眉的确说过丰鱼是她的男朋友，之所以找上白潇潇带她过门，其实也是因为丰鱼的介绍。

可现在，杨眉却告诉了宁秋水一个被埋藏起来的真相："其实我找上你们……并不是因为丰鱼。"

宁秋水闻言一怔，旋即笑道："这么说，丰鱼不是你的男朋友？"

杨眉苦笑道："那倒不是，丰鱼的确是我的男朋友。但这一次过门找到你们……尤其是找到你，是因为'信'。"杨眉说着，继续道，"我在进入诡门之前，收到了一封神秘的信，里面有一张照片，背后写着你的名字，说你可以带我从下一扇诡门中活着出来。"

宁秋水闻言，不动声色道："那封信在哪里？"

杨眉从身上的包包里拿出那封信递给宁秋水，后者接过这封信后仔细地抚摸着表面——是熟悉的感觉。

打开信，里面出现了一张泛黄的照片，照片里的人正是他自己。

这样的照片，宁秋水也收到过，他仔细审视了照片的细节部分，嘴上问道："为什么专门把我找来告诉我这件事情？"

杨眉苦笑道："因为我被人盯上了。丰鱼跟我说，这封信非常危险，外面有人专门在猎杀这种信的持有者。我先前通过一些手段去查询过信件记录，想要找到是谁给我寄的信，结果没想到这个操作差点要了我的命！

"如果今天早上丰鱼没有给我打电话，让我去快递驿站找他送我的小礼物，那我现在很可能已经死了！"

宁秋水闻言，笑道："怎么，有人去你家了？"

杨眉点头，心有余悸："是的，我回家的时候正好碰上下楼的邻居大爷笑着跟我打招呼，问我家里要聚会吗？来了那么多人……我当时被吓到了，直接转身就跑！

"真的不敢想，要是早上丰鱼没打电话把我吵醒，要是我回家的时候没有正好撞见下楼散步的大爷……"说到这里，杨眉双手捂脸，身体在轻轻颤抖着。

"所以，你就在外面晃了一天？"宁秋水问道。

面对宁秋水的询问，杨眉深吸一口气，勉强稳定了一下自己的情绪："没，我在隔壁的警局里待了一天，中间也不敢报警，如果我报警了，他们肯定也会知道我在警局，万一他们盯上了我，那我一出警局就完蛋了！"

"这信我是不敢要了，扔也扔不掉，我就想着既然这信跟你有关系，也许你可以帮我处理掉它。"杨眉说完后，像是吐出了心里的一块大石头。

宁秋水看着手里的信："可以，另外你家的事我也可以一同帮你处理了，不过这件事情不能对其他人讲。"

杨眉眼神一亮："真的？"

宁秋水说道："给我你家的地址。"

杨眉如实说出了自己的具体住处，对于宁秋水她没有什么怀疑和防备，因为如果没有他，她不可能从上一扇诡门里活着出来。

得到这个住址之后，宁秋水就发给了鼹鼠，没过多久，一大串的信息就出现在了宁秋水的手机上。

"你先去警局待着，好了我会叫你。"

杨眉用力地点点头，脸上带着一抹好奇："秋水哥，你不会也是……做这行的吧？"

宁秋水笃定道："当然不是。"

说完之后，宁秋水拿着那封信就离开了酒楼。

看着宁秋水的背影，杨眉的那双眼睛才渐渐发生了细微的变化，喃喃道："坏了，潇潇姐的猜测不会是真的吧……"

杨眉家，二女四男在这个地方翻箱倒柜，寻找着他们要的东西。

"老焘，消息准吗？"

"上边给的消息，不可能有问题。"

"她不会发现了吧？"

"按理说不可能，我们已经调查过这个女人了，她就是很普通的市民，甚至上面还专门嘱咐我们不要带东西，免得搞出太大动静。"一名身材高挑的女人双手抱胸，她穿着紫色的连衣裙，手上还挎着一个高奢包包，这种女人走到街上，完全就是一名正常的市井人员，根本看不出她是罗生门雇用的人。

穿紫色连衣裙的女人语气里带着一种淡淡的嘲讽："信没找到，人也没找到，你们居然还有所怀疑，要我说呀，那小姑娘早就跑路了……"

"早就告诉过你们，那些家伙靠不住，还得是姜爷……"她话音未落，面色陡然一变，猛地朝着旁边扑去，"快躲开，有埋伏！"

此话一出，房间里的人全都浑身一凉！

听到紫衣女人的提醒，房间里所有的人几乎是同一时间做出了最快的反应！他们或是飞速地扑向了距离自己最近的掩体，或是朝着其他的房间逃去！普通的武器没办法隔着那么远的距离进行攻击，但若是再配上一副热感护目镜……

"快，吕珩，用打火机把能烧的家具烧了！"紫衣女人咬着牙，白皙的额头渗出了冷汗！

刚才闲聊的一瞬间，她清晰地看见了一个红色的小点出现在了她的身上！这种东西她见过很多——是激光瞄准器。

紫衣女人心有余悸，如果刚才自己闪得慢了一些……对方明显是有备而来！

被称作吕珩的那个男人，掏出打火机点燃沙发上面的布条，扔到房间的地板上用来干扰对方视线。

做完这些，有人又拿出了镜子，小心地移到掩体外，通过镜子观察远处的情况。

其实这个房间的窗帘原本是被他们拉上的，但当他们发现房间里并没有人后开始了大肆搜寻，窗帘也就被拉开了。

就在他们全神贯注地关注着阳台对面的那栋公寓时，门被打开了。

锁声不大，但却足够房间里的六人听见。

随着房门被推开，一个人大摇大摆地走了进来，带着一个盾牌。

"不用看了，对面那个是玩激光笔的小孩。"这人进来之后直接说道。

"你是谁？"

其他几人还没有反应过来，根据上面的消息，这个房间里只有一名叫杨眉的女孩居住。眼前的这个陌生男人显然不是这个房间的租客，而且他进来的时候手上还带着一个防爆盾牌，但这简简单单的一个盾牌，已经让几人对宁秋水的身份产生了诸多的怀疑。

对于警察而言，他们就是下水道里见不得光的老鼠，一旦被发现，下场往往很凄惨。

"不要误会，"宁秋水说着，房间里的几人松了口气，但紧接着，宁秋水又说出了一句让他们脑袋瓜都在冒寒气的话，"我跟你们是同行。"

"证明一下。"

"好了，证明结束。"说完，他直接解决了面前的光头男人。

房间里一片死寂，紫衣女人的脸色突然变得极其苍白："你是……"

她话还没有说完，宁秋水便扫了她一眼："不要急，我先问，你们几个人？"

被盯上的紫衣女人的鬓边流下了豆大的汗珠，她已经隐约猜到了眼前这个男人的身份，但她始终想不明白，为什么这个男人会出现在这里，难道他也是来夺信的？猜测归猜测，她可不敢耽搁，万一眼前这个真的是行业里的那尊瘟神，那他们今天可是凶多吉少了。

"一共六个人，刚……刚才被你解决了一个。"

宁秋水点了点头，他当然知道这个房间里面有六个人，鼹鼠早就告诉他了，之所以要浪费时间再问一遍，主要是他想知道哪些人会跟他说实话。

"第二个问题，你们是罗生门的人，还是只是受到他们的派遣过来拿信？"

听到这个问题，房间里的众人脸色都发生了微妙的变化，紫衣女人脸上的恐惧稍微消退了一些，带着不确定的语气向宁秋水问道："您也是来取信的？如果是这样的话，信我们可以不要，让给您就行。"

宁秋水看了她一眼，下一秒，紫衣女人也被解决了。

"那个戴眼镜的，很有文青气质的，对，就是你，过来。"

那个身材偏瘦的、高高的眼镜男脸上的肉忍不住抖了抖。

"还是刚才那个问题，你们是罗生门的人，还是被雇用的？"

高瘦的眼镜男显然要比紫衣女人老实多了，又或许是因为有前车之鉴，眼镜男非常笃定地回答道："我们是被雇用的。"

"谁雇用的你们？"

"他叫洛书，我们对他不了解，但他的确是罗生门的人。"

"那家伙给了你们多少钱？"

"没给钱，算功勋。功勋够了，我们能加入罗生门。"

"所以你们六个人全都是诡客？"

"都是，我们也不缺钱，如果不是为了活命，谁会冒着这么大的风险来干这事？"

宁秋水仔细想了想，突然一声恐怖的声响从旁边的柜子里猛地传了出来！

"砰！"

柜子里面藏着一个人，一直隔着小小的缝隙观察着宁秋水，想要趁他降低戒备的瞬间冲出，将他制服！不过他显然低估了外面站着的这个家伙，他撞门的那一刻，宁秋水一脚踢在了柜门处，就像是预判到了他的动作一样。

结果就是，他猛地撞在了柜子的门上，却没有撞出来，七荤八素之际，宁秋水已经出手了。刚开始柜子里还有挣扎的动静，后面彻底陷入了死寂。

到现在，房间里只剩下了四个人。

"我准备给你一点基本的信任，有没有洛书的联系方式？"

高瘦的眼镜男点了点头："有的，不过这个人很危险，如果他知道我们出卖了他的信息，事后……"

他吞了吞口水，知道对方并没有动手。

刚才的那几秒，他的大脑真是完全空白，什么念头都没有，也是直到这一刻，他才终于发现，眼前的这个男人给他们的压迫感到底有多强！

"快说，我没什么耐心了。"宁秋水笑道，"回答我的问题，运气好的话，你可以离开。"

威胁之下，眼镜男告诉了宁秋水如何联系洛书。然后宁秋水就在眼镜男那惊恐的目光中，毫不犹豫地解决了房间里剩下的几个人。

眼镜男的手指在轻微地颤抖着，他从来没有见到过像宁秋水这样做事肆无忌惮的人。他们这一行，如果后续事情处理不干净，会非常麻烦，任何一个细节的忽略都很可能会断送自己的前程甚至是性命。

所以他们为了解决一个或几个目标，通常会提前一段时间进行策划，让一个人在无声无息之中消失，而宁秋水更像是……不计后果。

宁秋水对着眼镜男说道："在我离开之前，你还有什么想问的吗？"

后者先是愣住了一下，随后支支吾吾道："你……你会履行诺言的吧？"

"当然。"宁秋水微微一笑，从身上摸出了铜钱，"差点忘了，你拿着这枚铜钱，抛起来，一半生，一半灭，让命运来决定你的去留吧。"

眼镜男吞了吞口水，接过了宁秋水递来的铜钱。此时此刻，他一点不觉得手心里的铜钱轻便，反而觉得沉重无比。

那不是一枚铜钱，那是他的命运。

深吸一口气，眼镜男将手心里的铜钱抛起，那枚铜钱在空中飞舞旋转，隔着中间的铜钱眼，眼镜男看见面前的宁秋水身上散发着红色的光芒。

不知道为什么，他看见这道光的时候，身体莫名哆嗦了一下。

那一刻，眼镜男忽然想起了一件事——那就是眼前的铜钱，根本没有正反可言。所谓的让命运来决定他的去留，只不过是宁秋水的一个玩笑。

这一瞬间，眼镜男不再犹豫，他动手了。

哪怕他知道了自己的结局，他也要搏一搏。

虽然他已经尽可能地让自己的动作变快，但还是没能快过宁秋水。

宁秋水简单地打扫了下现场，做完了自己该做的事情之后，直接离开了。

事后，他也按照眼镜男留给他的方法联系上了洛书，二人约定在一家地下酒吧里见面。

凌晨时分，宁秋水按照约定戴上了一个特别的面具，来到了这家地下酒吧。

今天的酒吧里似乎在进行着某种庆祝，里面所有的人全都戴上了面具，无论男女，在这家地下酒吧里面，全都高兴地喝着酒，听着音乐跳着舞。

这里不是静吧，吵闹是常态。

宁秋水来到了吧台，对着那名手指在玻璃杯之间飞舞的女调酒师说道："您好，我要一杯'冰岛之恋'。"

女调酒师抬头看了宁秋水一眼，唇角勾起，魅惑道："请稍等。"

宁秋水在吧台静等了五分钟，女调酒师的动作愈发娴熟和快捷，没过多久，一杯幽蓝色的酒就出现在了宁秋水的眼前。

像是冰川，而在酒杯旁侧夹着的那片柠檬则像是朝阳。

"先生，这是您的冰岛之恋。另外，之前有一位女士跟我讲过，如果有一个人跟她点了同样的酒水，那就请到能看见月光的地方与她相会。"

宁秋水点了点头，对着女调酒师道了声谢。

紧接着，他就在地下酒吧里寻找着屋顶有天窗的房间。

这家地下酒吧非常大，不仅有中央舞台一个区域，有一些不喜欢喧闹的客人，会专门在一些幽静的房间里安安静静地喝酒，听音乐。

宁秋水七拐八拐，最终来到了一个特殊的房间。

与其说是一个房间，不如说是一个地下的小型花园。中间有一棵长得非常诗意的树，歪歪扭扭。而旁边除了青石地板，还有一圈小草坪。头顶隔着透明的琉璃，能直接看见星空。

星月的清辉洒落在了这个房间里面，树的面前站着一个穿着露肩粉色修身裙、戴着狐狸面具的女人，对方手上拿着一杯跟他一样的冰岛之恋，静静地品味着。

"洛书？"宁秋水走上前去。

女人回过头，面具的背后是一双熟悉的眸子，带着几分狡黠："确切地说，是洛水，只不过那些家伙总叫我洛书，叫多了，我也就成了洛书。"

听着这个声音，宁秋水先是微微皱眉，然后又舒展开来："你不会杀杨眉的，所以这一切都是你布下的局？"

洛书轻轻踩着高跟鞋，来到宁秋水的面前，语气撩拨："我直接问你，你肯定不会告诉我，索性就只有自己找答案。"

宁秋水跟她轻轻碰杯，也喝了一口酒："似乎有点小题大做了。"

洛书舔了舔红唇："小题大做吗？我觉得一点也不。我是真没想到你居然会是棺材，难怪当时聊天的时候，我总觉得有些怪呢。"

宁秋水笑道："我也没想到你居然真的是罗生门的人，所以我该叫你洛书呢？还是叫你潇潇？"

白潇潇反问道："那我是该叫你棺材，还是叫你秋水？"

二人大眼瞪小眼，沉默了好一会儿。

"好吧，说说正事……你是怎么混成罗生门高层的？"宁秋水道。

白潇潇眨了眨眼："你这么聪明，要不先猜猜？"

宁秋水盯着她："难道是因为……栀子？"

白潇潇眸光轻动："……还真被你猜到了。"

她转过身子，悠悠地来到了树旁："洛书是栀子在罗生门里面的代号，她离开之前，解决掉了罗生门里唯一一个知道她真实身份的人，并把这个身份给了我。"

宁秋水端着酒杯走上前："她为什么要这么做？"

白潇潇说："具体原因我也不大清楚，这个身份是邝叔和她一起创造的，罗生门里面藏着一个很特别的秘密，我们一直都很想搞清楚。"

宁秋水目光闪烁："藏着一个秘密？"

"我也不知道那个秘密到底是什么，但是跟诡门有关系。

"罗生门有一种特别的方式，可以不借助诡舍里的诡门，直接进入诡门背后的世界，进入那座可以制信的神秘精神病院。"

听到这里，宁秋水的脸色微微一变。

不借助诡舍作为中介，直接进入诡门世界？这是怎么做到的？

"很惊讶吧……我也很想要弄清楚这个秘密，我相信，邝叔和栀子应该也想。"白潇潇单手持杯，"而且我了解到的一些更多的细节表示，罗生门这个组织的真正力量……很可能不在我们的世界。"

她话音落下，宁秋水的脑海里立刻闪过了无数的念头："罗生门的创立者……不是诡客吗？"

白潇潇盯着宁秋水："只是我们这个世界的罗生门创立者而已，但事实上，那个人很可能只是一名联系者，罗生门真正的创立者在诡门世界。"

宁秋水仔细思索着："联系者……听上去倒是有这个可能。"

白潇潇叹了口气："可惜没证据证明这一切，至少没有确切的证据。或许，当我弄清楚他们是怎么做到不经过诡舍直接进入诡门世界时，就能获得更多的重要线索了。不过，目前可以肯定的是，罗生门肯定和诡门世界有着千丝万缕的关系。"

宁秋水点点头："需要帮忙的话，随时叫我。"

白潇潇沉默。见她的表情有些不对，宁秋水问道："怎么了？"

白潇潇用一种很复杂的眼神看着他，似乎在纠结着什么："帮忙的话……还真有一件事，不过……"

宁秋水："说来听听。"

"很危险。"白潇潇微鼓着腮帮子，吐出一口浊气，低头看着自己的脚尖。

宁秋水眉头一挑："和诡门有关？"

白潇潇点头："嗯。"

"我收到了信，信上让我去保护一个快要过门的……人。"

白潇潇在说"人"这个字的时候，语气多少有些勉强。

宁秋水盯着白潇潇的表情，有些失笑："怎么，那家伙长着三头六臂？"

白潇潇摇头："那倒不是……但他精神不太正常，而且我跟他一点也不熟。"

宁秋水问："他在哪里？有联系方式吗？过第几扇门？"

白潇潇答："那家伙叫赵二，是向春精神疗养院的病人，要过……第八扇门。"

宁秋水闻言微微瞪眼，精神病人……还是第八扇门？

白潇潇见到宁秋水的表情变化，忍不住道："很不可思议是吧？我何德何能去保护一个能到第八扇门的人，而且他后天进门，到现在我连他的联系方式都没有找到，精神病院那头一听我要联系赵二，每次都直接挂电话……"

宁秋水沉默了一会儿："明天我去看看吧，我跟他聊聊。"

白潇潇阻止他道："我知道你想帮我，但这件事情绝不能意气用事，你去过第七扇门，知道后面门里的凶险程度，第八扇门较之第七扇门只会更可怕，进去……有去无回！

"实在不行就不管他了，让他自生自灭吧，犯不着把咱们自己搭进去。而且，后天罗生门的高层有一个很重要的会议，我也要去，根本没有时间进门。

"如果我不去，栀子留给我的这个身份就很可能会暴露，你应该知道这个身份的珍贵程度。"

宁秋水一口气喝光了杯子里的酒："我明天去见见他，先看看情况，其实我对这个人也很有兴趣，一个精神病人居然过了七扇门，真是让人意外啊……"

白潇潇对于赵二的描述，已经吸引了宁秋水的兴趣。

白潇潇眼底带着某种隐晦的复杂情绪，注视了宁秋水许久，她主动上前，轻轻挽住了他的胳膊，半拉着宁秋水朝着吧台而去。

"我忽然有点后悔了。"白潇潇的声音带着轻微的、不正常的冷漠，"今晚我们或许不该见面，我也不该说出这件事，更不该在这里，用洛书的身份和棺材喝酒。"

宁秋水平静道："不全是因为你，师父走的时候，我已经学会了随时跟任何人道别。良言，栀子，邙……这些人都能给你温暖对吧？相遇就会分别，你应该习惯了才对。"

白潇潇摇头："我永远都不会习惯。"

宁秋水道："信上的内容很重要，随着我了解得越多，我愈发地觉得这是宿命的一环。"

白潇潇扬起了头，眸光闪烁："什么是宿命？"

宁秋水回道："宿命就是，它让我救了你。你别觉得我是一个很重感情的人，如果不是因为信，我不会在祈雨村冒着生命危险救你。"

白潇潇："那只有重来一次才知道了。"

"你不信？"

"我不信。"

来到了吧台，白潇潇又点了两杯酒，一旁有个大腹便便的男人端着一杯酒走了过来，面具背后的双目一直盯着白潇潇裙下那双若隐若现的雪白双腿。

"这位小姐……"他语气礼貌，但话还没有说完，白潇潇就带着杀气看向了他，狼一般阴鸷的目光让男人浑身冰冷。

"我现在心情不好，滚。"

那名男人吞了吞口水，识趣地离开了。

男人走后，白潇潇递了一杯酒给旁边的宁秋水："除非你不去，我就相信你刚才说的话。"

宁秋水看着面前这杯酒，他感受到了白潇潇的挽留。

不管是朋友，还是有其他的情绪，白潇潇都很害怕他的离开。

宁秋水接过了她的酒，缓缓品了一口，说道："你知道一个士兵怎样才能在战场上和他的战友活下来吗？

"不是躲，不是藏，输掉战争，所有人都会死。只有赢，必须赢，赢的人才有机会活下来。这不是我的执拗，我没有选择的权利，或者说，你没有选择的权利。

"从你拿到那封信的时候，宿命的齿轮就已经运转了。"

白潇潇的呼吸声变得急促："如果你死了，像是我亲手杀了你。"

宁秋水举杯，轻轻碰了碰她手中的酒杯，平静道："我不会恨你。"

宁秋水并没有欺骗白潇潇，他帮对方当然也有个人的情谊在里面，但更多还是因为身上的宿命感。当初他收到的信是让他保护白潇潇不要淘汰在自己的第二扇诡门里，如果说信就是他们命运的齿轮，那白潇潇一定和他一样有着重要的作用，不能够折损在这里。

哪怕宁秋水自己淘汰在第八扇门里，他也会认为是自己能力不足，没有能够承担起身上的宿命。至于白潇潇会不会因为他的离开而伤心，宁秋水即便在意，也不会干扰到自己的选择。

白潇潇当然也懂宁秋水，对方不是一个献媚的裙下之臣，而是一个温柔却又足够自私的旅者。她对宁秋水很有好感，知道对方也一样，但宁秋水不会为了她而改变自己的选择。这一次与其说是在帮她，不如说是宁秋水认为自己需要去做这件事。

白潇潇最讨厌这样的人，可她对宁秋水恨不起来。

她已经不是小女孩了，知道这个世界上不会有一个白马王子会像童话里那样无条件地将她捧在手心里宠爱。成年人的世界当然也有感情，但那已不再是第一考虑要素。

"你真讨人厌。"白潇潇说着，仰头含了一口酒，然后野蛮地撩开宁秋水的半张面具，抱着宁秋水，吻在了他的唇上。

与其说是吻，不如说是咬。

短暂的吻后，二人分开，白潇潇伸出食指抚摸他渗血的唇瓣，心绪平静："我喝醉了，想回家休息，你送我回去吧，明早你就去向春精神疗养院找赵二，自己注意安全。"

宁秋水抿了抿唇，点了点头："好。"

他们离开了酒吧，宁秋水叫来酒吧专门负责接送客人的司机，送白潇潇回到了迷迭香。

"二位慢走。"司机拿着白潇潇随手扔下的几百小费，眼睛笑得眯了起来。

回到白潇潇的家，她拿出一些资料扔给了宁秋水。

"关于向春精神疗养院，这里或许有你需要的。我困了，先去睡觉了。"

宁秋水微微点头："晚安。"

"晚安。"

白潇潇走后，宁秋水低头打开了这份资料。

向春精神疗养院是一家很老的精神病院，它的历史甚至要比石榴市更久远，在石榴市还是一座小镇的时候，向春精神疗养院就已经建立了。

而这里与其说是一家精神病院，倒不如说是一处半公立的监狱，专门负责关押那些精神不正常且对社会有威胁的人。一般的人是进不去的，但宁秋水有关系。

他打电话给了洗衣机，二人一番沟通后，对方让他稍等。

挂断电话后，宁秋水等待了十分钟，又接到了一个新的电话，冷漠的女声传来："你就是棺材？"

宁秋水回道："我是，您是……"

"我是向春精神疗养院的管理员齐润芝，你想要找赵二？"

"是的，我有一点私事想跟他单独聊聊。"

"可以，明天上午九点，我在疗养院门口等你，你到了之后，我会跟你交代相关事宜，然后带你去见赵二。"对方简单说完，就直接主动切断了联系，似乎不想跟宁秋水有任何多余的牵扯。

宁秋水看着自己的手机，有些失笑，虽然还没有见面，但他已经对赵二产生了浓厚的兴趣。

这个人……真的是浑身上下全都透露着神秘和诡异。

翌日清晨，宁秋水吃过白潇潇给他煮的粥，便跟她道别，打车去了向春精神疗养院。

一个身材壮硕、肌肉虬结的女人穿着一身洁白的医生制服站在门口等待着。

二人见面之后，宁秋水伸出手跟她握了握："齐女士？"

"是我。"齐润芝道。

简单交涉了一下，宁秋水便跟着齐润芝朝着向春精神疗养院的深处走去。

这是一个很古怪的地方，虽然外面的冬日暖阳很炽烈，可宁秋水一进入这家疗养院的时候，就感觉到一股挥之不去的阴冷。

很淡，却很熟悉，这种不正常的阴冷，宁秋水只在诡门世界的诡物身上感受过。

那一瞬间，宁秋水立刻就警觉了起来！

难道……这家精神疗养院里有什么奇怪的东西？

他将铜钱藏于指间，使了个小动作，借着铜钱眼看了看四周。

不看不要紧，一看还真让宁秋水发现了一些东西。向春精神疗养院里有许多地方都充斥着淡红色，其中一座破旧大楼，红色的浓郁程度甚至堪比迷雾世界！

"到了。"就在宁秋水观察的时候，齐润芝那冷漠的声音再度响起，二人站在那座破旧大楼的隔壁大楼的大厅门口，"这是钥匙，赵二在最高层，614房间。"

宁秋水看着齐润芝递给自己的那柄钥匙，目光微动："你不去吗？"

齐润芝摇头，眸子深处溢出了一抹忌惮："不去，我不喜欢那个人。我在这里等你……进去之前，给你一个忠告。"

宁秋水说："你说。"

齐润芝说："如果他对你说一些奇怪的话，千万不要信。这家伙精神有问题，病得很严重。"

宁秋水点了点头："我知道了，谢谢你。"

他拿着钥匙，直接坐上了破旧的电梯，摁下六楼的楼层按钮。

电梯启动，缓缓向上，宁秋水心里想着，一会儿该以怎样的姿态和赵二交流。

电梯里空间窄小，气味也不太好闻，感觉灰尘很重，面前的头顶屏幕显示层数不断往上，很快便来到了四楼。

但这时，一件奇怪的事情发生了。电梯里，五楼的楼层按钮突然亮起了红光，这种按钮，只有在内部摁动时才会亮起……

宁秋水盯着面前亮起的五楼楼层按钮，后背缓缓渗出了冷汗。

电梯里……不是只有他一个人吗？

究竟是电梯出了故障，还是……他遇见了什么东西？

曾经，宁秋水确信这个世界上没有任何诡物，但现在，他的这种观念已经发生了动摇。在望阴山上的遭遇让宁秋水知道，这个世界上其实是有诡物存在的，只不过它们很少出现在人类社会中。但向春精神疗养院本来就地处郊区，周围山林居多，和市区相隔有些距离，出现些诡物似乎也不是不可能。

当然，最重要的是宁秋水刚才使用铜钱眼查看的时候，在向春精神疗养院里看见了大片的红色。只是宁秋水不敢确定，这些红色究竟是代表危险，还是代表着诡物的存在。

电梯来到五楼停下，门缓缓打开。宁秋水看着面前伸手不见五指的黑暗，整个人的警惕性都提升到了极致。过了好几秒，宁秋水才渐渐适应了面前的黑暗，他拿出铜钱，隔着铜钱眼观察着周围。

黑暗中，出现了大片的血红！宁秋水眸光闪烁，第一时间摁下了电梯关闭按钮。现在上午九点刚过，在外面的时候宁秋水已经了解了大楼的基本户型，走廊上有窗户，正常情况下走廊不可能黑成这副模样，完全看不到一点光，这走廊显然有问题!

"电梯传闻"早就是喜欢灵怪志异的人群中老生常谈的话题了,然而实际情况是,若真的遇见了诡物,走楼梯也未必安全,更何况,现在外面完全不知道是什么情况。

随着宁秋水狂摁了几次电梯关闭按钮之后,电梯门却始终没有合上,外面的黑暗中反而传来了一阵若有若无的低语声。

宁秋水站在电梯里,面色严肃。他们的诡器在自己的世界里似乎是没有任何作用的,所以一旦在这里遇上诡物,他的处境将会非常危险和被动!

铜钱眼内,外面那些诡异的红色还在不断地蔓延逼近,并且颜色越来越浓郁!

而铜钱外面的黑暗里,渐渐出现了一些看不清具体容貌的人影,它们密密麻麻地堵在了电梯外面,虽然脚下没有移动,可身体却在一点点靠近电梯!

宁秋水更加用力地摁着电梯关闭的按钮,但没有任何作用。

情况危急,他掏出手机,拨通了管理员齐润芝的电话,随着"嘟嘟"几声过后,后者接通,里面传来了熟悉的冷漠声音:"喂,怎么了?"

宁秋水用最简单的语言将他眼下的处境描述给了齐润芝,齐润芝也意识到事情的严重性,让宁秋水不要轻举妄动,她马上来到五楼查看情况。

这个过程并不算长,门外的黑影还在朝着电梯移动,但是速度非常缓慢。

宁秋水有过冲出去的想法,但他的直觉告诉他,一旦做出这样的行为,他很可能会折损在这里!这一刻,连宁秋水自己都有些茫然了。

原来他们生活的这个世界里……真的有诡物吗?

这样看来的话,反而诡门里还安全些。

毕竟,在诡门之中,他们还可以借助诡器与规则和诡物周旋。

然而在外面的现实世界,一旦被诡物盯上,几乎没有任何反抗的能力!

就在焦急的对峙之中,宁秋水的手机忽然响了,里面传来了齐润芝的声音:"喂,我到五楼了,你人呢?"

宁秋水看着手机,回道:"我在右边的电梯里。"

齐润芝闻言,声音有些意外:"右边的电梯?你在说什么胡话?右边的电梯还在一楼啊!"

她话音落下,宁秋水的后背顿时弥漫出了一阵一阵的寒意。

门外的黑影越来越近,哪怕它们很慢,可是耽搁了这么一会儿,也已经渐渐地从黑暗中脱出,有了更加明显的轮廓!而且,宁秋水已经感觉到这些人影身上散发着的浓郁寒意和恶意!它们像是在咒骂,在诅咒着什么……

普通人若是遇见眼下的这种情况，只怕已经大脑空白，身体僵硬了。但宁秋水到底心理素质过硬，他快速地在脑海里搜寻着什么，忽然对着齐润芝道："你们以前有遇见过类似的情况吗？"

齐润芝沉默了会儿："没有。"

宁秋水一听，眼睛眯成了一条缝："你在撒谎，我现在还能联系高层，如果我认为有必要的话，可以带你一起走。"

齐润芝一听这话，有些难堪地说道："我也只是听上一任管理员提起，没真的遇见过，他们说这是因为 614 的那个病人。"

宁秋水："赵二？"

齐润芝："嗯。"

"你去找他，跟他讲我想要见见他，顺便聊一点跟'门'有关的事。"

"啊？门……门？"

"快去！我这里情况紧急，没时间跟你解释！"

齐润芝感受到宁秋水言语之中的急切，也没有再犹豫，咬着牙来到了六楼 614 号房间，敲响了房门。

"咚咚咚！"急切的敲门声惊动了里面的人，片刻后门被打开，可诡异的是门内的人却坐在距门大约五米的阳台口，直勾勾地看着对面那幢废弃的大楼。

他的身影瘦得有些不正常，虽然没有皮包骨那么狰狞，却像是常年营养不良。

见到这个背影，齐润芝忍不住打了个哆嗦，浑身上下都起了鸡皮疙瘩："赵二……有人想见你。"

房间里的人没有任何回应，见状，齐润芝又咬着牙说道："那个人说……他想跟你聊聊和'门'有关的事情。"

听到"门"这个字，赵二似乎有了反应，他有些僵硬地转过了头，那张惨白的脸让齐润芝忍不住后退半步，对视片刻后，赵二的脸上露出了一个诡异的笑容。

"门……"他喃喃自语了一声，然后一步一步朝着齐润芝走来。

"带我去。"他说道。

齐润芝似乎非常忌惮赵二，带着他朝着电梯口走去，并且和他保持着两米的距离。

"他被困在了电梯里……"齐润芝说道。

赵二闻言，脸上的表情微微一动："又是一个被它们盯上的猎物……有意思。"

"我知道了，你先回去吧，我会去找他的。"说着，他又对齐润芝露出了一个怪异的笑容。

后者原本还想补充些什么，可看见了这个笑容之后，她已经没法思考，似乎连天灵盖都冒着寒气，齐润芝立马进入了电梯，然后狂摁关门键！随着电梯关闭，齐润芝才感觉到自己浑身上下都被冷汗浸湿了，脸都是麻的。

她也不知道为什么会对这个瘦弱的男人感到恐惧，但那是一种无法克制的情绪。

来到阳光下，齐润芝总算觉得身上暖了些，她呼出一口气，想要再打给宁秋水，却发现无论她怎么拨打宁秋水的电话，那头显示的都是不在服务区……

向春精神疗养院，614 号房。

赵二看着坐在自己对面的宁秋水，眼神露出了微微的赞赏："之前有不少人想要来找我，不过他们都被带走了。你的反应倒是够快，居然能第一时间想到联系管理员来找我，要是你速度再慢一点，那电话可就没用了。"

对面的宁秋水此时状态并不是很好，后颈上有一道血红的手印，周围的皮肤甚至已经开始溃烂。

"我也没想到，只是见你一面就差点丢了性命。"宁秋水的声音很平稳，一点也不像刚和诡物交手的人。

赵二给他倒了一杯白水："我这里没有饮料，将就着喝吧。你倒是跟他们不太一样，对于刚才的经历似乎很快便接受了。"

宁秋水接过了他手里的白水，一饮而尽："都是去过诡门的人，当然不会大惊小怪。"

赵二摇头："不，这是两码事。

"很多去过诡门的诡客，他们坚信自己所在的世界完全没有诡物。但你跟他们不一样，你一点也不惊讶，难道之前也撞见过诡物？"

宁秋水点了点头："撞见过，也差点儿没回来。"

赵二给自己也倒了一杯白水，他穿着病号服，盘坐在自己的床上："难得有外面的人能活着坐在我的房间里，我可以陪你聊聊。说吧，为什么来找我？"

宁秋水耸了耸肩："明天过门，我想跟你一起去。"

赵二的眼神里一瞬间多了很多东西，就算有人知道他是名诡客，也不可能详细地知道他进门的时间。这些事情，他从来都没跟其他任何人讲过，对方究竟是何方神圣？又是通过什么方式熟知他进门的时间呢？

宁秋水看过白潇潇给的文件，那封信上专门提及了赵二的进门时间，这种事情只要当事人不说，外人很难通过调查的方式获知。

"真有意思……"赵二的脸上露出了笑容。

即便是宁秋水看到他的这个笑容，也感觉到身上有些莫名地不寒而栗。

不知道为什么，每当赵二的脸上露出笑容的那一瞬间，宁秋水就有一种奇怪的错觉，那就是眼前的赵二并不是人，对方还不适应这具身体。

"你是怎么知道的？"二人对视了一会儿，赵二理所当然地说道，"当然，你回答我的问题，我也会回答你的问题，你冒着这么大的风险来这个地方找我，总不可能就是为了这样干坐着吧？"

宁秋水摇头："我只是在考虑，这件事情到底该不该跟你讲。"

赵二玩味道："那你可以先问一个你感兴趣的问题。"

宁秋水发问："刚才那些东西到底是怎么回事？"

赵二非常地坦诚："如你所见，它们就是诡物。"

宁秋水回忆起刚才发生过的事，眼底闪过一道光："那你呢？你也是诡物？"

赵二又露出了那有些瘆人的笑容："我？我跟它们可不一样。"

他没有第一时间否定宁秋水的猜测，这个态度本来就很有意思，换言之，他其实就是在跟宁秋水讲"你猜得没错"。

"至少在这个世界里，我是人。"赵二又说出了一句奇怪的话。

"你真的是人吗？"宁秋水反问，"可是我不认为一个'人'能在刚才那样的情况下，将我从一群诡物的手里救出来。"

赵二淡淡道："那是因为你不够了解它们，如果你对它们知根知底，你也能做到。"

宁秋水疑惑道："所以你很了解它们？"

赵二的语气颇有一些意味深长："我当然了解它们，毕竟我已经跟它们一同生活很长时间了。现在你想好了吗？到底告不告诉我，你是怎么知道我进门的时间的？"

宁秋水道："你知道信吗？"

听到信，赵二的表情忽然释然了，笑道："对啊，如果是信的话……这一切就很顺理成章了，看来你也是被选中的人。"

宁秋水问："什么是被选中的人？谁选中了我们？"

赵二坦言："我对他们也不了解，不过敢透露有关我的秘密，应该是来自第九扇门的家伙。"

宁秋水闻言，隐隐从对方的话语里得知了些什么："诡门背后，难道不是一个完整的世界吗？也分门？"

赵二摇了摇头，然后又点了点头："世界确实是一个完整的世界，但这跟诡门本身没有关系。我很难跟你解释这个问题，这不是三言两语能够说明白的。简单一点描述的话，大概就是诡门和世界无关。不管是这个世界，还是那个世界。"

宁秋水蹙眉："和世界无关，那和什么有关系？"

赵二说："人。"

宁秋水疑惑："人？"

"有些事情我没办法跟你细说，你不要多问，如果非要我强行告诉你，很可能会为你带来灾难。"赵二说到这里及时打住了自己的话，将话题引向了另外一件事，"你想要明天跟我进门也可以，但是有一点，我要跟你提前申明。"

说到这里，赵二的脸上又一次挂上了怪异的笑容："我跟你们不太一样……我不是诡客。"

宁秋水脸上的表情发生了变化："不是诡客，那是什么？"

赵二道："等明天进了诡门，你自然就知道了。对了，我可以提前给你一个重要提示。"

宁秋水点头："好，你说，我记着。"

赵二缓缓说道："我的下一扇诡门的主题是'回魂'，你要千万提防还活着的人，因为……他们比死去的人更加可怕！"

实际上，在诡门背后，活人一直都不安全，不过赵二口中的"不安全"似乎别有含义。

"还能更加详细吗？"宁秋水其实已经不抱什么希望了，随口问了句。

赵二耸了耸肩，眯着眼笑道："提示越多，触碰的禁忌就会越多，你受到的庇护就会越少，你确定要听吗？"

宁秋水思索了一下："你口中的庇护，是来自诡门吗？"

赵二想了想："嗯……有意思的猜想，但是没有根据。

"诡门不会庇护任何人，它的作用大概是筛选，但我不确定，这只是我的猜测，我们对于诡门知之甚少。至于庇护，那是来自神祠。"

神祠？宁秋水上一次听到这个名词，还是从刘承峰的口中，对方清楚地告诉宁秋水，诡门世界的人才会称诡舍为神祠。

宁秋水敏锐地捕捉到了这个细节："神祠……我们这里使用这个词语的人很少，看来你的确不属于我们的世界，诡门世界果然也有人混入了这个世界吗？"

赵二脸上的笑容愈发诡异："一切都是你的猜测。"

宁秋水看着赵二，总觉得对方似乎在有意无意地跟他透露某些讯息。

"好吧……是我的猜测，现在问你一个重要的问题，如果你不是诡客，那我就没有办法和你签订契约，那怎样才能够进入你所在的那一扇门呢？"

赵二回道："很简单，你明天上午十点之前来找我。另外，来之前提前给我发个短信或打个电话，我会来接你。"

宁秋水点头："好。"

他们互相加了联系方式，其实宁秋水还挺意外，赵二居然还有一款属于自己的手机。离开的时候，宁秋水又问了赵二一个问题："对了，关于罗生门……可以给我透露一点消息吗？"

赵二和宁秋水对视了一会儿，只说了七个字："不是什么好东西。"

宁秋水失笑，从赵二的语气里，他甚至能够听出一些厌恶。这还是赵二第一次在他面前流露出如此明确的情绪，似乎二者之间有什么莫名的恩怨瓜葛。

将宁秋水送进电梯，赵二目送电梯关闭之后，才缓缓转身。他的身后随即出现了数不清的黑影，和宁秋水之前遇见的那些一模一样。

"看什么看，让路。"赵二道。

而后，这些黑影竟然真的缓缓给他让开了一条道路。

赵二捧着手里装着白开水的杯子，就这么走回了自己的房间里，路上那瘦弱单薄的背影摇摇晃晃，似乎一阵风就能将他吹走。

砰——他关上了房门。

宁秋水回到迷迭香后，和白潇潇简单聊了聊关于赵二的事情。

当晚他在白潇潇家过夜，白潇潇和他喝了一些酒，准备将那件特殊的诡器，也就是刻着"栀子"姓名的匕首借给宁秋水。

正常的诡器是不能赠人的，如果它的主人死了，那诡器也会失去相应的效果。

但这把匕首除外。它和拼图碎片有关，即便栀子已经失踪，甚至疑似被删档，但白潇潇依然可以使用这件诡器，并且这件诡器的使用次数限制可不止三次。

能被邝作为信物赠送给自己爱人的东西，当然不会平凡。

其中的一些功效，白潇潇也没有完全摸索清楚，栀子没有告诉她，白潇潇只知道这柄匕首很强，她遇见过的所有诡物都会忌惮她的这柄匕首。

不过，宁秋水拒绝了白潇潇，他选择带上三小只给他的香烟。

里面还剩下一根，之前在秽土中，他用掉了第二根。

翌日清晨，宁秋水告别了白潇潇，直接乘车去了向春精神疗养院。

进第八扇门的事，除了白潇潇他没跟任何人讲。

如同宁秋水所说的那样，他早就已经做好了随时跟身边的人告别的准备。

来到了赵二所在的大楼下面，他给赵二发了一条消息，后者很快便回了他："直接上来，我会在电梯外面等你。"

宁秋水乘坐电梯上楼，这一次没有再出现奇怪的事情。

电梯门开后，赵二那张惨白的脸映入了眼帘，他微微一笑，宁秋水便感觉身上的鸡皮疙瘩瞬间起来了。

"你来了，它们就躲了起来，似乎很怕你？"宁秋水说道。

赵二带着宁秋水朝着614号房走去："谈不上害怕，只不过它们还算比较听我话而已。"

宁秋水问："所以，淘汰那些来找你的人，也是你的意思？"

赵二无所谓道："我对他们没有兴趣，而且这未尝不是一种筛选，至少现在站在我面前的不是什么无聊的人。"

筛选？宁秋水已经不是第一次从对方的口中听到这个词语了。

"这个世界一直都在筛选，所以选来选去，最后会选出什么呢？"宁秋水的语气里带着一抹深意。

赵二笑道："会选出最合适的那个人。"

二人说着，进入了614号房，赵二又给宁秋水倒了一杯白水，也给自己倒了一杯。

"时间要到了，你要不要再喝杯水？"赵二拿着水杯递给了宁秋水。

宁秋水接过水杯，盯着里面的白水问道："这水有什么特别的功效吗？"

赵二："那倒没有，怕你紧张而已。"

宁秋水失笑，仰头将水一饮而尽："第一次这样毫无准备和以没有诡门提示的方式进入第八扇诡门，想不紧张都很难，你呢？你紧张吗？"

赵二也喝光了杯子里的水，脸上的笑容越来越怪："紧张……每次都很紧张，进去了如果有机会，咱们可以多聊聊。"

他话音刚落，宁秋水还怔在原地，便感觉到房间发生了诡异的变化。墙壁蔓延出无数的黑色纹路，里面蠕动着不知道是什么生物的血液，而614号房的大门也开始渗出了血红的液体。

一滴，两滴……最后变成了一行，两行，黏稠地滑落在地上，将整扇门染红！

宁秋水感觉到一阵天旋地转，站立不稳，就在他要蹲下的时候，赵二却一把揪住了他的衣领，然后粗鲁地拖着他来到了红色的诡门门口！

这时，宁秋水看见了让他头皮发麻的一幕——赵二对着诡门伸出了一只苍白的手，将诡门缓缓推开，而隔着门缝，他看见了诡门的背后重叠着十几个场景，每个场景大同小异，是一个熟悉的黑屋子，里面站着一个又一个面色凝重的人！

一阵天旋地转，宁秋水恢复意识的时候，眼前的一切都是血红色的。

一个奇怪的人影来到了他的面前，宁秋水看不清楚这个人的模样，也不知道他在做什么。自己浑身上下都剧痛无比，没有一点力气，像是被人打断了全身的骨头似的，胸口被剖开，脏器被掏空。但诡异的事情是，他的意识却很清醒。

模糊的视线和模糊的听力，让宁秋水失去了判断周围环境的能力。

他只知道，有一个身材高大的人来到了他的面前，一只手拖着他的脚，朝着一个方向走去。宁秋水的身体触感还保持得不错，地面上凹凸不平的沙砾划过后背，留下了一道道血痕，但这些疼痛相比起宁秋水身体其他部分的感觉实在不算什么。

最终，就在宁秋水感觉自己的后背已经伤痕累累的时候，他被拖入了一个漆黑的房间。一进入这个房间，他的鼻子就闻到了气味——是很难闻的气味，仿佛什么东西被烧焦了。

宁秋水的内心弥漫出了一股浓郁的不安感！不出意外的话……他有危险。

强烈的生存欲望让宁秋水想要在第一时间拿出自己的诡器，可他的身体已经虚弱到了极点，完全没有一丁点儿力气，别说拿东西，就是动一下也不可能！

"烧了……"

一个苍老的声音出现在宁秋水的耳畔，宁秋水没有听见后面的字，不过"烧了"这两个字却清晰地传进了耳朵。紧接着，那个高大的黑影直接来到宁秋水的面前，似乎抬起了他前面的人，扔进了一个发光的容器里。当然，这是宁秋水对于光影的捕捉，他仍然看不清楚面前的一切。

他还在努力地想要控制自己的身体，哪怕能动动手指也行，只要能动动手指，那他也许就能活下来！可惜，这一切都是徒劳的。哪怕宁秋水十分冷静，也用尽了自己能够用的一切手段，可仍然无济于事。他完全动不了，只能眼睁睁地看着面前的黑影朝着自己走来，然后轻松抓起了自己的身体，朝着前方走去……

灼热感扑面而来，宁秋水还在做最后的挣扎，直到面前的光即将把他吞没，那个苍老的声音才再一次开了口。

"等等……"

黑影停下了动作，宁秋水被他举着，屁股下面就是那散发着灼热气息的容器，这感觉可一点也不好。

"给我看看……"随着老者慢悠悠地开口，宁秋水终于被提溜回来，扔在了地面上。

接着，一双冰冷僵硬的手摸过宁秋水身体的每一个角落，老者忽然道："好重的怨气啊……一定还有许多没有完成的夙愿吧。"

"罢了，老夫大限将至，临死前帮你一次。"老人说完，直接起身摇摇晃晃地离开。

大约过去了十几分钟，他走了回来，手上还拿着什么东西，来到了宁秋水面前后，老人蹲下身子，将这东西塞进了宁秋水的胸口。

过程十分顺畅，但也印证了宁秋水的猜想，那就是他的胸口的确是被剖开了。

老人的手从宁秋水的胸口拿出来后，又开始为宁秋水缝合起胸部的伤口，随着伤口被逐渐缝合，宁秋水感觉到寂静的胸膛开始了跳动。

咚咚——随着心脏跳动，宁秋水也感觉身体恢复了力气。

"陈老……"一旁的黑影发出了担忧的声音，似乎想要劝阻老人的行为。

老人用力地咳嗽了几声："咳咳……不碍事……"

说着，老人又一边帮助宁秋水缝合身体，一边碎碎念起来："反正老头子我的寿数也快到头了，我啊……家里世代都是缝匠，到了我父亲那一辈，把这本事传给了我，却不准我再做这一行，说会影响气运和寿数。也得亏了他的嘱托，我才能安稳地活到现在。不过这学了一身的本事，死前不拿出来用用，总感觉对不起自己。

"这家伙的身体被掏空了，该是和那个案件有关，也是枉死之人，老夫今天就帮你一把吧！"

说完，老人放下了手里的针线，嘴里忽然念叨着宁秋水听不懂的话："三才借法，阴阳开道……"

最后，老人对着自己的手掌呼出了一口气，然后狠狠对着宁秋水的胸口拍了三下！

"砰！砰！砰！"随着老人的拍打过后，宁秋水眼前的视线彻底恢复了正常，甚至还要比过往更加敏锐，也彻底恢复了身体的控制权。

他缓缓站起身，看着面前满脸褶皱的老人，说了一句话："谢谢。"

见到他开口，一旁的那个身材高大的男人吓得后退了几步，大叫一声！

老人仔细打量着宁秋水，似乎很满意自己的杰作，用沙哑的声音说道："看来我的术法生效了，有什么未完的心愿就去完成吧，老夫给你的心脏是画符的石头做的，你的时间不多。"

宁秋水问道："我有多少时间？"

老人："一天。"

"只有一天吗？"宁秋水担忧道。

似乎是感觉到了宁秋水的语气变化，老人沉默了一会儿，说道："如果你非要续命，也不是不行……找到一颗没有腐烂的人的心脏，装进自己的胸口，能够多延续一天的寿命。隔壁不远处就有一家私立医院，那里之前发生了惨烈的命案，有不少被挖出来的心脏，医院应该不会丢掉这些，你可以过去找找……"

"另外还有一件事，你要记住！"老人的语气忽然变得极为严肃，"绝对不要用活人的心脏来延续自己的寿命！"

宁秋水眉头一皱，试探着问道："那我何来心脏？"

老人眼光闪烁："我告诉过你了，医院有现成的……至少你不可以亲自动手。"

宁秋水眸光闪烁："否则会怎样？"

"你会……活过来。"提到最后三个字，老人的脸上竟然露出了一个无比瘆人的笑容，似乎他嘴里的"活过来"是一件极其可怕的事……

宁秋水刚想要从对方的嘴里得知更多，但老人却忽然瞪大了眼睛，喉咙里发出咕噜咕噜的声音，随即吐出了一口黑色的血。

接着他突然笑道："父亲果然没有欺骗我，做这一行……折寿。"

一旁身材高大的年轻人原本很是畏惧复生的宁秋水，但见到老人身子摇摇晃晃，不大对劲，还是硬着头皮过来扶住了老人。

"陈老，要不……"他满脸担忧，似乎想要说什么，但老人捏住他手臂的手忽然用力了些，猛烈地咳嗽了起来。

年轻人见状吓得急忙帮老人拍打着后背。

"隼啊……"老人声音沙哑，转过头，目光带着一种说不出的复杂，"我死后，把我烧了吧。"

年轻人"啊"了一声，一脸蒙："这、这……陈老，您不葬回祖坟吗？"

陈老微微摇头，语气怪异："记住，一定要把我烧得精光！做我们这一行的，死后若是藏阴还阳，会发生非常可怕的事！"

年轻人看着陈老那坚定的眸子，咬着嘴唇点了点头："好！"

陈老说完又剧烈地咳嗽了起来，对着宁秋水再一次强调道："你记住我刚才说的话……绝对不要亲手去挖活人的心脏来续命！还有……你有什么想做的事情立刻去做，时间到了之后，你的生命也就会走到尽头！"

毫无悬念，陈老没有说出最后的关键讯息，只是对着宁秋水嗫嚅了几下嘴唇，就眼睛一瞪，咽气了。他死后，年轻人目光流露出了悲伤，不过还是按照老人的交代，直接将老人的身体扔进了炉子里。这个炉子实在太老式了，还是敞开型的，和行业内所用的不同，黑烟滚滚冲天而起，好在难闻的气味很快就会被山林间的草木吸收，并不会弥漫太远。

宁秋水也站在了年轻人旁边，没有按照老人所说的立刻去完成自己的夙愿。

他们一同静静地看着老人化成了灰烬，而后宁秋水才对着旁边的年轻人问道："怎么称呼？"

年轻人老老实实地回道："孙隼。"

宁秋水继续："你是陈老的后代？"

孙隼点头又摇头："不是亲生的，我是个没有爹妈的人，如果不是陈老愿意抚养我，我也不可能活到今天。"

他这话本来也没问题，但宁秋水却觉得怪怪的："你是孤儿？什么时候爹妈不要你的？"

孙隼犹豫了片刻："记事之前。"

"你的生命不多了……好好珍惜吧，记得听陈老的话，他不会害你。"孙隼说着，转身收拾了一下东西，继续默默完成自己的工作。

地面上放着十四具人体，算上之前被烧掉的那具，还有自己，一共十六具。

这些人无一例外都被利器割开了胸腹，看上去格外狰狞恶心。宁秋水快速扫视了一眼地面，发现了这些人无一例外地都被拿走了心脏，当然也包括自己。

"十六……"宁秋水在脑海里快速回忆着和这个数字有关的一切，最终锁定在了赵二拖着他来到了诡门前的那一刻。

当时，随着赵二推开门，宁秋水在那扇诡门的背后看见了许多人。

他的记忆并未混乱，强大的速记能力让宁秋水能够大概记住他们的模样，而这些人加在一起正好十六个，地面上这些死去的人跟他们有关系吗？

我没有从诡舍进入诡门来到这个世界，所以在这扇诡门世界之中，我的身份不再是诡客了。那我是什么？NPC？还是这扇诡门的BOSS（首领）？"

宁秋水的脸色变得微妙起来，这时候孙隼站起了身子，但他似乎将宁秋水当成了空气，径直走过宁秋水的身旁，朝着炉子走去。

宁秋水注意到孙隼走路的时候，他的身体是不协调的，或许是因为残疾。

"喂……"宁秋水跟他打了一个招呼，但是孙隼没有任何回应，只是安静地埋头做着自己的事情，整个过程安静又诡异，仿佛孙隼是在烧什么垃圾。

由于不是诡客，宁秋水没有收到诡门给予的提示和任务，他完全不知道自己的身份以及应该做什么，宁秋水摸了摸身上带进来的唯一一件诡器——那根香烟。

幸好还在。

他低头看了看自己的身体，换上不远处挂在铁丝网上的旧外套，遮住身上的伤口，沿着空旷的街道走向了远处灯火阑珊的城市。

路上冷风呼啸，宁秋水脑子里乱糟糟的，他认真思索着刚才发生的事。

无论是陈老还是那个孙隼，都给宁秋水一种十分怪异和不舒服的感觉。

宁秋水想要找出这种感觉的由来，可怎么也捉不到它的小尾巴。

想着想着，他遇见了第一个行人。对方在街道对面，是一个年轻的小伙子，玩着手机，刷着美女直播，脸上挂着淫笑。

昏暗的路灯下，宁秋水注视着对面那个行人，忽然停下了脚步。

突然间，宁秋水的眼底闪过了一道精光，他喃喃自语："难怪……"

看见这个行人的刹那，宁秋水忽然反应过来孙隼和陈老究竟是哪里不对劲，而自己又为何迟迟没有注意到！

刚才地面上的那些人，穿着的衣服大都很轻薄，几乎全是短袖。而孙隼和陈老两个人穿的衣服却都很厚，几乎完全遮住了身上的每一个角落，只露出了手和头！

炉子的温度极高，周围肯定也比外面的温度更高，两个人就算再怕冷，也不该在这么炎热的天气穿得如此厚实。

自己没有复活之前是能够感受到炉子温度的，但是陈老将他复活之后，他就对温度没有什么概念了，这也是他一直不觉得那两个人穿那么厚奇怪的原因！

"身体不协调，还穿得那么厚……是为了遮掩什么吗？"

宁秋水的呼吸微微急促了些，耳畔回荡起了刚才的一段对话——

"这……这……陈老，您不葬回祖坟吗？"

"记住，一定要把我烧得精光！"

宁秋水忽地转身，快速往回跑去，这两个家伙……有大问题！

宁秋水用最快的速度跑了回去，然而，当他重新回到这里的时候，地面已经空了。之前守在这个地方的孙隼也不知道去了什么地方，只有焚烧炉里那一堆灰烬和散发的余热，昭示着刚才这里的确烧过东西。

那个陈老身上有秘密，他让孙隼把他第一时间烧掉，就是为了藏住这个秘密。

而这个孙隼身上同样也有秘密，可惜，发现得还是太晚了点！其实整个过程前后最多不到半个钟头，但宁秋水回到这里的时候，已经人去楼空。

这个时候他又想起了赵二进来之前给他的那句忠告——一定要小心活人，因为活人在这扇诡门的背后很可能比死人更可怕。

只是宁秋水不知道这个"活人"指的是正常的活人，还是死而复生的活人，如果是后者，岂不是意味着他也是其中的一员？他忽有所感，随便捡起路旁的一块鹅卵石放在手心里，轻轻用力，那鹅卵石竟然直接被他捏碎了！

"这不是属于我的力量……"宁秋水眸光微动。

到了现在，他不得不承认，自己在这扇诡门中扮演的角色的确不是诡客，而是一个复活的诡物。所以他要做什么呢？去淘汰那些进入诡门的诡客吗？

宁秋水又试了试自己这具身体，他发现自己的身体只是不惧寒冷和炎热，不怕疼痛，力气很大，但是既不能够飞行，也没什么其他的力量。就连速度也只是比平常人快了一点，这种程度绝对不可能成为这扇诡门背后的BOSS。

宁秋水又在火炉附近的建筑搜寻了一下，确认没有什么其他的线索之后才重新坐回火炉旁边，往里面添了些柴，这炉子便又燃烧了起来，虽然宁秋水已经感觉不到热度，但是火光还是能让他觉得舒服些。

孙隼绝对不是正常人，他的身体不大协调，从他的动作来看，他的力气大得有些惊人，正常人单手是不太容易一下抓起一百五六十斤的东西的，之前思维混乱，竟然忽略了这个细节……

如果这样说，孙隼会不会是跟自己一样的死而复生的人？

想到这里，宁秋水的眼神变得锋利了不少。

但是他之前复活的时候，孙隼确实眼神里出现了恐惧，那种恐惧不是装出来的，如果他知道自己跟我一样，绝对不会露出这种眼神……如此一来，问题就出在陈老身上，他身上到底有什么秘密，宁可把自己烧成灰，也要藏住不给我看……

宁秋水正想着，忽然胸口传来了一阵剧痛！他猛地捂住了自己的胸口，蹲在了地上，直到一分钟过去之后，这种剧烈的痛感才渐渐消退……

宁秋水大口喘息着，刚才那一分钟，他明显感觉到自己身上有什么东西正在被抽走！那是生命流逝的感觉。

"是在通过这种方式提醒我，我的生命进入倒计时了吗？"宁秋水缓缓地站起身子，喃喃道。

如果陈老没有对他说谎，那他当务之急一定是先找到一颗能够让他续命的心脏，且这颗心脏不能是他亲手从别人身上剜出来的，看来……只能去隔壁的那家私立医院找了。到现在为止，他对这个世界基本上还是一无所知，但有些地方的异常，宁秋水是明白的。

比如发生了大量命案，遗体应该是先被法医拉去解剖。

又比如，隔壁不远处的那个私立医院把这些遗体的心脏藏了起来，他们打算做什么用呢？如果他们想用在其他病人身上，那取心的手段必定十分讲究，而取出他们心脏的那个家伙，对于解剖学非常在行，对方很可能是一个外科手术医生！

如果不是这样，那这些心脏大概率是没有办法挽救其他病人的，那医院将这些心脏收集起来的动机就变得有些诡异了。

而且到现在为止，宁秋水还没有见到过赵二。

白潇潇的信上写明了是要她进这扇诡门保护赵二，这已经足够说明赵二并不是这扇诡门里的BOSS或者说大反派，不然只有他淘汰别人的份儿。

通过这种方式来推测的话，赵二应该是一个比较重要的NPC，而诡门里，往往重要的NPC都是第一个接触诡客的，所以他现在在什么地方？在那家私立医院吗？

宁秋水一边想着，一边朝山下走去，他又一次沿着那条公路朝着城区走，这时已经是深夜了，路上基本看不到行人或是车辆，但宁秋水现在的夜视能力变得很好，他快速赶往了陈老口中所说的那家私立医院。

一般而言，诡客在诡门背后滞留的时间通常是五到七天，除非极个别的诡门世界才会很短。这意味着，宁秋水至少需要六颗心脏，才能确保登上回到诡舍的大巴车。

今夜是个很好的机会，因为深夜医院的人很少，尤其是那种黑心的私立医院。以宁秋水如今的夜视能力，想要在医院里面找到心脏，一定比正常人容易得多。

大约过了二十分钟，宁秋水来到了陈老口中所说的那家私立医院门口。

这家医院的名字很有意思——伊甸园。

医院的外表破旧不堪，墙皮脱落，水泥地上到处都是裂缝杂草，保安室里的那个上了年纪的大爷，早就已经仰头睡得一塌糊涂，宁秋水隔着十几米的距离，就已经能听到他的鼾声。他大摇大摆地走进了这家私立医院，刚进入大厅，就听到身后传来了一个清亮的女声："这位小哥，等等我！"

宁秋水好奇地回头看了一眼，这也直接将身后那个长相甜美的女孩吓得停下了脚步。对方浑身紧绷到了极点，手中还攥着一条黄金项链，虎视眈眈地盯着宁秋水："你……你是人还是诡物？"

看见对方的一瞬间，宁秋水脑海里第一时间搜索了那十六张脸，并将其与眼前的甜美女孩一一对比："你是诡客？"

听到这话，眼前的女孩先是微微一怔，随后松了口气："是的，你也是？"

宁秋水没有回答她的话，只是用冷冷的眼神看着她，女孩被这个眼神吓了一跳，急忙摆手道："我没有恶意的，只是这扇门实在太诡异了，以往的时候大家进来都在一个地方，可这扇门里，我们却被人分开了！"

"我叫洪柚，在这扇诡门里的身份是一名辅警，桌上摆放着最近才发生的案卷，我有点害怕，警局里面就我一个人，所以我跑出来想在附近找找有没有同伴，正好看见这家医院里有灯亮着，就过来了……"

诚然，在诡门背后的世界，晚上行动是一件非常危险的事情。

但这已经是第八扇诡门了，哪怕她继续待在警局里哪儿也不去，也未必安全。

而且宁秋水确定，眼前的洪柚的确是一名诡客，在他的记忆之中，能找到一个女人的容貌跟眼前的洪柚匹配。随着洪柚的靠近，宁秋水发现自己的身体产生了一种恐怖的欲望，他能够很清晰地听到女人胸膛里的心跳！

这种心跳声让宁秋水口干舌燥，让他的手指颤抖。

他发现自己有一种近乎本能的欲望，那就是他想将自己的手狠狠插入对方的胸膛，然后将对方的心脏塞进自己的胸膛里面！

出现这种念头的时候，他冰冷而空洞的胸口弥漫着前所未有的空虚。

看着面前靓丽的女孩靠得越来越近，宁秋水不再犹豫，他转身朝着黑暗的走廊逃去！

见到宁秋水突然逃走，洪柚脸上闪过了一抹诡异的笑容，但却并没有追上去。

"好警惕的'壶'，不过你跑不了，我已经找到你了……"

她拿出手机，拨打了一个电话："喂，头儿，我找到第二个'壶'了，它在伊甸园医院里。"

电话那头发出了嗞嗞的电流声，之后出现了一个男人的声音："只有这一个'壶'吗？"

洪柚："是的，我只看见这一个'壶'。"

男人的声音变得有些难听："加上昨天的那个，到现在为止只出现了两个'壶'？"

洪柚叹了一口气："如果他们没撒谎的话，应该是了。"

"比预想之中的还要麻烦，昨天淘汰了十七个人，原本以为至少会出现四到六个'壶'，但现在看来似乎只有两个。"

说到这里的时候，洪柚的语气变得微妙了起来："头儿，那么多'肉'，想要装进两个'壶'里，可能有点难度呀……"

电话那头没了声音，许久之后，他才缓缓道："你这句话，最好不要让其他人听到。另外，关于第二个'壶'的事，暂时不要跟其他任何人讲。"

洪柚闻言，脸上立刻露出了灿烂的笑容："放心，头儿，我心里有数，那这个地方的'壶'怎么办？"

男人道："你先守着大门，不要让它跑掉，我这边的事情最多处理十分钟，然后我就会带着阿乐过来找你。"

洪柚："好！"

宁秋水一直在黑暗的廊道里穿梭，当他终于来到走廊尽头的时候，浑身已经抖若筛糠，他扶着墙壁大口喘息着，眼睛直勾勾地盯着地面，里面折射出混沌的光。

此刻的宁秋水已经竭尽全力地在遏制自己的欲望，他也不知道自己到底中了什么邪，但那种念头已经深深地侵入他的灵魂！

换作以往的时候，宁秋水还可以通过刺激自己的肉体，产生剧痛，保持清醒。

但现在，他只能靠着意志力苦苦支撑。无论是陈老告诉他的话，还是自己的直觉，都在告诉宁秋水，绝对不能做出那件事！

他蜷缩在黑暗的墙角许久，那种可怕的感觉才渐渐消退，身体不再抖动，一切都恢复了正常。宁秋水正要站起身，准备继续寻找藏在医院里面的心脏时，却发现一个奇怪的人影出现在前方的楼梯上，背对着他一动不动。

那家伙多少有点熟悉，好像在哪里见过。宁秋水小心地朝着人影走去，对方似乎完全没有察觉到他的靠近，即便在这空旷死寂的楼道里，他的脚步声也并不小的情况下。

一路来到对方背后，楼梯平台上有一个不大的玻璃窗户，那个人就隔着窗户一直盯着医院的大门。

当宁秋水踏上楼梯的时候，那个人缓缓转过了脖子，动作僵硬，有一些不自然。

四目相对的一刹那，宁秋水的瞳孔骤然一缩。

他认得这个人！这个家伙正是之前同他一起死去的那十几个人之一！

那一瞬间，宁秋水的脑子出现了一瞬间的迟滞，他忽然有点搞不清楚状况了。

它不是应该已经被处理掉了吗？为什么会出现在这里？难道他离开之后，孙隼并没有处理剩下的人，而是将他们也做成了和自己一样的……

可孙隼……没那个能力吧？他又不是陈老。

二人对视了片刻，站在楼梯上的男人忽然咧嘴露出了一个笑容，张开的嘴巴里只有一片深不见底的漆黑。宁秋水可以确定对方不是人，但他却出奇地没有紧张，甚至还有一种莫名的亲切。

因为严谨来说，现在的他也不是"人"。

"他们……剖开了我的皮……剜出了我的心……"站在楼梯上的男人笑道。

"现在……该我了……"

这个男人说完之后，整个人的身体忽然化为了黑暗，与阴影融为一体，就像是流水一样，活生生地消失在宁秋水面前。对方并没有伤害宁秋水，也没有对宁秋水表现出一丝一毫的敌意，它的怨念似乎全都集中在了口中的"他们"身上。

男人消失之后，宁秋水来到他刚才站立的地方，隔着窗户往外面看去——

昏暗的灯光下，也就是伊甸园医院的大门口，出现了两个穿着风衣的男人。

他们在门口聊着什么，没过多久，一个熟悉的身影闯入了宁秋水的眼帘，正是他刚才见过的那个甜美的女孩——洪柚。

只不过这个时候的她给人的感觉没有了那种甜美和青涩，像是变成了一只油腻的老狐狸。宁秋水对此见怪不怪，能够走到这扇门里的人，绝对不会是什么青涩的小女孩，一两个都是戏精影帝，心思跟千层饼似的。

这三个人待在一起，似乎在商量着什么重要的事情，他们的目光会时不时看向医院内部，神色流露着一种近乎病态的兴奋。

虽然宁秋水所在的位置一片漆黑，而且隔着他们大约有几十米的距离，但是他还是将这一切都清楚地看在了自己的眼中。

看来洪柚之前撒了谎，进入诡门的诡客从来都没有分开，他们彼此认识，而且有联系。她守在这个地方没有走，还呼叫了队友，看来是准备进入这所医院，不过他们想要进来干什么呢？找那些心脏？还是……找那些需要心脏的人？

宁秋水的念头一个接着一个跃然于脑海。

不，应该不是那些心脏。

洪柚明知道我不是诡客，看上去也绝不像个活人，还深夜出现在这所医院里，以正常人的逻辑，很可能会认为我是诡物，可是她还是选择了主动跟我打招呼……

想到了这里，宁秋水的眼神一眯。

看来洪柚是想在他身上确认什么，她这么久没离开，还呼叫了队友，很可能他就是他们要找的那个"东西"。

"真有意思……我在这扇诡门里扮演的到底是什么角色？赵二又是什么角

色呢？"

不管怎样，宁秋水都不想现在近距离地接触那些诡客，一旦距离他们太近，他就会控制不住自己！好消息是，他知道现在这家医院里不只有他一个人，还有一个对诡客威胁很大的诡物。

如果那三个人进入医院，这只诡物将会对他们造成极大的干扰！

今夜是非常好的寻找心脏的时机，第一层是去不了了，宁秋水先来到了电梯口，摁开了电梯。站在电梯里，他确认好这所医院从上到下的总楼层，然后摁下了十二楼的楼层键，自己则快速地从电梯中走出。

电梯缓缓运作，朝着十二楼顶层而去，而宁秋水则走楼梯去到了第三层……

伊甸园外，三人会首。

"头儿，怎么说？"一个高高瘦瘦、脸上还有着一道刀疤的男人给自己点了一根烟，对着身旁那个身材高大的男人问道。

男人沉默稍许："医院当然是要进去看看的，里面只留了一颗心脏用来'钓鱼'，而且藏得很深，它一时半会儿指定找不着。

"我们今夜有不少的时间，不过要小心那些死去之人，算算时间，它们也该回来了……"

说到这里，被称作"头儿"的男人又忽然看向了洪柚："柚子，你之前说，这个'壶'知道诡客的事情？"

洪柚点了点头，纤细的手指轻轻抚过自己的下巴，眸子里光影烁动："对。见面的时候，他第一句话便问我是不是诡客？

"说老实话，我当时还挺惊讶的，没想到它竟然知道和诡客有关的事情，还好我脑子转得快，急忙撒了个谎，说这扇诡门比较特殊，我们被分开了……阿乐，你说它会信吗？"

刀疤男阿乐吐出了一口烟圈："不清楚，但这不是重点。

"能走到这扇门的没一个傻子，诡客不会轻易和 NPC 透露自己的信息，所以'壶'大概本来就知道一部分和诡客有关的事，也知道我们是它们的敌人，不然我们想要找到并抓住'壶'们，实在太容易了。"

一旁被称作"头儿"的那个男人点了点头："阿乐说的有些道理，时间差不多了，赶紧进去吧。"

三人进入了医院内部，各自拿出了手电。

"医院一共十二层，我们要一层层搜上去吗？"阿乐的声音在空旷的楼道里显得格外清晰。

洪柚的目光扫过一旁不远处的电梯，她心有所感，用手电照了照电梯门口，似乎发现了什么，对二人说道："奇怪，电梯的楼层变了。"

洪柚小跑到电梯门口，确认其中一个电梯上面写着的数字是"12"，这代表着电梯现在正停在医院的顶楼。

一般来说，进入第八扇门的诡客全都是胆大心细的怪物，他们往往会留意并且记住身旁的每一个细节。

"洪柚，你刚进来的时候上面是多少层？"阿乐询问。

洪柚回道："两边都是一层。那个'壶'倒是聪明得很，似乎知道我们在找它，又不愿意放弃寻找心脏，索性直接从上面开始搜……

"这里毕竟是医院，前三层接待的病人较多，心脏这种东西不方便储存，很容易被发现。通过这种逻辑可以推断出在医院高层找到心脏的概率更大，所以他直接去到了顶层，从上往下搜……

"不愧是第八扇门，感觉这里的 NPC 变得很聪明呢。"

虽然这么说，但洪柚语气里一点也没有称赞的意思，反而有一种淡淡的嘲讽，对于诡门背后 NPC 智商的嘲讽，似乎在说——你的确很聪明，但是你这种拙劣的聪明在我们面前什么都算不上。

阿乐目光幽幽："那我们也直接去顶楼？"

一旁领头的男人却说："找心脏不是一件容易的事，'壶'不可能拥有心脏的定位，不然它也不会去十二楼，它一层层搜，需要浪费大量的时间……"

说着，他看了一眼手表："从刚才柚子给我打电话到现在，一共只过去了不到半个钟头，它最多搜完了一层……我们去第八层，直接往上找！"

二人点头，阿乐顺手按下电梯向上运行的按钮，目送电梯门打开，他又提出了一个问题："咱们坐电梯还是走楼梯？"

三人一阵沉默，看着电梯内那苍白的灯光许久，最终都选择了走楼梯。八层并不算高，随着他们上楼而去，谁都没有看见，被他们打开的那个电梯里，苍白的灯光开始闪烁起来……

嗞——嗞嗞——

随着闪烁的频率逐渐变快，电梯里也隐约出现了一个黑影……

很快，灯光不再闪烁，电梯门也关上了，只是一旁展示的红色楼层数字开始不断上升……

医院的走廊一片死寂，偶尔能够感受到鬓边吹来的一丝冷风，由于担心暴露自己的行踪，所以三人都没有选择开灯。环境黑暗，但有强光手电已经足够。

来到八楼后，为首的男子发出指令："阿乐，你去那边的楼梯口看着，我来搜房间。"

"好的，头儿。"阿乐道。

在这个地方，大家分散开绝对不是什么好的方法，但为了不让楼上的宁秋水逃走，冒一点险也并无不妥。

正所谓富贵险中求，在他们这扇诡门里，宁秋水这样的"壶"是非常重要的角色，它关乎着众人能不能安全地活着离开诡门，如果能够抓住"壶"，那他们就基本算是通关了。机会稍纵即逝，在这一扇门里，没有任何一名诡客愿意放弃这样的机会，他们必须主动出击！

就这样，洪柚和阿乐两个人一人守着一个楼梯口，为首的那个男人则开始搜寻起了第八层楼。当然，找人要比找心脏来得容易，他快速地搜索着每一个房间，很快便来到了走廊的中间部分。

这时，他发现了一件事情——那就是有一台电梯显示的楼层数字从"1"变成了"8"！

见到这个数字，男人的眼皮忽地一跳。

电梯怎么会忽然来到八楼，刚才这个电梯明明还在一楼的啊？

某个念头快速在脑海之中浮现，男人瞬间转身，朝着来时的方向跑去！

"逃！"他隔着老远咆哮了一声，声音很大，响彻在走廊的每一个角落里。

听到这个指令的洪柚没有犹豫，朝着楼下逃去！虽然她还没有弄清楚眼下的状况，但能让楚竹发出如此急切的提醒，绝对是撞见了什么事了！

黑暗的走廊上，楚竹咬紧牙关，头也不回地狂奔！

他并不确定自己是不是撞见了诡物，不过能活到第八扇门的人警惕性都不弱，在这扇门内，每名诡客只有一次使用诡器的机会，现在任务才刚开始，还有整整五日要度过，他绝不能将如此宝贵的试错机会浪费在这里！

此时，站在楼道另一处的阿乐正想着自己要不要点一根烟，却发现了远处的楚竹突然向着另一个楼道跑去，他第一时间大声叫道："头儿，是不是发现了'壶'？"

他觉得自己的声音传出了很远，可是那边没有任何回应。并且在如此死寂的走廊上，他竟然完全没有听到自己队友的任何脚步声！不过阿乐此刻的注意力全都在"壶"的身上，迟疑片刻之后，他也向着楼下跑去！

无论楚竹是遇见了危险还是找到了"壶"，此刻他往下跑都没有问题。

然而随着阿乐快速向下逃了几层楼之后，他猛地察觉到了不对劲！

伊甸园医院的楼梯平台上都有一扇窗户，虽然阿乐没有细看，但仅仅靠着余光，他也能发现自己已经连续好几次下楼时看见的都是同一个画面了，这证明虽然他一直在下楼，可他所在的高度压根儿就没有发生任何变化！

"鬼打墙？"阿乐心底一凉，"不对，楼道上的楼层数字明明变化了啊……我这都已经到二楼了……"

他所遭遇的情况究竟是怎样诡异已经不那么重要了，重要的是一旦他遇见了诡异的事情，也就意味着他被那些藏在黑暗里的东西盯上了！

那些诡物今天就回来复仇了吗？怎么会这么快？

阿乐努力做着深呼吸，阴鸷的眼神扫视着周围，然后又抬头看向了头顶。

强光手电扫过那里，又扫过了在黑暗中肆意呼吸的每一个角落，都没有可怕的诡物。

它在哪里？它走了吗？

随着时间的流逝，阿乐的精神越绷越紧，宛如一根要被拉伸到极致的弦。

虽然诡物到现在都没有现身，可它越是不出现，阿乐就越是感觉压力骤增。

他握着强光手电的手不自觉地握紧，手心渗出的汗水愈发滑腻，阿乐在原地站了足足半分钟后，决定主动出击，再一次迈出脚步朝着楼下走去！

很快，他来到了一楼，楼梯平台的玻璃窗户外的景象依然没有任何变化，和八楼一模一样，不过，楼梯间的层数显示却是"1"。

万一……玻璃窗外的景物是假的呢？

虽然经验告诉他这是不可能的，但现在糟糕的情况还是让阿乐忍不住产生一丝希冀。怀揣着这样的念头，他深吸一口气，一只手拿着强光手电，一只手攥着一本皮制的笔记本，硬着头皮朝着那黑漆漆的门口走去……

不出意外的话，那只恐怖的诡物现在就站在门后静静地守株待兔。

阿乐已经做好了最坏的打算，对于身上这本特殊的笔记本也绝对信任，他有信心挡下诡物的第一次攻击！

他来到门口，手电不出意外地开始闪烁。

这强光手电他们才买不久，里面的电池也是新换的，不可能出现电量不足的情况。阿乐咬着牙，看着面前黑暗的走廊，猛地一个踏步冲了出去！

黑暗中，他浑身酥麻，已经做好了和诡物短兵相接的心理准备！不过，当他出来之后，预想之中的恐怖并没有发生，当他穿过了那扇门，发现自己站着的地方竟然是一楼的楼道！

是的，他又回到了原点！

阿乐回头看了一眼，那个"1"就在墙上挂着，只不过这一次，他似乎发现了什么，面色骤变，缓缓向后退去……

接着，黑暗中传来了笑声。

"嘿嘿嘿……嘿嘿……"

这个笑声不是来自其他地方，正是来自阿乐面前的那个数字标识"1"！

他惊恐地看着墙上的数字，原本笔直的"1"竟然开始扭动起来，像是一根趴在墙上的蚯蚓，随着它的蠕动，有液体顺着墙壁流了下来！

很快，这个"1"就从墙壁上彻底脱落，掉在了地上。

强光手电打在地上，阿乐惊恐地看见，地面上趴着的、正在试图站起来的东西，正是一具被剖开胸腹的诡物！

只不过对方的胸腔并不是一团血肉模糊，而是透着深不见底的黑！

"你要……去哪儿啊？"面前的诡物死死地盯住阿乐，阴恻恻地笑问。

阿乐与它对视不超过半秒，而后大步一跨，猛地冲了过去！

阿乐身上有一样非常厉害的诡器，他要赌，赌这幢大楼里面只有这一只诡物！

再等下去，必死无疑！但如果他赌对了，那他至少今天能活下来！

逃过这只诡物身旁的时候，对方直接伸出了苍白的手臂抓向他，而阿乐也早有准备，直接打开了手中的笔记本！

扉页之间，淌出了红色液体，一只惨白的手从书页中伸了出来，抓向这只诡物！两只诡物扭打在一起，发出了恐怖的咆哮声，而红色液体源源不断地从这本笔记里溢出，就像是泄了闸的洪水一样。

阿乐趁着这个机会，直接朝着门外跑去，这一回他没有再回到原点，而是来到了阴冷的八楼走廊！

"该死……"看着黑漆漆的走廊，阿乐内心不断打着哆嗦，可他已经没有了选择的余地，无论再怎样恐惧，为了活下去，他也必须硬着头皮往黑暗里钻！

好在走到这里的人，似乎真的冥冥之中受到了上天的眷顾，阿乐在医院里没有遇见第二只诡物。

八楼并不算高，以他的速度不到两分钟就跑出了医院！而医院外，楚竹与洪柚都没有离开，他们等在这里，似乎在确认他是否被淘汰出局，二人见到阿乐从医院里活着出来之后，才松了口气。

"没事吧，阿乐？"楚竹迎了上来。

"没事……"阿乐喘息着摇了摇头，脸色并不大好。

他没有劫后余生的喜悦，虽然他成功地从医院里逃了出来，可也浪费了至关重要的诡器，如果下一次他再遇见危险，后果不必多说。

一旁的洪柚见状关心道："你是不是在医院大楼里遇见了那些东西？"

阿乐只是迟疑了一瞬便摇了摇头:"没有撞到诡物,我看你们跑了,于是也跟着往下跑,结果正好撞到了在寻找心脏的'壶'。我追了它一段距离,可是它跑得实在太快了,追丢了之后,我担心大楼里有别的危险,于是跑出来了。"

楚竹掏出一根烟递给他,点燃之后又拍了拍他的肩膀:"没事,你的决策是对的,安全第一。大家是一个团队,游戏才刚刚开始,时间还很长,好事多磨。"

他虽然这样安慰着阿乐,但语气里却多少带着一丁点惋惜和不甘。

如果他们刚才抓住了医院里面的那个"壶",那对他们而言,这扇门就已经结束了。不过,现在医院里面已经疑似出现了一只找他们寻仇的诡物,无论如何这医院他们也是不能进了!

"没关系,我们还有不少心脏,回头再想办法钓钓鱼吧……"楚竹道。

这地方已经不安全,三人朝着医院外面离开了。

他们回到酒店,洪柚去了厕所,然后拿出手机给一个陌生号码发送了消息——

伊甸园已经出现了诡物,阿乐遇见了诡物,诡器已经没了。

洪柚将消息发送出去之后,嘴角微扬,冷笑了一下。她一个弱女子走到今天,尤其擅长察言观色,哪儿能看不出阿乐的表情和气息不对?

阿乐分明就是逃出来的!

他根本就不是在医院里面撞到了"壶",而是撞到了诡物!

第八扇门的诡物有多恐怖她并不知道,但她可以肯定的是,如果没有诡器的帮助,阿乐绝对没办法逃出医院!而且她也知道为什么阿乐说了谎,对方显然不信任他们,至少不是百分之百信任。

一旦他们知道阿乐身上没有了诡器,那下次大家遇见危险,很可能会将他当作替死鬼!将自己的弱点暴露给其他人,显然是一种很蠢的行为,阿乐也深知这一点,所以他撒了一个谎。

可惜的是,他的谎言被识破了,短短半分钟后,洪柚就收到了信息,内容简短——

午汶那边已经给出了第一封信的内容,这一扇诡门里只有一个"壶"。

看到这则短信，洪柚当场就愣住了，她脸上的笑容渐渐收敛，变成了一种莫名的惊疑。

这扇诡门里只有一个"壶"？

"不可能啊……"她喃喃自语，"如果只有一个'壶'，那我今晚在医院看到的那个家伙是怎么回事？难道它是回来复仇的诡物？"

一想到这里，洪柚就忍不住打了一个哆嗦，鸡皮疙瘩掉了一地。

她想到不久前，自己还主动跟这个家伙打过招呼。

不对……对方肯定不是回来复仇的，不然的话，它早就对她出手了！

那个家伙就是来寻找心脏的，它也是"壶"，只是不知道是真的还是假的。

念及此处，她立刻发送短信，表明自己知道了情况，然后就将消息彻底删除。

删除之后，她摁下马桶的冲水键，脑子里面乱糟糟的一团。

到目前为止，总共只出现了两个"壶"，而且根据信上的内容来判断，还有一个"壶"是假的！假的"壶"显然没办法救命，所以他们要通过什么方法来判断哪个是真的，哪个又是假的呢？

洪柚脸上的表情变得有些诡异，其实办法很简单，但是也很残忍。

来到这扇诡门里的诡客一共有十六名，哪个是真壶，哪个是假壶，只要让人试一试……自然就知道了。

此刻，伊甸园医院内，五楼厕所。

宁秋水成功在医院里面找到了那颗鲜活的心脏，这颗心脏被放在一个充斥着冰块的箱子里面进行冷藏。宁秋水拿着这个心脏来到了厕所，准备将这个心脏塞到自己的身体里面，为了能够更加细致地确定位置，他专门来到了五楼的厕所进行更换，因为这里挂着一面巨大的镜子。

开灯之后，宁秋水直接将手伸进了自己的胸膛，然而随着他的摸索，他却发现了一件让他头皮发麻的事——自己胸膛里的哪里是一颗冰冷的石头？分明是一颗温热的心！

他调整角度，让灯光照进自己的胸膛里面，认真看了许久，确认那不是石头。

陈老欺骗了他！瞬间，宁秋水感到自己的后背上布满了鸡皮疙瘩！

对方为什么要骗他？他身体里面这颗鲜活的心脏又是谁的？

宁秋水神情恍惚之间，耳畔又回响起那句"记住，一定要把我的尸体烧得精光"。

那是陈老死前对孙隼的嘱托。

如果说陈老欺骗了他，那之前对孙隼说的话会不会也是逢场作戏？

他身体里面的这颗心脏，实际上是陈老的？一想到这里，宁秋水就一阵恶寒。

倘若是这个老家伙将自己的心脏装进了他的身体里面，表面上看也的确是让他活了过来，但对方只是为了救他便活生生地贡献出自己的心脏……这真的可能吗？

以宁秋水对自己清晰的认知，他觉得自己撞上这种绝世大好人的概率基本为零。而且之前陈老也跟他讲过，找到新的心脏之后要直接塞进胸口，而不是将之前的心脏替换掉。

宁秋水调整了角度，借着灯光，小心翼翼地将心脏塞进了自己的胸口里。

紧接着，他便感觉胸口之中有什么东西活了过来！

咚咚——那一刻，近乎静止的心脏，忽然以一种极快的频率跳动了起来！

紧接着，宁秋水眼前的视线变得模糊，身体也忽然失去了控制权，他仿佛又回到了刚入这扇诡门的时候。不过这一次，宁秋水并没有倒在地上，他能感觉到自己还站在原地，但胸口处传来了恐怖的声音。

咕叽——咕叽——

这个声音让宁秋水头皮发麻，那是一种牙齿在撕咬咀嚼的声音，而这种声音来自他的胸膛。单纯凭借声音，宁秋水也能想象出自己的胸膛中寄居着什么可怕的东西，那东西似乎正在不停撕咬着他放进胸腔里的那颗心脏！

整个过程足足持续了近半个钟头，直到声音彻底消失之后，宁秋水眼前模糊的视线才逐渐恢复。他又夺回了身体的控制权，胸口处那个被他掏出来的洞，也已经自我修复了。

宁秋水没有打算去搞清自己胸膛里到底是不是有只诡物，因为那个冗长的撕咬过程已经让他有了诸多的猜测。不过身在诡门之中，许多事情他没有选择的权利。

无论此刻胸膛里的那颗心脏是陈老的，还是其他什么人的，他都需要借助这颗心脏来控制这具身体。

恢复正常之后，宁秋水并没有第一时间离开厕所，而是拿出了一张报纸，这张报纸报道了黄昏小镇昨天发生的一则案件。

仅仅是一个晚上，就有十七人遇害！

更诡异的是，凶手好像跟这些受害者有什么深仇大恨，这十七人的心脏全都被剖了出来，扔到了伊甸园的医院中。黄昏小镇的警力不足，这里也从没有发生过这么可怕的命案，所以警方只是简单对现场进行了勘查，拍摄了一些照片后便回到了警局。

"十七名受害者……但是为什么只有十六具遗体？"

宁秋水眼光烁动，他认真观察报纸上刊登的照片，又仔细检查了好几遍。

但现在的问题是，报纸上面的图片没有第十七名受害者。

报纸上少了一名受害者，宁秋水更愿意相信这其中有他没有了解到的内幕。

看来明天应该去警察局调查一下了，搞不好这第十七名消失的受害者就是赵二。

但还有一个问题很奇怪……

这些受害者明明是被诡客杀掉的，为什么陈老会知道医院里面有心脏呢？

而且陈老说受害者被挖出来的心脏医院应该不会扔掉，可他却只找到了一颗，那剩下的心脏去了什么地方？

宁秋水想到了今天晚上突兀出现在伊甸园的洪柚。

如果不是特别情况，诡客不可能在晚上行动，更不可能这么巧恰好就撞上了他。看来一切都是有预谋的，所以是他们拿走了心脏，然后故意留下了一颗……用来钓鱼？

可他们怎么会知道他需要心脏？如果不是来自"信"的提示，那就是和诡门的任务有关。诡客知道他需要心脏，也在找他，甚至能够让洪柚三人在大晚上冒着被诡物寻仇的风险行动，所以他一定是这些诡客们通关的重要因素！

看来这次与以往的诡门不同，在这扇诡门内，他的身份发生了本质上的变化。

到现在为止，他已经获知了不少信息，诡门里要追杀诡客们的诡物对他而言是中立位，他不会受到诡物的攻击。

但另一方面，这扇诡门里的诡客似乎对他也有着别样的想法和企图。

宁秋水不知道诡客们到底想对他做什么，但他的直觉告诉他，那一定是一件非常可怕的事情。既然他来这扇诡门的目的是保护赵二，那么接下来他必须先想办法确认他在这扇诡门里的身份。

目前唯一的好消息就是，他在这扇诡门里不会被诡物攻击，这倒是让他的行动便捷了不少，不用再怕这怕那。想到这儿，宁秋水决定在伊甸园里的某个角落先留宿一晚。

深夜，宁秋水又在医院里面认真搜寻了一遍。

不得不说，哪怕他已经变成了不人不鬼，但想要一个人在漆黑的医院里面做这件事情，那也绝对需要十二分的勇气。

搜寻时，宁秋水还看见在黑暗的走廊上不停徘徊的诡物。

他想起之前阿乐狼狈逃出医院时的身影，那个时候他就在某个房间里寻找心脏，于是隔着窗户看见了。显然，阿乐和这只诡物起了正面冲突，不过这只诡物并没有成功淘汰掉阿乐，原因自然就是阿乐身上携带的诡器。

此时见到了徘徊的诡物，宁秋水眸光微动，似乎想到了什么，直接叫住了那只诡物。诡物回头，那张惨白的脸让宁秋水觉得很不舒服，哪怕他知道对方不会伤害自己，也觉得很是瘆人。

宁秋水硬着头皮来到了诡物面前，问道："你要在什么情况下才能复仇？"

他直接询问了对方的规则，不过诡物只是脸上挂着诡异的笑容盯着他，一个字也没有讲。宁秋水又换了几种其他的询问方式，然而诡物始终没有反应，这让宁秋水忍不住开始怀疑对方到底能不能听懂他说话。

于是他问出了这个问题。这一次，诡物点头了。

看来诡物能听懂，只是碍于某些原因，它不能说。

宁秋水微微沉思片刻，对着诡物说："他们身上有一些很特殊的道具，这道具可以对你生效，导致你没办法第一次直接淘汰他们，而今晚你已经遇到过了吧？"

诡物冷冷地注视着宁秋水，片刻之后缓缓点头。

宁秋水眯着眼看向它："你答应帮我做一件事，我就告诉你一次性完成复仇的方法，怎么样？"

诡物沉默了许久，再次点头，脸上的笑容越发扭曲，似乎对宁秋水口中的方法很感兴趣。

宁秋水见它同意，说道："其实一次性淘汰他们的方式很简单，就是你不要亲自对他们动手，而是让他们……发生意外。"

诡物眸中精光闪烁，咧嘴大笑。

宁秋水见它接受了自己的恩惠，继续道："至于我要你帮我做的事情，你记好……"

翌日，伊甸园医院正常营业。

宁秋水换了身衣服，戴着口罩从医院里走了出来，又来到了镇子里一些路边的杂货店里购买了墨镜与手机。

不过他很快便发现这个镇子略有一点复古，手机上面并没有地图，于是宁秋水只能又买了一份地图，查看了下镇子的大致布局，又跟路人打听了警局所在的位置。

当然，宁秋水没有第一时间去警局，他还在等。每拖一分钟，赵二遇见危险的可能就大一分，诡客们遇见危险的可能也会大一分。

十七个人遇害，不可能只有一只诡物回来复仇。

诡物会让诡客们的神经绷紧，也会分散他们的注意力。

宁秋水买了一个大背包，又买上了一些衣服和裤子，这才开始到警局外面晃悠。他在踩点，每过一段路，他就会找一些比较隐蔽的地方快速切换自己的衣物。

由于天气不冷，所以穿着也不需要太厚，他只用遮住上身一些比较狰狞的疤痕即可。

围绕着警局踩点了一圈之后，宁秋水锁定了几个嫌疑目标，但是他没有去试探这些家伙，而是随便拉着附近小摊上卖东西的一个中年男人，塞给了对方一千块钱。见到宁秋水给的这些钱，中年男人当场眼睛都瞪直了，黄昏小镇的物价不高，这也意味着在这个地方生活的人赚的也不多，像他这样摆摊的，一个月下来顶多也就赚七八百，有几个人会不喜欢直接送上来的钱呢？

"大哥……你……你这想……想买什么东西啊？"

中年男人的语气结巴，还带着一些警惕，他可是听说过黄昏小镇出现过一些变态。

"你去警局里帮我做件事，事后我还会再给你一千块钱。"宁秋水道。

中年男人一听还有钱赚，心里的防备直接抛之脑后，急忙点头："大哥你说，只要不违法，让俺进去干啥都行！"

宁秋水的眼睛扫了扫周围，身子微微前倾，跟中年男人讲述。

后者认真倾听，偶尔会回上两句，看样子就像是在讲价。

一些路口时不时扫过来的目光只是短暂停留了一下，便又移向了其他地方。

车辆来往，商贩老板很快便消失在了自己的摊位上，宁秋水也离开了这里。

警局内也有不少镇民，这个地方不只是用来处理刑事案件，有时候居民需要办理一些特殊的证件，也要到这个地方来。

不过今天，警局等候厅的座位上出现了一副新面孔。

他一边看着报纸，眼睛时不时扫过周围，寻找一些戴着墨镜或是口罩之类的人。

不过很可惜，等候了足足一上午，他也没有看到什么可疑的人员。

中午时分，他一个人来到警局外面，蹲在阶梯旁边，面色凝重地拨通了一个电话："喂，常山，你们那边儿怎么样？"

"第一个'壶'跟丢了，那家伙似乎知道我们在找它，带着我们绕了好几个圈，绕着绕着人就不见了。"

"跟丢了？你们那么多人，就跟踪一个'壶'，还能跟丢？"

"彪飞，你可别站着说话不腰疼了，'壶'关乎我们这一次所有人的生死，我们会不知道注意吗？而且这可是第八扇门，你觉得会那么简单？那只'壶'警惕得要死，没你想的那么容易对付！"

被称作彪飞的男人深吸了一口气，冷哼了一声，半张脸上的鬼面文身变得颇为狰狞："不管怎样，一定要尽快找到它的位置！"

"行了，别啰唆了，你那头怎么样？"

"没发现有可疑人员，应该不在警局这边。楚竹那小子会不会玩咱们呢！这诡门背后真的有第二只'壶'吗？"

"唉，不清楚，不过目前已经确定有回来复仇的诡物了，老朴今早在路上被淘汰了，被车撞了。"

"被车撞了？你确定不是交通事故？"

"应该不是，肇事司机没事，只是睡着了……正常情况下，谁大白天开车能睡着？"

说到这里，电话那头常山的神色变得极为难看："这一次的诡物好像格外聪明，我们都怀疑它似乎已经发现只要不亲自对我们出手，我们身上的诡器就没办法被动触发……"

常山和彪飞通过电话之后，两人的心情都变得有些糟糕。

本来诡器就是他们在诡门内部赖以生存的关键，诡物一旦学会了如何越过诡器直接对他们动手，那这扇诡门的难度就会被拔高到一个全新的层次！

想要从这扇诡门里活下来，他们必须以最快的速度找到那只"壶"，并且将"肉"藏进"壶"里！

挂断电话，一名警察朝着彪飞走来："你来警局干什么的？"

他的口气严厉，像是在审问犯人，但这的确不怪他，彪飞脸上的文身实在是有点瘆人，像极了一名亡命之徒。

见到这名警察，彪飞眼底闪过一抹阴冷，不过脸上却换上了一副讨好的笑容："警官，我只是看见了今天报纸上刊登的凶杀案，因为有些害怕，所以想来问问情况……毕竟你也知道，咱们黄昏小镇什么时候出过如此荒谬残忍的凶杀案？现在也不知道凶手到底落网没有，我这样遵纪守法的三好镇民，难免会觉有些焦虑！"

那名警察将信将疑地看了彪飞一眼，检查了他的身份之后，大致排除了对方的嫌疑，脸色这才变得好了些："追查凶手的进度属于刑事机密，我不能透露，但是你也不用过分担忧，黄昏小镇的警长已经凝聚了镇子里最有经验的老刑警们，相信案件很快就会水落石出！"

他的安慰很客观，当然，他也不会知道，真正的凶手就站在他们面前。

"好吧……警长，我知道了。"彪飞叹了口气，转身离开。

可他没走几步，便听身后有个声音自顾自说道："真是的，才对付了个麻烦的家伙，又来一个询问案件进展的，这一天天要都这样，我还不得给烦死？"

彪飞停下脚步，他的瞳孔缩紧，突然回头，瞪着那双野兽一般的眸子死死地盯着警员。

"你刚才说还有一个来找你询问凶杀案的？"

这名年轻的警员被彪飞的眼神吓坏了，他从来没有出过警，更没有和凶手打过交道，此刻被彪飞这么杀气腾腾的眼神一瞪，当时便浑身僵硬，脑子里一片空白："啊，啊……对，刚才有个人也在询问这件事情。"

彪飞走近了警员一些，身上恐怖的气势压得警员根本喘不过气："他是谁？叫什么名字？长什么样子？"

年轻警员有很多种方法可以赶走彪飞，甚至他自己也有武器，可他不敢。

这一刻他有一种发自灵魂的直觉，那就是如果他不配合，对方真的会伤害他！

慌乱之际，他几乎一个字也说不出来，但余光瞟过了侧窗，看见了一个熟悉的身影，急忙指着那头说道："就、就是那个人！"

彪飞顺着他手指的方向看去，发现在警局外的街道对面，有一个在路边摆摊的小贩，他正在跟一名穿着牛仔短袖短裤的男人交谈。

"那个穿牛仔裤的……"

彪飞话还没有说完，警员便摇头道："不，不是他，是那个小贩，是他在问。"

警员说完，彪飞的眉头先是皱了皱，随后又舒展了开来："别骗我，后果很严重。"

说完彪飞直接离开了警局，朝着对面的小贩走去。

然而，他刚刚到达街道中心的时候，和小贩交谈的那个男人转身走了。

彪飞眉头一皱，立刻追了过去！

然而，对方似乎也发现了他在身后，开始在街道上狂奔！

彪飞很着急，因为对方跑得很快，不过他急也没有用。

黄昏小镇上的人口虽然不多，但由于警局包揽了小镇上的大部分业务，附近说是车水马龙也不为过。他和对方仅隔着一条街，却不敢轻易穿过，因为穿过街道，会让对方消失在他的视线盲区两到三秒。

彪飞以前做过一些特殊工作，遇见过不少厉害的对手，他知道这两三秒钟已经足够对方脱身了。况且对方没有转身就感觉到他的存在，彪飞确认对方的敏锐不是一般人能比拟的。

抓这种人，最大的忌惮就是让对方消失在视线当中，哪怕只是一瞬间！

就这样，两人隔着一条街开始疯狂地你追我赶！

"哎哟，你干吗？"

"你有没有公德心，撞什么？"

"上次被这么撞，还是地里的猪拱了我一下！"

路上，被撞翻的行人发出了愤怒的叫声，不过彪飞可没精力去理他们，此时此刻，他的精力全都集中在街对面那个人身上！

彪飞虽然体格高大，但是耐力一点也不差，连续追了好几条街，他总算是将对方逼入了一个死胡同！

那人背对着他，面朝一堵墙，双手揣兜站在那里，俨然成了笼中之雀。

"跑啊，你不是挺能跑吗？"彪飞喘着粗气，直接堵在了路口，脸上的文身随着他的喘息声不断蠕动，就像是活过来了一般，"今天被你彪飞爷爷抓住了……算你倒霉！"

他狞笑着一步一步地靠近对方，然而，就在他接近面前目标的时候，对方突兀地转身了。面前的这张脸，是一张和正常人完全没有什么差别的、年轻到甚至略显稚嫩的一张面容。

不过对方的眼中带着一些恐惧。

直觉告诉彪飞情况有些不太对，他大步走到这个少年面前，伸手摁在了少年的胸口上。

咚咚——咚咚——

少年因为紧张而变快的有力心跳声，让彪飞当场愣在了原地。

他的脸色涨红起来，且死死地盯着少年，直到许久之后，他才喊道："老子问你话，你刚才跑什么？"

少年哪见过这种杀气，当时就瑟瑟发抖，站在原地一个字也不敢讲。

看他这模样，彪飞更生气了。

过了一会儿，少年弱弱地回道："你、你长成这副模样，一路追我，我当然害怕了，害怕就会跑……"

彪飞感觉眼前一黑。

但他还是放走了少年，因为这个少年明显不是他要找的"壶"。

彪飞也不敢随便乱杀人，因为这扇诡门给了提示——被他们处决的第一个NPC有百分之十的概率会化为诡物回来复仇，当这个名额被用掉之后，此后他们处决的每一个NPC都会百分之百变成诡物。

彪飞不是什么善茬儿，但他也知道，自己再横，也横不过诡门背后的诡物。

他长长地呼出了一口浊气，准备离开这里，可他刚转过身，就发现这条胡同的出口处站着一个人。

这个人跟刚才那个少年的身形很像，穿着的衣服也很像。不过眼前的这个男人看上去比较成熟，而且他皮肤苍白得有些不正常。对方的脸上挂着微笑，伸出了一根手指，对着他做了一个向上看的手势。

彪飞缓缓抬头，一抹寒光映入了他的瞳孔，意识消失之前，他的脑子里只有一个想法——天上……为什么会下刀子呢？

彪飞被淘汰了，淘汰在无人问津的死胡同里。

宁秋水亲眼看着那把刀子从天而降，然后他很淡定地从兜里拿出了一包烟，抽出一根点燃，塞进了嘴里。在外面的世界，宁秋水没有抽烟的习惯，之所以现在要抽烟，是为了掩盖他身上的味道，而这些味道来自他的胸口。

不过眼前这个人淘汰的确和他没什么关系，并不是他和诡物联合一起淘汰掉这个家伙的，这单纯就是一个巧合。

靠近这个家伙，宁秋水微微一笑，从兜里拿出了一把小刀！

"不知道是你运气不好，还是我运气太好？你的心脏，我会妥善保管的。"

说完宁秋水起身离开了这里，片刻后便消失在了人流之中。

傍晚。

一片偌大的阴云出现在镇子上方，伴随着毛毛雨的降落，整个黄昏小镇都笼罩在一片雨雾之中，灯光变得模糊，车、人还有树都变得朦胧起来。

警局三楼，两个上了年纪的中年男人坐在阳台上，静静地看着远处街道上来来往往的车辆。

一个男人比较苍老，身上穿着的是普通便服，脸上已被岁月的风霜掩盖。另一个则是穿着警服，上面的标志显示他就是这座警局里的警长。

玻璃茶几上摆放着两杯早已经凉掉的清茶，两人对坐，谁也没喝，只是面带忧愁地抽着烟。

"十二年前的事情到现在还没有结果……当年师父付出了那么大的代价，没想到最后还是输了。"便服男人长长地吐出了一口浊气，脸上写满了愁与怒。

"他没死……你知道吗？他没死。我们都以为他死了，可是他一直活着，活得好好的！"

警长看着便服男人不停地碎碎念着，精神有些说不出的紧张，问道："方山，能确定是他吗？"

方山微微侧过头，盯着朦胧的雨幕，那双眼神有些发直："不会错的……就是他，只有他！他需要那些心脏……"

警长眉头微微一皱："可是当时医院里有那么多心脏，他为什么不拿走呢？"

方山的呼吸声变得轻微急促，问了一句让警长愣在了原地的话："警长，你说如果一个人要开始'烂'，他是心先烂，还是皮肉先烂？"

警长被方山这个突兀的问题问住了，这个问题似乎跟昨夜发生的案件还有十二年前的惨案有关，又好像无关……

二人沉默了很久。

"警长，你吃过螃蟹吗？"

"啊？"

"我说，你吃过螃蟹吗？"

"吃过，小时候经常在沟里搬石头，下面就有螃蟹。我们最喜欢把螃蟹杀了，然后放在烈日下面晒，晒个两三天直接吃。"说到这里，警长抿了抿嘴，似乎有些怀念螃蟹的味道。

"肉很香。"

方山突然笑了起来："是啊，螃蟹虽然被杀死了，但肉是好的。可警长你知道吗？正常情况，螃蟹是先烂后死，有的螃蟹里面已经腐烂了，却还没有死，它依旧可以到处乱跑，觅食……"

听他说着这些，警长莫名感觉身上有些发毛，尤其是后背，好像有一双看不见的冰冷的手一直在抚摸着……

他打了个哆嗦："方山，我们是在聊案件，你如果有什么想说的直接说就好，别弯弯绕绕的，我脑瓜子疼。"

方山抽了一口烟，缓缓吐出了大片白色烟雾："警长，那个缝匠就是那个'烂螃蟹'。他挖出那些人的心脏，不是因为他需要，而是迫切地想要找到一个让他不会继续腐烂的'壳'。当然，你也可以称之为'壶'。"

警长低头沉默，眉头紧锁。

黄昏小镇里，冰箱并不普及，居民更多的还是用密封的"壶"储存肉类。

他们将壶烤干，把肉放进壶里密封，再将壶放进井底冷水中，这样肉就能保证三五天不坏，至少不会烂到人不能吃的程度。

"就像十二年前那样？"许久后，警长缓缓开口。

"对，就像十二年前那样！"方山点头，"这个'壶'已经不好用了，他需要一个新'壶'！"

警长眯着眼，脑海里掠过了很多画面，以至于香烟快要燃到烟嘴也无所察觉，回过神来后，他抽了一口烟，烫嘴，这才扔掉。

"会不会跟消失的那具遗体有关？根据当时勘察的刑警报告，现场的确只有十六具，但是却有十七颗心脏……"

这不是其他什么东西，没有心脏，人是活不了的。

所以既然多出了一颗鲜活的心脏，也代表着一定会有第十七具遗体。

可是，现在少了一具。究竟去哪儿了？

是被人偷走了，还是自己跑了？一想到这儿，警长的手指就有些微微抽搐。

有些事情他不愿相信，却不得不信，十二年前已有前车之鉴。

一个作恶多端，早就应该死掉的"人"，却借着一具没有心脏的躯体活到了现在。现在这个人又需要一个新的"壶"来盛放自己那颗已经腐烂的心。

他们没有将这件事情公之于众，是因为压根儿没法说出口。

难道告诉他们，我们抓捕的其实是一颗十二年前就已经开始腐烂的心脏？

惆怅伴随着烟雾弥漫，警长拢了拢自己的警服，点燃了第二根烟。

"怎么才能抓住他？"他对着方山问道。

出神的方山像是在思索着什么，被问到之后回过神还愣了一下："抓住谁？"

"还能是谁，当然是那个缝匠……"

方山摇头："那家伙狡猾得很，没那么容易抓住，十二年前我师父费尽力气，甚至拼上了自己的性命，不也没能够让他伏法……"

"那我们就这么干看着？"警长的语气变得凝重，变得有些愤怒。

"死了十七名镇民！他们都是这里土生土长的人，我们要是不帮他们说话，那就没人帮他们说话了！"

方山吐出一口浊烟，他反而没有警长身上的那种使命感："是的，警长……他们已经死了，开不了口，你要为他们说话，你要还所有镇民们一个真相。

"所以你把我找来了，就像十二年前你找来我的师父一样……可是我师父牺牲了，你甚至没有带回他的遗体，就只拿走他的一部手机交给我，十分草率地跟我讲了一句我的师父因公殉职，成了小镇的英雄。警长，谁又来帮我的师父说话呢？"

坐在他对面的警长沉默了很久："能力越大，责任越大，对于你师父的死我很抱歉，但做我们这一行的，不可能没有风险。

"而且如果不抓住这个人，你的师父就白白牺牲了，不是吗？

"你和我都老了，但是小镇还有很多年轻人，如果我们死了，而那个家伙还活着，小镇上的年轻人该生活在怎样可怕的阴影中？"

方山听到这句话，笑了起来，身体轻轻抽搐着。

"我的话很好笑吗？"警长看着他，眼中并没有愠怒。

等方山笑罢，他才将手中的香烟摁在了烟灰缸里熄灭："对我来说很好笑。"

"如果你知道……"方山想说什么，只是目光和警长对视的时候，又收住了话题。

那是一句不能跟他讲的话，那是一件只有他和警长知道的事。

当然……警长并不知道他也知道这件事。

"好吧，我同意，最后合作一次，抓住'烂螃蟹'。"

"之后，我会删除你的联系方式。"方山的语气意味深长，似乎别有用意。

警长见他同意，也露出了笑容："好。"

黄昏小镇，一间民宿内，穿着围裙的胖子从烤炉中拿出了才烤好的比萨，脸上带着和蔼的笑容对着客厅里的五人招呼道："来来来，尝尝，我现烤的！左边是水果自助，右边是奥尔良烤肉。都别皱着眉啊，虽然是在诡门里，但是享受生活还是必需的……"

坐在桌旁的五个人望着桌上色香味俱全的比萨，谁也没有先动刀叉。

他们的面色或多或少都有些难看，随着胖子坐下，右侧第二名女人才试探性地开口道："玺爷，彪飞淘汰了。"

被称作玺爷的胖子握住刀叉，叉起一块热气腾腾的比萨，塞进了自己的嘴里。

"不是我说你们，诡门里第一次淘汰人啊？那么沉重干什么？说不定下一个就是我，要我淘汰了，你们就什么都不做了？"

玺爷拿着叉子，像是一名长辈，对着在座的人语重心长地开导。

"该吃吃，该喝喝，我已经跟你们讲过了，这扇诡门里的诡物每天最多只能淘汰三人。

"现在已经淘汰了两个，剩下一个，十四分之一的机率，你们在慌什么？

"怕？怕就不被淘汰了？"

说着，他像是噎着了，旁边那名穿着黑色小背心的大汉急忙递上了一杯茶水。

"吃吃吃，冷了就不好吃了。

"常山，彪飞淘汰前最后一个跟你联系的是吧？"

"嗯。"正准备动刀叉的常山点头。

他回忆了一下："那个时候，他在警局里蹲点，我们想着那个'壶'发现心脏不见了，要么会去小镇上唯一的医院找心脏，要么会去警局打听。不过医院是楚竹他们负责盯梢的位置，我们过去就越界了，因此我和彪飞商量了一下，他上午到下午三点在警局盯着，我三点到晚上九点跟他换班，结果没想到……"

玺爷不疾不徐地切割着碗里的比萨，然后缓缓地送入嘴中咀嚼。

他很享受美食，尤其是自己亲手制作的美食。

"彪飞最后一次跟你联系是什么时候？"

"下午一点，彪飞发了条信息，说他找到'壶'了。"

"所以，你觉得他找到了吗？"

被玺爷突然这么无心一问，常山直接愣住了，片刻后有些不确定地支吾道："也许……找到了吧？"

玺爷晃了晃叉子："不，他没找到。"

"找到就不会死了。"说着，玺爷抬起头，"我是不是告诉过你们，这几天尽量什么都不要做，先活到第三天？"

常山的眸子里浮现了一抹深深的恐惧："玺爷，我只是……"

玺爷笑了笑："我有三封信，其中一封信的内容我已经让午汶给了洪柚。

"不过我没有给你们看……知道为什么吗？"

吃饭的几人全都抬起了头，看着玺爷。

玺爷继续埋头吃着比萨，并没有满足他们的好奇心。

"想知道就努力活到第三天吧，到时候我会把三封信的内容全部公开。

"我已经帮了你们一把，别不争气。

"到时候让楚竹他们看笑话。"

玺爷吃完了最后一片比萨，没有再添，起身朝着一个房间走去。

"午汶，你过来。"

被称作午汶的那名妖娆女人优雅地放下了刀叉，起身跟着玺爷进入了房间。

脚尖轻轻一勾，房门便关上了："玺爷，有新的指令了？"

她来到了玺爷面前，收起了脸上放浪的神情，转而变得十分严肃。

玺爷道："第二封信的内容，今晚放给洪柚。"

午汶面色微怔："玺爷，容我多嘴一句，楚竹他们不是我们的死对头吗？洪柚这家伙看上去并不可靠，万一她透露了消息……"

玺爷道："看重的就是她的不可靠。洪柚为了活命够狠，够自私，很适合干脏活儿。

"楚竹那边的大部分人跟水浇过的泥巴一样，粘得太紧了，得给他们松松。"

"楚竹那里有一封信，我这里也有最后一封，洪柚为了拿到这最后两封信，一定会做两面间谍，互相倒卖情报。"

午汶略一思索，美目里泛过异彩，带着仰慕的神色看向了面前的人："玺爷是想要他们……互相伤害？"

玺爷："一个壶就那么大，装不了多少，十四个人……你不觉得太多了吗？"

肉多，壶少，这的确是他们需要在这扇诡门里面对的困境之一。

事实上，这扇诡门里，诡物带给他们的压力反而没那么大，有了信的帮助，他们获知了一个重要的线索——这扇诡门里的诡物，每天最多只能淘汰三名诡客。

"另外还有一件事情，你要小心……"玺爷又开口。

"无论是彪飞，还是老朴，他们身上都有厉害的诡器护身，昨晚楚竹的手下阿乐能靠着诡器逃掉诡物的追击，彪飞和老朴没理由被淘汰。"

午汶眸光微烁："玺爷，您的意思……他们不是被诡物淘汰的？"

玺爷："不好说，但背后一定有人在推波助澜。"

"无非两种情况——第一，假壶杀死了他们。第二，假壶告诉了诡物在不触发诡器的情况下淘汰我们的方法。"

玺爷的脑子转得很快，在他的点拨下，午汶眼前的迷雾一下子散去了不少。

"那会不会是楚竹他们的……"

玺爷摇头："但凡稍微有点脑子的诡客，就不会干出这种事，诡物能通过这样的方法淘汰其他人，也能淘汰他。

"再者，十七人的事情我们是始作俑者，化身诡物归来对我们的怨念最深，这种情况下，双方是没有办法达成合作的。

"所以老朴和彪飞的死，一定跟假壶有关。"

午汶语气怪异："假壶可以跟诡物合作，并且还知道怎么让诡客们的诡器不生效……我懂您的意思，但这怎么可能？"

玺爷淡淡道："没什么不可能的。

"这里是诡门世界，诡器本来就是我们从这个世界获取的，严格来说，它们应该比我们更懂诡器的机制。再者，很难说这一次进入诡门的诡客是十六名……还是十七名。毕竟进入之前，没人统计过人数不是吗？"

玺爷话音一落，午汶立刻莫名打了个寒战，这扇诡门……可能有第十七名诡客？那岂不是说，假壶就是……

似乎是察觉到了午汶的微表情变化，玺爷说道："无论对方是诡客还是原住民，本质上，假壶的存在一定是为了保护真壶，想明白这一点就够了。这扇诡门时间还很长，腥风血雨才刚刚开始，按照我的计划去做吧，楚竹他们淘汰的人越多，我们淘汰的就会越少。剩下的人越是自私自利，就越是一盘散沙，好对付得很。你跟着我过了这么多门，应该清楚这一点。"

午汶抿唇："多谢玺爷指点迷津。"

黄昏小镇，白桃公园。

黄昏时分，宁秋水坐在一处不引人注目的位置上，拿着几份买来的报纸静静比对。中午的警局之行给了他不少的收获，他从警员的嘴里得到了不少关于案件的细节，这对于他找到赵二有很大帮助，但对于宁秋水而言，他越是找不到赵二，反而心里越安定。

他擅长找人，而且还没有诡物的干扰，如果连他都找不到赵二，那诡客们找到赵二的可能性就更低。在宁秋水看来，这扇诡门背后的诡客是对赵二最大的威胁。

至于淘汰诡客……并没有想象中的那么容易。

第八扇门的诡客实在过于精明了，在两名诡客相继离奇淘汰后，两只诡物又想要制造意外去淘汰诡客，却都没有成功，对方似乎也意识到了诡物的淘汰方式，有了防备。

这扇诡门的诡物并不强，力量被规则限制得很严重。

宁秋水从诡物的行动里摸清楚了一些情况，小镇上回来复仇的诡物一共有四只。它们对玩家出手不是必定淘汰，一次袭击过后，短时间无法再对同一人出手。

宁秋水确认，这根本不是第八扇门的难度，单凭这四只被限制严重的诡物，根本不可能对第八扇诡门的诡客造成多大干扰。

所以，这些诡客要面对的还有其他威胁！而那些威胁，一点也不比诡物弱！

"除了诡物，还有什么会对诡客造成威胁呢？"宁秋水眯着眼。

他得到的信息太少，遇到的谜题太多。

中午的警员说，当时在医院发现了十六具遗体，却有十七颗心脏。

他们是根据十七颗心脏来判断有十七个受害人，但实际上，根本没人见到过第十七个受害人的遗体。会不会其实只有十六个受害者，第十七个人是诈死，或是某些原因提前复活离开了……

种种线索与猜测，在宁秋水的脑海里交织。

"这些人是被诡客害死的，诡客不会无缘无故处决这么多NPC，他们一定是受到了某种指示，也许是来自诡门，也许是来自……他们遇见的第一个NPC。"

诡客们在诡门背后遇见的第一个"显眼的NPC"一定是最重要的。

这是经验，也是常识。

但心脏大概率不是诡客们挖出来的，之前在伊甸园医院还有诡客用心脏来钓鱼，说明他们拿走了那些心脏并且冷藏了起来，如果是诡客们挖出心脏并拿走，那警察根本就发现不了这十七颗心脏。

这之间有一个时间差，在时间差里，混入了一个第三者。

念及此处，宁秋水的眸中有光影烁动，那个第三者，多半就是陈老了……

他挖出这些尸体的心脏，却没有拿走，结合之前陈老对他做的事……看来那个时候他并不是在找心脏，而是在找一个能装他心脏的容器。

但他显然不是陈老要找的那个容器，只是他无奈之下的选择。

而这种选择似乎会产生某种副作用，所以在他将自己的心脏放进我的身体里后，需要每隔一天消耗一颗新鲜的心脏来维持自己的生命……如果推测再大胆一点，那个消失的第十七名受害者，难道就是陈老要找的完美容器？

宁秋水的思绪经过整理后渐渐清晰，他的嘴角掠过了一抹若有若无的笑容。

但似乎……诡客们也在找它呢，事情好像变得有趣起来了。

结合目前得到的信息，宁秋水隐约猜到了缝匠陈老的行为动机。

对方在找一个能够盛放他心脏的"完美容器"，而那个容器便是消失的第十七名受害者。陈老一定没有碰过他，否则他不会选择自己来成为临时容器。

于是，宁秋水的脑海里出现了一幅按照时间线发生的画面——

因为某个无法拒绝的理由，进入这扇诡门的诡客在伊甸园医院中解决了十七个人，这里面包括他和那名"完美容器"。诡客们处理完这些人后离开医院，接下来"完美容器"复活并挖出了自己的心脏。做完这些他也离开了医院，不久后，陈老和他的跟班孙隼出现了，他们挨个寻找，却没有找到"完美容器"，于是只能把这些受害者先运回去。

陈老不会无缘无故恰好出现在伊甸园医院中，所以诡客们很可能就是陈老示意的。陈老给了诡客们一个无法拒绝的理由，让这些诡客们宁愿冒着 NPC 变成诡物回来复仇的风险，也要化为刽子手，无论是他，还是其他的诡客，全都是陈老计划里的一环。

宁秋水的表情微妙，那个一切的始作俑者，现在很可能就在他的胸膛里面跳动着。可他没有办法取出它，因为没有这颗心脏，他就没法活动。

如果他的猜测成真，那赵二多半就是那个"完美容器"，他面对的威胁不仅仅是陈老，也包括诡客们。没有他的帮助，赵二未必能对付这扇诡门里的诡客。

但同样，宁秋水也面对着一个严峻的问题，那就是如果他真的找到了赵二，他还能掌控自己的身体吗？

倘若藏在他胸膛里的那颗心脏只是暂时将他身体的控制权让给他，一旦宁秋水找到了赵二，对方就会夺过他身体的控制权，然后……占据赵二的身体！

不确定的因素太多，宁秋水决定今夜再去伊甸园看看。

这家医院的体量不小，之前宁秋水没有去案发现场看过，也许那里还残留着一些什么重要的信息也说不准。

入夜之后，街道上的路灯亮起暖黄色的光，一些行人吃完晚饭后在路上散步。

宁秋水静静地等待着，等待着伊甸园里所有的员工下班，只剩下保安。

保安一如既往无聊地在自己的保安亭里看着一些杂志，看着看着似乎尿急，于是他站起身来，对着四周看了看，确认没什么人后，便走入了伊甸园的内部。

看着里面黑漆漆的大厅，保安手忙脚乱地打开了手电筒，心里有些犯怵。

他既害怕之前死去的 NPC 变成诡物回来，又害怕没有被抓住的凶手还藏在医院中，那些黑漆漆的角落让人头皮发麻，稍有风吹草动，他便神经紧绷。

迟疑了很久，保安还是决定做一回没有素质的人。

他离开了医院，来到一个没什么人的角落，面朝墙壁，脱下了裤子。

就在他释放自己的时候，身后却传来了脚步声。

虽然这个脚步声不是朝他来的，但是保安还是下意识地回了头。

一个穿着比较厚实，戴着口罩和墨镜的男人朝着医院内部走去。

"喂，那边的，医院已经下班了，干什么呢？"保安对着男人大叫道。

但对方根本没有理他，而是自顾自地快步走进了伊甸园的内部。

保安提上裤子，跟着追了进去。

不过，对方似乎对于医院的路很熟悉，进去之后就消失不见了，保安在一楼认真聆听着，没有听到任何动静，握着手电筒的手不自觉地颤抖。

医院大楼晚上是一个人都没有，只要有人走，一定会发出脚步声，难道对方藏起来了？这人这么晚了还来医院里做什么？偷东西？可医院里也没什么值钱的东西可以偷啊……

保安越想越觉得不对劲，心里已经开始犯起了嘀咕。

他仔细看了看面前那些黑暗的角落，又将目光放远，看向了走廊尽头的楼道口，那里就像是深渊……最终，他放弃了往前走的念头。医院的大型器械一个人是偷不走的，至于随便偷点什么小玩意儿，顶多也就是扣自己的工资，但万一对方真的不是什么好东西，他一旦跟进去，只怕是凶多吉少！

保安离开后，一个黑暗的房间的门被缓缓推开，宁秋水走了出来，看了保安的背影一眼，转身上楼去了。

他一步一步来到了九楼，这里的某片区域被警局直接查封了，到现在还没什么人进去过，甚至连地面上的血迹都没有打扫。

案件发生后，这层楼已经被医院暂时禁用，相关部门搬去了其他楼层。

宁秋水跨过黄条，拿出手电筒认真地查看这片区域的每个角落，不过很快，他便停下了脚步。因为另一个黑影出现在了他的对面。

这个黑影不是鬼，而是人，一个宁秋水从来没有看见过的人！

可是看见对方后，宁秋水却明显感觉自己的心跳变快了……

一种奇怪的情绪传入了他的大脑，恐惧、惊慌、愤怒……收到这些情绪的那一刻，宁秋水知道他身体里的这个心脏的主人和面前的这个人有很大恩怨。对方未必是坏人，但此时此刻却很可能是他的敌人。

见到宁秋水的那一刻，对方似乎一点也不惊讶。

"啪！"打火机的微亮光芒在漆黑的医院里燃起，一束红色的焰火点燃。

"你回来做什么……找心脏？"那个人的语气平静，似乎知道他的身份。

"你认识我？"宁秋水没有松懈，一边小心观察着对方，一边随时准备战斗或者逃走。

黑暗中，二人对峙。

"不认识，但我知道你是受害者其中的一位，我闻到了你身上那属于死亡的气味。"

对方沉稳的声音让宁秋水的心脏跳得越来越快，胸膛里的"它"很紧张，似乎在害怕什么。

"不过你不用紧张……你不是我要找的人，至少今夜不是。"

宁秋水眯着眼："你要找谁？"

对方淡淡道："一个十二年前就该死的人。"

"那就好，我还以为你是来找我的。"

"你很怕别人找你？"

"谈不上怕。"

二人之间又陷入了沉默。

片刻后，宁秋水道："你不是警察？"

那人吐出了一口白烟："不算是，不过警察有特别麻烦的事情会找我帮忙。"

"就比如这一次？"

"对。"

"看来在你来这里之前，已经和警局的警员们通过话了。"

对方没有否认："聊过一些，我叫方山，你呢？"

"宁秋水。"

方山点了点头，又听宁秋水说道："你看见我并不惊讶，说明以前你也见过这种情况。"

方山没有回应，宁秋水继续道："我对你的过去很感兴趣，但是现在我更想问另外一个问题，前天夜里在这家医院的这层楼一共十七个人遇害，对吧？"

方山缓缓吐出了一口烟："大概死了十七个人吧，谁知道呢？"

宁秋水："可是有第十七颗心脏，总不能是一个人的身体里长两颗心脏。"

方山沉默着，等待着宁秋水的下文。

"但是有一名受害者不见了，刊登的报纸上面没有照片，据我的了解，黄昏小镇的警方并没有看见第十七名受害者——"

听到这里，方山打断了他："如果你是想问我第十七名受害者在什么地方……抱歉，我也不知道。不过，我们今夜来此的动机似乎都比较奇怪。"说到这里，方山的脸上居然流露出了一丝怪异的笑，"我们同时回到了案发现场，我代表着警方，而你代表着受害者……但有意思的是，我们都不是来找凶手的。"

宁秋水也笑了起来："的确如此。"

方山指尖夹住的香烟还在缓缓燃烧："你不在乎是谁害了你吗？"

"相比于此，我更在乎消失的第十七个人去了什么地方。"

"嗯，他是你的朋友？"

"不算朋友。"宁秋水也从身上掏了一根烟。

他已经养成了习惯，每隔一段时间要抽一根烟，从而用烟味来掩盖身上的味道。

"方山，你上一次看见复生的人是什么时候？"

方山靠着窗边，拢了拢身上的衣服："十二年前。"

"谁？"

"受害者，跟你一样……当然那只是暂时的，真正'活'下来的只有幕后凶手一个人。"

"你说的是'幕后'凶手，所以十二年前的凶手并不止一个？"

"嗯，幕后凶手蛊惑了其他的人害死了镇民。"

"其他的凶手落网了吗？"

方山摇了摇头："没有。他们烂了。"

听到这几个字，宁秋水微微一怔："烂了？"

方山似笑非笑地看着宁秋水："你觉得如果一个人要烂了，他是心脏先烂，还是皮肉先烂？"

宁秋水思索了片刻，回答了他的问题："心先烂。"

方山脸上的笑容渐渐收敛，点了点头："是啊。当一颗心已经烂掉的时候，皮肉又怎么保得住呢？十二年前的那个凶手没有明白，十二年后的凶手也不明白。"

宁秋水眸子微微抬起："以前和现在的凶手不是同一个人？"

方山："我更希望是同一个人。但一切都还没有定论，我的猜测最好不要成真。"

宁秋水想了想，又问出了一个问题："像我这种没有心的人，怎样才不会烂呢？"

方山沉默了一会儿："你的心没有烂，皮肉就不会烂。"

说完之后，方山将手里的烟头弹出了窗口。

"如果有关于凶手的消息，可以随时联系我。他死了，对你是件好事。"说完，方山拿出了一张小卡片，直接扔给了宁秋水。

他似乎也有点忌惮宁秋水，没有靠近，转身离开了，看着手里的名片，宁秋水将它收了起来。

方山走后，宁秋水胸口那跳动的心脏才渐渐恢复了正常。

"果然是陈老干的，不过二人之间似乎十二年前就有什么渊源了，这个方山也不简单，居然知道这么多事情……"

宁秋水认真回忆着刚才方山说过的话，隐隐间抓住了什么。

"心先烂，皮肉才烂……"

是指心脏受到伤害之后身体才会消亡吗？这么说的话，我得尽快找到自己的心才行。宁秋水揉了揉自己的太阳穴，他的直觉告诉他，方山刚才说的那句话不仅仅指的是这个，背后似乎还有另外一层意思。

那些心脏一定被诡客们藏得很好，他得想个办法拿到它们，还要从那些心脏里面找出属于他和赵二的。

黑暗的走廊里，只剩下宁秋水一个人的身影，还有指尖夹住的那个淡淡火星。

清晨，黄昏小镇的冰狼酒店里传来了一阵骚动。

三楼，303 房，洪柚站在厕所镜子面前，看着自己赤裸的上半身，神色中写着惊慌和恐惧。原本无瑕的身体，竟然凭空生出了一些霉斑，看上去甚是诡异。洪柚拿出毛巾，沾上些水，轻轻擦拭着霉斑。她的动作很轻，但来来回回擦拭了几下之后，那一块的皮还是直接被蹭掉了！

洪柚发出了一声尖叫，急忙扔掉毛巾，她想起了昨晚接到的那个电话。

"第二封信的内容是，一旦诡客在诡门背后'双手沾上鲜血'，身体会发生变化，五日后彻底消亡。"

诡客们提前一天进入第八扇诡门，到今日才算来到了第二日，但他们很快便发现了不对劲，身体方面也产生了微妙的变化。

部分足够谨慎的人开始检查自己的身体，而后发现他们的皮肤已经开始溃烂，化脓。这种变化让绝大部分诡客都很惊惶，并且当他们发现这种变化不只是针对他们自己的时候，一种莫名的氛围在诡客之间传播。

如果是一群脑子里全是"豆浆"的小白，在见到大家一同遭殃的时候，兴许还会放松不少，心里想着反正遭殃的不止我一个，就算是淘汰也有个伴儿。

但能活到第八扇门的人，无一不是求生欲望极度强烈的，在见到这种诡异情况席卷他们所有人的时候，这些人就知道已经无人能够幸免。

想要活下去，他们必须赶在身体发生变化之前，不择手段地完成诡门给予的任务。

"难怪这一次诡门没有给限定时间，原来时间限定在这里……"

洪柚惊惶之后很快便冷静了下来。

四天。除去昨日，她只有四天的时间了。洪柚双手掬起一捧水，清理面部，不知道是水冷还是她的脸冷，洪柚的手有些轻微颤抖。

"只有一个壶，只有四天，可是还有这么多人，壶不可能把所有人都装下的……人太多了……"

她喃喃自语，说着说着，声音渐渐变得大了些："不能那么多……十四个人，十三个……十三除以四……不行，那个胖子也不行……十二除以四……得三……"

洪柚的呼吸声渐渐发生了变化："三个……这不正好是……"

想到这里，洪柚的嘴角缓缓扬起，其中潜藏的疯狂和狰狞，就连她自己也没有察觉。

"咚咚咚！"敲门声传来。

"柚姐，待会儿别忘了去伊甸园门口踩点！"门外的声音很大。

洪柚高声应了一句："好，我马上就去！"

那人离开，回过神的洪柚盯着镜中的自己，不知为何，她越盯越觉得镜中的自己陌生。尤其是她的嘴角，似乎总是若有若无地洋溢着一抹微笑，那笑容让她后背寒气直冒。

目光从镜中的一角瞥见了自己房间的门牌号，那一瞬间，几个数字浮现在她的脑海里。

三楼……

303……

3……

"十二除以四……等于三……"不自觉地，她轻轻念叨出了这句话，而后猛地后背一凉，惊出一身冷汗！

她撑着洗漱台的手指开始抽搐，水珠和汗珠攀附的光洁额头上跳动着青筋。

血丝爬上了她的眼，她不敢再多看一眼镜中的自己，转身拿上外套，夺门而出。

"砰！"门关上时发出的巨大震动声将旁边两名正要出门的同伴吓了一跳，二人看着洪柚仓促的背影，面面相觑。

"啥情况？"

"不知道，估计是身上也出问题了，心情不好，这事搁谁身上都糟糕……"

"唉，明明什么都没做，为什么身体就开始烂了呢？"

"我去看看其他的人，要是大家身上都烂了，那就很可能是受到了诡门规则的影响……"

伊甸园，医院门口。

两个男人四处张望，似乎在等待什么，没过多久，一辆出租车停在了不远处的街道上。身材窈窕的女人缓缓下车，然后一步一步来到了医院门口。

"阿乐，柚子来了。"左边那个矮矮的、戴着一块翡翠佛佩的男人抬手对着远处招了招，指尖夹住的香烟飞散出了缕缕烟灰。他没有得到回应，发现身旁的阿乐还在十分警惕地看着周围，神情似乎有些过分紧张。

"喂，阿乐，别那么紧张……"男人用肩膀撞了撞他，示意对方放松一些。

"这扇诡门的诡物并没有想象中的那么强，昨天晚上湫湫不是已经遇袭过一次了吗？它短时间内只能对目标出手一次，而且在闹市区它的能力肯定也会受到影响，没那么容易出事……"

被他撞了一下，阿乐才回过神，有些木讷地点了点头。

他朝着迎面走来的柚子看了一眼，微微点了点头，便算是打过了招呼，然后又认真观察起四周。

"蓝宫，阿乐怎么看上去这么紧张，你们刚才是不是发现什么了？"洪柚明知故问，神态自然。

被称作蓝宫的男人抽了一口烟，讪笑道："倒也没有发现什么……可能是阿乐太紧张了吧？毕竟今早上发生的事你也知道。"

洪柚点点头，转头看向了阿乐，柔声说："阿乐，你也不要紧张，楚哥会想办法的，说不定咱们今夜就能出去了。"

阿乐脸色没有丝毫变好："希望如此。"

洪柚："心脏你们藏好了吗？"

蓝宫点头："已经藏好了，现在就等'壶'上钩了。"

三人分散在医院的大门口内的广场上，观察着来这里的病人。

这是一个枯燥的过程，他们守在这里很久也没有实质性的发现，一直到中午快要换班的时候，他们才看见了一个戴着口罩的男人，双手揣兜走进了医院。

这家伙看上去不疾不徐，速度却快得异常，在人群里穿来穿去，没几步就要进入医院。

见状，三人急忙追了上去。

洪柚心头微动，对着蓝宫道："蓝宫，那人八成有问题，你守在外面，别让他逃走，我和阿乐进去找他！"

蓝宫迟疑片刻，点点头："好。"

他停下，目送二人跟着嫌疑目标追入了医院内部。

洪柚和阿乐快速追入了医院的大厅内，然而一番扫视后，却什么都没有发现。

"该死……已经有了防备吗？"洪柚脸色微变，当即对着阿乐道："阿乐，你去心脏所在的位置守着，我再到处找找他，一有情况……第一时间联系！"

二人兵分两路，阿乐的身影刚消失在楼道上，洪柚身上的那股急切也随之消失殆尽。

她没有在大厅里面找"壶"，而是一直盯着阿乐上楼的方向，眼神有些发直。

和阿乐不同，她是临时加入楚竹阵营的人，能从楚竹那里获得的信任度不高，在楚竹的心里，她也绝对谈不上多么重要。

事情又回到了原点，问题的根源被暴露了出来——一个"壶"装不下那么多"肉"，注定会有一部分的"肉"被抛弃在外面。

真到了抉择的时候，哪怕她对楚竹的阵营做出了巨大的贡献，洪柚也不认为楚竹会为了她这个新加入阵营的新人而放弃自己身边跟着的"忠臣"。

她大概率会被抛弃。

眼下的情况是，光站队已经没有办法解决她的问题了，那怎样才能确保楚竹选择自己呢？

答案是——当他身边已经没人可用的时候，她就会成为唯一的选择！

想到这里，洪柚的脑海里面又出现了那个"三"字。

她的手又一次颤抖起来，脸上的肉也在轻微抽搐。

没过多久，洪柚来到电梯里，摁下了六楼的楼层按钮。

这层楼是住院部，来来往往的人很多，病人也很多，所以心脏不可能被藏在这层楼里面。换而言之，阿乐也不可能在这层楼。

十分钟后，蹲在三楼某个厕所隔间的阿乐忽然收到了一条短信——

我堵住壶了，速来六楼。

看到这条短信，阿乐的呼吸声立刻变得凝重了许多。

找到"壶"了？

他的保命诡器已经在第一天的夜晚消耗在了这家医院里面，虽然这件事情他没有跟任何人说，但没有了保命诡器，心里终归不安定，遇见突发情况会陷入极端的被动！

眼下，只有以最快的速度找到"壶"，他才有一线生机。至于"壶"到底能装多少，阿乐根本没有想那么多。他相信，以他跟楚竹的关系，以及自己的价值，只要"壶"能装下二三个，那里面一定有他的一席之地！

将手机揣好，阿乐起身朝着厕所外面走去，他走后不久，另一个戴着口罩的人就出现在了厕所门口。这个人挨个隔间地寻找，最终在倒数第二个隔间的马桶水箱盖子下，找到了那颗心脏。

"第二颗……"

他喃喃自语了一声，很快便拿出了一个自制的简易冰袋，将还算鲜活的心脏放了进去……

六楼。

阿乐急匆匆地赶到了这里，脸上的刀疤已经因为表情的扭曲而变得格外狰狞，他沿着走廊朝里走，快速寻找着洪柚的身影，心情也愈发急躁。

一间，两间……怎么还没有？

阿乐耐着性子来到走廊的最里面，站在窗口处，看向了最后一个房间。

没有，还是没有！

阿乐急忙拿出手机，给洪柚打电话，接通后，那头传来了洪柚的声音："阿乐……你在哪里？"

"我在哪里？我在六楼！"

阿乐先前积聚的焦躁全都对着电话那头的洪柚发泄了出来，对方面对他的暴躁却没有丝毫的愤怒和不快，只是再一次问道："我知道，我是说……你在六楼的什么地方？"

"走廊最里面，那扇百叶窗面前，你在哪里？我六楼都找遍了，怎么都没看见你？"

洪柚的声音骤然变得惊恐了起来："阿乐快逃，你旁边的房间有诡物，它在那里布下了陷阱！"

阿乐怔住，下一刻，一条几乎看不见的透明的线从他的脚下收紧，紧接着，阿乐感觉到脚踝处传来了剧烈的捆绑感，他还没有意识到什么情况时，整个人的脚就被拉了起来，朝着窗户外面甩去！

紧急情况下，阿乐的双手疯狂挥舞，四处乱抓，企图抓住窗沿。然而情急之下，胡乱挥舞的手怎么可能比得过一整个铁质的、正不断下坠的推车呢？

　　就这样，阿乐从六楼坠下，然后重重摔在了地面上！

　　四周的人被吓住了，朝着旁边跑开，过了好一会儿才重新围了上来。

　　没过多久出现了一堆医护人员，他们手忙脚乱地将已经被淘汰的阿乐抬上了担架，然后剪断了他脚上的丝线，朝着医院内部运去。

　　地面上很快便只留下一摊红渍，还有一个锈渍斑驳的铁质推车。

　　这个推车是用来装货物用的，偏老式，中间实心，有四五十斤重。而在它的握柄处，缠绕着三根类似渔线一样的透明塑料长线。这种线很是坚韧，尤其是多根汇聚在一起时。

　　没人知道到底是什么情况。

　　不远处，混在人群里的一个女人正直勾勾地盯着铁质推车，表情有些瘆人。

　　洪柚双手揣在兜里，紧紧攥成拳头。倘若此时有人离她足够近，一定能够听到她那近乎魔怔的碎碎念："是诡物干的……不是我……你已经没有诡器，就算没有这场意外，你还是坚持不了多久……"

　　整个计划其实制定得非常仓促，但面对警方的调查，她有的是方法可以搪塞。而且医院里面根本就没有监控，五楼的病人不多，她当时换上了一身病服，还蒙住了头跟脸，整个过程行云流水，就算真的有谁看见了，也不可能指认她。

　　但她依然很害怕。不是害怕警方，而是害怕阿乐化为诡物回来找她复仇！

　　"我当时躲得很快，他根本没有看见我在五六楼……他不可能知道是我干的！放松洪柚……放松……"她努力做了几个深呼吸，过于集中的注意力导致她连人群另外一边那个熟悉的、戴着口罩的男人都没注意到。

　　不过男人却注意到了她，并且缓缓朝她走来……

　　"第一次出手的感觉怎么样？"男人的声音在洪柚耳畔突兀地出现。

　　后者吓得弹跳了起来，回头死死地盯着面前的男人。

　　这个男人……正是她要找的那个人！

　　二人明明离得极近，可她压根儿没有听见对方的声音！

　　"你……"洪柚还没有开口，男人又说道："人在遭遇意外坠楼时，大脑会放空，变得一片空白。他没有那么多思考的时间，如果他没有看见你的脸，那他就不会知道这一切是你做的，自然也不会化为诡物回来找你复仇。"

　　"如果诡客在诡门中害了自己的同伴，那被淘汰的同伴用不了多久就会'回来'。但前提是，淘汰的人必须知道是谁害了自己，如果他只是怀疑，那能不能'回来'就全看诡门的脸色了。

"至于像阿乐这种情况，他连怀疑的时间都没有，在脑子里还是一片空白的时候就已经被淘汰，如此化为诡物回来复仇的可能性为零……"

面对男人的真诚，洪柚的脸上却露出了一抹不自然的笑容："你在说什么，我怎么听不懂？这明显是一场意外，这位先生，你可不要胡乱揣测，乱造谣可是要负法律责任的。"

宁秋水看了一眼手表的时间，微微蹙眉，随后从身上掏了掏，点了根烟挂在嘴上："我不是来找麻烦的，想聊聊吗？这是你唯一的机会，如果你拒绝，我会去找其他人。"

与男人对视，洪柚的眸子动了又动，神色复杂，忐忑中夹杂着不甘。

最终，她同意了。

"可以，但不是现在。我还有一个同伴正在外面等着，下午吧。给我个联系方式，我找你。"

宁秋水把自己的手机号告诉了对方，洪柚拿到手机号后，匆匆离开了这里。

她走后，宁秋水才缓缓吐出了一口白烟。

平日里他抽烟是为消除自己身上难闻的味道，但这一次不同——他从洪柚的身上闻到了奇怪的味道！只要洪柚开口，口中就会散发出这种味道。

宁秋水很少闻到这样让他能明显感觉到不舒服的气味，所以才点了根烟。

她的"心"已经开始烂了吗？是因为……害了人？

宁秋水的思绪转动，已经开始隐隐领悟到昨夜方山询问自己的问题。

刚才发生的所有事，全都被他尽收眼底。

比起侦查和反侦查，追踪与反追踪，这些人显然和他比不了。

洪柚并不知道，她在布置整个计划的过程中，宁秋水分别以不同的身份三次经过她的身边。她所做的一切，宁秋水全都看在眼里。

起初宁秋水也很好奇她到底要做什么，然而当看见她用纽扣将渔线从窗口抛入楼上的时候，宁秋水就猜到她要害人了。

众多道具里，渔线绝对是最好用的东西之一。

它可以成为坚韧的绳，可以成为锋利的刀，而且几乎不可见。

对于洪柚，宁秋水也很重视，他可以通过这个女人来证实自己的很多猜想。

"下午见。"

看着洪柚消失不见的身影，宁秋水用手指将烟头捻熄，扔进了垃圾桶，然后又消失在了医院内部。

"喂，蓝宫，阿乐出事了。"

"阿乐出事了？"

"嗯，我们在医院的楼里寻找'壶'，忽然听到六楼传来了一阵窗户破碎的声音，紧接着外面就传来了人们的尖叫，等我来到窗边查看的时候，阿乐已经被淘汰了。"

听到阿乐被淘汰的消息，蓝宫的眼皮猛地跳了跳。

"他、他身上不是还有诡器吗？"

"我也不知道什么情况，当时我不在阿乐的身边！"

蓝宫一边朝着医院内部赶，一边随口问："你当时在哪里？"

洪柚迟疑了片刻，说道："那个时候，我追着嫌疑人去了十二楼……"

她话音刚落，就看见了迎面赶来的蓝宫，二人会面后，洪柚对蓝宫讲述了自己当时在十二楼里看见的景象。

蓝宫闻言，眸光闪了闪，不过他还是安慰了受惊的洪柚几句，将这件事情通知了楚竹。

楚竹得知阿乐的事显得格外沉默，但是也没有苛责二人，只是让他们先回来。

回来后，楚竹跟二人详谈了一会儿，没过多久，另一个相貌平平无奇的女人拿着一沓报纸走进了楚竹的房间。

"头儿，阿乐被淘汰了。"说着，她将报纸散开，分给了周围的人。

众人看着报纸上的内容，一句话都没有说，气氛沉闷得可怕。

"咱们……要去认领阿乐吗？"分发报纸的女人说完，却无一人回应。

这扇诡门的诡物很聪明，现在阿乐被淘汰，它很可能会在阿乐身边守着。

去医院认领阿乐，几乎等同于正面和诡物短兵相接。

在场的人彼此合作过几次，有些情谊，但还没有到了为了对方甘愿冒生命危险的程度。

"我去吧。"半晌后，楚竹开了口。

"医院里的确不安全，不过该站哨的还是得去放哨，但是切记，一定不要单独行动！柚子和蓝宫，你们今天辛苦了，下午好好休息吧，如果要出门，务必小心！"

二人点了点头。

"散会！"

下午三点，公园里，宁秋水依然戴着口罩，双手揣兜来到了约定的位置。

洪柚已经换上了一身绿色的运动衣，几乎和周围的植被融为一体，见到宁秋水后，才道："没人跟踪吧？"

宁秋水在她身边坐下，双腿一跷，点了根烟："你们的跟踪技术实在是一言难尽，对此你应该相信我，也应该相信诡门，我没那么容易被抓住，不是吗？"

听到这话，洪柚紧张的心情才稍微好了些："你找我有什么事？"

宁秋水道："交易。"

洪柚眯着眼："我可不是商人。"

宁秋水自顾自地说："有兴趣回答我几个问题吗？"

洪柚沉默了会儿，说："你问。"

宁秋水转过头，盯着洪柚的眼睛，一字一句道："为什么要淘汰你的队友？"

为什么？宁秋水的第一个问题就让洪柚破防了。

她愤然起身，瞪着宁秋水，冰冷的语气中已经带着责问："我从来没有对同伴出过手，今天在医院的时候你也看见了，他被淘汰纯粹就是一场意外！"

宁秋水并不介意洪柚激动的情绪，只是笑着说："是的，我在医院的时候的确看见了。"

这别具深意的话让洪柚身体一僵，她再一次对上宁秋水的眼神，目光有些躲闪："我说了，他被淘汰是一场意外，如果你还要继续污蔑我，那我们就没有继续聊下去的必要了。"

宁秋水看着洪柚："好吧，换个问题，前天你们处决了十七个人，并将他们的心脏藏起来了，对吗？"

洪柚的目光挪向了宁秋水的胸口："你想要心脏？"

"是的。"宁秋水道。

"想要心脏可以，但是你能拿什么来换呢？"

宁秋水对着旁边吐出了一口白烟："皮囊。"

他将手里燃了一半的香烟放在洪柚的面前晃了晃："虽然这么说很失礼，但我不喜欢抽烟，实在是你身上的味道太浓了，我有点顶不住。"

听到这话的洪柚，脸色骤变，像是被人踩住了尾巴的老鼠："你……是你？！"

宁秋水耸了耸肩："别往我脸上贴金，我可没那么厉害的能力。

"这是一个很公平的交易，你在这扇门里需要一具新鲜的壳，我需要找回属于我的心脏。咱们各取所需。"

洪柚冷笑道："说得好听，不过想要让我相信你，你总该要拿出一些诚意吧？"

宁秋水缓缓呼出了一口白烟："你想让我帮你做什么？"

洪柚闻言，眼皮不自觉地跳动了起来。那一瞬间，她的脑海里掠过了很多想法。

"帮我……处理掉一些肉吧。"

宁秋水淡淡道："我是素食主义者。"

洪柚垂眸，直勾勾地盯着宁秋水："虚伪的男人，你不想要自己的心脏了吗？"

宁秋水看着洪柚，忽然笑了起来："你觉得你有威胁我的资本吗？我的合作对象有很多，但你只有我。"

洪柚表情转冷："我只有你？你可真自大，我们这一次进来的人可不少，同伴那么多，大家都是生死之交，你却认为我只能依仗你？"

宁秋水脸上的笑意不减："生死之交？既然你嘴硬，不愿意自己说，那我帮你说。

"从你淘汰自己同伴的行为来看，你和你的同伴们根本不是合作关系，而是竞争关系。

"你的同伴们活着虽然能够帮你分担一部分来自诡物复仇的压力，但事实上诡物并不强，它们甚至没有你们的定位，只能埋着头在偌大的镇子里面硬找。

"这种情形下，人带来的威胁要远远比诡物带来的威胁大得多。我想你应该还拿到了一些他们没有拿到的线索，所以你才会冒着巨大的风险先下手为强。"

宁秋水话音落下，洪柚便激动道："我跟你说过多少次了，他被淘汰跟我没有半毛钱的关系！我真有病，居然信了你这么个神经病，还跑出来跟你私约！"

她说着，愤然起身，转身就朝来时的路走去，似乎准备结束这一次的见面。

然而她没走几步，便听见身后的宁秋水说道："我说过，我看见了。"

洪柚回过头，宁秋水扬了扬自己的手机，看着他脸上的笑容，洪柚身上的火气几乎是在瞬间就被浇灭。现在，她只觉得冷。

"拿出手机晃一晃就想吓唬我，以为我三岁小孩？"洪柚依然嘴硬，但她的行为和身上的气势已经远比不得刚才。

宁秋水面对这么难啃的橡皮筋，不焦不躁，他将手机收了回去，淡淡笑道："我本来想跟你真诚相待，不过你的表现让我非常失望，所以现在我决定吊着你。

"这部手机里面可能拍了一点对你不利的视频，当然也可能没有，只是拿来吓唬吓唬你……

"你要赌吗？"

洪柚站在原地，她很想努力迈出自己的脚步，直接头也不回地离开。

"你不敢赌，对吗？"

看着站在原地一动不动的洪柚，宁秋水脸上的笑容越来越开心，越来越让洪柚咬牙切齿。

"对你来讲就是一半一半的概率，百分之五十很大，真的不赌一下吗？不然你留下来，就要受我的约束，像一个木偶一样被我牵着，你甘心？"

宁秋水的语气里充斥着蛊惑，看似是劝说对方不要相信自己，可他越是这么说，洪柚就越是感觉脚底冰凉，挪不开步子。

她死死地盯着宁秋水那张笑意盈盈的脸，后槽牙都要咬碎了。

"试想一下，你口中所谓的'生死之交'一旦发现他们的另一位生死之交在你的手上被淘汰……你会是怎样的下场呢？"

随着宁秋水循循善诱的语气，洪柚的脸色渐渐变得苍白，看不到一丁点儿的血色。

"我可以告诉你心脏藏匿的位置，但是你必须当着我的面把手机里的视频删掉！"

洪柚看着宁秋水，呼吸声沉重，艰难地妥协了。

宁秋水站直了身子："可以……在我拿到之后。"

说着，他又想到了什么："另外，我要知道你们这一次所有进入诡门的成员信息。"

闻言，洪柚的瞳孔猛地缩紧了。

诡门？！对方竟然知道诡门的存在！

站在自己面前的这个男人，明明只是一个NPC，为什么会知道关于诡门的事？

"你……"洪柚张了张嘴，可一句话都说不出来。

看着她脸上那震撼到无以复加的神情，宁秋水皱了皱眉，点燃了第二根烟。

"……我也不白拿你的这些情报，作为交换，我也会同样透露关于我这方阵营的一个重要人物的线索。"

顿了顿，他微微一笑："和你们的身体有关。"

说完，他清晰地看见了洪柚神情的变化。那是一种紧张和恐惧混合的情绪。

他知道，鱼上钩了。

比死亡更加可怕的，就是等待死亡的这个过程，现在，洪柚就身处这样的境地。

"此话当真？"

宁秋水看向她："当真，而且你应该也能看出来，我其实不是你们要找的那个人。"

宁秋水见到鱼上钩了，便将线往深一点的地方去引，其间，他也一直认真观察着洪柚的微表情。

洪柚直勾勾地盯着宁秋水，那眼神怎么看怎么瘆人："好，我告诉你心脏所在的位置。

"我们在医院里发现了心脏，然后分成了两批保管，其中一批被转移到了酒店之中，至于是哪个酒店，只要你稍微有点脑子，去查查自然就会知道。

"不过，你下手的时候最好准一点，如果一次没有成功，再有第二次第三次，不但难度会增加，楚竹他们也会怀疑队伍里面出了内鬼！那个时候，我想要再将消息放给你就会很危险，搞不好还会惹上一身的麻烦！"

宁秋水微微一笑："放心。我不会打草惊蛇的，最多先去附近踩踩点，等到我认为有把握的时候，才会下手。"

洪柚朝着宁秋水一步步走来，站在了距离宁秋水大约五步之遥的位置处停下。

这个距离，宁秋水不但能够清晰地听见洪柚那沉重且急促的呼吸声，还能闻到从对方口鼻之中喷吐出来的浓郁恶臭。

"现在，告诉我……我身上的伤到底怎么才能好？！"

宁秋水不疾不徐地抽了口烟："我可没说过要告诉你'如何治疗'，我只说过会告诉你一个重要人物的信息。

"……让时间回到三天前，那是你们第一次来到黄昏小镇，但你们'出生'的地方很是偏远，而且周围没有什么人，于是你们很快便注意到了一个叫陈老的老人……"

随着宁秋水娓娓地讲述出有关诡客们之前的经历后，洪柚用她的神情变化回应了宁秋水，他猜对了。

洪柚的嘴角在轻轻抽搐，眸子里是惊疑也是揣度："你那时候……也在场？"

宁秋水摇头："不，我不在。"

"那你……"

"我猜的。"

短暂的对话过后，洪柚感觉自己的身体有些微微僵硬。

猜的？眼前的这个NPC，仅仅是靠"猜"就还原了三天前他们遭遇的事情？

"不可能……"洪柚强笑，"你一定是在场，就跟当时你在医院一样！"

宁秋水晃了晃夹烟的手，让烟雾在空气中发散得更加均匀。

"小姐，你听过一句古话吗？聪明反被聪明误。你觉得这个世界的原住民都是傻子，所以你们将他们只当成NPC？我要告诉你的是，两天前的夜晚，我们在伊甸园见过面，我想你一定注意到了一楼的电梯，以及上面标注着12这个数字……"

听到这里，洪柚的身体猛地一震，后退半步："你……"

宁秋水笑了笑："没错，我就是故意的。

"告诉你这件事，并不是想跟你炫耀我有多聪明，而是想要告诉你……你有多愚蠢。

"现在，让我们回到三天前——我不知道那个陈老到底跟你们讲过什么，但我想，你们都认为他是镇子里的一个重要的NPC，于是跟他交谈，企图从他的嘴里获知一些非常重要的信息。

"我不知道你们在跟他交谈的时候是否注意到他快死了，正所谓人之将死，其言也善，在交谈的过程中，他或许透露了一些什么，让你们开始渐渐信任他，之后他给出了一个你们无法拒绝的理由，使得你们按照他说的去做。"

他越说，洪柚的脸色就越是苍白，表情越是震撼。

"一个看似与世无争的老人即将死去，这的确很容易获取他人的信任，对吗？

"事实上，上当的不只是你们，我也一样，唯一和你们不同的是……我没的选。

"说到这里，我还挺好奇，陈老跟你们讲了什么，能让你们一下处决了这么多人？"

洪柚回忆起了当天的事，缓缓攥紧了拳头。

一切都是因为这个老人而起，如果不是他，他们现在也不会沦落到眼下的地步。

"他告诉我们，有一个方法可以快速找到'壶'……"

洪柚的脑子已经被愤怒的情绪填满，下意识地就说出了这句话。

宁秋水眯着眼："'壶'需要心脏，而你们需要'壶'，对吧？"

洪柚住了口，没有继续再在这件事情上说下去。

她已经不敢再卖弄自己的小聪明，也渐渐领略到了眼前这个NPC的恐怖，多说一句话，对方很可能还原出一大堆事情，对方现在也不知是敌是友，自己提前暴露太多，绝对不是一件好事。

"所以你的意思是，我们的身体之所以会发生变化，就是因为这个陈老？"

宁秋水："你这么理解是没有问题的。"

陈老在这一环里的确是直接原因，但不是根本原因。

"那我们只要找到这个老人……就能阻止身体的变化？"洪柚的呼吸声忽然急促了起来。

宁秋水没有给予肯定的回答："有这个可能。我能告诉你们的就是这些。"

洪柚点点头："好的，我懂了。"

她转身离去，没走几步，宁秋水又叫住了她："对了，你们那晚看见陈老的时候，有看见孙隼吗？"

洪柚回头，脸色是一阵错愕："孙隼？那是谁？"

宁秋水沉默了会儿，摇了摇头："那可能是我想错了，你走吧……走吧。"

洪柚的眼光闪烁了几下，想要问什么，但还是转身离开了。

目送她离开，宁秋水踩熄了烟头，用几乎只有自己能听见的声音说："多了个人啊……"

在此之前，事情的条理已经很清晰了，一切都是陈老的阴谋。

他是这次诡门背后最大的BOSS，先是利用自己得到的更多信息，打了诡客们一个信息差，将他们全部拉下水。然后在发现自己想要的"壶"逃走之后，又和孙隼演了一场戏，用宁秋水来暂时保住自己溃烂的心脏，然后再借宁秋水去寻找他要的"壶"。

但在这个过程之中，宁秋水注意到了一个本应该被忽略掉的人——孙隼。

诡客们似乎没有见到过这个家伙，如果洪柚没有说谎的话。

这个家伙出场的时间实在太少太短了，表现也平平无奇，似乎真的是陈老收养的一个孤儿。

如果不是宁秋水之前回过一次炉子那边，发现了一些端倪，他也不会留意到这个人。从他第一次离开，到折返回去的那段时间，绝对不够孙隼接连处理掉十几个人。

这说明孙隼有可能将他们带走了。至于孙隼为什么这么做，宁秋水也想不明白。

这个家伙在陈老的整个计划里，似乎没有一点作用，有他没他其实对整个局面没有任何影响，他只不过是一个可有可无的边缘人。但越是这样，就越让宁秋水感觉到不安。整个计划都已经呈现在眼前，一些无关紧要的细节不会影响大势走向，是他哪个地方想漏了吗？

宁秋水皱眉，虽然这个孙隼的身上有诸多疑云，但眼下他还有更重要的事要去做。

打开自己的手机，宁秋水搜索了一下黄昏小镇的各个酒店。

心脏离体后想要长时间保存，必然需要冰箱或是冷库。

一般的酒店里，只要有厨房就一定有这两样东西，但诡客们肯定不敢将心脏放进厨房的冰箱或者冷库里面。一来不好看守，二来万一厨子弄错了，反而让他们失去了手上的底牌，现在他们可就指望着这些心脏把藏在黄昏小镇中的那只"壶"引出来了！

如今，他们已经用掉了身上所有的处决名额，甚至还透支了一个，在这样的情况下，一旦他们没有了心脏，那就只能……可是如果这样做，他们后续处决的每个人都会变成诡物回来复仇，虽然诡物的能力在这扇门里被限制得有点严重，但三只五只还好，若是几十只诡物出现在小镇里，那他们的麻烦就大了！毕竟量变引起质变。

因此，这些心脏对于诡客们的重要性不言而喻！

如果诡客选择酒店作为自己的住宿地，那这个酒店中的某些房间里一定有冰箱。黄昏小镇算不上一个旅游胜地，所以来往的游客有限，如此设置，一定是这里的大酒店。

宁秋水简单搜寻了一下，将目标锁定在了三个酒店上。

接下来，他只需要挨家确认一下就够了……

冰狼酒店，楚竹房间。

整洁的房间内除了他，只有蓝宫。他倒了一杯水，放在了蓝宫面前的茶几上，温声说："喝杯水吧，你看上去很紧张。"

蓝宫说了声谢谢，直接拿起这杯水仰头一饮而尽。

"找我什么事？"楚竹问。

蓝宫深吸了一口气，低声道："头儿，今天有一点其他的情况，我想跟您汇报一下。"

"讲。"

"跟洪柚有关。"

"她怎么了？"

"今天在聊起阿乐被淘汰的时候，她撒了谎……"

听到这里，楚竹目光闪动："撒了什么谎？"

"她跟我讲，她当时在医院的十二楼，听到六楼的阿乐坠楼了。"

"十二楼跟六楼之间相隔很多层，单凭听力，她不可能准确地知道阿乐是从六楼坠楼的。相比于此，我更倾向她当时本来就知道阿乐在六楼……或者说阿乐就是因为她才去的六楼。"

楚竹微微点头："有道理，继续说。"

"而且您下午已经去警局认领过阿乐了，我想……您应该没有见到阿乐的手机吧？"

楚竹蹙眉，蓝宫说的没错，他真的没有从警察那里拿到阿乐的手机。

看着楚竹的表情发生了变化，蓝宫拿出了自己的手机，当着他的面拨通了阿乐的电话。

"对不起，您拨打的号码已关机……"

蓝宫挂断了电话："阿乐是意外死亡，现场又没有手机，这说明手机并没有跟随他一同摔碎，为什么会关机呢？"

楚竹道："你怀疑是柚子？"

蓝宫点头："这个女人有问题，而且有大问题！搞不好和陈寿玺有关系！"

楚竹不动声色地喝了一杯水："我知道了，这件事情我会想办法处理的，你先去休息吧。对了，暂时不要打草惊蛇，就装作什么都没有发生。"

蓝宫点头，他其实还有一些话想要跟楚竹说，但是对方已经下了逐客令。他不是傻子，能看出这个时候的楚竹不想再继续跟他聊这件事情了。

蓝宫离开之后，楚竹拿出了自己的手机，缓缓拨打了一个电话。

"陈寿玺已经动手了？"

"还没有。"

"但我这边已经有人被淘汰了。"

"我知道，我们这边也是，而且被淘汰了两个。"

楚竹沉默片刻："但我们这边的那个人，是陈寿玺的'棋子'动的手。"

电话那头沉默了有一会儿，低沉的声音带着一点慌张："哥，我知道，但是我的确没有收到任何消息。陈寿玺这家伙给咱们的指令就是这几天什么都不要做，先活到第三天再说。如果那颗棋子动手了，那有可能是收到了什么私人的密令。"

楚竹摸了摸下巴上的胡须："那你也动手吧。"

电话那头的人傻了："我，动手？不是楚哥，我动什么手啊？咱们不是说好了，我只负责给你传消息吗？"

楚竹的声音平淡："诡物一天可以淘汰三个人，我们这头折了一个，还有两个名额，你再淘汰一个，他们不会怀疑你的。"

"楚哥，你在开玩笑吧？诡门背后害人，那是要遭天谴的！"

"你好好考虑一下，事关你家人的安危。"

"楚哥，我——"

啪——电话挂断。

"去哪里了？"

冰狼酒店门口，楚竹对着刚回来的洪柚问道。

洪柚看见楚竹审问的目光，似乎并不惊讶："可以找个没人的地方说吗？头儿……"

楚竹点了点头，带着她进入了酒店，一路来到了自己所住的房屋内。

"把房门带上。"他说着，自顾自地坐在了沙发上，跷着二郎腿。

洪柚带上房门，然后坐到了楚竹的对面，脸上紧张的神情稍微松懈了些。

"我下午去找人了……"洪柚开口，自己给自己倒了一杯茶水，然后一饮而尽。

楚竹眯着眼："你倒是辛苦，中午才出事，下午就又去找'壶'了……"

洪柚并不在意对方语气里浓郁的针对性，有些事情只要给她点时间，她就能想清楚，明白这其中的问题所在。能走到第八扇门，洪柚自有过人之处。

"我要更正一点，头儿，我不是出去找'壶'。我是去找人。"

楚竹闻言眉头微挑："找谁呀，这么着急？"

洪柚和楚竹对视，这个时候她忽然发现，眼前这个一直都给她极重压迫感的男人忽然间没有那么恐怖了。

相比于此，在公园里遇见的那个"假壶"反而让她浑身发冷。

跟对方说话的时候，她甚至多说一个字都要在心里斟酌数次。

那家伙简直就跟一个资深盗墓贼一样，手里紧紧攥着把洛阳铲，但凡让他从字里行间闻到了一丁点味儿，他就能给你挖出一大堆深埋在土里的秘密！

和"假壶"见过面之后，她再一次面对楚竹的时候要轻松从容太多。

此时此刻，面对楚竹那凌厉的、带着审视的目光，洪柚居然当着他的面脱了衣服。

伴随几件轻薄的衣衫滑落在地，洪柚露出了上半身那狰狞无比的伤痕，楚竹直接看愣在了原地。

"头儿，你说我能不急吗？"洪柚来到了楚竹的面前。

楚竹沉默了一会儿，缓缓从抽屉下面拿出了一包烟，点了一根："所以你在找医生？"

洪柚笑了起来，大大方方地坐回了沙发上："您觉得医生有用吗？解铃还须系铃人，我是在找那个让我身体发生变化的人。"

楚竹抽着烟，认真打量着洪柚，不知为何，他感觉眼前这个女人发生了一些……微妙的变化："你知道是谁让你身体发生变化的？"

洪柚："有点眉目。"

她是一个非常善于卖弄情报的人，洪柚深知在诡门之中，什么钱、地位，这些东西都统统贬值。只有诡器和情报，是诡门背后最珍贵的东西。

所以她没有直接说出来。腐烂的显然不止她一个，她了解信上透露的规则，知道所有诡客的身体都已经开始发生变化了，但是他们不知道其中的原因。

陈寿玺他们又不可能直接将情报给楚竹，毕竟两方是竞争关系，而且还有恩怨在前。

因此，她手上握着的这个消息，就具有很高的价值。她完全可以坐地起价，用这个消息从楚竹那里换得有用的其他信息。

楚竹当然也看出了洪柚在想什么，淡淡道："你想要什么？"

洪柚："我知道您进这扇门里带了一封信，我要看上面的内容。"

楚竹拒绝得也非常干脆："这个不行，换一个。"

洪柚道："头儿，你迟早得给我们看的，如果只有一个人享有信上的信息，真到了危急时刻，很难服众啊。你现在给我看了，还能从我这里获得一个非常有用的消息。"

楚竹笑了起来："你是在威胁我吗？或者说，你已经迫不及待地想要用我手上的消息去向你的主子示好了？"

如果是之前的洪柚，那她此刻已经被楚竹身上那强大的压迫感压得喘不过气了。可现在，她的脑子很清明，跟"假壶"交锋之后，洪柚对信息的判断变得格外敏锐。

"您完全不考虑向您进谗言的那个人吗？"洪柚脸上既没有惊慌，也没有畏惧，而是一如既往地冷静。

"从我回到酒店，你就带着一种质问的语气和眼神，可见我离开酒店之后，你一定跟什么人交流过，而且他说了很多对我不利的坏话，至于这个人，显然只能是之前跟我有过接触的蓝宫。

"我甚至能大概想到他跟你讲了些什么，他跟你讲，我跟他说阿乐出事的时候我在十二楼，十二楼的我怎么可能准确听到阿乐是从六楼坠楼的呢？

"而且事发前后到现在，阿乐的手机都没有找到，指不定他还打过阿乐的电话，发现阿乐的手机已经关机了……"

洪柚娓娓道来，她每说一句话，楚竹的脸色就要难看几分。

她双臂抱胸，遮住了身体发生变化的部分，语气平静得就好像事先已经演练过无数次。

"看头儿你的脸色，我猜得应该没错了。"说到这里，洪柚嗤笑一声，又给自己倒了一杯茶。

"我不想给他泼脏水，我要告诉你的是，蓝宫说的这些都是实话，我确实对他撒了谎。

"不过，我跟蓝宫撒谎的原因，不是因为我害了阿乐，而是我不信任他。

"头儿，你已经单独听过了蓝宫的说辞，现在正好他不在，你是否想单独听一下我的说辞呢？

"你不想知道他究竟做了什么，从而导致我对他的信任度……这么低吗？"

看着面前已经完全陷入被动的楚竹，洪柚露出了一个淡淡的、不易察觉的笑容。这一切都在她的计划之中，蓝宫根本想不到之前他发现的端倪，其实是洪柚故意透露给他的。她为的就是现在。

她原本就是这个团队里最不被人信任的新人，如果她率先开口去污蔑一个人，那凭借她的一面之词，被信任的概率有多大呢？所以，她选择通过这样的方式来处理蓝宫。

自己先作为被怀疑的对象出场，再通过自己留下的陷阱反将一军。

"既然这样，那你就说说吧。"楚竹的神色逐渐放缓，没有了之前的咄咄逼人。

事情发展到现在，就连他也有一些拿不准，到底是眼前的这个女人有问题，还是蓝宫背叛了他？

洪柚此时的心脏跳动的速度有点快，一是因为紧张，此外是因为激动，但她的表情始终正常，没有出现任何的波动："我是今天早上发现他不正常的。我发现，阿乐跟蓝宫在一起的时候非常紧张，两人负责在医院站哨，如果发现了意外情况，没理由阿乐这么紧张，而蓝宫却这么放松……

"阿乐是经历过大风大浪的人，不会因为一点莫名其妙的风吹草动就变成这副模样，我给自己的解释是——让阿乐这么紧张的，可能是他旁边的人。

"当然，到这个时候，我还仅仅只是猜测，也没有真的对蓝宫起多大的疑心。

"我们见面之后分开放哨，阿乐的表情松懈了不少，然后没过多久嫌疑目标出现了。

"我们都跟了过去，为了从阿乐那里确认情况，我故意让蓝宫守在了外面，我跟阿乐单独进入了医院，进去之后我就跟阿乐询问了关于蓝宫的事情，阿乐当时欲言又止，似乎有什么发现，但是又不确定，最后他还是摇了摇头。

"然后他说他去守着心脏，我在医院里找那个嫌疑目标，由于心脏是阿乐跟蓝宫今天早上放在医院里的，所以心脏的位置只有他们知道，我当然没有拒绝。

"然后我按照那天晚上我们去医院寻找的路径，先坐电梯来到了十二楼，开始由上至下找寻嫌疑目标，然而才找到一半，意外就发生了。

"阿乐坠楼，我来到窗边的时候，阿乐已经躺在了血泊之中。

"我急忙下楼赶到现场，询问了一下周围的人，他们说阿乐是从六楼掉下来的，那个时候警察还没到，我也没有碰过阿乐，这一点在场不少人都看见了，所以我根本没有机会拿到阿乐的手机。

"这其中的弯弯绕，我相信你能想清楚。"

楚竹沉默着，他细细琢磨着面前这个女人讲述的话。似乎事情真的是这样。

黄昏小镇的警方已经让在场不少人去做过笔录，有没有人碰过阿乐，其实很容易确定。

看见楚竹开始思考，思路已经被引入了自己设下的圈套，洪柚撒了最后一个谎："我不知道蓝宫究竟说了什么，让您觉得是我谋害了阿乐，但我必须跟阿乐接触才能拿走他身上的手机，然后再想方设法把他骗到窗户旁边，利用推车将他带出窗外，可我这么做的话，阿乐一定会变成诡物回来找我复仇。我就算跟他有天大的仇怨，也不可能选择这个时候动手。

"再说，我又不能隔空取物，难道我能当着那么多人的面，在不接触阿乐的情况下拿走他身上的手机吗？"

楚竹听到这里，拳头已经缓缓地攥紧了。

比起蓝宫的说辞，显然洪柚的话更无懈可击。

洪柚紧张的心终于平静了些许，对方已经被她带入坑了。

她知道眼前这个男人很不好骗，如果她一开始就说出最后一句话，那对方很可能会发现些什么。事实上，阿乐丢失的那部手机的确是被她拿到并且处理掉了。

那么，她是怎么拿到阿乐的手机呢？

其实很简单——那就是阿乐坠楼前，手机并不在身上，而是拿在了手中。

当时他正在跟洪柚通话，他飞向窗口的那一瞬间，阿乐的强烈求生欲会让他第一时间扔掉手机，转而去抓住周围一切能够抓住的救命稻草。

所以，阿乐的手机并没有跟随他的身体掉落在地面，而是落在了医院六楼的走廊上。当所有人的注意力都被外面的阿乐吸引，洪柚只需从旁边的楼梯上一层楼，就可以将阿乐的手机捡走，一切都在她的计算之中，除了那个"假壶"。

如果没有"假壶"的存在，那她这次的计划就趋近完美。

哒——哒——哒——

楚竹的手指有节奏地敲击桌面，这是他想事情时常有的小动作："你说完了？"

洪柚点头，捡起地上的衣服穿上。

"说完了。头儿，我知道自己是个新人，在你们这里没什么信任度可言，所以我也不会傻到向谁的身上泼脏水，我唯一能做的就是证明自己的清白。至于污蔑我的蓝宫究竟是真的为了阵营考虑，还是收到了某些奇怪的指令，那跟我没什么关系，我之所以加入您的阵营，是因为我想活下来，仅此而已。"

楚竹指间的香烟灰烬伴随着他的敲击，落在了桌面上。

"你回去休息吧，今天是我有点偏听了，至于你所说的一切，我会好好考虑的。"

洪柚也没有多说，起身离开了楚竹的房间。

后者抽了一口烟，揉了揉自己头疼的眉心。

他和宁秋水不一样，他是诡客，所以对洪柚身上的味道没那么敏感，只是单纯觉得有点头疼。难道阿乐的事真的是场意外？又或者……蓝宫才是那个内鬼？

楚竹眯着眼，他感觉眼前的迷雾变得有些重了。这扇门里个个都是人精，身边对他忠诚的人不多，阿乐是其中一个，但已经被淘汰了。

沉浸式的思考并没有让楚竹眼前的迷雾消散些，直到门外传来了推车和脚步声，才让楚竹的思绪稍微回神。

不轻不重的敲门声响起，门外传来了一个陌生男人的声音："你好，先生，需要我帮您打扫房间吗？"

楚竹随口回道："不需要，谢谢。我不是跟酒店的经理说了吗？在我们居住期间，房间会自行打扫，以后都不要来了。"

"好的。"门外的男人道，然后他又推着推车离开了。

随着他的脚步声渐远，楚竹忽然觉得哪里有点不对，于是他急忙拨打了酒店大堂的电话。

电话响了好几声，终于被接通，那头传来了一个睡意蒙眬的声音："喂？楚先生，您有什么事吗？"

楚竹问道："我不是跟你们讲过，不要派打扫卫生的人来这层楼吗？钱没给够？"

电话那头噎住了两秒，而后立刻用一种带着歉意的语气说："抱歉楚先生，可能是他们疏忽了，我这就帮您教育一下他们！"

楚竹挂断了电话，刚准备点烟，电话声又响了起来，他接通后，里面传来的话让他有一种不寒而栗的感觉。

"楚先生，我刚才跟工作人员确认了一下，他们说没有来过您这层楼啊……"

楚竹没有再说话，脑海里回荡的是刚才外面的敲门声，后来大堂经理跟他讲了什么，他也根本没有听进去。挂断电话，楚竹的额头已经渗出了冷汗。

如果刚才敲门的人不是清洁人员，那会是谁？

是诡物？小镇里回来复仇的诡物绝对不止一个，虽然小镇很大，但找到他们的概率其实也不算太小。诡物的力量被限制，可不代表他们这些诡客有能耐跟对方过招，真撞到脸上，仍是九死一生。

他迅速拿出自己的诡器——一面破碎的镜子。

裂缝之中，依稀能够看见镜内狰狞的脸！它似乎被封印在镜子里，一双血红的双眸死死盯着镜子外面，脸上笑容诡异。

手持诡镜，楚竹小心地来到了门口，先是隔着猫眼看了看外面，然后开门。

吱呀——门开了一条缝隙。

外面的走廊无人，整条走廊显得格外空荡，一个人也没有。

迟疑片刻，他还是出了门，然后拿走了房卡，将自己的房门锁好。

他按照之前听到的声音消失的方向追了过去，很快便来到了楼道口，然而楼上楼下什么声音也没有。

不对，声音是在这个方向消失的，对方推着一个小车子，没理由会走楼梯……

楚竹的眉头微微一皱，电梯不在这边，而是在另外一头，这到底是怎么一回事？

他的目光扫过头顶的摄像头，心头一动，立刻下了楼。他并没有注意到，自己手上那面破碎的镜子里，封印其中的诡物一直都在盯着某个方向。

来到一楼大堂，楚竹立刻找到了大堂经理，对方脸上还有一丝诧异。

"楚先生，您这是……"

楚竹没有跟他废话，直接来到他旁边，对他说："赶快给我看看三楼的录像，最近五分钟的！"

大堂经理有一些迟疑："这……楚先生，酒店的监控录像是不能随便给客人看的，咱们小镇有明文规——"

他话还没说完，楚竹直接扔给他一大沓钞票："不够再加。"

大堂经理看着桌上的钞票，吞了吞口水，这厚厚的一沓已经抵得上他大半年的工资了！

"够了吗？"楚竹再次发声。

大堂经理回过神来，急忙点头哈腰："够了够了……您稍等！"

他急忙调出了监控录像，二人很快看到了十分钟内发生的事——

一个穿着清洁工衣服的男人推着一辆清洁车径直来到了楚竹的门口，敲了敲他的门，然后没过一会儿，他又离开了。只不过男人走到楼梯口的时候，摄像已经拍不到他了，而且不知为何，三楼的监控录像看上去……怪怪的。

"不对呀……我记得走廊上的监控明明可以拍到整条走廊的情况。"大堂经理嘀咕了一声。

楚竹似乎想到了什么："我看看其他楼层。"

大堂经理将监控调到了四楼和五楼，来回比对了一下，二人发现三楼的监控的确被人动过，不但角度不对，而且似乎还有一层淡淡的红色。

"难道是染上了什么脏东西……"大堂经理自言自语，然后拿起了电话，正要联系酒店清洁人员，却被楚竹阻止了。

后者动作粗暴地说："快，把实时监控调出来！"

大堂经理被他吓了一跳，急忙哆哆嗦嗦地调出了实时监控。

监控里，一个戴着口罩，看不清面容的保洁人员拿出了一张酒店专用的万能卡，刷开了楚竹房间的房门，然后推门而入。

楚竹见状一边疯了一样朝楼上冲去，一边在小群里发消息——

快，"壶"出现了！

就在我的房间！

它来找心脏了，堵住它，别让它跑了！

他一路上冲，很快便来到了三楼，而楼道里也冲出来了好几名队员，可他们还没有接近楚竹的房间，奇怪的声音突然从走廊的某个位置传了出来，淅淅沥沥的，像是什么地方漏水。

由于酒店所处的位置相对偏僻，所以即便在白天，这里也较为安静，这声音一下子便吸引住了诡客们的注意力，他们很快锁定了三楼的监控摄像头！

那里……似乎有什么液体在滴落。

"快进我房间，不要让'壶'跑了！"楚竹急了。

即便这个时候真的撞到了诡物，他也绝对不能轻易放弃！

心脏，是钓到"壶"的关键！

如果对方一下子拿走了他们所有的心脏，那他们这个队伍就会彻底陷入被动！到时候，主动权便彻底掌握在了陈寿玺那群人的手里！

队员们如梦初醒，洪柚第一个冲到了楚竹的房门前："头儿，房卡！"

楚竹掏出房卡扔给她，因为头顶诡异的摄像头，楚竹没敢直接过去。

嘀的一声，房门被打开。与此同时，洪柚破门而入，下一刻，她发出了一声尖叫！

一只惨白的手抓住了洪柚的头发，粗暴地将她拖入了房间，其他人还来不及帮忙，房门就彻底关死了！头顶的摄像头也瞬间破裂，一只破碎的手从小小的漆黑的孔洞里钻了出来！

"找到你了，我找到你了……"

伴随着这道声音，一个诡物正慢慢从摄像头里钻了出来！

"逃！"不知道是谁喊了一句，紧接着所有人都朝着另一头的电梯逃去！

楚竹看着宛如鸟兽散去的队友，咬牙切齿，但还是大吼了一声："赶快堵住那个家伙！他肯定要跳窗逃走！"

三楼，这个高度对普通人来说有一定危险性，但由于酒店地处偏远，楼背面的草坪很是松软，虽然这高度看着吓人，但只要选择好角度，基本不会受重伤。

更何况，那"壶"也不是普通人！

这些人逃走之后，诡物终于从摄像头里彻底钻了出来，它宛如一只蜘蛛，倒趴在酒店的天花板上，露出了一个可怕的笑容，快速地朝着电梯爬去……

楚竹的房门开了。

宁秋水提着一个冰袋，换了一身衣服，出现在了门口。

"你已经拿到了心脏，视频是不是应该删掉了？"身后的房间传来了洪柚的声音。

她盯着宁秋水，双拳攥紧。

"我没拍视频。"宁秋水头也不回地说道。

洪柚的身体猛地一震，她的喉头动了动，正要说什么，宁秋水又点了根烟放在嘴里，补充道："奉劝一句，你最好赶快找到那个叫孙隼的人，以你的身体变化的速度，撑不了几天，你会比其他人先淘汰。孙隼之前跟那个陈老有诸多牵扯，找到他，你也许能留到最后。我刚才已经跟你描述了他大致的样子，有消息的话可以联系我。"

宁秋水说完就要离开，身后却传来了洪柚愤怒到颤抖的尖锐声音："你就是个骗子！你浑蛋！老娘要是再信你一句话……"

宁秋水回头看了她一眼，表情平静："人在绝望的时候，不会放过任何一丁点儿的希望。你知道我有可能对你撒谎，但你还是会不遗余力地去找它。"

洪柚的语气几近疯狂："你就是在骗我，你就是在骗我！"

宁秋水笑着吐了一口烟，转头离开了，淡淡的声音从楼梯口传来："你自诩聪明，我们再赌一次吧……赌我这一次有没有说谎。"

望着他消失的背影，洪柚用双手捂住了自己的脸，无力地跪坐在地，身体抽搐得厉害……

她此刻的内心无比绝望。她恨，她气，她恐惧。

从来在诡门之中，大部分 NPC 和敌人都是被她玩弄之后，"吃"得骨头都不剩，她哪里陷入过这样被动的境地？

宁秋水精准地抓住了她的弱点——她怕被淘汰。

楚竹已经失去了所有的心脏，相比陈寿玺，他的手上已经没有任何筹码了。跟着这样的人，只能等着被淘汰。

洪柚已经从午汶那里得知，只要在这次诡门中主动出手的人，身体都会发生变化，而且最多只能撑五天。她能不急吗？她不想被淘汰。

只要"假壶"不亲口承认他是在说谎，哪怕还有一丁点儿希望，她就不会放弃，她会心甘情愿地当一只木偶被"假壶"操控着。

冰狼酒店门口，宁秋水将冰袋放进了车子的后备厢里，然后驱车离开了酒店。

他绕了一圈，来到了酒店后方的外围，看着有一个男人站在楼下的草坪上，对方的双眼正死死地盯着三楼的某个房间。

这里只有他一个人。看来，其他诡客已经和诡物僵持在了电梯里。他们的身上都有诡器，不太可能会被淘汰，但被拖住了。

嘀嘀——汽车的鸣笛声从钢铁栅栏外面响起，楚竹下意识侧目。

车窗下摇，一张戴着口罩的脸出现在了他的面前："先生，需要帮忙吗？"

听到这个声音，楚竹瞳孔骤缩。他怎么可能不记得这个声音？眼前的这个男人，正是那个伪装成清洁工进入他房间的"壶"！

楚竹双拳攥紧，猛地冲向了铁栅栏，双手抓住铁杆，咆哮道："混账东西！你以为自己很帅吗？你以为你赢了吗？别嘚瑟了！"

宁秋水道："看你这么狼狈，我给你个提示吧……你们那天见到的那个陈老，其实才是真正的混账东西，他骗了你们所有人。如果你们第一天不行动，你们的身体就不会发生变化。"

顿了顿，他眸光微抬："第二，需要心脏的是他，不是你们要找的人。"

楚竹闻言，心头的怒火勉强压下："你觉得我会相信你的话？"

宁秋水微微一笑："信不信是你的事，跟我没关系，我告诉你这些……只是因为我不喜欢那个陈老。因为他也欺骗了我，仅此而已。"

说完，他直接驱车离开了，留给了楚竹一脸的尾气和迷茫。

街道上，拿到心脏的宁秋水并没有丝毫的轻松，得到心脏的那一刻，他心里隐隐有了一个更恐怖的猜想，或许从他进入这扇门到现在看见的一切，全都是"幕后人"想让他看见的。

不可能多了一个人……难道那个叫孙隼的家伙才是"幕后人"吗？又或者另有其人……

宁秋水不停地开着车，一直开到黄昏小镇的警局旁。停下车，他下意识地点了根烟。车内，烟雾弥漫，后备厢里的冰袋准备得很充足，一时半会儿化不了。

宁秋水目光幽幽，赵二到底是什么角色？他是否已经出现了？还是长相和声音变化，导致我没有认出来？

赵二是"壶"吗？赵二是消失的第十七名受害者吗？还是说从一开始我就想错了？消失的第十七名受害者到底去哪儿了？赵二一定是这扇门里一个十分重要且关键的人物，他到底是以什么身份出现的？

宁秋水有些头疼地捏了捏自己的睛明穴，此时此刻的他，更像是一头笼中的困兽。之前他已经跟洪柚确认过一次，诡客们进入这扇诡门后，的确处决了十七个人。也就是说，第十七名受害者确实失踪了，只是不知道是他自己跑了，还是有人带走了他。

与以往的诡门不同，这扇诡门里，宁秋水得到的信息实在太多了，可他却反而看不清楚真相，眼前的一切都充斥着迷雾。

天很快黑了，一个熟悉的身影从警局里缓缓走了出来。

他穿着风衣，戴着绅士帽，站在昏黄的路灯下，远看有些沧桑。

这个中年人正是方山，他似乎在等车。

宁秋水驱车来到了他的面前，按了两下喇叭。

二人对视一眼，方山打开车门，坐进了副驾驶。

"有新的线索了？"方山问。

宁秋水拿出一包烟递到方山面前，手指轻轻一点尾部，便滑出了半根。方山没有拒绝，抽出了这根烟并放在嘴里点燃。"想跟你聊聊，眼前的迷雾太重了，看不清楚。"

方山笑了笑，按下了车窗，对着外面吐了一口烟："你哪里没看清楚？"

宁秋水手打方向盘，在街道上缓缓前行："多了个人。"

"谁？"

"孙隼。"

"他是谁？"

"一个……边缘人。"

宁秋水跟他讲述了这个人，方山若有所思："他不在'局'里。"

宁秋水目光平静而深邃："所以……我怀疑缝匠可能在他的'局'里。"

提出了自己的猜想，二人都心照不宣地沉默了。

许久之后，宁秋水缓缓向方山道："你知道我不是这个世界的人吧？"

方山望着车窗外，目光出神："嗯，我们缝匠这一行，天生嗅觉敏感。"

宁秋水偏头，有些诧异："你也是缝匠？"

方山吐出了一口气："是的，我和我师父都是。"

宁秋水蹙眉，踩着刹车停在了红灯前的人行道上，一行行人从面前经过。

"黄昏小镇似乎并不需要缝匠，这里居家安乐，民风淳朴。"方山盯着前方的红灯，目光有些出神，像是回忆起了什么，"但缝匠需要黄昏小镇。"

他的语气里带着一种嘲弄，绿灯亮起，宁秋水踩下油门。

"有个叫陈老的缝匠把他的心脏装进了我的身体里，那颗心脏会吞噬其他心脏来延续它的生命。"这话像是一颗突然爆炸的炸弹，响彻在旁边的方山耳畔。

他转头盯着宁秋水，眼中明灭不定："你确定？"

宁秋水继续道："它此刻就在我的胸膛里，我感觉自己的胸膛里住着一个怪物。"

方山沉默了片刻，立刻道："去我住的地方，我可以帮你取出来。"

"还不是时候。这个陈老只是一个烟幕弹，背后还有一个'幕后人'。"

"怎么说？"

宁秋水解释道："我按照时间顺序给你讲一下陈老做过的事，你就明白了。"

他说："三天前，他找上凶手，让他们帮自己处决了十七个人。然后他在这些人中试图寻找一个能保存自己心脏的最合适的'壶'，但他没有找到，他发现最适合他的那个'壶'已经消失不见了。于是他着急地去追寻那个消失的第十七名受害者。不过，陈老最后也没有找到他，无奈，他挑选了一个'烂壶'，也就是我，来暂且保全他的心脏。"

宁秋水将车停在了路边，天上已经开始飘起了小雨，车窗变得朦胧，雨刷器只能一遍又一遍地清理。他也给自己点了根烟，摇下车窗，雨雾扑面而来。

"如果不是第十七名受害者自己跑了，那就是有人提前一步带走了他，而这，就是问题的关键。"

方山闻言，若有所思："人是晚上被害的，从凶手行凶后离开到陈老回去，时间间隔一定不会太长，能够精准卡着这个时间点把受害者挪走的人……一定事先知道计划！"他喃喃自语，夹烟的手指开始颤抖起来。

宁秋水继续补充道："或许我有一些假想的细节会出错，但一个想活命的人做事逻辑不会出错。陈老一定没想到第十七名受害者会突然消失，不然他就不会留着那些心脏在医院不管，因为这事关他之后的生死。真实情况是，他被人当成棋子利用了。

"而且他在发现有一名受害者消失后，应该反应过来了，可为了活命他还是只能妥协，继续为'幕后人'演完最后的戏。当陈老这颗棋子引发了一连串的连锁反应，警察、凶手、回来复仇的诡物以及带着心脏的'壶'互相撕咬起来……"

宁秋水说到了这里，话就止住了，他知道自己不用再说下去了。

夜风夹雨，吹进了车里，方山突然觉得很冷，他急忙把烟头丢到外面，关上窗户，手臂上已经是一片的鸡皮疙瘩。

"今晚真不该坐你的车，冷死了。"他吐槽了一句。

宁秋水倒是无所谓，他根本就感觉不到冷热，一只手搭在车窗上，双目朝着雨雾的深处看去。

"还有一件事情，我不太理解。"

"你说。"

"孙隼偷走了几具受害者遗体，他要这些有什么用呢？"

正准备把里面的衣服扎进裤子里的方山，听到这里忽地愣住了："他把遗体带走了？"

"是的，从我最初离开到我折返回去的那段时间，他不可能把剩下的遗体全都烧掉，可是当我回去的时候，火炉里面的火已经快要熄灭了，这意味着，至少在十分钟内，他根本就没有烧东西。"

听到这里，方山的脸色忽然变得难看了起来，宁秋水当然也注意到了这一点。

"怎么了？"他问。

方山眼睛直勾勾地盯着面前的雨刷器，呼吸声有点沉重："缝匠有一门禁忌术，叫作'六纫'，他应该是在利用'六纫'来打造一个特殊的'人'。"

宁秋水眉头一挑："听上去像是弗兰肯斯坦。"

方山微微一怔："弗兰肯斯坦？"

"一个科学怪人，用身躯碎片拼凑起来的怪物……你接着讲。"

听到宁秋水的解释，方山思索了片刻，点头道："对，有点这意思，不过通过六纫缝合起来的……不只是个单纯的躯壳。"

宁秋水眉毛一挑："那是什么？"

方山皮笑肉不笑："你可以简单地理解为，六纫是将六个人的身体与思想缝合成为一个。"

方山拿出了宁秋水放在前方储物格里的烟，自顾自地点了一根。

宁秋水注意到，方山点烟的手在抖。

"六纫缝合出来的人，外表和你我没什么差别，但他已经不能称之为人了。"

宁秋水笑道："难不成还是诡物？"

方山斜目："你可以理解为……是人造出来的诡物。"

宁秋水脸上的笑容消失了，方山满脸写着认真，这意味着他没有开玩笑。

"人还能造出来诡物？"

方山摇头："这里我要更正你的一个观念。所谓的诡物，是通过强烈的怨念和某种诡异的力量融合诞生的恐怖存在，它们的力量超乎寻常地强大，而且很难被消灭。但被六纫缝合出来的诡物，只能帮它的主人做一件事。"

宁秋水追问道："什么事？"

方山的目光中带着忌惮："它的主人不喜欢谁，它就会去除掉谁！"

听到这里，宁秋水浑身的鸡皮疙瘩都起来了。

"既然被六纫造出来的诡物这么强大，为什么十二年前的那个缝匠不用这个方式打造诡物？"

方山吐出了一口烟，目光锋利："这是一条不归路。

"缝匠的手上不能轻易沾血。被六纫做出来的诡物，如果除掉人，因果是会算在缝匠的头上的。一旦诡物开始行动，它主人的心脏很快就会腐烂。做我们这一行的，除非是有深仇大恨，不然根本不可能用这种术法。"

宁秋水也有些疑惑了，这完全就是伤敌一千自损八百的做法，不管是对于陈老还是对于幕后人。

"如果心脏开始腐烂，还有什么挽救的办法吗？"

方山道："像陈老一样，将自己的心脏装到被选中的特殊身体里面。就像你胸膛里的那颗心脏，虽然还活着，可是没有你身体的掌控权，也永远不会有。只有你不断喂食，它才可能一直活下去。除非有一天你专门再为它找到一个完美的'壶'，它才有可能真正'活'过来。"

宁秋水了然，幕后人花费了这么大的精力做局，将所有人都拉进来成为他的棋子，自然不会甘心像陈老那样活着。

那已经不能算是活着了。

二人坐在车里抽着烟，沉默了一会儿，宁秋水又问了一个问题："一般来说……被六纫制作出来的诡物除掉多少人，缝匠的心脏才会彻底腐烂？"

方山想了想："三五人。"

"也就是说，如果对方只除掉一个人或者两个人，心脏短期不会发生太大的变化？"

"嗯。"

"缝匠所有想除掉的人都被消灭后，被六刼制作出来的诡物会怎样？"

"会自己分裂，消亡。"

宁秋水仔细思考了一番，最后问出了一个问题："陈老将他的心脏塞进我的胸口时，嘱咐我千万不要亲手剖心，否则我会活过来，什么意思？"

方山淡淡道："字面意思。如果你亲自动手，那对方就会在你的身体里苏醒。陈老的心脏已经腐烂了，它争不过那些鲜活的、有自主意识的心脏，最终被吃掉的将会是它，而你身体的控制权也会被对方剥夺。

"此后你只能眼睁睁地看着对方使用你的身体，直到某天你的心脏腐烂，你就会彻底消失，而被你剖心的那个人，也将完全地取代你。"

宁秋水光是听着这话，就有一种毛骨悚然的感觉，他深深地感觉到了第八扇门的恐怖。这扇门里，不仅仅是敌人变得可怕，诡门也对诡客的行为做出了限制！一方面有限制和惩戒，另一方面又专门派特殊的NPC去诱导诡客们触犯规则！

试想一下，能够坚持到第八扇门的家伙，有几个是手上没有沾过"血"的呢？

那些拿着两封甚至是三封信进入诡门的人，何尝不是最极致的利己主义者？这些人为了活下去，互相争斗已经是再寻常不过的事。

然而，手上沾过"血"的人在这扇诡门中很快就会被清算！

"去喝杯咖啡吧，天太冷了。"在车里抽完第二根烟，方山摇开车窗，将烟头扔了出去。

宁秋水瞟了他一眼："大晚上喝咖啡，你不怕失眠？"

方山没好气地吐槽了一句："你今天跟我说这些事，你觉得我还能睡着？"

宁秋水耸了耸肩："我也不想这样，但没办法，我想着也只有你能解决我的这些疑惑了，要是你还有个什么徒弟、学生之类的，也可以介绍给我，下次就不来烦你了。"

方山嗤笑了声："徒弟？我当年也就是信了邪，被我师父骗进了这一行里，现在后悔都来不及。我还去收个徒弟，那不是害人家？"

车辆缓缓行驶在密集的雨幕中，没过多久，他们来到了一家雅致的咖啡厅，二人进去之后挑了二楼的包间，隔着窗户静静欣赏着外面的夜雨和灯光。

"我突然觉得，你之前的想法可能是对的。"

喝着热腾腾的咖啡，冷寂了很长时间的方山突然又开口，语气变得格外严肃，看向窗外夜雨的眼神格外深邃和凝重。

"什么想法？"宁秋水问。

方山道："那个孙隼……他不会无缘无故这么做，这家伙很可能是真的要使用六纫缝出一只诡物。"

宁秋水眯着眼："你的意思是……他有一个或者两个迫切想要除掉的目标？"

沉默片刻，方山缓缓点头。

咖啡厅里，二人彼此对视，都感觉到了一股从脚底升起的寒意。

"你觉得，幕后人会除掉谁？"方山缓缓问道。

灯影下，宁秋水眼中的光芒快速闪动，他的表情变得瘆人，看得方山浑身发冷。

"我觉得，有一个人他一定会动。"

"谁？"

"除他以外，小镇里最后一个缝匠，毕竟这个缝匠是唯一一个能威胁到他的人。"

方山的面庞在微微抽搐。片刻后，门外传来了突兀的敲门声。

二人都看了一眼门口，几乎是同时用狐疑的语气问："你点的？"

话音落下，他们又同时沉默。敲门声再一次响起，这一次变得急切了许多，而且更重了，二人甚至能感觉到地面轻微的震动！他们的面色皆是一变，宁秋水直接单手提起了凳子，猛地朝窗户砸去！

"哐啷！"恐怖的力量让凳子的铁质凳脚全都弯曲，然而玻璃窗户似乎变成了一层金铁，只是裂开了一条轻微的缝隙。

门外，敲门声愈发急促，像是催命的魔音。

这个声音不只让方山感觉到了死亡的威胁，连宁秋水都清晰地察觉到自己胸膛里那颗心脏正在恐惧！陈老在害怕！

"堵一下门！"宁秋水脚下一踢，桌子立刻滑到了门边，方山的反应也很快，他冲了过去，死死地推住桌子！而后宁秋水便来到了窗边，对着那条裂缝用力砸！

砰——砰——砰——一下又一下，玻璃上的裂缝也越来越大，宁秋水手中的凳子也彻底报废，扭曲成了一团废铁。

"快点，我挡不住了！"方山咬着牙，双目出现了血丝，他的手指已经咬出了血，在面前的桌子上画了一个诡异的符号，似乎有什么特别的妙用。

那个桌子和门粘在了一起，让门变得格外坚固，但随着门破裂，桌子也开始跟着出现了一道道的裂纹，宁秋水回头看了一眼："过来！"

方山松手，朝着宁秋水跑来。宁秋水拉过窗帘遮住窗户，然后一记猛踢，玻璃彻底碎裂！

二人从二楼直接跳了下去！

"哎哟！"落地，宁秋水安然无恙，方山却发出了一声痛叫。

为了泄力，他的双手触及地面，被扎了一手的玻璃碴子，鲜血淋漓。

可他没有清理的时间，直接跟着宁秋水朝着他们的车子跑去！其间，二人回头看向他们房间的窗口，那里出现了一个诡异的人，皮肤发白，浑身都是裂纹，散发着淡淡的黑气，十分瘆人。

那人站在二楼碎裂的窗口，盯着逃亡的二人，缓缓露出了一个笑容。

隐约可见，那人的嘴巴里没有口舌，是一片深红，下一刻，它消失在了窗口。

寒风仿佛吹进了二人的骨髓之中，他们快速跑进车子，然后宁秋水驱车驶入了黑暗的街道……

　

黄昏小镇南方，苹果林。

楚竹和他的下属们停在苹果林的外围入口处，蓝宫和洪柚站在一旁，像是等待着行刑的犯人。旁边众人的脸色均带着阴冷与审问，正死死盯着中间的二人。

楚竹则站在一旁抽烟，和之前沉稳的模样大相径庭，表情变得阴鸷了不少。

蓝宫神色紧张，一个劲儿地辩解道："头儿，你真的要相信我啊！我已经跟您好几扇门了，我是什么人，您应该比我更加清楚！我做什么都不可能背叛团队的，再说了，背叛团队对我来说有什么好处？"

"一定是洪柚这个女人干的！我老早就觉得她有问题了！"

他激动无比，而一旁的洪柚却神色冷峻，一言不发，似乎完全没有辩解的意思。

楚竹冷冷地看向洪柚："你不想辩解什么吗？"

洪柚反问道："如今辩解还有什么意义吗？如果我是卧底，我已经跑路了。咱们这边已经没有了任何筹码，我这个时候也算成功完成了所有的任务，回到陈寿玺那边，必然得到重视。"

说完她又顿了顿，竟然破天荒地为蓝宫辩解："不过，我收回之前的猜疑，以他的智商……做卧底的可能真不大。"

众人听到这话，都是一愣，蓝宫的脸色涨红，反而更加生气了，他指着洪柚骂道："洪柚，你少在这里阴阳怪气，老子告诉你，眼下老子没精力跟你吵，当务之急是从假壶的手上把那些心脏夺回来！"

洪柚嗤笑了一声，这家伙连自己都对付不了，还想去找假壶，估计怎么死的都不知道。

假壶可谓是让她恨得牙痒痒，可是偏偏又拿对方没什么办法，甚至现在，她还需要假壶的帮忙，才有可能从这扇门里活下来。

"想怎么做是你们的事情……我要离队。"

洪柚提出条件，所有人的目光都转移到了她的身上。

蓝宫第一时间跳出来，指着她对众人说："你们都听见了，这个女人现在把咱们的筹码弄丢了，准备回去邀功了，她自己说的啊！"

脸色阴沉的楚竹反而没有指责或是辱骂洪柚，只是盯着她问了一句："为什么？"

洪柚的双手揣在了上衣兜里，又戴上了后面的兜帽，转身朝着夜幕走去。

"我的时间不多了，没工夫跟你们耗着。"

"你不能走！"有三人站出来，拦住了她。

"想跑，没那么容易！"

"现在卧底没有被抓出来，谁都不能走！"

面对三人气势汹汹的拦截，洪柚抬头说："不要浪费时间了，你们也开始变化了吧，这是我们生命的倒计时。现在你们的筹码都已经没有了，抓住卧底又能怎么样？这里是诡门世界，我就站在这里，我就说自己是卧底，你们谁敢动我？"

三人沉默，因为没有哪个傻子会公然对同伴动手。

"你们就在这儿耗下去吧，我没时间了。"说完，她直接撞开了面前人的胳膊，走向了黑暗。

望着她的背影，那几人还想去拦截，身后却传来了楚竹的声音："让她走吧。"

"头儿？！"

"她说的对，眼下不是抓卧底的时间。"

楚竹到底是过来人，哪怕胸口燃着一团火焰，也得强忍着，毕竟活命最重要。

漫无目的的洪柚走在街道上，觉得身上有些冷，她随便找到了一家小旅馆，开了一个单人房。在厕所里，洪柚从镜中看见自己上半身伤口的区域越来越大了。

原本姣好的身材和洁白的肌肤，此时已经变得有些恐怖瘆人。

洪柚本来就是一个很漂亮的女人，看见自己的身体变成这副模样，除了恐惧之外，还有恶心。

"该死……"她咬牙骂了一句，放在洗漱台上的手机忽然响了。

洪柚看去，是一个陌生来电，她接通电话，那头传来了一个让她恨得牙痒痒的声音："速去兴云街 561 号，入口有个大红灯，在那里等我。"

洪柚忍着怨气问："有事？"

宁秋水冷言："来了你就知道了。"

说完，他挂断了电话，对旁边副驾驶位置的方山道："救兵快到了。"

方山满头大汗，眼睛时不时慌乱地看向后视镜，认真观察着车后。

"你朋友？"

"算是吧……"

"别谦虚，虽然对话很短，但我能感觉到你们之间彼此的信任，都没有问你原因，一句话就来了。"

宁秋水干咳了两声，双手握着方向盘："希望她也是这么想的……"

"等她到了，我们就可以去你家，准备后续工作，给这只诡物一点颜色看看。"

他话音刚落，突然在雨雾朦胧的前方看到了什么，猛地一打方向盘！

"坐稳。"宁秋水语气凝重。

那只恐怖的诡物忽然出现在街道的前方，冷冷地盯着他们！

从咖啡店出来，他们已经在这个区域绕了很多圈，凭借着对地形的熟知，以及方山以前在镇子里留下的一些"小手段"，他们倒是能跟眼前的这只诡物稍稍纠缠一下。

不过，方山的那点小手段，显然没办法真正对这只诡物造成伤害，等诡物理解了方山给它制造麻烦的方式后，宁秋水他们就麻烦了！

"它怎么会出现在这里……"方山眼皮直跳。

"方山，你那套貌似不好使了。"宁秋水用指尖摸出了一根特殊的烟。

必要的时候，他会将这根烟点燃，用来应付面前的危机。

这条黑长的街道上早就已经没有其他的车辆了，在雨雾的前方，诡物就静静地站在那里。

宁秋水他们的车子已经被诡物锁定。无论他朝哪个方向行驶，诡物始终会出现在他们的前方，并且一步步地靠近他们！

恐怖的压迫感伴随着死亡的气息扑面而来，宁秋水打了方向盘，来到约定的地点，索性直接停车了。

"跑不掉了。"望着前方雨幕中正朝他们走来的诡物，宁秋水直接给汽车熄了火。

方山死死地盯着前方，那双眼睛就像利剑一样，除了紧张和恐惧，宁秋水还隐约感觉到了他的愤怒。

"你好像有点生气？"宁秋水对着旁边的方山说道。

方山颤颤巍巍地又想去摸烟，却被宁秋水抓住了手臂。

"从我们见面到现在，你已经抽了二十七根了，照这么个抽法，我觉得你今晚就得暴毙。"

方山微微一怔，随后苦笑道："无所谓，反正马上也要大难临头了不是吗？"

宁秋水盯着他认真问："如果让你拿出藏在后间的'东西'，困住这只诡物的可能性有多大？"

方山想了想："我不知道，也没机会知道了。"

他说完，目光瞟过前窗，却是微微一怔，诡物已经不见了。

他正要跟宁秋水说，可刚偏过头，就看见一双满是裂纹的的手，已经摁在了宁秋水的双肩上！车顶苍白的灯光轻闪，宁秋水垂下的脑后，出现了半个脑袋。

那双眼睛……是纯黑色的。即便没有看见它鼻梁下方的部位，可通过耳根拉起的皮肤和肌肉，方山也能够判断出眼前的诡物正在大笑。

是的……它赢了。他们到底还是被抓住了。

诡手缓缓摸向宁秋水的胸膛，意图已经非常明显，这个时候方山才知道，原来他和宁秋水……都是幕后人要除掉的对象。

而原因他也早该想到——这个小镇上，一共有三名缝匠。

除了幕后人，一个是方山，还有一个寄居在宁秋水的胸膛之中！只要其他的缝匠彻底消失，这个小镇就将没有人能够再威胁到他了！

"师父……当年教导我的那些，您是一个字也没有记住啊！"方山攥着拳头，语气带着一种浓郁的嘲讽和愤怒。

诡手已经插入了宁秋水的胸膛，与此同时，宁秋水指间的那根香烟竟然无火自燃，火星出现，坐在副驾驶的方山突然听到了几声嬉笑。

"嘻嘻，来玩游戏呀！"

方山皱眉，下一刻，三个身影出现在了车子的周围，手牵着手。

方山不明白这三只诡物是什么时候出现的，更想象不到它们到底遭受过怎样的对待。

"玩游戏……玩游戏……来陪我们玩游戏！"

随着它们不停地念叨着，趴在宁秋水身后的那只诡物竟然缓缓收回了手，身体似乎被某种力量拽出了车子！它发出愤怒的咆哮声，站在车外和三小只对峙。

车内，宁秋水的表情倒是平静，但手里的香烟燃烧速度很快，这意味着三小只并不能帮他拖多久的时间。就在香烟燃烧过半的时候，远处出现一辆的士，明亮的车灯让宁秋水和方山皆是眼前一亮。

的士车停在了红绿灯下，副驾驶的车门打开，一个漂亮的女人走下了出租车，她看向了宁秋水这头，有些好奇，不过光线太暗，她也没看清，只觉得一个大人和三个牵着手的人影对峙，这场景看上去很奇怪。

待她走近了些，面色骤变，转身就要跑路，但宁秋水哪里可能会放过她？

她被宁秋水直接拖进了车子，而后宁秋水迅速发动车，载着二人朝东边的街道驶去。

"喂，方山，你刚才说的三才阵，怎么搞？"宁秋水对着副驾驶的方山道。

方山蹙眉："三才阵需要至少两个人……你的朋友难道没办法拖住后面的那只诡物吗？"

坐在后排头发凌乱的洪柚一听，登时就急了，声音高八度："诡物？！你大晚上给我打电话，原来是让我过来给你挡诡物？！"

宁秋水瞟了一眼快要燃尽的香烟。

"死马当活马医吧，反正她的身体发生变化了，也没什么其他选择，你说呢？

"实在不行，她身上还有诡器，也能挡一会儿。"

坐在后排的洪柚整个人的脑子都是蒙的。

一来，她压根儿没有想到，对方能无赖到这种程度，居然拿她来当垫背的。

二来，洪柚之前就隐隐觉得有些不对劲，"假壶"作为 NPC 知道的东西太多了，思维也和她之前见过的诡门世界的"原住民"不大一样，现在，听到对方准确地说出她身上有诡器，她只觉得脑子里一片空白。第八扇诡门里的 NPC 智商这么逆天？连他们是诡客，身上有诡器这种事情都能知道？

就在她头脑风暴的时候，宁秋水已经开车带他们来到了一座靠山的、偏老式的宅邸。车子开到这里，已经在黄昏小镇的外围了，属于郊区范围，基本没有路灯，只能靠车子的近光灯照明。到了宅邸门口，宁秋水停车熄火，直接开门，拉着洪柚下来。

"别碰我！"洪柚尖叫，"你这个浑蛋！"

一旁的方山没大看懂眼前的状况，没敢发言，宁秋水对洪柚说："你帮我们渡过眼前的难关，我可以和你分享一些重要的信息。"

洪柚气得浑身发抖："你就是个骗子，骗子！从现在开始，老娘不会再信你……你干吗？你掏刀子干吗？"

她瞪大眼睛，对方居然不知道什么时候掏出了一把小刀。

宁秋水压根儿就没搭理她，转头看向了旁边的方山："怎么做？"

方山"啊"了一声，终于回过了神，有些手忙脚乱地说："不用动刀，你们赶紧进来！"

宁秋水拖着一脸不情愿的洪柚跟着方山来到了一个特别的小院子，这个小院子种了两棵大槐树，中间还放着一口木制的棺材。

"需要舌尖血和指尖血，洒到棺材上即可。"他带头做了示范，宁秋水紧随其后。

等到二人做完，洪柚却竖起手指，警告二人："你们这两个骗子，休想从老娘这里拿到……"

话还没有讲完，宁秋水的目光已经扫向了门口，催促道："它来了！你再不照做，我们三个都得完！"

洪柚面色一僵，回头顺着宁秋水的目光看了过去，身体微微一震。

院门外的确出现了一只恐怖的诡物！

每过一个呼吸，它的身体就会出现在距离众人更近的位置！

"快！没时间了！"宁秋水和方山同时催促。

洪柚气得牙痒痒，此刻，她只觉得自己倒了八辈子大霉了，彻底破防，顾不上什么形象，像个泼妇。但骂归骂，她可不敢拿自己的小命开玩笑，只好匆忙来到棺材旁边照做。

与此同时，诡物死死地盯着宁秋水和方山，宛如黑洞的双目流露出了极致的怨恨！

"方山，你这三才阵到底有没有用？"宁秋水努力地挤出了几个字。

旁边的方山憋红了一张脸，仿佛使出了吃奶的力气，可惜连一个屁都蹦不出来。这就是来自诡物的力量。

至于一旁的洪柚，心里早已经狠狠问候过这两个人的祖宗十八代了。

诡物来到了方山的面前，裂纹遍布的脸露出了一个夸张的笑容，方山自然知道眼前这只诡物是用什么方式制作出来的，面色苍白难看。

三才阵能否生效，他心里也没底。因为严格来说，洪柚是诡客，并不符合要求。

眼前，诡物已经张开了血盆大口，要将方山活活地吞进肚子里，他知道自己一旦被诡物吞入就再也没有活路了。眼前的这只诡物，严格来讲，它是一个缝合体。被它吞进肚子，他会在顷刻间被六只恐怖的诡物撕成碎片！

就在这时，三人身后的棺材轻轻动了一下。

"咕咚！"里面似乎有什么东西在动，诡物合上了自己的嘴，眼睛直勾勾地盯着那个棺材，下一刻，棺材忽然被掀开一条缝隙，无数的血藤从里面蔓延出来，将整个院落铺满！当然，这些血藤也将宁秋水和洪柚死死缠住了。

紧接着便是诡物。它咆哮着，疯狂挣扎，可每当它扯断一些血藤后，剩下的血藤又会立刻围上来将它缠住！整个院子里，唯一没有被血藤缠绕的，只有方山。

诡物被血藤缠住后，他恢复了正常行动，转身朝后院的一个房间快跑而去！

那里有一扇木门，门锁的位置，竟然是一块类似奇怪的罗盘的东西，应该是一种很特殊的锁。方山不断拨弄，鬓间的汗水不知不觉地淌下。宁秋水和洪柚此时动弹不得，诡物也在剧烈挣扎着。

"方山，你好没有！"宁秋水大叫道。

这棺材里面蔓延出来的血藤，其实是染上了鲜血的树根，估计和旁边的两棵大槐树有关。这些树根的确能对诡物造成严重的干扰，不过也仅限于此。

方山之前告诉过宁秋水，启动所谓的三才阵是为了借力，但这股力量持续的时间不会很长，只能短暂拖住诡物，撑到他打开名为"后间"的房屋。

诡物在树根的缠绕下，还是缓缓地向宁秋水走来了，他心脏狂跳，胸膛里不属于他的那颗心脏早已经恐惧到了极点，仿佛要爆掉一般！

诡物脸上洋溢着狰狞的笑容。快了……就快了……看着即将触碰到宁秋水额头的手指，洪柚的脸色苍白到了极点。

她当然巴不得对方万劫不复。

可她不知道诡物会不会伤害她，在她的眼中，诡物一定也会对她动手！

千钧一发之际，后间突然冲出来一个人影。

"找到了！"方山离开房间，那扇房门竟自己关上了。

方山从房间里拿出了一面铜镜，这铜镜上生着密密麻麻的血锈，如果不是之前在祈雨村，宁秋水从白潇潇那里拿到过类似的东西，他都认不出这玩意儿是镜子。不过这面铜镜和白潇潇的那面铜镜显然不一样。光是看着，宁秋水就有一种这玩意儿是大凶之物的感觉！

方山拿着这面血锈铜镜，直接对准了院子里的那只诡物。

下一刻，让人意想不到的事情发生了。方才还给人极重压迫感的诡物，这时候竟像老鼠看见猫，嘴里发出沙哑的嘶吼，猛烈挣扎起来，似乎想要逃离这个地方！

无论是宁秋水还是洪柚，都被眼前的这一幕狠狠地镇住了。

作为诡客，他们已经不是第一次出入诡门世界。诡物强大，一些诡器虽然能够对抗诡物，但也仅仅只能做到短暂束缚和拖延时间，不可能像这面血锈铜镜这样，让一只诡物感到恐惧！这面镜子到底是什么来头？

方山看见诡物感到恐惧，也知道这东西是有用的，便直接咬破了自己的手指，将指尖血滴在了镜子上。铜镜上的血锈竟然开始缓缓溶解，变成了浑浊的液体，一滴一滴落在了地面上，那些槐树的树根似乎对铜镜上淌落的水格外忌惮，疯狂避让收束。很快，这些类似血藤一样的树根就回到了棺材的里面，棺材盖也自己盖上了。没有了束缚，那只诡物转身就逃，然而它却发现，无论自己怎么逃，都始终在这个院落里面。

诡物缓缓转头，那张恐怖的裂纹遍布的脸望向了院子中央，猛然发现那里已经没有人了。

它被困在了镜子里。

"方山，你这东西厉害啊！"

宁秋水盯着方山手里的铜镜，目光闪烁，不知道在想什么。

有些诡门世界里的道具虽然强大，但本身不是诡器，就算拿到了也没有办法带离这个地方。不过宁秋水想要试试，他得找个机会把铜镜忽悠过来。

方山看着被困在铜镜里的那只诡物，小心地将这面铜镜收了起来。

"这面镜子是很早很早以前一位路过镇子的高人留给我的。"他呼出一口气，又指了指院子里的两棵老槐树，"这两棵棺材槐，也是他种的。当年他说我未来可能会遭遇不祥，相遇即是缘分，便留了一点东西给我，告诉我出事之后也许能救我一命，没想到今天真用上了。"

宁秋水问道："什么时候的事？"

方山思索片刻后摇摇头："……记不太清楚，我已经是四五十岁的人了，不可能什么事情都能记清。"

诡物的问题被解决，三人都有一种劫后余生的喜悦。

当然，洪柚的这种喜悦完全是错觉，因为即便她什么都不做，诡物也不会去找她的麻烦。

毕竟这只诡物本来就是奔着宁秋水和方山来的。

"你为什么会知道诡客和诡器的事？"

气氛舒缓了不少，三人来到了平时方山住的那个房间，后者倒了三杯早上才煮的凉茶，洪柚没喝，一双眼睛直勾勾地盯着宁秋水。里面除了怨气，还有很多疑惑。

事情到了这里，宁秋水也没有避讳一旁的方山，直接说："因为这一次进入黄昏小镇的不是十六名诡客，而是十七名。"

听到这里，洪柚的瞳孔缩紧了："不可能！你这该死的浑蛋，又在骗我！"

她咬牙切齿，那张姣好的面容被气得硬是扭曲起来。

宁秋水不疾不徐地喝了一口茶："还记得我们第一次见面的时候，我说的什么吗？"

洪柚黑着脸仔细想了想，二人第一次见面是在伊甸园医院里。

那个时候宁秋水看见洪柚问出的第一个问题是——你是诡客？

一般来讲，诡门背后世界的NPC是不知道诡客存在的，宁秋水能够问出这个问题，本身也是一种对他自己身份的证明。

"不对呀，如果你也是诡客，那为什么进入小镇之后，我没有看到你？"洪柚喃喃。

宁秋水并没有告诉她原因，只说："没什么不可能的，经验不代表着规则。"

洪柚沉默了，而后她又倏然抬头，眼中是愤怒，是怨恨："既然你是诡客，咱们又无冤无仇，为什么你要害我？！"

宁秋水微微抬眸和她对视："我什么时候害过你？进入黄昏小镇，你一共害了两个人，有哪个人是我指使你的？"

洪柚噎住，她瞪圆眼，一张脸涨得通红，可是却没法反驳。

确实，宁秋水的确威胁过她，欺骗过她，但是好像并没有害过她……

不对！洪柚反应过来，一拍桌子，指着宁秋水的鼻子骂道："差点被你绕进去了，你这个死骗子！今晚上你给我打电话，让我过来帮你们挡诡物，难道不是害我？！"

宁秋水耐心地跟她解释："不不不，让你过来帮我们挡诡物是真的，不过我在另一件事情上面撒了谎——如果今晚我们的计划失败了，那只诡物只会杀掉我和方山，不会对你动手。"

洪柚嘴角抽搐："你又在说谎是吗？我但凡再信你的鬼话——"

宁秋水打断她："这不重要，重要的是你现在活下来了。我既没有把你推到诡物的面前挡刀，也的确没有在楚竹面前暴露你的身份。所以我没有害过你。"

洪柚看着他的那副侃侃而谈的模样，恨得牙痒痒，她对着旁边的地板啐了一口，起身就朝着门口走去。可她前脚刚跨过房门，身后就传来了宁秋水的声音："你不想知道今晚到底是怎么回事吗？"

洪柚回头，冷笑道："你觉得我还会相信你说的一句话吗？"

宁秋水喝了口茶，缓缓道："今晚把事情说开，或许你还有生路，现在走了，最迟后天，你就会彻底留在诡门中。"

门口的洪柚觉得自己拳头硬了，但沉默了几秒，她还是非常没有骨气地走了回来，坐在了二人的旁边，只是看向宁秋水的眼神里，带着让人头皮发麻的幽怨。

宁秋水笑道："你没理由恨我，之前你拿自己的热脸去贴楚竹的冷屁股，他有为你提供什么有价值的东西吗？"

"没有。"

"跟他合作，你纯粹就是在浪费自己的时间和生命。但是你看我……从我这里，你是不是已经获知了很多关于这扇诡门的重要消息？跟我合作，你完全有可能活下来。姑娘，我才是你的救世主。"

宁秋水的话字字扎心，从进门到现在，她的确没有从楚竹那里获得任何有用的消息，反而浪费了大量的时间，洪柚当然也意识到了这一点，所以选择主动从楚竹阵营离开。

但现在被宁秋水当面把这件事情说出来，无异于是在打她的脸，洪柚憋着一肚子气，哪能给宁秋水好脸色，冷嘲热讽道："如果不是你这个浑蛋偷走了心脏，我们抓住'壶'的可能性一点也不小。抓住了'壶',我们自然就会成为最后的赢家!"

"啪!"宁秋水点了一根烟。

"呵……我差点儿也被你们带偏了。"宁秋水目光锐利,"谁告诉你们,'壶'需要心脏的?规则还是陈老?"

洪柚不假思索道:"当然是陈老。"

回答完,她自己也沉默了,宁秋水笑道:"你已经反应过来了。"

"陈老就是骗子,只不过是将你们当成了利用的棋子,你信他的话?"

烟雾缥缈,宁秋水用手指了指自己:"需要心脏的,不是你们要找的那个'壶',而是我……或者说是寄生在我身上的陈老。"

听到这句话,洪柚猛地抬起头,那双眸子里洋溢着震惊:"你什么……意思?"

"字面意思。"宁秋水笑眯眯地看着洪柚。

对方是一个够自私、够狠辣的人,而且还怕死。跟这样的人合作,好拿捏,还不容易坏事。

"你知道你们的身体为什么会发生变化吗?"洪柚沉默了片刻,眼神里出现了些许纠结,她不确定自己是不是应该装不懂。

装了,对方也许能看出来,会显得她没有诚意。眼下她确实已经没有更好的选择了,和对方合作她才可能活下来。本来,她还准备好好控制一下楚竹这边的情况,只要楚竹在,就一直会对陈寿玺他们造成威胁,她也能够继续利用楚竹和陈寿玺谈条件,拿到更多有用的线索。

但现在由于"假壶"的搅局,楚竹这头的心脏已经全都没有了,无法再利用心脏作为鱼饵去钓诡门中的"真壶",自然也就无法再对陈寿玺那队人产生任何威胁。所以,她作为一颗扎进楚竹队伍中的钉子,自然也就失去了所有的利用价值。

狡兔死,走狗烹,洪柚当然知道这个道理。

思索了片刻,她还是决定将情况说出来,压下个人情绪,活下来才是第一位。

"因为我们动了手。"洪柚深吸一口气,压下了内心的怨恨,"在小镇里,手上沾'血'的人……心脏和身躯就会发生变化。"

她说完,坐在一旁的方山终于开口道:"自食恶果,这是黄昏小镇一直以来的规矩。"

宁秋水没有立刻发言,只是抽着烟,不断打量着洪柚,那目光看得后者浑身不自在。

"你看什么?我可没说谎!"

宁秋水道:"这个线索是谁告诉你的?"

洪柚嘴角抽搐："我是真的一点不想跟你聊天。"

跟宁秋水聊天就像是在玩扫雷，她说一句话，立刻就会暴露很多东西。

"你要是一早知道这一点，肯定不会选择动手。"

洪柚叹了口气："是陈寿玺告诉我的。陈寿玺就是另一个队伍里的首领，他和楚竹之前有点私人恩怨，来到这扇门没过多久，两边就分开了。"

宁秋水摸了摸下巴，眼神中闪烁着微光："陈寿玺说的……哎，方山，你见过陈寿玺吗？"

被忽然点到的方山摇了摇头："没见过。"

宁秋水脸色微变，二人看见他的表情有点不大对劲，询问道："怎么了？"

宁秋水看向洪柚："你不该是一个这么粗心的人，难道你没发现哪里不对劲吗？"

烟雾弥漫，洪柚的表情先是变得奇怪，然后逐渐凝重了起来——因为她发现自己的确忽略了一个非常重要的细节。

这个线索是来自陈寿玺所谓的信上，而且也的确是一个真实的线索。

既然来自信，说明陈寿玺一早就知道在这扇诡门内手上沾"血"的人会遭遇不可逆转的后果，既然知道，那为什么第一天刚到这个小镇的时候，他要和众人一起出手呢？

那个时候他完全可以带着自己的人离开，被问起来大不了就说不相信那个老人，也不会暴露信的事情。可是，他偏偏选择和众人一起出手了。也就是说，从那时起他的心脏和身体就发生了变化。

陈寿玺的这个行为非常反常，这意味着他有特殊的动机和目的。

洪柚正在思考，宁秋水的声音又响了起来："他知道这个线索有两种途径，第一，是从信上。第二，他接触过幕后人，并且和其有过合作。"

洪柚抬起眼皮看了看吞云吐雾的宁秋水："他跟我说这个线索来自信。"

宁秋水点头："有可能，也不排除他欺骗了你。我感觉你嘴里的那个叫陈寿玺的人很不简单。你跟他有过多少接触？"

洪柚摇了摇头："接触不多，你可以简单地理解为，我是他的线人。"

"他有几封信？"

话题已经聊到了这里，洪柚索性直接把事情说开："据我所知，陈寿玺的手上有三封信，楚竹的手上有一封。楚竹手里的那封信现在并不透明，陈寿玺给我透露了两个消息——第一个是小镇里只有一只'壶'；第二个便是在这个小镇里主动出手，心脏和身体会逐渐腐烂。至于最后一封信的内容，我并不清楚。"

方山有些好奇："你们口中的信是什么？"

宁秋水说："没什么，不是什么很重要的东西……说回刚才的事情吧，现在基本可以确定消失的第十七名受害者就是你们要找的真壶，只是不知道这个壶到底是被第三者偷走了，还是已经被幕后人拿到了。"

洪柚一脸蒙："等等，幕后人？"

宁秋水简单跟她解释了一遍，她明白了，也同时感觉到了后背冰凉一片。

一想到这扇诡门里有一个NPC从头到尾没露过面，却将他们算计得死死的，她就觉得有一种脊背发寒的感觉！

"如果幕后人拿到壶，那我们岂不是就彻底玩完了？"洪柚头皮发麻。

这扇门里就一个壶，如果被NPC用了，那他们怎么办？

诡门已经给出了明确的任务要求，一定要把肉放进壶里才能够通关。

"不管他拿没拿到壶，都不会现在用。"

洪柚："为啥？"

宁秋水用眼神看向旁边坐着的方山："这个人不死，他心里不安定。"

方山也解释道："幕后人将自己的心脏放进壶里，并且想要彻底融合，会有一段时间的虚弱期，外面的事情没有料理干净之前，就算他拿到了真壶也不敢动。"

听到这里，洪柚才呼出了一口气，她拍了拍自己的胸口，感觉有一种轻微的脱力感。

就在刚才，她还以为自己没救了，第八扇门要真是这样，那的确够无解的。

才开始没多久，他们连情况都还没弄清楚，就已经结束了。

宁秋水坦言："我担心的就是陈寿玺的线索来自信。"

听到这里，洪柚道："感官上不大可能，如果是信，他没有必要去冒着危险出手，这扇门其实没有时间限制，如果他的身体没有发生变化，哪怕回不去，他也能一直在这里活着——"

宁秋水打断了她："除非……他知道更多关于生路的线索。"

"知道更多关于'壶'的事情，"洪柚反应了过来，"他手里的……第三封信？"

宁秋水点头："对。"

有一个猜想他没有说出来，直接吞了回去，转头看着洪柚："你有他的联系方式，帮我试探一下他。"

洪柚有点迟疑："试探？你想怎么试探？"

"你给他打电话，开免提，跟他讲楚竹已经找到了真壶。"

在宁秋水的建议下，她拨通了陈寿玺的电话。

那头传来了一个中年男人的声音，很淡然："喂，什么事？"

"楚竹他们找到真壶了。"

陈寿玺"嗯"了一声："还有其他事吗？没有的话我就先挂了，我还在烤肉。"

宁秋水对洪柚使了一个眼神，示意她继续说，后者想了想，硬着头皮道："你好像……一点都不惊讶。"

陈寿玺淡淡笑道："因为我接到了另外一条消息，说楚竹他们手里的心脏已经被壶全都偷走了。"

洪柚见招拆招，满嘴胡话："那是楚竹故意放出的消息，用来混淆视听的。"

陈寿玺懒懒道："如果你想要从我这里骗到更多的有用线索，那至少应该编一些更加真实的谎言。"

洪柚不甘心："你完全不考虑我说的话是真话的可能性吗？"

沉默了片刻，陈寿玺回了三个字："不考虑。"

话音落下，他挂断了电话，房间内，洪柚的脸色变得格外尴尬。

宁秋水不知道什么时候已经起身在房间里踱步，指尖夹住的香烟落下灰烬。

简短的对话，宁秋水就知道电话那头的家伙是一个非常难对付的人！

"结束了，可惜，貌似你的试探并没有任何成效……"

洪柚的声音带着一种淡淡的嘲讽，虽然现在他们在一条船上，可是先前宁秋水死死抓住她的弱点攻击，她实在憋屈得很，现在总算是找到了还击的机会！

踱步的宁秋水忽然停下："不……之前我只是有一个猜测。但现在，我有至少一半的把握了。"

洪柚怔然："什么一半的把握？"

宁秋水盯着二人，解释道："他知道真壶在什么地方，甚至搞不好……真壶很可能就在他手里！"

洪柚的嘴角抽了抽："你在开玩笑吗？"

宁秋水掐灭了手里的香烟："第十七名受害者不会无缘无故消失，陈寿玺也绝对不会在明知道会自食恶果后还无缘无故拿命陪其他人演戏！他手上的第三封信一定有着非常重要的提示，多半和真壶有关！而且，陈寿玺或许和幕后人有过一些不为人知的交易。"

洪柚皱眉："这就有点无稽之谈了。他们的目标都只有一个，听你之前的描述，幕后人是不愿意和其他人分享这个壶的。既然彼此的利益是冲突的，又怎么会交易？"

宁秋水的脑海里疯狂地闪过一个又一个念头。

"幕后人的确不愿意和其他任何人分享壶，但这场交易也许是陈寿玺发起的，这也代表着他有主动权。他……威胁了幕后人！那么，什么东西可以威胁幕后人呢？只有壶！"

洪柚抿了抿嘴，神色严肃："我承认我对你有意见，但这次不是我抬杠，你自己知道你所说的事情有多么离谱吗？如果他拿到了真壶，那他根本不需要跟幕后人做任何交易，他可以直接离开这座小镇，明白吗？他的任务已经完成了！"

宁秋水望向方山，问道："将心脏放进壶里，不需要什么仪式之类的吗？"

方山摇头，将烟头摁熄在桌角："不需要。但必须要当事人亲自将心脏装进壶里。这是唯一的方式。"

宁秋水疑惑道："这个小镇的人剜出自己的心……都不会死的？"

方山答："暂时不会。"

洪柚冷笑道："听到了吗？你的推测从一开始就是错的！如果陈寿玺拿到了壶，那他已经离开小镇了，我刚才的电话根本就打不通！"

宁秋水沉默了，真的是自己推测错了吗？

还是陈寿玺这家伙有其他的目的？

边郊，月明星稀。

依然是熟悉的房间，黑暗的阳台上坐着一个宽胖的男人，他将一盏台灯放在阳台的边缘上，发出了颇有氛围感的暖黄灯光。男人手里拿着一本书在看，身子在藤椅上摇摇晃晃。

没过多久，通往阳台的铁门被打开了，一个身姿窈窕性感的女人，光脚走了上来，长腿上的肌肤在月光的映照下，有一种说不出的曼妙光泽——此女正是午汶。

她穿着轻薄的睡衣，长发披肩，来到了胖子的后面，双手摁在胖子的肩膀上，轻轻揉捏着："玺爷，明天就是第三天了，第三封信的内容……也该告诉他们了。"

陈寿玺"嗯"了一声，没有多说什么。

团队的人都已经发现了自己的身体正在发生变化，队伍之中，人心惶惶。原本他们在这扇诡门里是没有时间限制的，如果无法完成任务，大不了就一直耗下去，总不至于被淘汰。可现在，所有人都知道自己已经进入了倒计时。

"可是……信上的事情告诉他们，会引发骚乱吧？这对于团队，恐怕会非常不利。"

陈寿玺合上了书本，闭眼享受着身后美人的按摩："从来就没有团队，午汶。本来就是一群无比自私，为了活下去什么事情都做得出来的野兽聚集而成的散沙。看似团成了一团，其实风一吹就散了。"

午汶妩媚的表情闪过一抹怪异，柔声道："其中一些，似乎也跟了玺爷一段时间了……"

陈寿玺喝了口茶："跟得久不代表就忠心，楚竹也跟了我很久……比他们都久。"

午汶闻言一怔，随后语气略带可惜："楚竹倒是个有些潜力的家伙，他的运气一直都不错，可惜野心太大，最后成了我们的敌人。"

陈寿玺笑了笑："他还谈不上敌人，充其量就是一个牺牲品而已。天赋不行，跟了我那么久，学得不如你多。"

午汶盯着陈寿玺的后脑勺，眸光轻动："多谢玺爷栽培。"

"知道我为什么要选你吗？"

"午汶不知。"

陈寿玺微微侧头，看了一眼午汶的半边身子："等这扇门结束时，你会知道的，去休息吧。"

午汶拒绝了："我再陪陪玺爷。"

二人待在天台上，直至晨光倾洒，陈寿玺才伸了一个懒腰，从摇椅上坐了起来："走吧，下去了，别让那些家伙们等急了。"

来到了一楼大厅，这里已经提前坐好了四人。这四人的面色有着不同程度的焦躁，看到陈寿玺从楼梯上下来，其中一人迫不及待地询问道："玺爷，那三封信的内容是什么？"

陈寿玺今天早上没有去厨房为他们准备早餐，直接坐到了餐桌面前，扫视了众人一圈，开口道："都等急了吧？"

坐在最左边的常山苦笑道："玺爷，您就别卖关子了，兄弟们是相信您才跟着您，现在都等着您的线索来救命呢！"

陈寿玺笑眯眯地说道："规矩你们都懂。信我不会拿出来给你们看。我的话，你们信多少是多少。"

除了午汶和陈寿玺，其他四人互相对视了一眼，都点了点头，没有异议。

在场的人跟随陈寿玺过门都不是第一次了，知道陈寿玺的规矩。

"既然你们没有意见，那我就告诉你们三封信的内容吧……

"第一封，这扇诡门内，只有一个真壶，且真壶不需要心脏。第二封，在这扇诡门之后，一旦手上沾了'血'，身体就会发生变化，最迟五天就会被彻底淘汰。"

陈寿玺说完第二封信的内容，便有人坐不住了："玺爷，您……开玩笑的吧？"

陈寿玺脸上的表情似笑非笑："我什么时候跟你们开过玩笑？"

"唰！"常山对面坐着的棕发年轻男人站了起来，双手摁在桌面上，目光已经冷了下去："陈寿玺，你知道你自己在说什么吗？"

陈寿玺无视了他的威胁："我当然知道。"

棕发青年手臂上的青筋已经浮现："大家是相信你，才会跟着你。你现在告诉我们，在任务开始的时候你就把我们卖了？你是不是以为，第八扇门里的人全都是贪生怕死之徒？你是不是以为，真的没有人敢把你怎么样？陈寿玺，我告诉你，如果我庆春仁出不去，你也别想从这扇门里活着离开！"

在场的人脸色都不大好看，说不生气，那是假的。他们并没有做过什么对不起陈寿玺的事情，如果陈寿玺所说是真，那就意味着从一开始陈寿玺就将他们当作了炮灰！

不过陈寿玺作为当事人，似乎显得很平静，他甚至没有抬眸多看一眼庆春仁。

"说完了？"

气氛骤冷，没人回话，陈寿玺继续道："第三封，只有杀戮才能制造出'壶'。"

听到这里，在场的人都是一怔。

陈寿玺剥下自己的半边衣服，他的心脏位置已经烂了一大片："还有什么问题吗？"

在场的人盯着陈寿玺胸口的位置，都陷入了沉默。先前还气势汹汹的庆春仁，这时候身上那股气势也仿佛被一盆冷水泼灭，他瘫坐在了自己的座位上，微微张嘴，但什么也没有说。

陈寿玺穿上了自己的衣服。

"第一天，楚竹的人也在，那家伙以前也是跟我混的，而且比你们都久。当着他的面做些小动作，回头被他看出来了，那就没有人动手了。当然，你们或许不大在意这些事情，你们真正在意的，是我有没有跟你们一样。"

被当面点破，气氛尴尬了起来，脸皮厚的常山干咳了一声："我还是更在意自己的死活……所以，我们眼下的任务就是找到真壶，对吗？

"不过，既然真壶根本不需要心脏，那就等于我们手上根本没有饵，想要在这么大的小镇里找到壶，难度有点过高了。"

庆春仁冷笑道："岂止是难度过高？那根本就是不可能的事情！

"诡门从来不会发布必死的任务，要我说，陈寿玺显然是撒了谎。毕竟谁也没有见到真实的信，不是吗？"

两个人搁这儿唱着双簧，一个演坏人，一个演傻子。

不过陈寿玺的表情倒是显得非常自然："把心拿走吧，如果你们觉得这东西有用的话。"

面对二人言语上的逼迫，陈寿玺压根儿就没有打算反抗："心脏一直在冰箱里，保存得非常好。这些天我们待在这个地方，也证明了这些心脏不会招来诡物。如果你们觉得我撒了谎，就把这些心脏带走吧，一颗都不用给我留。"

桌面上的几人面面相觑，常山又堆着一张笑脸："玺爷，那三封信真的不能给大家看一下？"

陈寿玺不疾不徐地喝了一杯白水，说道："你们是第一次跟我吗？在过去，我分别带过你们不止一次。我有我的规矩，你们可以质疑我，也可以带走那些心脏，但是那三封信我绝对不会给任何人看。"

面对陈寿玺的坚持，常山暗骂一声"老狐狸"，却无可奈何。

别看刚才庆春仁一副要拼命的样子，可是能来到这扇诡门的人，一个个都惜命得要死，如果不是真的被逼到了绝路上，没有谁会去做傻事，至少不会当面把同伴干掉。更何况，陈寿玺身边还有一个叫作午汶的女人，这个女人有多可怕，他们都见识过。

既然陈寿玺不愿意把那三封信拿出来，那他们就看不了。

"信我可以不看，但有一个问题我一定要弄清楚。"

说这话的，是团队里一个非常不起眼的女人。和午汶相比，她的相貌就显得十分平庸，乍一眼看上去实在是没有任何特点，丢人群里一会儿就会消失。

"封琦，有什么问题你就说。"

女人双手抱胸，那双眼睛直直盯着陈寿玺："玺爷，您为什么要等到第三天才跟我们说三封信的内容？第二天或者是第一天，似乎也没什么区别。甚至那个时候你早跟我们讲，我们还能早一点做心理准备。这么看上去，您似乎不是很想让我们离开这扇门啊……"

封琦多少有些阴阳怪气，但偏偏又戳中了其他几人的心头。

他们都被信上的内容吸引，倒还真的忘记了这么重要的一个细节。

信上的内容似乎在第一天或者第二天说出来也没什么影响。

可陈寿玺偏偏让他们等到第三天才说，就好像……他在故意拖延他们的时间一样。

面对封琦的询问，陈寿玺不疾不徐道："因为我一直在等一个人的出现。"

"等人？等谁？"

"假壶。"

众人一愣："假壶？这扇诡门里还有假壶一说？"

陈寿玺："有真的当然就会有假的。

"除了我们之前发现的关于壶的线索，楚竹那边也发现了一只壶。信的内容不会出错，所以当时我就在想，这扇诡门里有一只真壶和一只假壶。诡门安排假壶，一定是为了保护真壶。换言之，假壶和真壶之间大概率有着某种联系，如果我们找到了假的，或许有办法制服他，并从他那里问出关于真壶的信息。"

可封琦没那么好忽悠："如果你真的这么想，完全可以事先告诉我们。这件事情事关我们每个人的生命安危，我相信大家都会全力帮助你。但是你没有，所以你在撒谎。"

陈寿玺淡淡道："全力帮助我？封琦，你的愚蠢让我感到很失望。在座的每一位我都不是绝对信任，楚竹在我身边安插了奸细，就在你们四个人之间……一个甚至是两个。如果我早早地把这件事情告诉你们，消息传到了楚竹那里，岂不是等于我直接将最重要的信息泄露给了我的对手？"

女人沉默了一会儿："到了这扇门，没有谁会一定忠诚于谁，如果在你这里看见了更多关于生路的希望，我相信哪怕是楚竹那边的奸细也会倒戈。"

陈寿玺反讽道："封琦，你在外面没家人吗？一人吃饱，全家不饿？如果我是楚竹，我一定会控制卧底的家人，以确保他一定会听我的话。"

封琦这回没话说了。

陈寿玺："一个卧底，足够要我的命了。

"现在是第三天，你们每个人还有三天的时间，我给了你们线索，如果你们需要的话，心脏也可以给你们。"

封琦深吸一口气，还是说："你越是这样，就越不值得信任。把东西都给我们了，你怎么活下去？"

陈寿玺道："我自然还有其他办法。有些人作为棋子，是因为他有利用的价值。当一个人还有利用价值的时候，也证明着他还有活下去的权利。在这里跟我撕破脸皮，你能得到什么呢？"

封琦扬起了自己的下巴："我是什么都得不到，但是我也不想自己在前面拼命，你一个人坐在背后坐收渔翁之利。"

陈寿玺笑了起来："今天开始，我也要去黄昏小镇里主动搜寻真壶了。虽然希望渺茫，但再这么等下去就不是坐收渔翁之利，而是坐以待毙。我言尽于此，如果你们不信我的话，大可以去找楚竹。

"我给你们的这些消息能作为筹码，从他那儿挖出一些比较有用的线索……对了，他的手上也有一封信，不过，上面也许有什么重要的秘密吧，他并不想跟其他人分享。"

说到这里，陈寿玺的脸上掠过了一抹不易察觉的神秘笑容。

在场的人里，只有午汶知道陈寿玺在说什么。

进门之前，他在楚竹的那封信上动了手脚。

在这扇诡门中，楚竹拿进来的那封信……是一封空信。

方山的小宅院中。

宁秋水三人各自回到了方山临时给他们铺出来的房间休息，凌晨太阳出来的时候，宁秋水隐约察觉到了什么不对劲，他从床上坐了起来，朝着房间的外面看去，窗外站着一个黑影。从身高上来看，这黑影既不是方山，也不是洪柚。

　　如今宁秋水的感知能力要比正常人厉害不少，对方身上散发的阴森独属于诡物。宁秋水心头微沉，难道是方山镜子里关着的那只诡物逃出来了？

　　念及此处，宁秋水浑身紧绷。

　　以那只诡物的能力，一旦进入他的房间，他根本没有任何反抗的能力，他唯一一件诡器在这扇诡门里面已经使用过了。

　　想到昨夜发生过的事情，宁秋水身上冒出了鸡皮疙瘩，不过还是硬着头皮来到了窗户旁边。他没有给方山打电话。

　　现在已经没有打电话的必要了，如果眼前的这只诡物真的是昨晚上的那一只，那它逃出来的第一件事肯定是先杀方山！

　　"谁在外面？"宁秋水问了一句。

　　窗外的黑影没有回答。

　　宁秋水迟疑了片刻，觉得外面那家伙应该不是昨晚上那只诡物，还是打开了窗户。一开窗，一张惨白的没有人色的脸就映入了眼帘，宁秋水微微一怔。

　　出现在他房间外面的的确是一只回来复仇的诡物，但和他无关，是来找那些诡客的。

　　他和对方在伊甸园里还见过一次，专门教过对方使用"意外"的方式淘汰诡客。

　　倘若这只诡物出现在洪柚的房间外，宁秋水一点也不惊讶。

　　但现在，它出现在了自己的房间。

　　对视了片刻，宁秋水忽然想到了什么，瞳孔骤然缩紧："你……找到孙隼了？"

　　诡物点头。

　　早在伊甸园的时候，他和眼前的这只诡物就做出了一个交易，他告诉这只诡物淘汰诡客的方式，而诡物负责帮助他寻找消失的孙隼。

　　时隔几日，眼前的这只诡物总算是找到了孙隼，但隔得太久，宁秋水差点忘了这回事。

　　"他在哪里？现在就带我去！"宁秋水随手拿起门后挂着的衣服，跟着诡物几乎是冲出了方山的小宅子。

　　启动车辆，诡物走在车辆的前方，它的速度很快，每当宁秋水路过下一个路口的时候，诡物总会准时出现，并且为宁秋水指路。

　　由于小镇并不大，所以在诡物的指引下，宁秋水并没有耽误多久的工夫，就来到了边郊一个特别的小院子里。

这里像是农户人家，诡物停在了院子门口，朝里面指了指，然后就彻底消失了。

宁秋水看了看小院子，小心地推开了栅栏，然后朝着平顶式的房屋走去。

刚接近房屋的时候，宁秋水就闻到了一阵浓郁的臭味，这种味道他再熟悉不过，从洪柚的嘴巴里他已经闻得想吐。

他无声无息地来到了窗口，宁秋水推开了窗户，朝着里面看了一眼。

房间内的景象，让宁秋水微微一怔——整个房间已经被虫蝇之类的东西占领，到处都是。由于窗帘拉着，窗户也是关着的，所以先前溢出来的味道只有很少的一部分，这回一拉开窗户，宁秋水感觉自己受到了一万点真实伤害。而房间里之所以会散发出这样的恶臭，是因为床褥上躺着一个几乎要完全烂掉的人。

似乎是感觉到了宁秋水的注视，躺在床上的人，居然缓缓侧过了头，对着窗外的宁秋水露出了一个怪异且复杂的笑容。它像是……在嘲讽宁秋水。

确认它已经完全没有了反抗的能力，宁秋水一脚踢开了大门的门锁，捂着自己的鼻子走进了房间里。他来到床前，盯着床上的人。

"果然是你，孙隼。"宁秋水说道。

那个几乎没怎么出现，却一直操纵着幕后的人，此时此刻，就在他的面前。

只不过，孙隼的状态和宁秋水想象之中的完全不同。

"看上去你一点也不惊讶，过了这么多年，似乎镇子里的聪明人变多了啊……"

孙隼虽然腐烂，但是说话却很清晰。

宁秋水四下看了看，从兜里摸出一根烟点燃："你是方山的师父？"

孙隼那双已经耷拉在外面的眼球闪过诡异的光："方山居然猜到了，看来当年的那个傻小子也长大了啊……"

宁秋水叼着烟，目光变得蒙眬："十二年前，你是假死？你和陈老都没死？"

孙隼嘿嘿地笑了起来："是的，小家伙……你猜得没错。方山呢？他怎么不来见我？是不敢，还是不愿意？"

孙隼的语气很是沧桑。

宁秋水想了想："是没起床。"

孙隼满脸问号。

宁秋水来到了窗边，把窗帘彻底拉开，让外面的阳光照了进来："现在你想见他？我给他打个电话。"

他拨通了方山的电话，可那边传来了"对不起，您拨打的电话已关机"。

宁秋水把手机收了起来，对着床上的孙隼耸了耸肩："你看，人不走运的时候是这样，喝水都会呛死。你应该是见不到你的徒弟了，不过咱们可以聊聊，跟我聊也是一样的。要是你见外，也可以收我为徒弟，但是我不会给你磕头，地上实在太脏了。"

孙隼盯着宁秋水许久，忽然露出了一个释然的笑容："……你真是个有意思的家伙。既然你都找到了这个地方，我就跟你聊聊。我想想，先聊什么呢？嗯……就跟你聊聊十二年前的事吧。方山能猜到我还活着，足以证明他是个聪明人。不过，他还不够聪明。其实十二年前，'回来'的人不是两个，而是……三个。"

听到对方嘴里说出十二年前回来的人一共有三位，宁秋水当场便愣住了。

他认真地打量了一下躺在床上的孙隼，确认对方没有开玩笑。

"一共有三个人？第三个人是谁，方山？"

躺在床上的孙隼道："不是他。"

孙隼露出了一个神秘的笑容："我先跟你讲讲这件事。

"你能找到这个地方，还如此笃定我就是方山的老师，那你应该知道在缝匠术中，有两样特别的东西——一个是'肉'，另一个就是'壶'。所谓的'肉'就是人的心脏，而'壶'就是一个没有心却能活下来的人。无论肉烂到什么程度，只要它能装进一个壶里，就能延寿十二载。"

听到这里，宁秋水微微皱眉："十二年前，黄昏小镇中一个壶里装了三块肉？"

孙隼说："或者说……小镇里出现了三个壶。"

宁秋水问："缝匠有专门寻找壶的方法吗？"

孙隼答："当然，不过壶也分为真假，有些看上去是壶，实际上是假的。假壶当然也能装肉，不过……假壶里面装的肉腐烂速度会非常快。你就是个假壶，你明白我的意思。"

宁秋水若有所思，又问道："假如我找到了我原来的那颗心脏，再装回去，是不是我就能恢复过来？"

孙隼的脸上露出了一抹怪异的笑容："不，你只有找到一颗活人的心脏，再装进去才可以。"

宁秋水问："然后他就会代替我？"

孙隼反问："方山那小子是这么告诉你的吗？"

宁秋水回："是的，他骗了我？"

"那倒没有……但是，我骗了他。"孙隼的笑容变得骇人。

事实上，就他现在这副鬼样子，无论他露出怎样温馨和蔼的笑容，也是狰狞可怕的。

"如果你找到了一颗活人的心脏，并且将它填进自己的胸膛里，他的确会在你的身体里活过来，你能听见它的声音，或许它会对你的精神产生一些影响，但永远不可能掌控你的身体。你还是你。"

宁秋水道："你欺骗方山是害怕他走入歧途，可如今方山没有走入歧途，你自己却打破了原则。"

孙隼说："你又错了。"

他的一根手指轻轻动了动，看上去很费力气："当年我之所以这么告诉方山，是因为我的师父也是这么告诉我的。那个时候我对此深信不疑。可是，这十二年来，我才发现那只是我师父骗我的谎言，但也说不准我的师父也被骗了……"

说到这里，孙隼嘴里吐出了一个让宁秋水感到天灵盖都在冒寒气的真相："小伙子，你知道吗？其实能续命的不只是壶，肉也可以。"

孙隼说出这句话后，宁秋水好似被雷劈中了一般，瞳孔一瞬间缩紧。

肉……也可以用来续命？刹那间，他联想到自己胸口里的那颗心脏。

陈老的心脏，不就是靠着肉在续命吗？

孙隼又笑了起来，脸上的笑容除了恐怖，还掺杂着几分瘆人的疯狂："才反应过来吗？肉也可以续命啊，肉也可以……你能找到我，说明你还是有点本事的，要不你猜猜我是怎么知道的？"

烟雾弥漫中，宁秋水的眼皮开始抽动，夹烟的手指一动不动，仿佛已经僵硬。

"十二年前，小镇里第三个通过这种方法回来的人，就是靠肉续命到现在的？"

孙隼道："对。"

宁秋水和他对视，只是片刻便说道："你在骗我，一颗不属于自己的心脏只能维持一天的命。如果有人靠心脏活了十二年，那就需要四千多颗心脏！这绝对不是小数目，小镇才多少人，三万，还是五万？就算黄昏小镇的警司再蠢，也该发现问题了！小镇的居民也一样。"

躺在床上的孙隼收敛了脸上的笑容，精神有些不大稳定："对呀，对呀……他们早该发现了……"

孙隼喃喃细语，又像是着了魔一样："我都做了些什么……都是因为我的一时贪念才会变成现在这样……可是已经没有人能阻止他了……"

宁秋水抽了口烟，忍着恶臭接近了孙隼："你在说什么？"

孙隼回过神，神情又逐渐平稳些，继续道："我跟你讲一下这件事的第二个用途吧……缝匠可以通过这种方式获得人无法掌控的力量。人力尤有穷尽时，越是接触这个世界上的诡异，就越会发现想要获得强大的力量，必须加入它们。

"靠壶活下来，只能延长十二年的寿命，除此之外，对于缝匠的力量基本是没什么提升的，但是靠肉活下来就不同了，力量每天都会随着进食增长一次……唯一的缺陷就是，如果有一天他不进食，心脏就会彻底腐烂。你可能不太明白，一个缝匠靠这种方式生活十二年，他会强大到什么程度……"

说到这里，孙隼的眼睛里透露出了一抹恐惧："我当时……我当时真的只是想活下来……可万万没想到……我竟然亲手创造出了一只这么恐怖的诡物！是我毁了黄昏小镇……是我毁了这里……我……我对不起我的师父……所有人都会死在小镇里……"

随着躺在床上的孙隼不停念叨着，宁秋水的心也愈发沉重："所以在十二年前，第三个人……是警局的警长？"

宁秋水说出了自己内心的猜想。

黄昏小镇里的诸多事务都是由警局办理，对于镇民的了解，没有谁会比警局的警长更详尽。只要他需要，他就可以获得小镇里任何人的详细资料，并以此来寻找合适的目标。

孙隼停止了念叨，眼神投向窗外："是的。"

孙隼的声音有气无力："十二年前，他在方山的帮助下发现了真相，一路跨过了我设置的所有障碍，最终来到我面前，但他并没有处决我或是逮捕我。他提出了要跟我合作的想法。

"那个家伙很不一般，表面上看上去是个老实人，实际上浑身都是心眼子，跟他谈话的时候，他甚至能通过你的一些语气和微表情来判断出你是否撒了谎。我没敢跟他过多纠缠，当时我的情况已经不容乐观了。"

随着孙隼娓娓道来当年发生过的事实，宁秋水的脑海里逐渐浮现出了一些画面。他接过了对方的话题，继续道："于是你就跟他讲了和陈老'靠壶续命'的事。他对此非常感兴趣，决定加入你们，并且对力量有着非常强烈的渴望，所以最后他选择用一个假壶……不，不对，他是把自己做成了一个假壶，同时积攒着属于诡异的力量。"

躺在床上的孙隼看了一眼宁秋水，眼珠子里流露出了一抹震惊，许久之后，他缓缓叹了口气："十二年前要是小镇上有你这样的人就好了……或许悲剧就不会发生。"

宁秋水眼光烁动："有办法阻止他吗？"

孙隼摇头："没有。"

他的语气带着一种旁观者独有的漠然，在他的眼里，似乎已经当自己是一个死人。

"小镇里已经没有人可以阻止他了……而且这家伙非常善于掩藏自己。他利用自己的身份，将整个黄昏小镇当成了自己圈养的'羊圈'，吃了十二年'羊肉'，无论是我还是方山，都不可能是他的对手。"

宁秋水问："通过六纫制作出来的诡物也没办法吗？"

孙隼答："我不知道……不要抱太大希望。"

他没有明说，但语气透露出深深的绝望。

宁秋水认真观察着躺在床上的孙隼，忽然道："去袭击我和方山的诡物是你搞出来的？"

孙隼没有否认："是的。"

"为什么？"宁秋水问道，"你最恨的不应该是警长吗？"

孙隼解释道："使用六纫制作出来的诡物，是按照制作者需求行动的。只要在制作的过程之中将思想缝进诡物的怨念中就可以了，不一定是最恨的人。

"我知道你很奇怪，明明对我威胁最大的应该是小镇的警长，可为什么我却选择你们……其实你想不明白很正常，毕竟我从一开始就没有想过要使用六纫这门术法，更没有想过要除掉你和我的那个好徒弟……真正想杀你们的……另有其人。"

宁秋水皱眉，将手里的烟头扔到窗户外面："谁？"

孙隼道："一个叫陈寿玺的人，长得有些胖。"

说到这里，孙隼的脸上浮现出浓郁的嫉恨之色，使得他原本就狰狞的表情变得更加可怖。

"他骗了我……他骗了我……这个该死的浑蛋！"他的语气急切了许多，但身体的状态不允许他顺利地将这份急切表现出来。

所以，即便孙隼语气里透出强烈的愤怒，还是只能躺在床上，什么都做不了。

"等等……你说，你见过陈寿玺了？"宁秋水又缓缓点了根烟。

这次他压根儿就没抽，纯粹就是觉得烟味能让屋子里的气味稍微不那么让人作呕一些。

"是的，那个胖子也是一个聪明至极的家伙，但他手段十分歹毒，为人更是没有丝毫下限！"

在这个节点，提到了这个名字，宁秋水脑海里的很多东西就通透了。

"果然……果然是陈寿玺带走了第十七名受害者！他拿走了这个小镇上唯一的真壶。"

宁秋水喃喃自语："信一般不会直接告诉诡客们通关的方法，所以陈寿玺在刚进入诡门的时候绝对不知道哪个受害者才是真壶，不过陈寿玺肯定也留了一个心眼子，在他们行凶离开后，他找了一个借口脱离团队，来到医院里等候，正好发现了来拿壶的你，然后你们起了争执，不过如今的你肯定不是陈寿玺的对手，他从你的手里抢走了真壶，并且以此威胁你帮他做事。"

孙隼没有说话。

思路打通之后，宁秋水隐约能够窥见一些陈寿玺的想法，忍不住道："这家伙……目标真是明确啊。警长他惹不起，所以干脆就不去招惹，反正警长也不需要真壶，二人之间的利益根本没有半毛钱冲突。但是我和方山不同，我们，包括你，都是他潜在的竞争者，所以他要把我们全部除去……"

短短几日，甚至还没有见面，宁秋水就已经深刻感受到了这个叫陈寿玺的家伙的恐怖！

这家伙从一开始就靠着信和自己的本事占尽先机。

一步先，步步先！目标明确，心细如发，不择手段……

可怕的不是信，而是拿信的人！上一次给他如此重的压迫感的还是良言！

对方能拿着三封信进入诡门，八成是罗生门的人，这么厉害的家伙，在罗生门里的地位恐怕不低……此时此刻，即便是宁秋水也不得不承认，倘若他是跟随陈寿玺一同进入这扇诡门的诡客，那他已经很难找到机会反击了。

这扇诡门里只有一个真壶，一个真壶也只能装一块肉。其间的残酷不言而喻。

以往的诡门，只要诡客们找到了诡门背后的生路就有机会离开这里，对于人数没有多么苛刻的要求。但这扇诡门不同，如果真的了解了关于壶的真相，那就一定知道进入的十六个人里，最后只有一个可以离开！

而现在，真壶已经被掌控在了陈寿玺的手中，对其他甚至尚不知情的诡客而言，完全就是绝杀！

宁秋水能知道这么多，也只是因为他不是以诡客的身份出现在这扇诡门里。

诡客不知道他的底细，所以他才能在暗中调查到这么多的东西。

不过了解到这些的宁秋水又生出了一个疑问——既然陈寿玺已经拿到了这个真壶，他为什么不直接完成任务回去呢？选择留在了黄昏小镇里面，他是有别的所图，还是在等什么呢？

和宁秋水说了这么多话，床上的孙隼精神状态更糟糕了，似乎随时都会咽气。

"如果我有心脏的话，可以帮你吗？"宁秋水如是问道。

"你有心脏？"孙隼眼皮微抬。

宁秋水点头。

到现在为止，他还有一个非常头疼的问题——那就是赵二还没有出现。

宁秋水的心里隐隐有了猜测，赵二进入这扇诡门后，很可能根本就不知道自己是赵二。他完全继承了诡门背后NPC的记忆，换言之，这扇诡门里任何一个重要NPC都可能是赵二。虽然眼前这个躺在床上的烂人看上去是赵二的可能性……很低很低。

"罢了，让我走吧……为了活着，我犯下了太多孽障，如今走到这一步也是我咎由自取。心脏你留着自己用吧……"

他说着，声音越来越低，越来越沉。

"我还有最后一个问题，就是陈老将他的心脏放进了我的身体里，可是为什么掌控身体的却是我？"宁秋水看着床上生机逐渐消失的孙隼，如是问道。

后者张了张嘴，用几乎微不可寻的声音吐出了最后几个字："大概是因为你们的身体里……有一种诡异且无法解构的力量……"说完，孙隼就彻底失去了生机。

由于他的脸烂得太多了，宁秋水也分不清楚他弥留时的表情到底是笑还是在哭。确认对方已经咽气，宁秋水快步离开了房间。

院子里的空气清新了很多，做了几个深呼吸，宁秋水的手机忽然振动起来，他拿起手机一看，是方山打来的。

接通后，那头传来了方山正在刷牙的声音："你跑哪儿去了？"

宁秋水："有点私事要处理。"

"处理完了吗，没有打扰到你吧？"

"嗯，已经结束了，你打电话给我，有什么事？"

"也没什么事，就大早上看你消失了，担心你出什么问题，所以打电话问一下，待会儿我要去一趟警局，如果你有什么发现的话，中午再联系！"

宁秋水皱了一下眉："你去警局干什么？"

方山："早上警长给我发了一个短信，说有什么新的发现，让我过去一趟。"

宁秋水立刻打起了十二分的精神。

"还没有问过，警长叫什么名字？"

"王祁……怎么了，听你语气好像有什么话要说？"

"嗯，你先不要过去，在你住的地方等我，我有很重要的事情要跟你讲。"

"很重要的事情，电话里不能直接说？"

"有点复杂，最好当面讲。"

电话那头沉默了一会儿："好，我等你，你搞快点。"

挂断电话，宁秋水以最快的速度开车回到了方山的小宅子里。

这时候，方山正和洪柚两个人坐在院子里吃着早餐，时不时在聊些什么。

洪柚今天的气色不大好，她身体的伤口已经蔓延到了肩膀，甚至脖子的地方都能看见大片的瘢痕。

看见宁秋水回来，方山立刻站起身，问道："你要跟我说什么？"

宁秋水坐到石桌的旁边，将之前关于孙隼的事尽数讲给了二人听，二人听完都傻在了原地，表情震撼，很长时间没有说话。

尤其是方山。

宁秋水从孙隼嘴里得到的那些消息，对方山来讲绝对是形如海啸一般的冲击！

其实有关自己师父十二年前并没有死这件事，方山倒是有些猜测，但是他没有想到那个警长也是通过异常方式才活下来，目的就是获得"诡异"的力量！

那个人在他身边藏了十二年，每天都在祸害镇民！那个呕心沥血、勤勤恳恳处理着小镇居民们事务的好人，竟然就是这个镇子上最可怕的魔鬼，最大的恶龙！

而这一切……自己竟然无所察觉！

"你完全没有感到奇怪吗？"宁秋水道，"比如这十二年，他的容貌几乎没什么变化……"

方山微微摇头："我跟他接触不多，十二年里也就见过几次，至于容貌，他倒是有变得苍老，不过……你说得对，我早就应该发现的。"

洪柚伸出双手制止了他们继续谈话："打住，我们眼下最重要的事情是先找到真壶！我已经快要完了，好吗？"说完，洪柚当场拉开了自己的衣服，"警长的事情可以延后处理，再找不到真壶，我估计今晚就要被淘汰！"

见二人都没有说话，洪柚的语气变得急切："不是……你们有没有在听我说话？警长的问题出现不是一天两天了，已经十二年了，四千多天！差这一两天吗？而且'假壶'你也说了，方山的师父讲过，现在的警长已经强大到完全不是我们能够对付的地步了，你干吗非得去惹他呢？活着不好吗？"

方山给自己点了根烟，把还没吃完的早饭扔到了垃圾桶里："咱们兵分两路，你们去找壶，我去找警长。"

洪柚被他气笑了："方山，你是愣头青吗？你去找警长干吗？找他摊牌，用爱感动他，劝他放下屠刀，立地成佛？还是上去邦邦两拳把人家打死，你有这能力吗？你没有，你只能去送死。"

火星在方山的嘴前缓缓燃烧，他的语气很是坚定："如果十二年前我把这件事情处理好，就不会发生今天的事。过往的十二年，有上千名无辜的人因我遭难……我得给他们一个交代。"

方山顽固一般地坚持，气得洪柚想给他两拳。

"你这个大笨蛋，你与其去给已故之人交代，不如想想怎么拯救还活着的人！"洪柚说着，不停用手指着自己。

方山倒是听进去了她所说的话，但似乎没有看见洪柚的动作："你说得对，我会努力拯救小镇的镇民，哪怕身死也在所不惜……我去换衣服，顺便好好准备一下许多年都没有用过的'老朋友'。"

他说着，兀自朝着自己的住处而去。

洪柚站在原地，注视着方山的背影，感到一阵凌乱。

宁秋水也盯着方山的背影，目光深邃，不知道在想什么。

忽然，他回头对洪柚道："我有办法可以救你，虽然不一定能成功，不过值得一试。"

洪柚闻言，立刻追问道："什么办法？"

宁秋水："你先去联系楚竹，说我要跟他见面，有重要的事情要跟他商议。时间就在上午十点，地点他定。"

洪柚不解："你找楚竹做什么？那家伙可对付不了陈寿玺，以前他就是跟着陈寿玺手下混的，后来闹崩了，自己出来单干，在这扇诡门里他像傻子一样被陈寿玺玩弄着，完全不是一个层次的人。"

如果说之前她还觉得楚竹能够跟陈寿玺分庭抗礼，那现在已经得知真相的她只觉得楚竹就是个弟弟。

宁秋水后退了半步，和洪柚保持着距离："借势而已……你要是不想去，我自己想办法也行。"

洪柚一听，立刻蔫了："我去我去……你可别忽悠我，不然我一定拉你下水！"

她狠狠瞪了宁秋水一眼，然后便去到了一旁打电话。

收拾了东西的方山朝着门口而去，路过宁秋水身旁的时候被叫住："洪柚没说错，你这么去找警长，送死不说……谁都救不了。"

方山偏头看了宁秋水一眼："我知道，但我现在也算是小镇里除警长之外的最后一名缝匠了，如果连我都对于他的行为熟视无睹的话，那就再也没有人会为了他们发声了。"

宁秋水："我可以帮你。"

方山微微一怔："帮我？你要怎么帮我？"

宁秋水道："方法不少，最重要的是你不能就这样过去和他摊牌，你肯定不是他的对手，所以你的结局已经注定，无非是自我感动罢了，如果是以除掉警长为目的的话，至少你应该试试六纫。"

方山眉毛一挑，还没有开口，便听宁秋水又讲道："之前小镇上遇害的十七个人，理论上还剩下八具。如果你能找到那些人，那就可以使用六纫之术创造出一只诡物去对付警长。"

宁秋水还是把这个方法推荐给了方山，虽然孙隼已经告诉过他，即便是通过六纫之术创造出来的诡物，也很难和如今的警长王祁抗衡。

那家伙在黄昏小镇里面待了十二年，已经不知道在诡异能量的污染下变成了什么东西。虽然不知道警长有多强，但无论怎样，有一只诡物的帮忙肯定要比方山自己去送死来的好。

"听上去倒是不错的建议……"方山有些被说动，"不过现在似乎有些来不及了。"

宁秋水道："没什么来不及的，你还是照常去见他，跟他演戏，不要拆穿他的面具。完事之后我们一起去找，你是一个缝匠，应该合理利用自己的本领，而不是像个傻子一样去送死。"

方山从风衣里面掏出了一根烟放进嘴里，琢磨了一下后同意了："可以，那我尽快回来，咱们到时候一起去找！"

有了方山的承诺，宁秋水便没有再拦着，放他离开了。

直到方山的背影消失在了大门口，宁秋水身旁才传来了洪柚的声音："你在看什么？"

宁秋水回过神，洪柚已经打完了电话："没什么，只是方山看着有点像个……朋友。"

说是朋友固然有些勉强，但宁秋水已经隐约感觉到这个叫方山的人很可能就是他要找的赵二。在进入诡门之前，赵二留下了一句很奇怪的话——进去了，如果有机会，咱们可以多聊聊。

这当然算不上一种答案，顶多带着些暗示，不过的确能和他的猜想契合。

"赵二……一个重要的 NPC……走向一条毁灭的道路……正常结局是死亡……"宁秋水喃喃自语。

白潇潇的那张纸条上是让他去保护赵二，这说明赵二在正常的流程里一定会在这扇诡门中遇到危险。

作为 NPC 的死亡方式，无非是两种——被诡客杀死或剧情杀。一个在诡门背后有着重要作用的 NPC，被诡客杀死的可能性很小，被剧情吞噬的可能性会更大。也许他之前的推测是错的，赵二并不是第十七名受害者……他就是我身边的人？

宁秋水摇了摇头，将混乱的思绪暂且摇散，接着对一旁的洪柚道："楚竹那头怎么说？"

洪柚回答道："他同意了，在北新街的杏林里见面。"

宁秋水有些无语："他是付不起咖啡钱吗？"

洪柚："最近他被回来复仇的诡物端了几次窝点，差点被淘汰，不敢再在封闭的环境里待了。"

宁秋水："好吧，你跟我一起去。"

洪柚也没有拒绝，开着之前他们开回来的那辆车离开了方山的住处，向着北新街杏林而去。

北新街，杏林。宁秋水在这里见到了楚竹和四名诡客。

继洪柚淘汰了阿乐之后，楚竹的下属里又有一名新的成员因为诡物复仇而淘汰。剩下的五人，脸色都不好看。

宁秋水只是瞧了他们一眼，就能感觉到团队的凝聚力和信任已经不多了。

之所以还聚在一起，只不过是因为这些人没有更好的去处。

再一次见到宁秋水，楚竹的脸上掠过了一抹嘲讽，他坐在杏林小径的一张石桌旁，对着宁秋水缓缓道："你不是觉得自己很帅吗？从我这里抢走了心脏，还当着我的面开车离开……怎么着，现在有求于我了，知道回来找我了？"

宁秋水并不介意楚竹的嘲讽，他走到了杏林口，自顾自地说道："走的时候你还很恨我，现在不也同意了要跟我见面聊聊天？"

楚竹脸色微寒。

宁秋水说："其实对于你会同意这件事，我一点不惊讶。对我来说，我只是履行一个承诺才来找你，就算我真的破罐子破摔，遭殃的也不是我……不过对你，对你们而言，已经没有其他的选择了。你们会被陈寿玺玩弄，甚至到最后都不知道自己到底输在了哪里。"

听到"陈寿玺"三个字，在场的人脸色都发生了变化，楚竹的脸更是黑了下去。

"本来以为你是来道歉的，想着给你一个机会，没想到你是这样的态度……既然这样，你可以离开了。我们会用实际行动向你证明，你的想法有多么愚蠢！谁玩谁还不一定呢！"

见他如此，宁秋水兀自点了根烟，驱散了一下鼻子旁边的腐臭味："上一个像你这么嘴硬的人，现在求着我救她。"

他话音落下，身旁洪柚的脸顿时也黑了一下："嘴硬？"

楚竹嗤笑一声："是不是嘴硬，很快就会见分晓。我了解陈寿玺，我不会输。"

宁秋水说："你会输。"

楚竹脸上的笑容消失，额头跳动着青筋。

看着宁秋水的那张脸，他很想上去直接甩宁秋水几个大嘴巴子，太欠揍了！

好歹忍了下来，楚竹强压下内心的怒火，伸出手指向了远处："慢走不送。"

宁秋水盯着他许久，站在原地未动，最后用一种非常诚恳的语气说道："你会输。"

唰！

楚竹猛地站了起来，上前几步，一把薅住了宁秋水的领子，双目血丝遍布，怒吼道："你有完没完！"

面对他的咆哮，宁秋水早有准备——他提前屏住了呼吸，这样就闻不到对方的口臭了。

等到楚竹吼完，宁秋水才道："你们一直在找真壶，殊不知真壶在你们的任务还没开始的时候就已经被陈寿玺掌控了。"

楚竹闻言一怔，眸中流露出难以置信的神色："你在开什么玩笑？当我小孩子？"

宁秋水笑道："你以前是跟过陈寿玺的吧？他会在你们队伍里安插奸细，相信你也会。不如你现在问问那个卧底，之前你们离开伊甸园时，陈寿玺是不是找了借口离开了自己的队伍？"

楚竹神情僵硬，短短的几句话，他就已经感觉到了对方对于他们几乎知根知底。这种感觉并不好，不过在宁秋水的挑衅目光中，他还是当着所有人的面拨通了电话。

"喂……"

简短地确认了之后，楚竹的眼神变得飘忽。

由于开的免提，所以杏林中其他人也听见了，和宁秋水所说丝毫不差。

先前两个队伍分开了一段时间，而陈寿玺的确以肚子痛为借口离开过自己的队伍，前后大约三十分钟。正常人蹲坑超过三十分钟当然不可能，但是对便秘患者来说却很正常。

只要想找理由，总归是有的。

"即便这样……也不能说明……"楚竹依然认为宁秋水是在忽悠他，但语气已经不那么坚定了。

见他如此，宁秋水身后的洪柚看不下去了："楚竹，这不是小孩子赌气，大家的目的最后都是活下来！在这件事情面前，所有的成见都必须放下！看看你身后的那些人，他们还愿意跟着你，说明他们至少是相信你的，你想带着大家一起在这扇诡门内惨遭淘汰吗？"

楚竹眯着眼，眼神里透露着一股杀气："叛徒，你有资格在这里指点江山吗？"

见气氛又变得紧张了起来，靠在杏林口的一个女人忽然对宁秋水开口道："你总要给我们一点实际的证据，靠一点线索和自己脑补出来的推测，很难说服我们。而且你的推测中还有一个致命的缺口——那就是如果陈寿玺一早就拿到了真壶，他为什么不带着自己的人直接离开？"

这些人并不知道这扇诡门中，壶只能装下一块肉。

宁秋水道："我也很奇怪，陈寿玺按理说早就应该离开这扇门了，但他并没有走，而是选择留了下来。他好像在等什么……不过，想要证明陈寿玺手中是不是藏着真壶其实很简单。

"你们只需要将这个消息通过安插在陈寿玺队伍里面的卧底散播出去，并且告诉他们一个壶只能装一块肉，而后注意陈寿玺的动向就够了。

"注意，这个消息一定要传到陈寿玺的耳朵里。如果他有动作，那就说明他慌了，也间接证明了壶的确在陈寿玺的手中。"

楚竹闻言，忍不住道："你是不是当大家都是傻子？一点风声，就企图操控其他人？"

宁秋水用一种看着白痴的眼神看楚竹："那么，蚂蚁是怎么急得团团转的呢，楚先生？"

宁秋水缓缓呼出一口白烟，神情平静。

"是因为它们需要一个正确的目标，可是它们没有目标。此时此刻，你们就是那群没有目标的蚂蚁，生命已经进入倒计时，生路却没有一点头绪。当真相藏于重重迷雾之后，任何流传开来的流言都会让人打起十二分的精神。面对一个疑似真相的目标，你们不会去考虑真假，正如刚才见面的时候我说的那句话——你们没有选择了。现在，楚先生，请你告诉我……你会拒绝我的提议吗？"

现场，陷入了死寂一般的沉默。

场面的沉寂也宣示着宁秋水与楚竹之间的争端结束，他获得了胜利。

楚竹和他的手下，没有一个人站出来拒绝宁秋水，他们的时间已经不多了。

在场的人几乎是眼睁睁地看见自己一点点滑入深渊，周围别说是有一根绳子，哪怕是出现了一撮头发，他们都不想放弃。

"没有人拒绝我，这是你们的选择，这个谎怎么撒，洪柚会告诉你们。不过我还是得提一嘴，留给你们的时间已经不多了。把握住面前的每一次机会，毕竟……说不好这就是最后一次。"

宁秋水说完，对洪柚使了一个眼色，转身离开了。

其实对于他们能不能活下来，宁秋水并没有那么关心，而且，自从他开始怀疑方山是赵二后，对真壶也没那么上心了。

之所以帮助洪柚，第一是因为他答应过对方，二人也不是敌人。第二也是最重要的一点，那就是宁秋水想要跟胖子陈寿玺过过招。遇到这样的对手可不太容易。

陈寿玺在这扇诡门中靠信和自己的本事占尽先机，而他也恰好不属于诡客中的一员，身在暗处冷眼旁观了一切，二人也算扯平了。

接下来，谁能抢到那个真壶，就各凭本事了。

跟陈寿玺这种人交手，无论输赢，都能让宁秋水获益匪浅。

洪柚这条线搭好之后，时间已经接近正午，宁秋水打开手机，却还没有收到方山的消息。

望着自己的手机屏幕，宁秋水的心里掠过一丝不祥的预感。

根据他对方山的了解，这个人虽然有自己的坚持，但做事还是非常谨慎细致的，他答应了自己不要打草惊蛇，那就不会去招惹警长才对……

迟疑片刻，宁秋水还是给方山打了一个电话。

一阵电话的忙音响起，那头接通，传来了一个陌生的男人声音："喂？"

宁秋水从没有听过这个声音，但这个声音响起的时候，宁秋水明显感觉到自己胸膛里那颗心脏开始疯狂跳动，剧烈的恐惧从心脏里面溢出，就像是一只家养的猫在野生丛林里见到了百兽之王，只是一个眼神的注视，就让它腿脚瘫软，浑身颤抖。

"哎，这不是方山先生的电话吗？您哪位？"

"我是小镇的警长王祁，您是……？"

"哦！王警长啊！我是方山先生的朋友，他今早说去找您商量小镇的凶杀案了，这个点我约了他的饭局，好久没有跟他见面了，想多叙叙旧。"

宁秋水话音落下，对面沉默了一小会儿道："你等等，我把电话给他……"

大约过去了数秒，方山的声音出现在了电话里，只不过极度虚弱："快走……快……"

他还没有说完，警长就接过了电话，言语间带着一种说不出的淡漠："他好像生病了，很虚弱，今天中午不能跟你吃饭了。改天吧，如果有机会的话。"

说不出的压迫感顺着电话线袭来。

这淡漠是藐视，是嘲讽，是压根儿就没把宁秋水当回事。

他告诉宁秋水——你们拙劣的演技和把戏已经被我看穿了，而方山已经为他的愚蠢付出了代价，如果你不知趣，你就是下一个方山。到此为止，王祁甚至没有一定要解决宁秋水的想法。

他压根儿就没有把宁秋水当对手，更像是将其看作了路旁的老鼠，故意去踩死都嫌麻烦。

挂断电话，宁秋水听着手机里面响起的嘟嘟声，表情凝重。

街道上的风吹来，宁秋水被眼前扫过的落叶拉回了现实。

"事情麻烦起来了呀……"他叹了一口气。

诡客们之所以能利用自己的脑子在诡门背后搞事，主要还是靠着规则，然而在绝对的力量面前，想靠一点小聪明战胜对方是不现实的。

目前的情况即是如此。宁秋水没有底牌，想扳倒警长根本就是天方夜谭。

而方山又有极大概率是赵二，如果他再不想出办法把方山从警长王祁的地盘里救出来，方山很可能就会死在这扇诡门中。宁秋水可不认为警长会好心到放方山离开。

事情已经走入了死胡同，宁秋水的思绪开始变得混乱，胸膛里那颗心脏也在不停跳动着，似乎在告诉宁秋水，千万不要去找警长送死。

双重刺激下，剧烈的饥饿感浮现。

宁秋水的双手剧烈颤抖，呼吸声也变得急促而凝重，他扫视那些路过的路人，眼中生出了原始的欲望，想要将他们的心剜出来，放进自己的胸膛里！宁秋水猛地甩了甩头，急忙坐回了车上，然后开车朝着自己藏心脏的地方而去。

一路横冲直撞，险之又险地来到了一处不起眼的巷子，他下车跑回了自己临时租用的破旧小院，从冰箱里面翻出了心脏。

熟悉的虚弱感传来，宁秋水又一次失去了自己身体的掌控权，感受着胸膛里寄生的那个怪物狼吞虎咽。直至许久后，饥饿与虚弱如同潮水一般退去。

宁秋水瘫坐在地，浑身已经被汗水打湿，他感受着刚才自己身上遭遇的一切，脑海里面渐渐浮现出了一个想法——没错，已经在小镇里藏了十二年的警长或许正面战斗能力非常强大，甚至一般的诡物都不是他的对手，但他身上却有一个致命的弱点，那就是每天一定要进食一颗心脏！

如果警长一天不进食，那他自己的心脏就会腐烂！

只要想到办法将警长困住，让他二十四个小时不进食就够了！

不过，这件事情说起来容易，在小镇中，连六纫做出来的诡物都不是警长的对手，还有什么东西可以困住他足足一天呢？

无数的画面在宁秋水脑海之中交织闪过，最终，定格在了一面特别的铜镜上。

方山好像没有带走那面镜子，而是放回了后间……

抱着试一试的心理，宁秋水还是驱车回到了方山的宅子。

将车停在宅邸外面，他来到了那个种着两棵棺材槐的院子里，找到了后间。

门上的那个罗盘锁宁秋水完全看不明白，他试着拨弄了一下，锁没有任何反应。

而后宁秋水决定使用暴力解决问题。他猛地踹门，砸窗户，可仍然没有效果。

这个房间似乎被某种神秘的力量守护着，普通的外力很难打开它。

完全没有办法吗？

宁秋水想到了之前方山跟他讲过的一些事，尝试在意识之中呼唤陈老，不过对方压根儿就没有回应。或许是因为恐惧，又或许是因为陈老的心脏已经即将腐烂，它没有多余的能力回应宁秋水了。

"真是车到山前必有坑，船到桥头自然沉……"宁秋水自嘲地笑了声，背靠着棺材槐点了根烟。

再谨慎的人也会出错。有的时候，一个小错误就能将一个人逼上绝境。

在这场与警长的博弈中，他已经出局了。

什么以弱胜强，什么四两拨千斤……那终究只是个例。

没有天时地利人和，弱者就是弱者，只能被狠狠地摁在地上摩擦。

抽完这根烟，宁秋水坦然承认了自己的失败。

他只是个人，不是神，不可能什么事情都做到完美。更何况，他的运气也不好。

人不走运的时候喝口凉水都会呛死，哪怕是个英雄汉也会被一分钱难倒。

等等……一分钱？！

思绪来到这里，宁秋水的表情忽然发生细微的变化，他突然想到了什么，在身上的兜里摸索了好一阵子，掏出了一枚铜钱。

这枚铜钱是诡门中的"自己"赠予的，大胡子曾说过，铜钱眼在诡门背后没有任何作用，铜钱也不能当作诡器来使用。但也许……无聊的宁秋水抛起了铜钱，随着铜钱在空中飞舞旋转，宁秋水用手稳稳抓住了它。

"你不是什么都能料到吗？那就给我开个门。"

宁秋水喃喃自语，走到了后间门口，将铜钱对准了门上的那个罗盘锁。

神奇的事情在此刻出现了！随着罗盘锁和铜钱接触，锁竟然自己转动了起来！密集的齿轮扭动的声音出现，罗盘锁旋转了一阵子后，自己打开了。

宁秋水站在了后间门口，望着昏沉的房间内部，沉默了半晌才喃喃道："难道我真的是个天才？"

就连他自己也没想到，这枚铜钱居然真的生效了。

迈步踏入后间，宁秋水立刻感觉到了一种窥视感。

他四处看了看，没找到监控摄像头，不过这种感觉如影随形，就仿佛在房间中有他看不见的活着的东西正在注视他。

不过宁秋水没去管这些，进入房间后，他第一件事就是去寻找那面铜镜。

昨晚休息之前，方山将这面铜镜归还给了后间。

有借有还，这是方山当年对那名不知名前辈的承诺。

让宁秋水感到意外的是，方山去见警长，竟然没有把这面铜镜带走。

房间里灰尘重，这个地方平时无人打扫，十分破旧，粗糙的水泥墙面上，宁秋水一眼看见了他要找的那面铜镜。

铜镜上，又附着着一层薄薄的血锈。

宁秋水来到铜镜面前，凑上前去闻了闻——一股浓郁的血腥味。

取下铜镜，宁秋水目光扫过镜面，忽地怔住。

刚才那一瞬，他在铜镜里面看到了一个熟悉的人影。

这个人，他曾经在望阴山上看见过，正是那个站在另一个世界的"刘承峰"旁边的那个戴着铜钱面纱的人。不过对方只是一闪而逝，再看时，铜镜里只剩下了他自己。

宁秋水准备收起铜镜，这时他才发现刚才拿着铜镜的那只手，竟沾着一些还没有完全干涸的血渍。

他仔细查看，原来铜镜的背后正在渗出液体，正是这些液体，形成了镜外的血锈。和那只诡物有关吗？那只诡物的确消失在镜子里了……

宁秋水的眸中闪光。昨夜，这面镜子封印了被孙隼用六纫之术缝合出来的诡物，难道是那只诡物在铜镜里被消化掉了？念及此处，宁秋水拿着铜镜的手有一种莫名的酥麻感。一想到这东西疑似能够杀死诡物，便难免让他觉得忌惮。

宁秋水知道，诡门背后越是厉害的东西，使用起来往往就越危险！

最直观的例子，就是田勋手里的那个沙漏。

关于这个特殊道具，宁秋水那晚听白潇潇讲过一些。

那个沙漏是一个和时间有关的强大道具，也与拼图碎片有关。

不过这个沙漏有着严重的使用后遗症——它会大幅度削减一个人未来的气运。

再简单一点说，这个沙漏就是在透支未来。具体的代价，只有田勋和邝叔知道。

白潇潇以前听邝叔提过，使用这个沙漏最好不要超过三次，否则田勋很可能会承受不住。宁秋水觉得他手里的这面铜镜可能也是类似级别的道具。

他第一次见到有道具能够封印并消灭诡物。不过他也没有计较这些的资格，眼下的情况是他如果不用这个东西，那就无法对付警长，赵二就会死，他将会一直留在这扇诡门背后，没有办法回去了。

铜钱居然真的能够打开这扇门……是因为当年那个方山见过的高人就是铜钱的主人，还是因为铜钱有着特别的能力？

宁秋水盯着手里的这枚铜钱，心里浮现疑惑，不过很快这个疑惑就被他压了下去。先去警局找到方山吧，只要方山还活着，这些问题自然会得到解答。

获得了铜镜的宁秋水离开房间，将门锁好，驱车前往了警局。

黄昏小镇，东部。

午汶开车带着陈寿玺在小镇里面一直巡视着。

"玺爷，小镇里那些诡客中不知道谁放出流言，说真壶被您偷藏起来了，现在那些家伙正在到处找您。"

陈寿玺坐在副驾驶的位置上，目光一直盯着窗外，对于这个消息，他似乎一点也没觉得惊讶："你觉得是谁放出的消息？"

开车的午汶思索了片刻："楚竹。"

陈寿玺笑了笑，面色恬静："不是他。他也许会想到利用形势来逼我，但是绝对想不到真壶在我手里。小镇里还有高人。"

开车的午汶闻言，冷静的眸子里浮现了莫大的震撼。

她的眼神不自觉地朝着身侧瞟了瞟，好一会儿才道："玺爷……壶真的在您手里？"

陈寿玺淡淡道："对。"

"那，那您为什么……"

"我为什么不直接离开？"看着午汶那双眸子里浮现的浓郁疑惑，陈寿玺笑了。

但他没有回答午汶的问题，而是问道："这扇门里你学到多少？"

午汶如实回答："玺爷的手段神鬼莫测，如山间溪流，润物无声，午汶恐怕很难不辜负玺爷的悉心栽培……"

陈寿玺收回了目光，又一次看向了车窗外面："没关系，慢慢学，你的后三扇门还早……午汶，不要有什么心理压力，我以前也是这么过来的。当年我也觉得自己永远无法追上老师的十之一二，慢慢地，不也走到了现在？"

午汶微微一怔，她第一次听到陈寿玺提自己老师的事。

"玺爷您也有老师……为什么我以前没听您说过？"

陈寿玺先是深吸一口气，然后又长长地呼出来，露出了一个释然的笑："很难提啊，我这人忘性大，一阵子没见，都快忘了有这人了。"

"那……玺爷的老师是谁？"

"邝。"

听到了这个陌生的名字，午汶在脑海里思索了有一会儿："玺爷，您的老师现在在哪里？"

陈寿玺说道："他呀……大概是去做一件很重要的事情了。"

"很重要？"

"嗯。"

关于邝的事情，陈寿玺似乎不想跟午汶多聊。

"开过前面那个路口，你下车。"陈寿玺说着，指了指前面，"下车后，你去我昨晚跟你提到过的花海公墓遗址，找到 163 号墓碑，真壶就被藏在那座墓里。我让诡器召出来的诡物在壶的脸上刻下了一个标记，是你名字的缩写，确认真壶后，你剖开它的胸膛，然后将自己的心脏挖出来放进去。"

午汶微微皱眉："您不去吗，玺爷？"

陈寿玺拿起车子前面放着的水杯，拧开后喝了一口才泡的清茶。

"我还有一点私事要处理，你先去，我随后就来。"

午汶沉默了片刻："那我还是跟您一起吧。"

陈寿玺将喝进嘴里的茶叶吐回了杯子里："你留下会给我制造麻烦，目标大了，我做事不方便。你走了，事情就会简单很多。"

他话已经说得很明白了，就是嫌弃午汶蠢。

后者听到陈寿玺这话也没有生气，犹豫了一会儿，回了一个"嗯"。

午汶了解陈寿玺的脾气，他决定的事，其他人根本劝不住。而且，她不想惹陈寿玺生气。

开到前方，她将车停在了路口边，然后自己下车离开了。

陈寿玺坐在副驾驶上，望着午汶背影已经彻底消失，他才坐到了驾驶位上。

"最后一次教你，能学多少看你自己本事了。"陈寿玺自语了一句，然后启动车子，朝着市中心而去。

在黄昏小镇最中心的迪达拉特色酒楼里，众人找到了在三楼贵宾包间吃饭的陈寿玺。

他点上了一大桌子好菜，铺了一整张圆桌，包间里弥漫着浓郁的食物香气，陈寿玺细细品尝着桌子上的菜品。

一群人乌泱泱地涌进了这个包间，盯着吃饭的陈寿玺，面色清冷，还带着阴沉的目光。

"玺爷倒是有闲情逸致啊，都到这个时候了，还有心情在这里吃大餐。"为首的楚竹双手揣进风衣的兜里，站在了陈寿玺的对面，语气嘲弄。

陈寿玺微微抬了抬眼皮，一点也不吃惊，似乎已经等待众人很久："坐下吃吧，菜要凉了。"

这话让楚竹的表情微变，他扫了一眼周围的座位，脸色逐渐阴沉。

房间里空出来的座位和他们的人数是一样的。

这意味着不是他们找到了陈寿玺，而是陈寿玺在这里等他们。

被眼前这个男人看穿，楚竹非常不爽，他常拿自己跟眼前这个胖子做比较，他不服输，认为自己能比对方做得更好，可事实上，他除了颜值，各方面都被对方吊打。

"看来你也知道自己无路可逃了，一顿饭就想给大家道歉……是不是太没有诚意了些？"

楚竹带头，众人坐在了餐桌旁，气质这一块必须拿捏，输什么都不能输气势。

陈寿玺一边吃饭，一边道："无路可逃？我为什么要逃？"

楚竹模仿着宁秋水的语气对他说道："因为你已经没有选择了。大家现在都已经知道真壶就在你的手里，你不拿出来，那只能一起被淘汰。"

陈寿玺微微一笑："好啊，那就一起。"

楚竹见对方完全不买账，眼神变得格外阴鸷："陈寿玺，我看你是不见棺材不掉泪！能活到这扇门的人，都不是心慈手软之辈。如果我们发现没有离开这扇诡门的可能，那你将会是我们之中第一个淘汰的人！"

陈寿玺放下了碗筷，缓缓给自己点了根烟："无所谓。这是件好事，这样外面有关于我的争端就会即刻平息。"

他话里有话，在场的人里只有少数的几个和罗生门有关的人，知道陈寿玺在说什么。其中就包括楚竹。

他阴冷的脸色先是掠过了一抹诧异，而后拿着筷子的手指开始颤抖。

陈寿玺都没有多看他一眼，继续自顾自地说道："你是不是一直以为，是你恰巧在监控中抓住了一点巧合，然后靠着精心布局，利用层层舆论将我推上了风口浪尖，逼入绝境？那不是巧合，楚竹。我做那件事只留下了这么一个破绽，刚好就被你撞见了。

"不过也幸好是被你撞见了，而且你还选择了一种最愚蠢的方法来攻击我，这反而为我争取到了更多的时间。"

说到这里，陈寿玺缓缓抬起头，对着满脸震撼的楚竹露出了一个笑容："我，就是罗生门一直在找的叛徒。如果你把线索直接上交给'头羊'，那我根本没有机会活着进这扇门。"

"可是你选择利用舆论，因为在你心里，我压根儿就不可能是罗生门的叛徒……你知道罗生门的人都是人精，面对舆论，他们总会选择暂不表态，姑且看看事件如何发酵，也正因为这样，我才有时间进入这扇门，并且在这扇门里……毁灭证据。"

陈寿玺说到这里，楚竹的身体已经开始忍不住颤抖起来。

他知道对方嘴里的"证据"就是他。

"不可能！绝对不可能！你，你怎么会是罗生门的叛徒？怎么会是你？！"

陈寿玺看着激动的楚竹，平静道："没有什么不可能的，楚竹。这个世界上的事就是如此魔幻，正如同你我一样。"

说到这里，他缓缓地吐出了一口白烟，语气带着一抹自嘲："谁又能想到，这个世界上最希望我死的人，竟然是最相信我的人？"

楚竹无法接受眼前的现实。

他一直以为是自己一手将陈寿玺逼入了绝境，并且即将替代对方在罗生门中的位置，可殊不知，竟是他自以为聪明的一番操作，给了陈寿玺喘息之机，让他在绝境下得以成功反击。

看着楚竹瘫坐在了自己的座位上，洪柚忍不住了。

"陈寿玺，不管你和罗生门之间有什么恩怨，今天我们过来的目的只有一个，只要你把真壶交出来，大家以后井水不犯河水，各走各的路。"

坐在洪柚旁边的常山附和道："没错，只要你交出真壶，我们马上就走。"

看着众人那咄咄逼人的模样，陈寿玺也没有否认真壶就在自己的手上。

"其实我在想，我要不承认壶在我手上，你们又当如何？来找我要壶，你们应该想过一件事，那就是真壶既然在我手上，为什么我还会在这扇门里待到现在？不过现在你们应该知道了……我压根儿就没打算活着离开这扇门。"

陈寿玺说出这句话的时候，表情平静得像一摊死水。

"我折在这扇门里面，你们也折在这扇门里面，万事皆休。要是你们折了，我自己从这扇门里出去，会面临迟来的清算，反而会牵连很多人。"

众人听到这里，脸色苍白不已。

"不是……你有毛病吧？你们罗生门的争端跟我们有什么关系？"

这让压根儿就不属于罗生门的人坐不住了，听陈寿玺这语气，是要拉他们一起陪葬呀！问题是……罗生门内部的争端关他们屁事？

他们既没有参与过，也不知道细节，像是路过坟地的时候被守墓人拉了过来，然后挖了个坑同尸体一起埋了。

面对这几人的质问，陈寿玺耸了耸肩，语气真诚："我的确没有想过要牵连你们。但这不是我能决定的。从你们进入这扇门的那一刻，就注定你们会折在里面。"

常山的嘴角抽动了一下："你……什么意思？"

陈寿玺缓缓从自己的衣服里面拿出了三封信，他将信摊开，给每个人都看了一遍。众人看见信上的内容后，脸色由苍白转为了没有人色的惨白。

三封信的内容，宛如锋利的利剑，猛地扎进了在场所有人的心脏里，击溃了他们的冷静和勇敢——

> 小镇中只会出现一个真壶，且真壶不需要心脏。
>
> 真壶必须通过杀戮获得。
>
> 一个真壶内只能够装一颗心脏。

信的内容已经提示得很明确了，在这扇诡门里，只有一个诡客能够活着回去。

"不对，你在骗我们！"洪柚瞪大眼，呼吸急促，"那晚午汶明明告诉我第二封信的内容是——我们出手后，身体会在五天内发生变化！"

陈寿玺淡淡道："这是孙隼告诉我的，我骗了你们。"

听到这个名字，洪柚眸光一震，张嘴却说不出话。

"我当然不可能这么早地把底牌亮出来，这是显而易见的事。"

他话还没说完，洪柚猛地冲到了他的旁边，双手揪住他的衣领，几乎是尖叫着说道："陈寿玺，你该死啊！那个壶在什么地方？在什么地方？！快告诉我！"

陈寿玺看着她，露出笑容："壶已经被人用了。"

洪柚感到了一阵窒息："被人用了……被谁用了？你在开玩笑对不对？"

陈寿玺："午汶用的……这会儿，她应该已经坐着诡舍的大巴车离开了。"

此话一出，洪柚噔噔后退两步，宛如一个泄了气的皮球，靠墙滑坐在了地面上，双眸失去了神采。

房间里安静得可怕。其余坐在座位上的人，先是失神了一阵子，紧接着，不约而同地将目光移向了安静抽烟的陈寿玺。

楚竹的面容极度扭曲，从他脸上的表情中甚至能看出"吃人"两个字。

"陈寿玺……你知道你刚才说的那些事，会为你带来什么吗？"

陈寿玺吐出一口烟，淡淡一笑："我知道你的手段，楚竹，毕竟，你是我一手带出来的。其实我当年对你寄予了很大的厚望，不过你这人心术不正，让我改了主意。我已经准备好了，你们来之前，我服了藏在胶囊里的剧毒，算算时间，胶囊应该已经融化……至于你到底想要对我做什么，那是你自己的事了。"

楚竹闻言，一双眼睛几乎要炸开，他猛地起身，一个箭步冲到陈寿玺旁边，一拳打在了陈寿玺的肚子上！

"砰！"

陈寿玺吐了出来，除了吃下去的东西，还伴随着许多鲜血……

躺在地上的陈寿玺对楚竹露出了一个笑容："来不及了……来不及……"

这个笑容，成了击溃楚竹内心防线的最后一剑。

楚竹疯了，他愤怒地咆哮了一声，抄起了旁边的凳子！

一旁的诡客都被楚竹吓了一大跳，虽然他们也憎恨陈寿玺这个浑蛋断了他们的生路，但没有人真的敢对陈寿玺动手。毕竟现在还没到这扇诡门的最后时刻，哪怕绝望，他们也不想自己去作死，彻底斩断最后一丝活下去的可能。

楚竹发泄完毕，将凳子扔到了一旁，整个人无力地半跪在地面上，双手颤抖着给自己点了根烟。一根烟过后，他才缓缓回过了神，先是看了看躺在地上的陈寿玺，又僵硬地转过头，对身旁的人问："我刚才是不是……"

那人点了点头。

楚竹沉默了很久，扔掉嘴里的烟，双手摩擦面部，忽然对着房间歇斯底里地咆哮起来："为什么没人阻止我？你们过来就是看戏的吗？"

楚竹无比愤怒，可所有人都能够看出，这种愤怒的背后是恐惧，楚竹的精神已经崩溃了。他愤怒地对着众人咆哮了一会儿，又忽然跪在地上，嘴里还神神道道地念着："不是我……陈寿玺是自己服毒死的……"

楚竹因为接受不了眼前的事彻底崩溃，他转头像疯子一样冲出了酒楼。

众人看着楚竹那副模样，颇有些不是滋味，反观自己，眼下又能好到哪儿去呢？

如此，难免生出兔死狐悲之感。

所有人都知道楚竹死定了，最迟今晚，化为诡物的"陈寿玺"就会回来找他。

看着满屋的狼藉，没有一个人先行离开，反正……他们已经离死不远了。

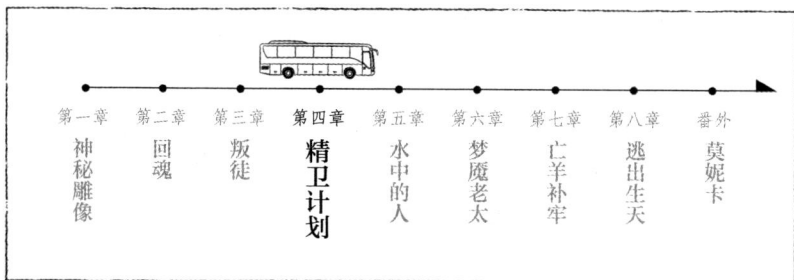

黄昏小镇，警局。

宁秋水驱车来到了警长的办公室，他坐在破皮的黑色沙发上，随手拿过一张旧报纸看着，警长瞟了他一眼，但没有搭理他，因为这个时候他正在和小镇的建筑公司代表商讨着其他的事。

过去了十五分钟，建筑公司的代表离开了，警长送他们走后，又回到了办公室，带上房门。偌大的房间，只剩下了宁秋水和他。

"我是不是已经在电话里警告过你了？你这样的老鼠可真是恶心，自己偷偷地在下水道里死了、烂了就好了，非要出来踩脏别人的地盘。"警长的语气淡漠，淡漠之中又充斥着一种极度的嫌弃。

"我是老鼠，那你呢？肥老鼠？"

宁秋水并没有太多主观上的嘲讽，但由于他说出的是事实，反而起到了不错的成效。房间里的温度骤冷，警长身上已经弥漫出了敌意，他破防了。

"我还是对你太仁慈了，没想到你这样腌臜的家伙，跟方山一样冥顽不灵！不过这样也好，在这里把你处理掉虽然有点恶心，但是今天过后，小镇就不会再有人来烦我了……"

感受着警长身上溢出澎湃的杀意，宁秋水只问了一个问题："方山死了吗？"

警长嘴角挂着笑容："倒是没有死，不过快了……你更应该担心一下自己，因为你会比他死得更快。"

宁秋水："那在我死之前，可以带我去见见他吗？"

警长大笑了几声："你以为你是谁……你也配跟我提条件？这可不是在演电视

剧，我才懒得去照顾一只死老鼠的感受。"

说完，他一步一步朝着宁秋水走来，眼睛和脸上骤然浮现许多黑色的血丝，原本沧桑的面容变得年轻了不少，又平添了几分诡异。

宁秋水揣在兜里面的手，紧紧握住了铜镜。这镜子是他现在唯一能够倚仗的东西。

"咻！"

警长双眸转动，身体出现变化，咧开的嘴里不断淌落着黑色的液体。

那一刻，宁秋水感觉自己的五感正在被剥夺，眼前的一切开始变暗，耳朵也听不到声音，甚至连鼻子处的那股臭味也在快速变淡……他正在失去自己的身体。

这个过程非常迅速，迅速到一般的正常人甚至反应不过来。不过宁秋水曾身经百战，应对突发状况的经验要远比正常人丰富。

早在身体出现不对劲的时候，他就拿出了那面铜镜。

当他掏出铜镜时，他的五感便被彻底剥夺了。

此时此刻的宁秋水，身处黑暗，周围冷清死寂，什么都没有，无边无际的黑暗仿佛潮水，给予了宁秋水浓郁的窒息感，在这里，他嗅到了死亡的味道。

静静地等待了一会儿，宁秋水的耳畔忽然出现了微弱的声音，好似来自遥远的世界，他听不清楚，直到那个声音越来越大，宁秋水才终于听见——那是一个人在害怕的时候发出的声音。

"这，这面镜子你是从哪儿拿到的？快拿开！

"不……我不要进去，我不要进去……我……啊啊啊……"

警长的叫声凄厉，和先前那副高高在上的模样天差地别，以至于让宁秋水都忍不住怀疑自己是不是在做梦。不久后，随着警长的叫声消失，宁秋水眼前的黑暗缓缓褪去，变成了电视上没有信号的雪花点，密密麻麻。又过了好一会儿，他才终于看见了灯光，看见了模糊的警长办公室。

他回来了，回到了熟悉的地方。

他横躺在地上，浑身酸痛，尤其是头，感觉像是被重物狠狠砸了一下，宁秋水挣扎了好一会儿，才勉强从地上坐起来。

他大口喘息着，感觉自己的小命都没了半条。

至于先前被他掏出来的那面铜镜，此时此刻就放在他的脚边。

宁秋水将铜镜拾起，发现铜镜里的人竟是警长王祁。

只不过，镜中的王祁面色极度惊恐，像是在铜镜里遭遇了可怕的事。

他在铜镜里疯狂挣扎，拍击着镜面，然而根本没有任何作用。

"放我出去，放我出去！"

他在镜中大叫，时不时还会回头看，就好像在他的身后，有什么东西正在逐渐逼近……

"带我去找方山，他没事，我就放你出来。"宁秋水喘息道。

这时的王祁早就没了之前的风度，他急忙点头，告诉了宁秋水方山所在的位置："他、他在地下监牢里，进监牢需要钥匙，那里没有守卫，钥匙在我办公室右边抽屉的第三格，钥匙把儿上有一个菱形符号，你拿着这个钥匙就能打开地下监牢的门！快、快点，它们要来了！！"

王祁一边说着，一边频频回头，脸上的焦躁和恐惧越来越重。

宁秋水立刻按照王祁所说，找到了那把钥匙，然后奔着警局的地下监牢而去。

打开监牢的大门，一股浓郁的潮湿气味扑面而来，宁秋水打开手机的手电筒一照，很快便在监牢的角落里找到了方山。

宁秋水将手机的灯光打在铜镜上，他看见——镜中的王祁被惨白的手拖拽着，朝着铜镜的深处而去……没过多久，铜镜里又传来了歇斯底里的叫声，宁秋水感觉到铜镜背后渗出了许多液体，不断地滴落在地面上。

"快救救我！你放我出去，我能让你在外面的那个世界呼风唤雨！你信我，你到外面的世界去找'王祁'，他会让你加入罗生门！快拉我出去……"

王祁的叫声突兀地消失，铜镜背后的液体越来越多，在宁秋水的脚下汇成了一大摊泥泞……

不过，NPC王祁说的那些话，让宁秋水获得了一个非常重要的信息，那就是罗生门里也有一个叫"王祁"的人，而且这家伙似乎地位比较高。

刘承峰跟宁秋水讲过，诡门内外分别会有一个一模一样的人对应，看来罗生门中的那个"王祁"对应的诡门背后的人，就是"小镇警长王祁"。

只是不知道"小镇警长王祁"死后，外面世界的"王祁"会不会受到影响。

警长王祁知道门外有一个和自己一样的人，甚至还可以联系对方，看来他之前的猜测是正确的，罗生门那些家伙的确有方法可以在诡门两边传递消息。

铜镜上的液体有些粘手，不过宁秋水也顾不得这么多了，他将铜镜用力甩了甩，然后来到了方山的面前。

对方的身体冰冷，像冰块儿一样，就躺在湿漉漉的地板上，宁秋水不知道方山到底遭遇了什么，但对方现在的状态很糟糕。

他掐了掐方山的人中，又给方山做了心肺复苏，折腾了好一会儿，方山才虚弱地睁开眼睛。他双目无神，盯着宁秋水好一会儿，开口道："你怎么在这里……王祁呢？"

宁秋水扬了扬手里的镜子："嗯。"

他神情凝重，明显感受到方山的生命正在逐渐流逝，对方已经撑不了多久了。

"你现在情况很糟糕，有什么办法可以救你吗？"

方山摇了摇头："不用救我。小镇本来就不应该有缝匠，我死后，这里就太平了……多谢你啊。"

宁秋水："现在交代后事是不是言之过早，你忘了小镇里还有我？如果我要像警长那样一天吃一颗心脏，那我会变得比他还强，毕竟小镇里已经没有多余的缝匠了，以前还有人可以威胁到警长，而现在……你就不怕我留在小镇里，继续警长的事业，开始养'羊'？"

方山笑了笑："但你不是要离开这里吗？"

宁秋水闻言，脸上的表情微妙："你想起来了？"

方山点了点头："王祁死后，赵二的记忆开始复苏了。"

宁秋水饶有兴趣地看着方山："所以你究竟是方山，还是赵二？"

方山道："我既是方山，也是赵二，还是很多人……"

宁秋水点了根烟，微弱的火星让黑暗的监牢看上去要多些人情味儿："你现在这模样，像个吃饱了饭没事干，无病呻吟的哲学大师。"

方山笑了笑："我要死了。"

宁秋水看了他一眼："你不能死，我得救你。"

方山问："你要怎么救？"

宁秋水脱掉自己的上衣，露出了布满疤痕的胸膛。

"显而易见。"他叼着烟，直接动手将方山的心脏塞进了自己的胸膛。

那颗跳动的心脏一进入宁秋水的胸口，宁秋水就失去了自己身体的控制权，不过他已经适应了这种感觉，静静等待这场战斗的落幕。

没过多久，陈老的心脏率先支撑不住，宁秋水又恢复了身体的掌控权。

这一次，他听到了一个熟悉的声音——来自赵二的声音。

"多谢。"

宁秋水道："我要怎么回去？"

赵二答："我的任务完成了，今夜我带你回外面的世界。"

宁秋水从赵二的口中得到了确切的消息，心里悬着的大石头总算落下，他一边朝着监牢的外面走去，一边道："我还以为，每次推门的那双惨白的手的主人应该是幕后 BOSS，没想到，你比我们还惨。"

顿了顿，宁秋水补充道："至少，我们还会保留自己的记忆，而你们连记忆都会被封印。"

赵二笑道："我们不一样的。虽然我也可以出现在外面的世界，但本质上，外面的世界并没有我。"

宁秋水眉毛一挑："你又要开始哲学了？"

赵二："这并非哲学，很快你就会明白我的意思。而且，虽然我在诡门世界会忘记之前的记忆，但当我离开诡门的时候，所有记忆会全部复苏，而且我还会多出一段记忆，你知道这意味着什么……"

跨过监狱大门的宁秋水脚步微顿，脸上的表情变了变。

他当然知道这意味着什么，这意味着，赵二又变强了很多。

知识是力量的一部分！这扇诡门完成，赵二便拥有了属于方山的记忆，也就意味着，他得到了缝匠的能力！

"可是这有什么用？"宁秋水扔掉了烟头，表示不解，"反正下一次进入诡门，你还是会忘记之前的一切。"

赵二意味深长道："可是在其他地方……我又不会忘记。"

他的声音在宁秋水脑海中消失，后者立刻想起在向春精神疗养院中，那些藏在病院中的阴影似乎都很畏惧赵二……

念及此处，一股寒气从他的脚底升起："你……能在外面的世界使用自己的能力？"

赵二答："当然。"

宁秋水的呼吸声变得急促了不少："外面像你这样的人多吗？"

赵二又答："很多。"

宁秋水闻言，自嘲地笑了起来："原来小丑竟然是我自己。"

同样是过门，赵二不但能够在诡门中获得知识和力量，甚至还能带到外面的世界使用，可他们这些诡客……几乎全无收获。

赵二道："你错了，事情和你想的差别很大……我这样的家伙再强，到了诡门外面也没法伤害你们这些人，我只能对付它们。"

宁秋水眯着眼："它们和你不一样吗？你不能伤害我们，为什么它们可以？"

赵二知道宁秋水所指的是向春精神疗养院里那些差点威胁他性命的"阴影"。

"它们和我不一样，在诡门外的世界，我是没有身份的，而它们曾有身份，只是某种原因，失去了自己的身份，所以暂时变成了阴影。具体原因很复杂，如果你有兴趣，等出去之后，可以来向春精神疗养院找我，我慢慢跟你解释……"

从警局出来，宁秋水拿出自己的手机，准备跟洪柚询问一下那头的情况，不过打开手机后，却发现有几个未接来电。宁秋水记得这个号码，是楚竹的电话。

他觉得意外，楚竹这家伙居然会给自己打电话？想了想，宁秋水还是拨了回去。手机铃声响了一会儿，那头被接通："喂，找我什么事情？"

电话里，传来了嗞嗞的电流声，似乎楚竹现在在一个电磁受到干扰的地方。

"喂？听得到我说话吗？"

宁秋水对着手机问了几句，那头却没有任何回应，见状，宁秋水就要挂断，可手指刚刚放在了挂断键上时，手机里却传来了声音："嗞嗞……来不及了……它……来找我了……"

这是楚竹的声音，像是失了魂，语气之中流露出绝望。

宁秋水蹙眉，他对着电话里问："谁来找你了？"

楚竹说："陈寿玺……"

宁秋水听到那三个字，心头咯噔一下，明白了什么。

他说着，电话里忽然传来了怪异的笑声。那声音很古怪，虽然是楚竹的声音，但宁秋水能明显感觉到，那不是楚竹自己发出来的。紧接着，手机里又响起了一阵让人牙酸的声音，好似坚硬的东西被巨力揉碎了……

电话里传来了风声，但风声只持续了很短的时间，便被一声巨大的响动代替。而这道巨大的响动声，并不来自手机，而是宁秋水对面的街道。

那里伫立着小镇最高的楼，街上摆着一个沙袋，周围的镇民发出了惊呼声，纷纷抬头看向楼顶，责骂着是哪个没有道德的浑蛋玩意儿高空坠物，但很快，他们便发现坠落在地面的沙袋竟然渗出了大量的红色液体……

没过多久，人群聚集过来，有人拿出电话报警，有人对着地面上的沙袋拍照。

宁秋水拨开人群，来到了最里面，看见了地上的那团沙袋，沉默不语。

沙袋旁的花坛中，落着一个摔裂的手机——正是楚竹的手机。

宁秋水最后看了几眼沙袋，转身离开，同时用自己的手机拨打给了洪柚。

很快电话便被接通了，那头的洪柚声音有气无力，还带着哭音，似乎才哭过。

"怎么回事？楚竹把陈寿玺怎么了？"

洪柚沉默了很长时间，缓缓地将不久前发生的事情讲给了宁秋水听。

宁秋水听完，心里忍不住感慨了一句，他还是输了。

如果他是诡客，那现在的下场只会和洪柚他们一样，在绝望中等待。

洪柚讲完了楚竹的事，她又开始哭，反反复复念着，说自己一定要回去，念了一会儿，又不断地央求宁秋水，让他带自己离开这扇诡门，说自己很有价值，只要能离开这里，她什么都愿意。

宁秋水思索了一下，在意识中和赵二沟通，问他是否可以带其他人离开。

赵二的回复很干脆："我的确有能力带两个人离开这扇诡门，但她跟你不一样，她走我的门离开……必须要付出代价。"

宁秋水心头一动："什么代价？"

赵二答："她本来应该是要淘汰在这扇诡门里的，就算回去，她也失去了自己在外面世界的身份。失去身份，就会成为阴影。"

宁秋水瞳孔一缩，原来，失去"身份"是这个意思……

那岂不是说，向春精神疗养院里的那些恐怖黑影，全都是本该淘汰在诡门世界最后却回去的人？他努力消化着赵二给他讲述的这些，许久后才回神。

面对洪柚的请求，宁秋水没有立刻答应，而是问："你是罗生门的人吗？"

提到罗生门，洪柚怔住了片刻，但也只是片刻，千般顾虑，都没有活着重要。

"我是。"她老老实实，没有撒谎。

"你的身份算高层吗？"宁秋水又问。

洪柚说："不算，中层偏下……有一些小权力。"

电话那头，宁秋水露出了一个灿烂的笑容："约个地点见面吧，我带你出门。"

二人约在了槐花巷子，洪柚双目无神，精神状态并不好，衣服穿得很厚，似乎怕被其他人瞧见，还特意戴了兜帽。

槐花巷子已经被废弃很长时间了，周围无人。

洪柚见到了宁秋水，眼神里才勉强浮现出一点光。

"喂，骗子，你真的能带我出去？"洪柚神色忐忑。

从她的语气里，宁秋水能听出对方其实并不是很相信他，毕竟他确实欺骗过对方。但她还是履约了，到了洪柚这样的境地，但凡不想死，就不会放过任何机会。

"能。"宁秋水点烟。

"真的？"得到宁秋水肯定的回答，洪柚的眸子顿时一亮，脸上浮现了惊喜。

宁秋水夹烟的手指挥了挥："真的。不过，你想要回去，得听我的话。"

洪柚不停点头，跟小鸡啄米似的："必须的！哥说啥就是啥！"

宁秋水简单跟洪柚讲了关于"阴影"和"身份"的事情，后者听完，惊得嘴都合不拢。

"还能……这样？"

宁秋水问："你为罗生门工作，难道不知道？"

洪柚摇头："我发誓，我完全不知道，从来没有听过。而且罗生门在外面的世界有很多不同的部门，或许有些部门涉猎过关于'阴影'的事。不过，我们的部门只负责调查关于人的信息，所以对于这类事情了解得不多。"

宁秋水打量了洪柚一眼，对方看上去不像是在说谎。

"总之……出门之后，不要到处乱跑，除非你想死。详细情况，到时候在病院中会跟你详谈。"

　　洪柚："没问题！咱们什么时候离开？"

　　宁秋水："今夜。"

　　月黑风高，深寂幽冷。

　　凌晨的时候，宁秋水和洪柚在赵二的指引下，来到了方山的宅院，在两棵棺材槐之间静待。洪柚此时已经站立不稳了，她站在宁秋水的身边，目光中透露出焦急。自己的生命已经进入了倒计时，虽然宁秋水告诉过她，门会在她彻底腐烂之前打开，可洪柚依旧害怕，宁秋水瞟了身旁的洪柚一眼，觉得手里的烟都已经不起作用了。

　　不过，由于角度的问题，宁秋水看见了洪柚脖子上的一根红绳吊坠。

　　他好奇地问道："你的诡器是吊坠？"

　　洪柚侧了那张恐怖的脸，先是"啊"了一声，随后立刻反应过来，低头看着胸口的吊坠。她伸手想要去拿吊坠，但看了看自己的手，又放弃了。

　　"不是，这吊坠是……"洪柚声音骤停，似乎不知道怎么说，过了好一会儿才补充道，"是我男朋友留给我的订婚信物。"

　　宁秋水有些讶异："你要结婚了？"

　　洪柚沉默，宁秋水见她出神的模样，像是陷在了回忆之中，便没有再问。

　　每人都有自己的秘密，和自己无关的，宁秋水向来不会寻根问底。

　　二人等待了一会儿，随着头顶的明月来到两棵槐树的正中间，棺材开始轻轻颤抖起来。

　　哐啷啷……里面出现了锁链声，不断摇晃，然后又变成了摩擦声，由内及外，最终来到了棺材盖上。

　　没有任何人去触碰这个棺材盖，但棺材盖却自己打开了。

　　里面漆黑一片，什么都看不见，似是直通地狱。

　　宁秋水让洪柚进去，然后自己也一个翻身，跳入了棺材中……

　　二人进入棺材后，宁秋水身上的铜镜却遗留在了外面。

　　院子里忽然传来脚步声，很轻，由远及近。

　　朦胧月色下，那身影纤柔好似幽魂，来人穿着白色长裙，直到终于来到了近前，面容才得以显现。这是一张和白潇潇一模一样的脸，只不过甚是清冷，而且，她的一只手没有皮肉，只有骨头。

　　"白潇潇"低头看了一眼铜镜，里面渐渐传来了无数凄厉的叫声，越来越大，而后铜镜的表面竟然伸出了许多苍白的手，不断朝外面挣扎着，似乎想要出来！

她弯腰捡起这面铜镜，那些苍白的手像是耗子见到了猫，立刻缩了回去，随之消失不见。

铜镜中，出现了一个戴着铜钱面纱的男人。

二人对视片刻，"白潇潇"皱眉道："我早说了，你不该救她。她不死，'命'只好长出新的枝丫……本来这次该是她来这里，可进来的却是你，看见了吗？她已经开始影响你了，甚至'命'都无法准确预见'他们'的未来！"

顿了顿，"白潇潇"的语气又凝重了很多。

"你是不是忘记了邙？一个人，只能承受一个人的'命'。影响越多，不可预见的事也就越多！到那个时候很可能会发生蝴蝶效应，所有人的'命'，都将变得一片混乱，而你将会为这一切买单！"

铜镜内，戴着铜钱面具的男人并没有回应"白潇潇"，他当着白潇潇的面抛起一枚铜钱。

"叮！"铜钱发出清脆的响声，在空中飞舞。

落下时，铜镜内的人和铜钱一起消失了。

"白潇潇"站在原地看着空空如也的铜镜沉默了很久，最终叹息了一声……

黄昏小镇，警局。

偌大的会议室内，一名年纪大约五六十岁的男人站在台上，慷慨激昂地读完了自己成为新警长的宣言后，在众人激烈的掌声中坐回了自己的座位上。

会议散去，众人纷纷离场，只剩下了新竞选的警长坐在会议室内抽烟。

这个过程很长，他抽完了手里的烟，便将烟头随手扔到地上，从身上拿出了一块玛瑙吊坠。这玛瑙很是古怪，通体血红，中间还有一个袖珍版本的稻草娃娃，只不过，那个稻草娃娃已经裂开了。

"还好有这东西挡了一劫……"男人伸出手抚摸着玉佩，眸中杀机浓烈。

"那面铜镜……真是可怕的东西，里面居然藏着一个'小地狱'。无论是谁，能够使用这种东西，在这个世界的身份绝对不简单，得想办法告诉外面的人，干掉那家伙……"

向春精神疗养院，614 号房间。

三人出现在了房间内，确切一点说——是两个人以及一个模糊的黑影。

它只能站在阳光少的地方，一旦靠近太炽烈的阳光，它就会融化。

宁秋水呼吸了一口向春精神疗养院里熟悉的气味，觉得舒坦多了，至少他回到了属于自己的世界。

"喂，洪柚，能说话吗？"宁秋水对着房间角落里的"阴影"询问了一句。

房间里传来了一些低语，宁秋水听不清楚。

穿着精神病服的赵二喝了一口白水，解释道："她说话你听不到，我跟她聊吧。"

赵二详细和洪柚交流了一阵，至于说的什么，宁秋水没听清。

他来到了窗边看着窗外的月色，手指轻敲着窗沿。

没过一会儿，赵二看了一眼宁秋水，叫道："宁秋水，她有求于你。"

宁秋水偏头，好奇道："有求于我什么？"

赵二解释道："她问我，怎样才能恢复在这个世界的身份，我告诉她，她的身份已经被销毁了，想要重现阳光之下，唯一的办法就是'伪造'。"

宁秋水皱眉，想起了那些将自己堵在电梯内的阴影。

"伪造？你的意思是……去抢别人的身份？"

赵二摇头："万物皆有命数，夺取别人的身份非常危险，饮鸩止渴，会在未来遭遇不祥。想要长久，只能伪造。"

宁秋水若有所思，他盯着赵二，眨了眨眼："你的身份……不会就是伪造的吧？"

赵二一口气灌下杯中的白水："对，我的身份就是伪造的。"

宁秋水摸了摸鼻子："所以……你以前也淘汰在了诡门世界？"

"嗯。"

"好吧，告诉我，怎么伪造身份？"

"你知道秽土吗？"

听到"秽土"两个字，宁秋水猛地抬起了头，眼神变得锋利许多："诡舍所在的迷雾世界？"

赵二露出了一个笑容，似乎并不介意宁秋水身上的那种锐气："对。秽土中有一些'旧址'，通过特殊的道具复苏，可以获得一片安全区域。根据旧址中的守卫不同，区域大小也不一样，但每个旧址里，都至少有三个名额可以为阴影提供身份。有了这个旧址提供的身份，阴影就可以在诡门外面的世界生活了。虽然其中有诸多禁忌，但至少比只能生活在黑暗中强，不是吗？"

宁秋水努力消化着赵二告诉他的这些，心里说不震撼那是假的。

关于"秽土"这两个字，还是殿堂中的黑衣夫人告诉他的。

"这么说，黑衣夫人所在的那个殿堂就是所谓的旧址？"宁秋水用几乎不可闻的声音喃喃。

很快，他又听赵二说："不是每个诡舍都有能力开辟旧址。有些诡舍一直处于迷雾中，内部没有出现善于冒险的强者，也没有合适的道具。如果你的诡舍没有开辟出旧址，我倒是可以给你介绍一个诡舍，但……他们可能会收取不菲的费用。"

赵二在"费用"两个字上加重了语气。

宁秋水知道，那绝对不仅仅是指钱："不用了，我有办法。"

赵二点头："那最好，你到底是我的救命恩人，我也不大希望你被坑。"

宁秋水看了一眼角落里的洪柚，说道："这段时间你就先待在这个地方，等我拿到了身份，我会回来找赵二。"

洪柚点了点头。

告别了赵二，宁秋水坐车回到了诡舍中。

今夜外面居然没有人来接他，难道大家都相信他能顺利出来？心里带着一种莫名的怪异，宁秋水推门而入，可门内的景象却让他直接愣在了原地。

六个人戴着白色的帽子，不停往火盆里烧东西，在正中央的那个电视柜上，还摆放着宁秋水的照片。刘承峰手上拿着铃铛，脸上涂得花花绿绿，姿势古怪。白潇潇和田勋的眼眶有些微红，孟军与君鹭远则是沉默，而余江和云裳一脸漠然，他们对宁秋水的印象都不深，更多是凑个热闹。

不过，在看到宁秋水突然进门的时候，所有人的脸上都露出了震惊之色。

"不是……你们什么情况？干吗呢？"

众人面面相觑，就这么直勾勾地盯着宁秋水，片刻后，余江发出了一声惊呼："刘承峰，你小子果然深藏不露！我还以为你是骗子，没想到你真会啊！"

刘承峰咽了咽口水，盯着宁秋水，心里直犯嘀咕："当年师父不是说这是江湖骗术吗？怎么真给找回来了？"

田勋看见宁秋水，偷偷抹了抹眼睛，声音带着些轻微的哽咽："秋水哥，你回来啦……"

宁秋水感觉到了别墅内气氛古怪，指着自己的照片道："谁出来解释一下，这几个意思……我还活着呢！"

白潇潇别过脸去，努力眨眼，似乎是怕泪水滑落，而旁边的孟军则盯着宁秋水，深吸一口气，语气深沉："秋水，有什么心愿你就说……我们一定会努力帮你完成的！"

宁秋水面色古怪，目光落在了电视柜上的日历，这才明白过来。

由于没有通过诡舍的大巴车回来，他晚了两天。

正常情况下，进入诡门的诡客只要活着出来，一定会在当晚凌晨前到达诡舍，不过宁秋水却在三日后才回到自己的世界，所以诡舍里的同伴们都以为——他被淘汰了。

望着众人的表情，宁秋水实在有些无语，他来到诡舍的楼梯口，指着上面的拼图说："没看见我的拼图碎片都还在吗？"

几人顺着宁秋水的目光看去，脸上的震惊之色非但没有消退，反而更加浓郁。

刘承峰喃喃道："小哥，我跟你讲个事，你不要吓着……前两天，这上面和你有关的拼图碎片都消失了！"

宁秋水一怔，他再次回头，认真查看上面的拼图碎片。

属于自己的那两个碎片还在，但前两天它们消失了？什么情况？

难道……是因为自己通过非正常途径进入的诡门？

闹过乌龙之后，众人快速收拾了现场，按照大胡子的指示，宁秋水亲手烧掉了自己的那张照片。

"秋水哥，你真是吓死我们了！"田勋抹了把汗。

他是在座的人里除了宁秋水唯一一个进过第八扇门的人。

也正因为这样，他知道第八扇门的难度有多高，任何人折在里面都不奇怪。

"行了，已经很晚了，大家去休息吧，诡门里的事情我回头慢慢跟你们唠……潇潇你跟我来。"

众人闻言也不再纠缠，看见宁秋水平安回来，除了震撼之外，他们心里还有许多疑问想要向宁秋水求证，从他人经历的高难度诡门中能够总结许多对自己有用的经验，对未来的生存有极大帮助，但今夜的确不是一个合适的时间，至少应该先让宁秋水好好休息一下，最终，他们只能压下内心的疑惑，各自散去，而白潇潇则跟随宁秋水来到了他的房间。

一进房间，白潇潇便问："秋水，你在门后遇见了什么，为什么你的拼图碎片会忽然消失？"

宁秋水摇了摇头："具体情况我也不确定，大约是因为我是通过非正常手段进入的诡门。"

他将诡门里发生的事粗略跟白潇潇讲了一遍。

"赵二没有死，他已经回到向春精神疗养院了。可惜的是，那面铜镜我没有带出来，看来那东西并不算诡器。"

白潇潇若有所思："嗯……不管怎么说，能出来就好。不过那个叫洪柚的女孩，我好像在哪儿听到过……"

白潇潇认真回忆了一下，忽然抬头说："秋水我想起来了，洪柚是罗生门的人，好像以前田勋在第七扇门里还遇见过她和她的男朋友。"

"这么巧，后来呢？"

"她男朋友在那扇门里被淘汰了……为了救她。"

闻言，宁秋水明白了为何之前他问起洪柚那个定情信物的事，她是那样的表情。

"这女孩是罗生门里负责调查收集信息的部门吗？"

白潇潇："嗯。她属于'耳'，职位算不上大，也算不上小，手里有权力在。"

宁秋水不理解："她是主动加入罗生门的吗？"

"这个我就不清楚了，这你得问她。"

"好……我知道了，你也去休息吧，其他的事情明天再说。"

白潇潇"嗯"了一声，然而她刚起身，宁秋水便叫住了她："你背上怎么有血？"

白潇潇"啊"了一声，扭过头看了一眼自己的后背。

那里的确有一些血渍，浸湿了短袖。

宁秋水上前，撩起她后背的衣服，看见白潇潇光洁的后背上，竟有一道条形的未完全凝固的血痂。这血痂不算很长，但根据出血量来判断应该很深，是利器捅进去的伤口，而且这个位置……已经很靠近心脏了。

"你遇见袭击了？"

白潇潇点头，没有刻意隐藏这些事："嗯。还好军哥当时也在旁边，他反应够快，没让对方得逞，袭击我的人已经被抓起来了，不过……"

言及此处，白潇潇的表情多少带着些微妙和狐疑，这让宁秋水也不免有些好奇了："不过什么？"

"不过，袭击我的人是一个从向春精神疗养院逃出来的精神病。"

"精神病？"

"嗯，警方已经确认身份了，事后军哥还专门去查过那家伙，确实是个精神病，名叫金乘，在疗养院待了十七年了，前几天好像是趁着看守换班时逃了出来……"

宁秋水思索片刻道："这个叫金乘的精神病人身上肯定有猫腻，明天我去见见他，说不定能挖出些什么。"

白潇潇露出了苦笑："我也觉得奇怪，但没办法……已经查到底了，什么都查不出来。"

宁秋水从房间里拿出了一些常见的医疗物品给她简单处理了一下裂开的伤口，他总会在自己常去的地方放些处理伤口的药品和纱布。虽然他几乎用不到。

"你先去休息吧，晚上趴着睡，伤口过一晚会好些，明天我去查一下，这几天你尽量不要出门。"

白潇潇听话地点了点头："好……关于罗生门的事，回头再跟你讲。"

说完，她把自己的衣服撩了下来，走出房门时又回头对宁秋水笑了笑："谢谢啦。"

宁秋水点头，而后白潇潇便回到了自己的房间。

待她走后，正要睡觉的宁秋水，目光却被天上流动的黑色长河吸引了。

他来到窗边盯着天上看，忽地惊觉——迷雾散了。

虽然他们头顶上的浓雾相对于周围会薄弱些，但正常情况下也没办法看清天上那条流动的暗河，这时候看清了，便说明迷雾散了。宁秋水出来之后精神比较饱满，这时恰好机会来了，他决定索性趁这个机会去殿堂看看。

他穿上外套，一路匆匆来到了诡舍门口，今夜大家都睡了，田勋也没有熬夜，诡舍大厅只剩下了还燃烧着余烬的火盆。

宁秋水开门后，诡舍外的迷雾果然退散，那些迷雾中藏着的诡物也随着迷雾一同远去。他拿出了铜钱，借着铜钱眼认真观察了一下，确认没有问题，便按照记忆中的路线，一路朝殿堂的方向跑去。

要是有辆车就好了……

宁秋水心里想着，要不要回头带一辆电瓶车或是自行车上诡舍大巴车试试。

他跑了一会儿，终于来到了熟悉的殿堂外，通过铜钱眼，宁秋水发现这里的绿色区域比以前大了许多，甚至连周围一些原本的红色区域也变绿了。

地上的碎石正在一点点变成路，殿堂的周围也出现了一些简陋却完整的小房屋。这个旧址，正在被某种神秘的力量修复着。

往里走了一段路，殿堂的路上出现了几名皮肤苍白的，全身上下皆笼罩在灰袍中的苦行者。灰袍的背后，刻着一个类似十字架的标识。

这些苦行者看见宁秋水，还会微微躬身点头，对宁秋水打招呼。

不过宁秋水听不到他们的声音，只能听到耳畔类似阴影的诡异低语。

他继续深入，推开了内殿的门，一进入，便感觉到这里弥漫着庄严肃穆之感。黑衣夫人那瘦长的身影就站在内殿的角落。

只不过，在殿堂内部对着中央黑衣夫人雕像朝圣的几名苦行者好像看不见她。

宁秋水来到了黑衣夫人旁边，想要表明自己的来意，但他刚开口，夫人就对着他竖起了那根苍白瘦削的食指，放在自己鲜红诡异的唇瓣处。宁秋水会意闭嘴，他和黑衣夫人站在一起，看着那些苦行者们朝拜着殿中央的神像。

大约过了十分钟，这些苦行者们离开了，他们一走，殿门忽然被神秘的力量引导，缓缓关上。这时，夫人才缓缓转过身子，用那双瘆人的眼瞳盯着宁秋水，手掌轻轻一引，示意宁秋水可以开口了。

"夫人，我有一个朋友……"他简短讲明来意，"总之……她需要一个身份。"

黑衣夫人听完，手中忽地出现了一件灰袍，她递给宁秋水，脸上还挂着诡异但友好的微笑。后者接过灰袍，若有所思："把这个给她穿上就可以了？"

黑衣夫人微微点头，拿到灰袍的宁秋水谢过了黑衣夫人，没有在殿堂继续停留。这一片旧址是没有诡舍大巴车停靠的，如果他不能赶在迷雾重新弥漫之前回到诡舍，那就只能在殿堂等下一次迷雾消失了，可能是几个钟头之后，也可能是几天之后。

宁秋水不想浪费时间，他回到了诡舍，休息了一夜。

翌日一早，宁秋水独自乘坐大巴车回到了石榴市，然后又乘车前往了向春精神疗养院。在此之前，他还提前给洗衣机打了声招呼。

这家精神病院表面是用来照料精神病人，实际上远不止如此。

至少，宁秋水不相信提供情报的人一点也不知道藏在精神病院里的那些"阴影"。

不过这也让宁秋水感到了一丝安心。虽然他们生活的世界里会出现一些奇怪的现象，但并非无人察觉，一直有人在关注着这些。

一回生，二回熟，看他再次来到这个地方，管理员齐润芝像是见到了瘟神。

"又要去见赵二？"她的脸色不是很好看，她不喜欢那幢楼，也不喜欢赵二。

"嗯，真是麻烦您了。"宁秋水和她握了握手，脸上带着礼貌的微笑。

齐润芝也不好说什么，眼前这个男人的身份有点特殊，上面给了她命令，该放行的时候就放行，只要不涉及特别的机密，都不用对他避讳。

领着宁秋水再一次来到了那幢楼，她把钥匙给了宁秋水，交代道："还是老样子，用完钥匙，回头离开前记得归还给我，另外，在里面发生任何意外我概不负责。"

宁秋水点头："放心。"

齐润芝可一点也不放心，他上一次进来的时候，在电梯里遭遇了可怕的事，还专门打电话向她求救。与其说是求救，倒不如说是威胁。

齐润芝知道自己在组织里的地位并不算高，也没什么背景，正因为这样她才被派来看守这个地方。底细够清白，大家都放心。

和管理员道别，宁秋水走进电梯，顺便给赵二发了条消息。

没过多久电梯门打开，赵二出现在了六楼的电梯门门口。

他带着宁秋水回到了自己的房间，给宁秋水倒了一杯白水："这么快就拿到了？"

宁秋水点头："对，洪柚那家伙呢？"

赵二回道："你在我房间里坐一会儿，我出去找找。"

宁秋水指了指走廊："外面有监控，你确定你跑远之后不会引发骚乱？"

赵二随手拿起旁边的一个苹果抛了抛。

"精神病院里有很多阴影，还有一些你们不太能够理解的未知的东西，我在病院里有一些朋友可以帮忙，只是找个人的话，花不了多少时间……"

说着，他啃了一口苹果，出门去了。

没过几分钟，他果真带着一道阴影回到了他的房间；"喏，就是她。"

宁秋水盯着房间角落里一团模糊不清的黑影，语气狐疑："你确定？我不是怀疑你的专业性……但我的意思是，它们长得完全就是一个样子，你是怎么分辨出来的？会不会有其他的阴影冒充洪柚？"

赵二嚼着苹果认真道："我能看见你们看不见的东西。举个简单的例子——普通人的认知里只有七种颜色，在你们的感官中，其他深浅不一的颜色都是根据这七种颜色渐变出来的，但事实上，这个世界有很多你们看不到的颜色。"

说着，他对着角落里的那个阴影点了点下巴。

"就比如说她。你觉得她是一团模糊的黑影，但实际上，在我眼里她的长相和诡门内没有任何偏差。"

听到赵二的解释，宁秋水明白了，他喃喃道："真有意思……"

赵二意味深长道："有意思的事情还很多，这个世界比你想的要复杂……我不是指诡门里面，而是你我此刻所处的这个世界。在你眼中，诡门世界是虚幻的，可这个世界又有多少秘密是我们不知道的呢？好了，你把身份信物给她吧。当她获得身份之后，就会恢复原来的模样。"

宁秋水点头，他把黑衣夫人给他的灰袍递给了角落里的黑影。

后者接过灰袍，缓缓穿上，而后洪柚的身体从模糊渐渐变得清晰，熟悉的那张脸出现在了宁秋水的眼前。和之前一样漂亮，但皮肤要较之之前更加苍白，苍白得没有一丝血色。

若是放在夜晚，再配上一盏从下方打出来的底光灯，便是一只活脱脱的诡物。

洪柚低头打量着身上的灰袍，先是惊喜，然后便发现身上的灰袍变得透明，最终消失不见。她惊叫一声，急忙捂住了自己的胸和下身，十分难堪地蹲在了房间的角落。

赵二对此已经见怪不怪，他从自己的小衣柜里拿出一套干净的衣服扔给了洪柚："自己换上吧。"

说着，他和宁秋水很礼貌地离开了房间几分钟。

"所以，这就好了？"门外，宁秋水给自己点了根烟，这是在诡门里学到的陋习。

"没那么简单，你以为重新获得身份不需要付出代价吗？"赵二脸上的笑容有些瘆人。

"说好听点，她现在和正常人没什么区别了，算是捡回了第二条命。若是说得不好听……从这一刻开始，洪柚就是那名旧址主人的奴仆。"

"赐予她身份的那位？"宁秋水目光一闪，"所以，是用自由交换生命？"

赵二点头："差不多是这个意思。"

走廊里陷入了沉默，宁秋水抽了两口烟，又道："对了赵二，我想了解一个人……"

赵二偏头："什么人？"

"金乘，也是向春精神疗养院的病人，你知道吗？"

"嗯……知道，他怎么了？"

宁秋水解释道："他前两天逃出了精神病院，去袭击了我的一名同伴。"

赵二听到这里，似笑非笑道："这件事，我今早在新闻上看到了，你能随便进入这个地方来见我，应该和石榴市的幕后神秘组织有些关系，他们审讯过金乘，你找他们也许会了解得更加详细……"

宁秋水摇头："不。警方什么都问不出来，我也不相信一个精神病人恰好能准确抓住那么紧张的一个换班缝隙逃出向春精神疗养院，然后又准确地在那么远的地方找到我的朋友并扎了她一刀。"

赵二沉默了片刻："金乘的确是一名精神病人，不过即便是精神病人也不可能做到这些，我能想到的唯一的可能是……他被人精神操控了。"

宁秋水闻言一怔："被什么东西操控？"

赵二脸上掠过了一抹怪异的冷笑，让人身上起了鸡皮疙瘩："你觉得还能是什么东西呢……"

"是阴影？"

赵二摇头："阴影没有这种能力，除非他对这个世界的人类出手争夺身体，当阴影成功后，他们会重新拥有身份，变成一个看似正常的人。

"向春精神疗养院里有很多秘密，你了解到的不过十之一二，甚至就连我也有很多事情不知道，所以这里一直都有人看守，而且很严格，一名普通的精神病人不可能在守卫的眼皮子底下离开这里。"

宁秋水摸着下巴："不是阴影，难道是诡物？我记得，诡物好像只能活动在一些特殊的区域里。"

赵二开口道："不全是，少部分诡物可以短暂地离开诡门，但只要它们依附于活人，就能长时间在外界行动，你可以让洪柚去帮你查一下，她跟我不一样，我有必须留在这座精神病院里的理由，但她能随时离开，现在她受到了你那边旧址主人的束缚，想要活命，必须对你忠心。而且普通人看不见的东西，她能看见，你要找诡物的话，她应该能帮不少忙。"

宁秋水点了点头，房间里传来了洪柚的声音，二人推门而入，前者穿着不大合身的条纹病服站在角落里，神情多少带些不自在。

"我现在就带她出去吗？"宁秋水打量着洪柚道。

"暂时不用，她有其他方法可以离开这里。

"如果你以后需要她帮忙，最好直接去你们诡舍的旧址找她，那位赐予她身份的旧址主人，可以通过召唤的方式，将她直接带入旧址。"

宁秋水扬了扬自己的眉毛，这倒是个不错的能力。

只要黑衣夫人一发话，他就直接能从秽土的殿堂里见到洪柚。

"倒还挺方便的……洪柚，去帮我找只诡物吧。"

洪柚突然被宁秋水点到，"啊"了一声，脸上还有点蒙："找诡物，什么诡物？"

宁秋水道："前几天利用金乘刺杀白潇潇的那只。"

听到"白潇潇"这个名字，洪柚的表情变了变："白潇潇是你朋友？"

宁秋水笑了笑："让你去就去，别问那么多。最好就这两天，越快越好，有什么需要特别帮助的，随时打电话找我。还有什么问题吗？"

洪柚摇摇头，在宁秋水为她寻找身份的时间里，赵二已经跟她讲过关于伪造身份的详细规矩，现在她的身份是借来的，如果宁秋水不愿意，那只要找到赐予她身份的那位旧址主人，让对方收回身份，她就会再次变为阴影，除非她自己想死，不然就永远不能背叛宁秋水。

"那就这样吧，我等你消息。"

宁秋水正要离开，又听身后的洪柚问道："那我在罗生门的身份怎么办？"

"午汶在陈寿玺的帮助下回到了这个世界，罗生门的'头羊'一定会找她问话，在午汶那里，她肯定会说除了自己，其他人都已经淘汰了。"

"那我的出现又算什么？上面一旦察觉到不对劲，就会立刻盯上我。"

宁秋水双手插兜："找个信得过的下属代替你的位置，然后把她的信息发给我，我会让这个人在合适的时间以一种合适的理由永远消失。此后你就是她，你继续为罗生门做事。"

洪柚的脸色很难看："意思就是从今天开始，我会永远成为一个活在阴影里的傀儡，是吗？"

宁秋水道："你要是不想，我可以找其他人。"

说完，他晃了晃手里的钥匙，微微一笑，直接离开了。

洪柚站在赵二的房间里，目送宁秋水的背影走入电梯，双拳先是攥紧，然后又缓缓松开。

"有办法可以脱离他的控制吗？我在罗生门里有些权力……你帮我，我也能帮你。"

良久，洪柚转头看向了赵二，眼神里带着一种求救。

赵二脸上依旧挂着怪异的笑容："想脱离他的控制啊……放弃身份，成为阴影。"

洪柚闻言，没有再说话。

赵二走到窗边，捧着水杯："能给别人当狗，至少说明你还有价值，你成为过阴影，知道在这所病院里到底住着多少想要替代你的人。这个世界就是这样，弱者在强者面前，没有为自己争取权益的资格。"

洪柚抬头，认真盯着赵二，回应道："所以你才会不断地进入诡门，与死亡周旋，就是为了有一天能够摆脱控制？"

玻璃窗户上，赵二的笑容愈发明显，甚至带着些邪性："不。我之前告诉过宁秋水，我跟它们不一样，现在我告诉你，我和你也不一样。我从未失去过自由，这条路是我自己选的。"

宁秋水离开精神病院后不久，便接到了白潇潇的电话，对方要他去一趟迷迭香庄园，给他做饭吃，孟军也会来。宁秋水一听"孟军"这两个字，就知道白潇潇是想跟他们讲关于罗生门的事，他没有犹豫，直接打车前往了迷迭香。

门口的保安见到宁秋水，立刻挂上一副笑容。宁秋水已经不是第一次来这里了，跟里面的人扯上关系，本身便不简单，他能来到迷迭香当保安，这点眼力见儿还是有的。

一次两次拦住对方，那是尽职尽责。三番五次地拦住，那叫"不长眼"。

"宁先生，请稍等，我这边给您登记一下，然后您就可以进去了。"

保安十分热情地将宁秋水引进了办公室里，简单登记后，又亲自带着宁秋水进入了迷迭香庄园内部。

"有什么吩咐，随时给我们打电话。"

宁秋水和保安道了声谢，然后来到了白潇潇的私人小别墅，这里除了花草香，还能隐约闻到炖排骨的香气。他推门而入，发现孟军还没有来，只有白潇潇一个人在厨房里忙碌着，红紫色的老奶奶围裙被她穿得有点歪，看上去略显滑稽。

听到了身后的脚步声，白潇潇头也不回道："你来啦，先坐吧，中午等军哥到了，咱们边吃边说。"

宁秋水撩起自己的袖子，走进厨房里："有什么需要帮忙的吗？"

"嗯……你要闲的话，帮我洗洗菜。"

"行。"

有了帮手，这饭做着就轻松了不少，到了中午十二点，孟军几乎是踩着时间准时进入了别墅。进来后，三人上了餐桌，白潇潇给他们二人各盛了一碗排骨汤。

"先喝汤，再吃饭。"

宁秋水刚端起排骨汤喝了一口，便听白潇潇讲道："罗生门里出了一个叛徒，正在进行排查清洗活动。"闻言，宁秋水挑了挑自己的眉毛。

"叛徒……真是有够稀奇的，罗生门这种地方还能出叛徒？"

虽然他对罗生门不是很了解，但这个组织从上到下都充斥着狠毒，光从他们夺信这件事情上来看，就知道组织里没一个善茬儿。在这种组织里，人人自危，居然还会出叛徒？

白潇潇叹道："还不是一般的叛徒，是首领级的。

"前段时间，罗生门中高层内部出现舆论，闹得沸沸扬扬，说楚竹拿到了一个对陈寿玺特别不利的监控证据，可以证明就是陈寿玺坏了罗生门筹备了数年的大事……

"这事在罗生门里闹得很大，而且舆论发酵的速度非常快，背后显然有人在推波助澜，但也正是因为舆论发酵的速度太快，导致'头羊'反而对这件事情的态度存疑，他保留了自己的意见，想要等风平浪静些再做决断。

"正好最大嫌疑人陈寿玺的第八扇门到了，只是不知道他跟楚竹说了什么，或是楚竹这家伙拿到了什么，他一改往日的警惕，居然主动出击要进入第八扇门和陈寿玺对决。于是二人一同进门，各自带上了自己认为忠心的下属。

"不过最后的情况你们也知道，龙虎相争，谁也没活下来，只有一个叫午汶的边缘人从诡门里出来了……"

白潇潇说着，顺手夹了一块排骨放在宁秋水的碗里。

她的目光一直停留在宁秋水的身上，毕竟宁秋水也出现在这扇诡门里，他对于门内的详细状况，了解得要远比其他人更多。

宁秋水一边吃着排骨，一边有些含糊不清地说道："'龙虎相争'大约是我今年听过的最讽刺的词语了。真实的情况是，这扇诡门里所有人都被陈寿玺算计了。压根儿就没有什么激烈冲突，无论是楚竹那边的人，还是陈寿玺带进去的那些人，从头到尾都被陈寿玺玩弄得团团转，他们到底只是陈寿玺手中随意玩弄的棋子。"

孟军不理解，蹙眉道："真的假的……倘若陈寿玺像你说得这么厉害，为什么最后出来的会是午汶？"

宁秋水眼底深处闪过了一道光，其实，当他得知陈寿玺最后被楚竹淘汰时，内心也非常震撼，因为在宁秋水看来，二人压根儿就不是一个层级上的对手。

"也许，陈寿玺就没想过出来。"宁秋水将啃净的排骨扔进了垃圾桶。

"当然，我跟他没有正面接触过，很多事情只能凭借着自己的推测来还原。午汶能够出来，多半是陈寿玺授意的。

"在第八扇诡门中，他们需要找到一个壶，并且把自己的心脏放进壶里才能完成任务，而陈寿玺却靠着自己拿进诡门里的三封信以及过人的思虑，在任务还没有真正开始的时候，就已经找到了壶，并且妥善保存了起来。

"如果我不是作为 NPC 出现，我也没有办法洞悉这一切。有意思的是，陈寿玺并没有在找到壶后立刻把自己的心脏放进去，而是一直在诡门的世界里陪所有人演戏。"

宁秋水说着，眼神不定："最初的时候，我以为他在等什么，直到最后他被楚竹淘汰时，我才幡然醒悟。那根本不是重点，重点是，他策划了一切……也包括自己的淘汰。"

白潇潇双手捂着自己的汤碗，喃喃自语道："策划让自己淘汰？他为什么要这么做？"

孟军沉默着，也在思考陈寿玺到底在想什么，一个靠实力活到第八扇门的人，一个明明一开始就可以顺利离开这扇诡门的人，最后却选择永远留在了诡门内。

宁秋水的眼神和白潇潇对上，须臾之后，后者的身子一震："陈寿玺就是罗生门要找的那个叛徒！"

宁秋水缓缓点头："目前看来，这是最大的可能。楚竹应该是真的拿到了关于陈寿玺叛变的罪证，但他选了用舆论发酵的方式造势，站在事情的初始阶段来看，楚竹是想要为自己上位做铺垫，他把声势闹大，让聚光灯打在自己身上，好让所有人都知道他楚竹才是那个抓住叛徒的功臣。但是从事情的结论来看，楚竹使用舆论造势的手段实在是一步烂到极致的死棋。

"正是这个手段，给了陈寿玺反击的时间，让他把所有与证据有关的人和事全都毁灭在了诡门背后……这样，和他有关的一切猜疑都将成为永恒的谜题，不会有任何人受到牵连。"

二人听着宁秋水缓缓讲述出的这些推测，后背隐隐地渗着凉气。

如果宁秋水的推测成真，那陈寿玺这手绝地反击，绝对可以称作"教科书级别"的顶级实践！这种人……真的太可怕了。

"不管怎么说，陈寿玺淘汰了，我们也算跟着受益。"孟军伸出筷子，在排骨里面找藕。

"敌人的敌人是朋友，罗生门的叛徒们活着，肯定会再做一些对罗生门不利的事。"

"这是好事。"宁秋水的眼皮忽地一抬，看向了白潇潇，"对了潇潇，你之前说叛徒坏了罗生门筹备了数年的大事……那件大事是什么？"

白潇潇回过神，神情变得严肃又凝重："嗯，差点忘了，找你们来主要是为了说这事……不过以我的身份，目前只能了解到一点皮毛。那是罗生门最高层一直在筹备的事，已经持续了很多年，具体细节不明，不过我知道他们把那件事命名为……

"精卫计划。"

听到这四个字，宁秋水脑海中第一时间想到的，就是小时候听过的神话传说《精卫填海》。

"精卫计划……这些家伙在搞什么啊？"孟军忍不住吐槽了一句。

白潇潇喝了口汤，继续道："以我目前在罗生门中的身份，只能了解到这些。想要了解具体的细节，还得往上走。"

宁秋水心头一动："有门路？"

白潇潇微微一笑："目前我手里的部门是属于陈寿玺麾下管理的支线层，他叛不叛变对我的影响并不大，毕竟我也没有资格参与他的计划，但现在陈寿玺的位置空缺了出来，需要有一个人填补上去。

"虽然现在没有任何证据能证明陈寿玺就是罗生门的叛徒，但毕竟之前的舆论发酵了那么长时间，高层多多少少会对他抱有一些偏见，因此，和陈寿玺有关的那些下属想要代替陈寿玺的位置并不现实，上面一直在防着。

"而直接从其他部门转人过来，新人对工作交接又不是很熟悉，搞不好还会泄露一些不该泄露的秘密，因此，代替陈寿玺的人大概率是从我们这一阶层的小首领里面选。"

孟军若有所思，他没有参与过类似的活动，但听过一些。

"你的意思是，你要耍些手段赢下这次的竞选？"

白潇潇点头，说："必要的时候当然要耍些手段，但我觉得应该也用不着，现在事情闹得沸沸扬扬，大家都避之不及，生怕惹祸上身，我不需要做太多的事情，做多了反而容易引起猜忌，恰到好处就够了。"

孟军点头："听上去是个不错的机会。"

宁秋水也附和道："我不反对，不过罗生门没有回头路，你最好再三考虑清楚。"

白潇潇道："我已经想了很久，这样的机会如果不抓住，未来可能不会再出现第二次。"

宁秋水点了点头："好。"

"有什么需要帮助的，随时联系我们。另外，关于刺杀你的真相……很快就会浮出水面。"

坐在侧位的孟军皱了皱眉："有什么特别的隐情吗？那件事情我之前已经通过特殊渠道调查过一次，所有的证据显示，就是那个叫金乘的精神病人干的。"

宁秋水："是他。但那个时候，他被精神操控了。"

"精神操控？"二人一怔。

宁秋水道："具体原因等过两天事情水落石出后，我会跟你们详细说明。"

"好的，先吃饭吧，一会儿凉了。"

从白潇潇家里离开，宁秋水在晚上九点钟接到了洪柚的电话。

对方的呼吸急促，似乎长跑过，声音也不大稳定："喂……宁秋水吗？"

宁秋水："是我，怎么了？"

洪柚有些语无伦次："我看见它了……它在鸟山镇……太阳花福利院里！"

宁秋水的眉毛轻轻皱了皱："鸟山镇？"

"对，石榴市东边七十多公里的地方，是一座废弃了快二十年的镇子，那家伙在小巷子里，身上还有金乘的颜色！我闻着味儿追过去的，那玩意儿发现我后，一路追着我……还好我身上有夫人给予的身份，它似乎有些忌惮，没对我动手……"回忆起刚才的事，洪柚虽没有详细描述，但声音颤抖得厉害，仿佛才从鬼门关里走了一遭。

"你现在在哪里？"宁秋水光是听到洪柚的语气，就已经隐隐觉得事情会很麻烦了。

"我正在回来的路上……这边打不到车，我的车之前在逃跑的路上被它弄坏了，不过我已经让人来接我了……"洪柚一边说一边剧烈喘息着，声音带着没有完全褪尽的恐惧，"就这些……你要找的诡物我已经帮你查到了，至于怎么处理这件事情，你自己想办法，不要找我。"

宁秋水"嗯"了一声，洪柚便挂断了电话。

他躺在自己家里的沙发上，仰头盯着天花板，眸中微光烁然。那只诡物居然跑到了七十多公里外的孤儿院。难道它是在孤儿院里冤死的诡物？如果是在那个地方冤死的，为什么会跑到七十多公里外，处心积虑地袭击白潇潇？

是罗生门的人干的吗？眼下这个节骨眼上，谁会想杀潇潇呢？而且，那个镇子他好像听过，似乎是出了什么事才被渐渐废弃的。宁秋水心念微动，打开手机，联系上了鼹鼠。

"帮我查查关于鸟山镇和太阳花福利院的事，越详细越好。"

鼹鼠很快回了一个"OK"。

宁秋水刚一熄屏，洪柚又给他打来了电话。接通后，宁秋水问："怎么，又遇到什么特殊情况了？"

洪柚深吸了一口气："那倒没有，只是跟你提个醒，你要找的那只诡物很危险……绝对不是正常人可以对付的，如果你非要去找它麻烦，最好多带点人。"

宁秋水道："我知道了。"

他能听懂洪柚是在暗示他，过去找那只诡物的时候最好把赵二带上。但赵二在这件事情开始前就表明了态度，他跟宁秋水讲过，自己有必须留在向春精神疗养院里的理由。这件事情，赵二是帮不上忙的。

非要带人的话……宁秋水脑海里，出现了刘承峰的身影。

这家伙懂些命理道术，也许能帮上忙。

很快，鼹鼠给宁秋水发来了一份文档。

他的办事效率一直很高，宁秋水将文档下载到电脑上，打开后发现文档里有许多图文。而这些图文百分之九十都和那所太阳花福利院有关！

其中最能吸引宁秋水注意力的是，二十一年前，这所孤儿院里发生的一件惨案——孤儿院里任职了七年的门卫大爷，在一个下雨的夜晚，突然锁上孤儿院的大门，杀掉了孤儿院里所有的护工……

门卫大爷名叫蔡泉，他行凶后，便直接打电话向镇上的警方报警，并且自首了。

由于他杀的人很多，本应该被判处死刑，但警方在他的供述里面发现了一些不太正常的东西，便怀疑蔡泉患有精神疾病。但鸟山镇没有精神病院，他被押送到石榴市的向春精神疗养院进行诊治。后来经医生诊治，发现他的精神的确有些问题，于是，他的死刑被改成无期徒刑，并关押在石榴市的终身监牢里。

这件事情到这里就算结束了，蔡泉承认了自己杀死太阳花福利院里所有护工的罪行，案件也有了结果。至于福利院的孩子，最终被分配到了石榴市其他的福利院中。

除了文档，鼹鼠还给宁秋水发来了一份音频文件，其中记录了当年私下审讯蔡泉的特殊录音，鼹鼠在录音下面标了备注，让宁秋水看完之后赶紧删除。

宁秋水向鼹鼠道了一声谢，然后点开了音频。

虽然音频文件已经被处理过，但依然可以听到"岁月的痕迹"——

"今年多大？"

"五十七。"

"为什么要杀太阳花福利院的护工？"

"为了……我在找人。"

"找人？您要找谁？"

"我在找一个从水中来的人。"

"他长什么样子？"

"看不清楚……我看不清楚……我真的看不清楚啊……"

"冷静！冷静！我们换个问题……你最后找到那个人了吗？"

"找到了……"

"他在哪里？"

"它就在这个房间里……"

"嗞嗞……"

录音到这里，突兀地终止了。好像是有人关掉了一般。

宁秋水眉毛一挑，录音文件终止的时候，他分明记得，进度条才刚刚走到了一半。

难道是运行出错了？由于这段录音很可能藏着某些重要信息，宁秋水再一次双击点开这份音频文件，然而电脑里传来的声音，却让宁秋水头皮都炸开了！

"他在哪里？"

"它就在这个房间里……"

"……"

没有了前面的问话，整个音频文件只剩下老人那沙哑又无神的声音，不停重复地念叨着。宁秋水在察觉到不对劲的第一时间，就操作鼠标关掉了这份音频文件，然而老人沙哑的声音却并没有消失，反而越来越大，越来越近！

宁秋水目光微移，老人的声音并不是从电脑上的音箱设备传出来的，而是这面墙的背后——是洗手间！

宁秋水听到洗手间内传来了水流声，像是有人在自己的洗手间里面洗手。

他第一时间冲出电脑房，朝着门口跑去！

他用力扳了几下，门根本开不了，反应过来的宁秋水又朝着窗户跑去，顺手扯过沙发上盖着的布巾，这玩意儿是最好的绳子。可当宁秋水拉开了透明窗户后，眼前的景象却让他直接愣住了。刚才窗户背后还是宽阔的远景，然而随着透明窗户被拉开，伫立在宁秋水眼前的却是一堵水泥墙壁！

这只诡物这么横的吗？仅仅靠音频设备就能够这么快锁定我的位置，并且对我动手……若说不心惊，那是假的，在诡门外面，遇见这么横的诡物也不容易。

"它就在这个房间里！"

老人的声音还在继续，由最初的沙哑已经逐渐变得声嘶力竭，变得歇斯底里！

更可怕的是，洗手间里的水已经漫了出来，一点一点地朝着窗户旁边漫延过来……

"啪嗒！"人踩在水面上的脚步声从洗手间里传了出来。

它一步一步地从厕所里往外走，脚步声的频率很缓慢，每走一步它就要停一会儿，但这里是公寓，总共就七十来平方米，最多不过半分钟，那个诡物就会走到宁秋水的面前！

后者拿出铜钱放在了眼前，然而透过铜钱眼，宁秋水发现这个房间里绝大部分地方都充斥着浓郁的血红色！尤其是洗手间，那里的红色宛如鲜血一样浓郁！

宁秋水的心沉到了谷底，眼下这个节骨眼儿，他给谁打电话都没用。

而从诡门里面带出来的诡器，在诡门外面同样是没有任何用的。

难道……自己真的要死在这里了？事情仿佛走入了绝境。

眼看那团浓郁的"红色"即将越过转角的墙面，距离自己越来越近，宁秋水的大脑飞速运转，千钧一发之际，他忽然想到了什么，立刻踩在沙发上，跃过地上的水渍，朝着厨房跑去！虽然那个脚步声就在他的身后，但宁秋水头也不回！

来到厨房，宁秋水打开一个橱柜钻了进去，在角落里找到一根管道，上面有一个特别的三角阀门。这个，便是这套公寓的水管总阀门。

宁秋水将这个阀门一拧，厕所里的水声立刻消失了。

随着水声消失，那个歇斯底里的老人的叫声和脚步声也跟着消失了……

房间里，一片死寂，宁秋水躲在橱柜里，拿出手机给赵二打了一个电话。

他目前能想到的，这个世界对付诡物最厉害的人，应该就是赵二了。

对方接通电话后，宁秋水以最简洁的话语将目前的情况和赵二描述了一遍，后者听完便对宁秋水道："你先在里面待着，确认水管总阀门关闭，半个小时之后再出来。它没有你想得那么强，冥冥之中还是受到了规则的牵制……否则，水就不是从你家厕所漫延出来了，而是厨房。

"这种诡物的力量是没办法长时间持续的，更何况它是借助媒介在影响你，一般来讲，五到十分钟就是它的极限，你多等二十分钟，然后出去把那份音频删除，把房间里的水拖干净就行了。

"不过你要小心……有了这次媒介的接触，它可能已经在你身上打了标记，我刚才看天气预报，说最近几天石榴市会有特大暴雨……"

赵二的话让宁秋水的心沉了下去。

从鼹鼠发给他的录音来看，这只诡物和水有着某种特殊的联系，以至于那名大爷在面对审讯的时候说自己要找的人是从水里来的。水，人类的生活中无处不充斥着这种东西，如果诡物能够利用水，那的确防不胜防。

宁秋水深吸了一口气对赵二道谢，后者又说："你最好赶快把这件事情解决掉，拖得越久就越麻烦。"

这一次，赵二的语气严肃了很多，更像是在告诫而不是建议。

挂断电话，宁秋水老老实实地在厨房的橱柜里等了半个钟头，然后才小心翼翼地回到了客厅。他瞄了一眼窗外，那堵水泥墙消失了，远景重现，潮湿的冷风吹了进来，地面上的水也没有继续流动。

宁秋水稍微放下心，又通过铜钱眼仔细观察了房间的每个角落，确认没有问题后，他才回到电脑房里，将鼹鼠给他的那份音频文件直接删除，并给鼹鼠留言，让他一定不要听这份音频。

看着鼹鼠回了一个"好"字，宁秋水这才放下心。

如果他俩真出了事，他赖不着鼹鼠，纯怪他自己。

不是鼠子害了他，而是他牵连了鼠子。

来到厕所，宁秋水打开灯，头顶的灯泡先是嗞嗞闪烁了几次，才彻底明亮。

水龙头的确被打开了，而且水龙头的把手上还有一些冰冷的水渍，这跟水龙头里面放出来的水明显不一样。

宁秋水拿出拖布，将地面上的水渍拖干，然后给刘承峰打了个电话。

听宁秋水将这边的详细情况说明后，刘承峰只说了三个字："马上到。"

半个小时后，宁秋水家的房门被敲响了。

打开门，穿着雨衣的刘承峰出现在了门口，他脱下雨衣，在门外抖了抖水，然后将其折叠好，这才走进宁秋水的房间。

"真晦气，才给人修完电脑，回来的路上就下雨了。"

刘承峰吐槽了一句，进门后将自己的雨衣扔到了阳台，然后坐在宁秋水家的沙发上，很自然地给自己倒了杯茶。

"你还会修电脑？"宁秋水失笑。

刘承峰喝了一口茶，脸上露出了不以为意的笑容。

"拜托，小哥，你也不看看现在都什么年代了，我也是要吃饭的好吗？

"隔壁那金山寺你瞧见了没……人家现在都电子化了！这要放二十年前，一名和尚一天敲八万次木鱼，就只赚八万功德，这些还是从吃喝拉撒的时间里面挤出来的。现在金山寺的'电子木鱼'不管你人在不在那儿，一秒十次，全寺一起敲，敲得你脑瓜子是嗡嗡作响。"

等刘承峰讲完个人相声，他才问宁秋水："对了小哥，刚才那份音频你还有吗？"

宁秋水摇了摇头："没敢留着，那玩意儿指不定什么时候又自己打开了。"

刘承峰点了点头："没留着就好，其实关于鸟山镇的事情，以前我听师父跟我讲过一些……"

宁秋水去冰箱里拿了些吃的给他，二人坐在茶几旁，一边吃一边聊。

"最早的时候，石榴市叫石榴城，覆盖范围很大，鸟山镇就是石榴城东边的边陲之地，具体时间我记不太清楚了，可能得查查，大约二十年前吧，鸟山镇出了点事情，里面的居民开始大量朝石榴城内部迁徙，尤其是以年轻人和小孩子为主，那段时间流言四起，闹得沸沸扬扬，说是鸟山镇里有不干净的东西。"

刘承峰说着，脸上的表情变得有些沉寂，而窗外的风雨声也逐渐传入了屋内。

"当年师父去那个镇子里看过，不过没有后续，估计是镇子里面的东西他处理不了，师父回来后生了一场大病，过了两个月才好。"

宁秋水越听越觉得不对劲儿："鸟山镇里到底出了什么事，连你师父都处理不了？"

虽然刘承峰的师父死得有点草率，但不可否认他的确有点本事，不然也不可能教出刘承峰这样的徒弟。这样的人，和诡物斗了大半辈子，能让他害病这么久的，绝非寻常诡物。

"嗯……师父对那个镇子里的事还挺忌惮的，据他所说，当时是石榴城中心的军方人员找上了他，让他一起过去帮忙。不过自从他回来之后，鸟山镇的事情大家就没有再提过了，传言也以一种很快的速度销匿着。"刘承峰神色严肃，脸上也挂着阴影。

"所以那件事情一直都没有解决？"宁秋水问道。

"应该吧，如果鸟山镇的事情解决了，那里最后也不会变成一座荒镇。

"但凡发生大规模人员迁徙的地方，都有幕后人员在背后做推手，因为处理不了问题，所以才快速地把民众转移。那时只有少部分的老人还坚持留在镇子里，后来时间久了，那里就彻底没人了。小哥，你真是运气不好，居然招惹到了那座镇子里的东西。"

刘承峰叹了口气，然后又拍了拍宁秋水的肩膀，笑道："不过你放心，我会想办法帮你把这件事情摆平的。"

"本来我的确是来找你帮忙的，但你师父都不敢惹那座镇子里的诡物，你还是别来凑热闹了，我再想想其他办法……"

宁秋水一边说着，一边给自己点了根烟，他又听刘承峰讲道："有句话叫'青出于蓝而胜于蓝'，至少在捉诡物这方面，我比我师父当年强出不少，而且……根据你之前的描述，这个问题如果再拖下去，会变得非常麻烦！"

顿了顿，他又补充道："再者说，你和白姐的情况完全不同，白姐的眉间没有黑气，也就是说那只诡物去袭击她应是受人指使，而非本意，所以不会再有后续。但你印堂发黑，对方显然是盯上你了。它会出来找你第一次，就会找你第二次、第三次……石榴市的暴风雨马上就要来了，我们得尽快把这件事情解决……"

刘承峰决定加入后，宁秋水告诉了他前后发生的所有的事，后者听完，让宁秋水准备了强光手电、防水打火机还有一个防水的充电宝，并嘱咐宁秋水会在明天中午吃完饭后来找他集合，然后出发前往鸟山镇。

出门的时候，他又回头对宁秋水叮嘱了一句："对了小哥，把那枚铜钱带上，有大用。"

宁秋水点点头，送走刘承峰后，他独自在家休息了一夜。

有了前车之鉴，宁秋水在家休息得并不好。闭上眼后，他总是隐隐觉得家里的某个地方有什么东西在盯着自己，但当他睁开眼睛，这种感觉又消失了。

这种被窥视的感觉让人后背发凉，更何况，宁秋水知道如果家里真的有什么东西在偷窥自己，那玩意儿可能随时会要了他的命。

后半夜，窗外又传来了雷声，轰隆作响，摄人心魄。

宁秋水着实睡不着，脑海里全是鼹鼠发给他的那份音频内容和老人声嘶力竭的叫声。他在找一个从水中来的人？水中的诡物吗？

从进入诡门到现在，似乎诡物的诞生都是有来由的，不会无缘无故地产生诡物，如果是水诡出现在了孤儿院，那它出现的原因是什么？蔡泉又为什么只杀太阳花福利院里的员工？这里面有什么不为人知的隐情吗？

想到这儿，宁秋水穿上衣服，从自家冰箱里面拿出了一瓶酸奶，插入吸管后，他一边喝着酸奶一边来到厨房，静静地阅读着那份鼹鼠发给他的文档。

到了第二日正午，外面的雨水未停，天色依旧灰蒙蒙的，看着甚是阴沉。

宁秋水简单给自己做了午饭，刚吃完，他的房门被准时敲响，刘承峰出现在了门口。

"准备好了吗小哥？"刘承峰背了一大堆东西，背包里面鼓鼓囊囊的。

宁秋水点头，之前大胡子要他准备的东西他全都装进了腰包里。

"先不急着出发……今天还很早，在去鸟山镇之前，咱们先去一趟市区中心的公安局，我有一件事情想要先求证一下。"

他简单清洗了碗筷，然后背上自己的腰包，和刘承峰打车前往了石榴市的不夜区。

二人进入市中心公安局后，宁秋水来到了事务处理窗口，拿出了一个特殊的证件递给了窗口内的警员，对方查看后眼神微微一变，问道："您有什么需要办理的事情？"

宁秋水看了看周围，低声道："帮我查个人，和二十一年前鸟山镇太阳花福利院案有关，那个叫蔡泉的犯人现在在什么地方？"

里面的警员神色出现了一抹迟疑，他让宁秋水稍等，然后打通了一个特殊的电话，一番确认后，那头将资料传了过来。

警员查看了资料后，低声道："宁先生，您要找的这个人……已经不在了。"

宁秋水一听，眉毛立刻扬了起来："不在了？

"我记得，他好像是无期徒刑。难道死在监狱里了？"

警员的表情有些难堪，他四下张望，确认附近没有人看向这里，才凑近窗口和宁秋水加了微信，对方在微信上告诉宁秋水，那个叫作蔡泉的犯人只在监狱里面待了一年就越狱了。

"越狱"两个字有些扎眼。

宁秋水知道市中心的监牢看守有多么严格，里面关押的不乏穷凶极恶的罪犯，他自己都不能保证能在那所监牢里面越狱。一个年迈的老大爷……有可能吗？

心中闪过万千思绪，宁秋水立刻对警员道："蔡泉越狱之后，没被追回吗？"

警员表情微僵："这……已经超出我的职位权限了。您想要了解更多，可以前往四楼的档案室，去寻找档案管理员。"

宁秋水点头，没有再为难他，和刘承峰通过安全通道去到四楼，在档案室里见到了一位戴着眼镜的中年女人。她确认了宁秋水的身份后，很快为宁秋水调出了当年这份案件的详细档案。

"宁先生，蔡泉于二十一年前被捕入狱并确认罪名。二十年前的一个暴雨夜，他越狱了，而且没有留下任何痕迹，警方暗中花费了大量的人力、物力去追捕他，前后长达五年时间，但始终没有搜到任何和蔡泉相关的线索，他仿佛人间蒸发了一般，最后这件事只能不了了之……"

宁秋水听着这些，心里有一种莫名的荒谬感。

一旁的刘承峰表情古怪："不对吧，这人不是自首的吗？觉得监狱伙食不好，跑路了？"

中年女人瞟了刘承峰一眼，很认真地回道："犯人要在监狱里接受改造，参与劳动和法律知识学习，除特殊情况，不会苛刻犯人的一日三餐。"

刘承峰干咳两声，没想到女人会这么较真。

"那真是奇怪了，这种人如果不想待在监狱里，当初又为什么要自首呢？而且，我记得咱们石榴市的警力还是很厉害的，他们都找不到蔡泉，那家伙能跑到什么地方去？难道去了其他城市？"听着刘承峰的碎碎念，宁秋水心里同样觉得好奇。

蔡泉为什么会突然越狱？

"他有狱友吗？"宁秋水问。

女人摇头："他是单独关押。能审问的，我们已经审过不少次了，没用。找不到一点蛛丝马迹。"

宁秋水叹了口气："好吧，叨扰您了。"

从警局离开后，二人撑着伞站在川流不息的街道旁，刘承峰嘴里叨咕了一句："小哥，这事越来越怪了。"

宁秋水表情凝重："走吧，先打车去潇潇那儿，然后我借辆车，开到鸟山镇去。那边已经断联了，打不到车，没司机愿意去那鬼地方。"

刘承峰点头："好。咱们这次去，说不定还能发现什么……"

宁秋水从白潇潇那里借了一辆越野车，载着刘承峰沿道路东行。

路上的景致渐渐由繁华变成了荒凉，原本宽阔平坦的公路出现了碎石和无人打扫的泥浆，荒地上肆意生长着无人修剪的杂草，偶尔还能看见一两个坟堆和早已无人居住的废弃房屋。

几十公里的路并不算长，但由于暴雨滂沱，经过一些危险地带的时候宁秋水不敢把车开得太快，所以二人到达鸟山镇的时候，已经是过了下午六点。

黄昏时分，没有诗意的晚霞和圆润的落日，只有那倾盆大雨和黑暗天穹上时不时闪过的雷光。

"前面就是鸟山镇了。"

眼前已经出现了写着"鸟山镇"三个大字的巨石，隐匿在半黄的荒草间，几乎看不清上面的字。

车子的近光灯打在石碑上，宁秋水将车暂时停在了路边，稍作休息，他从车前的储物柜中拿出了一盒新的口香糖，撕开后塞进嘴里，刘承峰也嚼了一块。

宁秋水想醒神去疲的时候，更喜欢薄荷，而不是烟。

他开了一下午的车，已经是疲劳驾驶，进入眼前的镇子还指不定会遇见什么危险，所以宁秋水将车停在这里暂作休整。

前窗的雨刷器不停地清理着雨水，刘承峰正在清点自己包里的道具，而宁秋水一边嚼着口香糖，让薄荷的味道在口腔里不停弥漫，一边观察着周围，防止有什么东西突然出现，打他们一个措手不及。

就在巡视的时候，宁秋水的目光忽然扫过右前方的一个位置，他微微伸直自己的脖子，仔细地看了看那里，然后放下手刹，让车子轻轻前滑了些距离。

大约三米，车辆再一次停下，这回宁秋水看清楚了。

路边的野草堆里有一长条形的凹陷，在草地上划成一个弧形。

"咋了，小哥？"刘承峰见宁秋水一直盯着外面看，瓮声瓮气地问道。

后者指着外面的野草堆，说道："公路旁边的这堆野草被大面积折断了，延伸出挺长的距离。"

刘承峰顺着宁秋水手指的方向看去，却有些怪："是野兽吗？好像又不大像。"

宁秋水点头："嗯，不是野兽。一些类似犀牛的大型野兽路过的时候也能把野草堆踩成这样，但不会这么工整，这应该是车轮碾过的痕迹。"

刘承峰瞳孔微缩："车轮？最近还有其他人来过这里？"

宁秋水嚼着口香糖，沉默了稍许，他又把车往前开了点儿。

一棵树在密集草丛的那头出现，半断不断的。

"确实是车。那棵树明显是被车撞断的。暴雨能冲掉地面上的车轴痕迹，但被压断的草没那么容易恢复，应该就是最近两三天的事。

"有人开车来到了鸟山镇，在即将进入镇子的时候遇见了一点意外状况，导致司机方向盘偏离，将车开进了荒草堆里，最后撞在了树上。不过里面的人应该没什么大碍，毕竟这车他们最后还是开走了。"

随着宁秋水说出这些，坐在副驾驶的刘承峰脸色变得古怪。

"那个倒霉蛋开到这个地方的时候，别不是遇见了一只突然从草丛里面蹿出来的小动物吧？"

宁秋水左右看了看，拉下手刹，朝着鸟山镇内部继续徐徐行驶。

"不是小动物。"他嚼着口香糖，眼神清明。

"那条路上压根儿就没有什么障碍，视野很开阔，一般来讲，小动物的速度没那么快，身高也不够，蹿出来之后司机但凡能看得见，完全来得及踩刹车，而不是怒打方向盘。比起小动物，我更倾向于当时开车的司机开到了我们刚才停车的位置时，忽然在车窗的前面看见了什么……"

刘承峰闻言，脸色也稍微变得白了些。

他当然知道宁秋水是在说什么，吞了吞口水道："真够邪门儿的……"

宁秋水一边开车在镇子里的街道上行驶，一边寻找着干燥的停车位置。

整座镇子都笼罩在一片黑暗的阴影中，所谓无人居住的荒镇，配上暴雨连绵的天气，仅仅是让人看上一眼，便觉得毛孔散发着寒气。

一些破旧楼房黑乎乎的窗户，宛如两只巨大的诡目，幽幽盯着街道上的人，瘆人无比。

宁秋水确认了地图和自己所处的位置之后，将车停在一座民住院子里的雨棚下，然后和刘承峰穿上雨衣，再次确认了一遍东西没有遗漏，这才下车，沿着满是积水和青苔的小巷前往太阳花福利院。

"冬至过后，确实很冷啊……"路上，刘承峰没话找话，企图打破沉寂的气氛。

不过宁秋水只是浅浅回应了他一下，注意力全都放在了周围。

雨打在瓦砾上，发出密集的敲击声，很大，很杂。

就在二人即将穿过巷子的时候，前方路口却忽然出现了一个黑影，一闪即逝。

宁秋水和刘承峰同时停住了脚步，片刻后，后者问："小哥……你看见没？"

宁秋水点头，二人对视了一眼，立刻朝着路口追去！

可当他们来到路口，进入了宽阔的街道，两旁却一个人影都没有。

"跑得真快！"刘承峰低声道。

他对于自己的眼睛很信任，宁可相信刚才是撞见了诡物，也不相信自己看错了。

"小哥，你把那枚铜钱拿出来照照，说不定能看见那家伙藏在哪里！"

宁秋水闻言也没犹豫，直接掏出了铜钱，然而当他隔着铜钱眼看向周围的时候，却感觉自己身上的鸡皮疙瘩在一瞬间全部立了起来！

整座鸟山镇竟然密密麻麻地充斥着数不清的、如血一般的红色区域！

那些红色或近或远，装点着这座镇子……此刻，整座鸟山镇都已经变成了诡物的栖息地。

"大胡子……给你看看。"

"好……啊！"接住了铜钱的刘承峰将铜钱放在了自己眼前，吓得他当场就大叫一声。

"瞧你这模样，鸟山镇比阴山还恐怖？"宁秋水见大胡子是真被吓住了，也不免觉得好奇，毕竟刘承峰这家伙从小就跟诡物打交道，竟能被吓成这副模样？

"那不一样……"刘承峰将铜钱还给了宁秋水，鬓间已经渗出冷汗。

"阴山是受骨女管辖，里面虽然有不少凶物，但不会乱跑，顶多吓唬一下大晚上跑进阴山作死的家伙。可这鸟山镇里面的诡物都已经主动跑到了几十公里之外害人了，其凶厉程度，简直闻所未闻，见所未见！

"总之，咱们这次的目标就是太阳花福利院，把你身上的问题解决之后就赶紧跑路，尽量不要去招惹其他东西。"

宁秋水点头。他们按照地图上的指示，小心辨认着周围的建筑，最终来到了小镇南面偏郊的区域，在走过一段足足两公里的泥石路后，二人终于在前方看见了一个破旧的大铁门，周围还堆满了发潮的木柴和臭气熏天的黑色垃圾袋。

满是锈渍的铁门上倒贴着一个红色的"福"字，上方的尖端还挂着两个袖珍的红灯笼，随着红绳在风雨中不断飘摇。

周围没有任何关于此地是福利院的提示，如果不是之前鼹鼠给了宁秋水一张图片，他一定会以为这个地方是小镇的垃圾场。

"就是这里了。"宁秋水肯定地说道。

风雨之中，二人穿着雨衣朝着昏暗阴森的太阳花福利院走去，走到一半，刘承峰忽然拉了拉宁秋水的衣袖，表情古怪。

"哎，小哥，你有没有听到什么声音？"

宁秋水闻言停住脚步，细细聆听，果然在雨里听到了别的声音，那是小孩子在唱歌——

"天上的星星眨呀眨，娃娃娃娃不要怕，虽然没有爸爸和妈妈，但还有个温暖的家。一些朋友在床上，一些朋友在床下，一些朋友在墙缝，一些朋友在发芽，还有一个水中来，对着大家笑哈哈……"

这儿歌由许多稚嫩的童声组成，唱得十分整齐，声音几乎要完全融为一体。

除了声音，歌词也让人觉得不舒服。尤其是最后一句，引起了宁秋水的高度警觉。

还有一个水中来？

水中来……这不正是门口的保安大爷蔡泉在找的人吗？

随着二人愈发接近福利院，那声音也越来越清晰，越具有方向感。

这童谣就是从福利院中的一座水泥楼里传来的。

不过那幢水泥楼通体漆黑，隐匿在大雨里，没有任何灯光。

望着窗户破碎的楼房，二人隐隐觉得后背冰冷。

"小哥……今天下午我们去市公安局的时候，那名警员是不是告诉我们，福利院里的孩子在那过后，都被转移到了石榴市中心区域的其他福利院里？"刘承峰想到了什么，向宁秋水确认道。

后者点头，神情凝重，之前他们的关注点全都在蔡泉的身上，忽略了这些小孩子。如果福利院的小孩子都已经被安置在了安全的地方，那福利院应该已经空了下来才对，里面怎么还会有小孩子的声音？

宁秋水低头看了一眼手机，上面信号满格，他对刘承峰道："咱们先进去，找个房间避雨，顺便我跟朋友问问那些小孩子的事情。"

他伸出手，想要推开铁门，却在触及铁门的瞬间，耳畔听到了一声若有似无的叹息。

是一个男性老人的叹息声，这声音几乎是贴着他的耳朵传来，让宁秋水本能地缩回了手。

他眼中惊疑，四处查看。

"怎么了，小哥？"刘承峰问道。

"没什么……刚听到有人叹息。"宁秋水四下查看了一下，没其他异常。

二人在来之前都已经做了心理准备，在这座已经空置了十几年的荒镇里，遇见什么可怕的事情都有可能。推门而入，他们头顶挂在大铁门上的两颗红灯笼摇晃得更厉害了。

随着他们进入正前方楼房的一层，二人立刻在檐下甩了甩雨衣上的水，然后掏出了身上的强光手电照亮周围，耳畔那童谣声还在继续，声源就在他们的头顶。

"大胡子，帮我放个哨。"宁秋水说道，身旁的刘承峰应允一声。

那枚铜钱虽然好用，但也没法观测确切的危险，只能告知使用者一个大致的危险范围。

宁秋水将手电拿在手上，给鼹鼠打了一个电话："喂？鼹鼠，再帮我查几个人。

"对，也和太阳花福利院有关，当年福利院里的孩子们都被安置在了什么地方？现在近况如何……

"嗯，等你消息。"

挂断了电话，宁秋水呼出一口气，慢慢在房间中踱步。就在他等待鼹鼠的消息时，刘承峰的声音从房间的角落里传来，带着一丝颤抖。

"小哥，小哥你快来看！"

宁秋水闻声，立刻朝着刘承峰走去，他半蹲在一张积满灰尘的床前，死死地盯着床下……

强光手电扫过，宁秋水看清了床下的情况后，瞳孔骤缩——床下，蜷缩着一个人。

屋子里的空气骤然变冷，这地方已经废弃至少十几年了，就算以前这里真的出过事，人恐怕早就已经腐烂了。

宁秋水拍了拍刘承峰的肩膀，示意他后退，自己则蹲在了刘承峰刚才蹲过的位置，用强光手电照着床底的人，认真检查。

皮肤苍白而冰冷，没有尸斑，身上也没有任何发臭的迹象。

宁秋水说道："没有明面上的伤口，不过他四肢和脊柱的骨头都在外力的作用下断了。死亡的时间不超过八小时，关节还没有完全僵硬。"

说到这里，宁秋水语调一转："当然，比起这些……有件事情更加怪异。"

刘承峰好奇道："什么事？"

宁秋水将强光手电对准床下，那里只有灰尘拖拽的痕迹。

"这场暴雨在十几个小时前就开始下了，按理说，这个人死的时候，外面已经大雨滂沱……可是你看，他既没有穿雨衣，身上也没有湿润的痕迹。"

刘承峰也弯腰，摸了摸尸体的衣服，很干燥，的确完全没有湿润的痕迹。

"真的啊……"刘承峰喃喃自语。

宁秋水站起来，思索道："这说明，死者很可能在这场大雨开始之前就已经身处这幢楼房里了……"

说着，他的目光又扫过了死者手中紧紧攥着的手机。

手机屏幕裂纹遍布，像是受到了重击，已经没法使用。

"他在这所福利院里应该还有同伙。"

闻言，刘承峰挠头道："这又是怎么看出来的？"

宁秋水指着死者手里的手机道："紧急状况下，手机只有三个功能。"

"第一，求救；第二，照明；第三，攻击。从他握手机的姿势来分析，他明显不是想用手机去攻击谁。这种情况下，要么求救，要么照明。

"按照尸体僵硬程度来推测，他死亡的时间大概是上午八点到十二点之间，虽然那个时候已经开始下暴雨，但毕竟是白天，这幢房子又是老式的，采光不错，不至于要靠手机来照明。

"综上所述，死者大概率是在死前遭遇了未知的袭击，一路逃亡中，他躲在了这个房间的床下，拿出手机跟自己的同伴求救，不过最后他被袭击他的人找到了。"

刘承峰恍然："小哥你这脑子，转得够快啊！"

紧接着，他的表情又变得凝重了起来："不过……究竟谁会没事往这鸟山镇里面跑呢？"

宁秋水眼光闪烁："不好说。可能是跟我一样的人，想要过来调查清楚真相。

"也可能是……某些心怀不轨的人。"

他正说着，手机铃声忽然响了起来，宁秋水划屏一看——是鼹鼠。

免提接通后，鼹鼠沉重的声音从电话那头传了过来。

"喂……查到了？嗯，还没有查全，但已经有些可能对你有用的信息……"

鼹鼠也没有废话，直接将自己刚才调查的结果告知了宁秋水："事情很怪，大约在二十年前，从太阳花福利院转出来的孩子相继神秘失踪，此后杳无音讯，我一连追查了九名孩子，全都如此……"

宁秋水闻言，神色变化："消失了这么多人，警局那里没有备案吗？"

电话那头道："早就特殊立案了，警局到今天都还在追查，但并没有什么眉目，而且因为这件事情和那个特殊的案件有关系，为了不散播恐慌，所以被暂时隐瞒了消息，只有部分知情者。秋水，你怎么突然开始关心起这些陈年案件了？"

宁秋水沉默了片刻："一点私人原因。"

"嗯，知道了，我再去查查其他的人，也许能找到什么，回头再联系。"

"好。"

挂断电话，宁秋水和旁边的刘承峰对视了一眼，耸了耸肩，后者的脸色变得严肃又难看。耳畔那断断续续的童谣声还在继续——

"天上的星星眨呀眨，娃娃娃娃不要怕……还有一个水中来，对着大家笑哈哈……"

这空洞又稚嫩的童谣声让人脊背发凉。

刚进入福利院的时候，宁秋水还很好奇为什么里面会传来孩童的歌谣声？

不过现在，他隐隐有了猜测，或许当年那些离开福利院的孩子们，又以某种方式"回到"了这里。

"看来，这里藏着的秘密还不少……"刘承峰道，"小哥，上去看看吧……"

既然都来了，他们肯定得主动出击，毕竟真相不会找上门来。

宁秋水和刘承峰打着手电筒，朝楼上童谣声出现的位置摸索而去。

楼道上，到处都堆砌着垃圾、塑料口袋，还有一些破旧的衣物。

福利院内很乱，像是警察接走孩子们之后，又有山林中的野兽进来到处翻找食物所致。来到二楼，头顶的童谣声越来越清晰，二人继续朝上，然而当他们来到三楼时，宁秋水却发现地面上出现了水痕。

他蹲下，用鞋底轻轻擦了擦，新鲜的。

强光手电一路朝着前方打去，水痕一路与光向前，没入了黑暗的廊道。

宁秋水和刘承峰对视一眼，一同追着水痕来到了一个房间门口。

木门上挂着一个生锈的铁片，上面写着"309"。

"看上去像是卧室。"宁秋水小心地推门而入，里面传来了湿冷的气息。

啪嗒！

他摁下了电灯的开关，但灯没有亮，这也在他意料之中。

手电扫向房间的地面，在进入这个房间之后，水痕就消失了。

宁秋水微微蹙眉："大胡子，小心，房间里可能有危险。"

刘承峰应了声，关上了房门："喏，小哥，这个给你。"

宁秋水看着刘承峰递来的一个圆润珠子，忍不住微微一怔："这是什么？"

刘承峰低声道："好东西……隔壁金山寺无尘和尚制的'法器'。"

宁秋水听完，差点儿没喷出来："不是，你不是知命人吗？"

刘承峰理直气壮道："是啊，但遇见事了，找他们借个法器怎么了？"

宁秋水将信将疑地将圆润珠子收好："你确定是借的？"

刘承峰不确定道："是借的，我问了几遍，无尘和尚没有拒绝我。"

见他那心虚的表情，宁秋水狂翻白眼，这家伙也真是个人才。

"回去之后，记得还给人家金山寺。"

刘承峰哼道："我懂，有借有还，再借不难。"

宁秋水蹙眉："把这东西给我，你不怕有危险？"

刘承峰笑道："我当然也有特别的东西护身。小哥你没有这方面的经验，恐怕对付不了。"

宁秋水摇摇头，懒得跟他继续扯皮了："好了，在这个房间里找找看，也许能有线索。"

房间不大，一共有四张双层铁架床，二人立刻分开寻找，没过多久，宁秋水就在一张床上的破旧被褥中找到了一本日记。这本日记早已泛黄，上面还有湿漉漉的水渍。

宁秋水翻开日记，里面的确记载了很多东西，但字迹已经在水渍的浸染下变得模糊不清。他不停地翻动着日记，可几十页日记里，没有一页字能够看清。

就在宁秋水即将合上日记的时候，却听身后的刘承峰说道："小哥，你听到没有……"

宁秋水蹙眉，回头看见刘承峰背对着他，死死地盯着木门。

"听到什么？"

"楼上的童谣声……消失了。"

宁秋水闻言一怔，还真是……

那童谣声本就隐约约的，时有时无，他刚才的注意力全都放在了手中的日记本上，还真没有意识到那童谣是何时消失的……

他抬起头，盯着头上的天花板，隐约看见那里渗透着一些透明的湿润痕迹。也正是这一刻，他的身后出现了一个稚嫩的声音。

"哥哥，你看见我的日记本了吗？"

这个声音出现的刹那，房间里的宁秋水和刘承峰全都身子猛地一震。

刺骨的冷风从不知何时打开的窗户吹了进来，吹得二人浑身起鸡皮疙瘩。

宁秋水缓缓转身，看见一个大约十三岁的少年站在面前，浑身湿漉漉的，黑色的头发遮住他上半边脸，留下大片阴影，头发的末端还在不断滴着水。

从第八扇门出来，宁秋水便察觉自己所在的世界发生了一些变化，如今看到诡物也验证了他的猜想。

"哥哥，你看见我的日记本了吗？"少年见宁秋水没有回复，又问了一句。

只不过这次，他的头微微抬起了些。

宁秋水和眼前这名少年对视的瞬间，便有一种如芒在背的感觉，身后的刘承峰脸色沉重，手已经伸向了包里，不知道在摸什么……

"哥哥……"少年第三次开口，但他话还没有说完，宁秋水就已经将手中的日记本递到了他的面前。

"你看看，是这本吗？"

少年看着递到眼前的笔记本，先是沉默，随后他伸出了手，接过了这本笔记，手指轻轻抚摸着表面，他喃喃着："找到了……我终于找到了……"

宁秋水见他身上的阴冷气息消退了不少，立刻追问道："这本日记对你很重要？"

少年道："它是院长送我的生日礼物。我很喜欢。"

宁秋水若有所思，又问："这所福利院二十一年前到底发生过什么？可以跟我聊聊吗？"

少年置若罔闻，见他迟迟不回，宁秋水也没有放弃，继续道："这里是不是有一个从水中来的人？你们是不是之前被他从石榴市带回了这里？"

少年听到了这里，忽地面色骤变，他抬起头，眼睛死死盯着头顶的天花板。

宁秋水和刘承峰顺着他的目光看去，只见原本渗水的天花板上，居然出现了一道又一道透明的脚印！

"快走！他来了！"少年说道，伸出手，猛地推了宁秋水一把。

他的力气大得惊人，看似轻轻一推，宁秋水的身体却猛地朝着门口撞去！

"砰！"他连同刘承峰一同跌出了门外！

二人狼狈地从地上爬起来，朝着门内看了一眼，然而这一眼却让他们汗毛倒竖，头皮发麻！只见那个少年站在原地一动不动，他的背后却伸出了一双手臂，缓缓抓住了他的脸！

"哗啦啦……"房间里，水流不断落下，像是淋浴。

"快跑！"少年对着门外的二人声嘶力竭地大叫，却没有传出一丁点儿的声音。

宁秋水看到眼前这一幕，一把拉住刘承峰，朝着走廊的楼道跑去！

"小哥，去楼上还是楼下？"刘承峰瞪着眼问道。

宁秋水没有回答，哪里都不安全，他也没有更好的主意。

就在他们来到这层楼的楼梯口时，宁秋水发现，地面上又多了几滴奇怪的水痕，一路朝着楼上漫延。宁秋水眸光一动，头也不回地拉着刘承峰朝楼上跑去。

楼下传来了激烈的水流声，声音朝着楼道蔓延而来，二人向楼上狂奔，根本不敢回头看！

他们一路来到了这幢破楼的五层。四周依然黑暗，若没有手电，几乎什么都看不见。

这层楼的房间没有标号，水痕一路通向尽头的房间，二人推开房门，感觉水声出现在另一头的楼道口，他们急忙进入房间内，然后将房门关好。

走廊上，水声不断朝这边蔓延，二人站在房间里，寻找着可以藏身的地方。

"咕噜噜……"一道溺水的声音在门外不断徘徊。

这声音丝丝缕缕牵动着二人的心脏，他们仿佛听见一个即将被溺死在水里的人在疯狂挣扎，想要浮出水面，又像是一只恐怖的诡物，看见了眼前的猎物，拼尽全力要将对方拉入水中……

房门，正在被浸湿。突然，一道凄厉的叫声忽然响彻黑暗。

这叫声给精神紧绷的二人吓了一大跳。听见叫声的明显不只他们，还有门外的诡物。

叫声是从七楼，也就是顶楼传来的，来自一个男人，大概响了两三秒，然后突兀消失。这道声音彻底吸引了门外诡物的注意，门上湿润的痕迹也迅速消退，伴随着流水声快速远去……当水声彻底消失在走廊上后，房间里二人的神情才稍微恢复了些，没有刚才那么紧张了。

刘承峰一屁股坐在了地上，额头上全是冷汗。

刚才那一瞬间，他的大脑空白，以为自己今天真的要交代在这里了。

他想过这镇子里的诡物很凶，但没想到会凶到这样的程度！

"我以前也遇到过水诡，但不会这么凶……"

宁秋水没有理会大胡子的碎碎念，在房间里不断寻找着。

后者看宁秋水不断在房间里摸索，问道："小哥，你找什么呢？"

宁秋水道："水痕消失在了这个房间里面，这里应该有什么特别的线索。"

被宁秋水一提醒，刘承峰才想起这茬儿："对！"

之前神秘的水痕引向他们去了三楼的 309 号房间，在里面他们找到了一本日记，虽然那本日记上什么内容都看不清。

这一次，神秘水痕又将他们引向了五楼的这个房间里。

一番寻找，二人终于在一面墙的墙角边翻开了一堆潮湿的废报纸，看见了被镶嵌在墙壁里的一颗头。这颗头和之前他们在一楼发现的那具尸体很像，都是惨白如纸，但是没有发臭，也没有腐烂。

刘承峰这倒霉蛋挪开报纸的时候，着实是被吓了一大跳，直到他确认墙壁里镶嵌的这颗头不是诡物后，才稍微缓了口气。

"晦气！"刘承峰往地上吐了一口唾沫，"小哥，交给你了。"

宁秋水点点头，他来到墙角，认真观察了一下，说："死亡时间和一楼的那个家伙差不太多。"

刘承峰听到这里，脸上的肉莫名地哆嗦了一下。

"我比较好奇的是，水痕的主人将我们引向这个地方究竟是为什么？只是单纯吓吓我们吗？"宁秋水盘坐在墙角，眼神闪烁，"之前309那只诡物向我索要的日记本明明就在房间里，而且一眼就能看见，可那只诡物却好像找日记本找了很长时间的样子……"

想到这里，他的脑海里忽然生出了一个古怪的念头——会不会那本日记是水痕的主人故意留在房间里的？

"可惜，那本日记上或许记载了什么重要的内容，但是由于水渍的浸染，字体模糊过于严重，已经完全无法分辨了。"

宁秋水心里轻轻一叹，却忽然听身旁的刘承峰结结巴巴地问道："小、小哥，你什么时候把这本日记带出来了？"

宁秋水闻言侧目，先是怔住了一下，随后他忽地面色一变，低头看向了自己的双手。手里不知道什么时候出现了一本日记，只不过这一次，这本日记虽然腐朽得严重，上面的字迹却变清晰了。

宁秋水缓缓将日记翻开，看着上面简单的记录，脸色发生了微妙的变化……

这本日记始于它的主人薛昭十二岁那年的生日。

他是整座福利院里最爱读书的孩子，天生对文字敏感，熟识得很快，甚至不需要老师刻意去教。小时候院长教了他一些字，后来他自己抱着一本破旧的新华字典"啃读"，啃着啃着，大部分字就会念了。

在那个时候，小镇里只有一所学校，读书是一件很奢侈的事。

福利院能够勉强养活这些孩子已经很艰难了，当然没有多余的经济条件去送薛昭读书。薛昭知道这一点，虽然他也渴望校园，但从来没有跟院长讲过这种不切实际的事情。

不过，在他十二岁这年，院长送给了他一个崭新的皮质封面的笔记本。

福利院的院长鼓励他创作，鼓励他写日记。

这不是一件特别昂贵的生日礼物，但却是薛昭最喜欢的。

他将日记本视若珍宝，并在里面记录了一些长大的琐事，记录了和福利院里其他小伙伴们的成长路程。直到冬至的那一天，他的日记风格发生了变化——

2051 年 12 月 17 日，大雨

这几天一直在下大雨，福利院里有些孩子生病了，院长去镇子中心找药。

天很冷，往年的冬季一向干燥，偶尔飘雪，从不下雨。

我听崔姨说福利院的柴火不够了，得留着给大家煮菜粥，没法烧柴取暖。

外面雨太大，没法去砍柴，希望雨快点停。

2051 年 12 月 19 日，大雨

雨没有停的迹象，天上的阴云越来越重了。

小桃子昨晚饿急了去厨房偷馒头，在外面阶梯上摔了一跤，昏迷在雨里，早上我们发现她的时候，她已经冻死了。

我很愧疚，我对不起小桃子，虽然她一向喜欢捉弄我，但有好吃的总会跟我分享，可是昨晚她问我有没有吃的时，我却说了谎。

我藏了半块馍馍在枕头下面，如果我昨晚给她，她也许就不会死了。

2051 年 12 月 23 日，大雨

雨还在下，所有人的心情都很糟糕，大家的交流变得越来越少，我最近也没有看见过院长了，之前发烧的那几个孩子已经退烧，不知道是不是吃了药。

这场雨下得太久，我知道大家在担心什么，不能去采摘野菜、树叶，不能打猎，福利院里能吃的东西越来越少……

笔也要没墨了，好烦，明天得去厨房里弄点炭，自己兑兑水……

2051 年 12 月 25 日，大雨

这几天为了应对不停下的大雨，院长冒雨去了镇子上，看看能不能弄点吃的回来，我们的饭量被削减了一半，米汤里几乎看不见米了。

我不想饿肚子，所以我喝了好几碗米汤，半夜的时候被尿憋醒了，我想去上个厕所，但厕所听说因为大雨的缘故堵了，味道很难闻，想了想，我还是决定去楼下。

在楼下，我看见了宿管柏妈妈，她一个人站在雨里，也没打伞，不知道在干什么，我跟柏妈妈打招呼，她好像没有听见。

我心里不安，连叫了几声，她终于回头了，对我露出了一个笑容。

不知道为什么，当我看见那个笑容后，感觉到了一种说不出的害怕，就好像……站在雨里的，是一个我从来不认识的陌生人。

我一口气跑回了三楼，在臭气熏天的厕所里解决了需求，然后钻回了被窝。

那晚我没睡，一闭眼，就是柏妈妈那恐怖的笑容。

2051 年 12 月 26 日，大雨

米汤更稀了，喝多少也喝不饱，但有了昨晚的经历，我不敢多喝。

入夜之后，我在床上翻来覆去睡不着……我很害怕，但我不知道我在怕什么。

脑子里，始终徘徊着柏妈妈昨夜的笑容，室友的鼾声也很吵。

雨好像更大了，外面还在不停地打雷，我看着窗户，忽然想起这个窗户正对着楼下院子，反正也睡不着，鬼使神差地，我便下了床，来到了窗边，小心地朝着院子里查看。

风雨之中，柏妈妈果然还站在那个位置，她低着头，不知道在看什么……

以往的柏妈妈很和蔼，对我们也很好，她时不时会坐在床头教我们唱歌，给我们讲故事。可最近几天，我似乎很少在白天看见她了。

出于好奇，我一直盯着大雨中的柏妈妈，想看看她到底在做什么。

可她却忽然转头看向我，她对我笑了，又是那个笑容。

我浑身冰冷，吓得坐在了原地，双手死死捂住嘴，不让自己尖叫出声。

2051 年 12 月 27 日，大雨

我不知道昨夜我是怎么挨到天明的。

思索再三，我决定把这件事告诉蔡泉大爷。他是福利院的保安，听说年轻的时候是小镇里很厉害的猎人，曾经在山里猎杀过老虎。本以为大爷会不相信我所说的事，但当我把这件事情告诉大爷之后，他脸上的表情发生了很大的变化。

他忽然变得特别严肃，问我有没有将这件事情告诉其他人，有没有其他的孩子看见。

我说没有，只有我自己。

蔡大爷告诉我，这几天不要跟柏妈妈接触，晚上千万不要离开房间，也不要把这件事情跟任何人讲，他会处理好。我相信蔡大爷，但我已经不是小孩子了，他的表情很怪，明显有事瞒着我，可是不论我怎么问，他都说没事，让我不要担心。

柏妈妈对我很好，她把我从小养到大，还教我识字，虽然我很害怕，但我不想柏妈妈受到伤害，我一定要弄清楚柏妈妈身上到底发生了什么事情。

今夜，我会跟着他……

日记上的内容触目惊心。

或许是因为此时此刻宁秋水就在福利院内，外面同样是暴雨飘泼，所以对于日记本上的文字，仿若身临其境。

当他看到日记本的主人薛昭决定在夜晚跟踪蔡泉的时候，甚至有一种心脏被狠狠揪紧的感觉。蔡泉到底有没有问题？他的身上究竟发生了什么？宁秋水怀揣着莫名的情绪，轻轻翻开那关键的一页，他要和薛昭一同去一探当年的真相。

当薄薄的纸页翻过，宁秋水几乎能闻到纸间传来的潮湿气息……

2051年12月28日，大雨

我昨晚跟着蔡大爷来到福利院的仓库里，看着他从里面摸出了一柄锋利的尖刀，我躲在墙后，死死地捂住自己的嘴，生怕自己发出声音，当时我离他并不远，虽然有雨声掩饰，但对于他这样的猎人而言，稍不注意，很可能就会暴露自己。

我从来没有见蔡大爷用过这把刀，他这个时候拿着那把刀……是要去做什么呢？那一刻，我感觉自己的心脏跳得很快，也很不安……

我觉得，或许我不该把这件事告诉蔡大爷，也许柏妈妈过几天就会好起来？

蔡大爷拿着那柄尖刀，在仓库门口借着雨水磨了半天。这时，另一个熟悉的人来到了这里，一个我完全没有想到的人——院长。

他们说了一些话，我没有听得太清楚，不过似乎听到了柏妈妈的名字，看着蔡大爷穿着雨衣提刀走入雨夜中，我感觉到自己的腿在颤抖。

外面太冷了，还很黑，我害怕了，不敢继续跟着蔡大爷，等他们都走后，我一口气跑回自己睡觉的房间，然后钻进被子里，直到天明……

2051年12月29日，大雨

柏妈妈今天没有来吃饭，我一整天都没有看见她。

2052年1月5日，大雨

这雨不知道还要下多久，福利院里似乎已经没有吃的了，我看见厨房里的崔姨面色沉重地在跟院长说些什么，但我已经没有心情去听了。

我太饿了，柏妈妈还会回来吗?

2052 年 1 月 6 日，大雨
今天崔姨匆匆给我们做了一顿饭，我们吃完之后，她嘱咐我们之后一定要听警察叔叔们的话，她的脸色很憔悴，眼睛里写满秘密，我问她，她也不说。
看着崔姨即将离开，我叫住了她，跟她讲了那天晚上的事。
她听完之后，脸色大变，急忙抱住了我，询问我还有没有其他的小伙伴知道。
我说没有，崔姨偷偷抹着眼睛，我感觉她应该是哭了。
她告诉我们，永远不要回来，也永远不要提起那些事。
好好活着。

之后的日记被撕毁了很多页。

2052 年 12 月 22 日，大雨
我已经记不清这是第几夜大雨了，外面的雨让我想起了很多不好的事情，即便我想忘记，可日记里记载的文字却时刻提醒着我。
我一直在留意蔡大爷的消息，之前也去监狱探视过他。
他看上去老了很多，也变得沉默寡言，神志似乎有些不清。
我询问了一些他当初在福利院里的事情，但他只是盯着我，没有回答问题。
那天，我从他的脸上看见了和柏妈妈一样的笑容。
时隔一年，我并没有觉得好一些。噩梦时常将我带回到过去，许多事物已经模糊，但唯独那张笑脸……记忆犹新。
我几乎是逃出了警局，那是我最后一次去探望蔡大爷。

2052 年 12 月 26 日，大雨
玻璃窗又被敲响，我将自己的身体蒙进了被子里，瑟瑟发抖，室友还在熟睡，似乎完全没有听见这个声音。
这里是六楼。

2052 年 12 月 28 日，大雨
窗帘后面站着一个人影，一开始他还很淡，但后来他变得越来越清晰。
每晚他都会敲窗户，不过今天他没有敲。
他进来了，我终于看清了他的样子——是蔡大爷。

他来带我回家了……

日记本上的内容停留在了这里，后面便是一片空白。

宁秋水和刘承峰看过日记本上的内容之后，表情都变得凝重了不少。

"时间对上的话，正好是蔡泉越狱的那段时间……他把太阳花福利院的孩子抓回了这里？"

刘承峰虽然不太喜欢动脑子，但日记本上的内容已经写得很清楚了。

"蔡泉为什么要这么做？如果他想要杀掉这些孩子，当初在福利院里直接动手不就行了？"

宁秋水看着手里的日记本，缓缓道："不……去接那些孤儿回太阳花福利院的……应该不是蔡泉。蔡泉大概率已经和金乘一样，被诡物精神操控了……"

刘承峰听到这里，脊背寒气森森。

"这诡物这么阴魂不散，隔了这么长时间还要搞事！不过为什么是蔡泉？又为什么是一年的时间？我的意思是，它完全可以直接操控其他孩子，完全可以是任何时间，没必要等那么久。一年真的很久了，对吗小哥？"

宁秋水点头："是很久了。"

他看着手里的这本日记，又想起来之前鼹鼠发给他的那段录音，隐约之间好像想到了什么……就在这时，空旷的房间里，忽然出现了一个奇怪的声音。

那是一种让人牙酸的摩擦声，像是有人在用指甲，用力地抓挠着他们面前的这堵墙壁。那个声音不断响动的同时，也在逐渐接近宁秋水二人……

面前墙壁发出的摩擦声，让二人的精神瞬间宛如弓弦一般绷紧！

他们死死地盯着面前的墙壁，缓缓后退。

一开始，声音是从靠着门的方向传来的，随着它不断移动，声音已经来到了二人面前的这堵墙。并且这道摩擦声完全没有停下的意思，依然朝着二人移动，从他们面前的墙壁，移动到了他们脚下的水泥地板。

刘承峰从自己的包里面摸出了一个三角形银器，紧紧攥在手中。

一旁的宁秋水瞥了他一眼："不是，大胡子，你拿它做啥？"

刘承峰一边小心翼翼地警惕着地面，一边说道："这是外国友人送的礼物，由合金打造，硬的一……"

宁秋水不知道该怎么表达自己现在的心情："我知道，但……你不是个知命人吗？你这又是珠子，又是银器的……"

他话音刚落，便听刘承峰道："他山之石，可以攻玉。"

宁秋水："可以攻玉，那它能驱诡物吗？"

刘承峰："驱……吧？"

二人对视了一眼，宁秋水还是从身上拿出了那枚铜钱。

隔着铜钱眼，他扫视了一圈周围，又将铜钱眼放了回去。全红，啥也看不出来。

"嘻嘻嘻……"

稚嫩的笑声忽然出现在二人的脚底，惊得二人急忙散开，刘承峰猛地将手中的银器砸向了地面！

"砰！"银器准确砸中声音发出的位置，然后弹飞，落在了一旁。

一只惨白的手，缓缓将它拾起。二人看去，发现一个湿漉漉的、矮小的身影站在他们面前不远处。他低着头，二人看不清他的脸。

这个身影出现的瞬间，房间里的温度骤降。

这个身影拿着银器来到刘承峰的面前，递到他的面前。

刘承峰见来者不善，猛猛摇头："不是我的。"

身影一动不动，依然举着那个银器。刘承峰见他态度坚持，干笑几声，后退半步。

"开玩笑的，初次见面，这是叔叔送你的礼物，喜欢吗？"

站在一旁的宁秋水单手扶额。生死危机当前，他可不敢稍微松懈，急忙使用铜钱眼看向了面前的这只小诡物。

橙色。非红，非绿。

小诡物和刘承峰对视了片刻，点了点头，又摇了摇头。

"柏妈妈说过，不能随便拿别人的东西……"

说完这句话后，房间的空气便越来越冷。

宁秋水的瞳孔轻缩，铜钱眼中，这只小诡物身上的颜色……正在变红！

他立刻上前一步，对着小诡物说道："收下吧，礼轻情意重，送出去的礼物哪里有收回的道理？不过作为交换，希望你能回答我们几个问题，这样咱们也算扯平了，怎么样？"

小诡物缓缓偏头，盯着宁秋水的脚。沉默了一会儿，他点了点头，紧绷的气氛缓和了些。

见他同意，宁秋水便直入主题，问道："太阳花福利院里是不是有个'水中的人'？"

宁秋水话音落下，眼前的小诡物毫无反应。他仔细地盯着小诡物，才发现他竟然在发抖，似乎是被吓到了。见他如此表现，无论是宁秋水还是刘承峰都一阵心惊。

那个"水中的人"这么恐怖，光是提到，就连诡物都害怕？

见小诡物情绪越发不稳定，宁秋水急忙收口："你不想说的话就不说……"

小诡物死死地攥着手里的银器，他似乎挺喜欢这个东西，犹豫了许久之后，才缓缓地、艰难地吐出了一个字："……是。"

宁秋水心思一动，又问道："你知道有关他的详细信息吗？"

小诡物摇头，宁秋水和刘承峰对视了一眼。

"好吧，关于那个'水中的人'，我们想了解更多，你在福利院里有认识的朋友了解他吗？"

小诡物迈着僵硬的步子走到窗户旁边，伸出苍白的手，指向了一个方向。

宁秋水来到窗户旁，顺着他手指的方向看去。

那是一个特别的平房，上面有烟囱，应该是福利院的厨房。

"谢谢你。"宁秋水道了声谢，回头的时候，那个矮小身影已经消失了。

刘承峰伸手抹了一把脸上的汗水，惊魂未定道："小哥，咱们现在就过去吗？"

刘承峰看了一眼外面的瓢泼大雨和黑暗夜色，表情带着前所未有的凝重。

原本他过来是想要帮宁秋水摆平这档子事，结果他发现事情的危险程度已经完全超出了他的预期。那个"水中的人"完全不是正常人能够对付的存在！

问题是，这么恐怖的诡物，为何能如此肆无忌惮地干扰这个世界的秩序？他想不通。

"现在就去吧，拖得越久，越是危险……"宁秋水不想继续拖下去。

危险的不仅仅是这座福利院，还有整座小镇。

他将耳朵贴在门口，确认外面没有动静，宁秋水才小心翼翼地打开了门，强光手电在外面稍微晃了晃，确认天花板上和地面都没有水渍脚印之后，他们才从房间里出来。

二人一路下楼，路上宁秋水还仔细观察着地面，看看是否有水痕。

出门之后，二人冒着大雨，朝着厨房而去。他们身影狼狈，即便身上穿着雨衣，可雨水的冰冷和阴寒还是传入了他们的身体。

他们走后不久，一个黑影出现在了雨里，同样穿着雨衣，戴着兜帽，盯着宁秋水二人的背影，目光深邃。

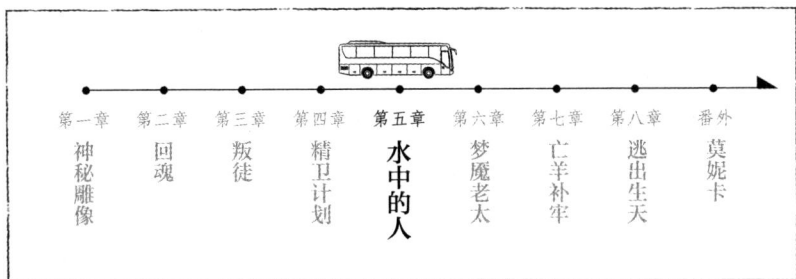

"小哥，不对啊……我思来想去，总觉得哪里不对劲。"路上，刘承峰的眼神有些直。

宁秋水一边小心地观察着周围，一边道："哪里不对？"

刘承峰掰着自己的手指："之前地面上不是有水痕吗？它像是在指引着我们，本来我以为是有人在暗中指引我们，但从刚才遇见的那两只小诡物来看，显然他们并没有多少帮助我们的想法。所以……那水痕应该不是他们留下的……"

宁秋水目光一闪："你说得对，大胡子。我也觉得那水痕不像是诡物留下的，更像是……人。"他话音刚落，手机忽然振动了起来，宁秋水看了看，是鼹鼠。

接通后，里面传来了熟悉的声音："秋水，我跟你说，那些小孩子的事我全查清楚了，他们基本全都在十九年前神秘失踪了……"

宁秋水眉头一扬："基本？"

鼹鼠："嗯，其中有一个叫李悦的女孩也失踪了，但不是在十九年前，而是……最近。"

相比这个消息，更引起宁秋水注意的是她的名字——李悦。

宁秋水第一次知道这个名字的时候，还是在诡门背后。

在"送信"的诡门副本里，那个想要保护却失手害死了自己弟弟的女孩。

"真奇怪……"宁秋水喃喃了一句。

刘承峰好奇道："奇怪什么，小哥？"

宁秋水跟他解释："你还记不记得我们去过一扇诡门，那扇诡门要咱们送信，去寻找害死一名婴儿的凶手？"

刘承峰点头："记得。"

"那个婴儿的姐姐就叫李悦。"

刘承峰闻言失笑："小哥，没必要强行联系，这个世界上同名的人有很多……"

宁秋水神色严肃："不，我认真的。那个小女孩最后被送到了太阳花福利院中生活……你不觉得……这之中有着某种巧合吗？"

刘承峰听到这里，表情变得古怪了不少："嗯……这么一说的话，是很巧合。好吧，小哥，我们假定一下，倘若这所福利院里的李悦，对应诡门背后的小女孩李悦，那么她之所以能在十九年前活了下来，多半……不，肯定是因为'李悦'在帮她！"

刘承峰语气笃定，言语之中满是思考："一个孤儿，没有什么可以依仗的，除了她自己。但无论如何，她最后还是没有逃掉，不是吗？她失踪了，和其他孤儿一样。"

宁秋水微微摇头："她是失踪了，但未必和其他的孤儿一样。她躲了十九年，不会突然被抓住的，又恰巧是在这个时间点。"

刘承峰胡子拉碴的脸上掠过了一抹异色："如果不是被'水中的人'抓住，那她是自己躲起来了？"

宁秋水望着风雨的前方，那座黑暗中已经逐渐清晰的厨房小院，缓缓说："或者……她回到了这里。"

跟在宁秋水身旁的刘承峰身子微微一怔："那个在地面上留下水痕，帮咱们的神秘人？"

宁秋水点头："除了她，我想不到还有谁会帮咱们。而且，她在有意指引我们去获知当年的真相。先前在309，日记本就放在房间里随处可见的地方，薛昭却表现出寻找日记本很长时间的样子，搞不好当年拿走日记本的人就是李悦。"

刘承峰挠了挠头："如果真是这样，她想要咱们了解到日记本上的内容，为什么不直接把日记本寄给我们呢？这样不是更安全吗？"

宁秋水说道："你还记得之前日记本的样子吗？里面已被水彻底浸湿了，什么都看不清楚，我想，这个日记本大概需要接触到它的主人，一部分模糊的内容才会显现。"

刘承峰若有所思："小哥你的这个想法确实有可能。不过……为什么是我们？她自己应该也看得到上面的内容吧，为什么要我们帮她看？"

宁秋水沉默着，风雨之中，他们已经穿过了黑暗，来到了厨房小院的栅栏门外。

宁秋水的目光掠过栅栏的某个缺口，眉头微微一皱。刘承峰已经率先迈步进入了栅栏门外，朝着距离他最近的那个小砖房走去，可他刚来到门口，便听身后的宁秋水说道："别动。"

刘承峰闻言，立刻站在了原地。

宁秋水悄无声息地来到刘承峰的身后，对他说："这个大院子里可能有人。"

刘承峰听宁秋水叫住了自己，还以为发现了诡异的东西，此刻一听原来是人，心里的石头反而放下了："活人怕什么，小哥……总比遇见诡物好！"

宁秋水摇头："不可掉以轻心，敢来这座荒镇的人目的不纯，身上可能有些武器，危险程度不低。"

这是个很简单的道理，对一个人来讲，狼的力量肯定远小于牛，但若论起对人的威胁，肯定是狼更大，和太阳花福利院里的那些诡物相比，进来的那些活人也许就是狼。刘承峰也点点头，压低了自己的步伐，朝着面前的那个砖房而去。

这砖房的年代感实在是太重了，以至于让刘承峰感觉自己好像回到了好几十年前。宁秋水站在砖房的门口，仔细看了看地面和门槛上的痕迹，忽然在刘承峰耳畔说了几句，后者脸色变了变，然后压低了自己的身体，小心地在砖房的木门上敲了敲。

"咚！咚！咚！"这敲击声不紧不慢，房间里却没有传来任何回应。

眼前的是很老式的乡村木门，门只能朝里开，为迎客，在门外会有大约一尺高的门槛。在门槛上，有些淡淡的、被踩过的痕迹，如果观察不细心，几乎无法察觉。

刘承峰见里面无人回应，又拿手电对着窗户向里面照了照。

窗帘紧闭，什么也看不清，他来到门口，猛地一脚踹门，踹门的同时，还朝旁边跃开了！刘承峰转身就朝房间的侧面绕去！

房间里的人听到了外面的声音，又隔着窗户感受到了手电筒一样的光照，急忙从房间里追了出来！

"砰！"第一个人刚出门，便被宁秋水一脚踢倒，他栽倒在雨中，还没有反应过来，便被扑上来的刘承峰狠狠地压在了身下！

此人奋力挣扎，但刘承峰那体形，一旦压在了身上，一般人两三下可挣不动，慌乱中，刘承峰的目标也非常明确，那就是制住对方的双手。

就在二人扭打在一起的时候，门内又出来了一个人，不过这个人很聪明，他没有第一时间去找刘承峰，而是直接朝刘承峰相反的反向而去。奈何，他还是低估了他的对手，近距离的状态下，对方的速度和精度实在太娴熟了！

手腕一痛，他还没有反应过来发生了什么事，他的手臂就传来了一股沉沉的力道，雨中地滑，他一个没站稳朝前面扑去，再被接住的时候，已经成了宁秋水手中挟持的人质。

"救我!"这人光是跟宁秋水打了个照面,就已经感觉到了宁秋水是个非常厉害的高手,不过他似乎还有一个同伙!

四周陷入一阵沉寂,趁着这个间隙,宁秋水打晕并扔开了人质。他蹿入房间,手中的强光手电将房间内照了一遍,仅仅一个呼吸的时间,宁秋水已经成功完成了潜入、定位、袭击三个操作。重物坠地,宁秋水用强光手电照向了地面上的男人。

确认他彻底晕死过去后,宁秋水才走出房间,暴雨附着的泥巴地上,刘承峰还在跟那个人死磕!他虽然在打架这方面不是专业的,但也知道打人要打下三路。

刘承峰反手一招,那人登时便瞪大了眼睛。片刻后,他张大了嘴,似乎想要叫,然而宁秋水直接一脚踹在了他的下巴上,下一刻他便昏厥了过去。

"呼……累死我了!"刘承峰瘫在了雨水泥地之中,大口大口地喘着气。

"快起来!先把他们拖进房间里!"宁秋水低声说。

刘承峰闻言气沉丹田,一个"懒驴打滚"狼狈地从地面上爬了起来,抹了一把脸上的泥水,跟着宁秋水将这两人拖入了房间。

看见房间地面上的男人,饶是刘承峰见过了许多大场面,也觉得后背酥麻。

他带着敬佩的眼神看向了宁秋水。小哥身怀绝技啊!他从他的师侄玄清子那里听过关于宁秋水的事,知道宁秋水从事着一些特殊的工作,本事不小,但没想到宁秋水这么厉害。

刚才那套丝滑小连招,可不单纯是熟练就能用出来的。生死博弈中,能够如此冷静且精准的,绝对曾经常年在危机边缘行走过。

"小哥,怎么处理他们?"刘承峰询问道。

宁秋水蹲在地面上,一边搜查着三人的身体,看有没有什么特别的证件,一边对刘承峰说:"大胡子,你帮我盯个梢。"

刘承峰急忙点头,由于房门刚才被他踹坏了,于是他只能从自己的包里翻出一本十分精致的经书,试了试,正好能准确卡在门背后的木锁凹槽里。宁秋水瞥了他一眼,这大胡子真是让人一言难尽。

他低头继续从三人的衣服里翻找着证件之类的东西,但什么都没找到。

他们的衣服里除了防身的武器,还有一部手机,比某些网文作家的钱包还要干净。

"有备而来。"

宁秋水目光烁然,某些情形下,什么都没有找到,往往也意味着找到了些什么。

"很可能是罗生门的人。"

"确定吗，小哥？"

"七八成把握。"

宁秋水在房间里找到了一些破旧的衣物，他将这些衣物拴紧，然后把昏迷的人绑紧。之后，有人醒了过来，他大叫："我什么都不会说的！"

但很快，他的眸子变得清明了起来，看着宁秋水举起了一个破旧的锤子，这人即刻大叫道："别动手！我刚才脑子不清醒，我什么都说！问什么说什么，知无不言，言无不尽！"

宁秋水看着这家伙，缓缓放下了手里的锤子："你们是谁？老实交代，是不是罗生门的人？"

"是，是……我叫狄盛。"

"为什么来福利院？"

"为了……为了……"说到这里的时候，那人的呼吸声忽然变得急促了起来，似乎是想到了什么可怕的事，"不，我不能说……不能说！"

见他如此冥顽不灵，一旁的刘承峰恨恨道："小哥，敲他！"

宁秋水却没有动，他看着面前人的五官渐渐变得扭曲了起来。

"我……它来了……快……我不想……救我……救……"

他嘴里说着古怪的字眼，表情越来越狰狞，像是在对抗什么，随后，他突然瞳孔放大，没了生机。

死寂的房间里，有一道很轻的古怪声音与外面的雨声混为了一体——是水声。

宁秋水将强光手电对准了屋子里水声发出的地方——正是面前的狄盛。

宁秋水觉得不对劲，刚后退了一步，狄盛忽然猛地抬起头！

他似乎触碰了什么禁忌，又或者是福利院内那个"水中的人"找到了他们，竟然直接精神操控了他的身体！见到这个笑容的一瞬间，宁秋水似乎明白了薛昭的感受。他没有丝毫犹豫，转身就朝着门边跑去："大胡子，快逃！"

宁秋水对着刘承峰大叫了一声，然后猛地一脚踹在了门上！

"砰！"巨响之后，经书的纸页飞舞在空中，二人一前一后，快速穿行！

一出门，宁秋水正要朝着厨院外面跑去，却听刘承峰在身后叫道："往右，小哥，去前面的那个房间！"

外面大雨瓢泼，寒气弥漫，冰冷得宛如刀子一般。按照刘承峰的指引，宁秋水一边在暴雨中狂奔，一边掏出身上的铜钱眼，对着身后那个房屋看了一眼。

整座福利院依然被笼罩在一片红色里，并且屋子里的红以一种肉眼可见的速度变得浓郁，明显和周围的红色形成了对比，甚至要凝成实质一般！

见到这一幕，宁秋水知道，那个家伙……真的来了！

宁秋水的心里闪过不少念头，他想要找到精神操控的真相和契机。

从之前的经历和知晓的信息来看，那个家伙显然不能随便出手，被它操控的对象，应该有一个特殊的共同点。但由于宁秋水对这些人了解太少，所以他一时半会儿也找不到那个共同点究竟是什么。

在刘承峰的带领下，他们很快便藏进院里边缘的一个房间，这里堆积了不少的干草，似乎是用来烧火做饭的。这个房间很是干燥，所以即便这些干草早已遍布灰尘和蛛网，依然没有腐烂。

二人关上房门，靠门而坐，轻轻喘息着。

"为什么要逃到这里？"宁秋水好奇地看向刘承峰，后者脸色略有些苍白，不知道是被吓的还是被冻的。

"外面大雨瓢泼，那家伙又跟水有关，外头全是他的地盘，这福利院虽然穷，但由于是郊区，所以占地面积还是挺大的，厨院又靠边，从厨院跑到最近的楼房最少也有一百来米，我们没有那个时间……

"他出手虽然需要时间，但不会等我们太久，一旦他完成操控，而我们还在雨里，事情就麻烦了……"

刘承峰说着，向宁秋水讨要了一块口香糖："这家伙应该是存在限制的……结合小哥你之前的遭遇来看，如果他不操控其他人，应该只能在固定的一些地域活动，譬如楼房里……一旦操控完成，他就可以到处晃悠了。"

宁秋水闻言，心里颇有些讶异。这大胡子看上去稀里糊涂不靠谱，没想到心思还挺细腻。

"那个小诡物让咱们来厨房找线索，线索没有找到，咱们却在这里遇到了罗生门的人，要不是小哥你身手矫捷，我们搞不好就交代在这里了……"

二人都没有发现，当刘承峰说完这句话的时候，房间的干草垛里面出现了一双黑漆漆的双目，正在偷偷地打量着他们……

宁秋水和刘承峰躲在门后，时刻关注着门外的动静。

雨水还在尽情挥洒着，似乎想要将这片地域全部淹没方才罢休，而在那嘈杂的雨声里，听觉敏锐的宁秋水感觉到一个脚步声正由远及近地靠近。

他眯着眼，阻止了想要说话的刘承峰，示意他噤声。刘承峰也明白了什么，立刻住嘴，将耳朵贴在门缝上，注意着门外的动向。

当他听到了那个越来越近的脚步声后，心跳速度也随之快了起来！

不出意外的话，这个脚步声就是奔着他们来的！

那脚步声越来越近，一直到距离他们很近的另外一个杂房时才停下，推门而入，进去搜寻。隔壁的房间里没有水坑，他发出的声音很小，已经基本被雨声掩盖。

但也正因为这样，反而让气氛变得更加紧张，毕竟谁也不知道他什么时候会从房间里出来……躲在柴房里的二人有一种等死的感觉，很是煎熬。

"小哥，实在不行，我们现在跑出去！"刘承峰咬咬牙。

事情已经走到了绝境，但即便他们跑入雨幕，那里是对方的主场，他们也根本没有逃脱的可能。

"啪嗒！啪嗒！"雨幕中，脚踩在水坑里发出的声音又一次响了起来！

对方似乎已经将隔壁房间全部搜完，发现什么也没有，于是奔着这个房间来了。刘承峰感觉自己的身体变得僵硬，他立刻在背包里面翻找着，就在这时，房间的角落里传来了一个稚嫩的女声："这里！"

二人被声音吸引，发现是那堆干草。

"小哥，你刚才听到什么了吗？"

宁秋水摇头。二人走到了干草堆的前面，正要说些什么，忽然干草堆里伸出了一双惨白的手臂，将他们二人抓住，下一刻，二人的身影伴随着门被打开的声音一同消失了。

冷风裹挟着潮湿的雨雾吹入了房间，一个浑身湿漉漉的黑影站在了门口，冷冷地盯着空无一人的柴房……

浑身淌着水的人在房间里不断踱步，他每走一步，地面上就会留下一道脚印形状的水渍。

他仿佛从水中出来的，一直在房间里搜寻着，那双眼睛只有眼白，里面充斥着狰狞的血丝。这人的身体散发着浓郁的寒气和压迫感，远远不是普通诡物能够相比的，他在房间里来来回回地寻找，最终将眼神锁定在房间里的那堆干草上面。

他来到了干草堆前蹲下，认真向里面看去。

几个呼吸之后，他又重新站起来，缓缓朝着门边走去。

"吱呀……"柴房门被推开，他的身影化为了一道黑色的人形没入风雨之中，消失不见。

他走后，柴房里面依然没有动静。

大概过去了两分钟，柴房的木门再一次被推开了。

他又一次出现在了柴房的门口，走进来再度巡视一圈，这回确认这个房间里没有人后，便离开了……他走后，空荡的柴房中只剩下了冷风与雨声，直到十几分钟后，干草堆下才突然发出了轻微的开锁声。

陷阱门被打开，三颗脑袋探头探脑地从下面的黑暗中伸出来。

确认外面那家伙不会再回来，中间那个小脑袋才消失不见，下一刻，她出现在了柴房里，将大开的柴门关上。而后，宁秋水和刘承峰也从陷阱门下走了出来。

二人扒拉了一下自己身上的干草，对房间正中骨瘦如柴的女孩说："谢谢你……小朋友。对了，你叫什么名字？"

面前这个皮肤苍白的小女孩轻轻道："小桃子……"

她说着，轻轻扬起了头，看着刘承峰，眼中流露出渴望："你们有吃的吗？"

刘承峰微微一怔，随后意识到了什么，从自己的包里面拿出了一些洋葱和大蒜……

"只有这些。"他挠了挠头。

或许是他的错觉，他看见小桃子的那双眼睛居然微微亮了一下，然后接过他手里的洋葱和大蒜，埋头狼吞虎咽地啃了起来……看着小桃子狼吞虎咽的模样，宁秋水凑到刘承峰的身边，轻轻撞了撞他的肩膀："哎，你带这些玩意儿干啥？"

刘承峰解释道："以前我看过一本小说，里面的主角就曾经用大蒜打过怪物！"

宁秋水身子微微靠后，用一副看鬼的表情看着刘承峰。

他想说刘承峰不靠谱，又开不了口，因为对方的准备很充分，甚至连怪物都想到了。

"小哥，你什么表情？"

宁秋水摇了摇头，他真不知道该说什么了，于是转头看向了小桃子。

对"小桃子"这个名字，宁秋水一点也不陌生。

薛昭的那本日记就曾提起过"小桃子"这个名字。

她因为晚上太饿，去厨房里找吃的，结果雨天湿滑，导致一脚踩空，在台阶上摔晕了过去，最后待在冷雨中太久导致体温失衡死掉了。小桃子死得很草率。

如今死去的人就在他们面前，宁秋水不得不对这个世界重建新的认知。或许，对曾经的他们来说，还不具备看见这个世界上更高维的生物的能力，只有进入诡门，并能长期生存下来的玩家，才会开启这种新的技能。

等她吃完了刘承峰给她的这些东西，才意犹未尽地舔了舔自己的嘴巴。

"谢谢。"略带一些生涩的道谢声响起。

和其他诡物不同，小桃子是因为意外死掉的，她并没有像其他诡物那样表现出较强的攻击性。

"不用谢，要不是你，我们现在都已经被外面那只诡物袭击了。"刘承峰"嘿嘿"一笑。

正所谓"山重水复疑无路，柳暗花明又一村"，他原本都已经做好了跟外面那只诡物放手一搏的准备，没想到这柴房中居然出现了一只小诡物，帮助他们逃过了一劫。

"对了，小桃子，你知道外面那只诡物是怎么回事吗？"

提到了刚才那只诡物，小桃子的脸上浮现出忌惮的神色，但相比于之前在大楼里遇见的其他小诡物，小桃子似乎没有那么恐惧。

"他是水中的人，大家都很害怕他。"

见小桃子这么好说话，宁秋水便将话匣子直接放开了："你说水中的人，是哪里的水？"

小桃子抱着自己的膝盖坐在干草堆上，神色之中的忌惮愈发严重。

"是……井里的水。井里面有一扇门，它从门后面来的。"

听到了"门"这个字，宁秋水的神色立刻变得严肃了起来，他追问道："那扇门是什么颜色的？"

小桃子认真想了想："黑色。那扇门每过一年会被打开一次，直到下一次重新关闭。"

宁秋水微微皱眉："等等，你说的……'被'打开？"

小桃子点头："对，每年的这个时候，福利院都会来一些奇怪的人。他们会去井底把那扇已经关上的门重新打开一次。"

宁秋水和刘承峰对视一眼，想到了刚才那个狄盛。那家伙来自罗生门，而且从他的表现来看，他们明显跟这件事情有着莫大的关联。

"那扇门关上之后，水里的人也会被关进去吗？"

小桃子摇了摇头："他不会被关回去，但那扇门关上之后，他会变得虚弱。"

"会虚弱到什么程度？"

"嗯……跟我们差不多。"

随着小桃子的话音落下，刘承峰瞪了一眼："他平时这么欺负你们，你们为什么不等他虚弱的时候去找他复仇？"

小桃子的语气变得气愤起来，攥着自己的小拳头在空中挥舞："谁说我们不想收拾他？

"大家都是被他害的，但这家伙可贼了，只要他一感受到自己的力量开始变得衰弱，就会立马返回井底！我们没有办法接近那扇门，它排斥我们。"

宁秋水眸光闪烁："如果我们去关上那扇门，你有办法帮我们拦住他吗？"

小桃子的脸上浮现出迟疑："我一个人的话肯定不行，但我也许可以去找其他的小伙伴们帮忙。"

宁秋水点了点头："不过在此之前，我们想先去看看那口井在哪里，你能带我们去吗？"

小桃子一下子从草堆上跳了下来："没问题，不过我不能接近那里，只能把你们带到附近的位置，然后给你们指个方向，你们自己去看。"

他们简单合计了一下，便小心地推开门。

"现在门快要关上了，他的状态并不好，我们等雨稍微小一点就行动！"

小桃子对身后的二人说道，她话音刚刚落下，宁秋水却忽然看见前方的雨幕深处出现了几道黑影——是三个人拖着一个人，被拖着的那个人时不时会挣扎一下，但力度很微弱。

宁秋水眯着眼，忽然道："坏了！"

刘承峰见状，迅速问道："怎么了小哥？"

宁秋水指着远处那几道黑影："李悦可能被罗生门的人抓住了！"

宁秋水对周遭环境一向非常敏感。

正如刘承峰之前告诉他的那样，李悦是一个孤儿，除了她自己，没有什么可以依靠的。而罗生门的人沆瀣一气，除非特殊情况，不太可能对自己人动手。由此可见，外面那个被拖在地面上的人，大概率就是李悦。

"那怎么办？"刘承峰看了看天上倾盆落下的大雨，又看了看远处被拖行在雨水中的人，脸上浮现出焦急的神色。

他并不怕罗生门的人，但"水中的人"现在正是力量最强大的时候，可以肆无忌惮地穿行在雨中，甚至暴露在雨天里的人他都能够清晰感知到，在这样的情况下，他们倘若一股脑地冲过去救人，估计还没有见到李悦，自己就先被对方找到了。

刘承峰是个比较重情义的人，倘若只是一个关系不大的陌生人，他绝对不会冒着危险去救对方。但他们刚来福利院的时候，倘若没有李悦在暗中引导他们，那他们很可能早就已经遭遇不测了，这时候对方疑似遇到了危险，让他在一旁干看着，能把他急死。

"别急，别急……我想想……"

一个一个念头浮现在宁秋水的脑海里，又被他一一排除。

没法子可用，那诡物太强了，强大得让人绝望。人根本无法和诡物对抗。

对于宁秋水而言，以往的敌人无论如何强大，只要他能操作，就能想办法解决掉对方。可面对这些诡物，他深感无力。

看着二人陷入沉默，一旁的小桃子弱弱出声，给出了一个建议："其实……那家伙挺蠢的。"

二人看向小桃子，眼中闪烁的光让小桃子忍不住缩了缩自己的头。

"声明一下，我的方法可不一定管用……而且有一定危险性。"

刘承峰急忙道："你且先说，别再卖关子了，再拖一会儿，搞不好李悦该挂了！"

小桃子忽然消失，再出现的时候，手中拿着一根秸秆和一个铲子。

她把铲子里的灰倒在地面上，嘴一吹，这些灰便被铺平了，她用秸秆在地面上大致画出了一个福利院的地图。

"我们现在在这个位置……对方虽然很可怕，但是他的速度并不快，而且死脑筋，一旦盯上了谁，只要没有跟丢，就会一直追……就像刚才那样。"

顿了顿，小桃子又道："你们想救李悦姐姐，很简单，一个人跟着我，先拉走对方的注意力，然后另一个人再趁着这个机会去救人。

"不过正如我所说的那样，我很熟悉福利院的躲藏点，对方也有很多可怕的能力，他会时不时在福利院的某些位置或东西上面打上属于自己的标记，那些被打上标记的东西我是不清楚的，真的遇见了危险，我肯定会自己先跑，你们谁跟着我就只能自求多福了……"

小桃子说到这里，又用手中的秸秆指着远处渐行渐远、即将消失的黑影道："喏，还有那些人，他们可不好对付，身上有武器，你们一个人去救李悦姐，搞不好也会遇见危险。"

刘承峰听着她的话，忽然目光灼灼："小桃子，那你能去帮我们救下李悦姐姐吗？或者你去找一些小伙伴帮忙。如果你能帮我们，回头我给你带很多好吃的过来！"

听到有吃的，小桃子的眼神都直了。

但即便如此渴望，她还是摇了摇头："我和他们不一样，没有他们那么厉害，我只会躲猫猫。而且，他们也不能轻易离开那幢楼。那个水人把他们锁在了那里。"

刘承峰一听这话，叹了口气。宁秋水瞟了他一眼，道："大胡子，你跟小桃子去拉水人的仇恨，不用太久，帮我争取十分钟就够了。"

刘承峰闻言，犹豫了一下："我这边倒是没有问题，不过小哥，你确定你一个人能够救下李悦？"

宁秋水扬了扬手里的武器，这是他先前从罗生门的人身上拿到的。

"如果是李悦，十分钟我能救下她，如果不是，这武器也够我彻底解决那些人了。"

刘承峰闻言，也不再纠结，点了点头："好！如果没有意外的话，待会儿咱们还在这里会合！"

约定好，刘承峰和小桃子简单合计了一下，便直接冲入了雨幕之中。

宁秋水等待了两分钟，才奔着先前那几道黑影消失的方向而去。

按照小桃子的交代，那是蔡泉大爷以前闲得无聊的时候种的一片梨园。

梨园内，虽然树影交错，但由于是人工种植，梨树的排布很有规律，且彼此之间的间距较大，所以想要在里面找人并不难。

宁秋水来到这里的时候，只是简单晃了两下，就看见了一个纤瘦的黑影被吊在了树上，另外三道黑影围站在旁边，时不时会用木棍殴打被吊着的黑影。

宁秋水拿出铜钱，观测了一下梨园，发现这里的红色较淡，应该没有诡物徘徊。

他指尖一翻，铜钱隐匿其间，宛如魔术师一般，又摸向了腰间。

雨中，响起了一个短促的声音，只一瞬间，便被雨声淹没。

"咔！"

那几人显然没有想到这座福利院里除了他们还有其他的人。

月黑雨重，阴云之下，宁秋水并没有打开自己的强光手电筒，对于人这种趋光性的生物而言，在这样的环境里，哪怕是一盏不算明亮的灯笼，也会立刻引起注意。

他一路小心潜行，尽可能绕到三人视角的盲区，现在他距离那些人至少还有五十米。宁秋水不是什么高手，他没有把握在这个距离，并且在受到严重的风雨干扰的情况下准确击中三人，他需要更近。

灵敏的身影在黑暗中小心潜行，宁秋水仿佛和黑暗融为了一体，没过多久，便来到了距离三人二十米左右的距离。与此同时，那三人猛地扬起棍子，就要朝着女人的头打去！见此，宁秋水不再隐藏，对着远处连开了三枪！

"砰！砰！砰！"

三发全中！但只倒下了两人。

拿着木棍的那人由于距离女人实在太近，宁秋水没有选择攻击他的头，一旦失手，很可能会误伤旁边的女人。对方也不是省油的灯，击中的瞬间，他就已经做出了反应——整个人的身体宛如炮弹一样扑向了旁边的粗壮梨树，同时拔出了腰间的枪，转身对准了枪响的黑暗进行反击！

对方当然不是真的想要宁秋水的命，目的是制造一些威胁，给自己争取更多判断的时间！大部分人在受到袭击的时候，都会第一时间选择躲避。

无论是普通人，还是久经沙场的高手，这是人类自我保护的本能反应。

受袭之后，他也成功将自己的身体藏入了距离枪响方向相反的梨树背后。

腿上的伤口传来剧痛，鲜血浸湿了裤腿，但头顶落下的冰冷雨水似乎给这剧痛一些缓和的时间，此人握枪冷静地查看了一下自己的伤势，确定暂时不会致命之后，他便立刻小心地朝旁边探头。

"砰！"

又一声枪响，打在了他探头的树旁，吓得他急忙缩回了自己的头！

风雨之中，在这样黑暗的境况下，还能有这种准头，对方绝对是一个顶级高手！他心中庆幸，倘若不是他身后靠着的这棵梨树够粗够大，那他现在的境况必然格外糟糕！他知道身上有伤，拖下去对他不利，也不知道对方的身上有没有备用武器，绝对不能给对方准备的时间！此人虽然处于劣势，但大脑清明，快速分析完了自己的处境，他迅速对着那头的黑暗继续反击！

"砰！砰！砰！"

眼下想要赢下这场黑暗中的博弈，唯一的机会就是骗对方打空弹匣，然后自己再进行绝地反击！他的计划显然获得了成效，对方也进行了回击！

"砰！"

对方正好打在他握枪的手背上，精准无比！

他吃痛丢枪的同时，身后又传来两声，狠狠地击在了他身后的树上！

见此，他没有丝毫犹豫，直接一个翻滚，精准地拾起了地上的枪，对准了身后！

他脸上狰狞的神色浮现出了一抹胜利的笑容，三枪，对方的弹匣已经打空了。

反击，就是现在！

"你以为博弈已经结束了吗？对不起，博弈现在才刚刚开始！"他神情疯狂，在雨中快速锁定了宁秋水。

大雨中，二人相隔十五步，举枪相对，这是他们都能一枪击中的距离。

"从你出现的那一刻，博弈就已经结束了。"

宁秋水漠然的语气隔着风雨传入那道黑影耳中，让他微微一怔。

"砰！"

他惨叫一声，手中的枪再次被击飞，宁秋水来到他的面前，看着面前单膝跪地的男人。

"你……"他瞪大自己的眼睛，里面除了恐惧之外，还带着迷茫。

宁秋水摊开了自己的左手手掌，掌心中，出现了一颗小小的石子。

"既然看不见，你应该更相信自己耳朵的。"宁秋水说道。

"原来如此……"他喃喃说着，眼中的神采消失，整个人软倒在地面的泥泞之中。宁秋水原本想要留对方一命，因为他有些疑惑，想要从对方的口中得到证实。

不过，冥冥之中，似乎有什么在跟他作对，宁秋水看着男人倒在地面上的身体，心里感叹还好不是在诡门内，不然他的麻烦就大了。

不过，他的心里还是隐隐不安。如果在这个世界，人死后不会变成诡物，那孤儿院里的那些诡物又是怎么形成的呢？

奇怪归奇怪，还是要先救人。宁秋水来到了被吊着的女人面前，掀开了她的头套，一张浮肿的脸出现在了面前。

这张脸，隐约让宁秋水觉得有些熟悉，和诡门内的那个年幼版本的李悦真的颇为相像。宁秋水心中感慨神奇的同时，为她解开了绳子，李悦软趴趴地瘫在了宁秋水的怀中。

"看样子被揍得不轻啊……还好来得及时。"宁秋水道。

李悦的左眼已经肿得没办法彻底睁开了，只有右眼还能看人，她认真地打量了宁秋水几眼，问："你是谁，为什么要救我？"

宁秋水将她背在了背上，朝着之前的柴房走去，嘴上回道："你不认识我，为什么之前要救我们？"

李悦沉默了会儿："所以，你就是宁秋水？"

宁秋水点头："你怎么知道我的名字？"

李悦趴在了宁秋水的背上，雨水不断从她破旧的黑色雨衣上滑落："是她告诉我的。"

宁秋水微微侧头："谁？"

李悦道："另一个'我'。"

风雨之中，宁秋水的眼睛微微眯了起来："你收到信了？"

李悦语气狐疑："信？什么信？"

宁秋水思考了片刻，问道："你没有收到信，那为什么会知道另一个你？"

李悦呼出一口气，嘴巴里还隐约有些血腥味儿："做梦。我经常做梦，梦里会看见一个和我长得一模一样的小女孩，她跟我讲了很多事，起初，我认为这只是我自己的臆想，我可能太想念大家了，可是后来，我渐渐发现了不对劲……"

李悦开始向宁秋水讲述了一些过去的事情。讲述她是如何在梦中的自己的指引下，一次又一次险之又险地躲开水人的袭击。

"其实，他的本质不是水人。"

宁秋水将她背入了柴房中，李悦靠在干草堆上休息，顺便跟宁秋水聊起了所谓的水人。

"不是水人，那是什么？"

"一只诡物。"李悦闭上眼睛，脸色因为冷而变得苍白。

宁秋水笑道："我知道是诡物。"

李悦调整了一下呼吸，又看向宁秋水，语气变得严峻："跟你想的并不一样，你可以理解为，那个家伙是太阳花福利院的'污染源头'。

"被他拖回到这个地方的人，都会永远化为太阳花福利院的一部分。"

宁秋水脸色微变："你的意思是这地方会荒废，全都是因为水人的存在？"

李悦点头："是的。

"他是从一扇井底的石门背后过来的，原本不属于这里，而是属于我梦境里的那个世界。那边有坏人要做坏事，和这边的坏人勾结在了一起，是他们弄出了那些石门！"

李悦看着宁秋水，像是找到了一个情绪的宣泄口，越说越激动。

宁秋水在柴房里面缓缓踱步，思索着眼前少女所说的一切："等等……石门不止一扇？"

李悦的呼吸声变得急促，脸色也苍白得不像人样，语调之中已经带着一丝无法抑制的颤抖："是的……整座鸟山镇，估计已经有上百扇石门了。"

李悦的话音落下，宁秋水感觉自己的脑袋里像是有一个巨型炸药爆炸了一般！

鸟山镇有上百扇石门？那岂不是意味着，这座荒镇里，已经有了上百只诡物？

这个时候，他骤然想起来自己之前在镇子里用铜钱眼观察鸟山镇的时候，看见整座镇子里全都是刺目的猩红！这座鸟山镇已经变成了真正的诡镇！而像太阳花福利院这样的地方，镇里还有上百处！

饶是宁秋水心理素质强大，此刻也倒吸了一口凉气，目光沉凝。

以前他一直觉得有件事情很奇怪，那就是为什么作为科技高度发展的未来世界，石榴市的占地面积居然缩小了，有关部门的人对此含糊其词，坊间自说自话。

而现在，宁秋水觉得自己已经触摸到了真相。不是他们想要石榴市变得城市中心化，而是一些不方便治理的边缘地带早就已经沦陷为诡物的游乐场！

"怎样才能终结太阳花福利院的一切？"宁秋水看向了干草堆上的李悦。

后者回道："去到石门之后，找到能彻底锁上石门的石匙。不过，石门之后的世界……很混乱，很危险！稍有疏忽，很可能就会永远留在那里！"

宁秋水眯着眼："石门背后是你梦境中的那个世界（诡门世界）吗？"

李悦摇头："不，是水人诞生的世界。我梦境之中的自己将石门背后的世界称为'小地狱'。"

"小地狱"？

宁秋水是第一次接触到这个词语，但仅仅凭借着名字，他也能感觉到这不是什么好地方。

"小地狱是什么？"

李悦摇头："我也不清楚。

"她将那里称作'小地狱'，但对于那里的事情并没有明说，似乎很忌惮。当年在福利院中，院长和护工们发现了水人的存在后，用过各种方法想要阻止他，不过最后都没有成功。

"无奈之下，他们为了保护福利院的孩子，选择了玉石俱焚的方式来阻止水人。"

虽然已经时隔多年，但李悦缓缓讲述出这件事情的时候，仍然眼眶湿润。

对于当年福利院发生的事，宁秋水虽然已经查阅过一些资料，但具体情况和细节，还是只有当事人才能确切知晓。

"所以，蔡泉杀掉福利院里所有的护工是为了阻止水人？"

面对宁秋水的询问，李悦仰起头，双手轻轻擦过了自己的眼角，声音哽咽："是的。水人那个时候的力量还不强，只能通过操控意志薄弱的成年人才能正常行动。

"院长思考了很长时间，他做不了决定，无论是福利院的小孩子还是那些护工，都已经陪伴了他和这座福利院很长时间，他无法割舍。

"但这个世界从来残忍，再继续拖下去，他谁都保护不了。于是在那夜，他找到了最信任的几个人，安排了一系列的计划——就是让蔡泉大爷杀掉福利院里所有水人能够操控的成年人。"

宁秋水蹙眉："水人的事情闹了这么长时间，你们为什么不报警？"

警察能做的事情很多，哪怕小镇上的警方无法对付那些诡物，但至少能够把人员快速转移。坐在干草堆上的李悦眼中有一种浓郁的悲悯，像是酿了几十年的酒突然被掀开。

"那个时候镇子太穷了，石榴市也很混乱，没有今天这样的秩序，小镇的警力根本不够管这些，他们没有足够的人力，也没有钱，而市中心的警方不会轻易被惊动，除非发生大案。"

宁秋水明白了，二十年前的石榴市确实一言难尽，福利院发生这样恐怖的案件，一定会惊动石榴市中心的警局，只有他们出手，这些福利院的孩子们才有活路。

而蔡泉之所以选择留下来，一方面是因为他做了这么多年的猎人，甚至单枪匹马干过山林猛虎，本身的心理素质和意志力必然要比正常人强很多，他认为自己不会被水人操控，第二就是福利院的案件一定要有一个凶手来背罪，否则事件发酵下去，一定会影响福利院孩子们以后的生活。

"蔡泉大爷确实是个人物。"宁秋水忍不住叹了一声，"可惜，这样的人最后还是被水人操控了。"

李悦深吸一口气，平复了自己的心绪，耳畔密集的雨声将她的思绪带回到了久远的过去。

"不……事实上，当时蔡大爷并没有被操控，水人原本操控的是另一个人。"

宁秋水闻言微微一怔："另一个人？可是，福利院的成年人不是都已经……"

李悦嘴角溢出了一抹苦笑："是啊……但是正如我刚才所说的，那只诡物专挑成年人，是因为他通过这种方式才能够自由行动，但这并不代表他只能操控成年人。

"当然，这些都是另一个'我'告诉我的，当时福利院的人并不知道。

"福利院有个孩子曾在雨天和他见过面……"

宁秋水听到这里，瞳孔猛地缩紧，他的脑海里出现了一本日记："是那本日记的主人——薛昭？！"

李悦微微点头："是的。

"太阳花福利院案的最后，水人操控了薛昭，跟着他一同离开了福利院。"

听到这里，宁秋水忽然间脑中划过了一道闪电："是探监，蔡泉原来是这么被操控的。"

之前在薛昭的日记里，写过自己在此事发生后一年去监狱里探望蔡泉大爷，而蔡泉原本并不会被水人操控，只是他见到薛昭之后，才猛然醒悟，原来福利院水人的事情还没有结束！

他们付出了自己的一切，可最终还是输了……

他们没能够保护自己，也没有保护福利院的孩子们。

那一刻，蔡泉的内心想必受到了前所未有的冲击，血淋淋的现实和长时间折磨他的愧疚感将蔡泉内心的意志彻底击碎，就这样，水人成功操控了蔡泉。

想明白这一切，宁秋水的胸腔里隐隐出现了一股怒火。

福利院内明明无人得罪过罗生门和水人，可到头来却被害成了这副模样，甚至连死了之后都无法安息，即便是外人看着，也难免为他们打抱不平。

"想要彻底解决福利院的事情，只有找到石匙，关闭井底的那扇石门！"李悦语气坚定，"而你……是唯一一个可以正常出入那扇石门的人！"

"正是因为你的出现，我才会选择不再躲藏，来到这里帮助你！"

虽然李悦的语气很认真，但宁秋水还是觉得很荒谬："为什么是我？"

李悦摇头："我不知道，是梦里的那个我告诉我的。"

"那你呢？"

"我没法进去，不过……她会在石门背后接应你。"

李悦告诉宁秋水，他很特殊。

梦中的自己告诉她，除了宁秋水，别人都不能轻易进入那扇石门，一旦进去，多半会永远留在那里，至于具体的缘由，她也不清楚，都是从梦境之中获知的。

对于李悦，宁秋水的信任度还算不错。大约因为自己也是一个孤儿，所以宁秋水对这些小孩子的遭遇感同身受，他想要帮助他们。再者，他知道自己已经被水人盯上，如果不解决这件事情，他就完蛋了。

无论如何，石门背后他一定要去。

二人做出决定，宁秋水在柴房中铺上了一层黑灰，然后用秸秆在墙壁上留下了一些信息，这些信息隐匿于黑暗之中，除非有强光照射，否则无法查知。

做完这些，他将手中的秸秆扔掉，对李悦说道："走吧。"

李悦点头，从干草堆上慢慢下来，他们没有多少犹豫的时间了。

太阳花福利院是属于水人的领域，在这里待的时间越长，他们也就越危险！

真要和水人短兵相接，其中凶险非三言两语可以说清。

重新步入风雨之中，李悦在这刺骨的寒意中猛地打了个哆嗦，宁秋水见她身体虚弱，于是背着她，由她指路。在李悦的指引下，宁秋水很快便找到了那口福利院中早已经荒废的古井。

古井周遭杂草丛生、碎石遍布，井口的青苔肆意生长着，偶尔还能听见蛙叫。

宁秋水朝着井底看了一眼，这里宛如深渊的入口，黑黢黢的，深不见底，十分瘆人。以前他看过很多关于"井"的传说，或是他人讲述，或是传闻片段，这个时候那些记忆全部都从脑海里尘封的角落中涌现了出来！

不过，宁秋水的经历也让他的心理素质超乎想象地强大，他很擅长应对自己内心的恐惧。

"咚！"

他从一旁拾起了一块鹅卵石，直接扔向了井中，只是很短的时间，便听到了沉闷的水花声，宁秋水微微蹙眉，对李悦说："你确定是这一口井？下面水很深。"

李悦点头："就是这口井，五六米就到头了，你进入之后会看见一个天然的小型甬道，走到尽头便是石门。

"进入石门的时候，切记不要触碰石门。"

"水人对这扇门很敏感，你稍微触碰，他或许就会有所感知！"

宁秋水应了声，已经走到这里，只能再进一步了。

他师父以前对他进行过专门的潜水训练，对他而言这不是难事。

"咕咚！"

宁秋水跃入井底，见他入井，李悦也警惕地往四周看了看，认准了一个方向，快速隐匿在了黑夜之中。

水中。宁秋水打开了防水的强光手电。

该说不说，刘承峰这个家伙虽然有时候看上去不靠谱，但他的准备向来如此充分。手电的防水功能在雨天是基本没用的，因为普通的手电也具有一定的防水功能，只有在水下较深的区域，防水手电才能够体现出它的功效。

这个时候，手电为宁秋水提供了极大的便利，靠着这个手电，他很快便找到了甬道。否则在黑暗的冷水中久久摸索是一件很危险的事情，毕竟在下面指不定会遇上什么。

进入甬道，越往前走，便发现水越少，似乎有一股奇怪的力量隔绝了井底的水。

至于尽头，宁秋水果然看见了一扇虚掩的石门，上面散发着让人不安的气息。

宁秋水用手电朝着石门内部晃了晃。

一片漆黑，什么都看不见，这里……的确像是地狱的入口。

宁秋水没有直接进入那扇石门，他指尖轻翻，摸出了那枚铜钱，使用铜钱眼看了看这扇石门。这一次，石门呈现的颜色是橙色，有危险性，但应该比红色低……

宁秋水蹙眉，隐隐觉得有什么不大对。

这种感觉愈演愈烈，他在脑海里将之前发生的事情过了一遍，来到了石门前，沉默了好一会儿，还是迈步进入了石门内部。

作为一名脆弱的人类，他的选择的确少得可怜。

入门之后，宁秋水的眼前花了一刹那。

也只是一刹，一张熟悉的脸出现在了宁秋水的面前——李悦。

或者说，是年幼版本的李悦。只是她的眼中少了当初的那种自卑和胆怯，多了些狡黠。

"秋水哥！"

"李悦"惊喜地叫了一声，宁秋水看了她一眼，脸上露出了一个笑容。

"你不是去了阳光福利院吗？怎么在这儿？"

"李悦"闻言眨巴眨巴自己的眼睛："这儿就是阳光福利院啊！"

宁秋水一怔，他眸光一抬，朝李悦的身后看去。

那里和太阳花福利院几乎相差无几，只不过大门口多了一个老旧无比的挂牌，上面写着"阳光福利院"五个字。

"这里……不应该是小地狱吗？"宁秋水喃喃。

"李悦"牵着宁秋水的手，轻轻叹了口气，指着阳光福利院说："哥，你再看。"

宁秋水顺着她手指的方向看去——天忽然阴暗了下来，艳丽的阳光被阴云隔绝，一场大雨接踵而至，雨水暗红，连带着将这一片区域全都染成了血的颜色。那红色的水滴不断从挂牌上淌落，各种哭喊声和叫声从福利院中传出，宁秋水看见，在阳光福利院的大铁门处，发生了可怕的变化。

一根根骨头形状的棍子插在铁门中，用腐坏的动物皮剪成的"福"字，两颗还粘连着腥红纹路的珠子则被挂在铁门的最上方，随着雨中的冷风翻飞，像极了两盏袖珍红灯笼……

见到这一幕，宁秋水的眼皮在不停跳动。

"李悦"给宁秋水看了阳光福利院的真正模样，这让他忽然想起当初师父对自己讲过的话。

宁秋水的师父告诉他——真实即地狱。

如今眼前的阳光福利院也许就是太阳花福利院真实的模样。

想到这里，宁秋水的神色变得严肃了不少。

"石匙在哪里？我们要怎样才能拿到它？"宁秋水对着一旁的"李悦"问道。

外面的刘承峰和李悦都还在被可怕的水人追击，拖得越久，他们的处境就越危险。尤其是刘承峰，他是因为自己才进入太阳花福利院的，宁秋水可不想因为自己的耽搁害了对方。

"石匙在院长的办公室内，他是小地狱的统领。

"按照计划，我们要避开大部分的诡物，由我帮你在短时间内引开院长，你去他的办公室里找到石匙，最后我们在福利院的古井处会合。"

"李悦"的思路很清晰，即便是她，在小地狱中也没法和院长相提并论，若真被院长逮到，不只是宁秋水，就连她也"吃不了兜着走"！

宁秋水朝着铁门指了下，说道："保安大爷怎么办？"

李悦道："不用管，他的神志早就已经崩溃，根本没法对我们造成威胁。"

宁秋水点了点头，在小地狱中，他肯定没有"李悦"知道得多。

二人小心地推了福利院的大门，走入这里的时候，宁秋水隐隐听到耳畔有人在跟自己说些什么，但那种声音是专属于诡物的语言，宁秋水无法知悉。

他抬头看了一眼头顶上那两颗翻飞的珠子，心中疑惑。

是门口的保安大爷在跟自己说话吗？他在警告自己不要进入这里？

揣着疑惑，宁秋水摇了摇头，然后跟着"李悦"慢慢潜入了福利院中。

天上仍旧下着雨，淋在身上黏糊糊的，宁秋水之前为了入井脱掉了雨衣，减少自己的浮力，现在的他俨然成了一个"雨人"。

二人走走停停，有了"李悦"引路，他们有惊无险地躲过不少路上徘徊的诡物，其间，宁秋水看到了不少诡异的场面。

他们一路上行，终于来到了最中心的那幢破旧楼房的六楼，阴森的走廊里死寂得可怕，"李悦"拉着宁秋水来到了一个空弃的房屋内，小心地对着他比画手势，示意宁秋水在此等待，她去把院长从办公室里面引出来，等到院长被她引走后，宁秋水就可以直接去到院长的办公室里寻找石匙。

她离开之前，宁秋水忽然低声叫住了她，看着她纯真的容颜，宁秋水道："你弟弟死后，父母有对你更好一些吗？"

"李悦"微微一怔，似乎没想到宁秋水会问出这个问题，脸上先是浮现出一抹僵硬的微笑，然后又略带伤感地说："是的……弟弟死后，他们对我更好了。"

"当年弟弟的死……对他们打击很大吧。"说完，她对着宁秋水轻轻眨眼，然后灵动地消失在了房间里。

她走后，宁秋水脸上关切的神情消失不见，转而换成了一种思考的神色。

没等他思索多久，走廊传来了响动，与此同时，一种刺骨的冰冷顺着走廊蔓延了过来，饶是宁秋水躲在房间内，也忍不住打了个哆嗦。

他知道，隔壁的房间里有可怕的东西出来了，是那个院长吗？

"嗒嗒嗒……"

"李悦"慌乱的脚步声出现，她将院长引向了走廊的另外一边，大约过去了两分钟，宁秋水才感觉到寒冷逐渐消退，他先是拿出了那枚铜钱，对准铜钱眼看了看，确认没有问题才小心翼翼地离开房间，潜入了院长的办公室。

院长的办公室里摆放杂乱，到处都是蛛网和灰尘，宁秋水巡视了一圈，在灰尘遍布的房间里一眼就找到了一个干净不少的白色储物柜。

他来到储物柜前，刚要伸出手拉开，却又忽然停下了。

宁秋水压低自己的身体，将耳朵贴在了储物柜上，里面隐隐传出了一点动静，像是有什么东西正在摩擦着柜子的边缘……

他脸色微变，远离了那个柜子。

宁秋水又将目光转向了房间内其他的储物柜，并一一打开查看。

不过那些储物柜要么是空的，要么就是散落着一些毫无用处的纸张。

宁秋水将屋子全部翻找了一遍，终于找到了一张纸条，这张纸条上的内容很古怪——

越来越多的"污染"被扔向了大海。

你要保护好钥匙。

任何一只彻底失去束缚的"污染源"对于海洋的污染都是致命的。

爱护环境，人人有责。

宁秋水仔细阅读了几遍上面的内容，心里浮现出一股子荒谬的感觉。

看着不远处那个干净的储物柜，宁秋水思考了片刻，用办公室角落里放着的破旧衣服，撕开做成了一个绑带，然后绑在了柜子的拉扣上，他站在远处轻轻扯动绑带，柜子应声而开。

也正是这一刻，里面忽然伸出了一只惨白的残影，猛地抓住了绑带！

它抓住绑带的那一刻，就没有再松开。

宁秋水小心地靠近储物柜，朝着里面一看。

储物柜中有一只断掉的"手臂"，伤口处被黑色的藻类包裹着，而在那条手臂的旁边便是钥匙。宁秋水用另一条布带试探着晃了晃，确定没有问题，他才伸手去拿这把钥匙。按照计划，他现在应该立刻离开办公室，找机会去到福利院的古井旁，和"李悦"会合。

不过宁秋水并没有离开办公室，他转身坐在了办公室里唯一的椅子上，跷着腿静静等待着。没过多久，外面便出现了脚步声，沉重的声音伴随着浓郁的寒意蔓延而来，回响在房间的每一个角落。

门被推开，一张裂纹遍布的脸出现在了门口。

宁秋水和对方四目相对，伸出手时，掌心的钥匙哗哗作响："你终于回来了，院长。"

如果不是有非凡的心理素质，在看见门口那张裂纹遍布的面孔后，他绝对不可能保持这样的镇定。

诡物的身上总是带着阴寒，但只有少部分的强大诡物才能够做到让周围的温度大幅度下降。

"盗匙者……死！"院长张开血盆大口，对宁秋水发出了审判。

宁秋水眯着眼，肾上腺素疯狂地分泌着，只有在真正临近死亡的时候，他才会有这种感觉。

眼前这个站在门口的院长是真的动了恶念，而且并不想给他任何狡辩的机会。

"我要是想拿走这把钥匙，你根本找不到我。"宁秋水说。

可院长仍然一步步朝着宁秋水走来，浑身弥漫着恐怖气息，似乎完全没有听宁秋水的话。即便浑身的肌肉都已经紧绷到了极致，大脑也做出了最后的预警，可宁秋水依然表情未变，唯独语气严肃了许多。

"杀了我，就没有人帮你抓住那个盗钥匙的贼了。"

院长的脚步忽顿，这话果然比刚才那话奏效得多。

宁秋水见他停下，立刻扬了扬手中的字条："她能带人来一次，就能来第二次，石匙没了，污染源会彻底失去束缚，海洋就会受到污染。院长，告诉我，你要做罪人吗？"

院长那双血红色的双眸死死地盯着宁秋水手中的纸条，呼吸声变得粗重了许多。

"你是谁？要做什么？"他艰难地发出了声音。

一些诡物的确能说话，但这与他们的实力似乎没有直接关系。

宁秋水听到院长开口，露出了一个会心的笑容——能交流，这就够了。

"那个家伙不是第一次来偷钥匙了吧？只不过，她以前没有带其他人来过？"

面对宁秋水的询问，院长冷眼而视，微微点头。

见自己的猜测得到了证实，宁秋水继续道："很好，第二个问题……你们这里是不是有一只诡物逃了出去？"

院长身上的杀气渐渐变淡，给予了肯定的回答："是。"

宁秋水缓缓迈步来到了院长面前，将石匙和纸条一同递给了他，语气认真："我帮你抓住小偷，你帮我解决逃出去的那只诡物，有问题吗？"

院长看着面前的石匙和纸条，犹豫了片刻，伸出手接过这两样东西。

他仔细地打量着面前的男人，越看越觉得不对劲："你不属于这里，为什么可以进来？"

宁秋水微微耸肩："我不知道，那个小偷说我很特殊，说我和其他人不一样，但我觉得我能够进来，是因为这个。"

他的指间，不知何时出现了一枚铜钱。

看见这枚铜钱，院长脸上的神色变了："这是……你从哪里得到的？"

宁秋水与他对视，他看见院长的眸中带着巨大的震撼，似乎这枚铜钱有着极其特殊的意义："一个朋友送的，怎么了？"

院长沉默了会儿，摇了摇头，身上的杀意彻底敛尽。

"没什么。告诉我，怎么抓住小偷？"

他并不想对铜钱的事情多谈，寥寥几句，宁秋水能感觉到院长对于铜钱的忌惮。他也很好奇，自己在诡门世界的身份到底是怎样的。

他似乎很不一般，好像藏着什么重要的秘密。但现在，宁秋水纵然心中有诸多的疑惑，也没法子向院长询问，因为石门外的刘承峰还处于极度危险之中！

"我有个计划，很简单，你听我讲……"

宁秋水将计划和院长说明，然后又从院长的手中拿过石匙，单独出门去了……

宁秋水一路来到阳光福利院的后院古井口，一个熟悉的黑影早已站在这个地方等候着他。见宁秋水跑向了这里，"李悦"脸上的焦急之色才稍微好转了一些，对着宁秋水招了招手。

"在这里！"

二人会合，"李悦"关切地问道："怎么样？钥匙拿到了没有？"

宁秋水点头，扬了扬手中的石匙，虽然叫作石匙，但这把钥匙其实是金属质地。

看见石匙，"李悦"的脸上洋溢着激动又兴奋的笑容，她牵住宁秋水的手："我们成功了！现在，只要去到那扇石门处，关上石门，水人就会彻底失去作恶的能力！"

宁秋水也笑道："好！快走吧，万一院长一会儿发现什么就不好了！"

"李悦"点了点头。

二人跳入冰冷的井水之中，穿过甬道，来到了石门面前。

"李悦"呼出一口气，对宁秋水说："秋水哥，你把石匙给我，然后你赶快回去，等你走后，我会直接将这扇石门锁上，水人也就彻底失去了他的力量来源！"

宁秋水把玩着手中的石匙，没有立刻交给"李悦"，而是说道："石匙可以给你，但是我有个问题想问问你……"

"李悦"微微一怔，旋即道："什么问题？"

宁秋水转过身子，认真地盯着她的眼睛："你要这石匙，究竟是为了将石门锁上，还是为了……让石门永久打开？"

听到宁秋水的话，"李悦"的脸色发生了一瞬间的微妙变化，但很快又恢复了正常，她露出了一个官方的、僵硬的笑容："当然是锁上它啊！

"要是永远打开它的话，水人岂不是就彻底失去束缚了？"

宁秋水点头，可他的下一句话却让"李悦"的心脏骤停："是啊……但如果你就是想要让水人彻底失去束缚呢？"

四目相对，面对宁秋水的审视，"李悦"明显感觉到自己的心跳变快了。

她的嘴角抽动了一下，笑容变得难看："秋水哥……你在说什么，我怎么听不懂？水人失去束缚，对我有什么好处？外面的'我'岂不是死定了？"

宁秋水看着她，笑而不语。

"咚咚咚……"

恐怖的脚步声从甬道的另一头传来，听到这个脚步声，"李悦"脸上的笑容彻底消失了，转而变成了恐惧和愤怒。

"你是什么时候发现的？"

"从外面的李悦告诉我，她是做梦梦到你的时候，我就觉得不大对劲了……但真正让我确定你有问题的，还是之前的那个问题。"

"李悦"的目光微凝："什么问题？"

宁秋水："你说，你的弟弟死后，父母对你更好了。看来你并不清楚，李悦生在一个什么样的家庭里。无论她的父母是否还在被通缉，是否被缉拿归案，是否刑满释放……但如果你真的是她，你说不出这句话。当你说出这句话的时候，我便确认你不是真的李悦。

"所以……你是谁？"

假李悦听到宁秋水如此冷静地指出了她的纰漏，脸色变得极度难看。

宁秋水继续道："我收到过信，所以我知道，想要联系另一个世界的自己很麻烦。

"冥冥之中似乎有某种禁忌，让两个人不能随便联系，随意交流。

"不可能只通过一场梦，你就能吐露那么多的秘密。

"这一切都发生得太巧了，现在，我只有一个问题——你究竟是谁，为什么要冒充李悦？"

假李悦看着已经来到宁秋水身旁的院长，心中的杀意散去。

真要动手，宁秋水肯定不是她的对手，在她眼里，对方只不过是一个工具人罢了，二者的战斗力差距太大，根本不在一个层级。

但她知道院长的本事，对方明显已经和宁秋水达成了合作，但凡她稍微表现出要对宁秋水动手的意图，院长肯定会在第一时间出手，单从武力值上讲，她没有和院长叫板的资格。

"你有很多疑惑？"

假李悦看着宁秋水那带着索求的眸子，忽然笑了起来，笑得浑身颤抖。

宁秋水看着眼前撕破伪装、宛如一个疯子的假李悦，平静道："是的，我有太多疑惑。"

作为敌人，对方已经输了，而且输得很彻底，宁秋水对于这样的对手向来只有真诚，不会冷嘲热讽，除非有深仇大恨，可这种以胜利者姿态散发出的真诚反而狠狠刺痛了假李悦的心。

她筹划了这么久，费了这么大心力完成的策划，却被对方凭借一个小小的细节完全凿碎。这种挫败感让假李悦破防了！

她猛地上前一步，双手揪住了宁秋水的衣领，目眦欲裂，咆哮道："那就带着这些疑惑下地狱去吧，你这个混账！我输了，我认了！但我什么都不会说，你别得意，很快就会有人来找你，你敢破坏大人们的计划，你死定了！"

她还想要继续放狠话，但院长只是轻轻伸出了一只手，就在假李悦的惨叫声中将她像提小鸡一样拎了起来。

宁秋水对她认真说道："你不说就算了。

"至于得意……实在很抱歉，解决你这么逊的对手，实在很难让我生出成就感，也根本得意不起来。

"你和我在外面顺手解决掉的那几个罗生门的白痴没多少区别。"

假李悦尖叫了起来，但她的愤怒很快便被恐惧替代。

因为，院长已经开始拖着她往回走了。

"不……我不要去刑场！"假李悦惨叫，疯狂地挣扎起来。

她对着院长拳打脚踢，吐口水，企图激怒院长，然而这根本是徒劳的。

宁秋水跟在二人身后，他想看看，假李悦嘴里的"刑场"究竟是什么地方，为什么她会对那个地方如此恐惧？

不过，院长并没有给宁秋水这个机会。

他转身告诉宁秋水，行刑的过程是绝密的，不可以对任何人公开。

院长让宁秋水在此地等候，他很快就会将假李悦处理干净。

宁秋水也没有强求，只是告诉院长尽快，外面还有一些无辜的人等待着他去拯救。而后，他留在了石门所在的甬道之中。

宁秋水来回踱步，强耐着性子在这里等待，五分钟后，院长那独有的沉重脚步声又出现在了甬道的入口，的确很快。

院长来到了宁秋水的面前，对宁秋水僵硬道："我将履行承诺。如果你能将逃出去的那只诡物引到石门旁，我会帮你直接处决他。"

宁秋水有些好奇："难道不是拖到刑场去吗？"

院长摇头："只有犯下重罪的人才需要被送到刑场。"

宁秋水看着院长那裂纹遍布的面容，笑道："你知道他害了多少人吗？重罪？怎样才算重罪？

院长的态度很坚决："这是规定，我说了不算。而且你的朋友们现在似乎遇见了危险，如果你再耽搁一会儿，可能会错过救他们的最佳时机。"

宁秋水闻言沉默了片刻，对院长道："石匙给我。"

院长一怔，宁秋水没有等他询问，便说道："我需要石匙给水人制造压力，否则他很可能不会上当，我没有第二次跟他博弈的机会，必须一击即中。等他被解决，这把石匙我会还给你。"

院长摇头："没人能保证你会还给我。"

宁秋水道："他可以。"

院长："谁？"

"叮！"清脆的响声出现，一枚铜钱在空中飞舞了三周半，落在了院长的掌心里。他双手捧着铜钱，那双泛红的眼眸死死地盯着掌心中的这枚铜钱，似乎感觉压力巨大。

"你一定要回来，把石匙还给我，然后我会把这枚铜钱还给你。"院长再三叮嘱。

宁秋水能听出他语气之中的忌惮，似乎拿到了这枚铜钱让他感到不安："好。"

他也没打算真的把铜钱扔院长那儿，在外面的世界，诡器已然完全失效，这枚能够趋吉避凶的铜钱珍贵程度可见一斑！

太阳花福利院，风雨飘摇，月色黯淡。

西侧的破旧楼房七楼，一人一诡躲在了一个房间内，小桃子小心地隔着门缝观察着外面，刘承峰则在房间里面不停翻找着什么。

门外的走廊上，有凛冽潮湿的风吹过，呼呼作响，整个走廊的地面和天花板已经被湿润的水渍浸透，偶尔从风声之中还能听到一两道脚步声。这脚步声虽然很小，但能给人巨大的压力，它时不时会从走廊的天花板传来，并且留下一个又一个湿润的脚印。

"大叔，你好了没有，他已经过来了！"小桃子回头看了一眼还在找东西的刘承峰，语气十分焦急。她比谁都清楚那个东西的可怕，毕竟刘承峰他们来到这里不过一天，而她已经在这个地方待了二十年！

"快了快了！"刘承峰从包里面翻出了一卷丝线，扔给了小桃子。

"把这线浸上红水，然后缠住门上的把手，能够为我们拖延很长时间！"

小桃子闻言眼睛先是一亮，而后又露出了疑惑："道理我都懂，但你现在去什么地方弄红水？"

刘承峰露出了一个胸有成竹的笑容，将手伸到了自己的包里面不停地摸索："这种东西当然不可能现弄，我早就让我的师侄给我准备了一瓶红水，咱们只需要将绳子淋湿就行了！让我找找，嗯……找到了！"

刘承峰从自己的包里猛地掏出了一个小瓶子，是一个墨水瓶，表面上还刻着两个字——红岩。

盯着这个瓶子，小桃子提出了自己的质疑："这不是墨水瓶吗？"

刘承峰拧开了墨水瓶，一边道："非也非也，表面上看它是装红墨水的墨水瓶，但实际上……"

刘承峰将墨水瓶递到了小桃子的面前，示意她闻一闻，小桃子的表情古怪，凑近之后闻了一下，然后表情变得更古怪了："这就是墨水瓶啊！"

刘承峰表情微微一变，他将墨水瓶放到了自己的鼻下扇闻，脸色立刻变得苍白了起来。坏了！真带成墨水了。

"玄清子！"

刘承峰很是无语，但很快他又行动了起来，只见他大手一挥，拿出了一张空白的砂纸，又拿出了一支羽毛，将尖端放进了墨水里蘸了蘸，开始在砂纸上笔走龙蛇起来！

门外走廊的水滴声越来越大，小桃子堵在门口，紧张不已："大叔，你这画的东西能对他起作用吗？"

看着刘承峰那肃穆的神色以及镇定自若的气度，小桃子紧张的心稍微得到了缓解。但刘承峰接下来的话，却又让她当场愣住。

"我没有画画。"

"那你在做什么？"

"写遗书。"

听到这话，小桃子当场愣了。

刘承峰写着写着，抬起头看了她一眼："你还愣着干什么？"

"赶紧跑路啊！等他进来就什么都晚了！"

小桃子表情犹豫："真的没其他办法了吗？"

这一路逃亡，她见识了大胡子的本事，好几次差点被水人抓住的时候都成功化险为夷。

刘承峰摇头："真的没有其他办法了。这个包就这么大，能装的东西就那么多。"

小桃子注视着刘承峰，确认他没有说谎，小眼神忐忑不定。门外的脚步声越来越近，已经来到了他们隔壁的房间，他们甚至能看到墙壁上出现了大量湿润的水痕！

"要不我去把他引开，你赶紧跑！"

刘承峰拒绝了她的好意："别做无谓的挣扎了，你赶紧跑吧，如果我折在这个地方，那也是我的命。"

小桃子犹豫不决，虽然之前她一早就说过，倘若遇到了危险，她会第一时间抛弃刘承峰，可实际上真到了这关头，她却发现做出这种事情对她而言挺有难度。

就在小桃子犹豫的时候，房间里出现了一些奇怪的声音。

抬头，那个声音来自房间的天花板上。

而他们的房间天花板正中央，一道又一道脚印的水渍出现，来回踱步……

湿润的水渍从天花板上不断滴落，起初的时候，只像是头顶的天花板漏水，但很快这水渍渗出得越来越快，宛如花洒一样从密不透风的天花板上喷出！

被水一淋，刘承峰打了个哆嗦，面前砂纸上的红色墨迹迅速模糊，不断地融解。

房间里下雨了。

刘承峰站在桌子前和小桃子对视，看见了对方眼底那惊骇无比的神色。

小桃子也是诡物，她能看见他看不见的东西。

此时此刻，小桃子明显从自己这边看见了什么。

冰冷的水还没有完全冻住刘承峰的身体，可死亡的气息已经先一步蔓延至他全身，感受着这种窒息感，刘承峰忽地莫名释然。

他想起了当年师父跟他说过的话，师父说做他们这一行的，一旦沾了人家身上的"命"，没几个有好下场。

不过，人总有自己的坚持。

冰冷的水从刘承峰的头顶滑落，打湿了他的发丝，将发丝凝成一缕又一缕，然后又淌至他的脸、胸口、大腿……最终带着他的"体温"落在地面上。

"咯咯……"

隐约间，刘承峰听到了一个笑声。那是一种非男非女的中性声音，干涩沙哑，带着浓郁的嘲讽，这个声音来自他的背后。

刘承峰还没有转过头，就已经看见了一只干枯的手从他的侧面伸出，摁在了他的肩膀上。

对方只是轻轻一摁，刘承峰便明显感觉到自己眼前的世界变得黑暗，无论是小桃子的惊恐表情，还是耳畔的那些雨声，全都在以一种极快的速度被剥离。

五感几乎消失殆尽，接着便是他的情绪。

这种情绪被撕扯的感觉是真正让人崩溃的，它会让人陷入无穷尽的虚无之中。

最后，在眼前昏天暗地的世界里，刘承峰看见了那双手缓缓地捂住了他的双目，整个世界彻底沉寂……

不过，这种感觉只过去了片刻，刘承峰便听见耳畔传来了一道焦急的呼叫声："大叔，大叔，快醒醒！快醒醒啊！大叔！"

刘承峰一想要睁开自己的眼睛就感觉困得要死，上下眼皮直打架，原本平日中一念之间就能做到的事，此时却变得无比困难。

他努力挣扎了许久，才总算勉强让自己的一只眼睛睁开。

入目是浑身湿漉漉的小桃子那张担忧的面容。

刘承峰艰难地在对方的搀扶下坐起身，眼神迷蒙地问道："我怎么还活着？"

小桃子也是疑惑不已："我不大清楚，他刚才要动手来着，但突然就转身跑了。"

刘承峰闻言一怔，突然转身跑了？

他认真地看了看自己，对于自己的底细刘承峰是清楚的，他的身上绝对没有什么东西可以让水人这种级别的诡物感受到恐惧并且逃走。

难道是……刘承峰忽然想到了什么，对着小桃子道："是小哥！他去关门了！"

小桃子闻言也立刻反应了过来，水人对于井底的石门反应是最为剧烈的，一旦石门发生了情况，他一定会第一时间去井底。由于石门的力量排斥着他们，所以他们这些诡物并没有办法去到那条甬道之中。

"快，咱们也去那边看看！"

刘承峰挣扎了几下，勉强恢复了一些力量，在小桃子的带领下朝着那口古井而去……

太阳花福利院，古井底，石门旁。

宁秋水正在努力地将石门推拢。

甬道的外面忽然传来了落水声，"咕咚"一下，紧接着甬道处出现了一个"人"，他死死地盯着石门口的宁秋水，冰冷的杀意锁定了这个正在关门的家伙。

不过即便如此，他也没有立刻接近宁秋水，而是对着石门门口虎视眈眈。

显然，那里有什么让人忌惮的东西。门口的宁秋水忍不住感叹，这家伙可真是狡猾警惕，门都快要被彻底关上了，他却没有靠近。

宁秋水努力地推门，石门打开的缝隙越来越窄，眼看着即将就要关上，甬道里的诡物开始疯狂对着宁秋水咆哮，似乎在警告他不要这么做，否则一定会为此付出代价。

宁秋水能看出来他在虚张声势，因为这家伙压根儿就没有打算过来的意思。

其实，如果换作是宁秋水，也会做出同样的选择。

这是一个对于风险评估的基本能力。

门虽然关上了，但只要没有上锁，那他根本不会有生命危险，最不济就是力量被封印，在甬道等一段时间，等下一批人过来开门。

而如果他冒险去门旁边攻击宁秋水，万一被石门内的守卫察觉，他很可能就会死！

对方能够在门即将关上时还保持镇定，足以说明这只诡物的智慧并不低。

好在，宁秋水已经料到了这一点。

将石门彻底关上的时候，他转过身子，和甬道内的诡物对视，面对对方那愤怒却又带着一些挑衅的神情，宁秋水露出了一个神秘的微笑，将自己的手伸进了兜里。随着"叮"的声音响起，一把挂着环的钥匙被宁秋水拿了出来。

见到了这把钥匙，甬道内那只诡物的表情顿时发生了变化。

如果石门只是被关上，那只需要等待一段时间，自然会有人开门。

但倘若门被锁上，那他和石门内就彻底切断了联系，身上被暂时削弱的力量就永远无法恢复，这也意味着，他会被永远困在这条甬道里面，无法脱困，否则他一旦离开这里，外面福利院里的诡物必然不会放过他！

所以，在看见宁秋水将钥匙插入门锁的一瞬间，他是真的慌了。

"如果把门锁上……会怎样？"

宁秋水对着水人一笑，后者愤怒地嘶吼了一声，不顾一切地扑了上来！

他要撕碎宁秋水，撕碎这个该死的浑蛋！

望着眼前朝自己扑来的诡物，宁秋水的心脏跳动慢了一拍。

生死一瞬，他还是会紧张，无论经历多少次。

如果石门内的院长欺骗了他，或者那里出了什么意外，他就会在顷刻间被面前的水人撕碎！千钧一发间，宁秋水似乎听见了自己那被放慢的心跳声。

面前扑来的水人已经张开了血盆大口，神情狰狞而疯狂，一旦被眼前这只诡物近身，只怕神仙来了也救不了他，宁秋水下意识地后退了半步，努力将石门拉开了一条缝隙。

就是此刻，一条黑色的、尖端带着尖锐铁钩的锁链从石门内甩了出来，狠狠地刺入了水人的身躯！水人发出了惨叫，神情变得惶恐之极，转身就要逃！

"哗啦啦……"铁链发出被拖拽的声音。

这水人倒真有些本事，一根锁链居然还拉不住他！

宁秋水见状，也没有闲着，当即用双手拉着石门，想要将门快速打开！

他不断用力，随着石门被一点点打开，锁链上传来的力道也越来越大。

水人眼看着即将逃入甬道尽头的井水，却被锁链猛地一拽，然后拖了回来！

"啊……"水人的力量似乎被这锁链抽走，他被拖拽过宁秋水的身旁时，对着宁秋水伸出了自己的双手，模样恐怖瘆人，但他已经无法再对宁秋水造成任何伤害了。

最终，宁秋水拿着石匙和他一同进入了石门……

来到石门之后的阳光福利院，宁秋水看见院长正站在大门口，一只手提着锁链，另一只手则拿着一柄巨斧。

只是看了一眼，宁秋水就明显感觉到自己的眼皮在跳——这是一柄恐怖的刑斧！宁秋水不知道这斧子处决过多少人或者诡物，但可以肯定的是，它可以处决掉眼前的水人。

被铁链彻底刺穿的水人双手垂落，跪在地上，身上的伤痕不断渗出水，万念俱灰。他知道，自己死定了。

原来诡物也会死，虽然很难，但那也是相对的。

因为站在他身后，手持巨斧的院长想要处决掉他，也不过是一念之间的事。

那柄巨斧，代表着此地的审判，只要是诞生于这里的诡物，只要被其斩中，必死无疑！

宁秋水站在他面前，对着水人道："我真不知道你是怎么好意思有如此怨念的，外面那些人压根儿跟你就没有丝毫恩怨，可你却祸害一方，要恨也是他们恨才对。"

水人抬头，双目缓缓淌下水痕："你这该死的杂种，你们，不过是虚假的……"

他还没有说完，院长手中的巨斧已经落下，水人软倒在地，身上的恐怖气息也消失不见。宁秋水站在他的面前，缓缓抬头看着院长："为什么？"

院长也知道他在问什么，收回了手中的巨斧，只说道："有些秘密不能让他在这里说出来，我担待不起。"

宁秋水眯着眼："反正天知地知，你知我知，但说无妨。"

院长将铜钱抛给了他，铜钱出手的瞬间，院长的表情松懈了许多，像是终于扔掉了一个烫手山芋："你我在做……天在看，不该说的话，就要慎言。"

宁秋水和他对视了片刻，忽然展颜一笑："那换个问题。这枚铜钱的主人在诡门背后是什么身份？"

院长盯着宁秋水手中的那枚铜钱，语气沉闷："没什么身份。他是个彻头彻尾的疯子，相信我，你不会想要了解他的。离他远点，这是我能给你的唯一忠告。"

宁秋水将石匙还给了院长："好吧，看来这个问题你也不想多聊。

"那阳光福利院呢？为什么会变成现在的模样？"

院长收回了石匙，带着宁秋水朝福利院的古井走去："那里受到了污染，死了很多人，污染浓度太高，无法挽回了，所以他们将福利院变成了小地狱。"

宁秋水蹙眉："区别在哪里？"

院长冷冷扫了宁秋水一眼："区别在于，它会不会继续烂下去。一颗豆大的痣也许一辈子都是痣，但一颗豆大的瘤子再过一段时间就不好说了……"

这个比喻实在是有点形象，宁秋水一下子就明白了："他们是谁？"

院长没有说话，指着远处的古井对着宁秋水道："你不属于这个地方，该走了。"

宁秋水看着远处的那口古井，又问道："他们是谁？"

院长像是被他问得不耐烦了："第九局，我只能说这三个字。"

宁秋水若有所思："最后两个问题，问完我就走。荒镇里其他的小地狱也跟阳光福利院一样吗？石门背后的世界有漏网之鱼逃出来吗？"

面对这两个问题，院长的脸色没有之前那么紧张了。

显然，和之前的那些问题相比，这两个问题在他可以回答的权限之内。

"不一样。石门即便没有上锁，通常情况也是不会随便打开的，一旦打开，便说明小地狱里面出现了一些故障，但具体是什么故障，谁也不清楚。

"而且并非每一个小地狱的守卫都跟我一样好说话。最后给你一个忠告，下次最好不要随便拿出那枚铜钱，它能在关键的时候救你的命，也可以要了你的命。"说完，他们已经来到古井口。

"出去吧。"院长的耐心已经到了极限。

他没有义务给宁秋水解释这些，有些事情说得太多，反而可能会给自己带来麻烦。

宁秋水道了声谢谢，接着跳入了古井内部。

再次与刘承峰会合的时候，太阳花福利院已经恢复了正常。

宁秋水用铜钱眼扫视了一眼这里，发现福利院内的红色区域已经淡化了大部分，比起荒镇的其他区域，已经好了太多。死在这里的"人"仍然徘徊于此，但他们并不会主动离开这个地方，去到外面的区域祸害普通人。

李悦见到宁秋水之后表现得很高兴，水人的事情到这里总算是告一段落，她也可以安心地生活，不必再东躲西藏。

对于李悦，宁秋水还算比较信任，对方应该和罗生门的人走得不近，毕竟当时罗生门的人是真的想要了她的命。但还有一件事情没有弄清楚，那就是罗生门里究竟谁雇用了水人去袭击白潇潇？

可以肯定的是，这只水人具有一定的智慧，跟罗生门之间多半是合作关系。

在福利院里几名诡物的帮助下，宁秋水找到了之前那些罗生门的人，并且将这些人拍照，又将照片发送给了鼹鼠。

"帮我查查这些人的身份，还有他们的顶头上司。"

做完了这些，宁秋水又看向了李悦："你之后去哪里？"

李悦面色轻松："随便，至少不用再躲着了，躲了这么多年，我已经很累了。"

她身上的伤势还没有完全恢复，脸肿了大半边，宁秋水没有过多打扰李悦生活的想法，他招呼刘承峰把罗生门的人拖到了福利院的外面，装上了车。

"小哥，虽然水人的事情解决了，但袭击潇潇姐的幕后主使还没有找到啊。"刘承峰说道。

宁秋水解释道："我已经让朋友去查这几个人的信息了，只要把他们身后的人挖出来，再稍微核查一下，应该就没问题。

"潇潇在罗生门里的职位不算低，敢在这个节骨眼上动她的，多半是即将准备上位接替陈寿玺位置的同行。

"不过也不能完全确定……只是往这方面去查的话，查到的概率比较高，姑且一试。"

李悦向宁秋水询问到底是什么事情，后者却并没有回答。

他觉得有关罗生门的事实在是太危险，没必要让一个普通人掺和进来。

反倒是一旁的刘承峰对宁秋水说："她也是这件事情的参与者，而且还冒着生命危险帮助过我们，她有知情权。"

大雨中，宁秋水有些犹豫。

他用车上的毛巾擦了擦自己湿漉漉的头发，又给自己点了一根烟。

"好吧。"宁秋水思索了一下，决定回答一下李悦的问题，"事情是这样的……"

他将白潇潇遇刺，然后自己去调查，撞到诡物，来此地解决问题的一系列事情全都跟李悦讲清楚，后者听完，脸上浮现出怪异的神情。

"你是说……我被利用了？"

宁秋水点头，一旁的大胡子眉头一皱："小哥，我觉得这事不简单。对方去袭击潇潇姐更像是个幌子，来找你才像是真的……"

宁秋水沉吟片刻，眸中闪过一道光："找我的？"

刘承峰说："正所谓当局者迷，你仔细想想这前因后果……有人专门跑几十公里，来到了荒镇，找到了和你有着千丝万缕关系的太阳花福利院，又恰好有个你认识的故人帮忙……小哥，倘若你没有识破假李悦的诡计，那我和你肯定已经折在这里了。

"反倒是刺中潇潇姐的那一刀，根本不致命。站在这件事情的终点来看，我更认为对方是奔着你来的。"

宁秋水认真思考了一下，刘承峰的想法不无道理，尤其是李悦这个关键角色，如果换一个其他的人，他还未必会对她那样信任。

难道……这真的不是巧合？

"但是动机上说不通。"宁秋水道。

"我虽然和罗生门有恩怨，但罗生门知道我的人并不算多，知道我真实身份的人就更少了，就算真的有人想要来杀我，多半也是买通杀手，而不是花费这么大的精力来布局。"

他的内心的确存在疑惑。

究竟这只是一个巧合，还是如同刘承峰所说，太阳花福利院事件背后有人在推波助澜，对方的目标不是白潇潇，而是他呢？

宁秋水在脑海里思考着，不知不觉想到了另外一件事，将眼神投向了李悦。

"大胡子，有件事恐怕得麻烦你一下子。"

刘承峰拿着抽纸不停地擦拭着自己身上的雨水，问道："什么事？"

宁秋水指着李悦："我刚才想了想，不能直接放她走，你先带她去庙里避避风头，我跟一些朋友商量一下，必须得尽快对她做出转移和保护，否则，罗生门的人一定会很快找上她。到那个时候，她的处境会非常危险。"

刘承峰闻言微微一怔，随后立刻明白了过来。

的确，倘若这背后的人发现水人已经失联，而他派去太阳花福利院的人也全军覆没，那对方一定会费尽心思搞明白福利院里到底发生了什么。

而这个时候，李悦就会成为他们的重点关注对象！

"没问题！"

宁秋水救了李悦的命，李悦当然对他十分信任，也没有拒绝，只是在汽车发动之后，向二人询问了有关罗生门的事。

黑色的雨幕中，刘承峰注视着后视镜内破旧无比的荒镇，一时间内心感慨不已。遥想二十年前，这里虽然贫穷，却也是一副欣欣向荣的模样，可如今却成为这般破碎的荒芜。

"叮叮叮……"

正在开车的宁秋水，手机铃声忽然响了起来。

他划下了屏幕，瞳孔微微一缩。电话那头的人竟然是洗衣机。

作为宁秋水的直属上司，洗衣机几乎不会主动跟他联系，只有一些非常特殊的任务才会专门给他打电话。

大多数时候，都是宁秋水主动联系他，跟他汇报一下自己的工作。

而这一次，宁秋水居然接到了洗衣机的电话。

迟疑了片刻，他对着二人竖起了食指，放在唇畔，示意他们不要讲话，然后接通了洗衣机的来电。

电话接通后，一个成熟稳重的男声从电话那头传来："你在哪儿？"

省略了熟悉的问候，洗衣机直接询问了宁秋水的位置，后者给他发了个定位。

"你去鸟山镇了？"

"嗯。"

"去旅游？"

"显然不是去旅游，这么大的雨，谁会跑一座荒镇去旅游啊？"

电话那头传来了调侃的笑声："好吧，事情解决得怎么样？"

宁秋水："还算顺利，有什么新的安排吗？"

洗衣机道："也没什么私活，但有些事想跟你聊聊，你回来之后直接来找我吧。"

宁秋水已经隐隐猜到了对方想要聊什么。

"行。"

挂断了电话，宁秋水驱车在破旧的公路上行驶，道路两旁的荒凉景色在夜幕和雨水的渲染下平添了些神秘感。

宁秋水将刘承峰和李悦送回龙虎山后，又独自驱车前往石榴市的中心，经过一系列严密的身份排查，他来到了市区的禁地。

这里的人员排查十分严格，没有特殊权限或是批准，绝不允许轻易进入。

宁秋水在一众看守人员的监视中，来到了洗衣机所在的野地帐篷。

他一掀开门帘，帐篷内明亮的灯光便打在了他的脸上："这么快就来了？坐吧。"

洗衣机是一个足够壮实、留着小撇八字胡的男人。

宁秋水清楚地记得他上一次见洗衣机的时候，对方还不是这个造型。

"你怎么突然想到要留这个胡子了，看着挺怪的。"他坐在了洗衣机给他准备的小沙发上，吐槽了一句。

洗衣机不置可否地笑了一下："为什么突然要去鸟山镇？"

宁秋水道："你既然都知道了，那应该调查过才对。"

洗衣机摇头："今天是个例外，我发现你之前在查太阳花福利院的事，怎么了？"

宁秋水组织了一下自己的语言，简单跟对方描述了一下自己的遭遇，但他隐瞒了关于罗生门和白潇潇的事，只说自己在家里遇到了诡物的袭击。

　　"我听上去是不是像个疯子？处理野兽的时间变长后，自己也渐渐变成了精神失常的野兽。"

　　看着宁秋水在灯光下的笑容，洗衣机沉默了很长时间，忽然说出了一句连宁秋水都觉得意外的话："我相信你所说的每一个字。好不容易把今夜的时间腾出来，我想跟你聊聊。太阳花福利院到底出了什么事？"

　　对方都已经这么说了，宁秋水便没有再藏着掖着的必要。

　　他将在鸟山镇经历的所有事情全盘托出。

　　洗衣机认真聆听着，时不时会发出一些疑惑或者感叹。

　　这场面让宁秋水都觉得有些荒谬，因为这里大部分人都是纯粹的唯物主义者，更何况是洗衣机这样的高层？

　　"你是不是觉得我不应该相信这些事情？"洗衣机对宁秋水露出了一个笑容。

　　"事实上，我对你隐瞒了很多事情。或者说，禁区对绝大部分人隐瞒了这些事。

　　"它们就像是瘟疫，如果你没有拿到有效的药方，那么将消息提前传播出去就只能散布恐慌。虽然这种做法很自私，但是你应该能够理解我们的苦衷。"

　　宁秋水点头。洗衣机沉默了一会儿，开始低头在自己的包里翻找起什么，没过片刻便拿出一份文件，放在了宁秋水的面前："既然你已经知道了这些事情，那就没有必要再对你隐瞒了。正如你所见，这个世界从很早之前就已经有诡物的踪迹了。其实当年我们对你隐瞒了一些事，你老师的死亡不是因为意外，也不是因为病痛，她真正的死因……和诡物有关。"

　　提到了他的师父，提到了当年的往事，宁秋水的表情发生了微妙的变化。

　　他活到现在，特别在意的人不多，他的老师就是其中一个。

　　他打开了眼前的文件，认真阅读，里面记录的是他的老师"寿衣"生平的详细信息。

　　寿衣一生执行任务共三百四十七件，无一失败，最终却死于一场任务之外的暴乱。她的皮肤表面没有任何伤痕，但是内部的肌肉，骨骼和脏器全都不翼而飞。

　　组织采用了最尖端的微观技术，还是没有发现任何伤痕。

　　而宁秋水的性格洗衣机是清楚的，一旦他将真相告诉对方，宁秋水一定会不依不饶地追查下去，而人类的力量是远远无法对抗诡谲的。对于宁秋水的能力，洗衣机非常欣赏，所以他不希望宁秋水过早夭折。

　　"当时你的师父便是在调查一件和鸟山镇有关的事情时出了意外，这件事情我对你隐瞒了这么多年，是希望你能够在时间的沉淀下变得冷静……但没想到冥冥之中自有注定，你还是卷入了鸟山镇的事情里……"

洗衣机叹了口气，脸上露出了一抹自嘲的神色。

宁秋水看着文件，抬头平静地对洗衣机道："我想知道当年师父参与调查的那个事件。消息我不会找你白要，作为交换，我也会给你提供很多重要信息……譬如罗生门。你可千万别告诉我，你不知道这个组织。"

洗衣机盯着宁秋水许久，最终点了点头："好，你的师父……当年调查的是一件和噩梦有关的事……"

宁秋水得知师父的死亡真相时，心中五味杂陈。

洗衣机是一个非常懂他的人，知道他有多么在乎寿衣，如果寿衣死了，他一定会第一时间去寻找凶手，不择手段。

有时候，看上去越是冷静温柔的人，往往也越是偏执。

不过，寿衣也是人，是人就会生老病死，让寿衣"病逝"，对宁秋水而言是最好的结局。虽然宁秋水怀疑过，但终究没有继续追查下去，经过了这些年的冷静，他已经没有了当年的冲动。

"如果我不去鸟山镇处理太阳花福利院的事，你是不是会瞒着我一辈子？"宁秋水随口感慨道。

洗衣机双手抱胸："那倒不会。我们一直都有一个很特别的计划在进行。我们需要人手，需要厉害的人，你在能力方面很符合我们的要求，但空调觉得，寿衣教给你的东西太多了。你的悟性太高、运气太好，用你的同时也等于是在培养一个非常不稳定的武器，因此他一直犹豫不决，这些年也在通过某些方式监视和考察你。"

宁秋水听到这里，没忍住笑出了声："我还是第一次听说自己的运气好……"

想起自己在诡门中经历的事，倒也不能说他运气不好，毕竟时不时还能碰见小概率事件，但这种运气……不如不要。

洗衣机："能从边缘地带活下来，本事和运气缺一不可。那是考验，也是筛选。而负责监视你的人……是鼹鼠。"

宁秋水眯着眼，但很快又放松了下来。

做他们这一行的，从始至终都没有受到过信任，越厉害的高手，就越像是一把双刃剑，用好了不必多说，要是用不好，可是会伤了自己。

"不过，我可以告诉你一个让你舒服些的事，那就是鼹鼠也是被我们筛选的对象，所以他自己并不知道他是负责监视你的'眼睛'，所有的监视，都是在你们无意识的情况下进行的。"

宁秋水耸耸肩，摸出一根烟点燃："我不在乎这些。你说有个很特别的计划……我想听听。"

洗衣机露出了一个微笑："和向春精神疗养院有关系，现在我还不能告诉你，在你加入之前，我们依然要进行筛选。"

宁秋水眉毛微微一扬："怎么筛选？"

洗衣机说："或许是寿衣的原因，我对你一直很信任，而时间证明了你没有让我失望。但想要加入特殊计划，还需要证明你的能力。

"我所说的，是指你面对诡物时的处理能力。你老师的实力丝毫不逊色于现在的你，但在面对诡物的时候，她依然没有任何反抗的手段。如果你想要加入我们，那就去解决你老师当年没有解决的噩梦事件吧，这件事解决后，相信参与计划审核的人都会闭嘴的。

"关于噩梦的一些重要信息，稍后我会让鼹鼠提供给你，你自己好好做做准备。"

宁秋水点点头，随后，他也讲述了不少关于罗生门的事情。

当然，洗衣机没有接触过诡舍，所以宁秋水也没有跟他聊起诡舍。

就算他说了，过不了多久洗衣机也会忘记和诡舍有关的所有事。

但即便没有诡舍这事，宁秋水手里还是有很多关于罗生门的重要信息。

灯影下，洗衣机越听脸上的阴影也就越重，直到最后宁秋水说完了，洗衣机也没有发表任何看法。

"我知道了，你先回去吧。"洗衣机的态度有些沉默，这和他以往雷厉风行的风格不大一样，当着宁秋水的面，他喝了一大杯茶，然后拢了拢自己的军大衣，对宁秋水下了逐客令。

"需要什么可以找我，我会尽可能地为你提供帮助。"

宁秋水也不再多说，他将自己的烟放在烟灰缸里，起身离开了这里。

宁秋水走后，帐内的一个箱子忽然被打开，一名身姿窈窕但充斥着力量美感的女人从中爬了出来。

"他发现我了。谈话的过程中，我感受到了。"女人的脸有些红扑扑的，应该是在箱子里面闷得太久导致的。

"我跟你讲过……他是最棒的。"洗衣机双手揣兜，目光深邃。

"能从鸟山镇那些诡物的手里活下来，无论是实力还是运气，他都要比寿衣更强，洞悉力也更敏锐。"

女人看着帐篷门口，微微点头："这种人真的很难遇见，你就这么放他去处理梦魇老太的事，不担心他折在这场浑水中？"

洗衣机沉默了好一会儿："我需要人才，你很忠心，也很正直……但你不够强。如果他解决了梦魇老太的事，议会的人就没有什么话可说了。

"那个计划马上就要开始，一旦敲定，罗生门的那些人也会很快知道，到时候纷争将起，麻烦会接踵而至。

"一山不容二虎，如今厉害的几个人都深入彼岸，这残局已经没有谁有能力重新洗牌了，谁能撑到最后，谁就是赢家。

"如果棺材成了……我们就会迎来一名强有力的战友！"

宁秋水回到自己公寓时，已经很晚了。

他洗漱后躺在自己的床上，长长地呼出一口气，晚上洗衣机跟他讲的事情对他的冲击其实挺大的。尤其是关于他的师父——那个早就死在了他记忆深处的女人。

他很难去判定自己对于寿衣的感情。起初是敬仰，是羡慕，更是感激。到后来是体谅，是心疼，甚至还有一丝丝的爱慕。

在一次特殊行动中，寿衣穿着轻薄红裙持枪从大火中冲出来帮他解围时，宁秋水从她的身上感受到了一股前所未有的人格魅力。

哪个男人会不喜欢一个对自己好、有实力，还好看的女人呢？

不过，当这个对他而言最重要的女人香消玉殒于每个人都会经历的病痛后，宁秋水在极度的空虚中也渐渐学会了释然。

曾有一位哲学大师说过，人的相遇就是为了分别。宁秋水的脑海中又浮现出许多过去的事，一幕幕如同幻灯片一样放映，让他渐渐失去了困意。

手机忽然振动，宁秋水拿起手机，发现有两个人找自己。

一个是鼹鼠，对方为了给他搜资料还没有睡觉，他已经找到了不少和噩梦事件有关的信息。另一个则是白潇潇，对方发给他的消息很简单，就五个字——来我家喝酒。

宁秋水捏了捏自己的眉心，他现在的确也睡不着，索性出门打了辆车，朝白潇潇家而去。

一开门，宁秋水就看见了穿着轻薄睡衣的白潇潇，她家里的空调是全天开着的，所以即便外面很冷，家里也很暖和。

白潇潇半躺在沙发上，两根手指勾着一瓶果酒，晃来晃去，眸中半带着倦意。

"你还真来了？"她的声音略带惊讶，惊讶中又流露出些许惊喜。

她本来只是今晚睡不着觉，寻思着自己起来喝点酒，顺便给宁秋水发了条消息，没想到才过去一会儿，人真到了。喜悦之余，白潇潇又立刻意识到宁秋水这时候压根儿就没有睡觉，所以才能看见她的消息。

"你不是找我喝酒吗？"

"为什么这么晚了还不睡？"

"失眠。"

"你还会失眠？"

"嗯，你不也失眠了？"

宁秋水很自然地接过白潇潇递来的酒，然后二人有一搭没一搭地聊天。

"这么晚了，你在想谁？"白潇潇忽然坐了过来，挤在了宁秋水的身边。

后者稍微回过了神，敷衍道："一个女人。"

白潇潇眉毛微微一挑，低声道："有我好看吗？"

宁秋水回道："没有……但比你能打，你这样的，她一个打八个。"

白潇潇翻了个白眼，语气略带醋意："真的假的？我还以为你在想我呢！是我白某人自作多情了。"

"叮。"她轻轻撞了撞宁秋水的酒杯，然后仰头一饮而尽。

宁秋水没有介意白潇潇的态度，道："那只袭击你的诡物已经解决了，但幕后主使还没有挖出来。"

白潇潇收敛了脸上玩味的神色。

"大胡子跟我讲了……真是抱歉，连累了你们。"她心里颇有些不是滋味。

宁秋水瞟了她一眼："你不会是因为这个才失眠的吧？"

白潇潇白了他一眼，微醺的眸子带着些许风情："不然呢？我还有其他更在意的人吗？"

宁秋水一只手抚过她的头发，很顺滑。

白潇潇先是用很夹的声音嘤咛了一声，而后和宁秋水对视一眼，忽地哈哈大笑，笑得前仰后合："怎么样，我夹得好不好听？"

宁秋水也跟着笑了起来。

二人笑完，白潇潇又给宁秋水倒了杯酒，然后贴近宁秋水："喂我喝。"

宁秋水的声音略显尴尬："我抽了烟。"

"快点儿！"

"好吧……"

直到天空泛起鱼肚白，二人喝了许多酒，地上全是空空的酒瓶子，白潇潇像是烂泥一样瘫在了宁秋水的怀里。

"天亮了……该睡觉了。"她喃喃道,"走吧,去我房间,咱们一觉睡到自然醒。"

宁秋水点点头,抱着她来到了卧室。二人躺在一起,看着天花板的星空穹顶,白潇潇摊开手脚,四仰八叉,和平日里的淑女模样相差甚远。

"要是罗生门所有的坏人明天暴毙就好了……"她开始说起了胡话。

宁秋水有些醉了,也有些困了,他半敷衍半迷离地接话道:"为什么想要他们忽然暴毙?"

白潇潇翻了个身,手臂钩在宁秋水的脖子处,口鼻之间全是酒气。

"这样,我们就有时间天天喝酒了!一起喝酒,一起吃饭,一起看电影,一起生……"

宁秋水:"一起生什么?"

白潇潇伸手轻轻给了他一巴掌,改口道:"一起过生日。"

二人沉默了会儿,宁秋水又模糊地开口道:"但还有诡舍呢,我们得去诡舍背后完成诡门给予的任务。"

白潇潇闻言,转过了身子:"扫兴……我睡了,要是做噩梦了,指定赖你。"

宁秋水听到"噩梦"两个字,身上的困意顿时消失了许多,他想到了什么,立刻拿出手机,查看鼹鼠发给他的那些资料。上面提到了一个特别的人,是那些在梦境中神秘死亡的人留下的口供。他们说,在梦境里遇见了一个诡异的老太太,他们看不清楚老太太具体长什么样子,但对方会在他们的梦境里多次出现,并且总是藏在一些很隐蔽的角落偷偷看他们……

那些人将这个老太太称之为"梦魇老太"。

他们说,梦魇老太每一次出现,就会距离他们更近,这让他们感到非常恐惧,可又无法阻止。他们都有一种预感,那就是一旦梦魇老太走到了他们身边,就会发生很可怕的事……

事实证明,他们这种预感是正确的。

一般梦到梦魇老太的人,最多七天就会于梦境之中神秘死亡。

但到现在为止,没人知道那些人在梦境里到底遭遇了什么……

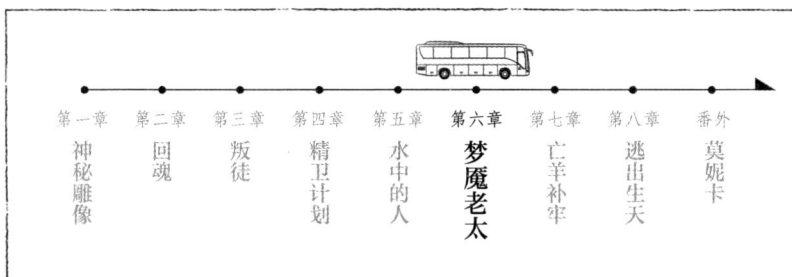

关于梦魇老太，宁秋水小时候在故事集中看见过类似的故事，但很笼统，逻辑上也是驴唇不对马嘴。而鼹鼠为宁秋水调查的这些资料虽然也很笼统，但至少能让宁秋水明白这起噩梦事件发生的前后，究竟是什么状况——

大约在十八年前，鸟山镇中接连发生怪事，一件接着一件。一时间，镇子里流言四起，一些在那里生活的居民们长时间浸淫在这样的负面传闻中，心理难免发生变化。各种压力的滋生导致许多镇民开始失眠，而精神萎靡带来的各种负面影响渐渐成为小镇上一个严重的问题。

它直接影响到镇民们的工作效率，各种交通安全隐患也成倍地增加，而这些新增加的恶性事件又再度影响镇民，成为一种恶性循环。

不要小看睡眠对于社会的影响，人们一旦得不到良好的休息，精神压力会成倍增加，各种社会风险隐患也会大幅增长，鸟山镇即是如此。

不过，事态还没有到那么严重的地步，就在镇民们的精神状态陷入了愈发糟糕的境况后，一家名为"睡眠管理所"的助眠组织诞生了。

管理所的负责人陈彬先生是京都三甲医院精神科的主任，对于精神类型的疾病颇有研究，在他的催眠和药物帮助下，来此就诊的镇民逐渐恢复。

于是，睡眠管理所的名气在小镇里越来越大，病人也越来越多，口碑也越来越好。许多有睡眠问题的病人更是将管理所当作了自己的心灵港湾。

事情发展到这里，还没有出现什么问题。

直到三个月后，突如其来的一个特殊病例打破了小镇的宁静。

那病人姓杜，具体名字不清楚，杜某是睡眠管理所的常客，基本每星期都要来做一次精神梳理。而这一次他来管理所时，却没有再要求进行治疗，而是像一个狂躁病患者一样，在管理所内不断地打砸，状若疯癫，附近的人都被他吓到了，但没人敢上前阻止。

直到陈彬出现在了管理所内，杜某才停止了自己疯狂的破坏行为，他猛地冲到陈彬的面前，不断地揪着对方的衣领，大声质问着："她是谁？她是谁……"

好不容易安抚好杜某的情绪，陈彬发现这个病人和之前一个月的状态完全不同，于是他敏锐地意识到事情不对劲，立刻带着杜某来到私人诊疗室，并打开了诊断拍摄记录仪。那段视频原本应该是绝对保密的，宁秋水也不知道鼹鼠这家伙到底是从什么地方搞到的。

但这一次，宁秋水学聪明了。

有了前车之鉴，他没有在第一时间打开视频，而是查阅了后面的文字信息。

鼹鼠查到的资料已经对视频内容进行了简单的总结，大概就是杜某告诉了陈彬，经过上一次的催眠治疗之后，他就开始频繁做噩梦——

他先是梦见自己在家里睡觉，忽然被尿憋醒，于是起来上厕所，可他经过窗前的时候，看见楼下远处昏暗的路灯下站着一个身形佝偻、看不清面容的老太正一直盯着他家的窗户。

一开始，杜某只是觉得有些森然，因为那老太的眼神有一种说不出的冰冷，即便隔着这么远的距离，还是让他觉得不舒服，可第二天，他又做了这个梦。

依然是在自己的家里睡觉，依然是被尿憋醒。只不过，当他来到了窗边，却发现原本站在路灯下的老太竟然往前挪动了一些，距离他家更近了，那一刻，杜某竟然莫名害怕了起来。

在他的潜意识中，隐隐有一种感觉，那就是楼下那个怪异的老太是冲着他来的。这种感觉没有来由，却一直萦绕在他心间挥之不去。

为了确认这老太太到底是不是真的往前移动了一些距离，杜某居然忍住内心的恐惧和尿意站在了窗前，数了数外面的路灯。

他依稀记得昨晚老太太所在的位置，距离他家应该有五个路灯。

可到了今天，老太太竟然已经来到了第四个路灯到第三个路灯之间，而且对方还和昨晚一样，依然抬着头，直勾勾地跟他对视。由于距离近了些，又或者是路灯变得亮了一点，这时候的杜某已经能够隐约看见老人的脸了。

那张脸有些偏白，上面的褶皱非常多，看不太清楚五官，眼睛貌似略有一点白，杜某没敢细看，因为当他和这个老太太对视的时候，身上有一种汗毛倒竖的冰冷，那种感觉就仿佛对方随时都会直接瞬移到他的身后似的……

这天的梦，浑浑噩噩地便过去了。他本以为是自己压力太大，心理作祟，将这两场梦连上了。可没想到，第三天夜里他又进入了这个梦境！

依然是熟悉的房间，依然是熟悉的被尿憋醒的感觉，依然是外面几盏昏黄的路灯，依然是那个站在路灯下的老太太……

不对！杜某来到窗口，他再一次看向外面的时候，发现老太太竟然已经来到了他家楼下单元门口的路灯！这一次，她的头抬得更高了，加上路灯迎面相照，所以老太太的脸也变得更加清晰。

杜某清晰地看见，老太太盯着他的窗口。

文件上面的文字记录，对当年的诊断内容十分详尽。

那天的治疗并没有帮助到杜某，他在一天后被人发现死在了自己的床上。

文档下方的配图做了模糊的马赛克处理，从一行小字的注释来看，杜某的身体似乎被拉扯过。对此，法医的描述是——

骨骼密度变化，内脏拉伸，肌群拉伸，表面无任何裂纹。

身体厚度为正常人的四分之一。

疑似遭遇突发状况导致心脏骤停。

宁秋水翻来覆去地看着这三句话，面色略有一些凝重。

在这一点上，他的师父寿衣和杜某有共同点，他们都以一种很离奇的方式殒命，但身上却没有留下任何的伤痕。不同的人，受到的攻击还不一样吗？难道是因为梦境不同吗？

宁秋水很想点根烟，但由于白潇潇就在他的身边睡觉，所以宁秋水最后还是选择塞了片口香糖在嘴里。

简单阅读了这份文档，他将手机关机，躺在了白潇潇的身边，闭眼休息。

这件事情和他的老师有关，宁秋水对其高度关注，但眼下，他已经有段时间没有好好休息了，又喝完酒，脑子有些晕，状态实在是不大好，这个时候去做事，只会事倍功半。

宁秋水一夜无梦，再一次醒来的时候，已经是第二天的下午三点。

阳光顺着玻璃射入，照在了二人的面颊上。

宁秋水睁眼，看见白潇潇已经坐了起来，不知什么时候拿了笔记本电脑放在自己的腿上，正在查询着些什么。

"醒啦？"白潇潇对着宁秋水笑了笑。

宁秋水闭眼皱眉，伸了个懒腰之后才坐起身子："我要走了。"

白潇潇问："去查幕后主使？"

宁秋水摇头，开始穿衣服："幕后主使的事还在调查，应该这两天就能有些着落……不过我手里有一件更重要的事情要去办。等幕后主使查到之后，我会通知你。"

白潇潇问："和鸟山镇有关？"

宁秋水穿衣服的动作微微一顿，他回过头，白潇潇白了他一眼："猜的。"

"嗯，和鸟山镇有关系。"

"什么事？"

"梦魇老太。"

听到这四个字，白潇潇的表情发生了微妙的变化："谁让你去查这事的？"

宁秋水见白潇潇的表情不大对，问："怎么了？这件事情有什么隐情吗？"

白潇潇沉默了片刻，关于梦魇老太的事，她还真知道不少。

她非常认真地对宁秋水说："我在罗生门曾经接手过关于梦魇老太的一些事。深入调查那件事的所有人……最后全都没有逃掉。"

她以前接手过一个特别计划中的一环，其中就有关于梦魇老太的事，白潇潇告诉宁秋水，罗生门对梦魇老太很感兴趣，于是成立了一个特项研究组织，不过这个组织无人生还，没一个有好下场。诡物是这个世上极度危险的存在，它们的不可控因素太高，如果企图掌控它们，就要做好随时被反噬的准备。

最后，罗生门的人也意识到了梦魇老太的危险性，舍弃了和它有关的所有立项，只留下一份简单的文件记录了当时发生的事。

白潇潇纤细的手指噼里啪啦地在键盘上一阵敲动，将一份特殊加密过的文件找了出来。宁秋水仔细阅读着这份文件，眼中的光闪烁不定。

白潇潇在一旁盯着宁秋水的侧脸，劝阻道："秋水……你最好还是不要去查这件事了。"

"危险程度到目前为止是无法估量的，毕竟到现在为止，和这件事情有关的人无一幸免！"

宁秋水阅读完这份文件后，喃喃道："我明白了。"

白潇潇怔然道："你明白什么了？"

宁秋水转头对白潇潇道："我明白为什么诡门背后的你要专门给你一封信，让你去救赵二了！"

白潇潇一听这话，立刻明白了宁秋水的意思："你是说……赵二可以帮忙？"

宁秋水解释道："对付诡物，他绝对是专家中的专家，就连大胡子都没法跟赵二相比。他对于诡物的研究和知识，是我们无法比拟的！只要他愿意帮忙，这件事情的危险程度就会降低很多！"

白潇潇闻言沉默了会儿，点头说："好，那你赶快问问他！"

宁秋水拿出自己的手机，拨通了赵二的电话，后者几乎是秒接，似乎早已经预料到宁秋水会给他打电话。

"你怎么接得这么快，未卜先知？"

赵二嗤笑一声："我一个病人天天待在疗养院里，无聊得要死，只能玩玩手机打发时间，正好你电话打了过来，顺手就接了。怎么，水人的事情解决了？"

宁秋水说："嗯，水人的事情已经落下了帷幕，不过，现在我又面临着一个新的麻烦。"

赵二的声音懒洋洋的："说，我现在正好有时间，跟你唠唠。"

宁秋水笑道："那可真是我的荣幸，你听过梦魇老太吗？"

提到了那四个字，电话那头先是沉默了一会儿，而后赵二说道："听过。不过，这家伙不是已经消失了许多年了吗？"

宁秋水道："但问题还留在那里，我想要一劳永逸地解决这件事，不知道有没有方法？"

赵二这一次沉默了很久，久到宁秋水都以为他已经睡着了。

就在他准备说话的时候，电话那头的赵二咳嗽了一声。

"解决梦魇老太也不是没可能……但她的事情比较怪，而且也很危险。"

宁秋水眼睛一眯："有多危险？"

他跟赵二接触过，也在赵二那里了解过他有关的事情，他知道赵二的本事很大，能让赵二觉得危险的诡物，那该得有多强？

赵二喝了一口水，缓缓道："是这样的，我先告诉你杀死诡物的原理，诡物不会被人杀死不是因为人太弱小，而是两种力量体系不兼容。诡物所处的力量体系要高于人，因此人类目前发明的一切科技武器，对于诡物而言什么都算不上。所以想要杀死诡物，只有两种方法——第一，找一只更强的诡物来解决它；第二，你自己进入诡物所在的力量体系，然后变得比它更强。"

宁秋水眯着眼，若有所思："就比如说……你？"

赵二笑道："勉强吧，但这条路并不像小说里升级打怪那么简单的。

"你要知道，诡物的力量来自一种目前暂时无法被理解、无法被认知的存在，而诡门背后的一些人，将这种存在定义为'日'。

"这种力量除了强大，通常还伴随着污染。从你获得'日'的力量开始，污染便接踵而来，你在诡门里应该见到过一些力量堪比诡物的人，这些人就是被'日'

的力量污染的怪物。

"污染越重，人的精神也就越不正常，到最后……"

他没有继续说下去，但宁秋水知道，一旦被彻底污染必然会有不好的事情发生。

赵二继续说："我呢……源自一项特殊计划'夸父'，至于细节我就不告诉你了，有机会的话你会接触到的。你想要解决梦魇老太，我可以帮你，但这个事情没你想得那么简单。你想要解决她，至少要先找到她的真身。"

"真身？"宁秋水的表情变得古怪。

他看向了身边的白潇潇，后者轻轻摇头，表示自己并不知道这件事。

刚才她找出的那份文件里面也同样没有记录。

"梦魇老太的真身……不是她自己吗？"

宁秋水觉得自己问出了一个白痴的问题，但他的确感到疑惑。

赵二叹了口气："还记得我之前跟你讲过的吗？诡物来到这个世界一定要有一个实际身份的。没有任何一只诡物在这个世上能靠梦境这种虚无缥缈的东西存活，梦境只是接近目标的媒介，就像是水对水人的作用一样。"

"你总要找到她，我才能帮你解决掉。你不能拿着一瓶矿泉水来到我的面前，指着这瓶矿泉水跟我讲让我帮你把水人解决掉，这很荒谬啊大哥。"

宁秋水这回听懂了，他问："那要去哪里找真身？"

赵二沉吟了片刻："嗯……这我不大清楚，这家伙从不以真身示人，不过既然能进入别人的梦境中，那她自己也一定在做梦，所谓梦由心生，线索你只能去梦境中寻找。这样吧，你过来找我，我给你准备一点东西。"

二人没有再继续聊下去，电话上有很多事情不便多说。

宁秋水挂断电话，穿上了自己的衣服，跟白潇潇道别，然后乘车前往了向春精神疗养院。

见面之后，赵二当着宁秋水的面拿出了一件沾血的破旧衣服，仅仅是看了这衣服一眼，宁秋水就有一种心惊肉跳的感觉。

"这是什么？"

"一件破衣服。"

"谁的？"

"我的。"

简短的对话之后，赵二的脸上露出了一个诡异的笑容："你知道，我进入诡门，不是每一次都是作为 NPC 出现的。偶尔我也会成为诡门背后守门的 BOSS。你拿着这东西，找到了梦魇老太的真身，给她穿上就行了。"

"多谢了。"宁秋水接过了赵二递来的破旧衣服，好好收了起来。

"不用谢我，我帮你其实也是有收获的。"赵二意味深长，但没有把话说明。

他一向喜欢直入主题，既然现在没说，便是不能说。

拿着赵二给的破衣服，宁秋水忽然又想到了什么，说道："对了，借你这里一用。"

说着，他拿出了自己的手机，打开了鼹鼠发给他的那个视频文件。

先是出现了一段电流的滋滋声，紧接着，黑色的屏幕上出现了一段闪烁着雪花点的画面。画面似乎被调色过，颇为苍白，画面之中有一个穿着白大褂的青年和一名神色焦躁的中年男人，二人坐在一个空旷的房间内，两人坐在椅子上彼此相对。

不知道为什么，隔着手机屏幕，宁秋水总觉得二人所在的房间里有一种说不出的怪异感。视频里，陈彬医生是背对镜头的，所以宁秋水只能看见他的背影，看不见他的表情和正脸。

视频里，对坐的二人开始闲聊——

陈彬说："杜先生，你先不要急，我问什么你答什么，我会尽可能地帮你解决问题。"

杜某局促不安道："好的。"

陈彬问："你说自己一直在做同一个梦，梦里有一个老太太在……接近你？"

杜某神情愈发激动，手指开始抽筋："是，是的……她每天都会距离我更近一点，昨晚、昨晚她已经来到我家门口了！她在敲我家的门，一直敲……一直敲！"

陈彬安抚道："好好好，你先不要激动，杜先生，相信我……我们会在她进入你的房间之前解决问题！"

杜某大口喘息，擦汗道："抱歉，陈医生……我只是太害怕了。"

陈彬拿起笔，开始记录："那么，接下来告诉我，那个老太太长什么样子？"

杜某神情惊恐："她……她有一脸白色的毛发，身体佝偻，筋骨似乎不好，但头能抬很高，尤其是到我家楼下的时候……"

陈彬写写画画，继续问："还有呢？"

杜某："她脸上的褶皱很多，皮肤皱巴得厉害，笑起来的时候很瘆人，嘴里……嘴里是很尖很密集的牙齿……"

陈彬继续写写画画："尖牙……那眼睛呢？"

杜某双手捂头，神情痛苦道："我……我不记得了……"

陈彬抬起手中的画纸，对准了杜某："好的，您看是这样子吗？"

"啊啊啊！"杜某瞬间惊恐惨叫，摔倒在地，转身连滚带爬地夺门而出。

视频看到这里，宁秋水和旁边的赵二都愣住了。

陈彬可是专业的精神科医生，既然是医生，应该很清楚不能去刺激精神状况不稳定的病人吧？而且……宁秋水看着这视频，总觉得哪里不大对劲，但有赵二在，他也没什么担心的，索性将视频拉到前面一点，反复观看。

连续了七八次后，宁秋水猛地道："不对！"

一旁的赵二眼皮微微一抬："怎么不对？"

宁秋水将画面调了回去，指着病人杜某说道："你看，这个时候的杜某，目光分明一直集中在医生陈彬的身上！他压根儿就没去看陈彬手中的画！

"是陈彬，是陈彬把他吓成了这样！"

赵二来到了宁秋水身旁，二人又看了一次视频，果然如此！

但就在视频结束后，画面却再一次动了起来！

那个一直背对画面的医生陈彬忽然缓缓转过了头，看向了画面外的宁秋水二人！他的脸上，挂着微笑。

"二位，欢迎预约……"视频中，陈彬的脸定格，随后画面变成了一片闪烁的雪花，最后恢复了原样。

画面中，陈彬依然背对着众人，就好似从来没有转过来一样。

房间里，二人沉默了一阵子，宁秋水转而看向了赵二，一脸认真地问："好歹这里也是你的地盘，他这么威胁你，你不做点什么？"

赵二无所谓地耸了耸肩："它不敢来找我……如果它真的敢来找我，我倒是可以帮你顺手把它料理了，但这家伙顶多就是表面上嘴硬一下。"

宁秋水脸皮很厚地笑了笑："真可惜，还想着祸水东引来着。"

赵二闻言，眼神变得略微古怪："其实……这种心里话你不用说出来。"

宁秋水关掉了手机视频："所以，你认为这个叫陈彬的人会是梦魇老太的真身吗？"

赵二摇头："大概率不是。

"不过这家伙身上应该有和梦魇老太有关的秘密。你可以去调查一下，兴许能从他身上查出些什么。"

宁秋水点头："好……多谢你了。"

赵二笑吟吟地从热水器下面的储物柜里拿出了一个纸杯，给宁秋水接了一杯温开水。

"紧张吗？喝杯水。"

宁秋水接过了这杯水，仰头一饮而尽。

"走了。"他转身匆匆离去。

宁秋水刚出向春精神疗养院，便收到了鼹鼠打来的电话。

接过电话，里面传来了鼹鼠略显兴奋的声音："你咋回事？最近升官了？"

宁秋水微微一怔："升什么官，做这一行的你又不是不知道，哪有升官一说？"

鼹鼠笑道："我都已经接到特殊研究事务所的调令了，之后可以入手更多的资料，最近我可是什么功勋都没有，唯一做的事就是帮你查了些私人资料，不是因为你又是因为谁？"

宁秋水心思微动，按照对方的说法，那这一次鼹鼠的升职还真可能是因为自己。空调有意让他参加一些特殊计划，那一直跟他合作并且负责监视他的鼹鼠当然也会跟着发生变动。

就在宁秋水还在思考的时候，鼹鼠又跟他说："对了棺材，你上次让我查的那些罗生门的人身份已经确认了。我挖到了一个比较特别的人，叫潘将海，不过资料比较少，大多数都是明面上的那些。如果你有需要的话，最好还是和组织的人请示一下，有些人……不太好动。"

宁秋水记住了这个名字："我知道了，你不用担心，再帮我查个人。"

鼹鼠爽快道："说。"

宁秋水站在马路边上，抬起头看了看周围，用侧脸夹住电话，给自己点了根烟："陈彬，著名的心理医生，把和他有关的所有资料都发给我，但其中任何影像和音频资料，你绝对不要翻动。"

鼹鼠表示可以。

挂断了电话，宁秋水打了个车，回到了自己的住处。

外面的暴雨稍微小了一些，时间已经到了正午。

宁秋水正要准备给自己下面吃，除一除身上的寒意，但水才刚刚烧开，一阵敲门声响了起来。宁秋水直接划开自己的手机准备查看门口的监控，却发现洗衣机给自己发了一条信息。

信息的内容很简单，就是告诉宁秋水，他准备了一些同宁秋水一起参与调查的人。这些人当年也参与过梦魇老太的事，只不过参与度不高，没有被盯上，侥幸活到了今天，现在他们听说宁秋水要去调查这件事，于是决定前来和宁秋水组队，顺便聊聊，或许可以为宁秋水提供有用的信息。

他打开门，一共四人站在了门外，三男一女。

男人没什么好看的，倒是那名女人长得有些特点，身材偏瘦削高挑，有绿色文身，一边头发被剃光，一边头发却留得很长。

看见了宁秋水，四人都是微微一怔。他们脸上的神色不尽相同，其中两个男人的表情有些畏畏缩缩，似乎害怕面前这个人畜无害的清秀男人，而女人和站在她旁边的那名又肥又壮、有些凶神恶煞的男人则是有些惊异。

"进来吧。"宁秋水扫了他们一眼，从鞋柜里拿出几双一次性拖鞋，扔在了地面上。

四人依次换鞋，轮到那名胖子，女人忽然回头对他警告道："陈一龙，你不准脱鞋。"

陈一龙闻言瞪眼，神色不善："凭啥？"

女人道："就你那双脚，要是脱了鞋，大家都别活！"

陈一龙冷哼一声，但他似乎默认了女人的话，非常自觉地从自己的腰包里摸出了一双鞋套，套在了自己的鞋子上。

他们进来后，宁秋水便去厨房继续煮面。几人在客厅里稍微晃悠了一下，正在煮面的宁秋水对外面的四人问："你们吃饭了没？"

女人带着一种略显怪异的眼神问："你还会做饭？"

她的话似乎消磨掉了宁秋水仅有的耐心，一人份的面条入锅，宁秋水说："没吃的话，你们就看我吃吧。"

二十分钟后，客厅里，四人看着大口吃面的宁秋水，都忍不住吞了吞口水。

刚出炉的油泼辣子，那浸入骨髓的香气绝对能让人食指大动！

宁秋水很快便干完了饭，然后将东西收进厨房，对四人道："好了各位，自我介绍一下吧。"

见宁秋水开口，女人主动说："我叫王雪儿，这位是'臭脚大王'陈一龙，旁边这位是'胆小如鼠'郝文，那位是'假装侦探'柯蓝。"

她话音刚落，一旁戴着眼镜、文质彬彬的柯蓝就忍不住冷声道："自以为是的文身女，你取的这些绰号简直就是对我们的污蔑！嗯……陈一龙的不算，我希望你下次介绍我们的时候，不要再用这些带侮辱性的绰号了。"

相貌平平、皮肤略有些黝黑的郝文也跟着张了张嘴，想要说什么，但看见王雪儿那不善的目光，立刻流畅地端起桌上的茶水喝了一口，掩饰尴尬。

"哈哈。"这就是他僵硬的发言。

陈一龙对于王雪儿的绰号倒是没什么反应，他跷着自己的腿，一副来办正事的模样。王雪儿介绍完自己这边的人，一只手撑着自己的下巴，看向坐在对面的宁秋水，目光灼灼："你就是衣总麾下的头号秘密武器——棺材？"

宁秋水不疾不徐地点了根烟。

"这里是我家，我就不征求你们的同意了。"他说着，轻吐一口气，吞云吐雾。

"我是棺材，这次洗衣机找你们来是为了帮我解决梦魇老太的事情，所以咱们直入主题吧，你们有什么可以提供给我的有效信息吗？"

王雪儿双手抱胸，对于眼前的这个男人仍旧心怀疑惑，打量他的眼神也带着些古怪。

"怎么了？"宁秋水问。

王雪儿摇摇头："没事……我只是很好奇，那个只存在于组织传闻中的棺材居然这么眉清目秀。在我印象中，你应该是肌肉男呢……"

说到这儿，柯蓝似乎抓住了机会，见缝插针补充道："这女人有心理问题，肌肉越大的她越喜欢，经常跑健身房。"

王雪儿瞪了他一眼："老娘那是去锻炼的！

"还是说正事，我们四个人以前接手过关于鸟山镇的部分编号项目，而梦魇老太就是其中一个比较难处理的家伙，不论是我们，还是另外一个组织，都在梦魇老太的手中折损了不少人。到目前为止，但凡在梦境中看见过梦魇老太的人，没有一个活下来。"

宁秋水眯着眼："怎样才能在梦境中梦到梦魇老太？"

王雪儿的脸色微变，但还是回答道："要在梦境中看见她，得去鸟山镇的睡眠管理所内挂号，一旦挂号成功，梦魇老太就会出现在你的梦境之中……不过，我奉劝你最好别去做傻事。虽然你在与人的博弈中属于最顶尖的那一批，但这是完全不同的两码事。"

宁秋水抽着烟，眸中闪烁着些什么："你们调查过睡眠管理所的陈彬医生吗？"

提到陈彬，王雪儿先是微微一怔，随后点头："查过。"

一旁跷着腿的陈一龙嗤笑一声，也点了根烟，骂道："那家伙的身份根本就是伪造的！真是信了他的邪……

"当年因为他的治疗效果非常显著，所以压根儿就没有人去怀疑过他。直到后来出了事，他消失不见，才有人去调查了和他相关的事情，最后却发现，压根儿就没有这个人！

"当年小镇上的那些家伙也是真的蠢，但凡有个人早去调查一下，也不至于发生后来的那些事！"他说着说着，竟然激动了起来，神情有些怪异。

王雪儿皱眉："陈一龙，你还是个孩子吗？诡物的事情哪有这么容易处理？要是怀疑陈彬就能够阻止梦魇老太的降临，那就不会折损那么多人了。"

一直没跟王雪儿争辩的陈一龙，这个时候却神色狰狞道："你怎么知道不行？你试过了吗？"

王雪儿看着陈一龙额头上浮现的青筋，没再继续和他争论，只是对宁秋水道：

"抱歉，陈一龙的母亲就是因为这件事情去世的，他有些不太能控制自己的情绪。"

宁秋水摆摆手，示意自己理解："一龙是鸟山镇的人？"

"嗯……事实上，我们都是。"王雪儿伸出手撩了撩自己的头发。

"我们是鸟山镇的幸存者，当初是衣总救了我们，并让我们参与到和镇子有关的一些调查计划里。"

宁秋水点头："我知道了，那陈彬后来是怎么消失的？"

王雪儿的表情略有些古怪，她看向柯蓝，后者立刻从自己的皮包里面摸出了一份文件，递给了宁秋水："事实上，陈彬并没有消失。直到事态已经严重到无法控制的时候，他也没有逃走。他接受了警方的逮捕，现在被关押在一个特殊的监牢里……"

王雪儿告诉宁秋水，自从睡眠管理所出事之后，陈彬的假身份很快便被曝光，不过他并没有逃走，而是选择留在了睡眠管理所内，直到被警方逮捕。

其间，关押陈彬的地方更换了数次，中途他也受到了不止一次的审讯。

但那些审讯并没有什么用，陈彬的嘴很紧，人也很疯，最麻烦的是，这个人根本不怕死，从他的嘴里，什么都问不出来。最终，他被警方关押在了诡秘收容所内。

宁秋水听着王雪儿的描述，脸上的表情浮现出了一抹讶异，但很快又回归了平静。

"什么都问不出来？我还是第一次听说，审讯一个犯人能审不出来的。以往但凡是被他们抓住的犯人，没有一个是骨头敲不碎的。"

王雪儿神色严肃："这个人是例外，他是真的不怕死。"

宁秋水盯着烟灰缸，淡淡道："这个世界上不怕死的人多了去了，但除了死亡，还有比死亡更加痛苦的恐惧。比如说极致的痛苦……"

柯蓝摊手，语气带着回击："你凭什么觉得其他人想不到这一点？面对这些罪大恶极的家伙，我们可不会轻易留手，如果你看见了他现在的模样就能猜到他究竟经历了什么……"

他说着，又从自己的公文包里认真掏了掏，最终拿出了一张褶皱的照片，递给了宁秋水。后者接过照片，照片的清晰度非常高，上面是一个已经躺在病床上完全无法移动的男人。

"陈彬有过无数次的惨叫，无数次的哀号，可关于睡眠管理所的事情，他就是一个字也不说。到后来，大家都没有办法了，他当时的状态十分糟糕，无论是身体还是精神。"

宁秋水看着柯蓝递过来的照片，听着柯蓝的描述，心里也忍不住感慨。

不过，这个世界向来都是残酷的。

在这种无穷尽的苦痛面前，死亡反而是一种恩赐，一种解脱。

但宁秋水在感慨陈彬油盐不进的同时，也觉察到了一丝异样。一个人究竟要在怎样的情况下，才能为了守护一个秘密忍受这样的痛苦和煎熬？

他将照片还给了柯蓝，又问："你确定你们查到的关于陈彬的身份是真实的？"

柯蓝先是一怔，似乎没有明白宁秋水为什么会忽然问这个，但还是回答道："这个你放心，上面的所有讯息全都是这些年经过了无数次筛查的，肯定是真的。"

宁秋水点头："好……带我见见他。"

柯蓝表情古怪："你看他做什么？他现在的身体状况糟糕得很，组织不会让你对他做什么的……"

宁秋水抬眸，将手里的烟头扔进了烟灰缸："你傻吗？明知道这条路走不通，还要去走。我是想跟他单独聊聊，也许能从他的嘴里获知一些什么……"

四人彼此对视了一眼，他们都看出了彼此的心思。

组织已经派出了不知道多少审讯专家，可最后依然一无所获。

宁秋水能行吗？他懂审讯吗？

当然，怀疑归怀疑，他们这次过来找宁秋水也是经过洗衣机授意的，本职工作就是好好配合宁秋水解决梦魇老太的事，所以面对宁秋水这个不算过分的要求，他们还是同意了。

只不过这四个人压根儿就不相信宁秋水能从陈彬的嘴里问出什么。

五人乘车，一路朝着市中心行进，然后来到了地铁站。

辗转几路地铁后，他们乘坐一辆标号为"GM331"的地铁，终点站过后，所有的乘客都下了车，但王雪儿却让宁秋水等等。大约过了半个小时，这辆地铁突然再度启动，朝着一条特殊的线路驶去。这里有许多守卫，全副武装，持械而立。没过多久，宁秋水感到脚下一轻，地铁竟开始一路向下！宁秋水还是第一次知道，市区竟然有一辆地铁通往更深处的地下。

又过了十几分钟，他们来到了一座巨大的地下监牢——周围的墙壁全都由灰白色的合金打造。地铁停下，五人下车，王雪儿上前，给守关的守卫递交上自己的身份信物，然后又和对方说了几句，那名守卫低头在一块电子屏幕上敲了敲，让宁秋水站过来，经过人脸识别后，他们被允许通过。

"你们只有一个小时的时间，这是 D1617 房间的临时电子钥匙，一个小时之后钥匙会失效。"

王雪儿对着守卫道谢，带着剩下的四人前往了 D 区。

她一边走，一边对宁秋水介绍道："这里是诡秘收容所，始建于五十年前，D 区是待处理区，除了 D 区，还有 A 区和 G 区，分别为安全收容区与高危收容区……是不是很神奇？第一次知道原来这个世界是这样的？"

宁秋水点了点头，又摇了摇头，因为他的三观，早在当初追寻言叔到阴山时就被摧毁殆尽了。见到他如此淡定，四人倒是有些诧异，因为他们刚来这个地方的时候，可是实实在在地被吓了一大跳。

转过一条走廊，五人撞见了一个穿着白色大褂，胳肢窝夹着一本报告的秃顶男人，双方打过照面，他停了下来，有些诧异地看向五人："你们来这里做什么？"

王雪儿解释道："刘博士，我们是来审讯 D1617 项目的，已经经过了上级审核与批准。"

"搞了这么长时间都没进展，还在这东西上面浪费时间呢……愚蠢！"

被称作刘博士的男人淡淡地扫了他们一眼，眼中露出了不屑，嗤笑了一声，摇摇头走了。

宁秋水回头看了一眼刘博士，这时，身旁那个不怎么说话的郝文小声在宁秋水的耳畔解释道："刘博士是这里负责研究收容项目的部门负责人之一，每天要处理很多事，态度一直都这样，你不要太介意……"

说着，他们来到了 D1617 房间，王雪儿将电子钥匙放在门口的禁令处，随着轻微的一声电子提示音响动，门自动朝着两侧打开了。

房间内很空旷，只有一张医用架床和一些诊断仪器，床上躺着一个浑身插满了管子的男人。如果不是他的眼珠子还在转动，宁秋水都以为这家伙已经挂了。

"这就是陈彬。"站在陈彬的病床面前，王雪儿的神色略有一些复杂。

她几乎全程参与了陈彬的审讯计划，也亲眼看着陈彬被他们一步步变成了现在这副模样。要是没有心理承受能力，王雪儿真觉得自己没法面对这个躺在床上一动都不能动的男人。但一想到对方是一个曾经伤害了诸多无辜平民的罪人，王雪儿的心里会好受很多。

看见了王雪儿几人，陈彬的眸子里竟然没有多少憎恨，反而是冷漠居多。

宁秋水和陈彬的眸子对上，发现对方看向自己的眼神里除了冷漠，还带着一抹挑衅。显然，陈彬将宁秋水当成了新的审讯专家，不过以前的审讯他都扛了过来，现在他的生命即将走到尽头，只能靠着机器和药物续命，这也意味着留给这些审讯专家的审讯手段已经不多了。因此，陈彬反而变得更加肆无忌惮起来。

宁秋水来到了陈彬的床边，先是绕着陈彬走了一圈，而后又仔细打量了一下对方的面容："你不是视频里的那个人。"

陈彬没有说话，也懒得说话。气氛似乎显得有一点尴尬，但宁秋水丝毫不介意，他转头对着王雪儿说："帮个忙，我想跟他单独待一会儿。"

王雪儿点头，带头朝着门口走去。

关上门，陈一龙忍不住吐了口唾沫："这家伙还玩神秘，神气什么？"

柯蓝扶了扶自己的眼镜，嘴角流露出了一抹笑容。

"你跟他怄什么气？这家伙不过是咱们用来赚取功勋的工具而已。成了，咱们在这个项目上也算是出了力，要是不成，跟咱们也没什么关系。"

说着，他又看向了沉默的郝文和王雪儿："你俩怎么不说话？"

郝文干咳了两声，眼神有些飘忽："我觉得……这家伙好像有点不一样，兴许还真能让他问出点什么。"

王雪儿则一副思考的表情，道："其实我以前了解过一些关于他的事，他似乎是一个被选中的人。"

提到这个，几人的脸色都发生了微妙的变化。

"他？你认真的？"陈一龙瞪着眼。

王雪儿瞟了他一眼，摇了摇头："我不确定，之前我觉得他也没办法解决太阳花福利院的问题，毕竟这可是鸟山镇的高危事件之一，当初在里面折损了不少人，只不过由于它的危害有限，后来暂且被搁置了……但现在看来，他没那么简单。姑且等等吧，看看他是不是真的有什么本事。"

D1617 房间内，宁秋水站在了陈彬的面前，微笑地看着对方。

"其实我还挺佩服你的，能熬过那么多次的审讯。不过你放心，我今天来不会对你做什么……当然，你自己心里也清楚，以你目前的身体状况，也根本承受不了。"

宁秋水一边说着，一边来到了房间的一旁，拉过了一把椅子坐下。

"我是几个小时前才详细了解到关于你的事情的，在来之前，我还特意观看了一遍你之前经历的一切。你知道那个时候，我脑子里想的是什么吗？我想的是……如果换作是我，我能熬过去吗？"

宁秋水的娓娓道来，反而让陈彬冷漠的眼神变得柔和了一些。这当然不是他对宁秋水的态度发生了变化，而是陈彬放松了稍许。

他在这个地方很无聊，免费听人唠唠嗑也算是打发时间了。

宁秋水的脸上，始终挂着笑容："但无论我模拟多少次，最终的结果都是……不能。

"人类对于痛苦的承受上限其实很高，但往往他们在痛苦面前容易屈服，这是因为他们没有特别需要守护的东西。但当一个人有为之付出一切都要守护的东西时，他的意志力就会变得坚不可摧。"

"这样的人我见过不少，有人守护着爱，有人守护着恨，"宁秋水说着，嘴角忽然露出了一丝诡异的笑，"也有人守护着自己内心最深处的秘密……你不愿意面对，所以宁可粉碎自己，也不要让任何人知道。你没有亲人，没有挚爱，孑然一身……我思来想去，这个世界上有什么能让你不惧苦痛和恐惧呢？恰巧，我的脑海里真的有一个答案……"

说到这里，宁秋水的眼神一凝，让床上躺着的陈彬莫名颤抖了一下。

"那就是恐惧本身。人天生恐惧疼痛，你能够抵御这份恐惧，那是否意味着你不愿说出的那个秘密会让你感到更加恐惧呢？是什么呢？梦魇老太吗？"

提到了那四个字，陈彬的瞳孔微不可寻地收缩了一下！

宁秋水感觉到对方的眼神发生了刹那的变化，而这种细节的捕捉，给予了他重要的反馈。

"都已经过去多少年了，怎么还有人纠结一个荒唐的传闻？"陈彬的语气裹挟着浓郁的嘲讽，眼神也带着一种蔑视。

面对陈彬的反击，宁秋水一点也不恼怒："是不是传闻，你的心里比谁都清楚。

"我听说，在这个世界上有一种独特的精神病症，其实也不能算是病症，就是一种很普遍的情况，叫'恐诡症'。具体的表现就是恐惧诡异的事物到了一种不正常的地步，甚至超过了恐惧死亡。"

宁秋水站在陈彬的床前，双手插兜："除了恐诡症，我实在想不到还有什么能让你硬撑过那么多审讯也要保护一只诡物的秘密。"

陈彬那张疤痕遍布的脸上露出了一个笑容："你说完了？时隔这么多年，还以为他们请到了一个多么了不起的角色，没想到竟然来了一个自以为是的蠢蛋。"

宁秋水和陈彬对视了好一会儿，忽然耸耸肩，笑道："好吧，我承认我是开玩笑的。陈先生，我实话实说吧，我也被梦魇老太缠上了，之所以来找您，是想要从您这里获得一些——"

他话音未落，陈彬便冷冷地打断了他："抱歉，无可奉告。"

他的态度十分坚决。压根儿就没有给宁秋水留下任何交流的余地，可即便这样，宁秋水脸上的笑容也依然没有消失。

这十几年来，陈彬接触过各色各样的人，其中不乏十分难缠的、善于洞悉人心的审讯高手，可这些所谓的审讯高手在他的手上全都铩羽而归。

然而，此时此刻，站在他面前的这个男人却带给了他一种非常不妙的感觉。

尤其是宁秋水脸上的笑容，总让陈彬觉得很危险……

"好吧……如果您不愿意帮我，我应该是要完了。"宁秋水微微一摊手，虽这么说着，脸上却没有恐惧，只是多了些惋惜。

"但……陈彬先生，我这人报复心很重，如果您不帮我，我可能会报复您，希望您不要后悔。"

听到这里，陈彬笑了起来，身子轻轻抽搐着，连同床都在微微抖动。

"你威胁我？你在威胁我？"他重复了两遍，眼中带着疯狂。

"那么你准备怎么报复我呢？这一次，你们又打算从我身上带走什么呢？哦，值得一提的是，我现在的身体状况真的很不容乐观，如果你想要带走我身上的某样东西，必须考虑我是否能够承受。"

"当然……还有一个更加一劳永逸的方法，那就是杀了我。"

宁秋水面对陈彬的疯狂挑衅，脸上的笑容愈发灿烂了："我不会那样做，陈彬先生。我会帮你在睡眠管理所挂个号。"

短短的两句话，让陈彬脸上疯狂的笑容立刻变得僵硬，宁秋水甚至能够看见陈彬的身体刚才不受控制地颤抖了一下。

"我原本以为你只是蠢，现在我却觉得你是个傻子。我就是睡眠管理所的医生，你要帮我挂个号，这种行为有什么意义——"

他正缓缓开口，却被面前的宁秋水突然打断了，正如刚才他打断宁秋水那样。

"陈彬先生，你在解释什么呢？如果你真的觉得我是个不可理喻的疯子，那就不会在这里跟我废话了。你跟我解释这些，是因为你在害怕吗？"

陈彬盯着眼前的宁秋水，他能明显感觉到自己身体的激素开始不正常地分泌，自己的心跳也变得快了许多……他很想掩饰，但有件残酷的事情是——他的身上插着太多的管子，连接着太多的仪器，过快的心跳直接转化成了一条条波动的曲线，呈现在了心率仪的屏幕上。

而一台用于检测和维持生命的仪器，此刻却成了测谎仪……

"看看这台仪器，我觉得你已经没有狡辩的必要了。

"现在，回到我之前的那个观点，你有恐诡症，而且非常严重。正因为有更深层次的恐惧，所以你才能无视痛苦。梦魇老太是因为睡眠管理所才出现的，这证明你和她之间有着千丝万缕的关系，而你不敢泄露关于她的秘密，应该是担心被对方盯上吧……"

宁秋水越说，陈彬脸上的张狂越是消失殆尽，转而被恐惧替代。

"但之前有个很厉害的家伙告诉我，诡物在这个世界也是要遵循某些规律的，即便梦魇老太答应不主动对你出手，可如果你在睡眠管理所内挂号，从而上了她的名单，想来……你也是逃不掉的吧？其实我也很好奇，不如您行行好，满足一下我的好奇心？"

宁秋水的话像冰冷的溪流，不断地抽走他身上的温度，这溪流中的冰冷汇聚到了一定程度，凝聚成一柄锋利的尖刀，一刀又一刀地在陈彬的心里划着。

进入这里十几年，他第一次表现出恐惧。

而这一幕，恰巧被监控室里的一名女研究员捕捉到了。

她先是露出了一抹迟疑的神色，而后放下了手中的笔记，对着一旁正在捣鼓切片组织的男人说道："刘博士，您过来看看……"

刘博士不耐烦地转过了头："看什么？"

他顺着女研究员手指的方向看去，在监控中，看见了 D1617 房间内满脸惊恐的陈彬。

"什么情况……"刘博士的眼睛微微一眯，从陈彬苍白且带着惊恐的表情上嗅出了一些不一样的味道。

这座收容所内，绝大部分的收容项目实验他都参与过，甚至是亲手策划，所以对一些项目的记忆很深刻。而陈彬的项目，绝对是最难处理的那一批，对于这个油盐不进的家伙，刘博士只觉得头疼和愤怒。

他用了不知多少方法，最后却什么收获也没有，这简直就是他生平无法抹去的一个污点！但现在，这个刚进去的陌生人才跟陈彬对话了这么一会儿，陈斌的表情就变成了现在这副模样，这不由得让刘博士产生了好奇和嫉妒。

他是……怎么做到的？

刘博士当然记得，就在不久之前，他还嘲讽了这几个家伙，没想到打脸来得这么快！

"雅琪，帮我把这个切片放入临时冷藏室，我去去就回……"刘博士说完，头也不回地朝着门口匆匆而去。

D1617 房间内。

宁秋水盯着床上的男人，笑道："现在，你做好选择了吗？"

陈彬的脸色难看无比，脑海里似乎有什么尘封的东西被打开了，他的身体开始颤抖，时不时会抽搐一下。他的呼吸声渐渐沉重，脸上渗出了汗水，眸子里的神采时明时灭。

片刻后，陈彬甩了甩头，眼神直勾勾地看向了宁秋水："你到底是谁？想做什么？"

宁秋水来到了陈彬的面前，凑近道："我是谁你不用管，但我想解决和梦魇老太相关的事。你帮我，也是在帮你自己。折磨了你这么多年的心魔，难道……你不想解开它吗？"

陈彬脸上的肉在微微抽搐着："你知道自己在说什么吗？你知道你面对的是什么吗？解决它？我忽然发现，你不但是个傻子，还是个疯子……"

宁秋水竖起食指，放在唇畔，示意他住口。他帮陈彬拢了拢衣服，耐心地盯着他，道："有人去做难道不是好事吗？看看那些研究你的人，还有门外悄悄等着的四个人，他们和你一样，都怕。他们都在等一个出头鸟。"说到这里，宁秋水指了指自己，笑了起来。

"看看我，我就是那只出头鸟。要是我把这件事解决了，你就是受益者，但要是我死了，跟你又有什么关系呢？我进来的时候看了，房间里也没有监听设备，今天在这里的谈话，天知地知，你知我知。"

宁秋水的话和脸上从容的笑容，让陈彬的心脏跳动得更快了。无论他愿不愿意承认，他的确是被宁秋水说动了，可他又莫名诞生了一种畏惧。

这种畏惧不是来自梦魇老太，而是宁秋水，此刻的宁秋水越是冷静，他就越觉得宁秋水是一个可怕的疯子。初生牛犊不怕虎，那不叫勇敢，那是无知。宁秋水显然不无知，对于梦魇老太，他一定调查过很多事。

可即便这样，别人避之不及的，他居然敢主动往上凑。

"我……"陈彬努力做着深呼吸，眼球里出现了些许血丝，"我可以跟你聊聊关于她的事，但绝对不是在这里。你带我出去，我才能跟你说！"

宁秋水认真打量着陈彬的脸，从对方的微表情上琢磨着对方是否在说谎。

"带你出去可以，但我要一个理由。"

陈彬正要开口，门口却忽然传来了开门声，他面色骤变，立刻闭上了嘴，恢复了冷冰冰的模样。宁秋水皱了皱眉，他回过头，看见一张让人讨厌的脸出现在了门口处——是刘博士。

宁秋水看见刘博士身后的四人，他们对着宁秋水又是耸肩又是摊手，表示他们也没有办法。毕竟刘博士在这个地方的权限要高于他们，如果强行阻拦刘博士，他们很可能会被强行轰出这个地方。

刘博士进门之后，在房间里跟宁秋水先是对视了一眼，但很快他的目光就移向了宁秋水身后的陈彬。

"你对他说了什么？"刘博士十分激动，对着宁秋水质问道。

宁秋水耸了耸肩："没什么，就聊了聊一些家常。"

刘博士闻言脸色骤变，猛地上前，一把抓住了宁秋水的胳膊："你放屁！你到底跟他说了什么？快告诉我！"

他的态度甚是咄咄逼人，倘若是一般的陌生人，很可能会被他吓住，但宁秋水却表现得很是淡定。

"博士，希望你认清一件事。我不是这里的收容项目，更不是犯人，你没有审讯我的权力。"

宁秋水冷静的反击让刘博士脸色一僵，他身后的陈彬也对着刘博士露出了一个嘲讽的笑容，语气中满是调侃："啧啧，博士啊……你也有今天？"

刘博士脸色渐冷，虽然他的表情颇为愤怒，但还是松开了抓住宁秋水衣服的双手，对着他冷冷道："我奉劝你，D1617收容项目很危险，你最好不要轻易相信他所说的一切，也别去做什么傻事。"

宁秋水看了他一眼，并没有理会，转身朝着门口走去，刚到门口的时候，身后那张病床上便传来了陈彬的声音："喂，别忘了我们之间的约定。"

宁秋水回头看了陈彬一眼，对方脸上洋溢着淡淡的笑容。他做了个"OK"的手势，然后就带着王雪儿他们离开了这里。

这四人都不是傻子，从刘博士忽然出现在这里并且粗暴闯入D1617房间的时候，他们就隐隐感觉到了不对劲。每个收容间里都是有监控的，刘博士一定是在监控里看到了什么，才会这么火急火燎地冲进来。所以……他到底看见了什么呢？

"喂，宁秋水，你在房间里和陈彬说了什么？有问出什么有用的信息吗？"

几人交换了一下眼色，王雪儿立刻上前几步，扒拉了一下宁秋水。

宁秋水倒是没有生气，但也没有回答王雪儿的问题，而是问："有什么办法可以把陈彬从收容所里面弄出来吗？"

王雪儿一听，当时便愣住了："弄出来？"

"嗯，有门路吗？"

宁秋水这不问还好，一问，还真给王雪儿几人问傻了。

"不是，你把他弄出来做什么？"

离开了收容所内，到了休息区，宁秋水从身上摸出了一根香烟点燃："交易。"

柯蓝的嘴角抽了抽："不是，你真信他的话？"

"这家伙被审讯了十几年，组织为了让他吐出真相可谓是无所不用其极，可他连半点线索都没有给，现在这么轻易向你吐露一切，你就不担心他使诈吗？"

柯蓝这话藏着两层意思——一层是，你能从他嘴里问出东西来，不是因为你厉害，而是陈彬故意为之；另一层是，你为什么会这么天真？

宁秋水抽了一口烟，侧目看向了柯蓝，笑道："不信他，难道信你？你能为我提供任何有用的线索吗？真真假假，不试试怎么知道？"

宁秋水的嘲讽似乎说进了对方的心里，柯蓝脸色青红一片，咬牙道："试试？

拿自己命去试吗？你以为你是谁？有九条命的猫？”

宁秋水笑了起来，目光在烟雾中变得锋利了许多："你们不就是打算用我的命来当筹码，试试能不能解决梦魇老太的事件吗？危险的工作我去做，你们坐收渔翁之利，难道不好？"

柯蓝被宁秋水撑的是哑口无言，眸中除了一抹恼羞成怒的愠色外，还有震撼。

他万万没想到，对方居然已经看穿了他们的想法。

在此之前，他一直以为他们掩饰得很好。

事实上，在宁秋水说出这句话后，其他三人的表情也发生了微妙的变化，王雪儿的眸子闪过了惊诧之色。

"我承认，我们低估了你，你确实是一个很厉害的家伙。但我很好奇，既然你知道我们利用了你，为什么还要继续下去？你这样的人，绝对不会心甘情愿被别人利用的吧？"

宁秋水的脸上无悲无喜，他的眼中像是掠过了什么，一闪即逝，而后他吐出了一口烟。

"没有为什么，看梦魇老太不爽。"

这个理由让几人愣住："只是这样？"

"只是这样。"

几人沉默了好一会儿，宁秋水再度率先打破了沉默："所以……究竟有没有什么方法能把陈彬弄出来？"

王雪儿沉默了一会儿，说道："如果时间不长，衣总应该是有权限的，不过我估计最多也就一个星期。"

宁秋水目光一动："够了。"

由于转移收容项目需要一定的时间审核和批准，即便洗衣机已经同意，也不能马上就将陈彬转移出来，该走的流程和该走的手续还是要进行的。

回到自己家里的时候已经是深夜，宁秋水洗了个澡，躺在了床上。

望着窗外还在下的雨，宁秋水已经开始有些想念白潇潇家的大床了。

那张床四季恒温，冬天躺上去很暖和，又不会热。自己家的床虽然也舒服，但是一到冬天就冷得跟冰似的。宁秋水虽然身体素质好，但这不代表他感受不到冷热。

过了一会儿，床渐渐暖和了，他玩了会儿手机后闭上眼，困意袭来，便睡了过去……

再次醒来的时候，宁秋水是被尿憋醒的。

他睁开眼时，先是愣了一下，当他从床上坐起来的时候，才意识到了不对劲——这个房间根本就不是他的卧室。

宁秋水揉了揉自己的头，忽然意识到了什么。

"这是……"他立刻从床上下来，朝着客厅跑了过去。

来到客厅，他果然看见了阳台处的一扇窗户，宁秋水走到窗前，朝着窗外的楼下看去——此时此刻，外面依旧是黑夜，只不过没有下雨，他似乎身处于一个有些年头的小区里，而楼下有七盏路灯。最远处的那一盏路灯下，有一个身姿佝偻的老太太正静静地待在那里，不知道在做什么。

楼下小区的路灯因为常年失修，导致灯光非常昏暗，宁秋水看不太清楚那个老太太到底长什么模样，不过他能感觉到老太太正抬头看着他。

对视的瞬间，宁秋水就诞生出一种莫名的恐惧。

尤其是有了前车之鉴，宁秋水知道那盏路灯下面站着的老太太到底是谁。

她出现了！可他明明没有去睡眠管理所挂号，她为什么会出现在他的梦境之中？难道是因为……宁秋水突然想起了自己之前看过的那个视频，在向春精神疗养院中，他在 614 房和赵二一同看的那个视频，并且在视频的最后，画面中的陈彬转过身盯着他们，告诉他们预约成功。

目前看上去，唯一比较合理的解释就是这个。

"这些诡物都能通过影像资料来传达自己的恶念吗？真是防不胜防的手段。"宁秋水喃喃道，他想起之前的水人也是通过这种方式来迅速锁定他的。

在发现窗外站着的老太太后，宁秋水并没有惊慌，他先是站在阳台的窗口和老太太对视，确认对方一直站在那盏路灯下面，并不会移动，然后宁秋水才离开了窗口，观察起自己所处的这个房间。

根据先前那些梦到过老太太的患者口供，梦境会有七个不同的场景，这七个场景是固定的，一些是在深山老林的乡村里，一些是在很老旧的镇子里，而宁秋水这个则是处于常年失修的破旧小区中。但无论是哪一种梦境，无论发生在哪个地点，梦魇老太都会如约而至，站在某个地方偷偷地一直盯着做梦的人。

绝大部分的人在梦见梦魇老太后，都会陷入剧烈的恐惧和惊慌之中，他们大部分会一直和梦魇老太对视，直到梦境结束。这些人很害怕，他们害怕只要自己的视线从梦魇老太的身上离开，对方就会悄悄地朝他们的房间走来……事实上，当你看见一只诡物正在不断朝你逼近时，那种恐慌是很难遏制的。

而且在梦境中，人更容易直面自己内心深处的脆弱。

能像宁秋水这样在发现梦魇老太后，还可以将注意力放在其他地方的人少之又少。宁秋水在这个小公寓里面简单溜达了一圈，他发现，自己身处的这间公寓里面有很多柜子。正常情况下，一个房间不可能摆这么多柜子。

就比如说客厅，除了茶几和沙发，最多再摆一个电视和电视柜，甚至有些家庭为了省出更多的空间，连电视柜都不想摆，直接将电视挂在了墙壁上。

然而，宁秋水所处的这个房间的客厅内却摆着很多柜子，以至于那鼓鼓囊囊的沙发都显得有些挤了。他在房间里面徘徊、踱步，脚步声清晰入耳。

这是这个梦境里面唯一的声音。

宁秋水来到其中一个柜子前，伸手抠住了柜门。

上面有一把锁，但宁秋水并没有钥匙，他看柜门的锁似乎比较老旧，想试试自己能不能通过蛮力拉开。

"咔嚓！"剧烈的摇晃之后，轰隆作响的柜门真的被宁秋水硬生生地拉开了！

然而打开柜门后，里面出现的景象却让宁秋水忍不住后退了半步——这个柜子里居然有一个男人！

柜子并不高，大约只有半米，宽也不到七十厘米，男人皮肤惨白，正惊恐地看向宁秋水的身后。宁秋水也下意识地回头，看向自己身后——还好，什么都没有。

然而，当他再一次转过头时，让他头皮发麻的一幕出现了——男人在笑，他歪着头，直勾勾地盯着宁秋水！宁秋水后退了几步，绷紧全身的肌肉，观察着柜子里的这个男人，好在对方似乎并不会动。保险起见，他还是将柜门关上了。

梦由心生，这难道是他的恐惧催生出来的东西吗？

宁秋水的心里出现了疑惑，他把目光移向了其他柜子，忽然间，一个可怕的想法出现在了他的脑海——难道这柜子里面关着的是以前的受害者？他们被梦魇老太以某种形式留在了这儿？

这个想法出现后便在宁秋水的脑海里挥之不去。

他索性将其他的柜子也一一打开，一时间，客厅内出现了许多"人"！

宁秋水脑海里浮现出之前查阅过的资料，他发现好几个人的特征都能和资料里的描述完全契合！不过，在梦境中梦到梦魇老太一共有七种场景，宁秋水在这个房间的场景里并没有发现自己的师父，他默默地点燃一根不知道从哪个地方找到的香烟，靠着房间的一个柜子坐下了。

虽然这里是梦境，可无论是视觉还是其他的感知，都与普通的梦境完全不同——因为这里实在过于真实了。真实到宁秋水在抽烟的时候一度辨别不出这里究竟是梦境还是现实。

抽了几口烟，宁秋水稍微平静了一下自己的思绪，这个时候，他隐隐察觉到不对劲，目光扫向了周围的这些人，身子微微一僵。

就在他刚才出神的时候，它们竟然全都悄无声息地转过了脸。

在梦境之中，他身上的铜钱也无法使用。

宁秋水缓缓起身，与此同时，角落里的一个人也开始动了起来！

宁秋水觉察到了危机，转而朝着房间门口跑去。开门后，门外有一条十分破旧阴暗的楼道，呈诡异的暗绿色，给人十分不安的感觉，宁秋水想要尝试离开房间，但失败了。只要他前脚跨出去，身体立刻就会回到门口，不能出去吗？

宁秋水回头，发现一些人已经站了起来！

他立刻朝自己的卧室跑去，准备将门反锁，能拖多少时间是多少时间，可当他回到自己卧室却发现房门的锁居然被破坏掉了，卧室的门根本锁不上！

沉重的脚步声从外面传来，一下又一下，仿佛踩在了宁秋水的心脏上。

生死关头，宁秋水的脑子飞速运转，他并不知道外面那些人算不算诡物，如果真的是诡物，那他出去跟对方硬碰硬纯属找死。既然柜子和沙发能够对它们产生干扰，那门应该也可以，眼下还有门的房间只有厕所了。

宁秋水想到厕所的时候，心里突然浮现出一抹怪异的感觉，不过门外的脚步声已经逐渐临近，甚至隔着门缝宁秋水还能看见外面的灯光在不停闪烁……

他已经没有思考的时间，宁秋水夺门而出，他三步并作两步来到了厕所门口，手也摁在了门把手上！可就在他要拧开门把手的时候，却动作骤停。

不对！他的心里忽地浮现出巨大的警觉！有什么地方不对劲！

宁秋水的脑子并没有因为身后那恐怖的脚步声临近而迟滞，反而转动得更快了！他死死地盯着自己摁在厕所门把手上的手，后背渐渐渗出了冷汗。

隔着不透明的磨砂玻璃，宁秋水直勾勾地盯着厕所里的一片漆黑，居然缓缓后退了一步，将自己的手从门把手上拿开了！

厕所有问题！那一瞬间，宁秋水想到了许多事。

那就是从一开始进入梦境的时候，他只有在苏醒的瞬间想过要去厕所。

但自从他离开卧室，看见了梦魇老太后，厕所就被他彻底忽略了。

即便刚才被逼入绝境，自己也是想也没想就朝卧室里逃去，根本没有考虑过距离他更近的厕所！

"我明明很想上厕所，其他那些受害者也是这样，可为什么我们会在看见梦魇老太之后，就下意识地忽略了厕所？"

宁秋水的脑子乱糟糟的，他的直觉告诉他，打开厕所门很可能会发生一些不好的事，但眼下，身后的脚步声已经很近了，宁秋水甚至能闻到一股若有若无的腥味，感觉身后的人已经对他伸出了手臂！

千钧一发之际，宁秋水咬着牙，猛地朝厕所的门把手握去，可就在他即将拧开厕所门的时候，眼前的世界却先一步变得模糊扭曲，耳畔隐约传来了怪异的铃声——是他的手机提示音！

等宁秋水回过神来的时候，他已经醒了。

窗外，天空泛出了鱼肚白。

宁秋水让自己的身躯苏醒了一些，拿起手机看了看——是白潇潇打来的电话。

发现宁秋水没接，白潇潇又给他发了消息，说自己从余江那里拿了一些鱼，让他中午过去吃饭，刘承峰也在。

宁秋水看着手机上的消息，还能感觉到自己的心脏没有平息，依然跳动得很快。刚才梦境中发生的一切他非但没有忘记，反而历历在目。

他一想到如果白潇潇没在这个时间点给他打电话，又恰好把他吵醒，他在梦里会经历什么……

关于这种人工干扰的方式，以前睡眠管理所内有过先例，大致意思就是通过外界刺激，让梦到梦魇老太的病人不要睡太久。但这种干扰也是有限的，只能在梦境本就快要结束的时候才可以成功。

能提前一点，但是提前得不多。对大部分病人来说，效果一般，根本没法用来对付梦魇老太。但对于刚才的宁秋水而言，这通电话无疑救了他的命。

宁秋水长长呼出了一口气，然后打了回去，几声铃响后，电话被接通了。

"喂，醒啦？"白潇潇清脆的声音从电话里传来。

"嗯……才醒，你昨晚做梦了吗？"宁秋水随口问。

白潇潇那头沉默了一下，忽然带着一种古怪的语气问道："你也……梦到了？"

宁秋水心头咯噔一下。白潇潇都没怎么接触过梦魇老太的事情，更没有去挂号，怎么也会忽然梦到她？

"嗯……你最近做了什么？怎么会忽然做这种梦？"

听到宁秋水关切地询问，白潇潇的声音带着一抹责怪："还不是怪你。那晚你喝完酒，身上滚烫，晚上还抱着我……我被热醒了好几次。"

宁秋水闻言先是一怔，随后立刻意识到白潇潇好像跟自己不在一个聊天频道。

他怀揣着疑惑，还是问道："那你昨晚梦到什么了？"

白潇潇"哼"了一声："不告诉你。"

"快说，我认真的。"

"嗯……梦到一个房间……"

269

听到这里，宁秋水的心脏一揪，他攥紧了拳头，果然还是……

然后他又听到白潇潇用一种很不好意思的语气扭捏道："然后我看见了你……"

宁秋水的表情微微一滞，随后忍不住翻了个白眼。

他还以为白潇潇也梦到了梦魇老太，敢情主角是自己……

"后面你懂的，大家都是成年人。"白潇潇干咳了几声，立刻岔开了这让人尴尬的话题。

"好了，中午记得过来吃饭，就这样。"她匆匆挂断了电话。

电话那头，白潇潇将手机放在一旁，看了一眼正在洗衣机里搅动的睡衣，脸色浮现出一抹红润。她转身朝楼上走去。现在还很早，她要补一会儿觉。

宁秋水家中。

他去到厕所，在黑暗的环境中洗了个热水澡。

宁秋水没有开灯，尤其是刚做过那样的梦，他在刻意锻炼自己在黑暗中抵抗恐惧的能力。世上没有天生的强者，善于学习的人，只会越来越强。

洗完澡后，他擦干身体来到客厅，看了一眼手机。关于转移陈彬的事，洗衣机暂时还没有给消息，宁秋水思索了一会儿，拿出自己的电脑，打开一份绘图软件，开始还原自己梦境之中的场景。

这花费了宁秋水不少的时间，当他做完这些，外面的天色已经亮了不少。

即便如此，由于在下雨，所以总体还是显得阴沉沉的。

将梦境中的房间彻底还原出来之后，宁秋水把图片打印了出来，发给了鼹鼠一份，让他帮忙寻找这张图片的出处。想了想，宁秋水又找到了另一个人——洪柚。

这个女人可以去做其他人做不到的事，他把自己绘制的图也发给了洪柚，告诉她，让她去鸟山镇里面找有没有类似的地方。

一看见"鸟山镇"三个字，洪柚当时便忍不住了。

"宁秋水，你疯了吧？上次太阳花福利院的事你还没长教训？我就想不明白了，你到底和这荒镇有多大仇啊？你不要命，我还没活够呢！"

洪柚疯狂吐槽，但宁秋水压根儿就没有给她任何拒绝的机会。

"我不是在跟你商量。这一次不要你去帮我查诡物，只是帮我查查地方就行。"

洪柚见宁秋水的语气严肃，也忍不住叹了口气。她当然知道自己没法真的拒绝对方，毕竟自己的身份还是宁秋水给的。如果她不想再度变回阴影，那就必须乖乖听话。

"我要是哪天死了，一定是被你害的！"

洪柚郁闷地挂断了电话，打开自己的电脑，看着宁秋水发给她的那几张图，眼皮莫名狂跳！其中一张比较正常，画面是窗外楼下的几盏破旧路灯，而远处站着一个阴影。宁秋水没有把梦魇老太画出来，是因为担心对方能通过这样的方式将这件事传播出去。

如果说，这张图看上去顶多算是阴森，那么接下来的那张就让人头皮发麻了——画面是一个房间，里面到处都摆放着柜子和横七竖八的人，这些人的脸上挂着诡异的笑，正盯着房间的某个角落。洪柚看着这张图，总有一种说不出的怪异感。

她感觉自己看久了之后，这图里的人……似乎都在看自己。这个念头从脑海里一闪而过，她急忙将自己的视线从画面上移开，然后将图片发到了手机上，接着关闭了电脑，她望着窗外的连绵阴雨，面容变得凝重了不少……

迷迭香庄园，宁秋水摁响门铃，白潇潇开门，看见屋外站着的宁秋水，睡眼惺忪的脸上露出了一抹笑："这么早？"

宁秋水点头："怎么忽然想到要叫大胡子来吃饭了？"

白潇潇哼了一声："大胡子做饭多好吃啊！跟他学两手呗。"

"就这些？"

白潇潇拉着宁秋水进了房间，关上门，才叹了口气："当然不止这些。我……收到信了。"

白潇潇在昨夜收到了一封信，这一次，信上的内容只有四个字——三人成虎。

听到这个成语后，宁秋水微微皱眉。三人成虎？

以往来说，他们收到从诡门背后世界寄来的信，要么是让他们去做什么事情，要么是给予他们某种提示，很少会有这样似是而非的文字。

诡门背后的"白潇潇"要表达什么呢？就在宁秋水思索的时候，白潇潇从茶几上拿起一个本子翻了翻，说道："还有一件事很奇怪……"

宁秋水微微抬眸："什么事？"

白潇潇道："我最近不是收到了两封信吗？这两封信的字迹……不一样。"

这句话一下子吸引住了宁秋水的注意力。两封信的字迹不同？

他第一时间就想到了自己之前收到的信，上面的字迹是完全相同的，明显能够看出是同一个人留下的线索。但白潇潇这里却出现了意外情况。

"我不能直接看信，但你可以临摹一下……"

除了本人，其他人不可以在这个世界轻易查看信上的内容，如果宁秋水硬要去看白潇潇收到的信，那封信就会直接作废，上面所有的信息都会消失，他还是什么都看不见。不过，白潇潇可以将信上的内容临摹出来给宁秋水看。

"我已经临摹好了，包括上一次的，和信上的字迹风格很贴近，给你瞧瞧……"

白潇潇将手里的本子递给宁秋水。对两封信字迹不同一事她自己也觉得奇怪，所以早有准备。毕竟她已经知道了宁秋水就是棺材，做他们这一行的要求很高，更何况宁秋水还是行业里顶尖的存在，在这方面肯定要比她厉害得多。

拿着本子的宁秋水认真地查看白潇潇临摹的字迹，瞳孔轻缩："这是……"

看着"三人成虎"这四个字，宁秋水脑海里第一时间浮现的竟是自己曾经收到的信。二者的字迹竟能如此相似？

正常情况下，他们只能够收到"诡门背后的自己"寄来的信，而白潇潇手里的这一封却与宁秋水之前收到的信笔迹如出一辙……

短时间内，宁秋水能想到的唯一解释就是——这封信是"宁秋水"留下的，但碍于某些原因可能没法寄过来，于是让"白潇潇"代劳。

"诡门背后，他们也是熟人吗？"宁秋水表情微动。

如果事情真的是这样，那就说明白潇潇收到的这封信其实是寄给自己的——诡门背后的自己在向他传递某种消息。

"三人成虎……他想告诉我什么呢？"

白潇潇看宁秋水思考得如此认真，没有去打搅他，掏出手机自顾自地玩着。没过一会儿，宁秋水突然道："对了潇潇，回头你留意一下一个叫潘将海的人，他可能和上次你遇袭的事有关。"

听到潘将海这个名字，白潇潇的秀眉顿时挑了起来："老潘？"

"你认识？"

白潇潇点头，语气怪异："认识，这家伙跟我是同级，以前帮我做过不少事，我们都隶属于陈寿玺负责的部门。这家伙平时对自己人倒是挺热心的，也没有听到过他有夺信之类的行为，不太像是那种雇凶杀人的家伙。"

"不管怎么说，辛苦你了，这段时间这么操心，回头我会好好留意一下。"

说着，门口传来了敲门声。宁秋水来到门口，开门后发现是刘承峰。

这家伙戴着墨镜，嘴巴周围贴着一圈假胡子，看上去像极了一个江湖骗子。

"大胡子，你这是扮的哪个小说人物？"

"嘁，别提了！"刘承峰没好气地回了句，进门换了鞋子，将自己昨天晚上遇到的事跟二人讲了一遍，"昨天我们那儿举行了一个祈福大会，说白了就是白玉观里实在是太穷了，这不冬天了嘛，本来就冷，观里也没有暖气和空调，我寻思着搞一个祈福大会，筹一点钱给师兄弟们过个好年……"

"结果后来遇见个奇葩，嘴是真的碎，上来就直接问我们是不是骗子？我跟你说，当时那大会可是有十几个人在场，那人蹬鼻子上脸，一个劲地指着问我，是不是想骗他们的钱？"

说到这里，刘承峰仰头咕咚咕咚地灌了一大口饮料："那家伙说隔壁金山寺给人求签祈福都是用的电子签，讲究的就是一个公平公正透明，没有黑幕。还说我们自己用手搓出来的竹签啊，指定是在里面动了手脚！"

刘承峰说着，额头上青筋直冒，二人看得出来，他是真的破防了。

"眼看祈福大会就要黄了，我总得想点办法吧！我跟他讲，我们都是世外高人，平时居住在深山，不搞那些玩意儿。他又反驳我说以前在电视上看到的世外高人全都蓄着八撇胡子，脸上有颗黑痣，手上拿着幡，并且每一个人的眼睛都是瞎的，戴着墨镜，而我不瞎，是不是因为实力不够……"

刘承峰讲到这里，语气是越来越激动。

宁秋水和白潇潇听到这里，都露出了笑容，确实挺奇葩的。

"没办法，这不就只能偷偷离开，化了个装，装成江湖骗子了吗？"刘承峰长叹了口气。

白潇潇道："需要钱的话，你跟我讲不就行了？"

刘承峰摇头："那怎么行，我们是吃老君爷这口饭的，不能随随便便接受他人的馈赠，而且潇潇姐你这大手一挥，我们可担待不起。"

白潇潇能住在迷迭香庄园这样的地方，财力自然不必多说，而且她和刘承峰的关系也不错，如果对方有需要，她随手拿出几十万是没问题的。但这笔钱在刘承峰那里却不是这么个算法，他们讲究因果命数，不能无缘无故接受他人大量的馈赠。

"你们也不用担心，今年过冬的钱肯定是够了，我们住在山上，平时花不了多少。对了，我去厕所里洗洗，脸上涂的这树脂实在是太黏了……"

在白潇潇的家里，刘承峰教了白潇潇好几种做鱼的方式，中午吃饭时虽然都是鱼，但味道却不重样。不得不说，刘承峰在厨艺上的造诣确实很高，经过他的指点，白潇潇做出来的菜，色香味都提升了一个档次。

走的时候，白潇潇给了刘承峰一笔钱。

这笔钱不多，也就一千，算是刘承峰教她做鱼的学费，刘承峰也接受了。

望着他离开时的背影，白潇潇忍不住感慨了一句："说实话，从小到大，还真是很少看见在金钱面前还能保持自我的人……"

"你也要走了？"她说着，看见宁秋水已经在门口换好鞋子了。

后者扬了扬自己的手机："有活干了。"

"你又要去做什么？"

"我去转移一个……特殊的病人。"

"好吧，路上小心。"

二人道别，宁秋水打车来到了地铁口。

洗衣机已经同意了他之前的申请，上面也批准了，他们允许宁秋水将陈彬带出监牢一个星期，但一个星期之后，宁秋水必须将陈彬活着归还他们。除此之外，宁秋水还必须去见见刘博士。

对方负责 D 区的收容研究，似乎有什么想跟他聊聊。

宁秋水来到了诡秘收容所，见到了正在等他的刘博士，对方背着手在房间里一直来回踱步，似乎显得有些焦虑。

"你怎么能把他带出去！你知道他有多危险吗？"

一看见宁秋水，刘博士便立刻走了上来，神情很是激动。

他的态度和初见时一样，甚是暴躁，嗓门很大，气势汹汹。

"如果你找我来就是为了说这些，那我建议你闭嘴。"宁秋水的回复很淡定，"我是个很偏执的人，当我决定要做什么事情的时候，旁人一般是劝不住的。"

刘博士的眼睛里冒着火，他来到秋水的身前，用手指狠狠地戳着宁秋水的胸膛："你以为我是在跟你闹着玩吗？

"梦魇老太跟这个人有着说不清道不明的关系，你把他放出去，回头他用梦魇老太来对付你，甚至祸害市区里的其他人怎么办？"

面对刘博士的责问，宁秋水选择了沉默。他没有否认刘博士的话，但也没有改变自己的想法。对他而言，梦魇老太的事情一定要解决。

点了根烟，宁秋水看着刘博士，缓缓开口道："既然你知道其中利害，那就配合我，早点把梦魇老太的事情解决。"

刘博士看着宁秋水，知道对方心意已决，他揉了揉自己的眉心，一只手撑着旁边的桌子问道："那天……你跟他讲了什么？"

看着面前这个并不讨喜的男人，宁秋水沉默了一会儿，还是将那天发生的事告诉了他。刘博士听到这里，先是陷入了一阵沉默，而后语气放缓了不少。

"你的想法确实有些出人意料，当时来了很多审讯的专家，他们想尽各种方法企图摧毁他的精神，不过没有一个能让陈彬开口的。但你做到了，这是你的本事。但即便这样，你也不能够掉以轻心。

"陈彬跟梦魇老太之间有着千丝万缕的关系，我可以告诉你一个非常有价值的线索，那就是当初在鸟山镇里，陈彬被逮捕，梦魇老太就再也没有出现过……"

宁秋水眯着眼："你是说梦魇老太的出现是因为陈彬？"

刘博士盯了宁秋水一会儿："实验数据不足，我也不敢保证，但陈彬绝对不是好人，这一点你也很清楚，他说的话……你最好不要全信。"

说完，他似乎不想继续跟宁秋水聊下去了，挥了挥手："你把他带走吧，一个星期之后我要看到他。"

宁秋水掐灭了手里的烟头，感受着指尖传来的烫意，还是说道："我尽量。"

王雪儿他们也到了，宁秋水带着陈彬转移到了一家私人医院，说是转移，但无论是宁秋水还是陈彬都知道有人一直都在盯着他们。

一间无人打扰的病房内，宁秋水对着陈彬道："现在你可以说了吗？为什么要转移出来？"

陈彬盯着窗户外面阴沉朦胧的天色："想要自由。"

"你哪里有自由？对你而言难道不都一样吗？"

陈彬摇头："你没被关在那里面十几年，你不懂。对我来说，能呼吸一口外面的新鲜空气，都是恩赐。"顿了顿，陈彬的眸子里闪过了一道光。

"我也想知道一个问题，梦魇老太已经十几年没有出现过了，事态已经被遏制住，为什么你一定要跟她过不去？"

宁秋水："为了无辜死去的人，诡物杀人就不用偿命吗？"

陈彬一怔，随后点了点头，他深吸一口气说："好吧，我会帮你，但是你知道我也只是个普通人，没能力对付诡物。我唯一能帮助你的，就是众多病人案例给我提供的一些信息。

"简单举个例子吧，有些病人梦到梦魇老太是在一个破旧小区的房间里，起初的时候梦魇老太是出现在远处的路灯下，随着梦境次数，不断接近患者，直到当她叩响患者所在的房间房门，患者死亡。但其实我所了解到的患者几乎都有一个共同点……"

宁秋水问道："什么共同点？"

陈彬："他们虽然醒来的时候都有强烈的尿意，但从来没有一个人去厕所解决过，因为当他们看见窗户外面的梦魇老太后，就会忘记这件事……当然，也几乎没有一个患者调查过他们所在的房间。有时候我在想，会不会解开梦魇老太诅咒的秘密……就在厕所里？"

陈彬向宁秋水讨要了一根烟，自顾自地点上，然后剧烈地咳嗽了起来。

他已经十几年没有抽过烟了，而且他现在的身体十分虚弱，宁秋水看着他咳得面色涨红，生怕他一个不注意把自己的肺咳出来。

"这是不是也意味着，梦魇老太并不希望那些梦见她的人去厕所？"

陈彬徐徐道来的声音给宁秋水提了一个醒。

诡物拥有人无法理解的力量，让梦境中的人忘记正在做的事情似乎也很合理，甚至这对诡物而言都算不上一个强大的能力。

"你的意思是，梦境中的厕所就是躲避梦魇老太的生路？"

面对宁秋水热切的眼神，陈彬沉默了一会儿，缓缓抽了口烟。

他夹烟的手指微不可寻地抽搐了一下："我不知道。虽然我想告诉你我的确是这么想的，但我不知道。我现在的状况，你看在眼里，所以你一定很清楚我并不知道确切的答案，否则我不会在恐惧和痛苦中度过这十几年的时光。"

"我不敢去赌。"陈彬的语气里充斥着无奈，也透露着真诚。

这是显而易见的事，如果他真的知道怎么在梦境中躲避梦魇老太，那他早就说了，而不是被关在监牢里面被审讯。

"我还有一个问题，你和梦魇老太有过合作吗？"

面对宁秋水的这个问题，陈彬居然笑了起来："看看我，宁先生，你觉得梦魇老太动手需要经过我的同意吗？你太高估我了，退一步讲，如果我真的能和梦魇老太合作，你觉得我会心甘情愿被困这么多年吗？"

宁秋水若有所思，这倒是一句实话，眼前这家伙……实在是太惨了。

"我能告诉你的就这么多，谁也没法保证厕所就是生路，或许您可以在梦境之中自己寻找答案，但当你无路可走的时候，不妨去试试吧。"

陈彬如是道，说完，他将手里的烟头扔在了地面上，然后偏过头静静地看着窗外的柏树树冠，目光满是向往，嘴里也开始喃喃起来："这棵柏树长得真好啊，我已经好长时间没有见到过这么青葱的树了……我记得小时候，父亲也在家里种过一棵柏树，每年冬天，其他花草都凋谢了，只有它还青葱依旧。父亲那时候便告诉我，这叫松柏后凋。"

他的言语中，充斥着怀念，宁秋水没有去在意他的碎碎念，只是瞟了一眼窗外，便起身朝着病房外面走去。

"会有人来照顾你，即便你已经出来了，但也别想着逃走。

"你知道，你的身份很特殊，你上厕所的时候组织的人可能都在盯着你。"

从窗前看见宁秋水离开了病房，陈彬脸上的怀念之色消失了，转而变成了一抹怪异的阴鸷……

医院楼下，宁秋水将病房的一份备用钥匙交给了王雪儿几人："照顾他的事就交给你们了。"

王雪儿看着手里的钥匙，疑惑道："那你呢？"

宁秋水毫不掩饰："如果顺利的话，几天后我会来接手，将他直接交还回去，如果不顺利……你们就帮我把他送回去即可。"

交代完，宁秋水直接打车离开，站在王雪儿身边的陈一龙表情怪异："这家伙是真打算跟梦魇老太死磕到底了啊……以前那些人，光是听到梦魇老太这四个字就避之不及，现在居然有一个主动去送死的，果然世界之大，无奇不有。"

王雪儿望着宁秋水离开的方向，陷入了沉思。

"他们那一行，没有把握的话，应该不会轻易入手，或许……"

说到这里，王雪儿又摇了摇头："不管怎么说，我们只需要帮他把好陈彬这关即可。他要是真能搞定梦魇老太，我们也能跟着沾光。如果他栽了……至少我们不能掉链子，陈彬要是出了什么问题，我们几个跑不了。"

说着，她瞟了一眼二楼的病房，表情微微一滞。在那扇透明玻璃背后，她看见了一张熟悉的面容，正带着一抹笑容，静静打量着他们……

傍晚，宁秋水在家里简单给自己下了一碗豆花面，刚吃完，电话铃声便响了起来，他解锁一看，发现是洪柚打来的。

"喂？"

"是我，你让我帮你找的地址，我找到了。"

听到洪柚低沉沙哑的声音，宁秋水心头一跳。

他给洪柚的是自己梦中的场景，洪柚却真的在鸟山镇里面找到了？

就在宁秋水怀疑洪柚是不是找错了的时候，对方已经将几张图发给了他，后者打开一看，眼皮猛地跳动了起来！

图片里的场景虽然和他梦境之中的不完全一样，但相似度极高！

房间的陈设、装修风格、破旧程度以及从窗台朝外面看去的七盏路灯都和梦里一样……

宁秋水的呼吸声稍微急促了一些。

他迅速向洪柚确定了位置，后者将定位发给宁秋水后，迟疑了片刻，又说："宁秋水，老娘奉劝你一句，别去送死！这里是一幢诡楼，真敢过来，吓不死你！"

宁秋水当然知道对方是担心他出事，她的身份也会受到影响，但并没有多说什么，反正他跟洪柚就是交易关系，其他的根本不需要考虑。

"我知道了。"挂断电话，宁秋水捏了捏自己的眉心，站起身子在房间里踱步了一会儿，忽然想到了什么，给赵二打了个电话。

赵二依然是秒接，就像是一台随时待命的机器。

电话接通后，宁秋水仍然是开门见山："喂，赵二，问你个事，你那件破衣服，我能穿吗？"

听到宁秋水这么突兀的询问，赵二愣住了好一会儿，表情略显古怪："怎么，你也想体验一下当守门人的感觉？"

宁秋水："我要去鸟山镇。"

听到这儿，赵二立刻就明白宁秋水为什么要问这个问题了。他思索了一下，说道："那件衣服是一件很厉害的'秽物'，但只有一次使用机会。它的确可以让普通的诡物感到恐惧，也能帮助你稍微抵御一下诡物的攻击，但它虽然攻击性很强，可守护效果却不好，如果你真的遇见了特别危险的诡物……下场不用我多说。"

宁秋水点头说："好！"

挂断了电话，宁秋水拿出了赵二给他的那件破衣服，也顾不得恶心，直接穿在了身上，然后又在外面套了一件外套，紧接着他又给刘承峰打了个电话。

"喂，小哥，怎么了？"

"大胡子，有没有术纸？"

"啊？咋了小哥，你又遇见诡物了？"

"没，我要去一趟鸟山镇。"

"嘶……小哥，你最近啥情况，咋动不动就要往那个地方跑？"

"要处理一点私事。"

刘承峰闻言也没有再继续询问，他让宁秋水直接来龙虎山的白玉观内找他。

宁秋水跟白潇潇打了声招呼，先打车到了迷迭香，然后开着白潇潇的车去了龙虎山，拿到了刘承峰为他准备的三张术纸。

"小哥，这三张术纸我用三种不同颜色的锦囊给你包起来了……"刘承峰嘱咐道。

宁秋水望着手里的红、黄、蓝三种颜色的锦囊，道："它们功效有什么不同？"

刘承峰先是愣住了一下，随后道："功效是一样的。"

"那为什么用三种颜色的锦囊装着？"

"因为好看啊。"

二人大眼瞪小眼，片刻后宁秋水摇了摇头。

他已经渐渐习惯了，刘承峰这家伙的脑回路有时候跟正常人是不大一样。

"好吧……不过只有三张吗？大胡子你作为这里的话事人，难道没存货？"

此去凶险异常，宁秋水想要准备得更加充分些，奈何刘承峰露出了一个苦笑，对他说道："小哥，没你想得那么简单。这不是什么人都能用的，就这三张。"

宁秋水叹了口气："好吧，多谢你了。"

刘承峰摆手："没事，小哥你此去一定要注意安全！我观里有事，暂时脱不开身，这次就不陪你了。"

宁秋水点点头，告别了刘承峰，转身下山去了。

去往鸟山镇是根本打不到车的，这荒镇的传闻太多，司机们根本不敢去，所以他只能自己开车去。天上还下着小雨，宁秋水终于驱车来到了鸟山镇的入口处，望着外面被撞倒的那棵小树，心里莫名感慨。

上一次他来的时候，还是跟刘承峰一起。虽然荒镇阴森，但好歹有个值得信赖的伙伴，而这一次却只有他一人。

车窗外，朦胧小雨中的树木荒草张牙舞爪的，破旧楼房瘫倒在这座荒镇中。

车子孤独地穿行在泥泞街道上，宁秋水小心翼翼地打量着四周，但凡看见黑影，他就会立刻停车，拿出铜钱。虽然在这座小镇里，铜钱的用处已经不大了。

铜钱眼的背后，到处都弥漫着诡异的猩红，这意味着他周围的所有地方都不是安全的。一个人在森冷的雨夜来到这里，如果没有极强的心理素质，待不了多久就会被逼疯，宁秋水的车在车道上行驶了没一会儿，忽然看见了迎面一个巨大的黑影缓缓而来。他的心脏忽地一紧，立刻靠边停车熄灯。

那是一辆公交车，车身残破不已，似乎经历过剧烈的撞击，公交车的车灯彻底破碎，却依然射出了近光灯，只不过，这灯光是死灰色的。

擦身而过的时候，宁秋水手里紧紧攥着一张术纸，看见公交车上的乘客们全都坐在自己的位置上，脸色惨白，但路过宁秋水身旁的时候，这些人同一时间转过了头！

好在公交车并没有停下的意思，这些诡物虽然恐怖，但它们无法离开公交车，最终和缓缓行驶的公交车一同消失在了雨雾深处。

公交车走后，宁秋水才稍微松了口气，他正要启动车辆继续朝目的地行驶，目光掠过眼前的后视镜时，身体却猛地僵住了——一个女人，不知何时忽然出现在了他车子的后座上！

女人浑身湿漉漉的，黑色的头发遮住了脸，虽然坐在车里，却撑着一把残破不堪的雨伞。见到她的一瞬间，宁秋水握着方向盘的手心开始渗出汗水，他深吸一口气，如常挂挡，缓缓在道路上行驶起来。

"姑娘，你要去哪儿？"他不动声色地问。

后座的女人没有说话，她只是坐在那个地方，手上撑着伞，穿着一套黑色的职业包臀裙。那套衣服很奇怪，不太像正常职场的职业装。

"姑娘，您要去哪儿？我送你。"宁秋水眼皮微微一挑，再一次问出了这句话。

可身后的女人依然没有回应。她也没有任何动作，无论宁秋水向她询问什么，她都一言不发。二者僵持了许久，女人也没有做出任何出格的事情，只是坐在那里，依旧隔着遮住面容的长发盯着宁秋水。

宁秋水略有些纠结，对方不动，他总觉得自己主动去搞事有一种不识抬举的意思。

如果面对同类，他不会想这么多，直接出手把对方制服，再进行友好的交流。

可面前的是一只诡物，是一个可以无视宁秋水武力值的存在。

沉默了一会儿，宁秋水想到了什么，他拿出铜钱，借着铜钱眼观察着对方。

但铜钱眼背后的景象让宁秋水感到一阵诧异——虽然他的眼前也是红色一片，但这种红色和之前并无差别，是属于鸟山镇本身的危险。

这意味着，女人对他并没有特别的威胁。那她为什么要上车？

放下铜钱，宁秋水觉得疑惑的同时还是转过了身。

他没有强迫对方下车，也不再跟她交流，只继续开车行驶在荒镇之中，时不时眼睛会瞟向后视镜，观察着女人的动向。虽然铜钱眼中的女人对他的威胁不大，但宁秋水也没有放松警惕，一张术纸始终紧紧地捏在手中。

终于来到目标位置，宁秋水将车停在了小区外，来到小区的正门入口。

保安厅破败不堪，周遭还有雨水冲刷不掉的污渍，似乎这里曾经发生过什么不好的事情。

宁秋水也不知道这里到底是什么小区，虽然鸟山镇已经废弃多年，但小区中依然有路灯长明，散发着昏黄苍老的光。园林也没有变成荒草野堆，就好像这小区这么多年来一直有人在打理一般。

宁秋水拿起了铜钱，小区内一片血红，有危险。他想起了之前洪柚打电话和他交流的时候，声音状态不怎么好，只怕是在这小区里遇见了什么。放下手里的铜钱，宁秋水还没有进入小区就已经被身旁忽然出现的女人吓了一跳。

那个坐在车子里面撑伞的女人，不知什么时候也跟着走了出来，站在了宁秋水的身旁，冷冷地看着小区内部。

"你住这儿？"宁秋水略显尴尬地问了一句，虽然他知道女人根本不会回答他。

但他心里的疑惑也更深了。

这忽然出现的女人到底是什么情况，为什么要跟着自己？

再次用铜钱眼确认了一遍，宁秋水才朝小区内走去，沿着洪柚告诉他的路线来到了八幢三单元面前。

破旧的墙体爬满了墨绿色的藤蔓，面前斑白的墙皮上长满了潮湿腥臭的青苔，不远处的楼梯间阴暗异常，一盏声控灯时不时地闪烁着，描绘着不稳定的阴影。

裹挟着雨水的冷风吹过宁秋水的脖颈，他不自觉地擦了一下，然后将衣服的领口朝里拢了些。这是老式小区，没有电梯，只有往上的水泥楼梯。

而在三单元的楼梯口，每一层的阶梯上都摆放着一个黑色的塑料袋。这些塑料袋散发着浓郁的臭味，似乎是某些肉类过期腐烂所致。

宁秋水缓缓迈步前行，和女人一同来到了楼梯口，他没有去动阶梯旁边靠墙摆放的那些黑色塑料袋，而是忍着这种恶心的味道，缓缓朝上走去……

事到如今，在这个时间，这个地点，这些塑料袋里面到底是什么已经不重要了。

眼下的关键，还是要尽快去到梦境中的房间，看看那里到底出了什么事。

一路朝上，宁秋水来到了三楼。

写着"6号"的防盗铁门上长满了锈渍，正虚掩着，洪柚通过特殊的方法打开了这扇房门。宁秋水小心地拉开了铁门，隔着门缝朝着房间内看了一眼。房间内没有灯光，到处都是黑漆漆的一片。

不过好在他早有准备，从身上掏出一把强光手电，朝着门内照了进去，原本阴暗的区域一下子好了很多。宁秋水小心地进门，来到了房间内。进入房间后，他转过头，看着那名一直跟着自己的女人问道："你要进来吗？"

女人冷冷地看着他，没有回复。

但片刻后，她忽地伸出了苍白的手，而后二者之间的铁门被缓缓关上了……

"砰！"

响动过后，宁秋水眉头一皱，他立刻来到门边，想要将这扇门打开，但无论他怎么用力，门都关得死死的，纹丝不动！

为什么要把他锁在里面？是为了瓮中捉鳖吗？

不对，如果她要害我，在车上的时候就动手了。她到底……要做什么呢？

宁秋水心里掠过诸多猜测，转身用强光手电照射着房间内客厅的每一个角落。

这里的设施和梦中几乎一模一样，唯一不同的是，房间的客厅里没有那么多的木柜。宁秋水一只手捏着术纸，一只手攥着强光手电，小心地沿着客厅的边缘前行，然后来到了窗户旁，目光朝着楼下一望。

望着窗外的小区，宁秋水的瞳孔微微一缩——七盏路灯！

而在第七盏路灯下，站着一个黑影。

只不过看这黑影的身姿，并不是梦魇老太，而是刚才一直跟着他的那个女人。

女人撑伞站在那个地方，也在冷冷地注视着宁秋水，随后缓缓抬起一只手臂，指向了小区的某个方向，那里被园林的树木和楼房遮挡住了，宁秋水看不见。

他再次回神的时候，女人已经消失不见了。

与此同时，宁秋水的身后忽然传来了笑声："嘻嘻……"

宁秋水回头，看见客厅的中央站着一名穿着白色睡裙的少女。

她的手中紧紧地攥着一截麻绳，当着宁秋水的面将麻绳扔到了头顶的电扇上挂住，然后缓缓地打了一个结。下一刻，女孩将绳子套在了自己的脖子上。

"啪嗒！"

控制电扇的开关不知怎么忽然打开了，瘦弱的女孩承受不住重量和冲击掉了下来。看着地上的女孩，宁秋水手持术纸，想要上去查看情况，可他刚刚接近女孩，身旁的那个木柜却传出了响动！他侧目看向木柜，微微蹙眉，手中的术纸却猛地燃烧了起来！

宁秋水感受到热浪在手间翻滚，他迅速回神，发现女孩想要偷袭他！

他趁机给了她一脚，女孩被踢到了墙边。女孩一击没中，便没有再继续攻击宁秋水，而是站在了墙边，整个身体轻微摇晃着。

柜子里的敲动声越来越大，宁秋水改变了自己的站位，保证柜子和女孩都在自己的视线之中。随着几次猛烈的撞击，锁住的柜子终于被撞开了。一个麻袋滚了出来。麻袋不停地传出声音，朝着宁秋水蠕动而来，宁秋水想要后退，却发现自己周围的环境变得模糊了起来。

宁秋水恍惚看见一根又一根巨大的、粗粝的钉子从四面八方插入了房间内，他险之又险地躲开，甚至有根钉子几乎是擦着他的脸划过去的！

眼看着钉子越来越多，留给他的空间越来越少，宁秋水立刻掏出了手里的第二张术纸，一个闪身朝着墙面而去！

"砰！"术纸被贴在墙面的那一刻，面前的墙似乎遭遇到了前所未有的冲击，宁秋水感觉自己的身体被一个巨型的大铁锤砸中，倒飞了出去！

他好巧不巧地被砸进了柜子里，而后一只惨白的手把柜门关闭，宁秋水立刻便陷入了绝对的黑暗中。这黑暗让人窒息，他想用力地去推柜门，奈何只要自己稍动，全身上下就会剧痛。

这么多年，宁秋水还没有受过这么严重的伤，眼看意识愈发模糊，宁秋水先前贴在墙面上的术纸终于燃烧了起来。随着术纸的燃烧，宁秋水又听到了奇怪的嘶吼声，他身体的疼痛开始逐渐消退，力量回归了他的躯壳。

宁秋水调整了自己的姿势，用腿猛烈地蹬动着柜门，终于将柜门蹬开。

麻袋已经不动了，和墙边握着绳子的女孩一样回归了平静。

回想起刚才发生的事，宁秋水摸了摸自己，确认没有伤势，这才稍微放松了一些。他开始庆幸，得亏自己临走之前找过刘承峰，倘若没有刘承峰给予的这三张术纸，现在他会怎样真的很难说。

宁秋水在原地盯着两只诡物，过了一会儿，确认它们暂时不会动了，这才朝卧室走去。

卧室里，到处都是斑驳的污迹，床铺却很规整。宁秋水看着这被子，总觉得哪里不对，他小心地掏出了第三张术纸握在手里，然后来到了床边，捏住了被子的一角，猛地将被子掀开！

被子下方，什么都没有……

退回客厅，宁秋水深吸一口气，缓和了一下自己内心的情绪，蹲下身子，缓缓解开麻袋。果然，是那个坐在他车后座上的女人。

忽地，宁秋水想到了什么，立刻去到另一间卧室。这间卧室应该是属于女孩的，或许，她曾留下过些什么线索。

宁秋水在房间里搜寻了起来，但没有找到任何纸质的线索，却在抽屉里发现了一盒录音磁带。巧的是，桌面上就有录音机。

宁秋水拿出磁带，放进了录音机，随着磁带缓缓转动，里面传来了女人痛苦的呻吟声。宁秋水隐约意识到了事情有些古怪。

梦魇老太为什么会使用录音机将整个过程录下来呢？难道是为了制作传播恐惧的载体吗？可这么多年来，梦魇老太害了这么多的人，按理说已经制作了不知道多少能够传播恐惧的载体了，却没有任何相关传闻。难道……始作俑者不是梦魇老太？宁秋水的心里突兀地浮现出这样一个念头。

毕竟，刚才录音中的沉重喘息声更像是来自一个男人。

这念头出现在脑海，就再也没有办法消退了。宁秋水越来越觉得，伤害这个房间里两个女人的凶手另有其人。

他在房间里听了很久，直到录音机即将播放结束，宁秋水才听到一个奇怪的声音——是很清脆、急促的手机铃声。但只响了不到一声，录音便结束了。

听到这手机铃声，宁秋水觉得自己之前的猜测，可能性似乎更大了。

女人处于被压制的状态，旁边放着手机的可能性并不大，所以那个手机大概率应该是属于凶手的。梦魇老太是一只诡物，不可能会带手机。

应该是一个男人！

宁秋水想到这里，立刻给鼹鼠打了电话，将自己的具体位置信息报给他，让他帮忙查一查当年这户人家的具体情况。

鼹鼠的动作很快，没过几分钟便回复了宁秋水："由于时间过于久远，而且那个时候镇上的信息统计并不完全，所以……我这里暂时查不到。"

宁秋水见状，放下了手机。他来到另一间卧室，提起被褥，来到了客厅，对着在墙边站着的女孩问："谁害的你们？"

虽然这女孩看上去不太像是能够沟通的模样，但眼下，宁秋水也没有更好的方法了。连鼹鼠都查不到任何关于这座公寓内的事，那就证明目前石榴市的信息库里没有这些记录。

望着那张被褥，站在原地的女孩像是想起了什么可怕的事，捂住自己的双眼，蹲下身子，瑟瑟发抖。

宁秋水皱眉，他提着被褥靠近了些，加重了语气："是谁害了你们？告诉我！"

或许是感受到宁秋水语气之中的冷意，女孩苍白的指缝缓缓打开了一条缝隙，她打量着宁秋水，许久之后，艰难地发出了声音："父……亲……"

宁秋水闻言，跳动的心脏忽地一顿："你父亲叫什么名字？"

女孩："陈……陈……"

她想要说出那个名字，可一提起这个名字，女孩浑身便颤抖得厉害，根本开不了口。但那个"陈"字，已经带给了宁秋水诸多的猜想。

"是不是陈彬？"宁秋水问道。

女孩听到这个名字，微微点头。

宁秋水听到这里，抬手对着厕所一指："厕所里有什么？"

女孩看向厕所，眸中溢出了巨大的恐惧，她没有再回复宁秋水任何问题，只是抱着自己的身体蜷缩在墙边一个劲儿地发抖。

宁秋水见她已经失去了价值，也不继续在她的身上浪费时间。他打开了强光手电，自顾自地来到了厕所门口。与梦境之中的厕所一模一样，里面一片漆黑。

光是站在厕所门口，便有一种说不出的心悸感，宁秋水总觉得一旦他推开厕所门，就会遭遇非常可怕的事，这种直觉会让人紧张。但已经来到了这里，他没有打算退缩。手中捏着刘承峰给他的最后一张术纸，宁秋水随时准备应对任何突发状况，他用握着手电的手缓缓拧开了厕所的房门……

门开的一瞬间，是一种腐烂混合着铁器生锈的味道，强光手电扫过，这间厕所中竟然摆放着密密麻麻的器具，还有一张铁床。

宁秋水忽然感觉身后站着什么，猛地回头，看见女孩不知什么时候走了过来，表情漠然，浑身开始抽搐，最终当着他的面消失了。

宁秋水思索片刻，决定不进去，转而将厕所门关上，缓缓后退，当他再一次来到客厅的时候，地面上的麻袋也消失了。

一切都恢复成了最初的模样，被锁上的门也打开了。

宁秋水来到门口，强光手电照在了楼梯间，那些被摆在阶梯上的黑色塑料袋不知什么时候被打开了。宁秋水快速从楼梯上冲了出来，步入了微雨连绵的小区内。

放平了呼吸，宁秋水抬头看了一眼自己头顶的路灯，他忽地想起之前那个神秘的撑伞女人。他先是走到了第七盏路灯下，站在梦魇老太最初出现的位置，然后又朝撑伞女人手指的方向走去……

越往那个方向走，宁秋水就越觉得周围的空气在变冷。

四周的草木开始出现无人打理的境况，肆意生长，更渲染了些荒凉之色。

但看见了这些，宁秋水反而放松了一些，因为在空闲了多年、无人居住的鸟山镇里，这才是正常现象。

宁秋水又往前走了些距离，在小区的角落尽头看见了一座瞭望亭。

用强光手电打了过去，宁秋水瞬间愣在原地，在那一座小型瞭望亭的下方，他看见了石门，黑色的石门！石门突兀地出现在墙面上，像是一条出去的路。

宁秋水还记得阳光福利院的院长告诉过他的话，石门在正常的状况下，是处于关闭状态的。换句话说，他目前所处小区的小地狱并没有出现异常，里面也不会有什么可怕的东西跑出来。

"诡物不会凭空出现，梦魇老太的确是出现在了梦境之中，之前撑伞女人站在梦魇老太出现的位置，指着石门的方向，是不是在说梦魇老太是从石门中出来的呢？"

宁秋水心里有不少残破的线索渐渐连通，可眼皮却仍在止不住地狂跳。

"梦魇老太是从石门里出来的，而小地狱没有出现异常，所以梦魇老太跟水人不同，它出来不是为了害人……陈彬以极其残忍的手段伤害自己的家人，甚至专门将自己的厕所改造成了一间刑房……"

"三人成虎……"宁秋水轻轻念叨着，呼吸声渐渐沉重了起来。

他想到了什么，眸光不断闪烁，而后朝着小区的门口跑去！

今夜，他已经得到了自己想要的答案。

回到车上，宁秋水确认没有其他的东西后，这才掏出了自己的手机，打给了王雪儿。手机铃声响了几次，可无人接听，宁秋水蹙眉，他继续打给了陈一龙、柯蓝等人。

他们之前互相加过联系方式，但不出意料，他们的手机也无人接听。

宁秋水的心里掠过了一抹不祥的预感，急忙发车，朝着石榴市赶去！

他一边开车，一边又打给了洪柚，这回有人接了。

"喂？"洪柚冷冷道。

宁秋水："洪柚，你马上去一趟南谷医院，找到217病房里的陈彬，给我看住他！"

洪柚十分抓狂："宁秋水！你要不要看看现在几点了？我不睡觉啊！"

宁秋水："没时间犹豫了，快！"

电话另一头，坐在床上、头发凌乱的洪柚眼中血丝遍布，咬牙切齿："老娘遇到你真是倒了八辈子血霉了！"

她低声骂了句脏话，然后挂断电话，起床穿衣……

另一头，宁秋水全速驱车，将油门踩到了极致，在雨夜中狂飙。

刚进市区，便收到了洪柚的短信，说陈彬正在房间里休息。

宁秋水打了电话过去，洪柚没好气道："完事了吗？完事我回去睡觉了……"

宁秋水："先别急着走，那个病房里只有陈彬一个人吗？"

洪柚无力吐槽："不是大哥，这么晚了，都凌晨两点了！这病房里除了他还能有谁啊？你以为大家都跟你一样是夜猫子啊？"

宁秋水眼睛微微一眯："小心陈彬，那家伙很可能是一个变态。另外，先别急着回去睡觉，再帮我找几个人。"

洪柚闻言"啪"的一声，一只手拍在了自己的额头上，表情绝望，她狠狠骂道："资本家都没有你这么离谱！"

宁秋水："那几个人叫王雪儿、陈一龙……其中王雪儿只有半边长发，陈一龙的脚很臭。"

洪柚闻言险些"吐血"："不是，脚臭算什么特点？能不能有点用眼睛能辨认出来的特点，难不成我还要一个一个去闻吗？"

宁秋水耐心道："他的脚臭应该是可以用眼睛辨认的。"

洪柚还想说什么，宁秋水已经挂断了电话。

她紧紧攥着拳头，在惨白的灯光下深深吸了一口气，她刚刚放下手机，却忽地愣住。

好像不对劲……

她目光微微侧移，217 病房内，原本正在睡觉的陈彬不知道什么时候忽然站在了门口，隔着房门上的透明玻璃区域，正冷冷地盯着她……

一个刚才还在沉睡的人，此时此刻突兀地出现在了自己的身旁，仅有一门之隔，饶是洪柚如今已经不是普通人，也被吓了一跳。

二人对视，洪柚忽地意识到了不对劲。

刚才她隔着门观察躺在床上的陈彬，看见陈彬只有一条胳膊，而且伤痕遍布，可眼前的这个陈彬手脚健全，和之前躺在床上的模样判若两人。

对视的时候，洪柚的余光看见面前的墙壁开始长出了密密麻麻的黑色纹路，而另一部分的墙皮、天花板、地板则开始脱落……没过多久，洪柚便出现在了一个完全陌生的房间里。这个房间布满了刑具，苍白的灯光投射出说不出的冰冷，鼻中充斥着铁锈的味道。

吱呀——面前的门被打开，陈彬出现在了洪柚的面前，脸上挂着笑容。

"姑娘，欢迎来到我的世界。"

洪柚眯着眼，一股莫大的危机感充斥心间，她没有丝毫犹豫，身上卷起了一阵黑色的旋风，片刻便成了黑袍。见到这黑袍，陈彬的表情发生了微妙的变化。

"有趣……你居然受到了庇护。"

洪柚冷声道："既然知道我身后有个你惹不起的人，那就赶快放我走！"

陈彬低头看着自己的脚尖，笑了起来，身体颤抖。

"放你走？抱歉，我不能放你走。"

洪柚看见陈彬那张布满了病态和疯狂的脸，手心开始渗出汗水，可即便心中紧张，她仍旧没有表现出任何的怯懦。

洪柚心里清楚，面对敌人的时候，谁怂，谁先输一半。

"招惹我，你会惹上大麻烦。"

陈彬和洪柚对视，脸上的笑意没有丝毫衰减："放你走，难道就不会惹上麻烦了吗？"

洪柚道："我对于你的事情没有丝毫兴趣，只是因为接到了一个朋友的叮嘱，所以才来这里找寻几个人……"

陈彬对洪柚的旁边点了点头："是他们几个吗？"

洪柚朝身侧看了看，身体变得僵硬了许多，她这才看见，这间房内还绑着四个人！陈彬走到了一个箱子面前，从里面缓缓拿出了两根两尺长的铁钉，对洪柚说："这里……真是个好地方。我可以好好跟他们玩，直到我玩腻了，才会处决他们。其实有时候我在想……这个房间要是可以大一点就好了。"

洪柚被他吓到了，情不自禁地后退了半步，她想起宁秋水之前在电话里告诉过她的事，这家伙是个变态！

"你怕了对不对……你是不是怕了？"陈彬直勾勾地盯着洪柚苍白的面孔，发出了歇斯底里的笑声。

"别怕……你跟他们不一样。我是惹不起庇护你的那个家伙，也没打算惹麻烦。但我也不会让你离开。"

看着陈彬的神色骤冷，洪柚忍不住吞了吞口水："你到底要做什么？"

陈彬从兜里摸出了一根烟抽了起来："我要做什么？我要做的事很简单，将那个救我出来的人带到这个房间里，然后好好报答他。"

洪柚听懂了他的言外之意，却不能理解他的动机："你说的是宁秋水吧，他既然救你出来，为什么你还要这么对他？"

陈彬的表情变得有些瘆人："你不明白吗？他梦到了梦魇老太，梦到梦魇老太的人一定要死！他必须死！"

洪柚还是没明白："为什么？"

陈彬大笑起来："你问我为什么？"

洪柚："很好笑吗？"

"抱歉，这真的很好笑，你怎么会这么蠢，还问我为什么……"

陈彬捂着自己的肚子笑完，这才伸出手，抚摸着洪柚的脸："没关系，我可以告诉你，反正你也出不去了。因为如果有梦到梦魇老太的人没有死，那坚不可摧的谣言就会出现裂隙，恐惧会从这道裂隙里面不断泄露，于是会有越来越多的人主动尝试接近梦魇老太，不只是梦境之中……还有现实。"

洪柚再一次后退了半步，眼中带着厌恶："所以，梦魇老太只是你的幌子？"

陈彬淡淡道："当然，那个该死的老东西总想要坏我好事，不过却反过来被我利用了。她背上了骂名，背上了一切的罪孽。哦，对了，我之所要对宁秋水动手，还有一个很重要的原因。"

言及此处，他露出了一个微笑："我需要一个意志足够强大的人来让我完整，我等他这样的人，已经等了好多年了……"

不知为何，看着陈彬这一副"我即是天命"的模样，洪柚就很想给他两拳，但她又不能真的给陈彬两拳，要是她真的把这个疯子惹怒了，哪怕他不会要了自己的性命，也不代表他不会折磨自己。

洪柚可不想像王雪儿那样，于是，她决定用魔法打败魔法："别得意得太早，那个叫宁秋水的家伙可没那么容易对付……他精得要死。"

陈彬脸上的笑容不减："是的，他确实要比很多人聪明，但也就那样了……他或许能觉察到梦中的厕所很危险，但他绝对想不到，梦魇老太从一开始就是谣言，那些死去的人，没有一个是被梦魇老太害死的！"

"他之前试探了我不少次，不过我都没有给予任何主观性的回应，我不会主动拉他进入厕所，对于他这样警惕的家伙，这么做实在是太冒险了。但逼迫他的不仅仅是我，还有那个坚不可摧的谣言！只要我足够耐心，我就不会露出破绽，他最终一定会为了躲避梦魇老太而主动进入厕所，而到那个时候……"

陈彬脸上的疯狂平添了几分狰狞，他已经想到宁秋水主动进入厕所后，得知真相时那无比震撼和恐惧的表情。

洪柚感受到了一种莫名的心寒，可怕的不是变态，而是一个有智商、有耐心的变态。相对于陈彬这诡异的能力，她觉得陈彬本人更让人恐惧！

宁秋水怎么把这个可怕的家伙放了出来？他知不知道这个家伙到底做了什么……洪柚心头一阵绝望。

陈彬拿起一根铁钉站在了王雪儿的面前，洪柚急忙又向陈彬问："我还有最后一个问题……"

陈彬停下了手中的动作，看向了她："问。今天我心情不错，你想问什么直接问！"

洪柚眼睛转了转："既然你有能力直接将人从现实拉入梦境，为什么之前要放宁秋水离开？"

陈彬嗤笑一声："告诉你也无妨，我只有在睡着的时候才拥有这种能力，而且不可被频繁打断，否则会被反噬。要不然之前在那个该死的研究所里，我能受这气？"

"研究所里的那些蠢货害怕我被梦魇老太处决，每次只让我睡三十分钟，三个小时睡一次，如果我的睡眠时间超过了四十分钟，就会被唤醒……"

说到这里，陈彬竟变得有些神经质起来："该死的梦魇老太，这一切都是因为她！不过没关系，等我吞噬了宁秋水，她就没有办法再威胁到我了……"

"嘟……"

南谷街道一角，宁秋水看着手里无人回应的通话，眼神眯了起来。

就在刚才，他发现洪柚也失联了。事情似乎变得越来越危险了。

如今的洪柚可是能够一个人在鸟山镇里面瞎晃悠的家伙，怎么会在市区里面出事？宁秋水的心渐渐沉下去，他刚挂断不久，手机铃声又响了起来，他划屏一看——是白潇潇。白潇潇怎么会这么晚还打电话给自己？

宁秋水表情古怪，接通之后，却听到那头的声音有些颤抖。

"喂，秋水……"

"嗯，我在，怎么了？"

"你现在在哪儿？"

"南谷街。"

"我这两天一直在联系朋友，找机会黑入了罗生门某部门的数据库，虽然时间很短，但查到了一些很重要的事……"

听到这里，宁秋水眸光轻动："什么事？"

白潇潇语气有些凌乱："你还记得上次你跟我提过的梦魇老太的事吗？"

"记得。"

"不是梦魇老太！那封信是在告诉我们一切的始作俑者不是她！所有人都被利用了！真凶是罗生门打造出来的一个半成品，是那个叫陈彬的人！"

"嗯……我已经知道了。"

"而且那个陈彬有一种很可怕的能力，只要他陷入了稳定的沉睡，就可以将周围的人强行从现实拉入他的梦境世界！"

听到这儿，宁秋水怔住："直接将人拉入梦境？"

白潇潇："对！他陷入沉睡之后，依然能够感知到外界，这是他的能力。在以往罗生门对他的特殊实验中，只有他在梦境里过于投入和兴奋的时候，才会忽略外界发生的事……可惜我不敢黑入数据库太长时间，被发现就完了，虽然信息很残缺，但应该对你有用。"

宁秋水沉默了会儿，说道："帮我个忙。"

"什么忙？"

"你来南谷街找我，见面说。"

"好，给我个定位。"

十分钟后，白潇潇坐到了宁秋水车子的副驾，听完了宁秋水的计划。

她沉默了稍许，道："其实你可以明天去，那样就万无一失了，他白天的时候总不能做梦。"

宁秋水盯着手里的铜钱许久，说道："过了今夜，他们五个人凶多吉少。其实我也不是很在意他们五个人的死活，我只是不想输。如果他们是我的棋子，我不想给，陈彬就一个也别想吃。"

白潇潇盯着宁秋水的侧脸片刻，忽地释然地吐出了一口浊气："好吧，我尽量完成任务。"

"谢谢。"

"不用谢，不过如果这次平安度过，完事你得陪我喝两天酒。"

"你家？"

"诡舍也行。"

打开车门，宁秋水深吸一口气，顶着细雨前往了南谷医院，这里已经一片漆黑。

由于是私立医院，内部虽然有安保人员看守，不过一般都不会巡逻，而陈彬所在的病房里被装上了针孔监控，为了打消陈彬的警惕心，组织的人并没有直接出现，而是靠着这些针孔摄像观察着他。

当然，宁秋水知道，最终的结果便是那些负责侦察的人一无所获。

大部分情况下，摄像头是拍摄不到特殊现象的。

宁秋水来到了陈彬所在的房间，站在他的房门外，隔着门上的玻璃观察着熟睡的他。他手中，还紧紧攥着大胡子留给他的最后一张术纸。

如果他通过做梦进入梦境世界，这张术纸或许没有办法带进去。

但眼下他并没有睡觉，而是被熟睡的陈彬强行拉入他所在的梦境世界中，或许这道术纸能够被一同带进去。宁秋水这样想着，眸光轻动，在玻璃上忽然看见了一个人影——一个双手揣兜，站在了他身后的人。

那张冰冷且带着笑容的脸，宁秋水很熟悉。正是陈彬。

陈彬正在对他笑，笑容之中既有兴奋，还有一种嘲讽。虽然他没有开口，但宁秋水已经读懂了他的表情——你终于来了，我在这里等着你。

宁秋水将手放进了兜里摸出了一根烟，将烟放在唇中，而后他点燃了打火机。

火苗燃起的瞬间，周围的环境发生了可怕的变化，又或者这周围原本即是如此，只是炽热的火苗照破了虚妄，随着墙皮脱落，宁秋水的周围逐渐变成了厕所的环境。忽而一道冰冷的阴风吹过，宁秋水手中燃起的火苗就此熄灭，周围陷入了可怕的黑暗。

"不要在我这里点火，我怕热。"陈彬的声音出现在了宁秋水的耳畔。

他走了两步，随着"啪嗒"的声音一闪而过，苍白的灯光亮起，整个刑房里传来了莫名的冷意。宁秋水看清了面前的一切——厕所很大，比一般的厕所大很多，被彻底改造过，之前消失的四人组现在被狼狈地捆绑着，王雪儿是四人之中伤得最重的。

除了这四人，墙角还站着一个穿着黑袍的女人——正是洪柚。

她站在角落里，显得格外无助。

看见宁秋水也出现在了这里，洪柚先是一怔，随后脸色变得难看无比。

陈彬对洪柚笑道："柚子小姐，我说的怎么样？他这不是来了吗？我遇到过的聪明人实在太多了，但那又怎样？他们最终还不是无一例外成了我的手下败将？今夜你有眼福了，柚子小姐，你会亲眼看见他是怎么在绝望之中备受折磨，最终祈求着我吞噬属于他的一切……

"你知道吗？我最喜欢意志坚强的人了，就像是一柄铁锤一定要捶在坚硬的石头上才有打击感，只有那从锤柄反弹回来的力道才会让我感觉自己是在做一件有意义的事。"

陈彬越说，神情就越是让人恶寒，像是在看一件珍宝一样看着宁秋水。

但很快，他便意识到了不对劲："你看上去为什么一点也不惊讶？"

后者将手缓缓伸进兜里，又摸出一根烟，递给了陈彬："抽烟吗？"

陈彬直接无视了面前的烟，眼睛里出现了一些血丝，他再一次向宁秋水质问："你为什么不惊讶？你难道还不明白，我才是这一切的幕后主使，从来就没有梦魇老太什么事，是我！我！"

　　他越说越激动，像是一个精神病人犯了病，神经质的模样让人害怕。

　　宁秋水将烟递到了他的面前，晃了晃，笑道："抽烟吗？"

　　还是一样的问题，可陈彬看着宁秋水脸上的笑容，脸色却骤然变得阴沉了起来。很快，他又露出了一个笑容。

　　他可以现在就让宁秋水死，但他不会这么做。他要的，是粉碎他的猎物。

　　"你现在心里一定很害怕吧？为什么给我递烟？想求饶吗？"

　　陈彬脸上的笑容有些狰狞，他在竭尽全力寻找着宁秋水从容背后的破绽。

　　宁秋水盯着陈彬，表情十分平静："我认为，人在临死前，需要一些仪式感来保持自己的尊严。"

　　陈彬听着这话，先是一愣，随后哈哈大笑起来，笑得前仰后合。

　　"看你这表情，我还以为……还以为你是在说我。"

　　宁秋水道："我就是在说你。"

　　陈彬闻言，笑得更厉害了。

　　他捧腹，对着角落里的洪柚道："他平时也这么幽默吗？"

　　洪柚表情很麻木，因为在她看来，从他被拉入陈彬的梦境世界那一刻，宁秋水就死定了。人怎么跟诡物斗呢？

　　虽然她碍于身份，没法利用能力对正常人出手，但如果可以，那宁秋水连她都打不过，更别提眼前的陈彬了。在梦境世界之中，陈彬的恐怖不可同日而语。

　　但宁秋水如此从容不迫的表情，如此淡定且沉稳的气质，却又让洪柚产生了一种错觉，那就是宁秋水找到了对抗陈彬的方式。

　　她没有说话，看着陈彬大笑，心里有种毛骨悚然的感觉，她总觉得，陈彬现在非常愤怒。

　　事实证明，女人的直觉就是这么准，明明前一刻还在捧腹大笑的陈彬，忽然猛地伸出手，掐住了宁秋水的脖子，眼中血丝密密麻麻，宛如山林树木的枝丫一般！

　　窒息感包裹住宁秋水，对于这种感觉，他再熟络不过。

　　看着面前暴怒的陈彬，他依然保持着冷静。

　　还不够，远远不够，他需要做更多。

　　看着已经掉落在地面的烟头，宁秋水忽然从兜里拿出了一张术纸，猛地贴在了陈彬的身上！

啪！术纸和陈彬的身体交接的瞬间，燃起了一阵火焰。

这火焰先是红黄色，然后变成了绿色，紧接着又转为了青色。

陈彬痛叫一声，表情扭曲，看得出来，他在极力忍受术纸所带来的痛苦，但他不想松手。灼烧之痛他已经尝试过不知道多少次了，陈彬原本认为，这种疼痛对他而言根本不算什么，可事实上，这术纸实在是怪，明明是灼烧，可产生的剧痛却宛如将他千刀万剐，痛意从手臂蔓延到了全身上下的每一个角落。

在苦苦支撑了大约十秒之后，他松开了手，嘴里发出了歇斯底里的痛叫和愤怒的咆哮。火焰蔓延向陈彬的全身，看上去甚是恐怖。

角落里的洪柚和吊着的四人被这一幕惊呆，宁秋水是从什么地方搞来的术纸，居然能在陈彬的梦境中对他造成如此严重的伤害！

事实上，连宁秋水自己也没想到，刘承峰给他的术纸威力这么大。

陈彬在火焰中捂住了自己的头，不停痛苦咆哮着，洪柚正要拍手叫好，却看见他们头顶的天花板上喷洒出了红雨！

红雨洒落在了陈彬的身上，将他彻底淹没。原本汹汹火势，也骤然变小了很多。

陈彬的咆哮声渐渐消退，他死死地盯着宁秋水。见他如此，宁秋水反而微微一笑。

他知道，只有陈彬对他恨之入骨，才不会立刻动手。要除掉陈彬，他需要时间。

火势终于湮灭，陈彬被烧成了一个炭人，他愤怒地、跌跌撞撞地朝着宁秋水走来："你这不知天高地厚的浑蛋东西，我要让你知道，什么叫生不如死！"

这里是陈彬的梦境世界，饶是他已经被烧成了现在这副模样，也不是宁秋水可以对抗的。他将宁秋水提了起来："现在，我要看见绝望一点点将你的眼睛填满！"陈彬对宁秋水愤怒道。

他手一伸，一把小刀瞬间出现了在他的手中。

就在他对着宁秋水胸膛比画，在想从什么地方下手的时候，宁秋水却露出了一个嘲讽的笑容，虚弱道："之前……你问我为什么不惊讶，是吗？我现在告诉你，其实我已经查到了真相，也知道了你才是这一切的幕后真凶。"

正要准备下手的陈彬动作忽然一顿，而后缓缓抬头，用那双猩红的眸子看着宁秋水："你说什么？"

宁秋水喘息了片刻："我说，在我来之前，就已经知道了梦魔老太的谎言。她从来没有害过人。害人的是你，是你这个一直躲在背后、利用人们的恐惧缔造谎言的家伙。"

陈彬握刀的手在颤抖，语气急促且不稳定："不可能！你怎么会知道的？你在骗我，在骗我！你以为这种拙劣的谎言能骗到我吗？"

被挂在半空的宁秋水露出了一个嘲讽的笑，淡淡道："三人成虎啊……毕竟梦魇老太也没法开口说话，不是吗？"

陈彬面色凶狠，一只手猛地揪住了宁秋水的头发，咬牙切齿道："没有人能识破我的计划！没有人！谁告诉你的？是谁？！"

宁秋水吐了一口血水，笑道："……我去了鸟山镇，找到了你的家。是你的女儿告诉我的……噗！"

宁秋水话还没有说完，那柄锋利的刀子已经狠狠刺入了他的身体！陈彬愤怒地咆哮，神色无比凶厉："她怎么敢背叛我？"

陈彬在厕所里用力地咆哮，神色已经完全不似正常人。

角落里的洪柚更是浑身僵硬，心里不断祈求让宁秋水别再说了，一会儿真把这个疯子给逼急了！

"我……还有件事情没告诉你……"宁秋水发出了声音，含糊不清。

但发狂的陈彬却听到了，他死死地盯着宁秋水："你在说什么？"

宁秋水缓缓抬头，和他对视，正要开口，门外忽然传来了清脆的敲门声。

听到声音，陈彬猛地转头，没过多久，敲门声再一次响起。

陈彬打开了厕所的门，来到了房间门口，脸上挂着未消的愤怒。

可当门打开的一瞬间，他却猛地僵硬在了原地。

门外，一个穿着精神病服的男人正端着一杯水，面带微笑地看着他。

"你好。"对方打了个招呼，然后一脚迈入了房间——来人正是赵二。

看着赵二踏入房屋，陈彬直接僵在了原地。

这是他的梦境世界，没有他的允许，外人怎么可能进来？

看着赵二来到通往厕所的那条走廊，陈彬只感觉自己浑身冰冷。

早在之前的向春精神疗养院中，他便已经通过视频载体和他见过面，但那夜过后，只有宁秋水被拉入他的梦境，赵二睡得很香。

原因也很简单，他惹不起赵二。

赵二的本事对于普通人虽然无法施展，但对于他却适如其分。

从赵二进入他房间的那一刻，陈彬就知道事情糟了。

可他怎么也想不通，为什么赵二能在他毫无察觉的情况下找到他的梦境？

"我有个朋友在这里，你看到他了吗？"赵二站在厕所门口，转头对着陈彬发笑。陈彬身上的焦黑渐渐褪去，露出了那张苍白的脸。

"我不认识您的朋友，先生。请问您的朋友长什么样？"

赵二没有推开厕所的门，而是继续道："你见过他。当时在向春精神疗养院，他就在我旁边。"

陈彬眸光微动，忽地露出了一个难看又惊讶的笑容："他是您的朋友？我还以为那是一个无良的医生，专门负责做各种惨无人道的实验。如果这样的话，我恐怕是冤枉好人了，请您在外面稍等一下，我这就把他放出去……"

此时陈彬的态度和方才在厕所中不可一世的模样简直天差地别，甚至由于他并不擅长阿谀奉承，模样颇为滑稽。

赵二并没有动，脸上挂着似笑非笑的笑容："你这是要赶我走？"

陈彬身子微微一僵，随后立刻道："当然不是。只是我觉得这么做可以为您保持优雅，毕竟客随主便不是吗？"

赵二一副恍然的表情："这么说，我还应该谢谢你？"

陈彬脸上满是尴尬的笑容，但下一刻，他就笑不出来了，因为赵二直接推开了厕所的门。

厕所门开，赵二看见被挂在铁钩上的宁秋水，忍不住道："我以为自己的胆子已经很大了，现在看来，你也是个胆子很大的人。"

宁秋水没有回答，目光却看向了他的身后，陈彬不知道从哪里拿出了一柄斧头，狠狠劈砍向了赵二的后背！

"浑蛋！"他咆哮一声，五官扭曲。

事情发展到现在，哪怕他是一个傻子，也该明白赵二就是宁秋水的后手，是他请来的救兵。他已经没有退路了，坐以待毙不是他的风格，他要解决赵二！

但二人的实力差距实在太大了，锋利的斧子在片刻后就被融解了，而赵二却没有半点损伤。

"你以前到底害了多少人啊……所以梦魇老太就是个幌子吧，你才是凶手？"赵二转过身，看着浑身散发着癫狂的陈彬，将手里的水杯泼向了他。

"哗啦！"水杯里的水洒在了陈彬的身上，后者忽然发出了凄厉的惨叫声，双手捂住自己的头，身体开始以肉眼可见的速度溶解。

这一幕看得众人眼皮直跳，一杯水就把如此恐怖的陈彬解决了？

在场的人里，只有宁秋水和洪柚知道关于赵二的事，晓得这家伙曾做过第八扇诡门的守门人。虽然后来赵二从守门人的身份中退出了，但那件破衣服可是守门人穿过的！宁秋水看见赵二出现的那一刻就知道，白潇潇已经成功将赵二给他的破衣服穿在了外面熟睡的陈彬身上。

看着在地上的陈彬，众人知道他已经彻底废了。

"把他留给我吧……"

赵二侧目，看见宁秋水挣扎着从铁钩上挣脱出来，落地时，他险些没站稳。

宁秋水双手撑着自己的膝盖，不停喘息，但语气却是如此冰冷平静。

地上的陈彬与宁秋水对视了一眼，莫名打了个寒战。

"随便。"赵二耸了耸肩。

宁秋水做了几个深呼吸，似乎恢复了力量，对着角落里的洪柚道："把他们都带走。"

洪柚立刻放下其他四人，带着他们离开了这个房间，离开了陈彬的梦境世界。

若是在以前，没有陈彬的允许，他们走不了。

但现在因为赵二的那一杯水，陈彬已经无法再限制他们分毫。

赵二深深看了一眼宁秋水："我去客厅等你，他只能活到天亮之前。"

宁秋水抓起了地上的陈彬，猛地将其挂在了铁钩上，转头对着赵二笑道："多谢。"

赵二离开了厕所并带上门。

刑房内，宁秋水喘息着看着像是被挂在铁钩上的陈彬，说道："我要帮她报仇。"

说完，他来到了厕所的角落里，摁下了录音机："今夜会很漫长，希望你叫大声点。"

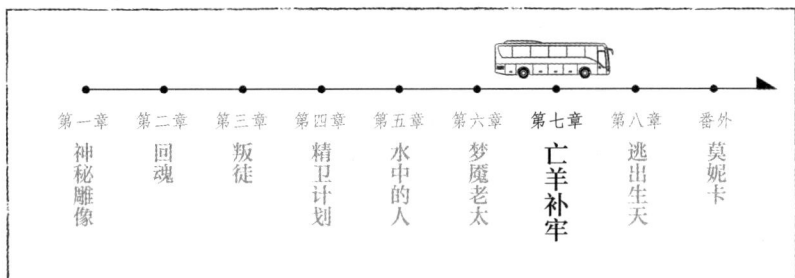

天空破晓。厕所的门被推开，宁秋水缓缓地走出来，房间里的叫声早在半夜时就已经变得沙哑，但此时此刻，宁秋水的表情却有些失神。

赵二看到宁秋水出来，笑道："复仇的滋味怎么样？"

宁秋水给自己点了一根烟，声音有些疲倦："不太好。"

"你昨夜好像想了很多事？"

"嗯。"宁秋水吐出了一口烟，"以前师父跟我讲，一旦有重要的东西没保护好，事后无论怎样复仇和弥补，得到的都不会是安慰，而是无穷尽的寂寞和空虚。现在看来，的确如此。"

赵二笑了笑，没有说话："出去吧，天亮了，我要烧了这里。"

宁秋水点点头，他拖着沉重的步伐来到门口，身后传来了燃烧的声音，他回头看去，发现整个房间都已经着火了……不只是可以燃烧的东西，也包括天花板、墙壁……目之所及，尽是焰火。

"我能从这里带一样东西离开吗？"他向赵二问道。

赵二有些好奇："你要带什么？"

宁秋水："录音机。"

赵二："回头来精神病院吧，我帮你拿出去。"

宁秋水点头："多谢了。"

他推门而出，门外是无尽的光明……

"嘀、嘀、嘀……"

病房内，几人围站在陈彬的身旁，亲眼看着他的生命走到尽头。

众人身上的伤势在离开梦境世界的时候就全部消失了，这也是陈彬能力的效应——所有在他梦境之中受到的伤，只有在死亡的那一刻才会得到清算。

此时，躺在病床上的陈彬虽然没有睁开眼，但表情极度惊恐，似乎做了一个无比骇人的噩梦，他身上的破衣服已经消失了，而床头旁边的心跳监护器上，那起伏的线条也彻底归于了平静。

王雪儿几人脸色惨白，陈一龙先绷不住了，他双手抱头，看着身旁抽烟的宁秋水，问道："你不是答应了一个星期之后要把他送回去吗？现在他死了，你怎么交差啊？"

一旁的白潇潇冷冷地看了他一眼："这样的一个人，还要留着过年吗？"

陈一龙瞪着眼："问题是，组织那里怎么解释啊？说梦魇老太是假的，陈彬才是幕后凶手？拜托，你们知道梦魇老太的传闻在当年到底有多么深入人心吗？那一批被恐惧折磨过的人现在可大部分都还活着！他死了，这笔账回头就得算在我们五个人的头上！"

他那激动的模样，连洪柚都看不下去了："你以为你现在还能站在这里说话是因为谁？你们四个没用的东西，命都是宁秋水给的，明白吗？"

陈一龙瞪着眼，指着自己怒道："我们命是他给的不错，但要不是他，我们也不会去看管陈彬，更不会陷入危险！明明从头到尾就是他自己固执，现在却拉着我们一起……"

他话还没说完，王雪儿转头怒道："够了！陈一龙，你有完没完？"

陈一龙见王雪儿发飙，双拳紧攥，怒斥道："我没完？那刘老头是个什么执拗东西你不知道吗？刘老头在研究所里的权力大得吓死人，真要追究起来，你以为宁秋水有什么好果子吃？我难道不是也在为他考虑？"

说完，他转身摔门而去，郁闷地去外头抽烟了。

陈一龙走后，王雪儿对着沉默的宁秋水道："宁秋水，你别太介意，陈一龙这糙人就是这样……有时候喜欢斤斤计较，但本性不坏。"

宁秋水摇头："无所谓了。回头我会把所有的事实都报告给洗衣机，至于信不信，是他们的事。你们先走吧。"

王雪儿沉默了会儿，带着另外两人离开了。白潇潇和洪柚也先后告别了宁秋水，虽然白潇潇还有不少事想问，但眼下不是一个合适的时机。

半个钟头之后，宁秋水出现在了审讯室里，他如实交代了绝大部分发生的事。

测谎仪表明他没有说谎，当然，那些人也知道，测谎仪不是绝对有用的，对于那些心理素质极其强大，甚至连自己都能骗的狠人，这东西也就算走个过场。

检测员看了看平静地坐在审讯室里的宁秋水，拿不定主意，没过一会儿，洗衣机出现在了这里，审讯室里的人立刻站了起来，后者跟审讯员讲了些什么，审讯员点点头，转身带着人到门外等待。

洗衣机来到了审讯室，见宁秋水还有些出神的模样，说道："我看过你的供词了，你确认梦魇老太事件的始作俑者就是陈彬吧？"

宁秋水目光平视："我确认。而且……陈彬不是个例。"

洗衣机面色微变，他轻轻地起身，关掉了摄像，然后才问道："细说。"

宁秋水身子微微前倾："他的出现并非偶然，而是和罗生门有关。现在我开始觉得，鸟山镇变成荒镇，大概率背后有一个恐怖的推手。你知道我在说谁。"

二人对视片刻，洗衣机的表情逐渐严肃："这些事情不要对任何人讲。"

他说着，从身上缓缓拿出了一份绝密的文件，递给了宁秋水。

"另外，我会完成我之前的承诺。棺材，现在我以'愚公计划'总负责人的身份向你发出邀请。希望你可以加入我们。"

宁秋水眯着眼："愚公……计划？"

面对宁秋水的疑惑，洗衣机解释道："过两天，等手续彻底办理完毕，我会让人来接你，到时候会带你见见其他几名同事，但在此之前，还有一件特别麻烦的事需要处理，那就是刘博士那儿……

"他是个很偏执的研究员，对待自己的研究项目尤其认真，我把 D1617 陈彬这个研究项目抓出来给你，是做了口头承诺的。但现在，陈彬却在他还不知情的情况下死了，得想个办法把他应付过去。"

说到这里，洗衣机又对着一脸沉思的宁秋水道："我建议你还是亲自跟他说，看看能不能私下把这个问题解决了，如果不行的话，我会想办法走正常的流程给予他一些赔偿。"

宁秋水点头："好。"

二人在审讯室闲聊了一小会儿，宁秋水查看着洗衣机递来的绝密文档，确认无误之后便签下了自己的名字。关于工作交接的事需要保密，不适合在这里，所以洗衣机和他约定了新的时间，便直接起身离开了。

洗衣机走后不久，有人来到了审讯室。

紧接着，宁秋水又在这人的带领下，去往了诡秘收容所，见到了刘博士。

对方正在研究一根发丝，宁秋水看着透明隔离柜中的发丝被激光灼烧着，却没有留下任何伤痕，刘博士似乎对此乐此不疲。

见到宁秋水后，他脸上专注的神情消失了，转而变得阴沉难看。

研究室内，其他的实验人员见到宁秋水进来，非常识趣地快速收拾好手上的活计，离开了这里，将空间留给了宁、刘二人。

刘博士来到宁秋水对面，靠坐在桌子的一角，双手抱胸。

"我想听听你的狡辩。"他冷冷道。

宁秋水道："梦魇老太的传闻是假的。"

刘博士嘴角的胡子扬了扬，似乎是给气笑了："这么说，因为梦魇老太死去的那些人也是假的了？"

宁秋水盯着刘博士的眼睛良久，将手揣进兜里，也靠在了桌角。

"洗衣机告诉我，你对自己的研究项目非常认真，我想，对你这样的人而言，这种赞美是最受用的，也是对你工作的高度肯定和赞扬……"

刘博士眯着眼："你到底想说什么？"

宁秋水笑了笑："我想说，你实在有些担不起他的这份称赞，如果你对D1617真的这么上心，不可能没发现陈彬被捕后，梦魇老太的传闻便以一种诡异的速度消亡了。哦不……你应该发现了这一点，我想，但凡是个正常人就应该会发现的，可是你这么多年，都没有认真思考过这是为什么。看来你的研究只停留在表面。"

见自己的专业性被质疑，刘博士燃起了怒火，脸上的肉抽搐着。

"你有什么资格说出这句话？你知道这些年，我为了研究付出了什么吗？你知道我为这个世界做出了怎样的贡献吗？你不知道！你这黄口小儿！"

眼看着刘博士已经被彻底激怒，宁秋水又道："可鸟山镇从来就没有什么梦魇老太，那只不过是一群被恐惧吞噬了心智的人所编织出来的梦魇。梦魇老太从来没有害过人，却背上了骂名，而真凶却被你们一直包庇在了实验室里！"

刘博士咬牙切齿道："好啊，你说我们包庇凶手，那你告诉我，你凭什么确定陈彬就是梦魇老太事件的始作俑者？口说无凭，你总要拿出证据吧？"

面对刘博士的咄咄逼人，宁秋水微微蹙眉："我有人证。"

刘博士怒笑道："人证？你当我傻吗？那几个人难道不是跟你穿一条裤子的？"

宁秋水有些无语，这老刘的确很难缠，这么看来，之前陈一龙的反应算是比较正常了。

该怎么跟他谈呢？宁秋水想了想，转身就走。不谈了，让洗衣机处理好了。

刘博士上前，一把抓住宁秋水的胳膊。

"站住！我告诉你，今天不把这事情讲清楚，没完！"

"砰！"宁秋水一个手刀，刘博士立刻面带微笑，陷入了昏睡。

他给洗衣机打了电话，交代清楚这边的状况后，转身离开了。

出来后，他看见白潇潇给他发的消息，打车前往了迷迭香，却发现洪柚居然也在白潇潇的房间里，双手端着一杯热茶，似乎有些紧张。

见到宁秋水进门，洪柚才呼出了一口气："你可算来了！"

宁秋水将外套挂在门口的支架上："你怎么在这儿？"

洪柚苦笑："白姐认出我了。"

宁秋水看了一眼不远处靠墙抱胸的白潇潇，对方表情微妙。

"我去查了一下，她的工作与职位档案在罗生门里已经被销毁了，那边说她已经第八扇诡门淘汰了，按照之前摸索到的规律，她也会在这个世界下落不明……"

"如果是走正常流程，她的确已经下落不明了。"宁秋水给自己倒了杯水，"幸好当时有赵二在，让她以诡客的身份留在了诡门内，但人出来了。"

他简单地跟白潇潇解释了一下，其实在他刚出门的时候，就已经跟白潇潇聊过关于洪柚的事，现在白潇潇看见了真人，便想知道当时发生的具体情况。

"反正大概就是这样，能交代的我都已经交代清楚了，白姐，你可千万别跟罗生门的人讲……"洪柚面色发苦。

其实，脱离罗生门的监视后，她过得比以前轻松很多。

而她心里也清楚，一旦罗生门的人知道她还活着，她一定会被当作小白鼠一样关起来研究，那个时候会发生什么可怕的事情，她想都不敢想……

白潇潇道："我心里有数，你走吧。"

洪柚和宁秋水对视了一眼，眼睛微瞪，似乎在骂宁秋水坑死她了。

她走后，宁秋水才道："你黑了罗生门的数据库，会不会出事？"

白潇潇摇头："这次处理得很干净，罗生门内部现在正排查叛徒，关于这些被废弃的项目，注意力很少。不过，过两天我要带一个家伙进门，这是交换条件。"

宁秋水对此已经见怪不怪，别人当然不会冒着生命危险无偿帮助他们："叫什么名字？"

白潇潇道："文雪。"

听到这个熟悉又陌生的名字，宁秋水忽地抬起了头，对上了白潇潇的眼神，后者轻轻一点下巴。

"她也是罗生门的人？"宁秋水目光一凝。

"她不是。"白潇潇解释道。

"文雪这家伙，属于一个很厉害的外编组织，专门负责搜查信息，以前还从数据库里搞过一些木马。"

宁秋水有些讶异，似乎回忆起了什么："916？"

白潇潇点头："嗯。那个黑客和文雪属于一个组织，确实很厉害，不过他在现实生活中跑得显然没有他的代码快。"

宁秋水失笑，那件事当初闹得挺大的，真实情况是，上面很器重那名黑客，决定收纳为正规编队。所有人都信了，那名黑客也信了，可当他经历了一夜审讯后，第二天便被秘密处决了。惜才归惜才，上面的人实在是不敢聘用一名随时可以黑进数据库的人，而那黑客始终没有透露出关于自己组织的任何消息。

"她不是前段时间才去了第七扇门？"

宁秋水还记得"抬头的人"，其实就是不久前发生的事。

白潇潇叹了口气："那不是她的门。"

"她的是第六扇，马上就要到了，有拼图碎片。"

宁秋水闻言一怔，又是拼图碎片："有更详细的信息吗？"

白潇潇点头："你也想去？"

宁秋水："是的。"

他想到了在血云书院拿到的那块拼图碎片，从那块碎片上，他得到了可以在此方世界使用的铜钱，并且拨开了秽土的迷雾。

良言消失后，诡舍里的拼图碎片一下子少了三块，他们如果想要在第九扇门来之前凑齐十二张拼图碎片，就必须要珍惜每一次机会！

白潇潇想了想，拿出了自己的手机，翻出了一张照片递给宁秋水。

"这是一个类似'亡羊补牢'的主题诡门。任务是在五天内修好羊圈，只有完整的羊圈才能阻止狼。其中有三个提示——第一，修补工作只能够在白天完成；第二，狼每'吃'掉一只羊，就会变得更加强壮，更加聪明；第三，蜡烛可以削弱狼的力量，但一根蜡烛只能燃烧一小时。"

宁秋水摸着下巴，思考片刻后道："听上去好像很有意思，她什么时候进门？"

白潇潇微微一怔。很有意思？

她笑道："别的人都巴不得远离这种门，你却一个劲儿地往上凑。

"她后天进门，如果你也要一起的话，我就跟她说。"

宁秋水："一起吧。明天我去处理一点私事，然后晚上咱们喝酒去。"

白潇潇嘴角忍不住地扬起："去哪儿喝？"

宁秋水："你家吧。"

从白潇潇家离开，宁秋水开走了她的跑车，一路前往向春精神疗养院，在赵二那里拿到了录音机。摁下按钮之后，里面播放的是陈彬的叫声和咒骂，前后一共三个小时。宁秋水静静听完后，外面的天已经彻底黑了。

赵二好奇道："你要这东西做什么？还是放不下心里的恨？"

宁秋水关闭了录音机，深吸一口气："放不放得下又能如何呢？我拿着这东西，是去鸟山镇帮它们还愿的。"

赵二闻言一滞，失笑道："你还记得它们？"

宁秋水道："也算是为这件事情画上一个句号吧。"

赵二点头："你去吧，路上小心。"

宁秋水提着录音机出门，回头看了一眼赵二，想问什么，但还是离开了。

将录音机放回车上，宁秋水直接一路驱车前往了鸟山镇。鸟山镇阴森得可怕，哪怕是烈日当空的正午，这里也是潦然一片，更何况是微雨朦胧的夜晚，总是隔三岔五地朝这个荒镇跑，还是孤身一人，估计也只有宁秋水敢这么干了。

这一次，宁秋水熟悉了路线，不敢在公路上停留太久，直接开车到了小区门口，来到了那幢诡楼外面。熟悉的位置，熟悉的单元。宁秋水提着录音机缓步向上，一层层的房间门莫名打开，他感觉有一道道身影出现在门后，静静打量着提着录音机的自己，那些身影目送着他去往陈彬所在的房间。

开门，入目处便是一个女孩。录音机里，传出了陈彬凄厉的号叫。

听到这叫声，女孩来到宁秋水面前，静静地盯着他手里的录音机。

宁秋水望着面前已经没有了敌意的女孩，和她擦肩而过，将录音机放在了房间客厅的电视柜上，然后自顾自地坐在沙发处，点上了一根烟。

女孩背对着宁秋水，就这么直勾勾地看着录音机。

"谢谢……"女孩忽然艰难地说出了这两个字。

宁秋水抽完烟，起身就要离开，来到门边的时候，却听身后的女孩说道："你不能……离开……"

宁秋水回头："为什么？"

女孩抬手对着宁秋水指了指窗口，宁秋水来到了阳台旁，女孩也站在了他的身边。

外面黑暗的小区内，出现了许多身影。

昏黄的路灯非但无法照明方寸之地，反而为那些可怖身影平添几分阴影。

"午夜之后……它们会……出来……明早日出……你再走……"

宁秋水点头："我睡哪儿？"

女孩沉默了片刻，指了指自己的房间："睡我……房间。"

在陈彬的家中休息了一夜，宁秋水睡得很熟。

睡觉前，他已经使用过铜钱眼，查看过他所在这一幢诡楼，其中的红色已经转变成了绿色。这道绿在整个猩红的小区中一枝独秀。

一觉醒来，窗外有阳光，斑驳如漏。

连续不断的暴雨已经落下了帷幕，由于陈彬将自己家的厕所改装，宁秋水只能去厨房洗了把脸，等他再一次来到窗边的时候，小区内那些人已经消失不见了。

女孩还在自己母亲的卧室里，他没有去打扰她，自顾自地出门去，然后启动了跑车，一路前往鸟山镇的入口。

路上，他接到了洗衣机的电话。

对方的声音很是愉悦："秋水，刘博士那头的事已经解决了。"

宁秋水望着前方的目光微动："你赔偿了他什么？"

洗衣机："什么也没赔。"

闻言，宁秋水的表情浮现出了一丝古怪。

"那家伙根本讲不通话，你不赔偿他，又是怎么做到让他放弃继续纠缠的？"

洗衣机道："倒也没做什么，他醒来之后去查看了那天陈彬在病房里的监控，见到了一些画面，后来结合之前拿到的证据，他想了一夜，最后自己想通了。"

听到这儿，宁秋水莫名露出了释然的笑容。

是啊，一个爱钻牛角尖的犟种，如果不是自己想明白，其他人哪里劝得住？

他点了根烟，又听洗衣机继续说道："不过，老刘说了，陈彬的事情他可以不再继续追究，但你给他那一下可不能就这么算了。有机会的话，这个月你再去见见老刘，把这事收个尾。"

宁秋水允诺。挂断电话，他将车开回了迷迭香，还给了白潇潇，下午的时候便按照和洗衣机的约定前往了石榴市的南郊桃花林，路过一处水潭边，宁秋水朝着一个地方看了看。

不久前，他还在这里收拾了一个人——云杜。

来到了约定地点，前方的一座石桥上，站着一个穿着黑色卫衣，十分健壮的男人。宁秋水走过去，跟他打了个招呼。

男人转身盯着宁秋水，冷峻的目光中浮现出了一抹淡淡的惊讶："你是棺材？"

男人似乎在确认什么。

宁秋水摊手："我不像吗？而且，洗衣机应该已经告诉过你……"

他话还没有说完，穿着黑色卫衣的健壮男人忽然暴起，侧身一脚朝着宁秋水踹来，势如雷电！这一脚普通人根本没法避开，太快太狠！即便是擅长格斗的人，在没有准备的情况下，也得结结实实地挨上一下！奈何他对面的人是一个从混乱地带活下来的狠人，宁秋水甚至都没有做出防御动作，身子只是轻轻向后晃了晃，便躲过了这一脚。躲避结束后，他的双手都还放在衣服兜里。

"你太慢了。"宁秋水一针见血地评价道。

"这种程度的攻击，不少上过战场的新兵都能躲开。"

健壮男人的表情有些僵滞，但很快便恢复了正常，他脱下了自己的兜帽，说道："只是想试试，以前听衣总聊起过你，说现存的'武器'中，你是最锋利的那把刀。你知道，大部分人的强弱和体型有很大关系，正因为这样，量级才在格斗中显得如此重要，像你这样的人很少。"

宁秋水耸了耸肩："有规则的游戏和生死搏杀确实有一点区别，话说回来，这个愚公计划中只有我们两个人吗？"

健壮男人对着宁秋水伸出手："自我介绍一下，我叫王欢，是愚公小队一队的队长。我们队伍一共六人，算你七个，稍后我会带你去见其他人。愚公计划共三支小队，合计四十六人……"

宁秋水与他握手："这么说……我们队是人最少的？"

王欢笑道："换个方式来说，我们小队是最强最精的。一队负责实情处理，危险程度要远高于其他小队，巅峰时有十五个人，但现在只剩六个了。"

宁秋水若有所思，他跟随着王欢，朝着桃花林深处走了些，上了一辆越野车，开了一段距离后，看见了一处营地。

这里有五人正在野炊，两男三女。其中一个男人年龄大约三十六七，身材瘦小，下巴上还挂着胡茬，正在一台电脑前噼里啪啦地打着什么。

看见这名男子的脸后，宁秋水怔住了一刹那。

那男子却对着宁秋水露出了一个笑容："你好啊秋水，我是小队的信息管控，你可以叫我陈泽徵。"

宁秋水盯着陈泽徵，迟疑片刻后，问道："你不是被处决的那名黑客吗？"

陈泽徵闻言，哈哈一笑，团队里的其他人也跟着笑了起来。

"他们可舍不得哩！不过，我要是不消失，确实会有很不好的影响。只有我'消失'了，才会避免很多即将到来的麻烦。

"来，跟你简单介绍一下，这位是'名媛'米雅，'掘墓者'贺诰，'影眼'何菲鸟，'枢纽'柳客青。至于他们具体负责的工作……当你后续和他们合作的时候，你自然就会知道。"

陈泽徵说完，扭动了一下自己的腰："先吃午饭吧！"

宁秋水点点头，拉过了一个小板凳，坐到小木桌前。

米雅将烤好的烧烤摆在了桌面上，也坐下一起吃，宁秋水拿起了一串青瓜，对旁边的陈泽徵道："愚公计划的具体项目是什么呢？"

陈泽徵看了一眼王欢，而后对宁秋水说："衣总说，你对罗生门有不少了解，所以你听过精卫计划吧？"

宁秋水："嗯。"

陈泽徵继续道："精卫填海，但石子就是石子，石子填不了海，所以精卫扔来的其实是'山'。但'山'对我们的生活影响实在太大了，甚至关系到了我们的存亡，所以，才有了愚公计划，我们要做的就是把这些'山'从海里面移出去。"

宁秋水闻言，脑子里闪过了一道光："精卫……移山……你们说的是鸟山镇？"

陈泽徵点了点头，又摇头道："对，也不对。鸟山镇是发源地，是源头，但现在它的污染已经蔓延到了其他的地方。

"起初，我们采用了割离的方法，最大程度限制了污染。但这些年污染的面积越来越大，越来越严重，以至于不得不做出相应的手段来治理。而这其中的重要一环便是愚公计划！我们平时也负责处理一些蔓延过来的事件，但最终目的是要把鸟山镇里的所有污染源头全都清理干净。"

"有哪些污染源头？"宁秋水将青瓜一口塞进了自己的嘴里，缓缓咀嚼。

陈泽徵开了一瓶雪碧："鸟山镇里的'山'实在有点多，严格来说，你之前处理的太阳花福利院的事，还有梦魇老太的事情都算。也正因为你单枪匹马地把这两件事情处理干净，才能够这么快通过议会那边的投票，又在没有经过考核的情况下，直接进入愚公一队。我们这里有不少累积的棘手事件需要处理——"

陈泽徵话还没有说完，宁秋水便打断了他："最近没空，至少要过几天。"

陈泽徵有些尴尬，他准备了不少事想要继续说，却被噎了回去。

但他还是点了点头，尊重宁秋水的选择，这种事情还是要看他个人的意愿，别人强迫不了。

"对了老陈，你认识一个叫文雪的女孩吗？"吃着吃着，宁秋水又将话题引向了文雪。

听到这个名字，陈泽徵沉默了一会儿，点头道："倒是还记得……"

"她怎么样？"

"很厉害，尤其是她的专业性，当时组织里的顶尖技术员不少，她是潜力很高的那一批，有时候的点子连我都觉得惊叹。"

"人品如何？"

提到了她的人品，陈泽徵失笑："怎么突然问起了这个，你认识她？"

"嗯，她最近要经历一场特别的试炼，我要去帮忙。"

关于诡舍的事，宁秋水没法直接说出来，他只能拐弯抹角地隐藏一下。

不过听到这句话，几人的脸色都有了微妙的变化，尤其是陈泽徵。

"你的意思是，她也和你一样，是被选中的人？"

宁秋水点头，虽然没有被诡舍选中的人无法得知关于内部的详细细节，但这件事本身还是通过一些相对委婉含蓄的方式记录了下来。

他们不知道诡客，也不知道诡舍，但是知道诡客是一群"被选中的人"。

他们会经历一些奇怪的考试，一旦坚持下来，就会对处理诡物和诡异事件变得相对更有经验。

陈泽徵思考了片刻，说："我跟她有很长时间没有见过面了，那个时候我认识的文雪，是一个十分自私但还算值得信赖的人。如果她接受了你的恩惠，那她会想办法还给你。同样，她也非常记仇。"

宁秋水说："我知道了。"

吃完饭，宁秋水又和团队里的人聊了聊，加了联系方式，而后，王欢亲自把他送回了市区。

"我们有工作业绩要求，衣总很快就会发给你，需要任何帮助，随时联系我们。"顿了顿，他又强调，"任何方面。"

宁秋水和他道了声谢，便下车了。

目送王欢远去，宁秋水又打车前往迷迭香。

晚上，他跟白潇潇烂醉在了家里。

暴雨结束之后，市区陷入严寒，往年这个时候，一般会下几天小雪，但今年的雪格外大。后半夜，宁秋水被尿憋醒，发现他和白潇潇正四仰八叉地躺在地上，旁边全是喝光的酒瓶子。电视上播放着无聊的电视剧，虽然外面下着大雪，但房间里始终保持着温暖。

上完厕所，宁秋水泡了壶茶，给自己醒了醒酒。没过多久，白潇潇也醒了，她有些狼狈地朝厕所跑去，解决完，她躺回沙发上，把宁秋水的腿当枕头。

"下次少喝点，头疼。"

听到这话，宁秋水笑了笑，给她倒了杯热茶。

白潇潇叹了口气，坐起身，接过热茶喝了几口，望着外面的大雪出神。

"快天亮了吧？吃完中午饭，就要准备进门了。老实说，我有点紧张。"

宁秋水问："紧张什么？"

白潇潇："这段时间外面的事情实在烦琐，我已经很久没刷门了。而且，有时候我发现自己有点分不太清门内门外。"

她说着，眸子变得迷离起来："你说，要再这么发展下去，我们的世界会不会变成……下一个诡门世界？"

听到白潇潇这无心的一句话，宁秋水忽地惊出了一身的冷汗。

"不会。"他说。

"为什么？"白潇潇抬起头，认真地看着宁秋水。

宁秋水道："诡物的力量在诡门背后是基本不受影响的，所以才能这般猖獗。但在我们的世界，它们的限制很多，组织已经研究它们很长时间了，而且取得了不错的进展。至少我们胜利的可能要远大于诡门那头的诡物。而且说不定未来的某一天，我们也可以掌握诡物的力量。"

白潇潇没说话，盯着窗外出神。

"你在想什么？"宁秋水问。

白潇潇轻声道："我在想，如果真的有一天，我们掌握了诡物的力量，究竟是好事还是坏事？有时候在诡门里经历的一些事，让我后背发冷的并非诡物，而是人。"

宁秋水沉默，却没法给出答案，白潇潇的这个问题，其实也是他的问题。

"再睡一会儿吧，希望这扇门能够顺利通过……"

白潇潇起身，一只手轻轻拉着宁秋水朝楼上走去，进入了卧室。

石榴市，文雪家。

她站在自己家的阳台上，一只手端着热咖啡，另一只手拿着电话，脸色很阴沉。

"王先生，您应该知道我不喜欢别人威胁我。你的提议我会考虑的。但现在，我想睡觉了。"说完，她挂断了电话，握着咖啡杯的手指指节已经泛白……

下午时分。宁秋水和白潇潇来到了诡舍，田勋回去看他的妹妹了，余江照例不在，诡舍之中显得有些空空荡荡。

来到三楼，二人等待了一会儿，其间，宁秋水一直查看着任务和提示，直到时间抵达，苍白的手将诡门推开，他们便迈入了熟悉的门中。

> 任务：在五天中修好羊圈
> 线索1：修补工作只能在白天完成。
> 线索2：狼每吃掉一只羊，就会变得更加强壮，更加聪明。
> 线索3：蜡烛可以削弱狼的力量，但一根蜡烛只能燃烧一小时。

一阵炫目的光闪烁而过，耳畔嗡嗡作响。

再一次回过神的时候，宁秋水发现自己出现在一条人迹罕至的街道上。

这条街很奇怪，成"工"字形，宁秋水所在的位置就是中间的那条竖杠，而上下两条街道均有许多车辆经过，发出"呜呜"的声响。宁秋水脚下的这条街很长，大约有两百米，许多人稀稀拉拉地散落在这条街的不同位置。

一眼扫去，宁秋水很快便发现了白潇潇和文雪。

他点了根烟，慢慢走到街道的中央位置，那里有一座大厦，十八层，大厦区域内打扫得十分干净整洁，但周围却荒草丛生，形成一种鲜明的对比。

大厦内，一名西装革履的男人正在踱步，似乎在等什么人。他的皮肤略显苍白，时不时会咳嗽几声。而大厦下的小广场里，站着三四个人。这里的面孔比较陌生，宁秋水等白潇潇和文雪走过来之后，才进入了大厦外面的广场。

"怎么没看见良言？"文雪好奇地对二人问道。

她这扇诡门的难度不低，由于拼图碎片的介入，难度已经和正常的第六扇门不同了。在上一次相遇的诡门中，她对良言的印象还不错，她以为白潇潇会把良言也带上，但没想到带来的是宁秋水。不知为什么，文雪的心里有点小失落。

"言叔有很重要的事情要去处理。"宁秋水随口应付了一句。

随着众人都来到了这个广场，徘徊的男人忽然顿住了脚步，来到了众人面前，对着他们道："冈诚建筑公司的人吧？我是严经理，联系你们的那个。这次聘请各位，是想让各位帮忙修补一下咱们银树大厦的一楼侧墙与后墙。"

距离对方最近的一名花白头发的男人拨弄了一下自己的黑框眼镜，问道："那个，请问一下，大厦的墙是怎么被破坏的？"

严经理瞟了他一眼，脸上浮现出一丝怪异："车祸。"

男人微微点头："好的，您继续讲。"

严经理的目光再次扫过众人："按照合约，你们一共有五天的时间来修补墙体，五天之后，我会来查看墙体修复情况。除此之外，各位在这五天内，还需要承担起大厦的安保工作——"

人群中，有人打断了他："这么大的大厦里，难道连一个安保人员都没有？"

严经理解释道："承重墙破损后，原则上这边是不能滞留任何员工的，所以我才专门花费了这么多钱，委托贵公司承包。这件事情做好了，想必各位也能从中获得不少好处吧？"

获得好处？获得个屁。众人心中不免一阵谩骂。

严经理见众人没有说话，便认为他们的确是收了公司的恩惠，继续道："虽然大厦内的人员已经撤离了，但还有一些贵重物品没有带走，这五天里，你们除了修复墙体之外，还要保证这些贵重物品不能失窃。

"它们分别是——三楼317号房间内的电脑，七楼设计部里的那张羊皮挂画，九楼古玩交易区的金雕像头和十二楼一位客人定制的，还没有完全完工的红木棺材。五天后，我来检查的时候，也会连同这些贵重物品一同检查。"

他话音刚落，花白头发的男人又问："我们可以搬动这些东西吗？在不损坏它们的情况下。"

严经理和他对视了片刻，脸上浮现出一抹让人不寒而栗的笑容："当然可以。"

看到这个笑容，广场上的十人心里都浮现出了不好的预感。

"总之，我要跟你们交代的事情就这些了，还有什么不明白的，现在可以问我。"

众人一阵低语，文雪忽然朗声道："我们这些天的吃住咋办啊？"

严经理淡淡道："合约上不是已经写得非常清楚了吗？我们在大厦一楼的食堂里为你们留了足够的食物，每天会有专门的师傅来为你们做饭，别说是五天，就算你们住在这里一个月都没问题。

"你们睡觉的地方在一楼的员工宿舍区，101 号至 105 号，刚好五间房，一个房间里有四张床，随便你们住，二十四小时水电供应且免费。"

严经理说完，又问了一遍，这回众人没有再说话，他确认没问题后便要离开，走到门口的时候，他忽然扬了扬手里的钥匙，对众人道："对了……由于墙体破损挺严重的，我就不给你们留钥匙了。这几天你们最好也不要离开大厦，好好在里面工作。在墙体没有完全修复并质检合格前，大厦内原则上是不允许任何人进入的，所以如果你们看见有人冒充大厦内以前的工作人员时……一律不要信。"

他交代完最后的事情，转身便离开了，目送严经理远去后，广场上莫名紧张的气氛这才松弛了一些。

"各位……"先前那名花白头发的男子开口道，"自我介绍一下，我叫唐友春，时间有限，我就不卖关子了。这扇诡门各位也看到了，明显属于合作性质的诡门，由于是第六扇门，我们没有准备时间，从那个 NPC 离开之后就算正式开始了，我希望大家能尽可能地精诚合作，减少风险。

"现在我们总共有十人，接下来你们自己组一下队，两到三人一组，然后我会安排一下大体的修缮计划和巡逻分布，各位有什么问题马上当面提出来，然后协商。"

说着，他指了指已经颇为阴暗的天穹："从天色和远处两条街道的车流来判断，现在应该是傍晚下班的高峰期，请各位积极配合，这样我们可以在天黑之前把工作分配到位，并且还能查看一下和任务有关的事。"

唐友春一来就表现出了极高的心理素质和极强的求生欲望。就连宁秋水都有些讶异。这次进入第六扇门的人似乎素质都还不错，面对唐友春，他们只是犹豫了一小会儿便开始照做。没有刺头。众人快速介绍完自己，十人里，共有五男五女。

除了文雪，有一对情侣，还有两个关系很亲近的女孩子，似乎是闺密。

除了唐友春，另外两名男子是同一诡舍的成员，一个烫了爆炸头，戴了副墨镜和大金链子，打扮比较怪，像是说唱歌手，叫万守泉。另外一个则充斥着温柔气质，一副温文尔雅的模样，叫岳松。

而那对小情侣则打扮得比较清凉，男生龚来如穿着西瓜颜色的 T 恤，梳着中分，脸上还有些青春痘留下的痕迹，女生梅闻霜的颜值则要高不少，除了柔和的五官外，还有一头柔顺的长发和性感的身材。

至于那对像闺密的女孩则穿得有些前卫，一个偏男性，头发略短，戴着鸭舌帽，鼻梁有些塌，叫钱可儿。而她旁边的女生虽然五官显得没那么俏丽，妆容却十分妖冶，穿着露背裙，露出精致的肩胛骨和大片雪白，她叫谭池香。

除了宁秋水是三人一组，唐友春独自一人进门，其余的都是两两一组。

"我简单说一下，通常我们进入诡门之后，遇见的第一个 NPC 都是重要的角色，不出意外的话，我们这扇诡门提示中出现的'羊'就是严经理刚才告诉我们的那些贵重物品。保护好羊，也就是保护好我们自己！"

"由于夜晚无法修补墙体，但又需要巡夜，所以，我在这里简单分一下组。今夜，我来巡夜，第二晚万守泉和岳松巡夜，第三晚龚来如和梅闻霜，第四晚钱可儿和谭池香，宁秋水你们三人由于晚上不巡夜，白天也相对没那么危险，所以这五天白天的巡守都由你们来。"

唐友春刚说完，便听钱可儿淡淡道："今晚你一个人巡夜，难道就不怕撞上狼？"

唐友春叹了口气："谁让我是一个人进来的呢？而且，只有我身先士卒，之后你们对我的安排才会相对信服吧？如果一上来就让你们去冒险，的确有些——"

他话还没有说完，钱可儿便眯着眼打断了他："是不想让我们去冒险，还是……你想要独吞蜡烛呢？"

唐友春面容上的一些褶皱忽地动了动，他表情略显僵硬，还没开口，钱可儿便又说道："谁都知道，狼在第一天没有吃掉任何羊的情况下是最弱小的状态，所以今夜巡夜非但不危险，反而相对安全。

"我看你是想趁着这个难得的安全时间去找蜡烛吧？

"毕竟，从诡门给出的线索里面不难判断出，蜡烛的数量绝对有限，大概率不可能人手一支，谁能拿到更多的蜡烛，谁就有更大的可能活下去，对吗？

"其实，谁都想要蜡烛，毕竟谁不想从诡门之中出去呢，而且真要保住贵重物品的话至少需要四个人，想着靠两个人去巡守分布在四个不同楼层的贵重物品显然不太现实，除非把所有的贵重物品全都聚集在同一个地方。不过刚才那个严经理的表情，你们也看见了，虽然不知道为什么，但我不推荐这么做。你这是司马昭之心，路人皆知，吃相实在太难看了。"

面对钱可儿的嘲讽，唐友春的脸色有些难看，但还没有恼羞成怒到翻脸的程度，他盯着钱可儿片刻，忽然笑道："我只是一片好心，既然你这么有想法，那不如你们第一夜去巡夜吧，如何？"

钱可儿扫视了众人一眼，看见没有人表露出明显的阻止意图，于是双手抱胸道："好啊。不过，我要是找到了蜡烛，我可不会拿出来分哦。"

她的语气带着一种挑衅。

唐友春也开口道："你大可以藏起来或是带在身上，你们既然愿意冒风险，有收获也是理所应当的……不过，我要提一嘴，找蜡烛归找蜡烛，可别耽误了正事，要是那些贵重物品有什么闪失，大家可不答应！"

听到这里，钱可儿哪里不知道对方这是在利用蜡烛来做套，反将她一军？

今夜毫无意外狼会出现，如果那些贵重物品真的是羊，那她们在找蜡烛的时候，难免无法顾及到那些贵重物品。而如果她们真的全心全意看守贵重物品，且不说能不能守得住，就算守住了，蜡烛的事基本也就和她们没关系了。

一方是众怒，一方是来自狼的威胁……钱可儿心里骂了句老奸巨猾，可还没有来得及反驳，便听到了楼上传来了清脆的响声——

"哐啷！"这声音，像是某种金属制品从桌面摔落在地的声音。

听到这声，众人立刻屏息，将目光投向了头顶。

片刻后，唐友春第一个带头朝着楼上狂奔而去！

在场的人大部分都跟在了他的身后，宁秋水给白潇潇和文雪使了个眼神，她们便也跟在了唐友春的身后，而他自己则越过了留下来的那对情侣，朝一楼需要修缮的地方走去。

这对情侣跟在了他的身后，三人一同来到侧墙破洞处，看着那一片狼藉，宁秋水只是瞟了一眼，转身就走。二人望着宁秋水的背影，觉得莫名怪异，但他们没有跟着，而是选择留下来继续勘察。

宁秋水绕了一小圈，又来到后墙，几番辗转，他确认了一楼所有需要修缮的地方。奇怪，破损没那么严重，修缮根本用不到五天的时间……

材料都准备齐全了，也没人懂建筑，把砖搭好，水泥一糊就成，真要死命干的话，这活两天就能干完，那他们的任务就结束了。按照规则，大巴车会来接他们，但由于诡门背后的规则，所以在任务结束的时候，狼最多跳出来淘汰一两个人。这和有着拼图碎片的第六扇诡门的任务难度完全不匹配。

是他遗漏了什么吗？难道会有不稳定因素阻碍他们，没法快速修好破损区域？而且作为这扇诡门背后的劳动力，十人实在太多了，为了阻碍他们提前完成任务，第一天甚至可能会出现……想到这里，宁秋水的表情微变。

他小心观察着周围，然后快速离开了这里，回到了之前众人聚集的一楼大厅。

去二楼的人也陆陆续续地回来了，宁秋水到处看了看，却没有看见之前的那对情侣。他微微蹙眉，等到众人再相聚的时候，唐友春似乎发现少了两个人，对宁秋水询问那对情侣去了什么地方。

刚才众人去二楼查看动静的时候，只有宁秋水和那对情侣没有上楼，选择了留下。

"刚才他们去查看一楼需要修缮的地方了，你们呢，发现什么了？"

唐友春摇头："什么都没发现。"

众人在大厅里等待了大约十分钟，依然没看见那两名情侣，不免有些焦躁。

"外面天快黑了，咱们先去食堂里吃饭吧，他们一会儿饿了应该也会来的。"文雪提议道，她是真的饿了。

众人都没有拒绝，一同前往了食堂，准备先填饱肚子。

来到食堂，打饭的窗口虽然没有食堂阿姨，也没有看见任何厨子，可热腾腾的饭菜已经出现在了窗口。浓郁的食物香气从窗口的方形铁菜盘中弥漫出来，众人盯着这菜盘，一时间都没有动静。

这座大厦里貌似已经只剩他们了，天晓得这些热腾腾的饭菜是怎么来的？

过了一小会儿，唐友春率先揉了揉自己的头发，拿起旁边洗得洁白无瑕的餐碟开始盛饭。

"都来吃吧，这种诡门任务，通常不会在饭菜里面动手脚的。"

两男两女看着他，没动，倒是宁秋水他们跟在了唐友春的身后。其他四人看着这四人大快朵颐了半天，没什么事，最后万守泉和岳松才跟着打了饭菜。

唐友春吃饱了，一边拍了拍自己的肚子，一边对那两名还站着的女人道："喂，你们真的不来吃吗？味道还可以哟！"

钱可儿冷冷地看着他，一言不发；一旁身材略高，打扮妖冶的女人谭池香则站在钱可儿的身边，她的眼神不那么坚定，时不时会瞟向饭菜那边。但钱可儿没有动，她也没有动。

"喂，可儿，这饭菜看上去好像没问题啊。"谭池香吞了吞口水，附在钱可儿的耳畔低声道。

后者也低声回应："食堂的饭菜一天最少供应两次，我们饿两顿没太大影响，如果明天他们没事，我们再吃也不迟。"

谭池香闻言点头，不再多说了。

见她们态度如此坚决，唐友春脸上露出了一抹锐光，但很快便隐藏了起来。

众人坐在食堂等待了好一会儿也没有看见那对小情侣出现，心头不免浮现出了一抹不祥的预感。

"不是吧……"万守泉低声嘟囔着，虽然气氛很是沉闷，但其他人没有动，他也没动。

"哎，松哥，你说那对小情侣会不会已经……"

一旁的岳松低头看了看自己的手表，低声道："已经一个半小时了。"

万守泉"啊"了一声，表情迷惑："什么？"

岳松低声道："那对情侣已经消失了一个半小时了。一般来说，刚进入诡门的时候，诡物不应该这么猖獗才对。而且刚才留在一楼的人一共有三个，除了那对情侣，还有那个叫宁秋水的人。

"他如果真的没有看见那对情侣，就说明他们是分开过的，就算诡物真的出现，也应该优先攻击落单的那个人才对，除非……"

岳松的分析，让万守泉的大脑陷入了一瞬间的迟滞。

"松哥，除非什么？"

岳松偷偷看了一眼安静等待的宁秋水，微微摇头。

"或许是我多虑了。有拼图碎片的诡门是没办法带入信的，所以应该不是他。现在，要么是那对情侣发现了什么线索，要么就是他们触发了规则。"

万守泉眉头微微蹙起："可是松哥，能进这扇门的，身上多少有些诡器才对，没理由一上来直接就被诡物……"

岳松瞟了他一眼，目光带着怜悯，接下来的话让万守泉有些毛骨悚然。

"拼图碎片存在的诡门世界里，发生这种事情并不奇怪。某些拼图碎片的确有让诡客们的诡器失效的能力……

"所以，接下来的几天，你一定要小心小心再小心，毕竟谁也不知道我们带来的诡器到底有没有用，稍有疏忽……"

他言及此处，重重地拍了拍万守泉的肩膀，露出一个意味深长的眼神，后者打了个哆嗦。

众人在食堂里等待了大约一个小时，始终没等到那情侣，看外面的天已经彻底黑了，钱可儿才幽幽开口："好了，我看不用等了。唐友春，你先分配一下宿舍吧，然后今夜巡守的事情，我还有话要说。"

唐友春被点到，倒是有些讶异，但很快便随机为在场所有人分配了住宿的地方。他和万守泉、岳松二人住 101 号房。宁秋水三人住 102 号房。钱可儿和谭池香住 103 号房。

房间分配结束，唐友春才看着钱可儿问："关于巡逻，不是你选的吗？还有什么问题？"

钱可儿神色平静，思绪清晰："我刚才想了想，觉得不是这么个事。

"第一，没人能确定那四件贵重物品是羊，这是你先入为主的观念，虽然我也倾向于此，可现在无法得到验证。

"第二，基于第一个观念，假设贵重物品真的是羊，那巡守显然是一种愚蠢的方法。羊的安全关系到我们每一个人的生死存亡，所以最稳妥的方式显然是二人一组，分别守着四个贵重物品。

"当然，如果各位胆子够大，也可以试试把这四件贵重物品聚集在一起，这样我们就可以分为两班制，理论上无论是安全性还是休息，都比较方便，不过我不推荐这样。"

钱可儿说完，扫视了在场的众人一眼："我讲完了，谁赞成，谁反对？"

唐友春的表情略显微妙，但并没有人注意到，只是片刻他便恢复了正常。

"你说得也不无道理，我之前的确欠缺考虑，既然这样的话，大家干脆分个组吧。"

他话音刚落，宁秋水开口道："我反对。"

众人的目光立刻落在了他的身上。

"阁下有什么高见？"钱可儿双手抱胸，淡淡道。

宁秋水摇头："没有高见，我就是单纯地想睡觉，今夜巡守我不参与。当然，你们找到蜡烛，也完全不必分我一根。"

白潇潇立刻也道："我俩也不参与，明天还要干活，今晚必须要好好休息。你们今夜如果想巡守的话，那就巡守吧，当然，我们也不会找你们要蜡烛。"

顿了顿，她补充道："如果你们今夜太累，明天我们会负责修缮工作的。"

钱可儿冷冷看着他们三人："一共四样贵重物品，你们不参与，我们五个人怎么看守？落单的人在诡门背后有多危险，不用我们多说，更何况现在已经入夜，事关所有人的安危，你们觉得这样合适吗？我们冒着生命危险，而你们坐享其成？"

文雪冷笑道："真不要脸。究竟是我们坐享其成，还是你们想要拿我们所有人的性命去帮你们试规则？真当其他人是傻子？"

谭池香上前一步，指着文雪道："你说什么呢？"

文雪压根儿不怵，又对着她讥讽道："咋，还要跟我比画比画？"

谭池香被她这一句话气得面颊通红，正要回撑，却听宁秋水道："行了，这事就这样，我们不参与，心理不平衡的话，你们也可以跟我们一样回房间睡大觉。"

说完，他直接带头朝着食堂外面走去，白潇潇和文雪跟在他的后面，没有再去理会谭池香，任凭她在身后激愤叫骂。

离开食堂，是一段相对阴暗的小走廊，两旁有窗，冷风呼呼灌入。

大厦内的电力虽然二十四小时供应，但不是每个地方都有灯光，至少宁秋水在一楼查看破损区域的时候，就发现好几条小走廊是完全没有灯的，这很不寻常。

他没有去走那几条走廊，直觉告诉他，那几条走廊……不安全。

路上，文雪看着宁秋水的背影，轻声道："喂，宁秋水，今夜你为什么要拒绝他们的计划？"

宁秋水没回头："回去说。"

回到宿舍，他们再三检查了房间——房间不大，入门左右两张床，上下铺，比较稳固，不会发出"嘎吱"的声音，环境干净整洁，灯光明亮，厕所区域也不小，里面还有淡淡的消毒水味，房间里的窗户通向另一边的绿化区，整体正常。

简单洗漱了一下，宁秋水坐在了右边的床上，白潇潇和文雪选择了左边的床。

反锁了房间，拉上了窗帘，文雪去到上铺躺下，侧着脸看着右床下铺的宁秋水问道："现在可以说了吗？"

宁秋水瞟了她一眼："你在第七扇诡门里的表现虽然很无耻，但的确厉害，以你的本事想不到这些？"

二人目光相对，文雪收敛了脸上的表情："我不确定……这扇诡门给出的信息干扰太多。"

宁秋水躺进了自己的被窝里，闭上眼睛道："大厦是羊圈，那些贵重物品可以是羊，同理我们也可以是羊。"

宁秋水说出了二女心中的担忧："你们之前上二楼去查看声音，发现什么了吗？"

文雪摇头："窗户是打开的，可能是风把房间里的一些东西吹倒了。"

这时候，睡在下铺的白潇潇忽地开口道："地面有脚印。"

房间沉默了刹那。

"二楼？"

"嗯。"

"呼，吓死我了，我还以为你在说我们宿舍呢。不过，我当时没看见脚印啊？"

面对文雪的疑惑，白潇潇轻声道："有几道很淡的脚印，没穿鞋，看上去像是踮着脚走路留下的，由于灰尘很淡，本来也不容易被发现，更何况走在最前面的唐友春用鞋底把那些脚印抹掉了。"

听到这里，文雪忍不住骂道："这个老东西，真不老实！"

白潇潇："这一次进门的人，感觉都不简单。"

说着，她侧目看向了思索的宁秋水："秋水，龚来如和梅闻霜……"

宁秋水回神，道："多半遇险了。"

"其实我也很奇怪，一来，狼就算真的对我们下手，也应该先找落单的。其次他们身上肯定有诡器，按理说，他们怎么都不该无声无息地失踪……"

"我认为，现在还不能完全确定他们已经淘汰。"文雪说，"在这扇诡门中，我们目前最大的问题是还不知道狼和羊到底指代的什么。还有蜡烛……大厦是羊圈，所以大厦里任何东西都有可能是羊。那狼呢？狼是诡物吗？是晚上从外面偷偷溜进大厦里的吗？"

文雪一连甩出了好几个问题，但房间里一片死寂，见二人没有回答，文雪也只能睡了。希望今夜安然度过吧，她心道。

不知道过了多久，宁秋水忽然惊醒，他听到隔壁的墙壁传来了轻微的摩擦声。

这声音并不大，可此时深夜，正值万籁俱寂，宁秋水甚至能清晰地听到白潇潇和文雪均匀的呼吸声，更别提旁边墙壁的摩擦声了。

他睁开眼，房间内一片漆黑，只有微弱的月光透过窗帘照进来，宁秋水思索了片刻，还是没有开灯。他想着，这声音大概是隔壁101房间唐友春等人晚上发出来的，毕竟人在不熟悉的地方休息有时候不安稳，是会做出一些奇怪的小动作，在他心里，并不认为剩下的那五人晚上会跟个傻子一样去巡逻。

不过，那声音非但没有消停，反而越来越大，摩擦的声音已经带着些许让人牙酸的力度，宁秋水的目光紧紧地注视着自己旁边的墙壁，手已经放进了自己的胸口。

一个人晚上睡觉，哪怕再不安稳，也绝对不会有这么大的动静，隔壁到底发生了什么事？宁秋水脑海里已经浮现出了种种不好的猜想，很快，他的左手边传来了轻微的声音，宁秋水回头，发现白潇潇和文雪都醒了。

宁秋水打开了灯，她们脸上的惺忪睡意很快便消失了，且面色凝重，目露疑惑地看着宁秋水。后者指了指自己这边的墙壁，然后摆了摆手，示意她们不要发出任何声音。二女点了点头，各自拿出了自己身上的诡器，紧张地看着宁秋水床旁的那一扇墙壁。

"咯吱！咯吱……"那摩擦声渐渐变得尖锐，持续了足足十分钟，而后才变小一些，最终在持续了长达一刻钟的折磨之后，这诡异的声音总算是停了。

"那是什么声音？"文雪回过神，才发现自己已经满头大汗，心跳速度也很快。

宁秋水关上了灯："不管是什么，既然它已经消停了，今夜先睡觉吧。诡器最好放在随时都最快速摸到的位置，那对小情侣消失得实在是太诡异了，这扇诡门里的诡物只怕很麻烦。"

二女神色都很严肃，点了点头。黑暗中，他们能听见彼此的呼吸声，知道没有人真的睡着，出了这档子事，三人的困意早就已经消失得无影无踪。就这样熬了不知道几个钟头，直到三人再度变得有些似睡非睡的时候，才听到隔壁传来了门被打开的声音，紧接着走廊上传来了惊骇的叫声。

很快，唐友春敲响了 102 和 103 房间的门，大声道："都别睡了，出事了！"

宁秋水三人出门的速度最快，他们快速穿上了衣服，直接来到走廊，紧接着的便是 103 的两个女人。外面站着的是唐友春和岳松，二人的脸上多少都带着些黑眼圈，一看昨夜就没有睡觉。

钱可儿将自己衣领褶皱整理好，这才慢悠悠来到了唐友春的身边。

"怎么了？昨夜去找蜡烛没找到，撞着狼了？"

钱可儿的语气带着淡淡嘲讽，但很快随着她望向了 101 房间内，表情就发生了变化。在 101 房间内的左侧床位下铺，有着大量猩红痕迹！而谭池香看到了什么，死死地盯着床下，身子轻微地颤抖。宁秋水蹲下了身子，将头埋地，这回便彻底看清楚了床下的东西是什么——那是一团杂乱的头发，爆炸头的头发。

"万守泉昨夜没有跟你们一起？"宁秋水看向了岳松。

万守泉和他同处一间诡舍，又是一起进门，看昨天二人的表现，他们的关系还算不错，万守泉不应该自己留下来。

岳松的表情显得很平静，似乎同伴出局在他那里不算什么："我昨夜和唐友春去大厦里找钥匙了，顺便也去看了看那四件贵重物品。万守泉觉得晚上行动实在是太危险，所以没有跟着我们。他觉得晚上待在宿舍里会比较安全，毕竟以前他经历的许多诡门都是这样。"

钱可儿眯着眼，语气莫名："那可真是有意思了，昨天下午消失的是一对情侣，而晚上出事的却是落单的人……"

她话还没有说完，宁秋水已经迈步进入了房间，小心地查看周围，勘察现场，众人也跟着进入了 101，认真巡查着线索。望着那团头发，宁秋水三人的表情都很是微妙，也忍不住生出了一身的鸡皮疙瘩！

他们大约知道，昨夜的摩擦声是怎么回事了……

"喂，白潇潇，你们昨晚不是在 102 吗？就没有听到隔壁有什么动静？"钱可儿蹭步到白潇潇的身边，用肩膀撞了撞她。

后者摇了摇头："我们都睡得很香，没听到什么动静。"

白潇潇和她对视，眼睛里面全是真诚。

"去吃饭吧。"宁秋水说道，"人已经出局了，再待在这里也没什么用。"

说完，他第一个离开了这房间，白潇潇看了一眼钱可儿，和她擦肩而过，文雪也紧随其后。

望着三人渐行渐远，谭池香来到了钱可儿的身边，咬牙道："这三个家伙明显是知道什么，就是不想说。"

钱可儿盯着文雪的背影，懒懒道："没关系，有人会说的。"

"去吃饭吧……"

食堂。

三人来到了空荡荡的食堂，从打饭的窗口拿了自己要吃的早餐，然后坐在了一张桌子上，慢慢吃着。

"你们觉不觉得 101 有点不对劲？"文雪往自己的嘴里塞了一个小笼包，低声问。

白潇潇目光瞄向了远处的那两桌，回道："是有点不对。"

文雪又看向了宁秋水："喂，你咋不说话？"

宁秋水拿起盘子里的大白馒头，狠狠咬上了一口："万守泉只剩头发了。"

文雪一怔："所以，他的身体去了什么地方？"

宁秋水："大概率被诡物带走了，至于到底做什么用……暂时不清楚。"

文雪的表情格外严肃，时间才来到第二天，就已有三个人遇险，但他们完全不知道诡物出手的契机是什么。

简单吃完了饭，众人便开始了大厦的修缮工作。其实他们对于建筑真的是一窍不通，不过没吃过猪肉也见过猪跑，将砖块铺上去，糊上一些现成的水泥就行了。众人简单弄了弄，很快便发现修缮工作确实比想象之中更加简单。只要砖块儿沾上了水泥，然后糊住，立刻就会变得格外坚固。

宁秋水干了大约一个小时，将一个裂缝彻底糊好后，放下了手里的活儿。

"怎么了？"白潇潇看宁秋水一直盯着走廊深处，不免也朝着那里多看了几眼。

宁秋水道："我刚才好像听到了什么声音……"

"什么声音？"文雪也凑了上来。

宁秋水仔细想了想："摩擦声……但不是昨晚的那种，而是像指甲在刮蹭着什么，可能是木板，也可能是石头，我不太确定。"

白潇潇也扔掉了手里的砖头，拍了拍自己手上的灰："我陪你。"

糊墙糊得浑身臭汗的谭池香见二人要走，立刻叫道："你们晚上不愿意去巡守贵重物品也就算了，连糊个墙也要偷懒？"

"我们听到了动静。"

"大家都在这里，我们怎么没有听见？"谭池香说着，望向了唐友春他们，"你们听到了没？"

后者微微摇头，表示自己的确没有听见什么。

"一起吧，两个人还是太危险了，昨天那对情侣莫名其妙就消失了。"

文雪也放下了工具，准备跟着宁秋水，而谭池香还想说什么，却被钱可儿拦住了："好了……让他们去吧。"

钱可儿淡淡说着，又将目光投向了宁秋水："你们最好小心点，这扇诡门里的诡物很凶，你们身上带着的诡器未必有用。"

听着她的嘱咐，宁秋水心里还颇为讶异，身边的白潇潇都忍不住小声嘀咕了句："假仁假义。"

他们心里都清楚，钱可儿之所以担心他们，是因为现在距离任务结束还有很长的时间。

由于任务需要团队合作才能尽快完成，快速的减员会对任务造成巨大干扰。

走远之后，白潇潇又听到身旁的文雪吐槽道："能不假仁假义吗？我们要是折了，他们完成任务的难度系数不知道要高多少……倒也有另一条路，就是除掉除了自己以外的其他人。

"我们这一次刚好进来了十个人，剩一个，恰巧可以触发十分之一的规则。但这扇门里全是老油条，想要在不直接动手的情况下把其他人除掉，难度很高。"

文雪吐槽完，又看向宁秋水："喂，宁秋水，你真听到声音了？"

宁秋水反问道："你们没有听见吗？"

白潇潇和文雪对视了一眼，看见了彼此眼中的怪异，均是摇了摇头。

"没听见。"

宁秋水的步伐顿住，二人还以为他回心转意了，准备回去继续干活，却见宁秋水说道："嘘……声音更大了。"

见到他的表情这般严肃，饶是白潇潇这种诡门老油条都有点后背发凉。

她竖起了自己的耳朵听了好一会儿，确实没有听到任何声音。

白潇潇意识到了事情不对劲，她一把扯住宁秋水的袖子。

"喂，秋水，说真的先等等，我们都听不见的声音，你能听见，恐怕不是件好事！搞不好是诡物发出来的！"

旁边的文雪也附和道："我觉得白姐说得有道理，宁秋水，你想想昨天那对莫名其妙消失的情侣，他们会不会也是听到了一些你没听到的声音，从而被引到了什么地方去，然后……"

文雪说着，做了一个"手刀划过脖子"的动作，表情夸张。

其实二女所言并没有错，在诡门之中，一个人能够看见其他人看不见的，听见其他人听不见的，那绝对不是一件好事情，大部分时候，只有被诡物盯上才可能会有这种情况出现。

宁秋水思索了片刻，拿出了自己的诡器，又对她们说："你们在这里等我。"

说完，他自己一个人朝着丁字走廊的尽头走去。

声音就是从前方的右侧回廊传来的，只不过由于那个廊道比较阴暗又没有灯光，所以丁字廊道尽头两边的回廊全是一片阴影。

一靠近这里，宁秋水就莫名有一股隐隐的心悸，他觉得不安，可哪里不安他自己也说不上来。或许是因为廊道阴冷，又或许是因为昨天下午消失的那对情侣。

难道，前方发出的那个声音真的是诡物盯上了自己？

宁秋水捏着病历单，手心里已经渗出了汗水，他是真的有点紧张了。

心态再好的人，也不可能在面对随时可能出现的诡物时无动于衷。

他缓缓吸了一口气，放慢自己的脚步，将身体稍微靠左一些，让自己的视线一点点侵占右边的阴暗回廊。当他能够看见回廊中部区域的时候，宁秋水瞳孔中的光闪烁了一下。在那不算明亮的区域，他找到了刚才发出声音的源头——墙壁上有一些红痕，那些红痕很长，很细，像是有人用手指抓出来的。

可宁秋水并没有看见任何人影，这条回廊通往更深处，光线更暗，给人的心悸感更重，但宁秋水没有打算过去，他觉得那地方很危险。他迟疑了片刻，稍微朝着黑暗的廊道里面走过了些，更靠近右侧回廊的中间位置。

这时，他闻到了淡淡的味道，新鲜的……

才出现的抓痕吗？是诡物留下的引诱？还是提示？

宁秋水思索片刻，又偏头看了一眼左侧的回廊，紧接着又抬头看着天花板。

为什么这几条走廊没有灯？有什么特殊之处吗？

就在他思考的时候，右侧走廊更深处，那种指甲抓挠的声音又出现了。

和刚才的声音一模一样，不过宁秋水盯着墙壁上的抓痕，总觉得哪里不对劲……他伸出了自己的手指，向面前的墙壁抓去。

就在他用力抓挠墙壁的时候，白潇潇急切的声音忽然从之前的丁字走廊传来："秋水，快出来！"闻声，宁秋水心头一惊，急忙朝左手边跑去。

也正是这个转向，让他知道了为什么白潇潇的声音这么急切！

在丁字走廊的尽头，三条走廊的交错口，那里原本光亮的区域，正在由左到右不断变暗！而且还不是那种渐变的暗，而是像一扇门被缓缓关上时，门口的阳光被一片片彻底隔绝！

宁秋水见状，三步并作两步朝着回廊尽头冲去！

终于，他险之又险地赶在光线彻底消失之前离开了回廊！

出来后，他调整了一下呼吸，白潇潇仔细地看着宁秋水身后的丁字走廊尽头的墙壁，又回头看了一眼阳光洒落的窗口，指着宁秋水身后道："你们快看！我们身后的窗户明明有阳光照过来，为什么那面墙还是被一片阴影覆盖？"

宁秋水回头，确实如此。

文雪表情有些难看："我刚才好像听到那种用手抓墙的声音了。"

白潇潇点头附和："对，我也听到了。"

宁秋水："别紧张，那是我抓的。"

二女一听，表情微僵："你抓墙干啥？"

宁秋水解释道："我刚才过去，发现了墙壁上有几道红痕，像是人抓出来的，和我听到的那个声音比较像，但我觉得有什么地方好像不大对……"

"哪里不太对？"

宁秋水想了想，又摇了摇头："算了，可能是我多虑了。"

文雪龇牙，伸出手指："谜语人滚回哥谭！"

宁秋水失笑，道："我总觉得，那种抓挠的声音不像是抓墙。"

"所以你试了试？"

"嗯。"

"声音一样吗？"

"一样。"

宁秋水几人往回走，其间他回头看了一眼丁字走廊的尽头。

他向回廊外逃亡的时候，总觉得身后更深处的走廊里有什么东西正在凝视着自己，那种阴冷怨毒的眼神，让宁秋水当时浑身上下的汗毛都倒竖了起来。

他几乎可以确定，如果当时在阳光彻底被覆盖前自己没有逃出那个回廊，那他将会遭遇一些无法理解的可怕事情！

回到了之前的地方，他们继续干活。

到了中午，众人回房间简单清洗了一下自己的身体，然后去了食堂吃饭。

气氛一如先前的一样沉闷。钱可儿和谭池香坐在一起，埋头吃饭，啥也没说。

唐友春则和岳松坐一起，时不时交谈着，也不知道在说什么。

没过一会儿，他们端着餐碟朝宁秋水这桌走了过来，坐在旁边："三位，愿意聊聊吗？"

正在吃饭的宁秋水头也不抬："聊什么？"

岳松柔声开口说道："我们想邀请你们一起去看一下那四件贵重物品。"

坐在最左边的文雪脸上浮现出了一丝好奇："你们昨晚不是才去看过了吗？狼应该不会猖獗到白天出来偷羊吧？"

她这话多少是有点讽刺唐友春。事实上，相比起第一天唐友春所说的那四件贵重物品是羊的猜想，现在看来，他们这些诡客才更像是被狼狩猎的羊。

唐友春这个老油条当然能听出文雪是在嘲讽他，但是他没有生气，厚着脸皮压低声音说道："我们昨晚并没有去查看那四件贵重物品。"

文雪诧异："那你们昨晚干什么去了？今天早上看见你们的时候还带着黑眼圈，你们没去查看那四件贵重物品，难道是去找蜡烛了？"

唐友春和岳松互换了一个眼神："合作吧。我们怀着诚意过来谈合作，如果你同意我们的提议，下午可以一同去看看那四件贵重物品，我们就会告诉你，昨天晚上我们到底经历了什么。"

文雪脸上一副无所谓的模样："爱说不说。"

她继续吃饭，搞得二人有点尴尬，这个时候，始终没有开口的白潇潇忽然停下了筷子。

"为什么来找我们？"

唐友春叹了口气："在你们上午去查看声音源头的时候，我们已经找那两个娘们聊过了，但是她们并没有合作的意愿。"

听闻此言，白潇潇稍微侧过脸，瞟了一眼远处埋头干饭的两个女人。

按理说，这扇门里就不应该有信的存在，可是她总觉得这两个女人似乎知道些什么……

如果不是知道些什么，他们不可能在白天的时候还如此被动。

什么都不做，只是简简单单地把墙糊好，就能够通关了吗？

显然不可能，诡门不会好心给他们留下这么轻松的任务。

从钱可儿之前的表现来看，她也是一个实打实的老油条，这样的老油条绝对不会放过任何一个探索诡门世界的机会。

可是到目前为止，钱可儿始终没有主动探索过这幢大厦。

这种人设和行为形成巨大反差的异常，引起了白潇潇的注意。

"说吧，你们昨晚到底遇见什么了？"这时埋头吃饭的宁秋水，忽然抬起头。

见到宁秋水愿意合作，二人先是松了口气，但很快脸色又变得有些苍白，好像回忆起了什么不好的事情。

"昨晚，我们的确是准备去找蜡烛的，但后来遇见了不干净的东西……"

说到这儿，唐友春神秘兮兮地看着宁秋水三人："你们要不要猜猜，我们昨晚遭遇了什么？"

见他这副卖关子的模样，文雪攥紧了自己的筷子对着他："你最好赶紧说，不然我把这双筷子插进你鼻孔里！我生平最恨那些动不动就让我猜的人了！"

唐友春见文雪发火，干咳了一声："别急，别急。我们昨晚找蜡烛，慢慢摸索去到了六楼，忽然听到有人在走廊上一直来回踱步。起初我们还以为是钱可儿她们也偷偷地溜出来找蜡烛了，顺带说一句，昨天你走后，她们也决定回去睡觉，我们就分道扬镳了。

"结果当我们小心摸过去后才发现，发出那脚步声的竟然是一双红色的高跟鞋！根本就没有人穿着它，它却一直在走廊上的黑暗里走着，漫无目的，又好像是在找什么东西，走着走着，它似乎发现了我们，突然便朝着我们的房间走了过来……"

唐友春绘声绘色，眉毛高高地扬起，表情骇人。

"后来呢？"文雪听得最认真，追问道。

唐友春想起昨晚发生的事，脸上的肉轻微地抽搐着："我们把门锁上，躲在门里面，当时房间里没有开灯，到处都是一片漆黑，那双高跟鞋就在门外走着，始终不肯离开……一开始它还没打算进来，可是到了后面，它开始踢门了！

"话说，昨晚你们完全没有听到任何声音吗？"

唐友春说着，看向了文雪，眼睛里隐约能看到些血丝。

"它昨晚踢门的声音真的很大，当时我跟岳松两个人手里都拿着诡器，一直死死地堵在门后。那双高跟鞋在门外疯狂地踢门，力度越来越大，到后面我们甚至都感觉门快要撑不住了。

"不过，就在我们准备开门殊死一搏的时候，它却忽然停止了，慢慢朝着楼梯口走去，最后消失了，当时好像是刚过凌晨四点……"

唐友春话音落下，宁秋水却眸光微动，那个时间点不正是隔壁摩擦声消失的时间吗？

"不过我们也没敢出去，就那样一直等到天明，才从房间里面出来，当时还想着回去稍微睡一下，谁知道刚一开门就看见……"

他们也很诧异，显然，昨晚遇见危险的不止他们两人。

听完他们二人的描述，宁秋水说道："吃完饭我们去三楼看看吧，白天大厦里应该没有那么危险。"

岳松闻言，展颜一笑："好。"

一旁的唐友春又提起刚才宁秋水他们去找寻声音源头的事："你们有发现什

么吗？"

提问的时候，他的眼神一直都在宁秋水的身上，没有移开过。

宁秋水不动声色地继续吃饭："在一个丁字走廊尽头的右侧回廊墙壁上有一些手指抓出来的红痕，很新鲜，能闻到味道。"

唐友春闻言一怔。

宁秋水补充："我没有看见人。回廊的更深处还有一条走廊，但那里没什么光，我觉得太危险，所以没有去。"

唐友春点头："人的第六感的确非常重要，换作是我，我也不会去。"

众人没有再说话，但宁秋水的表情始终带着一抹迷茫，似乎他有什么没有解开的疑惑。

吃完饭，众人约定了下午干活的时间，然后钱可儿便带着谭池香去休息了。

"真奇怪……"白潇潇靠着一张桌角，望着二女离开的背影，语气幽幽。

"她们好像对于大厦完全没有任何探索欲望，你们不觉得吗？"

唐友春这时候也跟着点头："是很怪，按理说白天正是我们探索大厦、寻找生路的时候，昨天晚上的事已经证明了这大厦内有不止一只诡物，如果没有摸清楚和它们相关的事情，坚持到第五天的可能非常渺茫。

"钱可儿之前的表现虽然不招人喜欢，但也证明了她确实是一个有想法的聪明女人。她不该这么被动。"

众人不理解，但也没有在这件事情上浪费时间，毕竟钱可儿不说，他们也拿她没办法。

"各位稍等一下，我想回去上个厕所，不用太久，最多十分钟。"这时，岳松忽然想要解决内急，对着众人歉意一笑，转身朝着食堂入口跑去。

"喂，唐友春，你不去陪他？"

文雪开口，唐友春的眼中闪过了一抹异色，随后摆手笑道："不用了，白天大厦应该比较安全。"

文雪怪怪地看了他一眼，白潇潇一直盯着岳松的背影，而后凑到了宁秋水的身旁，对着他耳语了什么，宁秋水闻言回神，抬头看了一眼岳松，而后点了点头。

几人等待了没一会儿，岳松又回来了，脸上还有些润，似乎是洗了一把脸。

"我好啦！"他笑了笑。

众人一同朝着三楼走去，上楼的时候，宁秋水看着身旁的白墙，先是微微皱了皱眉，然后还是伸出手，在墙上轻轻挠动了一下。

"咯吱！"听到这声儿，宁秋水忽地站在了原地。

其他人见宁秋水没走，立刻问道："怎么了？"

宁秋水没有回答他们，又伸出手，更加用力地在墙面上抠了起来，白色的粉末洒落。

"咯吱……"略显粗粝的声音传入了众人的耳畔，配合着宁秋水的动作，一时间竟有些莫名的诡异。

"喂，秋水……"白潇潇上前，一把拉住了他，脸色担忧。

宁秋水看向她，眼光一闪，随后笑道："我没事，走吧。"

二人对视了一眼，白潇潇松开了宁秋水的手臂，转身看着楼梯上形色各异的几人。几人心头或有疑问，但见宁秋水没有开口的意思，也就没打算继续问。

楼道上每过一段距离就会出现一盏白炽灯，由于走廊有窗户直通大厦外面，透光性不错，还算亮堂，所以几人也没有开灯。来到了 317 房间，几人一推门，门便开了，里面是一间办公室，摆放着文件和两台电脑。

乍一看，这房间没有什么特别。不过这是在诡门世界，众人不敢大意，他们确认房间里并没有古怪之后，才依次进入了房间内。

"这里怎么有两台电脑？"唐友春疑惑道。

几人在两台电脑周围查看了一下，发现有一台电脑插着电，另外一台电脑的线却被拔了，除此之外，两台电脑都没有任何损坏。

"奇怪，为什么会有一台电脑的线被拔掉了？"唐友春表情略显疑惑。

文雪双手抱胸，懒懒道："说明这台电脑不重要呗。那严经理也是抠抠搜搜的，电脑关机了，就算插上电又能浪费几个电费钱？"

岳松走到被拔掉线路的电脑面前，看着漆黑屏幕中的自己，一边摆弄着自己的头发，一边柔声道："那可不一定，说不定这台电脑里有重要的东西，严经理怕我们乱碰，所以才拔掉了上面的线。"

文雪看着岳松那臭美的模样，有些恶寒："喂，他一直这样吗？"

唐友春尴笑了两声，做了和事佬："我要是有他这颜值，我也臭美。

"好啦……这不重要，重要的是，接下来我们要打开这两台电脑吗？"

他将话题转移到了正事上，电脑属于贵重物品，但在修建还算精致的大厦里，电脑显然不值几个钱，真正值钱的无疑是电脑里的某些文件。

"打开电脑，那些重要文件或许对我们有用，但重要的文件一般都会被隐藏起来，而且是通过一些代码来隐藏，不会搞这个的，即便电脑打开了也看不见那些隐藏文件。而且，我现在已经开始怀疑这四件贵重物品很可能就是大厦里的狼。打开它们，或许有危险！"

如果这四件贵重物品真的是狼的话，那么他们在白天也可能会遭遇危险。

众人都是经历过不止一扇诡门的人了，他们心里比谁都清楚，虽然诡物更喜欢在黑夜里行动，但并不代表白天能够限制它们。唯一能够限制它们的，只有规则。

"诡门给予的提示之中，非常清楚地写明了修缮工作只有在白天的时候才能够进行，这意味着狼在白天的时候会比较萎靡。不管怎样，我们都要试试，这件事情白天不做，总不能够放到晚上去做。"

岳松轻轻撩起耳畔的长发，然后转身看向其他人，摊手道："各位，接下来咱们投个票吧，是先开这台电脑，还是去先开那一台没有被拔掉电线的电脑？"

四人面面相觑，然后做出了自己的抉择——文雪选择了那台可以直接打开的电脑，而宁秋水和白潇潇以及唐友春全都站在了这台被拔掉了电线的电脑处。

文雪见状，语气带着自嘲："没人信我呗？怎么，女人的直觉你们都不信？"

她说这话让白潇潇显得有些略微尴尬，不过白潇潇也没有说什么，只是轻轻干咳了一声："不管开哪台电脑都不可以掉以轻心，各位先把诡器拿出来吧，以防万一。至于电脑里面的隐藏文件，这个我可以帮忙，我对电脑还算比较熟悉。"

白潇潇话音落下，其他几人立刻把身上的诡器拿了出来，然后他们将这台被拔掉了线路的电脑装了回去，紧接着，摁下了机箱上的开机键。

随着机箱里的风扇开始转动起来，这台电脑被打开了。

电脑中的文件十分干净，干净到像是被格式化过一样。

白潇潇拿出键盘开始捣鼓，没过一会儿，她就搜出了一个被藏起来的音频文件。

"各位准备好，不知道点开之后会发生什么事……"

白潇潇提醒了众人一句，让他们集中精神，然后直接打开了这份音频文件。

"嗞嗞……"音频文件的开头是一串电流声，没过多久，电流声消失了，变成了脚步声。除了脚步声以外，似乎还能听见什么人在碎碎念，但并不清楚，不过随着录制音频的人不停走动，那个声音逐渐变得清晰了——

"经理，我想请个假去医院看看。"

"作品完成了？"

"还、还没有，但是快了。"

"哦，既然快了，那就做完再回去吧。"

"可是经理，我最近又看到了……"

"上次给你的药吃完了？"

"嗯……"

"你先工作吧，继续打磨，回头我会再帮你拿一批药，很快就送来。

"记住，顾客就是上帝！"

对话很快便结束了，紧接着又是一阵电流杂音。

没过多久，第二场对话出现了，只不过这一次，说话的人里出现了女人。

"经、经理……"

"让我看看，嘿，画得不错嘛！不愧是美院毕业的高才生啊。"

"谢、谢谢经理……请问经理，我可以为她加上一双红色的高跟鞋吗？"

"为什么？"

"我最近总做噩梦，梦到她来到我的宿舍门外一直敲门，问我有没有看到她的那双红色高跟鞋。经理，要不给她穿双鞋吧……"

"别，千万别！客户就喜欢这样的！有一种充满了自然的美感！你呀，就是最近工作压力太大了，老是想东想西。这样，你把这幅画最后再修一下，等完工，我马上就给你放假，让你好好待在宿舍里休息几天！另外，我正准备去给磨雕像头那家伙拿药，到时候也给你一些。"

"好……"

"记住啊，顾客就是上帝！"

这段对话要比上面的对话更长，对话间充斥着一种说不出的怪异。

对话结束之后，又是熟悉的电流声，像是在走某种流程，这段电流声比较长，结束之后又出现了最后一段对话。

"哎哎哎，这张喜床不用了，拆了换棺材吧！"

"啊？棺材？经理……这……"

"我刚接到电话，订床的顾客让临时改成棺材。"

"这、这是为什么，他不是要结婚了吗？"

"嘿嘿，那人已经病入膏肓了，他说他很喜欢现在这个妻子，想让她一直陪着自己……"

"啊？那他的妻子……"

"哎！记住，顾客才是上帝！"

"可是……"

"没什么可是，赶紧完工，客人还赶着用呢！"

"……"

奇怪的对话到这里就算结束了，可音频文件播放结束后，居然自己删除了。

紧接着，电脑屏幕闪过了一段奇怪的代码，屏幕变黑，上面跳转出两个字——快逃！

看着这两个字，在场的几人后背皆渗出了冷汗。虽然他们已经知道了这一点，可再一次被提醒的时候，还是有种说不出的感觉。

"等等……"文雪疑惑道，"大厦里不是有四件贵重物品吗？为什么只有三段对话呢？"

"其他三件贵重物品都对应着和严经理的谈话，可偏偏负责电脑的这个人却没有和严经理沟通……"

白潇潇走到了插座旁边，"啪"的一声将插座上面的线拔掉，电脑屏幕立刻陷入了漆黑。

"亡羊补牢嘛……有羊丢了啊。"她声音不大，却让文雪的身子猛地一震。

"羊丢了，你的意思是……"

白潇潇扔掉了手里的插线，站起身说道："上午的时候我们不是一起干了活吗？你真觉得那墙上的裂缝是车祸弄出来的吗？"

文雪呼吸变得急促了起来，白潇潇的话有一种让她醍醐灌顶的感觉。确实，昨天他们刚见到严经理的时候，唐友春问了严经理一个问题，那就是大厦的墙体究竟是怎么出问题的。当时严经理的回复是车祸，但根据他们的判断，这墙上的裂缝绝对不会是车祸造成的。

"我们刚来的时候，你难道没有注意吗？工字形的街道前后都有那么多车辆经过，川流不息，可偏偏我们所在的中间这条街一辆车都没有。其次，就算真的是由车祸造成的，也最多就是一个地方出问题，而不可能那么多地方都有裂缝。"

白潇潇起身，眼光烁动："那个严经理有大问题。"

众人回想起严经理之前嘴角那若有若无的笑意，莫名感觉到了一阵恶寒。

"你们看，这个房间的门锁被破坏了。"白潇潇指着门口的门，几人的注意力瞬间集中了过去。刚才他们轻轻推门，门便开了，但那个时候，他们的注意力全都集中在了电脑上面，几乎没有注意到这个。

"所以，之前在这个电脑位置工作过的人的确是逃走了？"

"这么讲的话，他留下的信息是真的，之前大厦就开始不对劲了，楼上的那三件贵重物品或许发生了一些不为人知的变化……"

文雪说着，看了一眼沉默不语的宁秋水："我们要上去看看吗？昨天唐友春说他们遇到了一双红色的高跟鞋，而那个画画的女人又说晚上时常梦到画上的人来找她要鞋子，也许，那双红色的高跟鞋就和那幅画有关。"

宁秋水点头："要上去看看。至少确定那三件贵重物品到底是什么情况。"

众人都一致认为要上楼去瞧瞧那三件贵重物品，走的时候，白潇潇回头看了一眼还在电脑屏幕前捋头发的岳松，喊了他一声："喂，岳松，你不去吗？"

岳松抬头看着四人，笑道："好。"

他朝着众人小跑而来，跟着他们一同去往了七楼设计部。

不过当他们来到七楼的时候，找了半天都没有找到所谓的设计部，最后还是在一个靠近厕所、非常不起眼的小房间那儿找到了。

这周围没有任何提示，只有门上的一角用红色的水笔写着"设计部，闲人勿进"七个字。不知道为什么，这简陋的外饰给人一种非常不安的感觉。

走在最前面的唐友春看了众人一眼，发现大家都目光灼灼地看着他，也只能硬着头皮将手放在了门把手上，然后缓缓打开了房门。

"吱呀……"这扇门似乎要比其他门更加厚重，随着难听的摩擦声响起，门随之打开。

这是一间画室，内部一片杂乱，各种调色盘、水笔、颜料扔了一地，甚至让人有种无从下脚的错觉。而在画室的靠窗位置，有一张还挂在画布上的风干羊皮，羊皮左侧大约三步的距离有一张废弃的铁床，像是用来睡觉的。

一切都显得如此正常，可羊皮上的画像，让众人有一种不寒而栗的感觉。

那是一个女人，画上将女人身上的肌肉纹理描绘得一清二楚，甚至清晰到一种不正常的地步，而这个女人的脚上，穿着一双极为艳丽的红色高跟鞋，整张画看上去奇怪到了极点。见到那双高跟鞋，唐友春忍不住后退了半步，双目圆瞪："这……这不是昨晚的……"

他吞了吞口水，似乎担心自己判断错误，还专门望向了岳松，却看见岳松脸上露出了一抹着迷的神情："就是昨晚的高跟鞋啊……真好看，对吗？"

站在他身边的文雪有些起鸡皮疙瘩，远离了他一些："岳松，你不会有什么奇怪的癖好吧？"

岳松回神，脸上浮现了一抹讪笑："抱歉，我一看见好看的东西，就是会这样……"

顿了顿，他又补充道："虽然它很危险。"

他话音落下，宁秋水已经来到了羊皮画旁边，目光在上面认真地一寸寸扫过，而后忽然说出了一句让众人头皮发麻的话："这不是普通的画，而是写生。"

"写生？"

"嗯，普通的美术生无论想象力再怎么丰富，技艺再怎么高超，有一点是没法改变的……那就是他们没法详细地画出压根儿就没有见过的东西。"

宁秋水盯着羊皮画卷的目光灼灼："这幅画上，女人的肌肉纹理完全真实。"

文雪见他这般笃定，嘴角抽了抽："真的假的？"

她来到了白潇潇的身边，用肩膀轻轻拱了拱白潇潇，压低声音问道："喂，白姐，他在外边是干啥的？"

白潇潇非常含蓄地回道："一名平平无奇的'医生'。"

文雪脸上恍然："原来是医生啊……难怪一副小白脸的模样，这样瘦弱的男人，打一拳估计要哭很久吧？"

白潇潇闻言咳嗽了一声："也许吧……"

唐友春的注意力都被宁秋水的话吸引了过去："你认真的宁秋水？"

"当然。"

"嘶……可哪儿来的人体写生啊？"

宁秋水没有搭理他，仔细地捏了捏羊皮，感受着上面的细腻和柔软，又走到了旁边的铁床处查看着，面色微微一变。他的脑海里，忽然想起了白潇潇之前告诉他的那件事——昨天他们刚进入大厦的时候，二楼曾经发生了一些响动，而他和白潇潇去到二楼的时候，看见地面上出现过脚印，只不过那脚印看上去像是有人在踮着脚走路。

"踮着脚，高跟鞋，难道当时在二楼的是……"

宁秋水的目光落在了铁床上，脑海中浮现出了一个女人在他们头顶二楼踮着脚走路的场景，手臂便浮现出了一片鸡皮疙瘩。

就在这时，一个非常细微的声音从门外的走廊传来。

"嗒、嗒、嗒……"声音虽然不大，但房间内的所有人都听见了。

唐友春第一个冲到门边，小心地打开一条门缝，朝着外面走廊看去，结果刚看一眼，便吓得后退了两步："诡器，快，诡器拿出来！"

唐友春提醒着在场的人，见他一副如临大敌的模样，房间里的气氛瞬间绷紧。

"门外是什么？诡物吗？"

众人全都将诡器紧紧拿捏在手，死死地盯着门口。

"外面的走廊那头……是一个女人！"唐友春的声音颤抖，他已经见过好多次诡物了，可每一次见到，还是会觉得紧张，觉得恐惧。

"嗒、嗒……"随着那脚步声越来越近，几乎是踩在了众人的心上，让他们喘不过气。他们手里的诡器真的挡得住这扇诡门中的诡物吗？

就在他们忐忑的时候，那个女人已经出现在了门口。

"跑！"离她最近的唐友春也管不了那么多了，眼见着面前的女人盯上了自己，他直接第一时间甩出了手中的怀表，女人被怀表击中之后，身体先是一顿，随后缓缓后退，回到了几秒前的位置。

宁秋水等人见状，直接跟在唐友春的身后一路朝着楼下冲去！

既然唐友春已经使用了诡器，那他们就可以省下一次宝贵机会，众人一路狂奔，头也不回，即便已经跑出了几十米开外，也能感受到身后那瘆人的目光。

可惜，他们没有回头，所以并没有看见女人脸上露出的笑容……

一路跑下楼，到了休息厅，众人气喘吁吁，面色苍白。

稍微调整了一下自己的呼吸，文雪扫了一眼众人，开口道："我要去上个厕所。"

她说完，也没有理会众人，自顾自地朝着公共厕所的方向去了。

这里距离他们宿舍的确有些远。

没过多久，休息厅的另一个入口传来了谭池香戏谑的声音："哟，你们倒是有闲情逸致，都进入诡门了，还有心情锻炼身体，果然，心态好就是不一样。"

众人哪里听不出她言语之中的阴阳怪气，但压根儿就没人搭理她。

眼见自己被无视，谭池香的脸上浮现出一抹愠怒，但很快就被另一个声音打断了："你们在上面撞到诡物了？"

说话的是才睡醒的钱可儿，她手中拿着梳子，还在梳理着自己杂乱的头发。

唐友春看钱可儿那副"看热闹不嫌事大"的模样，冷笑道："没撞到诡物，锻炼身体呢。"

他一副摆明了"我就是不想跟你交流信息"的模样，钱可儿倒也没有动怒，只是嗤笑了一声，便没再说话。没过一会儿，文雪也回来了，她甩了甩手上的水，脸色没有先前那么差了。

"好了，人到齐了，咱们继续去干活吧。任务给的时限是五天，我们人少了，剩下的人就多做一些，赶赶工，争取三天内搞完……"

钱可儿说着，兀自拿起了砖头，糊上水泥，朝着一个方向走去。

众人都有些沉默，其间，宁秋水的目光偶尔会扫过岳松，有时候，他发现唐友春也在看岳松，目光中似乎带着一抹忌惮，二人视线交汇的那一刻，唐友春一边将手伸到后背抓痒，一边露出了一个尴笑。

下午干活的时间很快过去，眼见外面天光渐暗，众人拖着臭汗淋漓的疲惫躯体去到了食堂。食堂灯光明亮，食物的香味早已经弥漫在整个大厅之中。众人干了一下午的体力活，早就饿了，这次，他们没有分成三个小团体，而是打了饭坐在一起猛吃。吃着吃着，岳松忽然用阴柔的声音问道："我们干了一下午活，也没有看见大厦里进来人，你们说这饭菜是谁做的呢？"

文雪嗤笑一声："吃都吃了，还管他谁做的？就算是诡物做的，你吃不吃吧？"

岳松闻言一怔，随后笑道："也是。"

他们每天都要干大量的体力活，总不能不吃不喝硬扛五天，如果这扇诡门真要在饭菜里动手脚，那他们只能等着被淘汰。但诡门通常不会弄出这种无聊的事，正如同当初他们了解到的那样，诡门存在的意义是筛选。

吃完晚饭，众人便各自回到了自己的宿舍休息。

由于之前101出了事，唐友春和岳松也不想住了，于是将卧室调到了104。

回到卧室后，文雪便进厕所洗澡去了，由于厕所够大，也有专门存放衣物的小区域，所以宁秋水也不必避嫌。

文雪进入厕所洗澡之后，白潇潇拿出一张纸擦了擦脖子上的汗水，给宁秋水也扯了几张，轻声问道："秋水，有看出什么吗？"

白天时，岳松吃完饭要去厕所，那时候她发现了一个比较奇怪的细节，和宁秋水讲了，后者便也留了个心眼子。

宁秋水接过白潇潇递来的纸，回道："确实有问题。"

"人不会莫名其妙长高的，岳松比之前高了一截，走路姿势也不大对劲，说话、神态、行为都开始逐渐偏女性……我总觉得，他走路踮着脚，可他穿的板鞋，踮着脚一眼就看出来了。下午砌墙的时候，我发现唐友春也一直在关注岳松，表情有些忌惮，或许他也发现了问题……"

白潇潇眼神轻动，又问道："你下午抠墙是怎么回事？"

提到了用指甲抠墙，宁秋水呼出一口气，表情发生了微妙的变化。

"潇潇，你还记得，我之前在丁字走廊尽头的右侧回廊抠墙的事吗？"

"嗯。"白潇潇点头。

宁秋水的神色严肃："我当时就觉得那个声音很怪，不像是抠墙发出的声音，可我抠那面墙时却又确实发出了这种声音。后来我还是觉得不对，于是试了试外面的墙，外面的墙壁虽然是同样的涂层，可被抠动时却发出了完全不同的声音。"

白潇潇还是有点没听明白，看着她脸上的疑惑，宁秋水来到了房间的衣柜旁，伸出手，在木制的衣柜上抓挠了起来。

"咯吱……"听着这个声音，白潇潇的瞳孔骤然缩紧。

白潇潇还记得，当时宁秋水在丁字走廊尽头的右侧回廊中抠墙壁时发出的那种声音。正常涂刷过的墙壁，用指甲去抠发出的声音是偏暗沉的，只有在抠动木板材质的时候，才会发出这么尖锐的声音。

"想想之前丁字走廊尽头的光线消失的时候，像不像是门被关上，或者说是……棺材盖被关上？"

白潇潇喃喃道："所以，当时那条回廊其实是棺材？"

宁秋水点头："我猜是这样的，那条走廊可能是十二楼的红木棺材用来淘汰诡客的手段。它没法直接行动，于是采用了守株待兔的方式，昨天下午神秘失踪的那对小情侣也许就是误打误撞进入了类似的区域才出了事，被关进了十二楼的红木棺材内。

"而且你仔细观察一下，会发现一些走廊上虽然光线阴暗，但是没有装任何灯光设施，这在这座大厦里面显得非常怪异。外面采光更好的走廊都有灯，而里面采光差的走廊却反而没有装灯，装修大厦的人总不可能脑子有问题。"

宁秋水的猜测虽然有些天马行空，但细想起来似乎又不无道理。

白潇潇一想到昨天宁秋水差点被关进阴影中，一时间额头竟冒出些许冷汗。

倘若当时他们没有发现光影的异常，后果会如何？

那对极有可能被关进了红木棺材里的小情侣，现在怎样了？

这些杂乱的念头在白潇潇的脑海中掠过，突然，门口传来了急切的敲门声。

"有人吗？麻烦开一下门，我是唐友春！"

唐友春的声音带着一抹急切，白潇潇和宁秋水对视了一眼，轻轻将门打开了一条缝。

"怎么了？"她带着十分的警惕，看着外面的唐友春，后者偏过头，朝着走廊的另一头看了看，才一边推门，一边对着白潇潇道："烦请放我进门好吗？岳松刚才去洗澡了，我的时间不多！"

白潇潇手上拿着诡器，将他放了进来。

唐友春进来之后，缓缓将房门关好，才面带苦笑地对着二人说道："实在抱歉二位！我今夜可以搬过来和你们住吗？"

宁秋水坐在了床上，问道："为什么？"

唐友春叹了口气："岳松那样子你们又不是没有看见……说实话，我今天观察他好久了，一副奇怪的模样，今夜我要是跟他住，只怕凶多吉少啊！"

站在宁秋水身旁的白潇潇眼光闪烁："这层楼可住宿的房间很多，你觉得岳松不安全，完全可以自己找一个安全的房间住。"

唐友春听出了其中的拒绝之意，面色渐渐变得难看："诡门背后落单有多危险你们也不是不知道，我今夜如果自己……"

宁秋水用手指了指隔壁："我们这里住的人已经够多了，如果你想换房间，或许应该问问她们。"

唐友春情绪变得有些激动："她们是什么样的人，你们第一天难道还没有看出来吗？别说让她们收留我一晚，恐怕我连她们的门都敲不开！如果大家一开始就听我的，团结一点，说不定今天就已经快把事情弄完了！可那个钱可儿非要显得自己多厉害一样，现在好了，大家各自为政，有什么好处？"

他说着说着，愈发暴躁起来，在身上一直挠着。

宁秋水笑着说道："是的，现在大家就是各自为政，既然你已经清楚这一点，就不应该来找我们。"

唐友春一怔，他还想要说什么，但宁秋水又说道："你要知道，我们不是合作伙伴，我们从一开始就是交易。你告诉我们昨晚你们经历了什么，我们陪你们一起去看上面的贵重物品。现在，我们的交易已经结束了。"

他起身，打开了房间的门，对着唐友春下了逐客令："唐先生，现在请您从哪儿来回哪儿去。当然，我推荐您选择一间其他的宿舍，至少不要跟岳松住在一起，反正你们本来也就不是住同一间宿舍的。"

唐友春看着宁秋水和白潇潇脸上的冷漠，知道自己今夜是没有办法在这个房间内留宿了。他看向二人的眼神带着愤怒和怨毒，嗫嚅了几下自己的嘴唇，最终还是选择了离开。

"砰！"门被大力关上，宣泄着唐友春的不满。

唐友春离开之后，白潇潇才说道："这家伙敢一个人进来，就应该有点本事才对，今夜的表现未免也太狼狈了些。"

宁秋水摇头："有没有准备，人在诡物面前都不够看。"

顿了顿，宁秋水的语气变得微妙："而且，他们昨夜应该是遇见什么事了，一些没有解决的事。"

白潇潇眼眸一抬："关于昨夜的事，他们说谎了？"

宁秋水摸了根烟，走到了窗口处点燃。

"从岳松的表现来看是这样，关于昨夜的事，他们绝对隐瞒了什么……而且，我现在也开始觉得唐友春变得不对劲了。"

二人沉默了一阵子，他抽完了烟，文雪冲水的声音也结束了，她快速擦干身体，穿好衣服，打开了厕所的门，对着白潇潇说道："白姐，我洗完了，你来吧。"

白潇潇点头，而后目光微移，对着宁秋水挑了挑眉毛。

宁秋水笑了笑，微微摇头，用下巴对着文雪点了下。

白潇潇翻了个白眼，一个人从衣柜里拿了些换洗的衣物，去厕所里洗漱了。

入夜，三人躺在各自的床上，闭目休息。

不过文雪和白潇潇都没有睡着，反倒是宁秋水躺上床不久后便传出了均匀的呼吸声。文雪起身看了一眼宁秋水，黑暗中，她也看不清晰，尝试叫了两声，可宁秋水压根儿没理她。

"睡得真死啊……"她嘀咕了一句。

其实她也很困，白天干了体力活，精神又一直处于高压的状态，一旦入夜，很难不倒头就睡，她尽力撑了一会儿，最终还是迷迷糊糊地睡着了……

106 房间。

被窝里唐友春翻来覆去地睡不着觉，他一边翻身，一边时不时地把手伸到后背，用力抓挠着。他总觉得自己的背上很痒，但去抓的时候，却又没法确切找到痒的位置。到后来，他已经不只是后背痒了，感觉全身上下哪儿都痒。

这种剧烈的体感，驱散了唐友春的困意，越睡不着他就越烦，越烦他就越睡不着。到最后，唐友春不得不坐起了身子，在黑暗中点了根烟。

宿舍里东西准备得非常齐全，烟酒皆有，唐友春抽了根烟，内心的不安和烦躁似乎平复了一些，他蹑手蹑脚地来到了门口，将耳朵贴到了门缝上，认真聆听着门外的动静。

今夜他离开 104 房间的时候，并没有跟岳松说，那个时候岳松还在洗澡。

当唐友春从宁秋水他们房间离开之后，直接就来到了 106 号房，然后将房门死死地反锁住。按理说发现他不见了，岳松应该和其他人问问才对，但岳松始终没有离开过 104 号房。

那种感觉就像是……岳松早就知道他准备逃走了。

思绪因为紧张和恐惧变得杂乱，唐友春点燃了第二支烟，脑海中忽然浮现出今晚岳松回到宿舍时，第一件事竟是对着镜子涂口红。那一幕让唐友春有种不寒而栗的感觉，他总觉得岳松变成了一个他完全不认识的女人。

虽然刚进诡门的时候，岳松气质温文尔雅，但绝对不至于这样，一切都是因为昨晚的事！而岳松进入厕所洗澡前，还对他露出了一个唇红齿白的微笑。也正是因为那个微笑，让唐友春坚定了今夜绝对不能够和岳松住同一间宿舍的决心！

"呼……"黑暗里，唐友春长长地吐出了一口烟。

阴暗的光线给了他一种古怪的错觉，那就是好像自己又回到了昨天晚上，回到了他和岳松被困在那个房间里的时候……一想到昨晚发生过的事，唐友春便忍不住哆嗦了起来，甚至连香烟都没有办法帮他稳定住情绪了。

他很后悔，后悔昨天晚上为什么要跟岳松出去寻找蜡烛。

如果不是昨晚自作主张的决定，他也不会陷入现在的境地。

黑暗里，他开始自言自语，似乎在回应先前宁秋水的话："我也不想跟他住在一起，我也不想的……可是我……"

唐友春自言自语着，语气变得越来越怪，越来越恐惧。

黑暗里，他手上的香烟似乎是唯一的光明，此时此刻的唐友春无比希冀着光明，可他根本不敢开灯，他害怕自己只要开灯，岳松就会找到自己。

然而，恐怖的事情还是发生了，熟悉的高跟鞋的声音出现了。

不过并不是在外面的走廊，而是在……他的上方！

手中尚且夹着香烟的唐友春，身体在这一瞬间变得极度僵硬。

上方的人说："你为什么要躲着我？我们难道不是一起的吗？！"

唐友春发出了一声叫喊，被恐惧彻底摧毁的他，甚至忘了自己还有一次使用诡器的机会，就直接慌张地朝着门口冲去！

"昨夜你亲眼看着我穿上了那双高跟鞋，你忘了吗？！"

被反锁的房门，早就已经打不开了，唐友春不停地拉门："救命！救命！"

高跟鞋的声音从身后响起，不断地向他接近。黑暗中，他听见身后的人说："你好美呀……让我把你画下来吧……客户一定会喜欢你的……"

千钧一发之际，唐友春摸到自己腰间的一样东西，而后猛地甩向了黑暗中的岳松！被怀表击中的岳松居然发出了一声尖叫！

趁此机会，唐友春一把拉开房门，朝着漆黑的走廊逃去！

他来到 103 房，猛地敲打着房门，大声求救："救命！救命！"

他在 103 房敲了一会儿，可根本没有人回应，唐友春内心绝望，又急忙来到了 102 号房，一边撞门，一边对着里面叫道："宁秋水，秋水小哥，求你了，快开门啊！"

可无论他怎么撞门，102 房就跟 103 房一样无人回应，仿佛里面根本就没有人居住一样。清脆的高跟鞋声传到了走廊上，他知道自己没法再耽搁下去了，转身便跑！可无论他跑得多快，身后的高跟鞋声就是离他越来越近，越来越近！

最终，唐友春在脑子一片空白的情况下跑到了大门口。

外面一片漆黑，大厅被苍白的灯光照亮，玻璃成了反光镜，唐友春站在那里，望着玻璃那头的自己，猛地愣住了。

他望着镜中的自己，脸上忽然露出了一个似哭似笑的表情。

"难怪我一直挠不到身上的痒，原来……我已经不是我了。"

103 号房间。

方才外面的剧烈敲门声和惨叫求救声，惊醒了睡梦中的谭池香和钱可儿。

其实在这样的环境里面，她们也不可能睡得太死，刚才在唐友春撞门的时候，她们其实都醒了，但谁都没有发声，不只是不敢，而且还不想。

二人在第一天的时候就觉得唐友春是一个非常奸诈的老狐狸，真要是让这家伙掌握了过多的信息，指不定还是个祸害。此刻，等到外面终于平静下来之后，谭池香才在黑暗中小声说道："他怎么样了？"

旁边床铺的钱可儿回道："大概率是出局了。

"这大厦诡异得要死，第一天下午的时候我们才上去了几分钟，下面两个人就消失了。而昨夜，万守泉又被诡物将头摁在墙壁上摩擦。光是这两点便基本可以断定，大厦内的诡物不止一只。"

谭池香听着钱可儿的话，将脚缩回了被子里。

"而且，通过提示不难看出，对于诡物来说，我们就是羊，它们每淘汰掉一个人，就会变得更强、更聪明……但怎么才能表现出来呢？我想，很可能是束缚在它们身上的规则会变少……"

听到这里，谭池香忍不住了，惊呼道："那、那我们刚才是不是应该放他进来？"

钱可儿摇头："不能放。你忘了文雪之前在厕所里告诉我们的事情了？如果她没有撒谎，那唐友春肯定已经不对劲了，只是他自己还没有意识到，我虽然也不完全信任她，不过我不想去赌。

"如果唐友春没问题，那他们刚才肯定会开门，毕竟一屋子那么多人，诡物在规则限制和那么多诡器的阻挠下，没那么容易动手，然而刚才他们也没有开门，这也侧面印证了唐友春是真的有问题。"

说到这里，钱可儿的语气变得严肃了许多："这也是这扇诡门最可怕的地方……有些诡物对我们出手，却不是奔着直接伤害我们来的，这就导致我们身上的诡器没办法自动触发，而等我们自己反应过来的时候，已经来不及了。"

在诡门中，每只诡物的攻击方式不尽相同，而诡器自动触发存在很多不明确的限制，一般来讲，只要短时间内诡物的攻击不会对人的生命造成太大威胁，诡器都不会自主触发。

钱可儿的话让原本就已经很害怕的谭池香更加恐惧了，她缩在被子里发抖："可儿，你会保护我的吧？"

钱可儿直视她的眼睛，声音变得柔和而坚定："当然，池香，我们约定过的。"

谭池香将被子拉到了下巴下面，露出了一个甜甜的笑容："好！"

102 号房间。

文雪躺在上铺，叹了口气："又出局一个，可能还不止一个，这么搞，今晚怎么睡得着！"

睡在她下铺的白潇潇忽然说道："照目前的减员速度，我们根本撑不到羊圈修补完成，更撑不到第五天……诡物作为狼，吃了羊，只会变得更强，更难处理。

可一个羊圈里，为什么会有这么多狼？我总觉得，这扇诡门中我们忽略了什么重要的东西。"

文雪叹道："不管忽略了什么，总要先撑过今夜，已经有狼吃了羊，我只希望今夜不要再出岔子了。"

白潇潇的目光落在宁秋水那边，道："没那么简单，你忘记了昨晚发生的事？还有一只喜欢在夜晚捕猎的狼没动呢。"

文雪闻言，虽然表面没有表现出什么，可眼神已经不自觉地看向了自己身边的墙壁。但很快，她又将眼神转向了宁秋水："喂，宁秋水！"

她稍微压低了一下自己的声音，似乎是不想让自己的声音传到门外面去，但在室内已经足够清晰，不过宁秋水依然没有给予她任何回应。

"这家伙不是吧，真的跟猪一样能睡啊！唐友春刚才在外边儿叫那么大声，他都没醒？"

文雪人傻了，白潇潇则是觉得不对劲，她撩开被子，起身来到宁秋水的身旁检查了一下，确认没有问题之后，这才稍微松了口气。

看着熟睡的宁秋水，白潇潇眨了眨眼睛，忽然恶向胆边生，轻掀被子，直接钻了进去。文雪惊了："白潇潇，你干啥？"

白潇潇一本正经："睡觉。"

文雪："不是，你为什么去他床上了？"

白潇潇："这里暖和。"

文雪喉咙动了动，莫名觉得有些抓狂："不是……暖和你也不能随便往别人床上钻啊！

"要不，你来我这儿，我这儿也挺暖和？"

白潇潇翻了个身："晚安。"

文雪盯着睡在宁秋水床上的白潇潇，一时间有些凌乱。

她叹了口气，也闭上了眼睛，虽然睡不着，但能多休息一会儿总归还是有用的。

不知道过了多久，迷迷糊糊之中，她又听到了摩擦声。

这声音要比昨天的声音更小，但更加尖锐，有了昨晚的事，文雪瞬间便惊醒了！她身上的鸡皮疙瘩落了一床，不过文雪的心理素质也算过硬，她很快便压下了自己内心的恐惧和慌乱，仔细聆听着声音发出的方向。

那声音来自他们隔壁的 103 房，而且……就在靠她墙的这边！

本来以为今夜能平安度过的文雪，听到了这个声音后，睡意立刻便消失了。

昨天是 101 房，今天是 103 房。似乎昨天淘汰万守泉的那只诡物，是根据房间人数多少来决定自己的猎杀目标。

此时，坐在自己床上的文雪先是朝宁秋水那边看了一眼，确认二人并没有注意到这个声音后，她开始犹豫自己要不要把这两个人叫醒。如果放在第一夜，她大概率不会去搭理这个声音，但现在不一样，人已经不多了，如果再任凭狼这么无休止地攻击下去，他们三人的处境将会非常危险！

再者，因为一些诡门之外的特殊规则，她也不确定自己是否要让隔壁两个女人这样出局。纠结了一小会儿后，文雪深吸一口气，轻轻敲了敲自己这边的墙壁。

由于墙壁是实心的，她的力气也不大，所以这个声音只停留在表面。

隔壁的摩擦声并没有因为她的敲击而停下，文雪见状，又多用了几分力气。

这一次的敲击声大了许多，隔壁那诡异的摩擦声也因此停下了。

听到动静消失，文雪心头微微一喜。

有用！然而，还没有等她高兴多久，那个摩擦声又一次响起了……

这一次，摩擦声又比之前大了许多，似乎是被文雪打扰而感到了恼怒。

文雪的心跳随着变得急促粗粝的摩擦声快了起来，她抬起手，想要继续敲打墙壁，然而这一次，当她的手刚刚触碰到墙壁的瞬间，一股浸入骨髓的寒冷传来，仅仅是刹那的接触，文雪却感觉到自己的身体被冻住了！这一刻，文雪确定了那只诡物，此时和她只有一墙之隔！

她第一时间拿出了身上的诡器，并且攥起了拳头，依然准备砸墙。

被诡物盯上固然可怕，但如果就这样放任它，那隔壁两个女人的下场就是他们的前车之鉴！文雪自问不是一个善良的人，但已经走到了这个地方，她这一拳必须打出去！为了她自己。

"咚！"这一拳的声音不小，惊醒了隔壁陷入沉睡的钱可儿。

她的眼睛先是模糊了一下，然后便看向了谭池香的方向，这一眼，让她瞬间精神了。

"池香！"钱可儿惊呼一声，几乎是直接从床上翻身而起，开灯后来到了谭池香的床前，拉住她的被子猛地一掀！

她瞪大眼睛，看着谭池香正抱着一颗人头大小的金色雕像头，不停地用自己的脸去蹭着雕像头背后粗粝的区域。

这颗雕像头的前半部分做得非常精致，和后脑区域形成了鲜明的对比。

看着钱可儿，谭池香停下了动作，露出了一个笑容："它是石头……我就快做出来了，就快了！"

钱可儿吓坏了，她用力去拉谭池香，想要让她停下，然而根本无济于事，此刻的谭池香力气大得惊人！钱可儿想起自己的诡器，立刻从身上掏出了一个打火机，然后狠狠地砸在了雕像头上。

打火机发出了幽绿色的火焰，点燃了雕像头。雕像头忽然震动，居然从谭池香的怀里飞了出去，然后一路滚向了门口，最终没入墙边，消失不见了……

钱可儿没工夫理会，急忙来到谭池香的身边，抱起她，一边啜泣着，一边拍打着谭池香的脸。

"池香……池香……"

随着她的呼唤，谭池香缓缓睁开了眼睛，她先是"哎哟"了几声，随后叫了起来："我，我的鼻子，还有我的嘴……可儿，我好疼，好疼啊……"

谭池香感受着面部传来的剧痛，当场白眼一翻，便彻底昏厥了过去……

第三日清晨。

文雪醒来的时候，宁秋水和白潇潇已经洗漱完毕，她迷迷糊糊地坐起来，揉了揉自己的头，过了好一会儿，才回过神："喂，你们怎么起这么早？"

宁秋水："睡够了，当然就起来了。"

文雪看着宁秋水神采奕奕的模样，忍不住骂道："真不知道你是怎么活到现在的，晚上睡觉睡得跟猪一样！但凡昨天晚上那只诡物来找咱们，你都已经被淘汰了！"

宁秋水淡淡道："昨天晚上诡物没来找咱们，不过你那么搞它，估计今天晚上应该要来了。"

文雪闻言一怔，随后瞪眼道："不……你昨晚没睡着啊？"

宁秋水说："不是非要睡着才能恢复精神，如果你会冥想，在不睡着的情况下，一样可以恢复自己的精力，虽然恢复的速度比睡觉慢不少就是了。赶快洗漱吧，一会儿去吃个早饭，然后清点一下人数。昨晚发生了那么多事情，剩下的人估计不多了。"

离开房间之后，宁秋水他们先是来到了 104 房房间敲了敲。

里面无人回应。见状，宁秋水直接推开了门。

房内景象十分整洁，文雪跟在白潇潇的后面进屋，警惕地看着周围，嘴上说道："昨天你们既然没有睡着，为什么在听到隔壁的摩擦声响起的时候不吭声？"

宁秋水扫视着房间，回道："吭声，怎么吭声？跟你一起捶墙还是哇哇大叫？"

文雪道："至少帮我想个没那么蠢的办法，三个人总比一个人厉害。现在我们就剩下五个人了，虽然我也很不喜欢那两个女生，但唇亡齿寒，她们折得太快，连为我们分担火力的冤种都没有了。"

宁秋水道："没什么好的办法了，待在房间里绝对要比在外面安全得多，两个人在一个房间里按道理没那么容易出事，可是昨夜她们还是被诡物攻击了，这种情况下，我们能做的事本来就不多，你能通过那样的方式阻止诡物，只能算她们命大。"

对于文雪昨夜的冒失行为，宁秋水没有去指责。

在那样的情况下，文雪管或者不管，都没有对错可言。管了，今夜他们很可能会被诡物盯上；不管，他们三个人就会陷入极度被动的境地。

勘察了一下房间，宁秋水在浴室找到了许多女性常用的沐浴用品。白潇潇拨弄了一下桌面上的化妆品，想起了岳松化妆的模样，便忍不住起了一身的鸡皮疙瘩。

"那两个家伙昨天果然对我们隐瞒了什么……"

小心地从房间里退出来，文雪去103、105、106都挨个敲了敲，但只有103有回应，而且是钱可儿非常冷淡的一个"滚"字。

见状，文雪有些尴尬地看着身旁的二人说道："我们要不还是先去吃饭吧？"

宁秋水对着她竖起了食指，然后来到门口，隔着缝隙屏息聆听着里面的声音。

谭池香在哭，声音很沉闷，估计现在是捂在了被窝里。

宁秋水听完，和她们去食堂了。

"喂，宁秋水，里头啥情况？"文雪好奇。

宁秋水说道："谭池香在哭。"

文雪闻言一怔，随后表情古怪："你确定没有听错？都进第六扇诡门的人了，居然还会被诡物吓哭？"

白潇潇道："这扇诡门未必是属于谭池香的诡门，而且从她们二人之前的表现来看，钱可儿似乎带谭池香过了不少门，而且是纯带，这就导致谭池香在诡门中的历练严重不足，面对危机时的反应和处理都不够格。只是，在这扇诡门中遇见她们，不知道是她们运气不好还是我们运气不好……"

三人在食堂里打了饭菜，然后随便挑了个座位坐下。

如果说，前两天这里还仅仅是空旷，那现在就有些阴森了。

明亮偌大的食堂里，只有他们三个人在吃着早饭。

气氛沉闷，过了大约十分钟，两个瘦弱的身影出现在食堂的入口，三人望去的时候，看见钱可儿扶着谭池香缓缓朝着这头走来，后者脸上蒙着一层白色的布，只露出了一双眼睛。

钱可儿搀扶谭池香来到了一处座位坐下，轻声嘱咐了她几句，然后去窗口拿了些简单的食物。三人打量着谭池香，发现她萎靡不振，眼眶一片红。

他们都是人精，谭池香现在什么情况，他们几乎已经猜到了七七八八。

钱可儿拿着食物来到了谭池香的身旁，发现不远处的三人正在偷窥这里，眉毛一竖，骂道："看什么！自己没吃的？"

她此时的心情已经糟糕到了极点，早就没有了之前那副悠然自得的模样。

文雪也是丝毫不客气，回敬道："我们只是看两眼就把你急成这样，昨夜诡物……"

钱可儿目光森冷，直勾勾地看着文雪，半天才从牙缝之中挤出了三个字："你想死？"

文雪脸色也冷了下来："说话放客气点，要不是老娘昨晚冒着生命危险砸墙，你以为她还能活下来？"

提及昨晚的事，谭池香似乎受到了刺激，剧烈地颤抖着，看她反应这么大，钱可儿急忙抱着她，一边哄着，一边狠狠瞪着文雪："回头再跟你算账！"

她也不吃饭了，抱着谭池香朝食堂的出口走去。

望着她的背影，文雪似乎觉得还不过瘾，模仿着谭池香的语气说道："别想偷懒啊！大家一会儿可都要糊墙呢，不积极寻找生路就算了，不能连任务都不做了。"

钱可儿没有说话，最终还是压下了内心的愤怒，选择了离开。

她们走后，文雪丢下了手里没吃完的包子。

"本来人就少，现在一下少了四个，这么搞，今天肯定做不完任务了。"

文雪的脸色不大好看，揉了揉自己的眉心，而后又看向了宁、白二人："你们咋不说话？"

白潇潇稍微回神，说道："我还是觉得不对，羊圈里关着的应该是羊啊，为什么会有这么多的狼出现？"

她抬手，指向了大厦大门口的方向："你们还记不记得，我们进来的时候，严经理还专门带走了大厦的大门钥匙？现在可以确定大厦就是羊圈，咱们如果把羊圈修好了，那里面的狼岂不是瓮中捉鳖？"

她的话让文雪一怔："对，我修补的时候，还专门用力推了推墙壁，一旦水泥糊在了砖块上，就会立刻粘在墙壁上，变得坚不可摧……这要是羊圈修好了，诡舍来接我们的大巴车在大厦外面，我们岂不是全都只能干瞪眼等死？"

宁秋水喝干了豆浆，摇了摇杯子，道："只要糊最后一条裂缝的时候，我们站在墙外面就可以了。我昨天估算了一下，就算没有钱可儿她们，我们糊墙最迟明天也能结束，不需要等到第五天，任务给出的时限非常宽松。待会儿吃完，咱们先去大厦里转转吧，我还有些事情没有想通。"

听宁秋水这么说，旁边的二人也没有拒绝。他们已经不是第一次合作了，虽然

343

在上一次的诡门中，文雪和他们是以对手的形式出现的，彼此之间，也算有些了解。

吃过早饭之后，他们立刻朝着大厦的门口走去。

来到那扇巨大的玻璃门前，三人一眼便看见了跪在地上的唐友春。

他面朝着大门，双腿下跪，屁股坐在后脚跟上。

看见他这样一动不动，三人心中不免有些发怵。

"喂，唐友春！"文雪对着面前的唐友春叫道，然而唐友春没有给予任何回应，其实，他们三人的心里也明白，今早唐友春既没有出现在宿舍，也没有出现在食堂里，显而易见，他多半已经淘汰了。不过，即便这样，三人也不敢掉以轻心。

他们绕行到唐友春的正面，莫名倒吸了一口凉气！

跪在他们面前的仿佛是一个失去灵魂的躯壳……

宁秋水和白潇潇用眼神交流了一下，确认没有问题后，这才走上前去，将他的衣服剥了下来，发现他的后背和胸腹处有一截缺失。

"奇怪，为什么少了一截？"白潇潇喃喃自语，而后她的身体微微一震，"难道……"

她将目光移向了宁秋水，后者蹲在地上，一边检查着什么，一边回答道："没错，那幅所谓的画卷其实是用皮做的……"

把皮当画纸，再画下没有皮的样子。很难想象这个公司到底接待了些什么样的顾客。三人都不太能想象，到底是些怎样的变态才会去定制这样的东西……

"走吧，我们去九楼看看。"

听到他要去九楼，文雪有些犯怵："你去九楼干吗？找死啊！你忘了之前这两个人怎么死的了，他们就是因为遇到了那双红色的高跟鞋……"

宁秋水道："你们可以先留下来，去继续修补羊圈，我应该用不了多久就会回来。"

闻言，白潇潇转头看向了文雪："你可以先留下来，我们应该用不了多久就会回来。"

文雪翻了个大白眼："得，我算是看出来了，你俩压根儿就是穿一条裤子的。这样吧，你们先去上面查看，最迟半个小时，如果你们没有回来，那我就会去找钱可儿她们，尽量说服她们来找你们。虽然她现在应该很恨我，不过为了活命，我估计她们也不会拒绝。"

二人同意，然后便分工而去。

宁秋水和白潇潇一边上楼，一边闲聊。

"文雪这家伙不老实啊。"

白潇潇眉毛一挑："怎么说？"

宁秋水："之前我们不是在聊钱可儿的事吗？这家伙明显是个老手，而且也不蠢，虽然有时候可能会感情用事，但按理说她绝对不会这么被动。我思来想去，有些想不通，最后只能将原因归结到文雪的身上。"

白潇潇眼光一动："你是说，她在给那两个女人通风报信？不过她大部分的时间好像都跟我们在一起，除了……"

宁秋水："就是昨天上厕所的那个时间，应该够了，而且那时候她也的确知道绝大部分我们知道的事。"

白潇潇若有所思，但很快脸色就变得阴郁了不少。

"她本就是个自私的人，不会无缘无故给人透露那么多的消息，所以她和那两个女人在外面应该是认识的，而且大概率受到了他们的威胁，才会选择妥协……"

白潇潇比宁秋水多接触过几次文雪，对于她的性格，调查得会更仔细一些。

一番思索过后，她说道："文雪不会得罪上头的势力，也没有得罪过，她所在的组织很隐蔽，有了陈泽徽的前车之鉴，那个组织低调了很多，我能想到的唯一的可能就是罗生门。

"不过有一点我没有想明白，钱可儿她们就算可以从文雪那里获取消息，也不该这样被动，趁着这个机会自己也去寻找生路，最后得到的线索难道不会更多吗？"

宁秋水笑道："在我们看不见的时候，她们肯定做了一些事。这两个女人只怕还有别的目的。现在一提到罗生门，我就觉得头疼。"

正说着，他们来到了七楼，耳畔忽然出现了一个女人着魔的声音："他会亲吻你的双唇，抚摸过你的胸膛，他会感受你跳动的心脏，他将在你的画上歌唱……"

略显阴暗的走廊里，二人停下了脚步，静静聆听着，皮肤表面莫名地起了一层密集的鸡皮疙瘩。出神之际，宁秋水的余光忽然瞥见楼道角落里的一双鲜红的高跟鞋，距离他们竟不过三米！他的头皮几乎炸开。

"快走！"宁秋水拉住白潇潇，朝着更高的楼层跑去。

就在他们走后不久，一个穿着白色连衣裙的女人出现在了楼梯口。她将那双红色的高跟鞋穿在了自己的脚上，然后抬起头，盯着宁秋水他们消失的方向看去。

"你们跑不掉的……"她喃喃自语，忽而露出了灿烂笑容。

"我一定可以画出顾客们喜欢的画……"

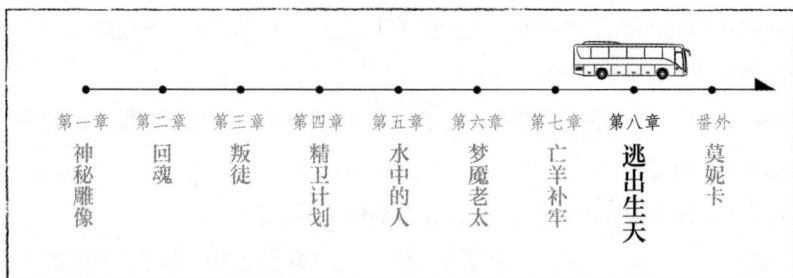

二人一路往上，直到过了八楼，楼下的唱歌声才渐渐淡去。

"看来大厦里的诡物目前还没有成长到可以在白天肆无忌惮。"白潇潇回头朝着漆黑的走廊看了一眼，心有余悸。刚才他们太沉浸于女人的歌声，甚至差点儿没注意到那双红色的高跟鞋。

"留给我们的时间已经不多了。"宁秋水语气严肃。

"这扇诡门给的时间虽然是五天，但以我们现在的人数，恐怕很难度过第四夜。"

白潇潇："以我们现在糊墙的进度，就算没有钱可儿那两个人帮忙，明天也够了，只要能撑过今夜……"

说着，他们已经来到了九楼。

这大厦有一个很古怪的现象，那便是越往上越破旧，到了九楼，走廊的装修明显变得粗糙了许多，一些白墙上甚至因为潮湿而生出了一些斑驳的绿霉。

进入九楼，预想之中那诡异的摩擦声并没有响起，反而寂静得诡异。

这寂静让人不安。二人的脚步声在走廊里显得如此清晰。

他们从走廊的左侧一路穿行，所有的房间都没有贴上任何标志，里面堆砌着杂物，多是石材，直到走到了右侧，这些杂物才有所收敛。

所谓的古玩交易区里，倒是大大小小列着不少办公室，二人走入这里之后，明显感觉到了一股难以言喻的阴森，他们彼此贴近了些，警惕地打量着周围，寻找雕像头。但奇怪的是，他们几乎将这周围转遍了，也没有找到所谓的雕像头。

目光扫过周围，宁秋水进入了交易区的一个 L 形走廊，看见了最靠里的、那不起眼的工作间。工作间外，有一盏红色的灯幽幽亮起，将这条走廊照得颇为压抑。

二人靠近工作间的时候，便听见了里面传来轻微的摩擦声。但这摩擦声和他们夜里听到的那声音不同。

二人拿出了诡器，紧攥在手，而后宁秋水将手放在了冰冷的门把手上，将门推开——门后的场景，让二人头皮一麻，凌乱的房间里，充斥肉变质的臭味。

这个房间看上去像是打磨石材的房间，一个无头诡手中正抱着一颗雕像头，以奇诡的姿势站着，正对门口。宁秋水站在门口和雕像头对视了许久，见它并没有什么动作，便谨慎地迈步进入了房间。

"潇潇，帮我盯着它。"宁秋水对着白潇潇说道。

后者点头，站在了距离雕像头稍近的位置，手持诡器虎视眈眈，宁秋水则在房间里找寻着线索。

在无头诡左手的工作台上，有一本笔记，宁秋水翻开看了看，发现这本笔记上记述的涂鸦大都是完美作品的制作方式。上面勾勾画画，笔记杂乱，多为图文，否定了许多方式，宁秋水往后看去，越看越是心惊。这本笔记，几乎是记录了它的主人"成班"如何一步步变化成现在的模样的。

起初，他为了制作出顾客想要的，选用了各种石材来打磨、上色，可无论如何顾客都不满意，这给了成班极强的心理压力。

为了制作出更完美的作品，成班开始茶饭不思，一心扑在打磨的事情上，起初他一度怀疑是自己的技术出了问题，可到后面，他渐渐发现，顾客之所以不满意他打磨出来的作品，并不是因为他的技术不够，而是作品不够完美。

成班便开始不停尝试着各种材料，几乎入魔。然而，他的作品还是一次次地被打了回来。顾客的压力，让成班的精神出现了问题，他开始依赖药物来让自己变得镇静，而他所使用的药物，就是严经理提供的镇静剂。

宁秋水拉开笔记下方的白色抽屉，发现抽屉里密密麻麻地摆放着数不清的针管……一股浓郁的药味和周围的臭味混合在一起，十分难闻。

合上抽屉，宁秋水继续翻动笔记。

在后续的作品选用中，已经逐渐失智的成班找严经理索要了一些猴子的头颅。

不过，那个时候的成班似乎还有一些断断续续的神志，他在密密麻麻的笔记中间穿插着几行字迹——

我觉得自己似乎走入了一条不归路，我真的是在做一件工艺品吗？

好像哪里不太对，我想停下来好好想想自己这段时间都干了些什么，但顾客一直在催促我，头好痛……

　　或许是我的错觉，当我向严经理索要猴头的那一天，我从他的脸上看见了一种笑容。当我仔细再看的时候，这种笑容又消失了，我感觉到不安，却又说不出来哪里让我不安，用猴头来制作雕塑似乎并不奇怪，毕竟平日里，那些饕客们还拿去吃呢……

这些字迹杂乱，似乎是成班当时的思想。看到这里的时候，宁秋水已经觉得事情不太对劲了，那个严经理口中所谓的顾客真的是想要雕像头吗？

阅读到这里的时候，成班留下的笔记只有薄薄的一部分了。

继续翻页，宁秋水察觉到了一丝莫名的诡异。他不再追求技术上的问题，而是开始疯狂地试探选材，分析着不足，疯狂地咒骂、宣泄。

后面的笔记上，还有一些早已干涸的红痕，不知从何而来。

到了笔记的最后一页，成班留下了最后的文字——

　　我找到完美作品的材料了，哈哈哈……

　　我是这里的顶级雕刻师，我不就是最完美的材料吗？

　　今天我去找了经理，可他的办公室关门了，都是因为三楼那个该死的混账东西……他怎么能够拒绝顾客的要求，还擅自跑路，害得我们所有人都跟着遭殃！不管怎样，我一定要完成我的工作……

　　先把这个想法告诉顾客吧，他一定会为我惊讶，为我赞叹的……

　　我记得，好像上次去谈话的时候，看见经理将一把办公室的备用钥匙放在了十二楼的某个房间门框上方，晚上我得去那里找找看……

　　见到这一行字，宁秋水的眸光先是一亮，随后忽然听白潇潇惊呼道："秋水，它动了！"

他迅速回身，发现不知什么时候，雕塑头竟然转过了脸，直勾勾地盯着他！

与此同时，无头诡的身体也跟着扭曲了起来。无头诡的身体宛如闲置了多年的废弃机器，每动一下，就会发出极度令人牙酸的摩擦声，好似木偶一般朝着宁秋水移动！

宁秋水急忙离开了自己的位置，和白潇潇朝着房间门口走去！

"砰！"一阵风吹过，二人面前的大门紧紧锁上！

没有丝毫犹豫，跑在前面的白潇潇直接甩出手中的一根带着红线的绣花针，这根针轻飘飘地扎入了门中。

"呵呵……"一道怪异的老妪笑声凭空响起,似乎抹去了门上诡异的力量,而后白潇潇一脚便将门踢开了。

"快走!"白潇潇大叫一声,而后率先冲出房间!

二人在九楼走廊狂奔,前方莫名传来了奇怪的声音,像是有什么在滚动着。

"咕噜噜……"原本死寂的走廊,这时候被这恐怖的声音填满,紧接着,一颗又一颗的雕塑头从各个房间里滚了出来!这些雕塑头,全都是成班制作出来的,只不过属于半成品。

"秋水,前面路被堵住了!"白潇潇的语气略带焦急。

宁秋水回头看了一眼,无头诡的身体已经适应了行动,居然将那颗雕塑头装在了自己的身上,宛如野兽一样在地面上爬行,速度极快!

"冲过去!"宁秋水一把抓住白潇潇的手腕,掏出了一张病历单,猛地朝着前方甩去!然而,这张病历单并没有对那些雕塑头造成任何伤害,而是轻飘飘地飞到了一旁的墙壁上,而后墙壁上闪过了白色光芒,一扇破旧的木门出现在了二人面前,木门上写着 210 这三个数字!

看见这熟悉的门,宁秋水想也没想,便将其推开,他们身后的雕塑头传来了愤怒的咆哮声,万守泉宛如蜘蛛一样朝着二人跳扑过来,雕塑头张开血盆之口,向着二人席卷而来!然而,已经来不及了,二人直接进门,下一刻,这扇门便消失了。

进入了 210,宁秋水看见房间里站着一个熟悉的女人——王芳。

她面无表情地看着宁秋水和白潇潇,空洞地说:"他为什么要害我……我到底是谁……谢谢你们……"

宁秋水来到了面色惨白的王芳面前,对她道:"王芳,能否送我们去一楼?"

王芳空洞的眼神渐渐凝实,随后她对着门口一指。

宁秋水和白潇潇回头一看,发现门开了,门的那头正是一楼大厅门口!

"多谢!"他深深地看了一眼面无表情的王芳,然后和白潇潇离开了 210 号房。

眼前一阵扭曲,下一刻,他们便出现在了大厦一楼的大厅,耳畔雕塑头的咆哮和那诡异的摩擦声统统消失了。回到一楼的二人总算舒缓了一些,胸腔里疯狂跳动的心脏也渐渐恢复正常。

"九楼简直太危险了!"白潇潇心有余悸,面色苍白。

她本来以为七楼的那个女人已经很可怕了,没想到九楼的雕像头更是狰狞,但凡刚才宁秋水的诡器效果是偏向于和诡物对抗,他们还未必能顺利离开九楼!

"的确凶险,但也算拿到了一个重要的线索……"

宁秋水眯着眼:"走吧,先去砌墙,等上面消停会儿,再说严经理办公室钥匙的事……"

白潇潇点头，和宁秋水回到了工作的地方，这里只有文雪一个人在撅着屁股用力修墙，她满头大汗，一边修，一边低声咒骂着钱可儿那两个女人，看上去怨念颇深。听到身后的脚步声，文雪回头，发现宁秋水他们回来之后，才放下了手里的工具，抹了一把额头上的汗水，脸上挂着惊喜："你们这么快就回来了？有没有发现什么有用的线索？"

宁秋水点头，来到了旁边，也开始跟着砌墙。

其间，他将自己的发现讲述了出来，等到中午快要吃饭的时候，文雪又去了趟厕所，她走后，白潇潇目光微烁，对宁秋水道："秋水，或许你不应该把这件事说给她听。"

宁秋水却摇头："就是专门说给她听的。

"十二楼的红木棺材在第一天的时候就吃掉了两只羊，那层楼的危险比起七楼和九楼估计只高不低，有人帮咱们探路，总比我们一头扎进去要好得多……"

文雪这一次离开了很长时间，过了快二十分钟也没有见到文雪回来，修墙的二人皆觉得有些诡异，白潇潇略有一些担忧："她会不会出事了？"

对于带文雪过门这件事，白潇潇只是负责履行自己的承诺，但如果在这个过程之中文雪做了一些太过分的事，威胁到了他们的生命安全，那所谓的伙伴关系会瞬间破裂。白潇潇真正担忧的，是文雪被诡物淘汰之后，让本就已经进化过的诡物变得更加可怕！

"没那么容易出事。"宁秋水望着文雪离开的方向，眼中闪烁。

"楼上的诡物在白天活动范围有限，至于十二楼的棺材留下的陷阱，文雪之前和我们一同经历过丁字路口的陷阱，她心里应该有数。

"通风报信用不了这么长时间，这个文雪估计还有其他的想法，只是不知道她到底想做什么了……"

上一次在"抬头的人"的诡门世界里，他们对于文雪的心机深有所感，此刻都留了不少心眼儿，随时防范文雪忽然反水，拿他们祭天。

一楼，103 号房间。

钱可儿蹲在谭池香的面前，一边抚摸着她的头，一边轻轻地安慰着她。

谭池香戴着面罩，从她通红的眼眶不难看出，她不久前才哭过。

"池香，没关系的，文雪刚才已经把关键的消息告诉我了。现在，只要我去取到十二楼的钥匙，然后找到严经理的办公室，一定就能找到蜡烛！有了蜡烛，今夜我们就可以安全度过，等到明天，我们再把羊圈的最后部分修补好就行了！刚才我出去检查过，他们的修补工作已经到了尾声，剩下的工程量已经不多了。等到明天，我们把最后的裂缝修补完，接我们回家的大巴车就到了。"

谭池香看着面前的钱可儿，用力地点了点头："嗯！"

但很快，她的眸中又露出了担忧的神色。

"可是，可儿，之前我们不是去看过大门，那扇大门已经被严经理锁死了，如果我们把墙修好，而那扇门又打不开，楼上的诡物暴乱了该怎么办？"

钱可儿的目光闪过了一抹锋利的光，脸上露出了一抹让人不寒而栗的笑，她凑近谭池香，在她的耳畔说了些什么，谭池香眼睛一亮："好！还得是你啊，可儿！"

钱可儿嘴角洋溢着笑容："你就在这里乖乖等我回来！我说了，我一定会带你出去的！"

钱可儿离开宿舍，顺手带上了房门，她听着一头传来的糊墙声，然后朝着走廊的另一个方向悄悄走去……她离开不久，对面某个宿舍的门打开了，文雪的身影出现在了门口，脸上还挂着笑容。

她缓缓来到了 103 门口，整理了一下自己的着装，收敛了自己的表情，这才敲了敲门。

"咚咚咚……"

浅浅的敲门声过后，房间里先是沉寂了一会儿，而后才传出了一个弱弱的女声："可儿，是你吗？"

文雪回道："是我。"

房门被打开了一条缝隙，露出了谭池香的半张脸。她的眼神带着一种嫌弃和厌恶，看得出来，之前文雪的毒舌发言的确对她造成了不小的心理伤害。

"你来干什么？有事快说，没事的话我就要……"

谭池香话还没有说完，文雪便道："我不是来跟你斗嘴的，是看你可怜，才好心过来拉你一把，省得到时候被人卖了还在帮人数钱……"

谭池香眉头微微一皱："你什么意思？"

文雪双手抱胸，朝着走廊的一侧看了看："我时间不多，进去说。一会儿再不回去，可能会引起那两个家伙的警觉。"

谭池香犹豫了一下，还是同意了。她好奇文雪嘴里的事是一方面，另一方面是由于昨晚的事，她对于独处颇为紧张，总觉得自己房间里有什么不干净的东西，现在文雪进来了，房间里有两个人，没那么阴森。

文雪进入房间，将房间的门锁上。

"你要说什么，赶紧说。"谭池香表面十分不耐烦地道。

文雪扬眉，盯着谭池香道："咱俩联手，把钱可儿淘汰了。"

谭池香闻言，直接怔在了原地。

许久之后，她用一种极其冰冷的声音说："文雪……你知道你在说什么吗？"

文雪见她语气变化，嘴角反而扬起了一个微微的弧度："我现在看上去像是一个傻子，对吗？可在我的眼里，你才是那个傻子。谭池香，你不会真的以为钱可儿会带着你出这扇诡门吧？"

谭池香冷笑道："愚蠢的离间计……我相信可儿，我和可儿之间的感情，岂是你这样的人能——"

她话还没有说完，文雪便打断了她："她要是真的无条件信任你，为什么每次跟我核对线索的时候都不让你听到？"

谭池香瞪着眼："那是因为她要保护我，不想让我卷入你们之间的纷争！"

文雪"扑哧"一声笑了出来："你现在的样子好像个傻……好吧，我再问你，她为什么上去寻找蜡烛的时候，不带上你呢？"

谭池香摊手："这还用说吗？她肯定是担心我的安危才不带我！"

文雪："是担心你的安全，还是担心你看见什么不该看见的东西？"

"我……"谭池香还没有开口，文雪猛地撕开了她的面纱，谭池香立刻发出了一声惊叫！

"你干什么？！"

文雪冷笑道："你只不过是脸受伤了，眼睛没事，手脚也没事，身上的诡器使用次数也还在吧，这影响行动吗？根本不影响！明明多一个人上去会更加安全，可她却执意要自己去，为什么？究竟是担心你的安全，还是担心你看见了藏在那里的蜡烛呢？"

文雪和钱可儿都有同样的一种推测，那就是迟迟没有出现的蜡烛就被锁在严经理的办公室里。面对文雪的质问，谭池香的大脑开始凝滞。

钱可儿也带她过了几扇诡门，不过那些诡门的难度并不像现在这么高，也没这么危险，再加上钱可儿保护周到，所以她几乎没有和诡物正面接触过，只远远看见过几次，虽然觉得恐怖，但还没有到触及灵魂的程度。

昨晚的事，才是真正击溃谭池香的源头。

那是她第一次如此近地接触到诡物，其中的恐怖，难以言喻。

"可儿是怕我笨手笨脚，给她添麻烦罢了！你说的这些不过是你自己的臆测，少在这里妖言惑众！"谭池香的脸色难看。

文雪摇摇头，一副看傻子的神情："若是她真的担心你的安危，她就不会带你进入这扇诡门。这是第六扇诡门，且还有拼图碎片，难度不亚于一些稍弱的第七扇诡门。她是一个靠自己实力走到现在的人，背后还有一个巨大的组织撑腰，实话告诉你，要不是因为那个组织，我也不可能会把我得到的线索全部告诉她！而你呢，你有什么？你什么都没有。甚至我相信连你身上的诡器都是钱可儿给的，你完全就没有怀疑过她的动机吗？"

谭池香呼吸声沉重，瞳孔渐空，但语气依然还算坚定："你错了！如果可儿真的要害我，根本不会带我过门，也不会借给我这么重要的诡器，更不会等到现在……"

文雪向前逼近了一步，打断了她，目光炯炯："她就是要等到现在！她就是要一个自己亲手培育出来，对她绝对信任、绝对忠诚、绝对服从的替死鬼帮她度过第六扇诡门，并且拿到属于第六扇诡门的诡器！

"如果她不早早认识你，不早早带你刷门建立感情，不早早地无条件为你付出这么多，你会像现在这样相信她吗？"

谭池香嘴唇动了动，可愣是没有挤出一句话："我……我……"

见她的心理防线开始逐渐崩塌，文雪并没有停下，大脑飞速运转，继续说道："还有个方法，可以证明我所说的是真是假。"

谭池香微微抬眼，呼吸声已经变得紊乱："什么方法？"

文雪盯着谭池香的眼睛，问道："她有没有跟你讲过，最后修墙的时候，要站在外面修？"

谭池香闻言，稍微松了口气，得意道："可儿怎么可能会不告诉我呢？我就说了，她不是你说的那种人……"

文雪没有理会谭池香的话，继续问道："那她有没有跟你讲，最后修墙的时候，要把我们这些人全都关在羊圈里？"

谭池香听到这里，心头莫名一凉。

回想起刚才钱可儿在她耳旁耳语的那些话，她感觉自己好像被人看穿了，每一个角落都暴露在了外面。这种感觉很糟糕，而且……那件事怎么可能当面承认？

"不，可儿那么善良，她怎么可能会做出这样的事？"

谭池香摆手，说罢，眼神带着一种心虚的厌恶："这恐怕是你自己内心的想法吧！"

由于脸上受伤，所以谭池香的表情并不明确，可她心虚的眼神还是让文雪这个人精读懂了。

"你在撒谎……"文雪冷笑。

"不过，如果她跟你讲了这些，也就证明，她是真的要拿你祭天了！"

谭池香大脑一滞："你……你什么意思？"

文雪眯着眼："你知不知道，在诡门里有一种名为十分之一的隐藏规则？"

谭池香支支吾吾："知……知道，但那又如何？"

文雪脸上掠过了一抹微笑，像是山林之中要吃人的恶狼。

"我们要是被锁在了羊圈里，外面可就只剩下你们两个人了，但是你不要忘了，这扇诡门之中，还有一个最可怕的家伙没出来。"

谭池香下意识地问道："谁？"

文雪："严经理。"

谭池香猛地一怔。

"不出意外的话，严经理会在我们任务结束后出现，而那个时候，你们二人将会直面这个人……我得提醒你，别看大厦里的诡物这么可怕，它们可都得听严经理的话！那么，为了通过严经理的封锁，直接去到大巴车上，你猜猜钱可儿会怎么利用你？"

文雪的话音落下，谭池香感觉浑身酸软。

看着身躯在不停颤抖的谭池香，文雪最后补上了致命一刀："白痴，大厦已经没人了，我们一死，只要你这个耗材被消耗掉，钱可儿不但能够完美通关，甚至还会获得一件诡门赠予的第六扇诡门的诡器！

"好好想想吧，你这样的废物和一件第六扇诡门的诡器比起来，她会选择谁呢？"

随着文雪的循循善诱，谭池香的脑海里似乎浮现出了画面——她亲眼看着自己最信任的女人，将她推到了严经理的面前，然后狞笑着离开了诡门……

"不！"她惨叫一声，捂住了自己的头，瑟瑟发抖。

文雪走上前，将手掌轻轻按在谭池香的肩膀上，语气带着十足的诱惑："她有一万种害你的理由，但我们没有……我们人多，触发不了十分之一法则。你我合作，找机会把钱可儿淘汰掉，这扇诡门就能活四个人，若不然……恐怕她会淘汰掉我们所有人！"

谭池香颤抖得厉害，她埋头很长时间，直到好几分钟后，才缓缓抬起头。

"我、我要……怎么做？"

文雪看着已经失神的谭池香，对她讲述出了自己的计划，然后离开了这里，留下谭池香一个人在房间里面发呆。

回到外面，宁、白二人还在干活，看见文雪回来，二人都没有开口询问，只是眼神中多少带着些什么。

文雪随手拿起一块砖头，掂了掂，自顾自地笑道："你们也发现了吧？我去和钱可儿她们告密的事。"

宁秋水点了根烟，问道："你们在外面认识？"

文雪眼神中闪过了一抹阴冷："不认识。是王祁找到了我，让我帮钱可儿过这扇门。我对她不了解，只知道她跟我是同一时间进门的。"

白潇潇眯着眼："你这时候把这件事告诉我们，想做什么？"

文雪回神，找宁秋水讨要了一根香烟："我要把她们淘汰在这扇门里。"

见此，白潇潇更不解了："王祁不是让你帮她们吗？"

烟雾缭绕中，文雪眼神出神："我最讨厌别人拿我的亲人威胁我。"

白潇潇放下了手里的砖块，拍了拍手："我们很难相信你，毕竟你有前车之鉴，而且你为什么不早点告诉我们？"

文雪淡淡道："聪明的人戏不一定好，早跟你们说，怕你们演漏了，钱可儿那个女人可不好对付。"

说完，她将自己之前对谭池香所做的事说了出来，却遭到了白潇潇的质疑。

"谭池香感情用事，你想策反她，不怕她脑子一热把所有的事全部告诉钱可儿？"

文雪笑了笑："你们觉得，我有那么蠢？"

宁秋水轻轻点了点手中香烟的烟灰，语气意味深长："所以，你洗脑谭池香，是为了钓住钱可儿？"

文雪打了个响指："Bingo（猜中）！你们也知道，谭池香和钱可儿两个人感情甚好，哪里能那么容易离间她们……

"经历了昨晚的事，谭池香的脑子里一团乱，这个时候可能会被我说动，但等一会儿她恢复了冷静，再看见钱可儿回来，就会意识到我是在洗脑。她会怀揣着满腔的怨气，将所有的事情告诉钱可儿……那么，钱可儿会怎样呢？"

宁秋水接着她的话道："她会无比愤怒。她最受不了的就是有人破坏她们之间的感情。

"钱可儿为了寻找生路在外面拼命，回来之后发现家差点被人偷了，这种愤怒的情绪是难以抑制的，人一旦过于愤怒，理智就会消退。"

文雪嘴角浮现了一抹冷笑："没错。在这样的情况下，她们只会想着怎么去报复我，而最简单的方法当然就是将计就计，我告诉谭池香怎么淘汰钱可儿，她们也会利用同样的方法来淘汰我，这样无论是结果还是心理上，她们都能得到最大程度的复仇快感，认为自己才是笑到最后的人。

"但殊不知，这只是我给她们挖的一个坑而已，只要她们往里跳，我反手就能把她们埋了。"

白潇潇听到文雪的计划之后，后脖颈渗出了细密的汗珠，她发现这个女人在跟人钩心斗角这方面真的是有一套。当初在第七扇门里，要不是良言把舵，宁秋水的直觉又够精准，及时发现了文雪的计划，他们还真的可能被文雪无声无息地淘汰掉！

"你这么做，出去后王祁不会放过你吧？"白潇潇不动声色道。

文雪扭了扭脖子，表情不屑："我当然有办法……惹不起我还躲不起吗？不给他点颜色看看，还真以为我是吃干饭的。"

说到这里，文雪看向宁秋水，神情也带着些似笑非笑的古怪："你不也一样吗？将那些消息大方地告诉我，不就是想让我帮忙把消息传递给钱可儿，让她给你们打头阵？"

宁秋水没有否认，文雪确实是个很可怕的女人，这一招"隔山打牛"简直让人防不胜防。但若换一个褒义的形容词来形容她的话——她很优秀。

二人对视了片刻，宁秋水笑道："那就干活吧。过了今夜，游戏就结束了。如果顺利的话，或许我还能帮你处理一下王祁的事。"

文雪不咸不淡道："怎么，怕我对你们不利，提前给我画大饼？"

宁秋水继续干活，头也不抬："我跟他有点私人恩怨。"

文雪略显讶异地看了他一眼，但也没再继续说下去。

三人又开始了工作，这已经是倒数第四个墙缝了，预计今天夜里，他们可以再修好两个。而与此同时，钱可儿也来到了十二楼……

大厦内，十二楼充斥着腐烂的臭味，这里完全不像是木工工作的地方，反而像是座被遗弃的海鲜垃圾场，浓郁的臭味遍布在楼层的每一个角落。

钱可儿时常入门，见过了诸多大风大浪，近距离和各种诡物打过交道，所以当她闻到这股味道的那一刻，整个人便立刻将警惕心提升到了极致！

按照文雪所说，这里不应该是木工制作红木棺材的楼层吗？

而且，严经理在第一天也跟他们说了。哪怕第一天失踪的那对情侣是被红木棺材里的诡物抓住，他们也不会散发出这种味道，那这股味道到底是哪里来的？钱可儿心里快速掠过这几个念头，一边将一张红盖头捏在手中，一边小心地在十二层探视着。地面上铺陈着一些黑色的黏液，看上去十分恶心。

这些黏液好像具有腐蚀效果，将墙壁、地面和门窗全都腐蚀得破旧斑驳，钱可儿觉得危险，下意识地远离了这些黏液。味道是从西侧传来的，红木棺材就在那头吗？

还是先不急着接近那里，找找附近的门框吧。

不知道为什么，十二楼明明采光不错，但钱可儿就是觉得这层楼要比下面的楼层更加阴暗。

钱可儿先到了臭味最稀薄的区域——走廊东侧的尽头，她开始在房间门框上不停摸索。一扇……两扇……一连摸索了八扇门的门框上方，钱可儿都没有找到钥匙，此时她已经来到了走廊的中央部分，腐臭味已经很重了。

钱可儿望着西侧方向，犹豫着要不要过去。

即便是在白天，她也丝毫不觉得自己现在是安全的。西侧是腐臭味道的源头，无论那里到底有什么，钱可儿都不想轻易去试探。

"咯吱……咯吱……"就在钱可儿犹豫的时候，一道诡异的声音从西侧尽头的某个房间传来，像是有人在用力地抠着木板，那声音让人头皮发麻！

光是听见这声音，钱可儿就有一种浑身酥麻的感觉，她死死地盯着声音发出的方向，身上的肌肉瞬间绷紧！那里有什么东西？诡物吗？它为什么要抠木板？难道是因为它被封在了红木棺材里？

刹那间，钱可儿的脑海里闪过许多猜测。她可以选择在这个时候全身而退，但经常出入诡门的钱可儿心里清楚，在诡门世界中，危险和机遇是并存的，她已经摸索了一半的门框，离打开严经理办公室大门的钥匙很近了。

现在放弃的话，虽然她没什么损失，但也没有任何收获，想要完成她接下来的计划便不可能了。想到潭池香的那张脸，钱可儿心一横，继续朝着走廊前方摸索而去。终于，钱可儿在倒数第三间门的门框上摸到了那把钥匙！

而严经理的办公室就在最东侧。

拿到钥匙的钱可儿心跳变快，她既兴奋，也有些激动，可就在她转身往回走的时候，却忽然停下了脚步……

钱可儿脸上的笑容变得僵硬，她忽然发现了一件不大对劲的事——

那就是走廊西侧尽头房间里传出的摩擦声……消失了。

这个声音是什么时候消失的呢？

钱可儿仔细地想着，但很快，她便懊恼地发现，刚才她的注意力全都集中在搜索钥匙上，竟然没有意识到声音是什么时候消失的……

她紧紧地攥着红盖头，没敢回头，也不敢去勘察最西侧的那个房间，转而朝东侧走去。她的注意力绷紧，然而，当她走到一半的时候，心跳再一次变快了。

她是一个比较注意细节且记忆力不错的女人。正因为如此，她记住了刚才过来的时候，地上黏液的分布情况，可现在地上的黏液变多了。

大脑在这样紧张的状况下不断闪烁出各种可怕的画面，饶是钱可儿心理素质过硬，这个时候也不免紧张起来！钱可儿的双目不断扫视着走廊两旁的房间，她小心翼翼地朝着东边走廊前进，路上注意避让周围的黑色黏液，然而，她才走了不到三分之一，身后的摩擦声又一次响了起来——

"咯吱……"这一次，钱可儿浑身上下的汗毛都炸开了！

因为那个摩擦声不是从房间里传出来的，而是她身后的走廊！

钱可儿手脚冰冷，恐怖的摩擦声越抓越急，越抓越近，像是有个人一边不断地接近着她，一边疯狂地抓挠着木板，而且速度很快！

这个时候，钱可儿万万不敢回头，一个劲儿地朝着前方闷头跑去！

当她来到走廊东侧区域的时候，身后的那个摩擦声距离她已经不到一米，钱可儿知道自己不能再等下去了，再等，她就没有出手的机会了！霎时间，钱可儿猛地将手中的红盖头盖在了自己的头上！

也正是这一刻，一只宛如干柴的手掌从身后按在了钱可儿的肩膀上。

"再来一个，顾客一定会满意的……一定会……"

盖在钱可儿头上的红盖头忽然无风自动，而红盖头下的那半张脸已经不是钱可儿的脸。

"夫君……你找到我的夫君了吗？"

下一刻，按在钱可儿肩膀上的那只手猛地收了回去，宛如触电一般。

抓挠木板的尖锐摩擦声快速远去，最后消失在了西侧走廊的尽头房间里……

当摩擦声彻底消失后，钱可儿才从头上扯下了红盖头，她虚弱地跪在地上，大口大口地喘息着，过了好久才回过神。和普通的诡器不同，她手里的这件诡器比较强大，强大到诡客使用它需要付出代价！

不过看着自己另一只手上的钥匙，钱可儿那张苍白的脸却露出了一抹笑容。

这一切，都是值得的！

钱可儿在原地歇息了好几分钟，才总算恢复了过来，她艰难地站起身子，一瘸一拐地朝着东区走廊而去，拿出钥匙插入了严经理办公室的门。

随着钥匙缓缓扭动，门开了。苍白的灯光打在钱可儿的脸上，她扫视了一圈空旷的办公室，迟疑片刻将门关好，但钱可儿不敢将门反锁，否则一旦这间办公室里有什么特殊的情况，她就成了瓮中之鳖。

和外面不同的是，严经理的办公室确实很干净，没有那令人作呕的黑色黏液，甚至连房间里面的味道都小了很多，这与外面格格不入的整洁，让钱可儿紧张的情绪稍微放松了些。

她背靠房门，仔细扫视了房间里各个能藏东西的角落，手中的红盖头攥得死死的，眼下她的身体还没有完全恢复，如果短时间内强行使用这件诡器第二次，她恐怕会付出自己无法接受的惨痛代价，但即便这样，也总比丢掉性命要强。

她谨慎地在房间里绕行了一圈，基本确认房间是安全的，然后她将自己的注意力投放在了严经理的办公桌面上。桌面上整理得比较干净，只留下了一张报表。钱可儿拿起报表，仔细看了看，报表上记录着四个名字——

成班（80%）

舒倩（80%）

柏庭（划掉）

齐曾（钩）

钱可儿有些摸不着头脑，但报表上已经没有多余的描述，钱可儿也没有再在这上面浪费时间，接着打开了严经理的笔记本电脑。

就在笔记本电脑启动后不久，她身后的房门忽然传来了被打开的声音。

钱可儿迅速回头，紧张无比！

然而当她看到身后出现的人时，脸上的表情逐渐冰冷："是你们……"

此时，打开这扇门的人不是别人，正是宁秋水。

"这么巧，你也在啊！"宁秋水笑着和钱可儿打了个招呼。

"我寻思活干得差不多了，来十二层查看一下状况呢。"

钱可儿看着宁秋水脸上这笑容，脑子先是迟滞了一瞬，但很快她便反应了过来，自己这是伴娘踩缝纫机——为他人做了嫁衣！

"呵，看来还是低估你们了啊。"钱可儿微微扬起自己的下巴，语气冰冷。

宁秋水恰巧在这个时候推开严经理办公室的房门，说他不是早有预谋，钱可儿自己都不信。

"文雪那家伙可真是蠢，这么简单的事都做不好。"

宁秋水耸了耸肩，转身将房门关上，道："为什么就不能是我们聪明呢？"

钱可儿嗤笑了一声："我见过很多自诩聪明、高傲又自大的人，可是最后，他们都为自己的自大付出了代价！"

宁秋水从兜里摸出了一根烟点燃，没有回击钱可儿，而是直入主题："给我看看那张表。"

钱可儿并未立刻同意，心念快速转动。

很快，她开口："东西我可以给你看，但我有一个要求。"

宁秋水说："你说。"

钱可儿说："我要线索共享。"

宁秋水眯着眼："那些信息是我们冒着生命危险得到的，你们这几天几乎什么都没做，还在背后利用文雪来套我们的消息，我没去找你们算账，你还要和我们线索共享？"

钱可儿冷笑道："在诡门世界中，本就是各凭本事，你不也算计了我们吗？这个时候，你还要在这里装无辜？如果你站在我的角度，说不定会做出更没有下限的事！"

宁秋水和她对视，眼中锋利的神色忽然收敛，笑道："要我共享线索，你不怕我说谎？"

钱可儿淡淡道："我的诡器有点附赠的小功能，它最不喜欢撒谎的男人。"

说着，她扬了扬自己手中的红盖头。

"你可以不说，但你最好不要撒谎，否则……它若是真的有了反应，对谁都没好处，你知道的，每个诡客在中级诡门中只能够使用三次诡器。"

宁秋水无法判断钱可儿话中的真假，但他也的确没有想过撒谎，他的算盘，不在这里。简单和钱可儿分享了一些线索，其中大部分都是文雪已经透露给她的，当然，为了表明自己的诚意，宁秋水添加了一些自己的私货。

钱可儿得到了这些线索，虽然不情愿，但还是将手里的报表扔给了宁秋水。

她的脸上挂着胜利的微笑。

那张报表她看过，上面根本没有什么重要的线索，用这样的一张报表换取宁秋水口中如此贵重的线索，她显然是赚的那方。宁秋水拿到了报表，看了一眼，便将这报表收了起来，然后站在了钱可儿的旁边，望着被打开的笔记本电脑。

电脑桌面上，有一份合同，也只有一份合同。

见到那份合同的时候，钱可儿捏住红盖头的手忽然用力攥紧了。

她瞟向宁秋水的后背，目光中的恶意时隐时现。

合同上，文件的备注很简单——信的重塑。

由于之前的经历，宁秋水在看见"信"这个字的时候，几乎是第一时间便将警惕调到了极致！这上面的信是否是他之前收到的那种信？重塑又是什么意思？是将信重新炮制一次吗？宁秋水脑海里的念头飞速运转着。这扇诡门的故事明明偏向于狼、羊和羊圈之间的事，为什么又和信扯上了关系？

很早之前，宁秋水就已经了解到关于"信的炮制"。

大致意思是，诡门之中的某些组织，通过一些特殊的方式，可以做出一些比较特殊的信——将原本属于一个人的信，经过炮制后，任何人都能够查看。

看到这个文件的时候，宁秋水下意识回忆起之前在三楼电脑里记录的那三段录音。三段录音中记录的顾客实在是一个非常神秘且病态的存在，而且根据严经理和其他三个人的对话，能推测出背后的顾客不止一个。然而当宁秋水点开了电脑桌面的文件，他发现其实从始至终都只有一个所谓的顾客。

他跟严经理设计了一切，营造出有四名顾客的假象，不停地通过药物、催眠以及心理暗示，给公司里关着的这四名员工洗脑。而且通过文件上的隐晦记录也不难看出，这四名员工是原本就患有精神分裂的病人。

从一开始，他们的身份就是假的。

文件上记录了很多条款，密密麻麻的全都是针对他们精神的折磨和二次创伤。

宁秋水看在眼里，只觉得眼皮直跳。

人类的精神是很强大的，要远比肉身坚固，一般的精神病人哪怕被诊断出了严重的精神病，实际上也只是出现了部分精神问题，想要彻底摧毁一个人的精神并不容易。当这四个人的精神被彻底摧毁后，他们就会成为一张白纸，被送回某座精神病院。

至此，宁秋水隐约之间捕捉到了什么。

"之前大胡子说过，我们所在的世界很可能是虚假的，是诡门背后臆想出来的一个精神世界，如果是这样的话……"宁秋水喉头轻微动了动。

他感觉好像能对上，又好像对不上。

就在他思索的时候，钱可儿仿佛意识到了什么，她立刻在周围翻箱倒柜起来，没过多久，便在办公桌的一个抽屉里找到了一份被文件夹包起来的文件。

钱可儿立刻打开上面的扣子，在里面找到了几张特别的纸，然后将这几张纸卷了起来，放进自己的怀里，宁秋水侧目看了她一眼："你拿了什么东西？"

钱可儿缓缓朝着门口后退："与你无关。"

她冷冷一笑，宁秋水目光落在了她的胸口："让我看看。"

钱可儿道："这是我找到的东西，我凭什么给你看？你想要，自己找咯？"

说完，她猛地开门，朝着楼下跑去。

宁秋水追着她出门，走廊另一侧的尽头，再一次传来了摩擦声，这个声音和宁秋水当时在一楼的丁字走廊上听到的摩擦声几乎一模一样！

声音越来越快，伴随着这可怕的声音，宁秋水看见西侧走廊上，大片的阴影覆盖了过来！他没有继续停留在这个房间里，而是跟着钱可儿朝下面跑去。

其实钱可儿的速度并不算快，经过刚才的事，她的身体已经比较虚弱了，宁秋水当然不能放缓脚步，对方是个细心的女人，如果他故意放水，反而容易引起对方的警觉。

正所谓做戏做全套，宁秋水疯狂地追向钱可儿，嘴里还大叫着别跑，把东西留下，钱可儿跑得上气不接下气，听着追逐自己的脚步声越来越近，她也急！

诡门背后，宁秋水当然不敢直接做什么，但从她身上抢走一些东西并不难，以她现在的力气，根本就没办法反抗。

眼见宁秋水已经来到距离她不过两三步的距离，钱可儿死死咬住嘴唇，做好了殊死一搏的准备，然而她没想到宁秋水突然一脚踩空，直接从楼梯上滚了下去！

对方直接从三楼滚到了二楼，然后整个人瘫软在地，一动不动，像是昏了过去。

钱可儿警惕地从他旁边经过，还用脚踢了踢宁秋水，见他确实昏了过去，钱可儿嗤笑一声，转头便朝着一楼跑去。直到她的脚步声彻底消失，宁秋水才不慌不忙地从地面上站了起来，拍了拍身上的灰。然后，他朝着走廊的另一边走去，从另外的一个楼梯下楼了。

而逃离了宁秋水追逐的钱可儿，第一时间跑回了自己的宿舍，将门死死地锁住！见她这般模样，正在房间里焦急踱步的谭池香也是一愣。

"可儿，你终于回来了！怎么了？怎么这么急，是不是在上面撞到那种东西了？"

钱可儿一边喘着粗气，一边从自己的怀里拿出几张纸，递给了谭池香，脸上露出了笑容："我找到蜡烛了！"

谭池香高兴异常，用力地将钱可儿抱在了怀里："你回来了就好，可儿……"

钱可儿被谭池香抱得喘不过气，她拍打着谭池香的后背，后者才惊觉过来，急忙松开了自己的手臂。

"差点被你勒死……"钱可儿喘息着，略显苍白的脸上仍然挂着笑容。

"不过，有了这东西，今夜我们就可以离开这里了！"

说到这里，钱可儿又想起之前宁秋水利用她打开十二楼严经理办公室的事，恨得是牙痒痒。十二楼的那只诡物绝非寻常，若不是她带了一件特殊的强大诡器，刚才在十二楼绝对是凶多吉少。但那件诡器的使用是需要付出代价的，就和田勋的沙漏一样。而且，每次她披上红盖头的时候，都有百分之十的概率永远无法取下。

随着钱可儿的话音落下，谭池香的表情却变得有些古怪。

"怎么了，池香？"钱可儿注意到谭池香的表情不大对劲，脸上兴奋的笑容也渐渐消退。

后者有些咬牙切齿："可儿，我跟你说个事，你不要生气……"

钱可儿点头："好。"

谭池香将文雪之前对她所说的那些话重复了一遍，但由于谭池香对钱可儿的愧疚，她没敢将自己当时听信文雪的话、把钱可儿的计划讲述给文雪这件事说出来，而是把所有的过错都抛给了文雪，说是文雪威胁她说出来的。

钱可儿嘴上说着不生气，但实际上她听到这里，只感觉自己胸膛里燃烧着火焰，肺都快要气炸了！

"文雪……"她眸子里的杀气几乎要溢出来。

刚才她在上面拼命的时候，家居然被人偷了！文雪那个混账东西，竟敢让谭池香对付她！感受着钱可儿身上传来的冷意，谭池香也被吓住了，她是亲眼见过钱可儿的手段的，敢经常穿行于诡门的诡客，没有几个手上干净。

"可儿，你不要做傻事！这里是诡门，我们可不能冲动！"

钱可儿听到谭池香的担忧，脸上的愤怒渐渐消退，变成了怜惜。

谭池香对她的坦白，让钱可儿对她更加怜惜，觉得自己有一种被信任的感觉。

她说："放心，池香，我自有办法。文雪之前跟你讲述的计划，你再跟我详细说说。"

谭池香闻言，暗自松了一口气，知道自己的小心机没有被发现。

其实刚才她很紧张，钱可儿一直都是一个很细心、很敏锐的人，可刚才她却没有发现自己撒的谎，这让谭池香不免觉得很是庆幸。

她整理了一下自己的思绪，说道："之前，你不是跟我说了那个计划吗？就是今夜我们趁着手中有蜡烛，出去将羊圈剩下的部分修缮好，将他们所有人和诡物全部都关在羊圈里，这样我们就有足够的时间等到大巴车到来了……

"文雪在知道了这个计划后，便决定将计就计。

"她告诉我，她今夜会在羊圈正门东侧区域的第二道裂纹处留下洞口，她将砖块拼上去，但不糊上水泥，届时那个地方只要轻轻踢一脚就开了。

"今夜他们会将诡物引出羊圈，等到时间差不多了，她让我找个机会跟你分开，去小广场内的厕所那头和他们会合，然后他们会带我进入羊圈，接着将另一道留下的裂纹糊上，这样，可儿你只要把羊圈内最后的裂纹糊上，就会和诡物一同锁在羊圈外面……"

钱可儿听到这里，冷笑道："听上去是文雪那个贱人能做出来的事！不过，她应该对你撒谎了。"

谭池香愣了一下："撒谎？哪里？"

钱可儿用温柔的目光看着谭池香，说道："他们不会等你，而是提前进入羊圈，这样我们两个人就会和诡物一起被锁在羊圈外面。她之所以来找你合作，其实只是想要从你的嘴里得知我的计划而已。"

谭池香闻言瞪大了眼，露出了一副不可置信的表情："啊？真的吗？"

"嗯！"钱可儿点头，"不过……会将计就计的可不止他们。我早就告诉过宁秋水那个白痴，这个世上那些自大聪明的家伙，往往下场都很惨……"

谭池香闻言问道："那，可儿……我们接下来要怎么做？"

钱可儿眯着眼，冷笑道："我们也将计就计。今夜，我们就不出去了，等他们一走，我们就去找东西把羊圈堵好。"

谭池香一怔，有些不明所以地问："等等可儿，你刚说我们要把羊圈堵住？"

钱可儿笑道："当然，我可不会像他们那么白痴，计划里到处都是纰漏。

"任务里可是明确写了，修缮工作只能在白天进行，这种提示绝对不会是无缘无故的，一旦在晚上修补羊圈，多半会发生一些可怕的事！

"之前之所以在我的计划里要在夜里把羊圈修好，一来是因为那个时候几乎所有的诡物都被锁在了羊圈里面，外面最多有一个严经理，我有办法处理。二来是外面也未必安全，羊圈本来就是用来保护羊的，如果今夜我们不把工作做完，大巴车迟迟不来，我们就要在外面待一整晚，迟则生变！

"可如果我们是在羊圈里面，又没有离开羊圈的钥匙，自然就不能冒险去违反规则，不然一旦发生了意外，我们连逃的地方都没有！

"反正，只要我们把那条裂缝用东西堵住，效果是一样的，他们想要进来不容易，我们明天白天想要离开也方便。"

谭池香的眼睛一亮："可儿，还是你心思缜密啊……"

傍晚，众人再一次汇聚在食堂里，吃着属于这个地方的最后一次晚饭。

两边的人离得比较远，一边是以宁秋水为首的三人，另外一头则是钱可儿和谭池香。他们一边吃着饭，一边时不时地抬头朝对方看去，眼神不怀好意，似乎每一次交流，都是在密谋着什么不为人知的秘密。

天黑得很快，众人吃完饭后，整座大厦都陷入了阴暗之中，但凡没有光照的地方，基本都是伸手不见五指的黑。

他们各自回到了宿舍，心照不宣地没人说话。

直到关上房门，文雪才颇有些紧张地问："钱可儿真的拿走了蜡烛？"

坐在自己床上闭目养神的宁秋水回道："不出意外的话，应该是。她的反应很快，在看到那份文件的时候，第一时间就想到了要去找那四个人的身份报告。

"蜡烛可以照明，那四个人被通过特殊的方式催眠过，精神处于混沌状态，而和他们身份有关的东西，应该可以暂时唤醒他们。我当时看了一眼，不过没有阻止她。"

文雪对于宁秋水的这种行为，多少有些不理解："既然你看见了，为什么不去阻止？这东西——"

宁秋水打断她："规则上已经说得很明确了，那只能削弱狼的力量，而且只能维持一个小时，或许在任务之中还有其他的蜡烛存在，能顺便找到自然更好，但如果要冒着巨大的风险去找这个东西，完全不值当。

"本来找到蜡烛就是为了规避风险，总要搞清楚一个主次关系。

"当然，最关键的是如果不让钱可儿找到点东西，她心里不安定。

"你想让她主动出击，总得让她手上拿点东西。"

文雪呼出口气："也是这么个道理。"

这扇诡门中，她深切地感觉到宁秋水的不简单，也渐渐明白为什么在之前的那扇诡门中，宁秋水能仅凭车上的一堆硬币就捕捉到了她的计划。

文雪本是一个不安分的主，时常在诡门之中溜达，见过许多厉害的人，很少会有那种让她感到特别头疼的家伙，而宁秋水几人便在其中。

虽然在"抬头的人"的诡门里，文雪不知道宁秋水他们到底做了些什么，反而最先上了大巴车，但这已让文雪意识到，这几个家伙比她想得要厉害得多。

至少换位思考，她做不到。

看见稳如泰山的宁秋水，文雪略有些焦躁的心也渐渐安稳了下来。

时间一分一秒地过着，眼见时间差不多了，宁秋水对着二女使了个眼色，他们拉开了房门，然后故意压低自己的脚步声，离开了这里。

此时此刻，103 房的钱可儿二人趴在门口处，静静聆听着外面的动静。

听到隔壁有人出来，她们的脸上都洋溢着一种怪异的笑容。

"计划已经开始了，池香，按照昨晚的时间来估算，楼上的那些东西应该差不多快要下来了。接下来，我们就在这里等着，等会儿诡物去找他们，我们就把杂物间的重物推出来，把那些裂缝堵住。"

谭池香手上拿着那份文件，还是很紧张，额头处满是汗珠："可儿，你说那些诡物会不会不去找他们，而是来找我们？"

钱可儿点头："完全有可能。这样的话，我们就帮他们把诡物引过去，到时候，诡物看到我们手上有蜡烛，自然就会先去找他们！"

谭池香深吸了一口气，她总觉得心里有些不安，好像冥冥之中哪里出了问题，可她自己又说不上来。

就在二人还在房间里等待的时候，宁秋水三人已经开始了合作，提着工具离开了墙缝，来到了大厦的外面，准备开始糊墙。没错，就是糊墙。

今夜漫长，在他们的计划里，钱可儿两个女人一定会困在羊圈里面，而羊圈里的诡物在淘汰她们之后，能力又会进一步增长！

这扇诡门中的诡物手段防不胜防，到现在他们都没有完全弄清，如果今夜他们不直接把任务做完，乘坐大巴车离开这里，那他们凶多吉少！夜里行动，本来就是一件十分危险的事，更何况在这扇诡门中，提示上早有标志。

一旦诡物解开了身上的束缚，宁秋水可不认为他们的诡器能撑到明天清晨。

虽然诡门中的每一个提示都至关重要，可以帮助诡客们规避许多致命的风险，而违反诡门上给予的提示，自然也要承担相应的后果。

但根据目前的局势，他们哪怕是冒风险，也要尽可能地把墙糊完。

当然，由于计划的变动，他们在白天就已经商量好了对策，留下的墙缝其实很小，只需要短短的几分钟就能干完剩下的活儿。他们和钱可儿二人的矛盾已经激化到了无法分解的地步，想要活下来，今夜必须拼一次！

此时此刻，正在大门外修墙的三人心里多少是有些忐忑的。

违背提示，究竟会惹来什么，他们心里也没有底。

不过如今已是箭在弦上，不得不发，三人看着面前几乎只有半个人身大小的墙缝，心一横，开始糊墙！

头顶冰冷的月光洒在背上，有些说不出的阴冷，干活的文雪抽空看了看天上的悬月，脑海里浮现了诸多杂念。很快，文雪甩了甩头，又开始继续糊墙。

三人都保持着近乎默契的沉默，谁也没有说话，没过多久，正在糊墙的文雪忽然发现了什么，立刻停下了动作，用手指着墙壁，声音带着些颤抖，不知道是因为冷还是因为其他什么："喂，别糊了，你们快看！"

二人顺着文雪手指的方向看去，并没有发现什么异常。

"怎么了？"宁秋水问道。

文雪咬着牙，拿起旁边的一块砖头，朝着刚才他们糊的墙缝处砸了过去！

"哐当！"

一道沉闷的响声过后，先前他们糊在墙上的砖块竟然掉了下去！

见状，无论是宁秋水还是白潇潇都皱起了眉。

"怎么会是松的？"白潇潇喃喃道。

前几天，他们白天糊墙的时候，都发现了一件事——只要抹上水泥的砖头放入墙体之中，立刻就会变得极度坚固，无论用多大的力气都不可能弄开。

可现在为什么不行了？是哪里出了问题？

望着面前根本糊不上的墙体，三人的呼吸声都变得有些急促。

他们知道这意味着什么，一旦这墙今夜糊不上，那他们就必须返回羊圈，而今夜不能淘汰任何人，否则对于剩下的人很可能是毁灭性的影响！

宁秋水拿出诡器，谨慎地往前走了一步，认真查看了一下墙体，说道："这些黑色的黏液是哪里来的？"

其他人上前，盯着墙上的裂缝，发现了不对劲的地方。这座大厦，这羊圈的裂缝处，竟然在不断地往外渗出黑色的黏液！见到这一幕，三人都感觉到脚底冒着寒气，墙怎么会渗出黏液呢？难道这羊圈是活的？

又或者，是已经有诡物盯上他们了？这些诡物的速度能这么快吗？

"咱们……要不要回去？"白潇潇皱着眉，她觉得现在回去尚且还能周旋，若是他们再继续下去，其中凶险他们或许无法承受！

盯着墙缝处的黑色黏液，三人沉默了一小会儿。

文雪脱下了自己的外套，不顾危险，上前直接开始擦拭墙缝上的黑色黏液！

"没有退路了！"文雪咬着牙，表情略显扭曲。

"钱可儿那个疯女人，拿到了蜡烛，绝对不会放过我们的！

"再等会儿楼上的诡物下来了，钱可儿一旦发现端倪，就会第一时间将那些诡物引过来，到那个时候，我们的处境就会无比糟糕！

"来帮我！擦掉这些黏液，把墙糊上，我们还有的活！"

眼下的境况诡异至极，但凡稍微有点理智的人，都知道眼前这羊圈的墙已经出问题了，可文雪的决策也足够果断和决绝，白潇潇和宁秋水对视了一眼，他们也像文雪那样脱掉了自己的外套，用力擦拭着墙上裂纹处的黑色黏液。把黏液擦拭干净之后，白潇潇眼疾手快拿起了一块沾着水泥的砖头，放在了上面。

而后她试着挪了挪这砖头，惊喜道："有用！砖头固定住了！"

见状，文雪眸子一亮，也干得更起劲了！然而没过多久，她干活的时候不小心将黑色的黏液弄在了自己的身上，文雪惊呼一声，想要将这黏液擦干净，却没承想墙缝之中忽然伸出了许多黑色的头发，席卷向文雪，将她包裹！

文雪眼疾手快，第一时间祭出了自己的诡器，可这黑发的力量似乎超过了她的预想，虽然诡器暂时保住了她一命，但她却被黑发死死缠绕住，根本无法脱困！

更可怕的是，这黑发正在不断缩紧，并且还在不断渗出黑色的黏液，似乎想要将文雪淹没！

"救我……救我！"文雪惊恐的叫声从黑发中传出，白潇潇第一时间掏出了那柄刻着"栀子"的匕首，神色凝重。

此时此刻，站在各个方面考量，她都必须要想办法救下文雪！

宁秋水这时站在原地，目光却望着羊圈裂缝内部那黑漆漆的走廊，似乎对文雪的处境置若罔闻。

"秋水，你在看什么？"白潇潇察觉到宁秋水的不正常。

"它们来了。"宁秋水的目光如刀，"我听见高跟鞋的声音了，还有那摩擦墙壁的声音。"

白潇潇一怔，随后，她举刀就朝文雪所在的黑色发球刺去！

匕首的尖端触及黑色发球的刹那，一个极其沉闷痛苦的男人声音传了出来——"啊啊……"这声音听得人头皮发麻，黑色发球中迸发出了大量的液体，紧接着文雪滚落出来，浑身肌肤呈现出腐烂的模样，但好在暂时要不了命。

蜷缩在地上的文雪痛呼几声，狼狈地爬起来，就要继续去擦墙上的黑色黏液，她的嘴里叫道："快！再不修好，我们都得完蛋！"

然而白潇潇却拉住了她："来不及了……"

文雪闻言一怔，看向了墙上的裂缝。

那个地方，已经只差几块砖了。可密集的黑发已将那里彻底填满了。

文雪跪在了地上，双目失神："完了……这下真的完了……"

黑发这次没有选择继续去攻击诡客，而是将墙上的最后那道缝隙堵住，这样一来想要把墙修好的诡客根本无从下手。

但黑发只是封住了那个缝隙，却没有办法封住缝隙背后传来的声音，羊圈外面的三个人，都能听到从缝隙背后的走廊里传出来的动静。

那是高跟鞋走动的声音，是雕塑头在地面滚动的声音，还有人用力抓挠着木板的声音！它们在走廊上疯狂地移动着，朝着这头而来。

隐约间，听力较好的宁秋水甚至能听到钱可儿两个女人的愤怒咒骂声，显然，她们也发现自己被利用了，对于钱可儿这样自诩聪明的女人来说，这简直就是莫大的耻辱！在谭池香面前，她信誓旦旦地讲述出了自己的计划，要以牙还牙，以眼还眼，让宁秋水他们体会什么叫绝望，让他知道得罪自己的下场！

可现在，看到走廊尽头墙壁上的最后一道裂缝即将被修好时，钱可儿这才发现，原来被玩弄在股掌之中的一直都是她们，她感觉无形之中好像有一个巴掌在狠狠地扇她的脸！

前方那个缝隙上的小洞就连猫狗想要钻过去都有些困难，虽然诡物能够自由进出，但是她们出不去了。

"池香，咱们把诡物引过来，等到诡物出去之后，我们立刻去找工具，把这最后一点墙糊上！"钱可儿临时起意，改变了自己的计划。

谭池香不懂："可儿，咱们为什么又要糊墙了？"

钱可儿咬牙道："必须要糊墙了，你看那些身后追我们的诡物，明显比第一天厉害了不止一个层次，它们进化的速度太快了，如果今夜它们再淘汰几个人，身上的规则束缚再少一些，那我们在羊圈里可真就成了瓮中之鳖！"

"那三个浑蛋真是该死啊！"谭池香打了个寒战。

她们疯狂地朝着那头跑去，身后恐怖的声音步步紧跟。

　　而此刻，外面的宁秋水忽然想到了什么，对着墙壁上的黑发叫道："柏庭！"

　　随着他的一声大叫，墙壁上的黑色头发竟然真的有了反应。

　　见状，宁秋水确定自己的想法是正确的，脑海里快速地过了一遍，他对着这团黑色的头发道："我们看见你在三楼电脑里留下的东西了！既然你也希望我们逃出去，那就帮个忙吧，我们出去之后，会想办法帮你报仇的！"

　　宁秋水掷地有声，不过这一次，嘴炮似乎没那么好使了。

　　黑色头发根本就没有搭理他，甚至还裹缠得更紧了。

　　宁秋水见状，又说："你看到走廊里的那两个女人了吗？回头看看她们，她们和严经理是一伙的！你可以选择不帮我们，可你不能放她们离开！

　　"难道你忘了自己在这座大厦里面遭受了什么？忘了严经理他们是怎么折磨你们的吗？

　　"柏庭，不在沉默中爆发，就在沉默中灭亡！"

　　这一次，宁秋水选择使用另外一种情绪来刺激眼前藏于墙里的这只诡物，和之前那种劝诡物从善的手段相比，愤怒显然来得更加直接。

　　这一回，这只满怀怨念的诡物被说动了，它不再继续盘踞于羊圈的最后一道缝隙处，它消失了。宁秋水三人也隔着缝隙，看见了走廊那头即将跑过来的两个女人！

　　"别听他瞎说！柏庭，我们跟严经理不是一伙的，他在欺骗你！"钱可儿着急地大叫。

　　她和宁秋水隔着墙缝对视着，看见宁秋水那漠然的眼神，钱可儿非常不爽，那是一种彻底被无视的眼神。

　　"池香，快！"钱可儿大叫。

　　对方已经开始在填砖了，她们务必要赶在那道缝隙消失之前，将身后的诡物引到那个地方！否则，一旦羊圈合上，她们和这些诡物全都被锁在里面，那遭殃的就是她们了！到那个时候，哪怕她们手上有蜡烛也根本无济于事！

　　最后那十几步的距离，显得如此漫长。钱可儿瞪着那双几乎要杀人的又充斥着绝望的眼睛看着宁秋水拿着砖块和水泥将最后的缝隙糊上了。

　　外面的月光被遮挡，走廊的尽头变得死寂一片。

　　"不！"钱可儿发出尖叫声，疯狂地撞击着墙壁，然而根本无济于事。

　　谭池香跟在她的旁边，大脑早就已经是一片空白了。

　　这个时候，身后的恐怖已经距离他们越来越近，谭池香想起了那天晚上发生的事，她吞了吞口水，整个人身体僵硬。

"可、可儿，我们怎么办？"她的声音带着哭腔。

钱可儿用手指在墙面狠狠地抓挠了几下，而后像是下了某种决心一样，转身对着谭池香说道："池香，待会儿我会帮你拦住这些诡物，你立刻跑到大门口去，到时候你就跟文雪说，你已经完成了和她之间的约定，现在该她履行承诺了！"

谭池香"啊"了一声，旋即支支吾吾地道："这……这能行吗？"

钱可儿叹息了一声："或许这是最后的办法了。

"都怪我，要不是我把你带进来……罢了，现在说这些也没有任何意义了。"

谭池香闻言，心头不免觉得感动，上前抱住了她："可儿……我会永远记住你的！"

对她而言，和钱可儿之间的感情当然远不及她自己的生命重要。

然而，这时已经被恐惧吓坏的谭池香并没有发现，面前这个一向对她温柔的钱可儿，眸子里却带着浓郁的失望和冷意。

这不是钱可儿想要的答案，下一刻，一张红色的盖头，盖在了谭池香的头上。

她是真的想过为了谭池香牺牲自己，谭池香也正是看中了钱可儿的这点，才会选择和她一起出生入死。可谭池香却忽略了一点，付出从来不是单方面的，如果一个人为另一个人付出所有，那对方一定也渴望有一个人能够如此对待自己。

钱可儿就是如此，但谭池香根本做不到。

如果谭池香刚才觉察到了这一点，并且以谎言应对的话，那此时红盖头下的人就不是她了，而是满足了内心最终诉求的钱可儿。

她不是真的希望谭池香陪她留在这里，她只是……想要一个回答。

此时此刻，被红盖头覆盖的谭池香甚至来不及做出任何挣扎的动作，就在那一瞬间，她陷入了如死一般的沉寂。她的肤色开始变得苍白，青色的血管若隐若现，双手缓缓交叠，放在了自己的身前，像极了古代即将出嫁的大家闺秀。

"嗒！嗒！嗒！"

走廊前方不远处，高跟鞋踩在地面上，声音越来越近，没过多久，昏暗的走廊里出现了一名穿着白色连衣裙的女人，她的嘴角挂着笑容，身体枯槁，左边的手里攥着一根画笔，右边的手里则握着一把美工刀。若是仔细看，便能发现这名女人右手握着的美工刀尖处还在滴着暗红色的液体……她的脚上穿着那双鲜艳的红色高跟鞋，这双鞋子很不合脚，大了很多，穿在她的脚上，显得格格不入。

而在女人的身后，是滚动在地上的雕像头，还有那只无头诡。

它们全都站在了阴影里面，冷冷地注视着钱可儿二人，似乎在想到底要怎么分这两只猎物。不过这样的对峙并没有持续多久，罩上了红盖头的谭池香率先动了。她直接朝着诡物扑了过去！钱可儿也趁这个机会，从诡物的中间穿插而过。

　　她不知道为什么，十二楼的那只诡物迟迟没有出现，但眼下她已经不能再等了！钱可儿不要命地朝前冲锋，眼睛里面满是血丝，嘴唇翕动，似乎在说着什么，不知道是在向谭池香道歉，还是在咒骂着宁秋水他们……

　　很快，没有了诡物的阻拦，她一路冲到了大厦的大门口，在那扇巨大的玻璃门前，看见了外面站着的三人，宁秋水他们似乎在等车。

　　钱可儿冲到了玻璃门前，疯狂地敲打着玻璃门，三人被身后突然传来的动静吓了一大跳，他们回头一看，发现钱可儿正趴在玻璃门上，死死瞪着他们！

　　"文雪……文雪！"钱可儿用力敲打着玻璃门，嘴中发出尖叫。

　　文雪并没有被钱可儿那要杀人的眼光吓到，她冷冷地看着钱可儿，像是在看一只可怜虫。

　　"有事吗？"她道，"如果是让我帮你开门的话就算了，我没有钥匙，钥匙在严经理的手里，如果待会儿他出现了，或许我可以帮你问一下……"

　　文雪阴阳怪气的话还没有说完，钱可儿便将额头死死贴在了玻璃门上。

　　"我被淘汰了，你以为你能逃得掉吗？"钱可儿忽然露出了一个狰狞的笑容。

　　"王祁会找到你，还有你那个只剩一条腿的残废母亲，你猜猜她会怎么样？"

　　看着她语无伦次的模样，文雪脸上的神色冷了下来，也学着她的模样贴在了玻璃门上，冷冷道："大家都在江湖上漂，祸不及妻儿老小，是生是死各凭本事。我生平最是讨厌人家拿我家里人威胁我，你跟我说这些，以为我就会救你出来吗？我告诉你，钱可儿，你输定了！

　　"另外，我的结局你是看不到了，但是你的结局，我可以看得一清二楚！"说着，她看向了钱可儿的身后，脸上的表情微妙。

　　钱可儿也意识到了什么，身体猛地一僵，而后缓缓回头……

　　身后的漆黑中，不知何时站着一个女人，头顶还垂落着一张红盖头……

　　看到这具熟悉的躯体，钱可儿脚底冰冷，她当然知道，红盖头下面的那个人就是谭池香，只不过和以前有些不同——现在的谭池香，已经被操控了。

　　黑暗中，谭池香缓缓抬脚，她的膝关节似乎不会弯曲，腿直直地抬着，直直地落下，脚尖绷得笔直，像是芭蕾舞舞员，又像是一具木偶。

　　她上半身不稳，就这么摇摇晃晃地用怪异的姿势朝着钱可儿走来。

　　"可儿，你在哪里……好黑啊……我什么都看不见……你不要我了吗？可儿……"

　　钱可儿缓缓后退，没几步，她的后背便抵住了玻璃门，浑身颤抖得厉害！

　　"池香，不要怪我……"钱可儿双手死死捂住了自己的嘴，无声地哭了起来。

那个女人在大厅里找了一圈，似乎真的找不到钱可儿在什么地方。

几分钟后，眼见她就要离开，文雪忽然不小心撞在了玻璃门上，发出了巨大的动静。

"哎哟，怎么脚不小心滑了一下呢！"文雪自导自演，骂骂咧咧。

听到这个动静，原本准备离开的谭池香，忽然停下了脚步，缓缓转身看向了这边……

钱可儿本以为自己暂时逃过一劫，可是身后突然传来的动静，几乎让她崩溃！

她当然知道这是文雪在故意搞她，可是她没证据。

作为红盖头这件强力诡器的拥有者，钱可儿知道，一旦彻底释放诡器的力量，一定可以暂时逼退楼上的那些诡物。但这么做也会有弊端，那就是谭池香会沦为诡器的牺牲品，事后谭池香将会化为诡物，纵然某些能力会被红盖头限制，可诡物究竟不是人可以抵抗的。

更何况，这是钱可儿第三次使用诡器了，在这个副本里，她已经无法再次使用诡器，也意味着她没有办法再和诡物做出任何纠缠！

看着一步一步接近自己的谭池香，钱可儿又恨又惧，她狼狈地从地上站了起来，然后朝着东侧的走廊跑去！听到她的脚步声，谭池香立刻追了过去！

"可儿，你不是说，要带我活着离开这里……可儿，你不是说，要帮我挡下所有风雨……难道你忘了？！"

这哭声没有持续多久，直到站在大厦玻璃门外的三人，听到了钱可儿求饶的叫声。

声音持续了大概十多秒，然后突兀地消失了。

门外的三人虽然没有亲身经历这一切，也感觉身上冷飕飕的。

三人沉默着，站在清冷的月光下，就这么直勾勾地盯着外面的街道。

他们一边小心提防着随时可能会出现的严经理，另一边在心里不停疑惑着诡舍的大巴车为什么还不出现。

大巴车从来都不会迟到，他们已经在这个地方站了五到十分钟了，可是大巴车依然没有出现的迹象……一种不安的情绪随着时间发酵，开始从三人的心底慢慢地弥漫了出来。

"该死……为什么大巴车还不来？"承受着伤痛的文雪咬牙切齿，她焦急地张望着外面两侧空无一物的街道，呼吸急促。

白潇潇的眉毛也皱了起来，直觉告诉她，事情没这么简单："大巴车从来都不会迟到，到底是哪里出问题了？"

这扇诡门中只剩下他们三个人了，说心里一点不害怕，根本不可能，每在诡门中多待上一分钟，他们就会多一分丧命的可能！

"不对，一定有地方不对！"宁秋水语气严肃，脑海里不停回忆着他们之前经历的一切，搜索着所有的细节。

"这么长时间了，按理说大巴车应该出现了！退一步讲，哪怕大巴车不出现，严经理也该出现了。"

宁秋水仔细地回忆了一下诡舍的任务要求，按理说没有问题。

只要修补好羊圈，就算任务完成了，既然羊圈是这座大厦，那应该已经修补完成了才对呀？

"难道……羊圈不是大厦？"文雪喃喃自语，声音慌乱。

宁秋水摇头，笃定道："这个问题我第一天就想过了，羊圈是其他东西的可能性极小，至少在大厦内外，除了那些墙上的巨大裂纹，没有需要明显花时间修复的东西了。"

文雪情绪有些激动："可如果是这样的话，大巴车应该已经到了才对啊！"

她死死地攥着自己的拳头，哪怕掌心的皮肤传来剧烈的刺痛。

这个时候，一旁思索的白潇潇忽然看向了宁秋水："哎，秋水，你还记不记得我们在血云书院经历的事情？"

宁秋水点头："嗯。"

望着白潇潇那双发亮的眸子，宁秋水隐约间猜到了她在想什么。

"你是想说，这一次拼图碎片也伪装成了什么东西，迷惑了我们？"

白潇潇摸了摸自己的下巴："对，这座大厦，我们基本也算是走遍了，但是都没有找到拼图碎片。我想，它可能出现的方式有两种——要么是在十二楼最西侧的那个装着红木棺材的房间，那个房间我们没去过，太过危险。要么拼图碎片伪装成了一些东西，一些我们从始至终都不会去怀疑的东西。"

文雪因为伤痛，脑子有些迟钝，瞪着眼问道："什么东西我们不会怀疑，桌子、凳子还是床？又或者是我们在食堂吃的那些饭菜？"

宁秋水盯着大厦的墙壁，忽然来到了墙边，伸出手指轻轻地摩挲着墙壁的外围，喃喃道："不在羊圈里，也不在羊圈外……我们不会怀疑的，就是这羊圈本身啊。"

文雪听到了"羊圈"两个字，原本混沌的思绪忽然变得清明了起来。

"是墙的砖头有问题！"

但很快，她又犯难了："但是我们糊墙用了那么多砖头，我们怎么知道哪个砖头有问题啊？一个个重新去排查的话，会不会浪费太多时间了？"

宁秋水双手环抱胸膛："虽然不知道在谭池香身上到底发生了什么事，不过看她身上破破烂烂，应该是跟其他的诡物战斗过，这么长的时间，其他诡物都没有出现，估计被逼退了……"

说到这里，宁秋水的眸子里闪过了一道光："那件红盖头应该是一件非常厉害的诡器，能够同时将大厦里的三只诡物逼退，只是不知道要付出什么代价。理论上说，我们现在还有时间可以纠缠。"

言罢，宁秋水内心已经有了决断，看向文雪道："你现在状况不太好，一会儿你站在东南拐角的位置，这样你的左手边有四个裂缝，右手边有六个，待会儿我跟潇潇会去你的左手边开始排查，在这个过程中，如果你看见诡物从哪个地方钻出来了，就第一时间大叫提醒我们！"

文雪迟疑了片刻，还是点了点头。这显然是一个很蠢的方法，但以他们目前的处境，也没有什么更好的方法了。文雪来到了约定的位置，手上紧握着属于自己的诡器，有些不安地望着四周黑暗。

宁秋水和白潇潇也去向了另外一头。

时至如今，三人已经完全被绑在了一条绳子上，想活下去，必须精诚合作。

宁秋水和白潇潇开始摸索着之前修补好的墙壁，一寸一寸，非常仔细，连续摸索了两处之后，文雪有些站不住了，站在远处对着宁秋水二人大叫道："喂，你们找到没有？"

白潇潇抬起一只手，向着远处挥了挥："再等等！"

文雪见状，叹了口气，继续警惕着周围，由于之前承受过诡物的攻击，她现在的身体状况非常不好。受伤后，人的大脑也会出现迟滞。这是她最担心的事。

宁秋水在和她分开之前，为裂缝标了编码，文雪还能够大致记住这些编码对应的裂缝的位置，当宁秋水二人检查到第三处裂纹的时候，文雪忽地感受到一抹不太正常的冷意。这种冷，并非由皮肤感知到的温度，而是从内向外的冷，像是有什么东西穿透了她一样。

突如其来的感觉，迅速引起了文雪的警惕，她快速扫视着周围一切可能出现异动的地方，最终将目光定格在了九号裂纹处。

虽然由于受伤文雪的视线变得有一些轻微的模糊和晕眩，再加上夜幕的阴暗，使得她不太能看清楚九号裂纹的细节。可即便这样，文雪依然能通过动态视觉感知到，在那个裂纹处有什么东西蠕动着。

她努力地眨了眨眼，而后似乎看见了什么可怕的东西，猛地转身，对着远处的两道黑影大叫道："它们来了！九号裂纹！"

大叫的同时，文雪直接朝着宁秋水二人跌跌撞撞地跑了过去，她脚步有些虚浮，身形晃荡，但速度却不慢，可当她逐渐靠近那两个在墙面前检查的人的时候，却忽然猛地顿住了脚步！

文雪看见，面前的这两个人哪里是宁秋水和白潇潇，分明就是钱可儿与谭池香！她们缓缓地转过头："好寂寞呀，加入我们吧！"

文雪瞪着眼，叫了一声，脑子里的理智逐渐变成了慌乱。

她不理解，不理解宁秋水和白潇潇为什么忽然不见了？更不理解出现在自己面前的怎么会是已经淘汰的钱可儿和谭池香！

"不可能！"文雪捂着自己的头，强迫自己冷静下来。

钱可儿折在谭池香的手上，所以无论钱可儿再怎么恨她，直接变成诡物回来找她复仇的可能性都几乎为零，文雪不相信自己的运气这么差。

她们不是冲她来的，应该是裂缝没有完全修补，导致她们出来了，之前谭池香能和这些诡物纠缠，现在或许也可以！

想到这里，文雪忽然指着远处月光下朝她追来的三只诡物，说道："我也想跟你们走，但现在的问题是它们要我跟它们走，你们说我到底听谁的呢？"

钱可儿和谭池香看向了她的身后，锁定了那三只快速追来的诡物！

几只诡物第二次的交锋一触即发！

与此同时，大厦内部，一面墙壁忽然渗出了液体，片刻之后，这些液体渐渐变成了一扇木门，上面写着210。

门被打开，宁秋水和白潇潇走了出来："快，潇潇，文雪能给我们争取的时间不多！"

白潇潇点头："你去找拼图碎片，我去拿砖和水泥！"

二人分工合作，五分钟后，他们到了九号裂缝处，宁秋水手中拿着一块发光的碎片，而此时，原本已经被糊好的墙壁上出现了一块砖头大小的漏洞！

白潇潇快速拿起了一块砖头糊上水泥，就要将那个漏洞填补好，可关键的时候，那个漏洞竟然又一次渗出了漆黑的黏液。

一波未平，一波又起。原以为事情到这里应该画上句号了，可是没想到，原本已经放过他们的柏庭，这个时候又跑出来作妖。

柏庭，出现于严经理办公室里第三个被划掉的名字，也是三楼那台电脑曾经的使用者，他的具体工作还不清楚，不过和其他三名精神病人不太相同，柏庭的智商明显比他们高了不少。他似乎发现了大厦里的不正常，于是制定了某个计划想要逃离这里，大厦承重墙被破坏，就是他搞的，可惜的是，他差一点就成功了。

事实上，在不久前，宁秋水他们一直以为柏庭逃出了这个羊圈。

然而，真相非常地残酷。他非但没有逃走，还被严经理抓住，最后变成了现在这副样子，二人都没法想象柏庭之前到底遭遇了什么可怕的事情，为何会变成现在这样。

墙缝处不断渗出黑色的黏液，很快那些黑色的头发也开始密密麻麻地从那个砖头的缝隙里往外延伸！白潇潇面色煞白，她一只手拿住了匕首准备战斗，但宁秋水却在关键的时候阻止了她，对着墙缝处延伸出来的那些头发大声说道："柏庭，你能听懂我说话，对吧？你比它们都聪明！我们只是和你一样的可怜人，被严经理骗到了这个地方！

"帮我们个忙吧，让我们离开这里！或者我们也可以帮你一个忙，如何？"

早在墙外的时候，宁秋水便发现柏庭的神志还能够和正常人交流。

能交流，就意味着有合作的可能。在外面的世界，宁秋水常用暴力解决问题，那虽然不是最好的方法，但足够快捷。可这里是诡门内，跟诡物战斗，就算手里有一件足够强大的诡器，战斗也绝对不是什么好法子，钱可儿便是前车之鉴。

宁秋水话音落下，那些黑色的头发渐渐放缓了速度，停在了二人面前大约三米的位置。它似乎在踌躇，又大约过了半分钟，那些黑色的头发再一次蠕动了起来，它们互相纠缠，逐渐凝成了一张恐怖的面容："把我的身体带出大厦……"

宁秋水询问道："你的身体在什么地方？"

"在十二楼的红木棺材里，把我的身体带到一楼来……我可以帮助你们离开……"柏庭非常艰难地说完了这几句话，那些黑色头发凝聚出来的脸就散开了。

黑暗中，宁秋水窸窸窣窣地摸出了一根烟点燃含在嘴里，气氛凝重又死寂。

白潇潇瞟了墙洞一眼，眸如湖水深幽："看来我们已经没有选择了。"

宁秋水看了一眼楼梯的方向，眼皮一垂："上楼。"

二人沿着楼梯一路朝上，他们不敢坐大厦的电梯，好在二人的体力都很好，来到十二楼后，也只是喘息变得急促了些。

"在最西侧的房间！"宁秋水和白潇潇快速地朝着那头跑去。

地面和墙壁上全都残留着很多黑色黏液，越往西侧走，出现的黏液就越多，被头顶苍白的白炽灯这么一照，甚是狰狞！

不过二人都没有停下脚步，这绝对是一个千载难逢的好机会。

和红木棺材有关的那只诡物已经去羊圈外面找他们了，如果不是情况特殊，宁秋水也不会选择将文雪卖掉，不过人力是有限的，能够和白潇潇离开这扇门，才是他的首要目标。

至于文雪……能救当然可以顺带拉她一把，若是实在救不了，宁秋水也绝不会心软丝毫。二人很快便来到最西侧的那个房间，一推门，浓郁的味道便让他们忍不住皱了皱眉。

空旷的房间里，横躺着一具红木棺材，但它不是用红木打造的，而是槐木。

至于棺材为什么会是红色的，是因为外面涂了一层厚厚的红色液体。

宁秋水来到棺材旁边，示意白潇潇准备好，而后他将自己的耳朵贴在了棺材的表面，倾听着里面的状况。

"咯吱……"这正是之前他在一楼丁字路口处的右侧回廊里听到的那个声音，完全一模一样！

有了白潇潇压阵，宁秋水也没什么顾虑了，他狠狠地将棺材掀开，可里面的景象让他眼皮一跳。白潇潇往前一步，朝着棺材里看了一眼，忍不住倒吸一口凉气——棺材里躺着三个人，其中两个是第一天消失的那对小情侣，另外一个人则在他们旁边，看不出容貌。

宁秋水道："这应该就是柏庭了……咱们赶快下去吧！"

白潇潇点头，然而他们刚来到门边，就听到了走廊的另一头传来了摩擦声……

白潇潇听到外面走廊传来声音的那一刻，便停下了脚步。

她立刻拿出诡器，回头看着宁秋水，后者却对着她摇了摇头。

下一刻，宁秋水直接拿出了自己的那张病历单。

上面关于王芳的名字只隐约剩下了一个"王"字，至于后面的那个"芳"，已经完全模糊到不可见了。宁秋水眼光烁动，但听着摩擦声越来越近，宁秋水还是决定用出这个诡器。再犹豫下去，恐有变数！随着这病历单在空中飞舞，彻底化为灰烬，宁秋水二人侧边的墙上出现了一扇老旧木门，他们没有任何犹豫直接推门而入，随后木门融入了墙中。

下一刻，走廊上的摩擦声来到门口，一张苍老面庞出现在了那里。

大厦外，九号裂缝处。

宁秋水推门而出，地面满是破碎不堪的红盖头。

"钱可儿和谭池香已经被诡物攻击了吗？"白潇潇看着地面上的红盖头，遍体生寒。一般来说，就算是诡物想要解决同类也绝不容易。楼上的那三只诡物已经进化到这么恐怖的地步了吗？

念及刚才的事，她忽然庆幸，得亏是宁秋水叫住了她，没有和诡物正面硬碰，否则下场如何还不好说。

他们没有时间耽搁，宁秋水抱着一具辨不清容貌的身体，对着九号裂纹处的墙壁大声道："柏庭，我们把你的身体带出来了！该你履行承诺了！"

墙缝处，黑发出现，忽然朝着宁秋水席卷而来！

白潇潇向前一步，却被宁秋水拦住。那黑发并没有伤害宁秋水，而是将宁秋水用外套包裹着的身体卷走，陷入了墙缝之中。

"快糊墙，它们来了，我拦不了它们太久。"

忽然，墙缝的对面，柏庭出现，他身上的伤口渐渐恢复，变成了一个文弱的、穿着精神病院病服的青年，他戴着眼镜，毫无生气的眼眸中洋溢着一种莫大的悲哀。

在他的身后，是雕塑头、穿着红色高跟鞋的白裙女人，还有一个身材枯瘦的老人。

"潇潇，糊墙！"

宁秋水没有犹豫，和白潇潇糊着墙，最后一块砖拼上的那一刻，一张明信片忽然从缝隙中滑落了出来，宁秋水捡起这张明信片，看了一眼，迅速揣入了兜里。

而在墙的另一头，柏庭缓缓转身，看着面前朝自己走来的三只诡物，他似乎并没有打算反抗，而是自言自语道："你们总是责怪我为什么要逃走，可被养在羊圈里这么久，我已经分不清自己到底是什么了。我不想做狼，也不想做羊，我不要再戴上它们给我的枷锁。"

"我要离开这里，哪怕是死。你们懂吗？"黑暗渐渐吞噬了阴影，头顶的灯光闪烁了几下便彻底失去光亮，原本苍白的区域忽然陷入了伸手不见五指的空虚。

黑暗中，传来了柏庭最后的嘲讽："你们好可怜啊……"

宁秋水和白潇潇快速地来到大厦的正门口，文雪昏倒在路旁，不省人事，宁秋水蹲下身子摸了摸她的脉搏，确认她还活着，立刻将她从地面上一把提起，扛在了肩膀上。来到正门口外的工字街道，大巴车仍旧不见踪影。

二人朝两旁张望着，直至五分钟过去，一辆熟悉的大巴车才出现在街道的尽头。它缓缓地朝着宁秋水二人驶来，速度并不快，直到大巴车的近光灯射出光亮，宁秋水才缓缓松了口气。

事情……似乎已经结束了。

"又是差点团灭的结局啊……"宁秋水半自嘲地说道，"我们多少有点像瘟神了。"

白潇潇伸手捏了捏面前文雪的屁股，说道："话不能这么说，也可能是文雪像瘟神。你看，上次没有文雪，书院里不还有个人活了下来？"

文雪不知道什么时候醒了，怒瞪宁秋水："浑蛋，你捏我屁股？大白天要流民？我告诉你，你刚才把我扔去挡诡物的事不算完……"

宁秋水想了想："有没有可能，刚才是潇潇捏的你？"

文雪冷笑道："登徒子，你以为我会信……"

她话还没说完，忽地眼睛一瞪，用手指着不远处的大厦门口，语气颤抖："喂，他……他什么时候出现的？"

二人顺着她手指的方向看去，天灵盖瞬间冒出了一阵寒气。严经理不知何时出现在大厦的门口，从腰间拿出了钥匙，就要打开大厦的大门。

那三只诡物，就站在玻璃门的那头，目露邪光，带着极度的贪婪盯着三人。

只要大门一开，它们就会在第一时间冲出来，而此刻，大巴车距离他们还有一段距离。

"严经理！"千钧一发之际，宁秋水高声叫住了严经理，后者动作迟滞了片刻，缓缓转过头，苍白的脸上还挂着不怀好意的笑容。

"怎么了？"

宁秋水不知何时拿到了白潇潇的那把匕首，在黑暗中对准了严经理。

"如果你敢把那把钥匙插入锁孔，这把匕首就会在一瞬间插入你的头。"他语气淡漠，淡漠中透露着十二分的寒意。

如果换作一个普通人，严经理大约不会搭理他，可宁秋水说完这句话的那一刻，他是真的从宁秋水身上感受到了一股会让他隐约汗毛倒竖的寒意。

看着宁秋水手中的那柄匕首，严经理的眸中闪过了一道光。

"很厉害的武器，但这么黑的夜，隔着这么远的距离，我不信你能命中我。"

宁秋水笑了起来："你最好不要怀疑我的手法。"

严经理眯着眼，下一刻，直接将钥匙插入锁孔，在他手中钥匙接触锁孔的一瞬间，宁秋水手中的匕首也消失了。

"咻！"

黑暗中，发出了激烈的破空声，严经理的动作忽地一顿。

"我已经警告过你了。"宁秋水道。

严经理缓缓低头，检查了一下身上："……可你这刀也没中啊！"

"中了。"

"真没中。"

宁秋水一本正经道："嘴在我身上，我说中了就中了。"

严经理莫名觉得荒谬，自己居然信了这么一个傻子的话。

他猛地扭动钥匙，可经过这么一耽搁，那辆大巴车已经来到了宁秋水三人身后，当大厦的大门被彻底打开之时，三人已经躲入了车内。

随着车门缓缓关闭，三人扬长而去。

严经理面色冰冷，他目送着大巴车离开，转身狠狠地训斥着三只诡物："你们这群废物！这么长时间，你们居然都没有把他们吃掉，养你们有什么用？"

听到严经理的训斥，三只诡物看向他的眼神竟带着一种莫名的贪婪……

"我要用他画画。"

"我要用他雕刻头像。"

"我要用他打棺材。"

"顾客一定会满意的……"

"经理，你不会拒绝的吧，是你说过的啊，顾客就是上帝！"

"顾客……是上帝！"

大巴车上，白潇潇抚摸着手上的匕首，坐在她对面的文雪身上的伤势以肉眼可见的速度恢复了，她扫了一眼白潇潇手里的那柄匕首，忍不住嗤笑道："宁秋水，你小子是真能装，我当时差点儿以为你真能用这玩意儿钉住姓严的……"

宁秋水没有回答她的话，懒懒地靠在了座椅上闭目休息。

反倒是把玩着匕首的白潇潇露出了一个微妙的笑容："你最好相信他的话。"

文雪脸上的笑容渐渐收敛："什么意思？"

白潇潇将匕首的刀尖轻轻划过唇瓣，眸子轻眨："意思就是如果他当时真的扔出了这把匕首，那这把匕首就一定会命中严经理。"

文雪抿着嘴唇，没绷住，"扑哧"一声笑了出来："白潇潇，宁秋水这话这么离谱，你都信？他要是真有这本事，就凭你这把诡器，当时严经理肯定挂了！"

白潇潇不置可否地耸了一下肩。

没错，当时宁秋水并没有真的把这把匕首扔出去。

虽然诡器有自动回收的功能，但当时宁秋水已经没办法使用这件诡器了，就算他真的用了这把诡器，也不会对严经理造成任何伤害。

严经理虽然不是诡物，但也绝对不是普通人，普通的伤害很难真的威胁到他。

宁秋水的目的只是跟他纠缠，而事实上，他的计策很成功。

一分一毫，对他们这些诡客而言，便是生和死的差别。

眼见二人不说话了，文雪也别过头去，眼神复杂，她倒没有多少感激宁秋水和白潇潇。在这场和三只诡物的生死博弈中，她自己也出了很多力，甚至最后，宁秋水和白潇潇在没有经过她的允许之下，擅自将她留在了外面用来挡刀和拖延时间。

从过程上来看，文雪巴不得弄死他们，但从结果上，她的确又因为二人的存在活了下来。这扇诡门的难度实在有点高，回望过去的几天，若没有宁秋水和白潇潇的帮忙，文雪并不认为自己能在和三只诡物纠缠的同时，还能对钱可儿出手。

文雪望着窗外出了会儿神，突然听到了宁秋水的声音："出去之后，我会来找你。"

文雪皱眉："找我？做什么？"

宁秋水笑道："倒是也没什么大事，我跟王祁有点私人恩怨，俗话说得好，冤家宜解不宜结，正巧你能联系上王祁，我想顺便把这档子私人恩怨解决了……"

听到这儿，文雪紧皱的眉头又缓缓地舒展了开来："好。"

多一个人帮忙对付王祁，绝对不是坏事。

她被王祁威胁不是一两次了，周围能找到的那些朋友，一听到"王祁"这个名字，都被吓得离她远远的，有些甚至直接将她的联系方式删了，老死不相往来。

文雪还是第一次遇到像宁秋水这样的家伙，听到王祁的名字，了解他的身份之后，非但没有被吓住，还要迎难而上。

沉默了片刻，她又用手指着白潇潇，对宁秋水道："喂，她也是罗生门的人，你就不担心她把这事告诉王祁？"

白潇潇故作正经道："对呀，等我回去，我就把这件事情告诉王祁。"

宁秋水饶有兴趣地转头看着她："对了潇潇，你认识他吗？"

白潇潇摸了摸鼻子："还真不认识……也不能说完全不认识，反正不熟。他们属于封螫的部下，在罗生门内部恶名昭著，很少有人愿意去招惹他们。"

宁秋水若有所思。

他倒是还有些事情想要问白潇潇，但是现在多了一个外人，不太方便。

想到这里，宁秋水干脆闭嘴了，从身上拿出了之前得到的明信片。

明信片上潦草地写着一些红字——

　　　　光明精神康复中心。
　　　　制信者名单——
　　　　…………
　　　　有机会请将这份名单上交给第九局。

明信片上的内容触目惊心，毫无疑问，这张明信片是柏庭给他的。

上面提到了三样重要的事——

第一，光明精神康复中心，显然和大厦有关。

第二，制信。

第三，第九局。

宁秋水认真查看明信片，发现上面还有一个特殊的电话号码。

他闲来无事，拨打了这个电话，电话那头传来的是空号，是他预料之中的情况。

将明信片收好，宁秋水缓缓仰靠在椅背上。

等他再一次苏醒的时候，已经到了诡舍。

文雪不知何时已经不见了，而睡在前排的白潇潇同样迷迷糊糊，有些不省人事。

她揉了揉眼睛，扶着椅背站了起来："已经到了吗？"

"嗯。"

二人下车，门口站着的君鹭远正在和余江争论着什么，身上还挂着鱼篓。

见到二人，他们先是一愣，随后君鹭远露出了一抹讶异："秋水哥，潇潇姐，你们进门了？"

宁秋水点头："嗯，带了个外面的朋友，进了第六扇诡门。"

君鹭远闻言竖起了大拇指："牛。不愧是你们，刷门都刷第六扇。"

白潇潇在宁秋水背后踮起脚尖，看向他们："哎，你们又去钓鱼了？"

余江满面晦气："嘁，钓个锤子哟！

"君鹭远这小子的新手保护期过了，我们在岸边打了好几个窝点，搞了快一天一夜，一场空。"

君鹭远澄清道："这真不能怪我，明明就是你太倒霉了，早上的时候叫你开车开慢一点，你不信，路上把人碰了，运气全碰没了！"

余江不忿道："怪我咯？那地中海老头儿过人行横道不看红绿灯也就罢了，居然还在低头看着手里的文件！"

宁秋水一番询问后才得知，那个被撞的老头儿只是轻伤，也没有找余江赔钱，指着余江的鼻子骂了几句就一瘸一拐地走了。

"那你运气还不错。"白潇潇调侃道。

余江叹了口气："真是坏心情……对了，你们今天进门前看到了大胡子没？"

宁秋水仔细想了想，对他和白潇潇而言，那已经是几天前的事了。

"没。你找他有事吗？"

余江："也没什么事……就是心情一团糟，想吃点他做的菜。"

宁秋水失笑，看来，刘承峰已经成功用自己的厨艺征服了诡舍的每一个人。

"我帮你问问吧。"

进入诡舍，宁秋水打给了刘承峰，后者接通电话之后，语气带着迷糊："喂，小哥……什么事？"

宁秋水将事情告诉了刘承峰，他沉默了会儿说道："明天吧，今天我去帮人办事，把脚崴了。"

"怎么了？"

"山下牛村的张婶养了十年的芦丁鸡死了，让我帮忙送送它，张婶给我塞了六百块，我寻思人家给这么多，我不能太敷衍，于是就折腾了一天，结果……"

"严重吗？"

"不严重，医生说两个月就能好。"

"那要不你明天还是别来了。"

"小哥，你说这话可就有些看不起我老刘了，这点儿皮外伤我只要……啊！"电话里忽然传来了刘承峰的惨叫声。

"玄清子！你死哪儿去了？快进来扶我……"

听着电话里的惨况，宁秋水默默关了手机，非常诚恳地看向了余江，还没有开口，后者急忙摆手："不用说了，我去睡觉！"

说着，他转身朝着诡舍的后院去了。

君鹭远打了个哈欠，对宁秋水二人道："秋水哥，潇潇姐，你们也早点休息吧！"

他跟着余江在钓鱼的时候对线了一天，也是累得不行，确定今夜没有消夜之后，便去休息了。他们走后，白潇潇转身看向宁秋水，神色严肃了不少："秋水，王祁不是普通人，他以前被聘请为特种部队教员，本身实力超群，手下有不少关系，你要找他解决恩怨，不可莽撞。"

她知道宁秋水的性格，做事之前通常会准备充分，不过她在职罗生门有些时候了，听过王祁的凶名。

"这两天我会尽可能帮你搜集一下关于王祁势力的资料，了解清楚后再动手也不迟。"

宁秋水点头："好。"

狮子搏兔，亦用全力。

这是宁秋水老师很早的时候就教过他的道理，也是他这么多年来出手从来没有失误的重要原因。

来到楼梯口，二人看着墙壁上挂着的那张拼图碎片，宁秋水拿出从诡门世界中拿到的那一块，缓缓地贴在了拼图上。随着发光的碎片融入了拼图之中，那张图再一次发生了诡异的变化。额头处那双眼睛缓缓流出了水痕，滑落了一条长长的痕迹，那双眼仿佛活了过来，二人注视它的时候，总感觉它似乎也在审视着什么。

"它在看什么？"白潇潇仰起头，认真地看着那眼睛。

"不知道，算了，早点休息吧……"

"嗯。"

翌日，宁秋水乘坐大巴车回到了外面的世界，给洗衣机打了个电话。

之前洗衣机告诉他，有空去找刘博士把上次的事情彻底收尾。来到诡秘收容所内，宁秋水跟守卫询问了刘博士的位置，守卫说刘博士今天受了点伤，正在医疗室里面调理。

来到医疗室，一进门，宁秋水便看见穿着白大褂的秃顶刘博士正低头翻看着一份文件，旁边的护士正给他擦着药。

见到宁秋水，刘博士倒也不惊讶，只是微微抬了抬眸子，便又继续将注意力放在了手上的文件上。

"你来了。"他的语气带着些冷意，宁秋水倒也不介意，刘博士在收容所里的地位不低，敢对他动手的还真没几个，他难免觉得有些被冒犯到。

"博士，你怎么受伤了？"

宁秋水随便找了个沙发坐下，听刘博士冷哼道："哼，今早遇到个不长眼的司机，开车上路，连行人都不知道看吗？"

正要喝水的宁秋水停下了动作，他望着杯子里的水，庆幸自己刚才没喝下去，要不然现在估计已经喷出来了。搞了半天，余江那家伙今早开车撞到的人就是刘博士……

他摇了摇头，说："说吧，我要怎么补偿你？上次在收容所把你打昏，确实有些过分。但当时你实在是太烦了。"

刘博士一听这话，脾气又上来了，他吹胡子瞪眼道："明明是你违约在先，还怪我太烦？要不是你解决了梦魇老太的事情，这事我指定跟你没完！

"哼，不过既然你要道歉，那总得有点诚意。"

宁秋水问道："你想要什么诚意？"

刘博士挥了挥手，医务室里的那些医生和护士居然全都出去了。

"我手里有个特殊的项目，想要你帮忙。"

一听刘博士这话，宁秋水来了兴趣："什么项目？"

刘博士凑近一些，压低自己的声音说："你已经移走了鸟山镇里的两块石头，你就不想知道这些石头到底是从什么地方来的吗？不想知道……鸟山镇病变的源头吗？"

刘博士神秘的表情和严肃的语气，一下子将宁秋水的思绪引向了那座荒镇。

"鸟山镇病变的源头？"宁秋水皱起了眉头。

刘博士道："在鸟山镇，有一些特殊的隐秘地带，正常驾车或是通过其他的交通手段没有办法抵达。那些无法被解释的东西就是从隐秘地带出来的。"

宁秋水双手插在兜里，语气带着一种拒绝的淡漠："真是抱歉，刘博士，虽然我承认我对此非常感兴趣，但是你们得知这个消息一定有很长时间了，其间你肯定也跟其他的人合作过，不过我想那些人多半都没有成功，不然你也不会突然找上我这个才加入愚公计划的新人。

"我一直都会控制自己的好奇心，免得被它害死。"

刘博士吹了吹嘴角的胡子："我的确跟人合作过，而且不止一个人，其中有一些人并没有出事，他们只是……生病了。"

坐在沙发上的宁秋水听出了刘博士口中的言外之意："生病？怎么个病法？"

刘博士将手里的文件卷了起来："这件事情说来话长，我先带你去实验室吧。那个地方聊天比较方便。"

说着，他蹒跚着站起来，一瘸一拐地朝着医务室外面走去了。宁秋水跟在他的身后，来到了属于刘博士的实验室。刘博士把正在和项目互动的实验人员全都驱散了出去，然后拉了两张凳子过来。接着，他又从自己办公桌旁锁着的柜子里拿出了一份 U 盘，插入了电脑。电脑里有一些没有命名的文件，点开之后是一些简短的录像。

刘博士一边播放着录像，一边对宁秋水解释道："我当初一共和十六个人合作过，他们都属于愚公小队二号和三号队伍的人，最后有十二个人永远留在了那里，剩下四个人虽然回来了，但精神出现了严重的问题……

"他们很害怕，似乎在隐秘之地看见了完全无法理解的东西，精神受到了严重的摧残。"

宁秋水盯着录像，眉毛扬了扬："无法理解的东西……是诡物？"

刘博士嗤笑道："我承认，在愚公计划里你是属于素质非常好的那一批，不然也不可能破例直接跳过议会审核，进入愚公一队……

"不过能进入愚公计划的人，没有几个是心理素质差的，他们的见识和经验并不比你少。

"如果只是单纯地撞到诡物，绝对不会将他们变成那副模样，他们应该是在隐秘之地看见了比诡物还恐怖的东西。"

宁秋水："比诡物还恐怖的东西？那是什么？"

刘博士摇头："我要是知道，就不会来找你了。有两个实验对象还活着，但他们的状况不容乐观，我试过许多方法，没办法和他们交流，他们只会翻来覆去地说一些让人听不太懂的词语……"

宁秋水问道："有录音吗？我听一下。"

刘博士也没拒绝，在电脑里面找了找，翻出了几份录音，那些录音似乎被某些神秘的力量干扰过了，全是电流的嗞嗞声。

"录音设备没有问题，我试过很多次了，与他们之间的聊天没有办法记录下来，而且之前和这两个人进行过交互的实验人员，一离开实验室就会迅速忘记那部分记忆，他们只记得和那两个人产生过交互，但忘记了他们聊天的内容。"

宁秋水听到这里，心脏跳动得快了一拍。

因为他知道，诡舍有一条规则就是这样。

没有被诡舍选中的人，一旦听到任何跟诡舍有关的事，很快就会将这部分记忆模糊忘记。

所以在外面的世界，为了让人了解到关于诡客的事，他们只能笼统地用"被选中的人"来代替，组织里一些参与过特殊计划的人知道"被选中的人"每过一段时间就会去某一个地方参与试炼，但是关于试炼的任何细节都没有方法透露出去。至今，宁秋水也不知道什么样的人才会被诡舍选中。

"所以，你想让我跟他们进行交互？"宁秋水问。

刘博士耸了耸肩，脸上露出了怪异的笑容，眼睛里是一种对于研究的狂热："试试呗，大不了就忘记你们之间的谈话内容，当你没有来过罢了。"

宁秋水摸出一根烟点燃，挂在了嘴角："他们在哪里？"

刘博士："D356 和 D357。如果你同意，我现在就可以安排你们进行交互，其间所有监控和录音设备都会关闭，反正你也看见了，就算打开也没有任何用。"

宁秋水点头："行，那就现在吧。我确实很想听听，他们到底说了些什么……"

（未完待续）

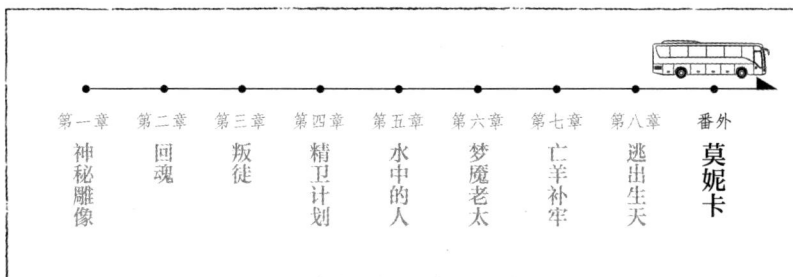

"夫人，今年的庄园营收较之去年增长了一点五倍左右，庄园的土壤肥沃，葡萄园里的葡萄广受好评，许多重复订单都是些老顾客们在照顾。而庄园独酿的葡萄酒订单也已经排到了明年年末，考虑到酒品有些供不应求，再加上小少爷也快要到入学的年龄了，我最近在筹备一套新的方案，准备扩建一下庄园的地下酒窖，如果您觉得可以，我将设计图绘制好，下个月去一趟城镇，招工人动工……"

莫妮卡庄园之中，西装笔挺的管家尼尔站在莫妮卡夫人身边，拿着一个本子与一支笔，缓慢且详细地向莫妮卡夫人描述着庄园如今的状况。

今天的阳光明媚且灿烂，冬天的雪才化去不久，莫妮卡夫人仍旧穿着厚厚的绒装，高高瘦瘦地静立于阳光之下，望着不远处在院子里与园丁一起修剪花园的小男孩。

小男孩白净的小脸上留着几分他父亲的五官痕迹，拿着员工修剪园林的工具时，只将其当作了玩具，他每每回头看向自己的母亲时，都会得到母亲温暖且耐心的微笑。

"杰森的学校定好了吗？"

面对莫妮卡的询问，管家将自己的笔记本翻过几页，来到了单独的一个区域，然后将笔记本递给了莫妮卡。

"根据小少爷的喜好与天赋，我为其准备了四所距离比较合适的学校，关于学校的优劣、地域、师资情况、过往荣誉、社会评价等皆已做了简单的标记，如果夫人觉得不满意，我再找找更远一点的学校看看。"

"听说很远的地方有一所叫作'血云书院'的地方，外界风评极好……"

莫妮卡接过管家递来的笔记本，认真看了许久，仔细判别之后，对着他道：

"回头再选吧，血云书院我也听说过，但离家太远了，我实在不放心。正好明天我要去参加镇子里一个神父举办的祈祷会，可以跟其他人好好咨询一下。"

管家微微颔首，道："没问题，夫人。"

莫妮卡夫人还想要说些什么，但偏头一看管家，目光倏然温和了些。

"尼尔，这些日子你也累了，去年庄园的概况统计结束之后，你好好休息一段时间吧。"

管家笑道："我还好。

"刚过来那几年确实有些累，现在……适应了。"

远处，小男孩忽然扔掉了手里的剪刀，回头对着尼尔与莫妮卡夫人说道："妈妈，尼尔叔叔，我下午去萨尔河游泳，今天太阳这么好，乔治和丹妮他们肯定也会去。"

莫妮卡夫人看了看天空，虽然此时天光大亮，但远处却飘浮着大量的厚重阴云，这些云层正随着风一点一点朝着小镇飘来。

"不可以，杰森。

"小镇的春雨之际要来了，河里可能会发大水，如果你想游泳，庄园里有专门的泳池给你，回头我们可以邀请乔治他们来我们的庄园里面陪你一起玩。"

杰森撇着嘴："可是庄园里的泳池没有螃蟹，也没有小鱼苗。"

尼尔管家笑道："但庄园的泳池也是温泉，你们可以在里面想玩多久玩多久。"

杰森毕竟是个小孩子，好哄，一想到可以和自己的小伙伴在泳池里面待上一整天，他便开心地同意了下来。

莫妮卡夫人并没有说错。

傍晚，吃过饭后，阴云已经彻底笼罩了过来，不只是小镇，庄园也在其中。

一场倾盆大雨即将降临。

莫妮卡夫人按照惯例在自己庄园之中的教堂祷告，她常来这里，当她每每思念自己的丈夫时，这座偏殿便成了莫妮卡夫人唯一的灵魂栖息地。

钟声响过，莫妮卡夫人从虔诚的祷告之中回神，外面已经电闪雷鸣、暴雨阵阵，狂风卷积着雨水，不停摧残着庄园之中的草木，情景好似末日。

莫妮卡夫人听着外面的雨声，目光望着远处半开的大门，心绪不宁，于是徐徐走出了偏殿，将大门关紧，步入雨中……

她走后，一滴雨水不知是从头顶的哪个位置渗入，恰好落在了石像的额头上，在静谧的偏殿内发出了一声轻微的"啪"的撞击声，接着又从石像的额头落至了它的眼角。

宛如……神流下的一滴眼泪。